Stephen King

史蒂芬金選

STEPHEN KING

史蒂芬·金

穆卓芸｜譯

牠 IT

—— 下

PART THREE
長大後

PART FOUR
一九五八年七月

contents

PART FIVE
除魔儀式

PART THREE

長大後

令人絕望
又毫無所成的
墮落
達致了新的體悟：
這體悟
翻轉了絕望。
所有無法成就的
得不到愛的
在期望中失去的——
都將伴隨著墮落
沒有止盡，無法打破。
——**威廉·卡洛斯·威廉斯，〈派特森〉**

你難道不想回家嗎，現在？
你難道不想回家？
遊蕩總是讓神的兒女疲憊。
你難道不想回家？
你難道不想回家？
——**喬伊·紹斯**

第十章 重聚

1

威廉·鄧布洛搭計程車

電話鈴響，將他從無夢的沉睡中喚醒。朦朦朧朧之間，他閉著眼朝電話的方向摸索。若非鈴聲響個不停，他一定很快又會睡著，就像坐著雪橇從白雪覆蓋的麥卡倫公園小丘上滑下來一樣簡單。你先拉著雪橇跑，再跳上去開始往下滑，感覺和音速一樣快。長大後就不能這樣了，懶蛋會痛死。

他手指爬上電話轉盤滑了下來，又爬上去。他有微微的預感，電話那頭一定是麥可·漢倫，從德利市打來的，叫他非得回去不可，非得想起來才行，說他們之前答應過的，史丹利·尤里斯用可樂瓶的碎片劃破所有人的掌心，一起許下承諾——

只是，那些都過去了。

他昨天下午很晚才到，抵達時都快六點了。他想如果麥可最後才聯絡他，那麼其他人應該陸續到了，有的甚至已經待了大半天。但他還沒見到其他人，也不急著見。他只是住進旅館，上樓到自己房間點了一份餐點，但餐點到了卻發現根本沒胃口，於是便倒在床上沉睡到現在。

威廉睜開一隻眼睛，伸手去抓話筒。話筒掉在桌子上，他伸手去撈，同時睜開另一隻眼。他覺得腦中一片空白，呈現沒插電的狀態，只靠電池運轉。

後來，威廉總算拿起話筒。他用手肘支起身子，將話筒貼到耳邊。「喂？」

「威廉嗎？」果然是麥可・漢倫。至少他猜對了這一點。他上週還根本不記得這個人，現在才聽三個字就認出來了。感覺真神奇……卻很不祥。

「我是，麥可。」

「我把你吵醒了？」

「沒錯，不過沒關係。」電視上方的牆上掛著一幅難看的畫，穿著黃色雨衣和雨帽的捕龍蝦漁夫正在拉漁籠。威廉看著畫，想起自己置身何處。上主大街的德利街屋旅館，往下走半英里之後過馬路就是貝西公園……親吻橋……運河。「現在幾點了，麥可？」

「十點十五分。」

「今天幾號？」

「三十號。」麥可的語氣有一點好奇。

「嗯，好。」

「我安排了一個小聚會。」麥可說，語氣變得很遲疑。

「是嗎？」威廉將雙腳甩下床說：「他們都到了？」

「除了史丹利・尤里斯，」麥可說。威廉聽不出他語氣裡的情緒。「貝貝最後一個到，昨天深夜。」

「麥可，你為什麼說貝貝是最後一個？小史可能今天到啊。」

「威廉，小史死了。」

「什麼？怎麼會？他的飛機——」

「不是那樣，」麥可說：「聽著，假如你不介意，我想等碰面了再說。我一起告訴你們比較好。」

「和牠有關嗎？」

「嗯，我想有關，」麥可頓了一下又說：「絕對有關。」

熟悉的恐懼再度沉沉壓上威廉的心房。這種事會這麼快就習慣嗎？還是他一直懷著那份恐懼，只是沒有感覺，也沒去想，就像人都會死之類的事實一樣？

他伸手拿菸點了一根，吸了一口之後將火柴吹熄。

「他們昨天沒有碰面？」

「沒有，我想應該沒有。」

「你也還沒見到任何人？」

「沒有，只通過電話。」

「好，」威廉說：「我們在哪裡碰面？」

「你記得舊的鐵工廠在哪裡嗎？」

「當然記得，在牧場路。」

「你落伍啦，老頭。現在是莫爾路了。我們這裡有緬因州第三大的購物中心，四十八家商店齊聚一堂，讓您購物方便愉快。」

「聽起來還真美、美國啊。」

「威廉？」

「什麼？」

「你還好吧？」

「嗯。」但他心跳太快，菸也微微顫抖。他剛才有點結巴，麥可也聽見了。

兩人沉默片刻，接著麥可說：「過了購物中心之後有一家餐廳，叫東方璞玉，他們有私人包廂。我昨天訂了一間，需要的話可以待一下午。」

「你覺得需要那麼久嗎？」

「我真的不曉得。」

「計程車司機知道地方嗎？」

「當然。」

「那好，」威廉說。他在電話旁的便條上寫下餐廳名稱。「為什麼選那裡？」

「因為它是新開的吧，我想，」麥可緩緩說道：「感覺……我不知道……」

「沒有預設立場？」威廉問。

「對，我想是吧。」

「那裡的菜好吃嗎？」

「我不曉得，」麥可說：「你胃口好嗎？」

威廉吐了口煙，發出半咳半笑的聲音。「不是太好，老友。」

「嗯，」麥可說：「聽得出來。」

「中午見？」

「應該吧，我想，讓貝芙莉睡飽一點。」

威廉將菸摁熄。「她結婚了沒？」

麥可又遲疑了。「大夥兒見面再聊吧，」他說。

「就像畢業十年之後參加高中同學會一樣，」威廉說：「看看誰變胖了，誰禿頭了，誰又有、有小孩了。」

「希望如此。」麥可說。

「我也是，小麥，我也是。」

威廉掛上電話，沖了很久的澡，點了一份他並不想吃的早餐吃了一點。不對，他的胃口其實一點也不好。

威廉打電話給大黃計程車行，約好一點十五分派車來接他，心想十五分鐘應該夠他到牧場路了吧（他發現自己完全無法接受那裡變成莫爾路，就算真的見到那間購物中心也一樣），但他完全低估了午餐時間的車潮……還有德利的變化幅度。

德利市一九五八年已經算是大城了，市界內的居民大約三萬人，周邊鄉鎮可能有七千人。但它現在變成大都會了。比起倫敦和紐約當然還很小，但以緬因州的標準來說算是很大了，因為該州第一大城波特蘭的人口也只有將近三十萬。

計程車在主大街上龜速前進（威廉想，我們正在運河上方，雖然看不見，但它就在下面，在黑暗中流動著），接著彎進中央街。威廉心裡的第一個念頭並不難猜：這一帶變了好多。但隨之而來的是深深的驚惶，讓他措手不及。他想起自己在這裡度過的童年是多麼可怕、緊張……不僅因為一九五八年的夏天他們七個人一起對抗驚恐，也因為喬治喪命、他們的父母從此陷入夢遊般的狀態、他的嚴重口吃、哈金斯和克里斯在荒原惡鬥之後經常找他們麻煩

（鮑爾斯、哈金斯和克里斯，天哪！鮑爾斯、哈金斯和克里斯，天哪！）

還有感覺德利很冷酷無情、不太在乎他們死活，當然更不在乎他們是否擊敗了小丑潘尼歪斯。德利市民已經和面貌千變萬化的小丑共存很久了……雖然說來荒唐，但他們甚至可以算是理解、喜歡和需要它了。他們愛它嗎？也許。對，有可能。

所以，他還驚惶什麼？

或許只是因為改變太平庸了，或許因為德利在他眼中失去了本真的面貌。畢朱戲院沒了，變成了停車場（持證方可進入，斜坡道上這麼寫著，違者將遭拖吊），隔壁的鞋店和貝利午餐坊也不見了，變成北方國民銀行，空心磚牆上釘著電子看板，顯示時間與溫度（華氏和攝氏都有）。另外，他當年去幫艾迪拿氣喘噴劑的中央街藥房也沒了。老闆基恩先生過去老是窩在店裡。理查德巷成了半街半店的奇怪混合物，叫什麼「迷你商場」。計程車停在紅燈前，威廉從車裡往外張望，看見一家唱片行、一家有機食品店和一家正在大拍賣的玩具電玩店，「『龍與地下城』相關商品全數出清」。

計程車頓了一下開始向前。「還得耗上一會兒，」司機說：「真希望這些天殺的銀行能錯開午餐時間。對不起，請原諒我說粗話。」

「沒關係，」威廉說。車外烏雲密佈，已經有雨滴打在擋風玻璃上。電台廣播呢喃報導某處有精神病患脫逃，該人非常危險，接著開始報導一點也不危險的波士頓紅襪隊。早有陣雨，隨後放晴。巴瑞．曼尼洛開始哼唱〈曼蒂〉，思念那付出不求回報的女人，計程車司機將收音機關掉。威廉問：「他們是哪時候來的？」

「您說誰？銀行嗎？」

「對。」

「喔，一九六〇年代尾到七〇年代初，大部分都是，」司機回答。這傢伙身材魁梧，脖子又粗，穿著紅黑兩色的格紋獵裝外套，頭上端端正正戴著一頂沾了機油的螢光橘色棒球帽。「他們拿到都市更新的經費，叫什麼回饋金。但他們回饋的方法就是把所有東西拆了，讓銀行進來。我猜付得起錢的也只有銀行。很誇張，對吧？他們說這叫都市更新，我說滾你媽的蛋。對不起，請原諒我說粗話。當初說什麼要讓市區恢復繁榮，結果你看他們恢復得多好？把老店幾乎全拆光了，換來一堆銀行和停車場，卻還是他媽的找不到半個停車位。市議會那群人真該夾懶蛋自殺，除了那個叫波拉克的女人，她應該夾奶自殺。但話說回來，她好像沒奶，胸部平得像洗衣板一樣。對不起，請原諒我說粗話。」

「我不原諒你。」威廉咧嘴笑著說。

「那就給我滾下車，去他媽的教堂吧。」司機回答，兩人哈哈大笑。

「你在這裡住很久了？」威廉問。

「我在這裡住一輩子了。我在德利家庭醫院出生，將來也會葬在他媽的希望山墓園。」

「好主意。」威廉說。

「是啊，」司機說。他清清喉嚨，搖下車窗將一大團黃綠色的濃痰吐進雨中，態度既鬱悶又開心，矛盾得很迷人，甚至令人興奮。「誰被打中算他運氣好，可以他媽的一週不用買口香糖。對不起，請原諒我講粗話。」

「不是所有地方都變了，」威廉說。計程車沿中央街往上，將看了就悶的銀行和停車場甩在腦後。他們過了斜坡頂端和恆豐銀行，車行開始順暢。「阿拉丁戲院還在。」

「沒錯，」司機承認道：「但幾乎不剩了。那群混帳本來也想拆掉它。」

「還是蓋銀行？」威廉問。他沒想到自己會被這個想法嚇壞了。這戲院有閃閃發亮的玻璃吊燈和分立兩側直通包廂的螺旋梯，還有巨大的簾幕，電影開映時不僅會拉開，還會神奇地收攏整齊，在微光下發出紅藍黃綠的色澤，伴著滑輪拉動簾幕的吱嘎聲響。這麼華麗的娛樂場所竟然有人想拆，他簡直不敢置信。不可以，嚇壞了的他心想，他們怎麼會爲了銀行而想拆掉阿拉丁戲院？

「嘖，沒錯，蓋銀行，」司機說：「您還真他媽的厲害。對不起，請原諒我講粗話。相中阿拉丁的是佩諾布斯克郡的第一商業銀行。他們想把它拆了，興建什麼『全方位金融中心』，連市議會的許可狀都拿到了。眼看戲院就要不保，這時一群人組成了自救會，都是附近的老居民。他們請願、遊行、示威，最後逼得市議會召開公聽會，那群混蛋就被漢倫趕走了。」司機顯然很滿意這樣的結果。

「漢倫？」威廉嚇了一跳：「你說麥可．漢倫？」

「沒錯，」司機說完微微轉頭看了威廉一眼。只見他圓臉龜裂處處，玳瑁框的眼鏡鏡腳沾著陳年白漆。「他是圖書館員，黑人。您認識他？」

「認識。」威廉說。他想起一九五八年七月自己和麥可相識的情形。不用說，當然又和鮑爾斯、哈金斯和克里斯有關……鮑爾斯、哈金斯和克里斯

（天哪）

每次都會出現，稱職扮演自己的角色，誤打誤撞將他們七個人湊在一起，而且愈湊愈緊密。

「我們小時候是玩伴，後來我搬走了。」

「噯，真的是，」司機說：「世界真他媽的小。對不起，請原諒我——」

「講粗話。」威廉替他把話講完。

「真的是，」司機心滿意足附和道，接著兩人沉默了一會兒。司機說：「這裡變了很多，我說德利市，但沒錯，還有很多東西留下來，例如我去接你的街屋旅館，還有紀念公園的儲水塔。你還記得那地方吧，先生？我們小時候都以為那裡鬧鬼。」

「我記得。」威廉說。

「你瞧，醫院到了。你還認得嗎？」

德利家庭醫院就在他們右邊。佩諾布斯克河從醫院後方流過，之後匯入坎都斯齊格河。春雨

陰霾，河水有如一塊黯淡的白蠟。威廉印象中的醫院（白色木框三層樓建築，有左右兩翼）還在，但周圍已經蓋起大樓，可能有十幾棟，讓它顯得格外矮小。他看見左邊有停車場，感覺好像停了五百多輛車。

「大哪，那根本不是醫院，而是他媽的大學嘛！」威廉驚呼。

計程車司機笑了。「我原諒您講粗話。沒錯，那醫院已經快和班格爾的東緬因醫療中心一樣大了。那裡有放射線室、一個治療中心和幾百個病房，連洗衣房都有，天曉得還有什麼。舊醫院還在，但現在是行政中心了。」

威廉心中浮現一種奇怪的疊視感，就像他初次觀看3D電影一樣，努力將兩個不太協調的影像疊合在一起。他記得人可以騙過自己的眼睛和腦袋，但之後會頭痛……而他現在感覺頭又要痛了。德利的確面目一新，但舊德利還在，就像德利家庭醫院的舊樓房。舊德利幾乎都埋在新的樓房底下……但你的眼睛就是無法不去看它……尋找它。

「調車場應該不在了吧，是不是？」威廉問。

司機又笑了，笑得很開心。「以一個小時候就離開的人來說，您記性還真好，先生。」他說。威廉心想：你要是上週見到我，就不會這樣說了，髒話先生。「調車場還在，但只剩廢墟和鏽鐵道，連貨車也不停靠了。有人想買這塊地，弄一些娛樂設施，例如推桿練習道、高爾夫練習場、迷你高爾夫球場、卡丁車和電玩店之類的，我也不知道還有什麼。但現在土地的所有權有點混亂，我猜那人最後仍會拿到地，因為他很固執，但目前還在跑司法程序。」

「還有運河，」威廉低聲說道。計程車從外中央街彎進牧場路，果然就像麥可說的，有一個綠色路牌寫著「莫爾路」。「運河還在。」

「沒錯，」司機說：「我想運河永遠都會在吧。」

德利購物中心在威廉左邊。車子經過時，他心中再度浮現奇怪的疊視感。這裡在他小時候是一大片田野，長滿了雜草和高大的向日葵，臨接荒原的東北端，往西是低收入國宅，也就是老岬區。威廉還記得他們小心探索這片田野，免得掉進基勤納鐵工廠的地窖遺跡裡。工廠一九〇六年復活節當天發生爆炸，這片田野上滿是殘骸。他們幾個孩子在這裡挖寶，和尋找埃及遺跡的考古學家一樣認真。磚頭、杓子、拴著生鏽螺絲釘的鐵片、窗戶碎片，還有裝滿不知道什麼黏稠液體的瓶子，聞起來像世上最可怕的毒藥。這裡還發生過不好的事，就在垃圾堆附近的礫石坑裡。但他現在還想不起來是什麼事。他只記得一個名字，派屈克・洪搏特，然後和冰箱有關。還有麥可・漢倫被一隻鳥追。什麼……？

他搖搖頭。殘缺的記憶，蛛絲馬跡，僅此而已。

那片田野不見了，鐵工廠殘骸也沒了。威廉忽然想起工廠的那根大煙囪。表面貼著磁磚，最頂端的十英尺被煤渣燻得焦黑，有如一根巨大的菸斗倒在茂密的草叢裡的那根菸囪。他們當時設法爬了上去，有如走高空鋼索的特技演員張開雙臂走了一段，嘻嘻笑笑——

威廉搖搖頭，彷彿想甩掉購物中心的影像，甩掉那群掛著席爾斯、傑西潘尼、伍爾沃斯、喜維斯、約克牛排館、華登書局和其他幾十個招牌的醜陋建築物。進出停車場的道路交織重疊。但購物中心的影像揮之不去，因為它不是幻覺。基勤納鐵工廠消失了，環繞著殘骸生長的田野也沒了。購物中心是現實，不是回憶。

但威廉就是不肯相信。

計程車司機將車停在一棟造型有如塑膠大寶塔的建築物的停車場裡說：「餐廳到了。遲到總比不到好，您說是吧？」

「沒錯，」威廉說。他給了司機一張五美元鈔票：「不用找了。」

「您真他媽太慷慨了！」司機高聲說：「您下次還想叫車，記得打給大黃車行找戴夫，直接報我的名字就好。」

「我會記得找嘴巴乾淨的，」威廉笑著說：「找那個已經在希望山選好位置的傢伙。」

「沒錯，」戴夫哈哈大笑：「再見啦，先生。」

「再見，戴夫。」

威廉在細雨中站了一會兒，注視計程車離開，忽然想到自己還有一個問題要問司機，但卻忘了——可能是刻意忘的。

他想問戴夫：他喜不喜歡住在德利？

威廉．鄧布洛突然轉身走進東方璞玉餐廳。麥可．漢倫在大廳，坐在有著巨大鐘形椅背的柳條椅上。他站起來，威廉忽然感覺到一股強烈的不真實掃過他的全身，穿透他。疊視感又出現了，但這回糟糕非常、非常多。

他想到的是一個身高五呎三吋，整潔機敏的男孩，但眼前卻是一個五呎七吋的男人，很瘦，衣服像是吊在衣架上似的掛在他身上，臉上的皺紋讓他感覺已經四十好幾，而不是卅八歲左右。

威廉一定露出驚訝的表情，因為麥可默默說：「我知道我現在是什麼模樣。」

威廉紅著臉說：「其實還不壞，麥可，只是我記得的是你小時候的樣子，如此而已。」

「是嗎？」

「你看起來有點累。」

「我是有點累，」麥可說：「但應該沒問題，我想。」說完他露出微笑，立刻讓臉龐為之一亮。威廉再次看見他廿七年前認識的那個男孩。就像家庭醫院的木造舊大樓淹沒在玻璃和空心磚蓋成的現代建築之間，威廉認識的那男孩也被必然出現的成人特徵所掩蓋。皺紋刻在他額上，從嘴角劃到下巴，耳朵上方的頭髮也白了。但就像舊醫院雖然周圍大樓林立，卻還是屹立不搖，威廉認識的男孩也還在。

麥可伸出手說：「威老大，歡迎回到德利。」

威廉沒有伸手，而是直接抱住麥可。麥可用力回抱，威廉感覺麥可又硬又鬈的頭髮刺著自己的肩膀和脖子。

「麥可，無論什麼狀況，我們都會搞定的。」威廉說。他聽見自己語帶哽咽，但心想管他的。「我們打敗過牠，一定還、還能再、再勝過、過牠。」

麥可推開威廉，伸直兩手抓著他，雖然還是帶著笑，眼角卻泛起淚光。他掏出手帕擦了擦眼睛，說：「當然，威廉，那還用說。」

「兩位請跟我來。」餐廳老闆娘微笑著說。東方人面孔的她穿著細緻的粉紅色和服，上頭繡著一隻捲尾飛騰的龍，黑髮高高挽起，用象牙髮簪固定著。

「我們自己進去，蘿絲。」麥可說。

「好的，漢倫先生，」她朝兩人微笑：「看來您朋友還真多。」

「是啊，」麥可說：「這邊走，威廉。」

他帶著威廉經過燈光昏暗的走廊穿越主廳，來到一扇珠簾門前。

「其他人——」威廉說。

「其他人都到了，」麥可說：「能來的都到了。」

威廉站在門前猶豫了一會兒，忽然很害怕。他恐懼的不是未知，也不是超自然事件，而是一個單純的事實。他比一九五八年的自己高了十五吋，頭髮則幾乎掉光了。想起就要見到他們，見到那些曾經童稚的臉龐幾乎消逝，就像舊醫院被埋藏在改變之下，神奇電影院被銀行取而代之，他突然覺得不安，甚至有點驚慌。

我們都長大了，他心裡想，我們當年都沒想到會有這麼一天，覺得不會發生在我們身上。但我們確實長大了，而只要我推門進去，一切就會成真：我們都是大人了。

他看著麥可，心裡忽然一陣迷惘與膽怯。「他們都變成什麼樣子了？」他聽見自己語氣平平地問：「麥可……他們都變成什麼樣子了？」

「你進去就會知道了。」麥可說，語氣很和藹，說完便帶著威廉走進包廂。

2

威廉・鄧布洛看著大家

或許只是因為房間太暗，他才起了幻覺，而且也沒持續多久，但威廉事後一直覺得那難道不是某種訊息，只跟他一個人說：命運之神也可能是慈悲的。

在那短短的一瞬間，他覺得所有人都沒長大，這群老友都像彼得潘一樣，依然還是當年的小孩。

理查德・托齊爾翹起椅子靠在牆上，正在對貝芙莉・馬許說話，讓貝芙莉聽得掩嘴直笑。小理咧嘴微笑，還是那副機靈樣。艾迪・卡斯普布拉克坐在貝芙莉左邊，面前的杯子旁擺著一個塑膠瓶，頂端是槍把形的握把。這東西雖然造型比以前華麗，但功能顯然還是一樣：氣喘噴劑。另一個人坐在桌首，用焦慮又感興趣的眼神專注看著三位老友，他就是班恩・漢斯康。

威廉發現自己伸手想要摸頭，想看看頭髮是不是奇蹟般的長回來了，心中覺得既有趣，又有點遺憾。那一頭細緻的紅髮從他大二就開始稀薄了。

這個動作讓幻影破滅了。他看見理查德沒戴眼鏡，心想：他現在可能改戴隱形眼鏡了，應該是，因爲他討厭眼鏡。他小時候常穿T恤和燈芯絨褲，現在則是西裝筆挺，而且不是一般店裡看得到的西裝。威廉估計那套訂製西裝至少要價九百美元。

貝芙莉．馬許（假如她沒嫁人改姓的話）變成了絕世美女。她也是紅髮，幾乎和他當年的髮色一樣。但她沒有隨便紮個馬尾，而是任秀髮流洩在肩上，蓋過那件顏色樸素的西普恩秀爾襯衫。燈光太暗，她的頭髮只發出餘燼般的微光。要是在屋外，威廉心想，即使像今天這麼陰霾，她的頭髮也會豔紅似火。威廉發現自己竟然想撫摸那頭髮，想知道是什麼感覺。眞老套，他苦笑著想，我愛老婆，可是你知道……

說也奇怪，但艾迪長大之後真的有點像影星安東尼．柏金斯。他的臉提早出現皺紋（但動作又比理查德或班恩年輕），那副無框眼鏡更讓他顯老。在一般人的想像裡，只有出庭或翻閱訴狀的英國律師才會戴上那種眼鏡。他頭髮很短，髮型老氣，是一九五〇年代晚期到六〇年代初期流行的常春藤頭。他穿著一件五顏六色的格子運動外套，很像在快要倒店的男裝店買的清倉品……但他手上戴著一只百達翡麗腕錶，右手小指上的戒指也是紅寶石鑽戒。那寶石太粗俗、太浮誇，不可能是假貨。

班恩變了最多。威廉看著他，不真實感立刻掃過全身。他的臉沒變，頭髮雖然白了、長了，但還是奇怪地向右旁分。真正不同的是他瘦了，坐進椅子裡毫不費力。他穿著李維直筒牛仔褲和牛仔靴，繫著很粗的銀扣皮帶，真皮背心沒有扣上，露出藍色水手布工作襯衫。這些衣服全都輕輕鬆鬆穿在他苗條、窄臀的身軀上。他一邊手腕戴了一條粗手鍊，不是純金的，是銅製品。班恩變瘦了，威廉心想，彷彿成了過去的自己的影子……小班竟然變瘦了，這世界眞是無奇不有。

他們六人沉默半晌，心裡有說不出的感受。威廉．鄧布洛這輩子從來沒經歷過如此詭異的時刻。史丹利不在，但還是來了七個人。在這間包廂裡，威廉清楚感覺到它的存在，彷彿它變作人形，但不是身穿白袍扛著鐮刀的傢伙❾，而是一九五八年到八五年之間的一大段空白，探險家可能稱之為「大未知」的地方。威廉很好奇那裡有些什麼。貝芙莉穿著遮不住修長美腿的迷你裙和很有她個人風格的白色過膝長靴，頭髮中分還燙過？理查德．托齊爾高舉一面寫著「停戰」、另一面寫著「軍人退出校園」的標語？班恩．漢斯康戴著印有美國國旗的黃色頭盔，在遮陽傘下操作推土機，脫掉襯衫露出愈來愈不會蓋過褲腰的肚子？這第七個人是黑人嗎？這傢伙和激進分子瑞普．布朗或嘻哈樂手閃耀大師無關。他穿著白襯衫和過時的傑西潘尼家常褲，坐在緬因大學的圖書館卡座裡寫論文，研究註解的出處和國際標準書號對圖書編目可能有什麼好處，無視於館外遊行隊伍經過，也不在乎左翼歌手菲爾．歐克斯高唱「尼克森滾出美國」，更不擔心軍人為了連名字都唸不出來的村莊讓自己被炸得開膛破肚。那人孜孜不倦埋首研究（威廉看見他了），冬天的陽光爽朗白皙，斜斜照在他作品上。他一臉沉著專注，知道圖書館員是最接近「永恆」之巔的人類。他是第七個人嗎？抑或只是一個站在鏡前的青年，看著自己額頭的變化、被梳子刷掉的紅髮和鏡子裡桌上那堆大學筆記本，裡面潦草寫著一本名叫《喬安娜》的小說初稿，而小說一年後會出版？

可能是，可能統統都對，也可能不是。

其實都無所謂。第七人就在這裡，而那一刻他們全都感覺到了……清楚意識到召喚他們回來的那東西的可怕力量。牠活著，威廉想，衣服下的身軀忽然覺得很冷。蠑螈的眼、龍的尾巴、處死之人的手……不管牠是什麼，那東西都再度出現在德利。牠。

他忽然覺得「牠」就是那第七個人。牠就是時間，牠有著他們的臉，有著其他千百個被牠驚嚇和殺害的人的臉……想到「牠」可能是「他們」讓他害怕到了極點。威廉突然一陣驚恐，心想：有多少的「我們」留在了這裡？又有多少的我們始終未曾離開牠藏身和覓食的下水道與排水溝？所以我們才會遺忘？因爲有一部分的我們沒有未來，未曾長大也未曾離開德利？是嗎？

他在他們臉上找不到答案……只看見他的疑惑反彈回來。思緒匆匆成形、傳遞，擁有自己的步調，而這一切都只在威廉・鄧布洛的腦中停留了短短五秒鐘。

這時，理查德・托齊爾背靠著牆，咧嘴笑說：「哇，天哪，你們看——威廉・鄧布洛變成大光頭了耶！威老大，你從什麼時候開始幫頭打蠟的啊？」

威廉發現自己不曉得哪兒來的念頭，開口就說：「聽你媽在胡說八道啦，賤嘴小理！」包廂裡一陣沉默，接著所有人哄堂大笑。威廉向前逐一和大家握手。雖然此刻的感覺使他恐懼，卻也有令人安心的一面：他覺得自己終於回家了。

3

班恩・漢斯康瘦了

麥可・漢倫點完酒，大家彷彿想要彌補先前的沉默似的，全都開始講話。原來貝芙莉・馬許已經改姓羅根了。她說她在芝加哥嫁給一個很棒的男人，讓她的生命從此轉變。她先生就像魔術師一樣，將妻子的縫紉天分轉變成非常成功的服裝事業。艾迪・卡斯普布拉克在紐約經營禮車出租公司。「我猜我老婆現在可能在艾爾・帕西諾床上。」他微笑著說，大夥兒又是哄堂大笑。

他們都知道威廉和班恩在做什麼——班恩是建築師，他是作家——但威廉覺得其他人直到最近才將兩人的名字和他們的童年玩伴連結起來。貝芙莉的皮包裡有平裝本的《喬安娜》和《暗

⑨西方死神的形象。

流》，她問他可不可以幫她簽名。威廉簽了名，發現兩本書還很新，感覺像是下了飛機才在機場報攤買的。

同樣地，理查德也對班恩說他非常欣賞倫敦的ＢＢＣ通訊中心……但他眼裡帶著幾許困惑，似乎無法將那棟建築和眼前這個人聯想在一起……或者該說無法和當年那個認真的小男孩連在一起。那個教他們用幾塊破木板和一扇生鏽的車門就將荒原淹掉一半的胖小子。

理查德在加州主持電台節目，他說那裡的人都稱他是「變聲大師」。威廉嗤之以鼻說：「拜託，小理，你學的聲音都很糟好不好。」

「說句好話不會少塊肉吧，大爺。」理查德高傲地說。

貝芙莉問他是不是戴隱形眼鏡，理查德低聲說：「親愛的，靠近一點，注意看我的眼睛。」貝芙莉湊上前去，理查德微微側頭，讓她看見他戴的水霧牌隱形眼鏡的下緣。貝芙莉歡呼一聲。

「圖書館還是老樣子嗎？」班恩問麥可．漢倫。

麥可拿出皮夾，取出一張圖書館的空拍照，感覺就像拿出小孩相片的父親一樣自豪。「是一個開輕型飛機的人拍的，」相片傳來傳去，他說：「我一直想找市議會或有錢的金主出錢將相片放大成壁紙，貼在兒童圖書館裡，到現在還是沒成。不過，相片拍得很棒，對吧？」

所有人都點頭同意。班恩看了最久、最專注。最後他用手指點了點兩棟圖書館之間的玻璃長廊：「你在其他地方看過同樣的東西嗎，麥可？」

麥可笑了。「在你蓋的通訊中心裡。」他說，所有人都哈哈大笑。

飲料來了，他們回座坐好。

之前的沉默忽然又回來了，安靜得令人尷尬和困惑。六個人面面相覷。

「怎麼樣？」貝芙莉用那有點沙啞的甜蜜嗓音問：「我們要敬什麼？」

「敬我們。」理查德脫口而出，但已經見不到笑容。他和威廉四目相對，忽然被一股巨大的力量所淹沒。威廉想起自己和理查德在內波特街上，在那個可能是小丑或狼人的東西消失之後抱在一起痛哭。他拿起杯子，手在顫抖，酒灑了一點在餐巾上。

理查德緩緩起身，其他人也跟著照做。威廉先，然後是班恩、艾迪和貝芙莉，最後是麥可．漢倫。「敬我們，」理查德說，聲音和威廉的手一樣微微顫抖。「敬一九五八年的窩囊廢俱樂部！」

「敬窩囊廢俱樂部。」貝芙莉有點被逗樂地說。

「敬窩囊廢俱樂部。」艾迪說。隔著無框眼鏡，他的臉龐顯得蒼白又衰老。

「敬窩囊廢俱樂部。」班恩附和道，嘴角浮現一絲苦笑。

「敬窩囊廢俱樂部。」麥可．漢倫柔聲說。

「敬窩囊廢俱樂部。」威廉最後說。

所有人互相碰杯，一飲而盡。

沉默再度降臨，但理查德沒有開口，因為這回沉默似乎是必須的。

所有人回座，威廉說：「好了，麥可，說吧。告訴我們這裡出了什麼事，我們又能做什麼。」

「先吃飯吧，」麥可說：「吃完再說。」

於是他們開始用餐……吃得久又吃得好，真像犯人開的玩笑，威廉想，但他的胃口已經好久沒這麼好過了……從他小時候開始吧，他忍不住這麼想。這裡的餐點不算美味，但絕對不差，而且量很足。他們六人開始分著吃，蘑菇雞片、排骨、細火慢燉的雞翅、春捲、培根裹荸薺和烤牛肉串。

他們從拼盤開始吃，理查德耍起幼稚，將每樣菜夾一點放到他和貝芙莉共用的盤子中央的火鍋裡，包括半個春捲和幾顆大紅豆。「桌上有火，我太愛了，」他對班恩說：「只要桌上有火，就算要我吃大便配鵝卵石，我也願意。」

「我看你可能吃過喔。」威廉說。貝芙莉哈哈大笑，笑到不得不將嘴裡的食物吐到餐巾裡。

「天哪，我想我快吐了。」小理用廣播名人唐恩·帕多的聲音說，雖然聽起來很怪，但學得維妙維肖，讓貝芙莉笑得更厲害，臉都笑紅了。

「停，小理，」她說：「我警告你別再說了。」

「遵命，」理查德說：「好好享受，親愛的。」

蘿絲親自送來甜點，一大份的火焰雪山。她將甜點放在桌首，也就是麥可坐的位置，然後點火。

「火又來了，」理查德用已經死了上天堂的人的聲音說：「這可能是我這輩子吃過最棒的一餐了。」

「那還用說。」蘿絲彬彬有禮地說。

「我把火吹熄的話，許願會實現嗎？」理查德問她。

「在東方璞玉許的願都會實現，先生。」

理查德的笑容突然淡了。「要是這樣就好了，」他說：「但妳知道，我很懷疑這話的真實性。」

他們把火焰雪山幾乎吃得精光。威廉靠回椅子上，感覺肚子緊撐著皮帶，目光正好瞄到桌上的玻璃杯。感覺好像有幾百個。他輕輕一笑，想起自己用餐前就喝了兩杯馬丁尼，之後又不曉得喝了多少罐麒麟啤酒。其他人也差不多。喝到這程度，就算端上來的是炸保齡球瓶，他們可能也會認為味道不錯。但他覺得自己並沒有喝醉。

「長大以後我就沒有吃得這麼飽過了，」班恩說。其他人轉頭看他，讓他臉頰微微發紅。「我是說真的，這可能是我高中畢業之後吃得最多的一頓。」

「你節食？」艾迪問。

「對，」班恩說：「沒錯。班恩．漢斯康自由節食法。」

「你為什麼要節食？」

「說來話長，你們不會想聽的……」班恩侷促不安地動了動身子。

「我不曉得他們怎麼樣，」威廉說：「但我很想知道。說吧，班恩，告訴我們害死康是怎麼變成現在這副模特兒身材的？」

理查德輕哼一聲。「對喔，我都差點忘了他叫害死康。」

「其實沒什麼，」班恩說：「根本算不上故事。那年夏天之後，也就是五八年夏天，我和母親又在德利住了兩年。後來她失業了，我們就搬到內布拉斯加，因為我有一個阿姨住在那裡，答應收留我們直到母親再找到工作為止。但我們過得並不好。我阿姨珍恩是個討厭的吝嗇鬼，老是提醒我們是寄人籬下，還說我媽真幸運，有個妹妹願意接濟她，才沒有靠社會福利過日子。我那時太胖，胖得讓她看不順眼，就是忍不住要唸。『班恩，你應該多運動。班恩，你要是不減肥，四十歲之前就會得心臟病。班恩，世界上有那麼多小孩都快餓死了，你真應該慚愧。』」他停下來喝了一口水。

「問題是我如果沒把盤子裡的飯菜吃完，她還是會搬出挨餓的小孩來訓我。」

理查德笑著點頭。

「總之，美國當時剛脫離不景氣，我母親花了快一年才找到一份穩定的工作。等我們離開拉維斯塔的阿姨家搬到奧馬哈時，我大概比你們認識我當時又胖了九十磅吧。我想我會吃得那麼肥，主要是為了氣我阿姨。」

艾迪吁了一聲。「所以你胖到大概——」

「兩百一十磅，」班恩嚴肅地說：「總之，我進了奧哈馬的東區高中，那裡的體育課……呃，很糟。同學們都叫我水桶，這樣說你們就應該瞭解了。

「他們嘲弄了我七個月左右。有一天，我們上完體育課在更衣室，有兩、三個同學開始……呃，開始拍我肚子，說是『打脂肪』。很快又有兩、三人加入，然後是四、五個，沒多久所有人都開始打我。他們追著我在更衣室裡兜圈子，追我追到走道上，打我的肚子、屁股、背和腿。我嚇到了，便開始尖叫，他們全都瘋狂大笑。

「你知道嗎？」班恩低頭仔細將餐盤擺正，說：「那是我最後一次想起亨利．鮑爾斯，那個雙手又大又粗的農家小孩。之後我再也沒有想起他，直到兩天前麥可打電話來。但我記得他們追我的時候，我覺得鮑爾斯又回來了。我想——不對，我知道我就是那時開始慌的。

「他們追著我在走道跑，經過放衣服的櫃子。我全身光溜溜的，紅得像隻龍蝦，已經完全忘了自尊……也可以說忘了自己，忘了自己人在哪裡。我尖叫呼救，他們在後面追，大喊：『打脂肪！打脂肪！打脂肪！』走道盡頭——」

「班恩，你不用告訴我們這些。」貝芙莉忽然開口說。她臉色死白，手裡玩著杯子，差點讓水灑出來。

「讓他說完。」威廉說。

班恩看了威廉一眼，點點頭說：「走道盡頭有一張長椅，我被絆倒撞到了頭。他們很快就要包圍我了，這時我忽然聽見一個聲音說：『嘿，鬧夠了沒，全都給我回去換衣服。』

「說話的人是教練。他穿著白T恤和側面是白條紋的藍運動褲站在門口，沒人知道他在那裡站了多久。其他同學看著他，有些人咧嘴微笑，有些人很慚愧，還有些人一臉茫然，但全都走開了。我開始嚎啕大哭。

「但教練只是站在通往體育館的門口看著我，看著這個全身被打得發紅的裸體小胖子，看他倒在地板上哭。

「最後他說：『小班，你他媽的能不能閉上嘴！』

「我沒想到老師會說髒話，嚇得我真的閉上嘴巴。我抬頭看他，他走過來坐在我剛才絆到的長椅上，彎身湊到我面前，掛在他脖子上的口哨晃過來敲到我的額頭。我以為他要吻我還是怎樣，便往後縮，但他只是雙手抓住我的兩邊胸部用力捏，接著鬆開手在褲子上猛擦，好像摸到髒東西一樣。

「『你以為我會安慰你嗎？』他問：『才怪。因為你不只讓他們噁心，也讓我覺得很噁心。雖然理由不同，但那只是因為他們是小孩，而我不是。他們搞不清楚你為什麼讓他們噁心，但我知道。因為我看見你把老天爺賜給你的好身材埋在一大堆脂肪底下，看見你蠢到不知節制，讓我看了就想吐。你給我聽好，小班，因為我只說這麼一次。我有足球隊要帶，還有籃球隊、田徑隊，空檔時還要帶游泳隊，所以我只說一次。你的脂肪其實在這裡，』他拍了拍剛才我被那個死哨子敲到的額頭說：『所有人的脂肪都在這裡。只要讓它節食，你就能減肥，但你們這種人就是做不到。』」

「真是王八蛋！」貝芙莉忿忿不平說。

「沒錯，」班恩笑著說：「但他不曉得自己是王八蛋，他就是這麼蠢。他可能看過六十遍的《魔鬼班長》，以為自己就是傑克．韋布，覺得自己這麼做是在幫我。不過，他真的幫了我，因為我忽然想到一件事。我想到……」

他撇開目光，皺起眉頭。威廉突然有一種無比奇特的感覺，覺得他在班恩開口之前就知道他會說什麼。

「我剛才說過，同學們追打我時，我記得當時有想到亨利·鮑爾斯。嗯，教練起身準備離開之際，是我最後一次想到我們一九五八年夏天做了什麼。我想到——」

他再度遲疑，目光掃過每個人，似乎在尋找他們的臉龐。他小心翼翼往下說。

「我想到我們在一起有多厲害，想到我們做了什麼，怎麼做到的。我忽然覺得教練要是遇到同樣的事情，頭髮可能一下子全部變白，心臟像舊錶一樣停擺。這麼做當然不好，但他本來就對我不好。接下來發生的事其實很簡單——」

「你發飆了。」威廉說。

班恩笑了。「對，沒錯，」他說：「我大喊一聲：『教練！』

「教練回頭看我。『你說你教田徑？』我問他。

「『沒錯，』他說：『這關你什麼事？』

「『你這隻腦袋結石的蠢豬給我聽好了，』我說，他聽了目瞪口呆。『我打算三月加入田徑隊，你覺得怎麼樣？』

「『我覺得你最好立刻閉嘴，免得惹上大麻煩。』他說。

「『我準備贏過你隊上所有人，』我說：『連最厲害的人也要甘拜下風，然後我要你他媽的向我道歉。』

「他握緊雙拳，我以為他會衝過來揍我一頓，但他沒有。『你愛怎麼說就怎麼說吧，肥仔，』他輕聲說：『你就那張嘴厲害。要是你贏過我隊上的第一名，我就辭職回老家採玉米。』

說完他就離開了。」

「你真的減肥了？」理查德問。

「沒錯，我做到了，」班恩說：「但教練說錯了，不是從我腦袋開始，而是從我母親下手。那天晚上，我回家跟她說我想減肥，結果我們大吵一架，兩個人都哭了。她又搬出那套陳腔濫調，說什麼我其實不胖，只是骨架大，壯小子必須吃得多才能長成壯漢。我想……應該是安全感的問題吧。對她來說，獨力扶養孩子是一件很可怕的事。她沒讀過書，也沒什麼專長，只有肯苦幹的心。只要能多給我一份食物……或坐在桌前看到我長得很壯……」

「她就覺得自己勝利了。」麥可說。

「嗯，」班恩喝完最後一口啤酒，伸手擦掉沾在上唇有如鬍鬚的泡沫。「因此最大的敵人不是我的腦袋，而是我母親。她就是無法接受，抗拒了好幾個月。她不肯幫我把衣服改小，又不肯買新的。我開始跑步，去哪裡都用跑的，有時心跳大力得都快昏過去了。第一次長跑，我吐完就暈倒了。但過一陣子之後，我跑步就得拉著褲頭了。

「我找了一份送報的差事，將送報袋掛在脖子上，抓著褲頭跑。袋子在我胸口彈來彈去。我的襯衫開始變得像船帆一樣。晚上回到家，餐盤裡的食物我只吃一半，母親就會開始哭泣，說我在挨餓、自殺，說我不愛她了，不在乎她為了我多麼辛苦工作。」

「天哪，」理查德點了一根菸，喃喃說道：「我真不曉得你是怎麼熬過來的，小班。」

「我就一直記住教練那張臉，」班恩說：「記得他在更衣室門口抓著我胸部時臉上的表情。我就是這樣辦到的。我用送報的錢買了新的牛仔褲和衣服，住在我家公寓一樓的老先生用錐子幫我的皮帶穿洞，我記得穿了五個。我印象中，我上一回買新牛仔褲是因為亨利．鮑爾斯，他把我推進荒原裡，整件褲子差點扯破了。」

「沒錯，」艾迪咧嘴笑著說：「你還教我巧克力牛奶的招數，記得吧？」

班恩點點頭。「就算我記得，」他說：「也只在腦中閃過一秒就沒了。接著我想起學校上的健康教育課，想到可以盡量吃生菜而不會發胖。於是有天晚上，我母親做了一份萵苣菠菜沙拉，加上蘋果塊和一點吃剩的火腿。雖然我不怎麼喜歡兔子吃的食物，但還是一口氣吃了三份，而且不停跟我媽說太好吃了。

「這讓問題解決了一大半。我母親不在乎我吃什麼，只要我吃很多就好，所以拚命用沙拉餵我。我吃了整整三年沙拉，害我不時照鏡子，看自己是不是變成兔子了。」

「所以，教練後來怎麼樣了？」艾迪問：「你有去跑田徑嗎？」他摸了摸氣喘噴劑，好像跑步這件事提醒了他似的。

「喔，對啊，我有去跑，」班恩說：「兩百二十碼和四百四十碼賽跑。我那時已經瘦了七十磅，所以會先衝刺，讓接下來好跑一點。第一天試跑，我跑兩百二十碼贏了，四百四十碼贏更多。跑完之後，我走到教練面前跟他說：『看來有人要回老家採玉米了，你何時要回堪薩斯？』

「他什麼都沒說，逕自揍了我一拳，將我打倒在地上。接著叫我滾出田徑場，說田徑隊不需要伶牙俐齒的傢伙。

「我擦掉嘴角的血說：『就算甘迺迪總統求我，我也懶得加入，不過我有今天算是你幫的，我就饒過你這一回……下回採玉米的時候，記得想到我。』

「他說我要是再不滾，他就痛扁我一頓。」班恩微微笑了，但不是開心的笑，更不是緬懷當年。「他就是這麼說的。所有人都看著我們，一臉難堪，包括我跑贏的那些小夥子。所以我只拋下一句：『我告訴你，教練，剛才那一拳算我送你的，因為你是個學不會新把戲的窩囊廢。但你要是敢再碰我一下，我就會讓你連飯碗都保不住。我雖然沒把握做得到，但我一定會拚命試。我減肥好讓自己有一點尊嚴和平靜的日子過，我不會輕言放棄。』」

威廉說：「聽起來很帥，小班……不過身為作家，我很懷疑小孩子會像你這樣說話。」

班恩點點頭，臉上依然掛著那異樣的笑。「要不是我們經歷過那些事，我也會懷疑自己說得出那樣的話，」他說：「但我確實是那麼說的……而且講的時候非常認真。」

威廉想了想，點點頭說：「有道理。」

「教練雙手插在運動褲腰上，」班恩說：「他開口想說什麼，但還是沒講話。沒有人開口。我離開田徑場，那是我最後一次見到伍德利教練。高二開學時，導師把選課單給我，體育課註明『免上』，旁邊是教練的簽名。」

「你打敗他了！」理查德大喊，接著高高揮舞拳頭。「幹得好，小班！」

班恩聳聳肩。「我想我只是戰勝自己而已。是教練給了我想法……然而是想到你們讓我真的相信自己辦得到，而我也確實辦到了。」

班恩迷人地聳聳肩，但威廉覺得他看見班恩的髮際微微滲出汗水。「真情告白結束了。我需要再來一杯啤酒，講話很容易口渴。」

麥可示意女侍者過來。

結果他們六人都點了啤酒。酒來之前，他們隨意閒聊，沒說什麼正經事。威廉望著手中的啤酒，看著泡沫攀上杯緣。他發現自己暗暗期望有人說起這些年的遭遇，例如貝芙莉談她嫁的好丈夫（就算他很無趣也無妨，反正好男人都通常都很無趣），理查德．托齊爾聊他的廣播趣聞或艾迪．卡斯普布拉克告訴大家愛德華．甘迺迪參議員脾氣如何、勞勃．瑞福都給多少小費等等……甚至說說連班恩都能減肥成功，他為何還在用氣喘噴劑之類的。威廉發現自己竟然這樣期望，覺得既有趣又驚訝。

事實是，他心想，麥可隨時可能開口，但我不確定自己眞的想聽他要告訴我們的事。事實是，我的心跳有點太快，手有點太冰。事實是，廿五年後的我已經老得受不起這種驚嚇。我們都是。所以說點話吧，不管是誰都好。讓我們聊聊工作和配偶，聊聊多年之後看到童年玩伴，發現自己被歲月折騰了多少，聊聊性愛、棒球、油價和華沙公約組織的未來，任何事都可以，只要不談我們今天所爲何來就好。所以說點話吧，誰都行。

真的有人開口了。是艾迪．卡斯普布拉克。但他沒說愛德華．甘迺迪參議員的脾氣，也沒講勞勃．瑞福小費給得慷不慷慨，更沒提自己為什麼還在用理查德當年戲稱為「艾迪奶嘴」的玩意兒。他問麥可，史丹利．尤里斯什麼時候死的。

「前晚，我打電話之後。」

「他的死和……我們來這裡的原因有關嗎？」

「這麼說可能會自打嘴巴，因為他沒有留下隻字片語，也沒人能肯定，」麥可回答：「但既然他在我打電話之後不久就過世了，我想應該可以這麼推論。」

「他自殺了，對吧？」貝芙莉悶悶地說：「喔，天哪，可憐的小史。」

其他人看著麥可。麥可喝完酒，說：「他確實是自殺沒錯。顯然接完我電話後不久就上樓到浴室放熱水，到浴缸泡澡，然後割腕自殺。」

威廉低頭望著餐桌，感覺眼前突然出現一排嚇白的臉。看不到身體，只有臉，感覺很像白圓圈，又像白氣球、月亮氣球，被一個早該捨棄的承諾牽繫著。

「你怎麼知道的？」理查德問：「這裡報紙有報嗎？」

「這裡的報紙沒有，但我有訂你們居住城市的報紙，已經訂了一段時間。這些年來，我一直在做剪報。」

「狗仔，」理查德一臉不悅：「謝啦，麥可。」

「這是我的工作。」麥可淡淡地說。

「可憐的小史，」貝芙莉又說了一次。她似乎很震驚，覺得難以接受。「但他以前那麼勇敢，那麼……果決。」

「人會變的。」艾迪說。

「是嗎？」威廉問：「小史他——」他雙手在桌布上游移，想找到對的字眼。「他做事情按部就班，是那種會把小說和非小說分開擺放的人……而且每一區還要照字母順序排列。我記得他曾經說過一件事——我不記得那是哪裡，我們在做什麼，至少現在想不起來，但我想是事情快要結束那前後——他說他可以忍受害怕，但就是受不了骯髒。我覺得這就是小史的人格特質。也許麥可來電對他而言太承重了，讓他發現自己只有兩個選擇：骯髒地活或安靜地死。人的改變或許沒有我們想像得那麼大。人或許——只是僵硬了。」

六人沉默片刻，接著理查德說：「好了，麥可，德利究竟出了什麼事？跟我們說吧。」

「我可以跟你們說一些，」麥可說：「我可以告訴你們現在的狀況，也可以說一些關於你們的事，但我無法告訴你們一九五八年夏天發生的每一件事，也不認為有必要。反正你們最後都會想起來的。我覺得要是你們的心智還沒準備好就告訴你們太多，小史的遭遇很可能——」

「發生在我們身上？」班恩悄聲問。

麥可點點頭。「沒錯，我就怕那樣。」

威廉說：「那就告訴我們你能說的，麥可。」

「好，」麥可說：「我會的。」

4

窩囊廢聽八卦

「兇殺案又開始了。」麥可語氣平平地說。

他看看前面，看看餐桌，接著目光盯著威廉。

「第一樁『新兇殺案』——請原諒我擅自使用這麼陰森的詞彙——發生在主大街橋上，結束在橋下。死者是有點孩子氣的同志，名叫艾德里安‧梅倫。他有嚴重的氣喘。」

艾迪伸出手，摸摸噴劑側面。「時間是去年夏天的七月廿一日，運河節活動的最後一天。運河節活動是慶祝儀式，是……是……」

「是德利的年度盛事。」威廉低聲說。他用修長的手指緩緩按摩太陽穴，看也知道他正想著弟弟喬治……上一回出事時，幾乎可以說就是從喬治開始的。

「盛事，」麥可輕聲說：「沒錯。」

他匆匆講完艾德里安的遭遇。他發現朋友們的眼睛愈瞪愈大，但他心裡一點也不高興。他告訴他們《新聞報》報導了什麼，沒報導什麼……沒報導的事包括唐恩‧哈卡帝和克里斯多夫‧昂溫宣稱橋底下有小丑，很像古代寓言故事裡的巨人，（據哈卡帝的講法）又像麥當勞叔叔和波佐的混合體。

「是他，」班恩用喪氣沙啞的嗓音說：「是那個混帳潘尼歪斯。」

「還有一件事，」麥可看著威廉說：「將艾德里安‧梅倫拖出運河的是鎮上的警察，名叫哈洛德‧加德納。」

「喔，天哪！」威廉用近乎哽咽的虛弱聲音說。

「小威？」貝芙莉看著他，一手扶著他的胳膊，聲音充滿驚訝和關切。「怎麼回事，小威？」

「哈洛德那時應該才五歲。」威廉說，一雙震驚的雙眼看著麥可，想從他那裡得到證實。

「對。」

「怎麼了，威廉？」理查德問。

「哈洛德．加德納是戴夫．加德納的兒、兒子，」威廉說：「喬治遇害當時，戴、戴夫和我們住在同一條街。最先跑到喬、喬……我弟弟那裡，用毛、毛毯將他包好帶進屋裡的人就是他。」

所有人默默坐著，不發一語。貝芙莉用手抹了抹眼睛。

「一切真是太巧了，對吧？」過了一會兒，麥可說。

「對啊，」威廉低聲說：「真是太巧了。」

「我剛才說過，我一直在收集你們的消息，」麥可又往下說：「但一直到後來我才明白自己為什麼會做，因為它有一個具體明確的目的。但我還是強忍著，想看事情會如何發展。你們知道，我覺得我必須百分之百確定，才能……打擾你們。不是百分之九十，連百分之九十五也不行。必須百分之百。」

「去年十二月，紀念公園發現一名八歲男童的屍體，男孩名叫史帝芬．強森。他和艾德里安．梅倫一樣，生前或死後被兇手肢解，但根據臉上的表情，感覺更像驚嚇致死。」

「有性侵嗎？」艾迪問。

「沒有，只有肢解。」

「到底有幾個？」艾迪問，但看起來不是真的想知道。

「很慘。」麥可說。

「幾個？」威廉又問。

「到目前九個。」

「不會吧！」貝芙莉驚呼道：「那我應該會在報上讀到才對……或電視新聞！緬因州城堡岩市那個瘋警察連續殺害婦女……還有亞特蘭大的多起殺童案……都有上新聞。」

「沒錯，確實如此，」麥可說：「我也想了很久。這裡發生的事情很接近上面那些事，而且貝貝說得對，這應該是全國大新聞才對。從某方面說，這件事和亞特蘭大的案件一比之後，只讓我覺得害怕。九名孩童遇害……我們這裡應該擠滿了電視台記者、冒牌靈媒、《亞特蘭大月刊》和《滾石雜誌》的記者……簡單說，媒體馬戲團應該都會進駐才對。」

「可是並沒有。」威廉說。

「沒錯，」麥可說：「是沒有。不過，波特蘭《電訊報》週日增刊曾做過一次報導，波士頓《環球報》也報導了最後兩起兇殺案，波士頓一家電視台有一個叫做『好日子』的節目，今年二月有一集專講懸而未決的兇案，其中一名專家提到了德利市的兇殺案，但只是隨口提到……而且完全沒說一九五七到五八年和一九二九到三〇年也發生過類似的連續兇案。

「之所以如此，當然有些顯而易見的理由。亞特蘭大、紐約、芝加哥和底特律……是媒體大城，只要發生任何事情都會搞得很大。德利沒有自己的電視台和廣播，除非你把高中英語系的學生調頻電台算進去。要到班格爾那種規模才有自己的媒體。」

「但我們有德利《新聞報》。」艾迪說，說完大家都笑了。

「但我們都曉得現在世界不是這樣運作的。通訊網那麼發達，這裡發生的事情應該要變成全國新聞，結果卻沒有。我認為理由只有一個：因為牠不想。」

「牠。」威廉沉吟地說，彷彿喃喃自語。

「牠。」麥可附和道：「假如要替牠取個名字，最好還是照以前的習慣，把牠叫做牠。我最近在想，牠在德利太久了……不管牠到底是什麼……牠已經成為德利的一部分，就像儲水塔、運河、貝西公園和圖書館一樣，差別只在牠不是外顯的物體，你們瞭解嗎？也許之前是，但現在牠……內化了，不曉得為什麼內化了。我只能這麼理解德利發生的這些可怕事，包括表面上可以解釋和完全無法解釋的事。一九三〇年一家叫做黑點的黑人酒吧大火，在此一年前，一群腦袋不太清楚的大蕭條匪徒在運河街被槍殺，而且是正中午。」

「布雷德利幫，」威廉說：「他們被聯邦調查局逮到了，對吧？」

「歷史是這樣記的，其實不太正確。我已經查出——我也希望不是如此，因為我很愛德利——布雷德利幫的七名成員是被一群德利善良市民槍殺的，我以後再告訴你們事情經過。」

「一九〇六年，基勤納鐵工廠舉行復活節找彩蛋活動，結果發生爆炸。同一年還發生了恐怖的連續動物肢解事件，最後查出兇手是安德魯．陸林，就是陸林農場現任負責人的叔公，但在押解途中被人用大棒打死，顯然是那三名押解官幹的，但那三人都沒有受審。」

麥可從內口袋拿出一本小筆記簿，低著頭邊翻邊說：「一八七七年有四起命案在城裡發生，其中一名兇手是循道會的平信徒宣教師。他在浴缸裡溺死自己的四個孩子，像小貓一樣，然後一槍打爆妻子的腦袋，將槍放在妻子手中偽裝成自殺，但沒有人被他騙過。一年前，四名伐木工人陳屍在坎都斯齊格河下游的一間木屋內，屍體四分五裂。舊日記還記載了孩童失蹤、全家失蹤……但官方史料隻字未提。類似的案件還有很多，但我想你們應該知道我的意思。」

「我知道，」班恩說：「德利很有問題，但一直沒有曝光。」

麥可闔上筆記簿放回內口袋，嚴肅地看著他們。

「假如我是保險經紀人而不是圖書館員，就能畫一張圖表給你們看了，讓你們見識這裡的暴力犯罪率有多離譜，包括強暴、亂倫、私闖民宅、偷車、虐童、家暴和攻擊等等。

「德州有一個中型城市，以它的規模和種族雜處的程度，暴力犯罪卻少得超乎想像。有人研究當地市民為什麼格外鎮靜，發現關鍵在水源……那裡的水很有鎮定效果。德利恰好相反。這裡平常就不太平靜，但每二十七年——雖然時間長短不是很固定——暴力犯罪就會陡然升高……卻從來沒有登上全國版面。」

「你的意思是，這個城市很像得了癌症？」貝芙莉問。

「不是。癌症不治療一定會致命，但德利不僅沒死，還愈來愈繁榮……只不過幅度並不驚人，也不值得上新聞。在人口相對稀少的緬因州，德利只不過是個發展得不錯的小城。這個州太常發生壞事……而且每隔四分之一世紀左右就會冒出特別恐怖的事件。」

「從以前到現在都是這樣？」班恩問。

麥可點點頭說：「從以前就是這樣。一七一五年到一六年。一七四〇到四三年左右——那次肯定特別嚴重——一七六九到七〇年，就這樣一直到現在。我的感覺是情況愈來愈糟，可能因為德利人口不斷增加，也可能是其他因素。一九五八年那次似乎提前終止，因為我們的緣故。」

威廉．鄧布洛忽然身體向前，眼睛閃閃發亮。「你確定嗎？非常確定？」

「嗯，」麥可說：「之前的週期都在九月左右達到高峰，接著戛然而止，通常到了耶誕節就會恢復正常……最慢不會超過復活節。換句話說，每廿七年會有十四到二十個月的壞日子。但你弟弟一九五七年十月遇害，那一次的週期卻在隔年八月就突然結束了。」

「為什麼？」艾迪急切地問，呼吸變得很淺。威廉想起艾迪從前吸氣時發出的尖銳嘶聲，知道他很快就要動用「奶嘴」了。「我們做了什麼？」

問題浮在半空中。麥可似乎盯著它看……後來他搖搖頭說：「你會想起來的，時間到了就會想起來的。」

「要是想不起來呢？」班恩問。

「那就上天保佑囉。」

「今年就死了九個小孩，」理查德說：「天哪。」

「麗莎·艾布瑞希和史帝芬·強森去年底遇害，」麥可說：「今年二月，一個名叫丹尼斯·托利歐的男孩失蹤，高中生，屍體三月中被人發現，就在荒原，同樣被肢解。這是最近的一次。」

他從剛才拿出筆記簿的口袋裡掏出一張相片，傳給他們看。貝芙莉和艾迪看完一臉困惑，理查德·托齊爾卻反應激烈，彷彿燙手山芋似的讓相片落到地上。「天哪，麥可，天哪！」他抬起頭，瞪大的眼睛充滿驚恐。過了一會兒，他將相片遞給威廉。

威廉看了相片，忽然覺得世界變成一片黑白。他覺得自己一定會昏倒。他聽見呻吟聲，知道是自己的聲音。相片從他手中滑落。

「怎麼了？」他聽見貝芙莉問：「你看到了什麼，威廉？」

「這是我弟弟在學校的相片，」威廉過了半晌才說：「是喬、喬治。他相簿裡的相片，會動的那一張，眨眼睛的那張。」

他們再度傳閱相片，威廉則是兩眼茫然，有如石像坐在桌首動也不動。那相片是翻拍的，相片裡的相片破破爛爛，背景是白色。相片裡的孩子微笑著，雙唇微張著，露出兩個永遠長不出新牙的缺口（除非在棺材裡還能長牙，威廉想到不禁打了個冷顫），相片下緣寫著一行字：一九五七學年度校友。

「這張相片是今年找到的？」貝芙莉又問。麥可點點頭，貝芙莉轉頭問威廉：「威廉，你最後一次看到這張相片是什麼時候？」

威廉舔了舔嘴唇想開口回答，卻說不出話來。他又試了一次，感覺話在他腦中迴盪，知道自己又開始口吃了。他努力抗拒，對抗心裡的驚惶。

「我一九五八年之後就沒見過這張相片了。那年春天，喬治死後的隔年，我想拿給理查德看，但相片卻不、不見了。」

話才說完，他們就聽見一聲巨喘。所有人都轉頭想知道是誰，只見艾迪將噴劑放回桌上，露出微微尷尬的表情。

「艾迪．卡斯普布拉克噴了！」理查德開心大喊，接著又詭異又突然地，電影新聞播報員的聲音從他嘴裡冒了出來：「今天，德利市民紛紛上街參與氣喘日大遊行。活動主角是鼻涕蟲艾迪，人稱新英格蘭的——」

他忽然閉嘴，伸手似乎想摀住自己的眼睛。威廉突然心想：不——不對，不是那樣。他不是要遮眼睛，而是要推眼鏡。但他已經沒戴眼鏡了。喔，老天哪，這到底是怎麼回事？

「對不起，艾迪，」理查德說：「這話太毒了，我真不知道自己怎麼搞的。」他一臉困惑望著其他人。

麥可．漢倫打破沉默。

「史帝芬．強生的屍體被人發現之後，我承諾自己，要是再有事件發生，而且是更確鑿的案子，我就要放棄兩個月來的忍耐打電話給你們。我好像被發生的事情，被事件本身的意識和蓄意性催眠了。喬治的相片是在一棵倒下的樹木旁發現的，離托里歐家男孩的屍體不到十英尺。相片沒有被人藏著，完全沒有，反而像兇手刻意要讓人發現似的。我敢說一定是這樣。」

「你怎麼拿到這張警方蒐證相片的，麥可？」班恩問：「那是警方拍的相片，對吧？」

「沒錯，確實是。警察局裡有一個傢伙不排斥賺一點外快。我每個月給他二十美元，我只付得起這麼多。他是我的眼線。

「托里歐家的男孩被人發現不到四天，道恩．羅伊的屍體就被找到了。麥卡倫公園，十三歲，頭被砍了。

「今年四月廿三日，亞當．泰洛特，十六歲，樂團練習之後就不見蹤影，隔天被人發現，就在西百老匯後方草地的小徑旁，一樣頭不見了。

「五月六日，佛德利．寇旺，兩歲半，陳屍二樓浴室，溺斃在馬桶裡。」

「喔，天哪！」貝芙莉驚呼道。

「對，很慘沒錯，」麥可說，語氣近乎憤怒：「妳以為我不覺得嗎？」

「警方確定不是，呃，不是意外嗎？」貝芙莉問。

麥可搖頭說：「那小孩的母親當時在後院晾衣服。她聽見打鬥聲，還聽見兒子尖叫，便立刻衝了過去。她說她上樓時，聽見有人不停讓馬桶沖水，而且有人在笑。她說那聲音聽起來不像是人。」

「但她什麼都沒看到？」艾迪問。

「只看到她兒子，」麥可直話直說：「他背斷了，顱骨碎裂，淋浴間的玻璃門也破了，現場血跡斑斑。這名婦人目前在班格爾精神療養院，我……我的警方眼線說她差不多瘋了。」

「那還用說。」理查德啞著嗓子說：「誰有菸？」

貝芙莉給了他一根，理查德將菸點著，手抖得非常厲害。

「警方研判，兇手從前門闖入，小孩的母親在後院晾衣服，等她從後樓梯奔上二樓，兇手剛好從浴室窗戶跳到後院，順利脫逃。但浴室窗戶只有一般窗戶的一半尺寸，連七歲小孩都得鑽得很辛苦，而且跳下去的距離是廿五英尺，地面又是石板。拉德馬赫警長不願意多談這些細節，媒體也沒有追問，《新聞報》尤其如此。」

麥可喝了口水，然後拿出另一張相片給其他人傳閱。這回不是警方的蒐證照，而是另一張學生照。一個年約十三歲的男孩笑得很燦爛。他穿著最好的衣服，乾淨的雙手規規矩矩擺在腿上……但眼神卻帶著一絲邪惡。他是黑人。

「傑佛瑞．侯利，」麥可說：「五月十三日，寇旺家的小孩遇害一週後。開膛破肚，陳屍在貝西公園，運河旁邊。

「五月廿二日，也就是九天後，內波特街出現另一具屍體，小學五年級，名字叫約翰．佛瑞。」

艾迪尖叫一聲，聲音抖得厲害。他慌忙去拿噴劑，卻把它撞到桌下，滾到威廉腳邊。威廉拾起噴劑，艾迪臉色蠟黃，喉間發出森冷的哮喘聲。

「拿水給他喝！」班恩大吼：「誰拿水——」

但艾迪搖頭拒絕了。他將噴劑塞進嘴裡按了一下，胸口因為大口喘息而起伏。他又摁了一次噴劑，接著背靠椅子，半閉著眼睛不停喘氣。

「我不會有事的，」他喘著說：「給我一分鐘，我挺得住。」

「你確定嗎，艾迪？」貝芙莉問：「你是不是應該躺著——」

「我不會有事的，」他又說了一次，語氣不太高興：「我只是……太震驚了，妳知道。很震驚，因為我完全忘了內波特街。」

沒有人開口，也沒必要。威廉心想：你以爲事情就這樣了，麥可卻又拋出一個新名字，就像從帽子裡源源變出壞把戲的惡巫師，再次讓你天旋地轉。

大量噩耗一次襲來，根本難以承受。無法解釋的暴力接踵而至，完全針對在座這六人而來，起碼喬治的相片讓人有這樣的感覺。

「約翰．佛瑞的雙腳不翼而飛，」麥可低聲接著說：「但法醫表示截肢發生在死亡之後，因為那孩子的心臟停了，真的可以說是嚇死的。發現屍體的是一名郵差，他看見一隻手從門廊下露出來——」

「廿九號，對吧？」理查德說。威廉立刻看他一眼，理查德也看了威廉一眼，朝他微微點頭，接著又轉頭看著麥可。「內波特街廿九號。」

「沒錯，」麥可依然一派鎮定：「是二十九號。」他又喝了一口水。「你真的沒事嗎，艾迪？」

艾迪點點頭。他的呼吸已經平緩下來。

「佛瑞的屍體被人發現隔天，拉德馬赫逮捕了一名嫌犯，」麥可說：「那一天《新聞報》頭版好巧不巧出現一篇社論，要求他辭職下台。」

「在發生八件命案之後？」班恩說：「他們也太急了吧？」

貝芙莉想知道被捕的人是誰。

「一個住在七號公路一間小屋的傢伙，都快出了德利市到新港了，」麥可說：「算是個避世者，火爐裡燒的是碎木片，屋頂是撿來的薄木板和輪圈蓋，大名是哈洛德．厄爾，可能已經有一年沒見過兩百美元以上的現鈔了。佛瑞的屍體被人發現那天，有人開車經過看到他站在前院抬頭望著天空，衣服都是血。」

「所以說不定——」理查德滿懷希望地說。

「他屋子裡有三隻死鹿，」麥可說：「他那天在哈芬喝得爛醉，衣服上的血是死鹿的。拉德馬赫問他是不是殺了約翰．佛瑞，據說他回答：『是啊，我殺了很多人，多半是在戰場上開槍解決的。』他還說晚上常在林子裡看見怪東西，有時是藍光，在離地幾英寸的空中飄著。他說那是屍光，還看到大腳印。

「他們把他送到班格爾精神療養院。根據檢查報告，他的肝臟幾乎爛了，因為他一直在喝油漆稀釋劑——」

「喔，天哪！」貝芙莉說。

「——所以很容易產生幻覺。但警方死咬著他不放。一直到三天前，拉德馬赫依然堅信厄爾是頭號嫌犯。他派了八個人到小屋附近挖掘，尋找被斬斷的頭或人皮燈罩之類的，誰曉得他們想挖到什麼。」

麥可低頭沉默片刻，然後繼續往下說，聲音稍微沙啞。「我一直等、一直等，直到最近這一起命案發生，我才打了電話。我真該早一點打的。」

「這還不曉得。」班恩忽然插了一句。

「這回的死者也是小五生，」麥可說：「是佛瑞的同學，被人發現陳屍在堪薩斯街，就在我們以前到荒原去玩的時候，威廉藏腳踏車的地方附近。男孩名叫傑瑞．貝爾伍，一樣五體不全。剩……剩餘的屍首在水泥擋土牆下找到。那道擋土牆是二十年前左右蓋的，目的在阻止土壤侵蝕，幾乎包括整條堪薩斯街。這張相片拍的就是貝爾伍陳屍的那段擋土牆，拍攝時間距離警方移走屍體不到半小時。你們看。」

他將相片拿給理查德．托齊爾，理查德看完了遞給貝芙莉。她瞄了一眼打了個冷顫，將相片遞給艾迪。艾迪看了很久、很專心，之後將相片拿給班恩，班恩幾乎看也沒看就遞給威廉。

水泥擋土牆上歪七扭八寫著一行字：

威廉抬頭嚴肅地望著麥可。他之前只覺得困惑和害怕，現在卻感到憤怒。他很高興。憤怒不是什麼好東西，但起碼比震驚和可悲的恐懼好。他問：「這行字是用那個寫的？」

「對，」麥可說：「是用傑瑞．貝爾伍的血寫的。」

5

理查德被消音

麥可收回相片。他覺得威廉可能會問他喬治學生照的事，但卻沒有。他將相片放回外套內口袋。相片收好之後，所有人（包括麥可在內）都鬆了一口氣。

「九個小孩，」貝芙莉低聲說：「我真不敢相信。我是說我相信，但實在很難相信。九個小孩死了，竟然沒人反應？完全沒有？」

「也不盡然，」麥可說：「市民很生氣，也很害怕……至少看起來如此。要想分辨誰是真的害怕，誰是裝的，實在不太可能。」

「裝的？」

「貝芙莉，妳還記得我們小時候，有一回妳向某個人呼救，但那傢伙只是折起報紙走回屋內嗎？」

聽到這話，貝芙莉眼前似乎浮現了一幕景象，讓她既害怕又警覺，但隨即只剩滿臉的困惑。

「不記得……那是什麼時候的事情，麥可？」

「沒關係，到時妳會想起來的。我現在只能告訴妳，一切就像德利市長久以來該有的樣子。面對這一連串兇殺案件，民眾該有的反應都有了，而他們做的事幾乎和一九五八年孩童連續失蹤和遇害時差不多。拯救孩童委員會再度集會，只是地點在德利小學，而不是德利高中。緬因州司法部派了十八名警探，外加一批聯邦調查局幹員——我不曉得多少人。拉德馬赫愛說大話，但我想他也不知道人數。市區再度實施宵禁——」

「是啦，宵禁，」班恩緩緩搓揉頸側，動作很刻意。「這招在一九五八年就很有用了，至少我記得這點。」

「還有導護媽媽團體出面，確保每位學童都有人護送回家，從幼稚園到國中生都不例外。過去三週《新聞報》就收到兩千多封讀者投書，要求相關單位提出解決方案。當然，外移潮也再度出現。我有時都覺得，只有靠這一點才能分辨誰是認眞想要阻止噩耗繼續發生，誰是不當一回事的。認真的人都怕了、離開德利了。」

「真的有人搬走嗎？」理查德問。

「每回週期一到，就會湧現外移潮。出走總人數無法統計，因為從一八五〇年左右以後，週期就沒有出現在普查年了，但人數肯定不少。他們就像發現鬼屋真的有鬼的小孩一樣逃之夭夭了。」

「回家、回家、回家，」貝芙莉低頭望著雙手輕聲說，隨即抬起頭來，但目光不是向著麥可，而是威廉。「牠要我們回來，為什麼？」

「牠可能想讓我們都回來，」麥可神秘兮兮地說：「這當然有可能。牠可能想報復，畢竟我們曾經阻止過牠。」

「報復……或是讓事情恢復常態。」威廉說。

麥可點點頭：「你們的生命也失常了，不是嗎？你們都不是完好無缺離開這座城市的……身上都留有牠的印記。你們都忘了當時發生了什麼，對那年夏天的回憶依然很零碎，而且還有一件事很有意思，那就是你們都很有錢——」

「喔，拜託！」理查德說：「那根本——」

「輕鬆點，輕鬆點，」麥可舉起一隻手，淡淡笑了笑：「我沒指控什麼，只是點出事實。以我一個稅後年收入不到一萬一千美元的小城圖書館員的角度看，你們都很有錢好嗎？」

穿著昂貴西裝的理查德不自在地聳聳肩膀，班恩撕著餐巾邊緣，似乎完全沉浸其中。除了威廉，沒有人看著麥可。

「你們當然不到億萬富豪杭特的等級，」麥可說：「但即便以美國中上階層的標準來說，你們也算富裕的了。我們是朋友，所以就別裝模作樣了：去年稅後收入低於九萬美元的人舉手。」

其他人偷偷互看一眼，神情尷尬，好像成功很丟臉似的。美國人似乎都這樣，好像錢是煮熟的雞蛋，吃多了一定會放屁。威廉覺得熱血衝上臉頰，很想阻止卻沒辦法。他光撰寫《閣樓》的劇本大綱，稿酬就比麥可說的金額還要多一萬美元，而且片商答應之後（如果有需要）改寫，每次會付他兩萬美元。接下來還有版稅……最近又簽了兩本書的合約……他去年的收入到底有多少？八十萬美元左右，對吧？無論金額多少，對於年收入不到一萬一千美元的麥可．漢倫來說，都是天文數字了。

原來他們只付這一點錢請你看守這地方啊，麥可，你這個老小子，威廉心想，天哪，你早就應該要求加薪的！

麥可說：「威廉．鄧布洛，在這個只有少數作家能靠這一行過日子，而且愈來愈難的社會裡，你卻幹得很成功。貝芙莉．羅根，妳靠剪布維生，這一行更是追逐者眾，成名者稀。但妳卻是目前美國中產階級最熱門的設計師。」

「哎，不是我，」貝芙莉說。她緊張地輕笑一聲，用還沒燒完的菸屁股又點了一根菸。「是湯姆，湯姆才是。要不是他，我現在還在幫人改襯裡和縫車邊。我根本沒有商業頭腦，連湯姆都這麼說。都是……你知道，湯姆的功勞，還有機運。」她深深吸了一口菸，然後把菸摁熄。

「我想這位女士太激動囉。」理查德捉弄地說。

貝芙莉坐在椅子上猛然轉身，滿臉通紅狠狠瞪了他一眼。「你這話什麼意思，理查德．托齊爾？」

「別打我，郝思嘉小姐！」理查德抖著嗓子模仿小黑奴的腔調尖細地說。威廉忽然清楚看見自己當年認識的那個男孩，心裡湧起一種詭異的感覺。他不再是掩藏在理查德．托齊爾的大人外表下的孩子，而是比大人更真實。「別打我！我再去幫您拿一杯薄荷酒，郝思嘉小姐！您到外頭門廊去喝，那裡比較涼快！別打我這個小僕人！」

「你真是沒救了，小理，」貝芙莉冷冷地說：「拜託你成熟一點。」

理查德望著她，臉上的笑容開始遲疑了起來。他說：「在還沒回到這裡之前，我一直都覺得自己已經是個大人了。」

「理查德，你應該是美國目前最成功的電台主持人，」麥可說：「洛杉磯顯然是你的天下。除此之外，你還有兩個聯播節目，一個是流行歌排行榜，另一個好像叫古怪四十——」

「笨蛋，你說話最好小心點，」理查德模仿《天龍特攻隊》裡的怪頭用沙啞的聲音說，但臉卻紅了。「否則我就讓你前胸變後背，用拳頭幫你腦袋動手術，然後——」

「艾迪，」麥可不管理查德，繼續往下說：「你在黑頭車多如過江之鯽的首善之都開租車行，而且做得有聲有色。紐約每週都有兩家租車行倒閉，你卻幹得很好。

「班恩，你應該是全球最成功的新銳建築師。」

麥可雙手一攤，微笑著對他們說：「我不想讓你們難堪，只想釐清事實。你們有的年少得志，有的天賦異稟——要不是有人肯賭運氣，我想任誰都會放棄。如果你們只有一、兩人成功，那還可以說是巧合，但事實不然，你們每一個人都很成功，包括史丹利．尤里斯，他是亞特蘭大最成功的會計師……也就等於整個美國南方。我的結論是，你們的成功源自二十七年前的事件，兩者的關聯就像過去接觸過石棉，日後罹患癌症一樣清楚和確鑿。你們有誰想反駁嗎？」

他看著其他人，沒有人說話。

「只有你例外，」威廉說：「你出了什麼事，小麥？」

「答案還不明顯嗎？」他咧嘴笑著說：「因為我待在德利。」

「你留下來看守，」班恩說。威廉猛然轉頭，一臉驚訝看著班恩，但班恩直直盯著麥可，沒有看見。「但是我感覺並不好，麥可。事實上，這讓我感覺自己像個混蛋。」

「阿門。」貝芙莉說。

麥可平靜地搖搖頭。「你們不必覺得愧疚，統統不用。你們真的認為留下來是我的選擇，就像離開是你們的選擇一樣嗎？拜託，我們當時還是孩子，你們的爸媽因為不同原因離開德利，你們只不過是他們的行李，而我爸媽留在這兒。這真的是他們——他們任何一個人——的決定嗎？我不認為。是什麼決定誰要離開，誰要留下？機運嗎？宿命？牠？還是什麼？我不知道，但絕不是我們。所以別來這一套。」

「你不會……不會怨恨嗎？」艾迪怯懦地問。

「我太忙了，沒時間怨恨，」麥可說：「我費了許多時間觀察與等待……我想早在我察覺之前，我就開始觀察和等待了。但過去五年左右，我一直處在類似紅色警戒的狀態。去年底今年初我開始寫日記，而寫東西會讓人努力思考……或讓思考的焦點更集中。我一直在書寫和思考的一件事，就是牠到底是什麼。牠千變萬化，這一點我們都曉得。我想牠還會增生，而且自然會在人身上留卜印記，就像臭鼬只要近距離射出臭氣，你洗再久也很難洗掉味道，或者像蚱蜢被人抓在手裡就會噴出黏液——」

麥可緩緩解開襯衫，盡量露出胸膛。其他人看見他光滑的棕色皮膚，還有乳頭之間的粉紅疤痕。

「或像爪子的抓痕一樣。」他說。

「狼人，」理查德用近乎呻吟的聲音說：「天哪，威老大，狼人！我們在內波特街遇到的！」

「什麼？」威廉問，一副大夢初醒的表情。「你說什麼，小理？」

「你不記得了？」

「不記得……你記得嗎？」

「我……我幾乎……」理查德一臉困惑和恐懼，愈說愈小聲。

艾迪像是催眠似的盯著疤痕看，忽然問麥可：「你是說那東西並不邪惡？只是某種……自然法則？」

「不是我們所瞭解或容忍的自然法則，」麥可扣回鈕子說：「而且我也看不出情況會和我們現有的理解不同：牠會殺人，殺小孩，這是不對的。威廉是我們當中最先發現這一點的。你還記得嗎，威廉？」

「我只記得我想殺牠，」威廉說。這是他頭一回（但不是最後一次）聽見自己明確說出這個字：「但我對牠沒什麼看法，你懂嗎？我想殺牠只是因為牠殺了喬治。」

「你現在還想殺牠嗎？」

威廉陷入沉思。他低頭看著自己攤在桌上的雙手，想起喬治穿著黃雨衣，拉起雨帽，手裡拿著塗著薄薄石蠟的紙船。他抬頭看著麥可。

「從、從來沒這、這麼想過。」他說。

麥可點點頭，好像知道威廉就是會這麼答。「牠在我們身上留下印記，在我們身上遂行牠的意志，就像牠對待德利市那樣。日日夜夜，在牠的活躍期如此，在牠漫長的沉睡或冬眠期也一樣。」

麥可舉起一根手指。

「但牠雖然在某個點上以某種方式在我們身上遂行牠的意志，我們也在牠身上遂行了我們的意志。我們在牠完事之前阻止了牠，我很確定這一點。我們削弱牠了？傷害牠了？甚至差點殺了牠？我想都對。我想我們差點殺了牠，也以為我們辦到了，所以才會離開。」

「但你也想不起那一段了，對吧？」班恩問。

「沒錯。一九五八年八月十五日以前的事情，我幾乎記得清清楚楚，但從那天直到九月四日開學左右的事情，我腦中一片空白。那一段記憶不是模糊，而是完全沒有。只有一件事例外。我記得威廉好像大喊『死光』之類的。」

威廉的手臂猛然抽搐，撞到一只空酒瓶，將瓶子撞到地上像炸彈一樣碎了。

「你有沒有割傷？」貝芙莉問，她人已經站起來一半了。

「沒有。」威廉說，聲音又粗又兇。他手臂冒起雞皮疙瘩，頭顱好像脹大了，他感覺

（死光）

顱骨不停跳動，似乎想撐破臉皮，令人發麻。

「我來撿——」

「不用，妳坐著就好。」他想看著她說，但沒辦法。他無法將目光從麥可身上移開。

「你想起死光了，威廉？」麥可柔聲問。

「沒有。」威廉回答。他的嘴巴感覺就像牙醫用了太多麻醉藥一樣。

「你會想起來的。」

「最好不要。」

「你一定會的，」麥可說：「但現在……還不會。我也不會。你們呢？」

其他人逐一搖頭。

「但我們當年做了某件事，」麥可輕聲說道：「在某個時候，我們勉強發揮了集體意志，得到某種特殊的理解，不管我們自己有沒有意識到，」他焦躁地扭動身子：「老天，真希望小史有來，他腦袋最有條理，或許能想出什麼點子。」

「可能吧，」貝芙莉說：「或許他就是因此才自殺的。或許他明白過去的把戲不管用了，因為我們都長大了。」

「我覺得應該還是管用，」麥可說：「因為我們六人還有一個共同點，不曉得你們有沒有發現。」

這回輪到威廉欲言又止了。

「說吧，」麥可說：「你知道答案，我看你的表情就知道了。」

「我不確定對不對，」威廉說：「但我猜答案是我們都沒、沒有小孩，對不、不對？」

其他人驚訝得說不出話來。

「沒錯，」麥可說：「你說對了。」

「我的天老爺啊！」艾迪氣憤地說：「這到底跟整件事有什麼關聯啊？是誰說人人都要有小孩的？根本在胡扯！」

「你和你老婆有小孩嗎？」麥可問。

「既然你一直在追蹤我們的消息，一定知道我沒有小孩。但我還是要說這他媽一點都不重要。」

「你們有試著懷孕嗎？」

「我們沒有避孕，你要問的是這個嗎？」艾迪說，語氣裡帶著令人莫名感動的尊嚴，可是臉卻紅了。「只是我太太有點……算了，我就直說吧，她非常胖。我們找過醫生，醫生說我太太要是不減肥，可能就無法懷孕。這犯法嗎？」

「輕鬆點，小艾。」理查德安撫他說，同時彎身靠近他。

「別叫我小艾，也休想戳我臉頰！」他朝理查德咆哮：「你知道我討厭那樣！最討厭那樣！」

理查德嚇得縮回去，眨了眨眼。

「貝芙莉，」麥可問：「妳和湯姆呢？」

「我們沒有小孩，」她說：「也沒避孕。湯姆很想要小孩……我當然也是，」她匆匆補上這一句，並且瞄了所有人一眼。威廉覺得她的目光太亮了，和表演出色的女明星一樣。「只是時機不對。」

「你們有做檢查嗎？」班恩問她。

「喔，當然有啊。」她說，說完緊張輕笑一聲。就像天生好奇又機敏的人偶爾會靈光一閃一樣，威廉忽然對貝芙莉和完美丈夫湯姆有了深刻的瞭解。貝芙莉去做了生育檢查。他猜「完美丈夫」壓根不認為自己寶貝袋製造的精子有任何問題。

「你和你太太呢，威老大？」理查德問：「還在試？」其他人都好奇地看著他……因為他們都認識他太太。奧黛拉不是最有名的女星，也不是最受歡迎的，但在這個名聲勝於演技的二十世紀後半，她絕對是一號人物。她只是剪了頭髮就登上《時人》雜誌，還有一回在紐約待了太久、太無聊（她預定在外百老匯演出的舞台劇後來吹了），她不顧經紀人極力反對，硬是在好萊塢廣場血拚了整整一星期。對他們來說，她是臉孔熟悉的陌生人。尤其是貝芙莉，威廉覺得她特別感興趣。

「過去六年，我們斷斷續續試過，」威廉說：「但過去八個月沒有，因為我們在拍電影——片名是《閣樓》。」

「嘿，我們每天下午五點十五分到五點半有個聯播節目，」理查德說：「名字叫做『追星時間』，上星期就是介紹那部該死的片子——講一對夫妻一起快樂工作的故事。節目裡有提到你和你太太的名字，我竟然沒想到就是你們，很有趣吧？」

「是很有趣，」威廉說：「總之，奧黛拉說要是她在拍片期間懷孕就麻煩了，因為她得花十週時間一邊辛苦軋戲，一邊孕吐。但我們都很想要孩子，真的，而且非常努力。」

「有做生育檢查嗎？」班恩問。

「有啊，四年前在紐約做過。醫生在奧黛拉的子宮裡發現一個很小的良性瘤。他們說我們運氣好，因為腫瘤雖然不至於讓她不孕，卻可能導致輸卵管妊娠。不過，我和她都沒有不孕。」

艾迪還是堅持己見：「這件事根本不代表什麼。」

「但很有意思。」班恩喃喃自語。

「你該不會給我們一個驚喜吧，班恩？」威廉問道。他發現自己差點脫口喊他班恩·害死康，覺得既震驚又有趣。

「我一直沒結婚，也很小心，到目前為止還沒有小孩出來認父親，」班恩說：「但真相如何就不得而知了。」

「你們想聽好玩的嗎？」理查德問。他臉上掛著微笑，但眼神卻沒有笑意。

「當然，」威廉說：「逗趣一向是你的強項，小理。」

「吻我的屁股吧你，」理查德用愛爾蘭警察的聲音說，說得非常道地。你進步很多了嘛，小理，威廉心想，你小時候再怎麼努力也學不好，除了那一次……還是兩次……

（死光）

什麼時候？

「吻我的屁股吧你！別忘了比比看，看我屁股多漂亮。」

班恩．漢斯康忽然捏著鼻子，用顫抖的童音尖聲說道：「嗶嗶，小理！嗶嗶！嗶嗶！」

過了一會兒，艾迪笑著捏住鼻子也開始學。貝芙莉也是。

「好啦，好啦！」理查德大喊，自己也忍不住笑了：「好啦，我不玩了，天老爺啊！」

「哎呀，」艾迪說著靠回椅子，笑得眼淚都快流出來了。「我們那次也是讓你啞口無言，賤嘴。幹得好，班恩。」

班恩面帶微笑，但顯得有一點困惑。

「嗶嗶，」貝芙莉呵呵笑著說：「我都忘記這回事了，我們以前常常嗶你啊，小理。」

「你們就是有眼不識天才，」理查德怡然自得地說。他還是和從前一樣，雖然偶爾會被人摺倒，卻總是能像不倒翁立刻反彈起來。「你對窩囊廢俱樂部就這麼一點貢獻，對吧，害死康？」

「是啊，應該是吧。」

「真行！」理查德用敬畏的語氣顫抖著說，接著開始頂禮膜拜，每次低頭鼻子就差點伸進茶杯裡。「真行！嘿呀，真了不起！」

「嗶嗶，小理，」班恩正色說道，說完噗哧大笑，聲音低沉宏亮，和小時候的怯懦嗓音完全不同。「你還是老樣子。」

「你們幾個到底想不想聽我說？」理查德問：「我得先講，我要說的不是什麼了不起的大事，你們想嗶就盡量嗶，我承受得了。但我要告訴你們，你們面前這傢伙可是訪問過奧茲．奧斯朋呢！」

「說吧，」威廉說。他瞄了麥可一眼，發現麥可比剛開始用餐時快樂了一點，起碼更放鬆。是因為他發現過往正悄悄開始拼合，不像許多老友重逢之後很難回到往日角色一樣嗎？威廉覺得是。他想，要是必須相信魔術才能使用魔術，而相信需要一些條件，那麼那些條件說不定會自動成形。這個想法讓人不怎麼舒服，讓他覺得自己好像被綁在導彈前端的可憐蟲。

真的很嗶嗶。

「嗯，」理查德說：「我可以說得又長又悲傷，也可以給你們一個很勃朗黛和大梧的漫畫版，但我覺得兩者取其中。我搬到加州的隔年遇到一個女孩，兩人陷入熱戀，開始同居。她起初會服避孕藥，但幾乎總是會反胃。她說她想去做輸卵管結紮，但我不是很同意，因為當時報紙剛開始出現手術不是完全安全的報導。

「我們聊了許多關於孩子的事，決定就算兩人結婚也不要生小孩，反正將孩子帶到這個危險又擁擠的狗屁世界是不負責任的事之類的，還不如到美國銀行的男廁裡安裝炸彈，回到可以免費暫時住宿的房子，抽幾根大麻，聊聊毛澤東和托洛斯基的不同，你知道我的意思。

「不過也可能是我太嚴肅了。媽的，我們當時還年輕，很理想主義，結果就是我去把管子紮了——當年比佛利山莊那群人就愛這種粗俗又時髦的調調。手術很順利，也沒有後遺症，其實很可能有的，你知道。我有個朋友的懶蛋就腫得和一九五九年出廠的凱迪拉克轎車的輪胎一樣大。我本來想送他吊帶和大水桶當生日禮物——還是量身訂做的——可惜沒能來得及。」

「你就是這麼圓滑和得體，」威廉說，貝芙莉聽了又笑了。

理查德露出燦爛誠摯的笑容。「謝啦，小威，謝謝你的鼓勵。你上本書裡用了兩百零六個『幹』字，我算過。」

「嗶嗶，賤嘴。」威廉正色道，說完大家都笑了。威廉不敢相信不到十分鐘前他們還在談遇害的孩童。

「繼續說吧，小理，」班恩說：「時候不早了。」

「我和珊蒂同居了兩年半，」理查德說：「有兩次差點結婚。但我想我們沒有搞得那麼複雜，算是省下了許多麻煩和分財產那一類的狗屁事。後來有人找她加入華盛頓一家律師事務所，而我正巧拿到ＫＬＡＤ電台的工作，雖然只有週末主持，但至少是個起步。她說華府的工作是千載難逢的機會，除非我是全美國最冷血的沙豬，否則一定不會耽誤她的前途，再說她也受夠加州了。我跟她說我也有一個工作機會，於是兩人就吵開了，也把關係吵掉了。吵完之後，珊蒂就走了。

「之後過了一年左右，我決定解開結紮的輸精管。我也不曉得為什麼。我讀到報導說手術不一定有效，但心想管它的。」

「你那時有交往的對象嗎？」威廉問。

「沒有，好玩就好玩在這裡，」理查德皺著眉頭說：「我只是某一天醒來想到而已……我也不曉得，就是想把輸精管解開。」

「你真是瘋了，」艾迪說：「全身麻醉，不是局部對吧？而且要動手術？之後還得在醫院住一週？」

「沒錯，醫生就是這樣說的，」理查德答道：「但我跟他說我就是想做，我也不知道為什麼。醫生問我曉不曉得手術後一定會痛，而且成功的機率和丟銅板差不多。我說我知道，他就說好。我問他哪時候動刀，因為我希望愈快愈好，你知道。他說等一等，小夥子，等一等，我們得先做精蟲檢驗，看是不是真的需要接回輸精管。我說：『拜託，我結紮之後做過檢查，效果好得很。』他說輸精管有時會自行接合。『媽媽咪呀，』我說：『怎麼沒有人告訴我？』他說發生的機率很低，微乎其微，然而手術不是小事，最好檢查了再說。所以我就拿著一本女性內衣雜誌，到男廁打了一發到紙杯裡——」

「嗶嗶，小理。」貝芙莉說。

「沒錯，妳嗶得對，」理查德說：「我說女性內衣雜誌是騙人的，診所裡不會有那種東西。總之，醫生三天後打電話給我，問我想先聽好消息呢，還是先聽壞消息。

「先說好消息吧，我說。

「『好消息是你不用動手術，』他說：『壞消息是你過去兩、三年睡過的女人隨時可能回來找你認小孩。』

「我沒聽錯你的意思吧？我問他。

「『我是說你打的不是空包彈，而且已經好一陣子了，』他回答：『你的精液樣本裡有幾百萬隻小蝌蚪。你拈花惹草不怕沾了一身腥的日子得暫時告終了，理查德。』

「我向醫生道謝，把電話掛了，接著打到華盛頓給珊蒂。

「她對我說：『小理！』」理查德的聲音忽然變成珊蒂，變成那個他們都沒有見過的女人。

那感覺不像模仿，而是用聲音塗鴉。「『真高興你打電話給我！我結婚了！』

「『是喔，太好了，』我說：『妳應該早一點通知我的，這樣我就能送果汁機給妳當結婚禮物了。』

「她說：『你還是老樣子，就愛搞笑。』

「我說：『沒錯，我還是老樣子，就愛搞笑。對了，珊蒂，妳離開洛杉磯之後應該沒有生小孩吧？還是去做了墮胎手術之類的？』

「『這不好笑，小理，』她說。我有預感她打算掛我電話，所以就把前因後果跟她說了。她笑了，只是笑得很大聲，就像我從前和你們在一起的時候那樣，彷彿有人跟她說了世上最可笑的事情一樣。所以等她笑完之後，我就問她到底好笑在哪裡。『真是太有趣了，』她說：『因為這回被開玩笑的人是你。這麼多年了，報應終於輪到你頭上了。我到美東之後，你已經生了幾個私生子了，小理？』

「『換句話說，妳還沒體驗到為人母親的喜悅囉？』我問她。

「『預產期是七月，』她說：『你還有什麼問題嗎？』

「『有，』我說：『妳之前不是認為將孩子生到這個狗屁世界是不道德的嗎？什麼時候改變主意的？』

「『因為我遇到了一個不是狗屁男人的傢伙。』她說完就掛了。」

威廉笑了，笑到淚水流下臉頰。

「沒錯，」理查德說：「我想她搶著掛電話是為了讓自己佔上風，但我大可以讓她無機可乘。我知道自己什麼時候技不如人。一週後，我回去找醫師，問他不會自行接合的機率有多高。他說他和同事聊過，結果發現一九八〇到八二年這三年間，美國醫學會加州分會接到二十三起自行接合通報，其中六起是手術不當，六起是詐欺案件，是病患想敲醫師竹槓。所以……三年只有十七個真的案例。」

「做過手術的總人數呢？」貝芙莉問。

「兩萬八千六百一十八人。」理查德鎮定地說。

包廂裡一陣沉默。

「所以我比樂透彩的得主還幸運，」理查德說：「但還是生不出小孩。這下子你死心了嗎，小艾？」

艾迪還是不放棄：「這根本不代表——」

「沒錯，」威廉說：「這不代表什麼，但顯然暗示著某種關聯。問題是，我們現在該怎麼辦？你有想過嗎，麥可？」

「我當然有想過，」麥可說：「但除非你們都來了，而且一起談過，就像剛才這樣，否則絕不可能生出什麼決定。我沒辦法預測大家見面了會怎麼樣，只有見了面才知道。」

說完他停頓了許久，若有所思望著他們。

「我有一個想法，」他說：「但在我說出來之前，我想我們必須先取得共識，這件事到底和我們有沒有關係。我們真的想要再做一次當年做過的事嗎？還是想要再次殺死牠嗎？還是直接分道揚鑣，重回原本的生活？」

「感覺上——」貝芙莉才剛開口，就看見麥可朝她搖頭。他還沒說完。

「你們必須瞭解到，我們無法預測成功的機會有多高。我知道機會不大，就像我知道小史有來的話，機率會高一點一樣。小史死了，我們當年組成的小圈圈缺了一角，我實在不認為我們能毀了牠，甚至沒辦法像之前一樣將牠趕走一段時間。我想牠會殺了我們，一個一個將我們幹掉，甚至用很可怕的手法。我們小時候組成了一個完整的小團體，我現在還是參不透其中的奧妙。我想，一旦我們決定要做，就得組成更小的圈子。我不曉得辦不辦得到。我想我們可能會以為自己做到了，結果卻發現——事後發現——呃……發現太遲了。」

麥可再度望著他們，深陷棕色眼窩裡的眼睛寫滿了倦意。「所以，我覺得我們應該投票決定。留下來再試一次，還是各自回家。選擇就這兩個。我靠過去的承諾將你們拉回這裡——即使我不確定你們還記得當年的諾言——但無法靠著諾言留住你們，這麼做只會適得其反，甚至更糟。」

他看著威廉，威廉忽然見到即將到來的一切。他很害怕，無法阻止，卻也鬆了一口氣，感覺就像在失控的車上鬆開抓著方向盤的雙手摀住眼睛一樣。他接受即將到來的一切。麥可把他們找回來，將一切有條有理攤在他們面前……然後卸下領袖的職責，打算將棒子交回一九五八年的領袖手上。

「你覺得呢，威老大？你來問吧。」

「在我發問之前，」威廉說：「有、有人瞭解問題是什麼嗎？妳剛才不是想說什麼，貝貝？」

貝芙莉搖搖頭。

「好吧，我、我想問題是這個，我們要留下來戰鬥，還是忘了這回事？誰贊成留下來？」

所有人沉默了半晌，讓威廉想起自己參加拍賣會的情景。有幾回價格忽然飆得太高，放棄競標的人像雕像一樣動也不動，不敢搔癢，也不敢伸手趕走鼻子上的蒼蠅，生怕拍賣員誤以為有人加價五千或兩萬五千美元。此刻包廂裡的感覺就像那樣。

威廉想起喬仔。心地善良的喬仔，在家裡憋了一週只想出門去玩。興高采烈的喬仔，一手拿著報紙船，另一手扣上黃色雨衣的釦子，一邊向他道謝……然後彎身吻了他感冒發燙的臉頰。威廉，謝謝你，船做得很好。

威廉感覺往昔的怒火在心中升起。但他年紀大了，看事情的角度也寬了。如今這件事不再只關乎喬仔。他腦中閃過一連串名字，令人心驚膽戰：凍在地上的貝蒂·李普森、沉入坎都斯齊格河裡的雪柔·拉莫尼卡、從三輪車上被人抓走的馬修·克雷門茲、陳屍水溝裡的九歲女童維若妮卡·葛洛根，以及史蒂文·強生、莉莎·艾爾布雷希特和其他人，天曉得還有多少人下落不明。

他緩緩舉起手說：「讓我們做掉牠吧。這回一定要殺了牠。」

有那麼一會兒，房裡只有他一個人舉手，就像班上唯一知道答案、讓其他同學恨得牙癢癢的學生。接著理查德嘆了口氣，舉起手說：「管他的，反正不會比訪問奧茲·奧斯朋還慘。」

貝芙莉也舉起手來。她臉色灰暗，雙頰卻像著火似的，看起來既興奮又害怕得要命。

麥可舉手了。

班恩也舉起手來。

艾迪·卡斯普布拉克靠著椅背，彷彿想要融進椅子裡消失似的。他的臉龐削瘦細緻，卻帶著可憐的恐懼。他看看左邊、看看右邊，然後看著威廉。威廉覺得艾迪就要推開椅子，頭也不回地衝出包廂了。但艾迪只是舉起手來，另一隻手緊緊抓著氣喘噴劑。

「幹得好，小艾，」理查德說：「我敢說咱們這回一定殺牠個爽！」

「嗶嗶，小理。」艾迪顫抖地說。

6 窩囊廢吃餅乾

「所以，跟我們說說你的主意吧，麥可。」威廉說。剛才的氣氛已經被老闆娘蘿絲打破了。她端著一盤幸運餅進來，正好看見六個人舉手坐著，便小心翼翼露出有禮貌但無動於衷的神情。所有人急忙將手放下，直到蘿絲離開了，威廉才開口。

「我的辦法很簡單，」麥可說：「但可能非常危險。」

「說吧。」理查德說。

「我想我們接下來應該分頭行動，每個人都回到他對德利印象最深的地方……除了荒原之外。我認為我們最好不要去荒原，起碼現在。不介意的話，就當成市區巡禮吧。」

「這麼做有什麼目的，麥可？」班恩問。

「我也不太確定。你們要瞭解，我只是照著直覺走——」

「但你一定覺得拍子對了，所以才會跟著起舞。」理查德說。其他人都笑了，但麥可沒有，他只是點了點頭。「你形容得很好。跟著直覺走確實就像抓住拍子跟著起舞。要成年人跟隨直覺是一件困難的事，但就是因為如此，我覺得或許這麼做是對的。畢竟小孩十之八九都是跟著直覺做事，至少到十四歲左右。」

「你的意思是重回過去。」艾迪說。

「差不多。總之，這只是我的想法。如果你沒想到什麼地方，就跟著感覺走，讓它帶著你，然後今晚大家到圖書館會合，談談遇見了什麼。」

「如果有的話。」班恩說。

「喔，我想一定會遇到的。」

「遇到什麼？」威廉問。

麥可搖搖頭說：「我也不曉得，但我想無論遇見什麼，都不會是太好的東西。我甚至覺得可能有人到不了圖書館。我不知道為什麼會有這種感覺……只能說又是我的直覺。」

包廂裡一陣沉默。

「為什麼要各自行動？」後來，貝芙莉開口問道：「麥可，你既然要我們一起出擊，為何又要我們分頭出發？更何況風險可能像你說得一樣高？」

「我想我能回答這個問題。」威廉說。

「你說吧，威廉。」麥可說。

「因為牠當初是一個一個對我們動手的，」威廉對貝芙莉說：「我不記得所有細節——還沒想起來——但我非常確定這一點。喬治房間裡那張會動的相片、班恩遇到的木乃伊、艾迪在內波特街門廊下看見的痲瘋鬼、麥可在貝西公園的運河旁看見血，還有那隻鳥……我記得還有鳥，對吧，麥可？」

麥可神情嚴肅地點了點頭。

「一隻大鳥。」

「沒錯，但可不像『芝麻街』的大鳥那麼友善。」

理查德哈哈大笑。「德利市也有大鳥！幹，你說我們運氣好不好？」

「嗶嗶，小理。」麥可說，理查德安靜下來。

「而妳則是聽見排水管裡有聲音，還有血冒出來，」威廉對貝芙莉說：「至於小理嘛……」

但他說到這裡就停了，顯得很困惑。

「凡是規則必有例外，我就是那個例外，威老大，」理查德說：「那年夏天，我遇到的第一件怪事──我是說真正的怪事──就是在喬治房間，和你一起。我們那天回你家去看喬治的相片，結果中央街運河旁拍的那張相片開始移動，你還記得嗎？」

「記得，」威廉說：「但你確定之前沒發生其他事情嗎，小理？完全沒有？」

「我──」理查德眼神一變，緩緩開口說：「那個，我記得我有一天被亨利和他的死黨追，應該是學期結束前。我跑到佛里斯百貨的玩具部甩掉他們，然後在市政中心附近的公園長椅上坐了一會兒，結果好像看到……不過那只是我在作夢。」

「你看到什麼？」貝芙莉問。

「沒什麼，」理查德說，語氣有點衝：「就是作夢而已，真的。」說完他看著麥可：「但我倒是不介意散個小步，正好打發下午，看看故鄉。」

「所以大家都同意囉？」威廉問。

其他人點點頭。

「然後晚上在圖書館集合，時間是……你覺得幾點比較好，麥可？」

「七點，遲到就按門鈴。學生開始放暑假之前，圖書館週間都是七點關門。」

「那就七點見。」威廉說，目光沉著掃過每一個人。「記得小心一點。別忘了我們其實還不曉得自己在做、做什麼，所以最好把它當成偵查，見到什麼千萬不要反抗，立刻逃跑。」

「我是情人，不是戰士。」理查德模仿麥可．傑克森的夢幻嗓音說。

「嘿，既然要做就趁早做吧。」班恩說完揚起左邊嘴角淺淺微笑，但感覺不悅多過開心。

「雖然你現在問我的話，我根本不曉得要去哪裡，因為荒原被排除在外。那裡對我來說最有感覺，尤其和你們一起去的時候。」他望著貝芙莉，目光停留半晌才移開。「我想不出還有什麼地方好去，所以我可能只會在街上閒晃個兩、三小時，看看建築，把鞋子弄濕吧。」

「你會找到地方去的，害死康，」理查德說：「逛逛以前買食物的地方，好好塞飽你的肚子。」

班恩笑了。「我十一歲以後食量就驟減了。我現在脹得要命，你們可能得讓我躺在地上滾出去才行。」

「嗯，我好了。」艾迪說。

所有人推開椅子準備起身，忽然聽見貝芙莉大喊：「等一下！幸運餅！別忘了吃幸運餅！」

「對啦，幸運餅，」理查德說：「我已經知道我的籤條寫什麼了。你很快就會被大怪物吃掉，祝你今天愉快！」

所有人都笑了。麥可將裝著餅乾的小碗遞給理查德，理查德拿了一個之後將碗往下傳。威廉發現大夥兒不是將帽子形餅乾放在桌前，就是拿在手上，都在等其他人也拿到了之後再開。即使當貝芙莉笑著挑了一個餅乾，威廉的心裡依然在吶喊：不要！別拿！那正是計謀！放回去，別打開！

可惜太遲了。貝芙莉已經捏碎餅乾，班恩也一樣，而艾迪則用叉子邊緣將餅乾切開。就在貝芙莉的笑臉因為驚恐而扭曲的一瞬間，威廉心想：其實我們早就知道了，就是知道，因爲沒有人用咬的將餅乾弄開。平常都是用咬的，但我們都沒有那樣做。我們心裡始終有一部分記得……記得發生過的一切。

威廉發現，這一份不自覺的自覺才是最可怕的。無論麥可說了再多關於牠當年如何明確而深刻地觸碰了他們……而且印記一直都在，也比不上這份自覺來得清楚明白。

貝芙莉的餅乾有如切斷的血管，鮮血從裡頭噴了出來，濺到她的手，然後噴在白色桌巾上，將桌巾染成鮮紅色，隨即像張開的血紅魔掌向外擴散。

艾迪．卡斯普布拉克哽住似的低呼一聲，手忙腳亂將自己從桌邊推開，差點讓椅子翻倒。只見一隻大蟲從幸運餅裡破繭而出，外殼是醜陋的黃棕色，黝黑的眼珠茫然望著前方。牠掙扎著想爬到艾迪的盤子上，餅乾屑有如雨點從牠背上窸窣滑落。威廉聽得清清楚楚，後來他午睡的時候，那聲音一直在他夢中縈繞不去。完全掙脫餅乾之後，牠摩挲纖細的後足，發出沙沙聲，威廉發現牠很像可怕的變形蟋蟀。牠笨拙地爬到盤緣摔了出去，背部著地落在桌巾上。

「喔，天哪！」理查德勉強擠出一聲，卻像嗆到一樣。「喔，天哪！威老大！牠是隻眼睛！天哪！幹，牠是隻眼睛——」

威廉轉頭看見理查德低頭望著自己的幸運餅，齜牙咧嘴露出嫌惡的表情。只見他的餅乾缺了一角，抹了糖漿的餅殼落在桌巾上，一隻人類眼睛正從缺口裡頭專注往外望，餅乾屑沾在棕色瞳孔上，嵌在鞏膜裡。

班恩．漢斯康將餅乾扔出去，不是精心計算過的拋擲，而是完全被嚇到的那種脫手而出。他的幸運餅在桌上滾動，威廉看見餅乾裡有兩顆牙，有如乾葫蘆裡的種子喀噠作響，牙齦沾著暗紅的血塊。

他回頭看了貝芙莉一眼，發現她正吸氣準備尖叫，眼睛盯著艾迪餅乾裡鑽出來的東西不放。那隻大蟲腹部朝天，正踢著遲鈍的蟲足想要翻身。

威廉當機立斷，想也不想便開始行動。他從椅子上彈起來，在貝芙莉尖叫之前摀住她的嘴巴，心想：直覺。我現在就是憑直覺做事，麥可一定很自豪。

貝芙莉尖叫不成，只能憋著聲音「嗚嗚——」喊著。

艾迪發出威廉熟得不能再熟的哮喘聲。不過沒關係，只要摁一下奶嘴就好了，就像佛瑞迪．費爾史東說的，好得很。威廉心想（這不是他第一次這麼想），人在緊要關頭還真是會胡思亂想。

他狠狠掃視其他人，接著脫口說出那年夏天曾說過的話，聽起來很過時，卻又無比正確：「別出聲！所有人安靜！別講話！別出聲！」

理查德伸手摀住自己嘴巴，麥可臉色死灰，但朝威廉點了點頭。所有人從桌邊退開。威廉沒有打開幸運餅，但看見餅乾的側面正緩緩脹縮，膨脹收縮、膨脹收縮，裡面的驚喜努力想破餅而出。

「嗚嗚——」貝芙莉又在掙扎，呼吸弄得威廉的掌心發癢。

「別出聲，貝貝。」威廉說著將手移開。

貝芙莉瞪大眼睛，嘴角抽搐說：「小威……小威……你有沒有看到……」她的目光回到大蟲身上定住不動。大蟲似乎快死了，發皺的眼睛回望著她。貝芙莉又開始呻吟。

「別、別、別這樣，」威廉厲聲說：「回到桌前。」

「我沒辦法，威廉，我沒辦法靠近那東——」

「妳行的！不行也得行！」威廉聽見腳步聲，從短走廊上輕盈迅速來到珠簾的另一頭。他看了看其他人，說：「你們幾個！回到桌邊！講話！假裝沒事！」

貝芙莉望著他，眼神寫滿哀求，但威廉搖搖頭。他坐下來將椅子往前拉，努力不去看自己盤子裡的幸運餅。那餅乾有如脹滿膿汁的疔瘡，但還在持續脹縮。我差點就咬下去了，威廉淡淡地想。

艾迪又將氣喘噴劑對準喉嚨摁了一下，發出長長一聲微弱的嘶鳴，將噴霧吸進肺部。

「所以你覺得哪一隊會贏？」威廉笑著問麥可，笑得心慌意亂。蘿絲正好走進包廂，客氣的臉上帶著問號。威廉用眼角餘光看向貝芙莉，發現她坐回桌邊，他心想：做得好！

「我覺得芝加哥熊隊很有機會。」麥可說。

「一切都好吧？」蘿絲問。

「很、很好，」威廉說。他豎起拇指比了比艾迪：「我們這位朋友氣喘發作，已經用過噴劑，現在好多了。」

「好多了。」艾迪喘著說。

「需要我整理桌子嗎？」

「再一會兒。」麥可說完裝出大大的笑容。

「菜還合胃口嗎？」蘿絲再次打量桌面，沉著的眼神裡閃過一絲懷疑。她沒有看見大蟲、眼睛、牙齒和威廉的幸運餅好像在呼吸，也沒注意到濺在桌巾上的血跡。

「每道菜都很棒。」貝芙莉說著露出微笑，比威廉或麥可自然一點。蘿絲聽了似乎放心了，覺得就算出了什麼差錯，也不是她的服務或廚房有問題。*這姑娘眞勇敢*，威廉心想。

「幸運餅好吃嗎？」蘿絲問。

「呃，」理查德說：「我不曉得他們怎麼樣，但我那個眞夠瞧的。」

威廉聽見窸窣聲。他低頭看盤子，發現餅乾裡穿出一隻腳，正盲目地刮著盤面。

我差點就咬下去了，他再度想到，但臉上依然保持微笑，說：「很好吃。」

理查德看著威廉的盤子，一隻灰黑色大蒼蠅從瓦解的餅乾裡生出來，發出微弱的嗡嗡聲，黃色黏液從幸運餅裡汩汩流出，聚積在桌巾上。味道出現了，很像傷口發炎的膿臭，很濃但不刺鼻。

「嗯，不曉得各位還需要什麼服務……」

「暫時沒有，」班恩說：「這頓飯非常棒，很不……不凡。」

「那我先出去了。」蘿絲說完鞠躬退出珠簾之外。簾子還在擺動，所有人已經急忙從桌前退開。

「那是什麼？」班恩看著威廉盤子裡的東西問道，聲音很沙啞。

「蒼蠅，」威廉說：「變種蒼蠅，我想出自一位名叫喬治·蘭格拉罕的作家。他寫了一篇叫做《變蠅人》的故事，被翻拍成電影，不是很好看，但那個故事把我嚇壞了。看來是牠的把戲。蒼蠅最近經常在我腦中出現，因為我正在構思一本小說，打算叫它《路蟲》。我知道書名聽起來很蠢，但你知道——」

「對不起，」貝芙莉幽幽說道：「我想我要吐了。」

其他人還來不及起身，她已經衝出包廂了。

威廉甩開餐巾，將蒼蠅蓋住。那東西已經和麻雀幼雛一樣大了。小小幸運餅裡不可能塞進這麼大的傢伙……但事實擺在眼前。牠在餐巾底下嗡嗡兩聲，就沒聲音了。

「天哪！」艾迪呢喃道。

「我們他媽的快閃吧，」麥可說：「我們可以到大廳等貝貝。」

他們走到櫃台時，貝芙莉正好從女廁出來。她臉色蒼白，但已經恢復鎮定了。麥可用支票付完賬，和蘿絲吻臉告別，他們便離開餐館走進午後的雨中。

「有人改變主意了嗎？」麥可問。

「我想我沒有。」班恩說。

「我也沒有。」艾迪說。

「什麼主意？」理查德說。

威廉搖搖頭，轉頭看貝芙莉。

「我會留下來，」她說：「威廉，你剛才說是牠的把戲，那是什麼意思？」

「我最近想寫一個關於蟲子的故事，」他說：「所以腦中一直想著蘭格拉罕的故事，結果剛才就看見蒼蠅。妳看到的是血，貝芙莉，妳為什麼會想到血？」

「我想應該是排水管的血吧，」貝芙莉立刻回答：「就是我十一歲那年，家裡浴室排水管冒出來的血。」但真是這樣嗎？她其實不認為。因為方才當血有如溫熱的小水柱從她指間噴出時，她心頭閃過的是她不久前踩過碎香水瓶留下的血腳印，是湯姆，還有

（貝貝，我有時眞的非常擔心）

她父親。

「你的餅乾裡也是蟲子，」威廉對艾迪說：「為什麼？」

「不只是蟲子，」艾迪說：「是蟋蟀。我們家地下室有蟋蟀。兩百萬美元買的房子，竟然有趕不完的蟋蟀，一到晚上就讓人抓狂。麥可打電話來的兩天前，我做了一個很可怕的夢。我夢見自己醒來發現床上都是蟋蟀。我想用噴劑趕走牠們，但怎麼按就只發出喀吱聲。我這時才發覺噴劑裡頭也全是蟋蟀，接著就驚醒了。」

「那老闆娘什麼都沒看到，」班恩看著貝芙莉說：「就像妳家人一樣，明明血噴得到處都是，他們仍然視若無睹。」

「沒錯，」她說。

他們站在綿綿春雨中，彼此互望。

麥可看了看錶說：「大約二十分鐘後會有一班公車，不然有人想擠一擠的話，我的車可以載四個人，或者也能叫計程車，反正隨你們的意思。」

「我想我就用走的吧，」威廉說：「我不曉得要去哪裡，但我想呼吸一下新鮮空氣似乎不

錯。」

「我叫計程車。」班恩說。

「我和你一起坐，在市區放我下車就行。」理查德說。

「好啊，你想去哪裡？」

理查德聳聳肩說：「其實還不確定。」

剩下的人決定等公車。

「晚上七點見，」麥可提醒大家：「還有，小心點，所有人都是。」

他們都答應了，只是威廉不曉得這樣的承諾有什麼意義，因為未知的因素實在太多了。

他正打算這麼說，但看著他們的臉，他明白他們早就知道了。

於是他匆匆揮手道別，接著便邁步離開。空氣霧濛濛打在臉上很舒服。從這裡走回市區很遠，但無所謂，反正他有許多事情要想。他很高興聚會結束，任務正式開始了。

第十一章　舊地重遊

1

班恩．漢斯康借書

理查德在堪薩斯街、中央街和主大街口下了計程車，班恩在上哩丘下車。司機正是之前威廉遇到的那位「原諒我說粗話」先生，但理查德和班恩都不曉得，因為戴夫一路都悶悶不語。班恩心想自己其實可以跟理查德一起下車，但感覺兩人還是各走各路比較妥當。

他手插口袋站在堪薩斯街和達爾崔巷口，看計程車匯入車潮。他很想將午餐的可怕結尾拋開，但卻無可奈何，腦中不斷浮現威廉盤裡爬出幸運餅的那隻灰黑蒼蠅，想起牠黏在背上的網狀薄翼。他會試著甩掉那醜陋的一幕，也以為自己成功了，但五分鐘後又會想起那畫面。

我只是在尋求證明，他心想，不是道德上的，而是數學證明。建築靠的是觀察自然法則，能用方程式表達的法則，而方程式必須被證明。問題是，他要從何證明不到半小時前發生的事？

別管了，他再次告訴自己，*你沒辦法證明的，所以就別管了。*

這建議很好，只是他做不到。他想起遇見結冰運河上的木乃伊的隔天，他生活還是照舊。他知道無論那是什麼東西，都差點逮到他，但日子還是繼續前進。他照樣上學、做算術測驗、放學去圖書館、吃東西狼吞虎嚥。他只是將自己在運河看到的東西納入生活中，雖然他差點被牠殺死……不過，小孩就是這樣，總是做一些危險事，常常看也不看就闖越馬路，在湖裡玩橡皮艇玩到水太深的地方，只好用手划回岸邊，不是從立體方格鐵架摔下來撞到屁股，就是從樹上摔下來撞到頭。

這會兒，他迎著漸弱的細雨站在信賴五金行前（這裡一九五八年是當舖，班恩記得店名是法拉提兄弟當舖，雙層玻璃窗後擺滿了手槍、來福槍和折刀，還有像野生動物一樣被人吊著的吉他），忽然想起小孩不只很會害死自己，還很能接納難以解釋的人事物。他們下意識相信不可見世界的存在。好奇蹟或壞奇蹟都是奇蹟，顯然是這樣，而他們無力干涉世界。早上十點遇到極美或極恐怖的東西，不會讓他們中午食慾全失，少吃一、兩條乳酪熱狗。

然而，長大之後就不是這樣了。你早上醒來不再相信有東西藏在衣櫥或在窗外鬼祟窸窣……但只要發生事情，只要事情超乎常理，你的腦袋就會負荷過量，神經軸突和樹狀突熱得發燙。你會開始惶惶不安，靜不下來，腦袋胡思亂想，搞得自己神經緊張，無法將發生的事情納入既有的生命經驗之中，無法消化。你的腦袋會不停想它，就像玩毛線球的小貓……當然最後不是發瘋，就是日子再也過不下去。

要是那樣，班恩心想，牠就得逞了，對我、對我們。大獲全勝。

他開始沿著堪薩斯街走，走得漫無目的，接著忽然想到：我們那時用銀幣做了什麼？

他還是想不起來。

銀幣啊，班恩……貝芙莉用銀幣救了你一命。你的小命……或許也救了其他人……尤其是威廉。牠差點就把我開腸破肚了，幸虧貝芙莉……她做了什麼事？她到底做了什麼？又爲什麼有用？她趕跑了牠，我們都幫了她。但我們是怎麼辦到的？

他心裡忽然冒出一個字，一個毫無意義卻讓他全身緊繃的字：chüd。

他低頭望著人行道，發現地上用粉筆畫了一隻烏龜。他覺得天旋地轉，便緊緊閉起眼睛然後張開，發現那不是烏龜，而是跳房子遊戲的方格，被細雨抹去了大半。

chüd。

這個字是什麼意思？

「我不曉得。」班恩脫口而出，隨即轉頭看有沒有人聽見他在自言自語，這才發現自己已經從堪薩斯街走進卡斯特羅大道。剛才吃飯時，他跟其他人說荒原是德利市唯一讓他有過快樂回憶的地方……其實不盡然，對吧？還有一個地方也讓他開心，而他竟然巧合或意外來到了這裡，那就是德利市立圖書館。

他在圖書館前站了一、兩分鐘，雙手依然插在口袋裡。圖書館都沒變，那線條依然和過去一樣讓他喜歡。如同許多設計良好的石造建築，這座圖書館也很能將審視它的目光引入矛盾之中：石材的堅硬與門拱和細石柱的細緻相互平衡，感覺像銀行一樣牢固，卻又纖細整潔（沒錯，就城市建築來說，它是很纖細，尤其以十九世紀末、二十世紀初蓋的房子而言。窗戶鑲著十字交叉的細鐵條，感覺優雅圓滑）。正是這些矛盾使它免於醜陋。班恩對它有著濃濃的愛，一點也不令人意外。

卡斯特羅大道沒什麼變。他朝街上瞄了一眼，看見德利社區之家。他發現自己想起卡斯特羅超市，很好奇那家店是不是還在半圓形的卡斯特羅大道和堪薩斯街口。

他走過圖書館草坪，一心只想看看連結圖書館和兒童館的玻璃走道，渾然不覺自己的短筒靴濕了。玻璃走道也沒變。他站在一棵低垂的柳樹下望過去，只見人們在走道裡穿梭。一股久遠的喜悅忽然襲來，終於讓他完全忘了午餐結束時發生的事。他想起自己小時候也會走來這裡，一路走過及臀的積雪，而且只有冬天，常常一站就是十五分鐘。他記得自己都是黃昏來，而吸引他、讓他流連忘返的依然是那神奇的對比。即使手指麻木，細雪在他綠色雨鞋裡融化，他也甘之如飴。他所在的位置愈來愈暗，早冬的暗影將世界染成紫色，東方的天空暗如死灰，西方則是一片橙黃。他站的地點很冷，可能只有華氏十度，荒原的寒風要是吹來這裡（通常會），感覺更是凜冽。

但就在離他不到四十碼的不遠處，卻有人只穿著襯衫走來走去。就在離他不到四十碼的不遠處，有一道由日光燈照亮的白光長廊，小孩聚在一起嬉笑，高中情侶手牽著手（圖書館員看到會制止他們）。感覺就像魔術一樣。而班恩當時年紀太小，還不懂得用電力與暖氣之類的平凡事物來解釋這份神奇。神奇的是那道發亮的光與生命之柱，有如生命線連接了兩棟漆黑的建築。神奇的是人們走在其中穿越黝黑的雪地，完全不受黑暗與寒冷侵擾，感覺神聖又可愛。

之後他會走開（像現在一樣），繞著圖書館走到前門（像現在一樣），但總會在圖書館厚重的石頭牆面遮住視線，切斷那根細緻的光之臍帶之前停下來回頭再看一眼（像現在一樣）。

緬懷往事讓他心痛、感傷，也讓他覺得有趣。他走上通往圖書館正門的台階，在石柱內側的狹長前廊佇立片刻。無論天氣多熱，石柱總是又高又涼。接著，班恩推開裝著還書匣的鐵框大門，走進寂靜之中。

高掛的球形玻璃燈發出柔和的光芒。他走到光暈裡，回憶猛然襲來，力道之強讓他差點暈眩過去。不是有形的力量，不像下巴挨了一拳或挨巴掌，而是那種時間重疊的古怪感覺，那種難以名狀，只能稱之為「既視感」的感受。他以前也有過這種感覺，卻從來不曾如此令人暈眩。他在門內站了一會兒，覺得自己真的失落在時間裡，一時忘了自己到底是三十八歲，還是十一歲？

圖書館裡還是一樣安靜，只有偶爾的低語聲、圖書館員在書上或逾期通知單上蓋章的輕響和翻閱報章雜誌的沙沙聲。班恩和從前一樣喜歡這裡的光線。陽光從高窗斜射進來。在這個下雨的午後，光線和鴿子翅膀一樣灰，不知怎麼就是讓人愛睏，感覺昏昏欲睡。

他走過寬闊的塑膠地板。地板上紅黑兩色的圖案幾乎都磨掉了。他和從前一樣小心不讓鞋子出聲，因為圖書館中央是圓頂，任何一點聲音都會被放大。

他發現通往藏書區的螺旋鐵梯還在，分別位於馬蹄形主桌的兩側，不過也看見館裡多了一個柵欄電梯。他和母親搬離德利二十五年，電梯是這段期間裝的。新電梯讓班恩鬆了一口氣，讓他從令人窒息的既視感中掙脫出來。

他躡手躡腳走過寬地板，感覺既像侵入者又像間諜。他一直在等圖書館員抬頭看他，用鈴聲般的嘹喨聲音打破所有人的專心，讓目光集中在他身上：「你！沒錯，就是你！你來這裡做什麼？這裡沒你的事！你是外人！是從過去來的！滾回去吧！立刻走，否則我就報警了！」

圖書館員真的抬頭了。一個年輕女孩，長得很漂亮，班恩忽然覺得自己的幻想就要成真了。女孩的淺藍色眼眸掃來，他心臟一下衝到了喉嚨。但那目光隨即漠然飄開，班恩發現自己又能走了。就算他是間諜，也沒被人識破。

走到通往兒童圖書館的走道之前，他先從其中一座陡得要人命的狹窄螺旋鐵梯底下經過，走完才發現自己又做了童年一樣的事，心裡覺得很有意思。他發現自己剛才抬頭望了一眼，（和小時候一樣）希望看見穿著裙子的女孩下樓梯。他還記得（現在他想起來了）八、九歲的時候，有一天不經意往上望了一眼，結果看進一個漂亮女高中生的斜紋裙裡，看到她乾淨的粉紅色內褲。就像一九五八年學校結業日那天，陽光忽然照亮貝芙莉．馬許的腳環，讓他的心被一支不單是愛情和喜歡的箭給射穿了，看見高中女生的內褲也給了他同樣的震撼。他還記得自己坐在兒童圖書館的桌前回想那一幕，想了可能有二十分鐘之久，想到臉頰和額頭發燙，講述火車歷史的書打開了卻沒有讀，陰莖在褲子裡硬得像根小樹枝，尾端直直插到肚子裡。他幻想自己和那個女孩結婚，住在市郊的小房子，沉浸在他當時還完全不懂的歡愉裡。

感覺來得快也去得快，但他從此走過樓梯底下一定會往上窺望，只是再也沒有看到那麼有趣或動人的景致（有一回一個胖女人笨重謹慎地走下來，但他立刻撇開目光，覺得自己侵犯了什麼，感覺很丟臉）。不過，這習慣卻沒有消失，因為他現在又做了一次，而且是長大之後。

他緩緩走過玻璃長廊，沿途注意到更多改變。電燈開關旁印著一行黃字：石油輸出國組織最愛能源浪費，請節約用電！他走進這個由白木桌和白木椅組成、飲水機只有四英尺高的小天地，發現另一端牆上掛的不是艾森豪或尼克森總統的肖像，而是雷根和老布希——班恩想起自己五年級結業那天，雷根親臨奇異劇院，老布希那年還不到三十歲。

可是——

既視感再度襲來，但他完全無能為力，驚恐得四肢癱軟。他發現自己就像泅泳半小時後總算看見岸邊，卻累得開始下沉的可憐蟲。

現在是說故事時間，十幾個小孩坐在角落圍成半圓的小椅子上認真聽著。圖書館員模仿故事裡的巨人低聲吼道：「是誰踩在我的橋上？」班恩心想：只要她抬起頭來，我就會發現她是戴維斯小姐。對，一定是戴維斯小姐，而且她看來完全沒變——

後來那女孩真的抬頭了，但他發現她比當年的戴維斯小姐還要年輕許多。

幾個小孩摀嘴輕笑，但其他孩子只是專注望著她，眼裡閃著沉迷於童話故事的神采：怪物會被打敗……還是飽餐一頓？

「是我啊，山羊比利，是我踩在你的橋上。」圖書館員繼續往下說，班恩臉色蒼白從她身邊走過。

竟然會是同一個故事？完全一樣。我該相信這只是巧合嗎？因爲我不相信……媽的，我就是不相信。

他靠向飲水機，但身體彎得太誇張。他感覺自己好像理查德在耍「香腸彎彎」那招一樣。

我應該找人談談，他心慌意亂地想，麥可……威廉……找誰都好。是我自己的想像，還是有人將過去和現在接合在一起？因為如果不是想像，我可沒有承諾這麼多，我——

他看了一眼服務台，心跳差點停了，隨即猛烈跳動。海報很樸素單調……而且熟悉。上頭只寫了三行字：

宵禁時間
晚上七點起
德利市警局

那一瞬間，一切似乎清楚起來，有如靈光一閃。班恩發現他們中午的表決根本是個笑話。事情早已無法逆轉，打從一開始就是如此。他們早就走在決定好的路上，就像回憶讓他剛才經過通往藏書區的樓梯底下不自覺往上望一樣。德利存在著一種模式，致命的模式，而他們唯一能做的，就是期望這個模式能偏向他們這方，讓他們逃過一劫，保住小命。

「天哪！」班恩喃喃自語，伸手用力搓揉臉頰。

「先生，需要我幫忙嗎？」一個聲音從他手肘後方傳來，讓他嚇了一跳。說話的人是個年輕女孩，年約十七歲，暗金色的秀髮用髮夾往後紮，露出她漂亮的高中女生的臉龐。她顯然是圖書館助理。這個職務一九五八年就有，由高中生擔任，負責將書上架、教小孩使用卡片目錄、討論讀書報告和作業、協助束手無策的學者整理註解與參考書目。薪水很微薄，但總是有人願意做。這是一份愉快的工作。

他定睛細看女孩帶著困惑的標緻臉龐，忽然記起自己不再屬於這裡，他已經是小不點世界的巨人了，是侵入者。剛才在前館他很怕被人注視和攀談，但在這裡卻讓他鬆了一口氣，因為這證明自己終究是個大人，而女孩西式襯衫底下顯然沒穿胸罩，這一點也讓他感到放鬆，而非亢奮。要是他還懷疑這不是一九八五年，而是一九五八年，女孩棉質襯衫上的激凸就是最好的證明。

「沒關係，謝謝，」他說，接著忽然聽見自己莫名其妙補上一句：「我來找我兒子。」

「哦？他叫什麼名字？也許我有看到他，」女孩微笑說：「這裡的小孩我幾乎都認識。」

「他叫班恩．漢斯康，」他說：「但我沒看到他。」

「請問他長什麼樣子？我要是看到他可以跟他說一聲。」

「呃，」班恩開始不自在了，真希望自己沒扯這個謊：「他很結實，長得有點像我。不過沒關係，小姐，妳要是看到他，跟他說爸爸回家路上來這裡找過他就好。」

「好的。」女孩說，臉上依然掛著笑，但眼中沒有笑意。班恩忽然明白她不是基於禮貌上前找他攀談，也不是想幫忙。她是兒童圖書館助理，而她所在的城市過去八個月才有九名孩童慘遭殺害。在這個大人很少來此接送小孩的小天地裡，陌生人的出現自然會引來疑心……想也知道。

「謝謝。」他努力擠出令人放心的微笑，隨即落荒而逃。

他從玻璃長廊走回成人館，接著一時衝動就走到了服務台前……但這天下午的計畫本來就是跟著衝動走，不是嗎？憑著衝動行事，看結果如何。

年輕漂亮的圖書館員坐在服務台前，桌上的名牌顯示她叫卡蘿．丹納。他看見女孩背後有一扇毛玻璃門，上頭貼著一行字：館長麥可．漢倫。

「我能為您服務嗎？」丹納小姐問。

「是的，」班恩說：「應該可以。我想辦借書證。」

「好的，」她拿出一份表格說：「您是德利市民嗎？」

「目前不是。」

「那麼，您的住址是？」

「內布拉斯加州海明佛荷姆市陸羅史塔爾路二號，」他停頓片刻，覺得她眼神很有趣，接著把地址講完：「郵遞區號五九三四一。」

「您在開玩笑嗎，漢斯康先生？」

「完全沒有。」

「您打算搬來德利市嗎？」

「目前沒這計畫。」

「您到這裡借書可是千里迢迢啊，是吧？難道內布拉斯加沒有圖書館？」

「這是有故事的，」班恩說。他以為跟陌生人說會難為情，結果沒有。「我是在德利長大的，但小時候就搬走了。這是我長大之後頭一次回來。我剛才四處閒逛，想看哪裡改變了，哪裡沒有，忽然想到我在德利住了十年左右，從三歲到十三歲，卻沒有保留半件紀念品，連一張明信片也沒有。我是有幾枚銀幣，但弄丟一枚，剩下的都送給朋友了。我想我只是想要一個東西紀念童年，雖然遲了點，但遲了總比沒做好，對吧？」

卡蘿．丹納笑了，漂亮的臉龐頓時更美了。「真浪漫，」她說：「請您在館裡逛個十到十五分鐘，我會將借書證準備好，等您來拿。」

班恩咧嘴微笑。「我想辦證應該要錢吧？」他問：「因為我不是本地人。」

「您小時候有借書證嗎？」

「當然有，」班恩微笑說：「我想除了朋友，借書證是我最重要的——」

「班恩，你可以上來一下嗎？」他忽然聽見有人喊他，聲音有如手術刀劃破了館裡的寂靜。

他猛然轉頭，像有人在圖書館裡尖叫一樣嚇了一跳，覺得很丟臉。但他沒看見熟人……而且過了一會兒才發覺沒人抬頭，也沒人面露驚訝或惱怒。老人照常讀著《新聞報》、《波士頓環球報》、《國家地理雜誌》、《時代》、《新聞週刊》和《美國新聞與世界報導》，參考室桌邊的兩個高中女生依然埋首在成堆的參考資料與檔案卡中，「最新小說，限借七日」區的民眾照常在書架前瀏覽，戴著可笑司機帽、叼著菸斗的老人依然專心翻閱路易．德．瓦加斯的畫冊。

他回過頭來，只見年輕的圖書館員一臉困惑望著他。

「有什麼不對嗎？」

「沒有，」班恩微笑說：「我好像聽到什麼聲音。看來搭飛機的時差比我想得嚴重。妳剛才說什麼？」

「呃，我沒說話，是您。但我正打算告訴您，如果您當年有借書證，名字應該還在檔案裡，」她說：「我們已經將所有資料都弄成縮影膠片了，我猜這也和您小時候不一樣，是另一個改變吧。」

「的確，」班恩說：「德利變了很多……但似乎也有許多地方沒變。」

「總之，我能幫您查一查，幫您更換新證，不用收費。」

「太好了，」班恩說。但他還沒來得及道謝，剛才那聲音再度劃破館裡神聖的寂靜。「上來啊，班恩！快上來，他媽的小肥豬！難道你不要命了嗎，班恩．漢斯康！」

班恩清了清喉嚨，說：「非常感謝。」

「小事一樁，」她仰頭看他：「外頭變暖了嗎？」

「一點點，」他說：「怎麼了？」

「您——」

「是班恩．漢斯康幹的！」那個聲音嘶吼道。從樓上，藏書區那裡。「班恩．漢斯康殺了那些小孩！抓住他！抓住他！」

「您在冒汗。」女孩把話說完。

「是嗎？」他傻愣愣地說。

「我立刻幫您換證，」她說。

「謝謝。」

她走到服務台角落的老舊皇家牌打字機前。

班恩緩緩走開，心臟在胸口像擂鼓似的猛跳。沒錯，他在冒汗。他能感覺汗水從額頭和腋窩流下，胸毛也糾結在一起。他抬頭看見小丑潘尼歪斯站在左邊的樓梯頂端，正低頭望著他，臉龐用油彩塗成白色，咧開血盆大嘴露出殺人魔的微笑，眼窩是兩個凹洞。他一手抓著一堆氣球，另一手拿著一本書。

不是他，班恩心想，是牠。現在是一九八五年暮春午後，我在德利市立圖書館圓形大廳中央，已經不再是小孩，卻遇上童年最大的夢魘，和牠四目相對。

「上來吧，班恩，」潘尼歪斯朝樓下喊道：「我不會傷害你的，我有一本書要給你！一本書……還有氣球！上來吧！」

班恩開口想吼回去，你瘋了才會覺得我會上去！但他忽然想到要是真的喊了，所有人都會轉頭看他，心想：那個瘋子是誰？

「嘿，我知道你不方便說話，」潘尼歪斯笑呵呵地朝下喊：「但我剛才差一點唬過你了，對吧？『先生，抱歉，您有罐裝的亞伯特王子嗎？……有嗎？……那您最好放那個可憐的傢伙出來！』『女士，抱歉，您的冰箱有在跑嗎？……有啊？那您最好趕快追上去。』」

小丑站在樓梯平台上仰頭大笑，笑聲有如一群黑色蝙蝠在圓頂迴盪。班恩使盡全力克制自己，才沒有伸手摀住耳朵。

「上來吧，班恩，」潘尼歪斯朝下大喊：「我們談一談，不帶偏見地談。你說如何？」

我才不上去呢，班恩心想，等我眞的殺到你面前時，你一定不想見到我，因爲我們會殺了你。

小丑再度尖聲狂笑。「殺了我？殺了我？」但他的聲音忽然變得很恐怖，因為變成了理查德．托齊爾的聲音。呃，不算是理查德的聲音，是他模仿小黑奴的聲音：「別宰我啊，主人！我是好黑人哪，別殺了我這個小黑鬼，害死康！」說完又尖聲狂笑。

班恩臉色蒼白，顫抖著走過餘音繚繞的圓頂中庭，覺得自己就要吐了。他站在一排書架前，用抖得厲害的手隨便抽了一本，用冰冷的手指飛快翻閱。

「這是你唯一的機會了，害死康！」那聲音從後上方傳來：「離開吧，趁天黑之前快點離開，否則今晚我會找上你……你和其他人。你太老了，班恩，阻止不了我的。你們都太老了，除了害死自己什麼也做不了。離開吧，班恩，難道你真的希望晚上出事？」

班恩緩緩轉頭，依然將書捧在冰冷的手中。他不想看，但彷彿有一隻隱形的手抓住他的下巴，不斷抬高他的頭。

小丑不見了，變成吸血鬼站在左邊樓梯的頂端，但不是電影裡的吸血鬼，不是貝拉．魯格西、克里斯多夫．李、法蘭克．蘭吉拉、法蘭西．雷德勒或瑞吉．納德，而是一個蒼老像人的東西，有著一張盤根錯節的臉龐，色如白蠟，眼睛紫紅，顏色和血塊一樣。牠張大嘴，露出滿口參差不齊的吉列刮鬍刀片，感覺就像一個致命的鏡子迷宮，只要走錯一步就會被劈成兩半。

那東西尖叫一聲：「庫—滾！」接著猛力閉上嘴巴。鮮血立刻像一道暗紅水柱從牠口中濺射而出，嘴唇碎片落在潔白的絲質襯衫上，順著胸前往下滑，留下蝸牛爬痕般的血跡。

「史丹利·尤里斯死前看到了什麼？」站在樓梯平台上的吸血鬼朝樓下的班恩大喊，張著血盆大口哈哈狂笑。「是罐裝的亞伯特王子嗎？還是荒野王大衛·克羅？他到底看到什麼，班恩？你也想瞧瞧嗎？他看到什麼？他看到什麼？」說完又是尖聲狂笑。班恩知道自己也要尖叫了，阻止不了，他非得尖叫不可。鮮血有如恐怖的大雨從樓梯頂端嘩啦灑下，一滴落在正在看華爾街日報的老人關節炎腫脹的手上，從他指間滑落。但老人沒看到，也沒感覺。

班恩猛吸一口氣，相信自己就要尖叫了。在這春雨綿綿的午後簡直難以想像，就和刀劈或……滿嘴刮鬍刀一樣誇張。

但他只顫抖著吐出一句話，用講的，沒有尖叫，和禱告一樣輕。他說：「還用問嗎？我們做了銀彈頭。我們用銀幣做了銀彈頭。」

戴著司機帽翻閱德·瓦加斯畫冊的老人忽然抬起頭來說：「胡扯！」這下大家真的抬頭看了，有人朝老人恨恨「噓」了一聲。

「對不起，」班恩低聲顫抖著說。他微微察覺自己滿臉是汗，襯衫黏在身上。「我在想事情，結果說出來——」

「胡扯，」那老人又說了一次，比剛才更大聲。「銀幣才沒辦法做成銀子彈，那是謠傳、廉價小說的把戲。問題在比重——」

丹納小姐忽然出現了。「布洛克希爾先生，請您安靜一點，」她的語氣算是很客氣了：「其他人在讀——」

「這人病了，」布洛克希爾丟下一句就低頭繼續看書：「給他一片阿斯匹靈，卡蘿。」

卡蘿·丹納看了看班恩，臉上露出關切的神情。「您不舒服嗎，漢斯康先生？我知道這麼說不太禮貌，但您氣色真的很糟。」

班恩說：「我……我中午吃中國菜，可能不合胃口吧。」

「您如果需要躺一下，漢倫先生的辦公室有行軍床，您可以——」

「不用了，謝謝，沒關係。」他才不想躺下，只想趕快離開德利市立圖書館。他抬頭看了一眼樓梯頂端。小丑不見了，吸血鬼也消失了。但環繞樓梯頂端的低矮鑄鐵扶手上綁了一顆氣球，鼓脹的表面寫了一行字：白天好好玩吧！晚上你死定了！

「您的借書證好了，」她說，伸手試著扶他：「您還需要嗎？」

「是的，謝謝妳，」班恩說。他顫抖著深呼吸一口氣，接著說：「抱歉我這個樣子。」

「希望不是食物中毒。」她說。

「不可能的，」布洛克希爾先生頭也不抬地說，繼續看他的德．瓦加斯畫冊，叼著沒點著的菸斗。「那種子彈沒用的，是廉價小說的把戲。」

班恩再次想也不想就說：「彈頭，不是子彈。我們一開始就知道做不了子彈，因為我們那時還是小孩子。是我想到——」

「噓！」又有人說。

布洛克希爾有點驚詫地看著班恩，似乎想說什麼，但還是沒有開口，繼續翻閱畫冊。

回到服務台，卡蘿．丹納將一張頂端印有德利市立圖書館字樣的橘色小卡遞給班恩。他發現這是自己長大之後擁有的第一張借書證，覺得很有趣。他小時候的借書證是鮮黃色。

「您確定不躺著休息一下嗎，漢斯康先生？」

「我覺得好點了，謝謝。」

「您確定？」

班恩擠出微笑說：「我確定。」

「您看上去是好點了。」她說，但語氣有點懷疑，好像意識到她應該這麼說，可是心裡並不相信。

接著她將一本書放到當時登錄外借書刊常用的縮影掃描機底下，班恩忽然覺得非常有趣。這本書是剛才小丑開始學小黑奴的聲音時，我從書架上隨手拿的，他想，她以爲我想借。二十五年後，我再一次從德利市立圖書館借書，卻壓根不曉得自己借了什麼書，而且也不在乎。只要放我走就好，可以嗎？

「謝謝。」他將書夾在腋下說。

「不客氣，漢斯康先生。您確定不要來一顆阿斯匹靈？」

「我很確定，」他說，遲疑片刻之後又說：「妳該不會認識史塔瑞特太太吧？芭芭拉．史塔瑞特，之前的兒童圖書館館長。」

「她過世了，」卡蘿．丹納說：「三年前走的，我聽說是中風。真的很可惜。她還很年輕……五十八、九歲吧，我想。漢倫先生還特地休館一天。」

「喔。」班恩覺得心裡空了一塊。重遊故地就是這樣。就像那首歌唱的，表面的糖霜很甜美，裡面的蛋糕卻很苦澀。故舊不是忘了你、過世了，就是頭髮和牙齒掉光了，有時甚至發瘋了。唉，活著真好。天哪。

「真遺憾，」她說：「您很喜歡她，對吧？」

「所有小孩都喜歡史塔瑞特太太。」班恩說完忽然察覺自己就快掉淚了。

「您還——」

她要是問我還好嗎，我想一定會哭出來，或是尖叫之類的。

他低頭看了看錶，說：「我該走了，謝謝妳這麼親切。」

「祝您一天愉快，漢斯康先生。」

當然，因為我晚上就要死了。

他輕揮手指和她道別，轉身離開。布洛克希爾先生抬頭看了他一眼，目光嚴厲而懷疑。

班恩抬頭望向左邊樓梯的頂端。氣球依然飄著，繫在花邊鑄鐵扶手上，但氣球表面的字不一樣了，變成：

芭芭拉．史塔瑞特是我殺的

小丑潘尼歪斯

他撇開目光，感覺喉嚨又開始脈搏猛跳。他走出圖書館，被陽光嚇了一跳——烏雲已經散開，五月下旬的溫暖陽光灑了下來，讓綠草青翠得不可思議。班恩覺得心裡輕了，彷彿將重擔留在了圖書館……接著他低頭看自己胡亂借的書，牙齒忽然緊咬在一起，緊得發疼。那本書是史蒂芬．米德的《推土機》，就是多年以前他逃到荒原躲避亨利．鮑爾斯那幾個惡少那天借的書。

說到亨利，這本書的封面上還有他工程靴的鞋印。

班恩雙手顫抖將書翻到封底。圖書館已經改用縮影掃描借閱系統，他剛才親眼看到了。但封底內面還是黏著一個小紙袋，裡頭插著借閱卡。卡上每一行寫著一個名字，後面是圖書館員蓋的歸還日期。班恩在卡上讀到：

借閱人	歸還日期戳記
查爾斯．布朗	一九五八年五月十四日

大衛・哈特威爾　一九五八年六月一日
約瑟夫・布瑞能　一九五八年六月十七日

卡上最後一行是他稚嫩的簽名，用鉛筆重重寫著：

班恩・漢斯康　一九五八年七月九日

這張卡上、書的扉頁和側面蓋著一個又一個有如血跡的模糊紅色戳記，寫著：註銷。

「喔，天哪！」班恩喃喃自語，不曉得還能說什麼。發生的一切似乎都包含在這句話裡了。

「喔，天哪，天哪。」

他站在剛露臉的陽光下，忽然心想其他夥伴會有什麼遭遇？

2

艾迪・卡斯普布拉克接球

艾迪在堪薩斯街和柯素斯巷口下了公車。這條小巷子全長四分之一英里，一路下坡，盡頭是土壤崩塌的死巷，再過去就是荒原。他完全不曉得自己為何選在這裡下車。柯素斯巷對他一點意義也沒有，附近也沒有認識的人，但他卻覺得自己來對了地方。他只知道這一點，但好像也就夠了。貝芙莉已經在下主大街某一站下了車，麥可則是開車回圖書館。

他目送誇張的賓士小型公車駛離，搞不清楚自己在做什麼，怎麼會出現在偏遠小城的偏遠巷口，離米拉將近五百英里。她現在一定在為他擔心落淚。他忽然感到一陣難受的暈眩，便伸手去摸外套口袋，這才想起他將暈海寧和其他藥物都留在街屋旅館了。幸好他有帶阿斯匹靈。他不會不帶阿斯匹靈，就像他不會不穿褲子出門一樣。他吞了兩顆阿斯匹靈，開始沿著堪薩斯街前進，漫不經心想著或許可以去市立圖書館或走到卡斯特羅大道。天空開始放晴了，艾迪覺得他甚至能走到西百老匯，欣賞那裡的維多利亞式老房子。德利只有兩個像樣的住宅區，西百老匯是其中之一。他小時侯偶爾會逛來這裡，沿著西百老匯走，彷彿要去某處一樣。穆勒家就在這一帶，西百老匯和威奇漢街口附近，是一棟兩側有角樓、前有樹籬的紅房子。穆勒家有一位園丁，每回艾迪經過，他總會用懷疑的目光盯著他，直到他離開為止。

再過去是鮑伊家，和穆勒家同側，相隔四間房子。葛瑞塔．鮑伊和莎莉．穆勒兩人在中學時代這麼要好，他想這應該是原因之一。鮑伊家是綠色薄木外牆，也有角樓……但穆勒家的角樓方方正正，鮑伊家的角樓卻有著好笑的圓錐頂，艾迪覺得很像笨蛋高帽。每到夏天，鮑伊家就會在屋側的草坪擺出桌椅，包括附有黃色洋傘的桌子、幾張藤椅和一張吊床，而且一定會在後院玩槌球。艾迪雖然從未受邀，卻知道得很清楚。他常漫步經過（好像要去別處似的），聽見球的碰撞聲、笑聲和某人的球「飛了」發出的抱怨聲。他有一次看到葛瑞塔，看見她一手拿著檸檬汁，一手拿著槌球桿，苗條美麗得連詩人也會詞窮（艾迪覺得就連她曬紅的肩膀也很美，雖然他那時才九歲）。她正在追球，因為她的球「飛了」，越過一株小樹，所以艾迪才會看到她。

那天，他有一點愛上她了。她閃亮的金髮垂到肩上，和水藍色的褲裙洋裝相互輝映。她環顧四周，艾迪以為她看到他了，結果並沒有，因為他舉起手害羞地想打招呼，葛瑞塔卻沒有舉手，只是將球打回後院草坪，隨即追了過去。艾迪繼續前進，既不怨恨打招呼沒得到回應（他真心相信她沒看到他），也不難過週六下午從未受邀去玩槌球：葛瑞塔．鮑伊這麼美麗的女孩子怎麼會邀請他？他這麼瘦，還有氣喘，臉長得像溺水的河鼠。

沒錯，他漫無目的沿著堪薩斯街走，一邊心想，我應該到西百老匯，再去看看那些房子……穆勒家、鮑伊家、哈爾醫師的房子、崔克——

他的思緒忽然中斷，因為——真是說曹操，曹操就到——他就站在崔克兄弟貨運站前面。

「還在耶！」艾迪脫口而出，接著哈哈大笑：「真是沒想到！」

菲爾．崔克和湯尼．崔克這對光棍兄弟，他們在西百老匯的家可能是這條街上最可愛的大房子。潔白的維多利亞中期建築，有著青翠草坪和大片花圃，每年春夏都是百花爭妍（當然修剪得很整齊），車道到了秋天就會重鋪一次，確保路面黑亮如鏡。斜屋頂的薄石板永遠是完美的薄荷綠，幾乎和草坪一個顏色。古老的豎框窗戶令人印象深刻，經常有人逗留拍照。

「兩個大男人會把房子弄得這麼漂亮，肯定是同志。」艾迪的母親有一回嫌惡地說，但艾迪不敢問她是什麼意思。

然而，他們的貨運站和西百老匯的豪宅截然不同，是低矮老舊的磚房，有不少地方塌了，髒橘色的牆面到了牆腳變成煤黑色。所有窗戶都很髒，只有調度室一扇吊窗例外。那扇窗上有一塊地方特別乾淨，因為調度員桌上擺了一個花花公子月曆，到工廠後面空地打棒球的小孩都會先來調度室，用棒球手套把窗戶抹乾淨，好瞧瞧當月女郎是誰。從以前到現在都是如此。

貨運站三邊都是廢棄的碎石堆，卡車（吉米比茲、肯沃斯和里歐斯）統統漆著「崔克兄弟貨運：德利、紐頓、普洛維登斯、哈特福、紐約」字樣，有時亂七八糟停成一堆，有時組裝在一起，有時只有卡車頭和車架，靠後輪和撐杆默默站立著。

兩兄弟沒有將卡車停在空地上，而是盡量停在磚房後方，因為他們都是狂熱的棒球迷，很喜歡小孩來這裡打球。菲爾．崔克會親自駕駛卡車，所以小孩很少看到他，但手臂和肚子一樣粗壯的湯尼．崔克負責管帳，因此艾迪（他從來不打球，要是母親聽到他玩棒球，跑來跑去，將塵土吸進脆弱的肺裡，還有可能弄斷腿或腦震盪，甚至其他事故，一定會殺了他）很習慣見到他。他是夏天的固定配角，和後來的梅爾．艾倫一樣成為他對棒球的回憶：身材壯碩卻又像個遊魂的湯尼．崔克，白襯衫在夕陽下微微發亮，螢火蟲開始在空中閃爍，而他高聲大吼：「紅毛，你要撲下去才接得到糗！……小不點，你眼睛沒有看糗！你沒有看糗怎麼打得到！……滑壘啊，小鬼！把帆布鞋印在二壘手的臉上啊，他不會觸殺你的！」

艾迪記得湯尼從來不喊小孩的名字，永遠是紅毛、金髮仔、四眼田雞、小不點之類的亂叫，並且從來不說球，而是糗，不說球棒，而是棒槌，例如「小鬼，你要握緊棒槌才打得到糗啊！」

艾迪笑著朝磚房走近……但笑容隨即消失了。當年處理訂單、修理卡車、暫時儲存貨品的房舍變得又暗又安靜，碎石堆長滿雜草，兩旁空地也沒有卡車……只剩一個貨櫃，表面都生鏽黯淡了。

艾迪再往前走，發現窗上掛著房屋仲介掛的「出售」看板。

崔克貨運垮了，他心想，但沒想到自己會難過……彷彿有人過世一樣。他開始慶幸自己沒有去西百老匯。如果連崔克兄弟都撐不下去——崔克兄弟耶，他們應該永遠不倒才對——那他小時候非常愛走的那條街又會如何？他不安地發現自己並不想知道。他不想看見葛瑞塔．鮑伊頭髮灰白，臀部和雙腿因為久站與暴飲暴食而變胖。他最好敬而遠之，比較安全。

我們都應該這樣，敬而遠之。這裡不關我們的事。回到小時候長大的地方就像瘋狂的瑜伽動作，從腳開始將整個人吞進嘴巴裡一樣不可能。腦袋夠清楚的人都應該慶幸沒這種事才對……但話說回來，你覺得湯尼和菲爾出了什麼事？

湯尼可能心臟病發作，因為他一直扛著七十五磅的贅肉過日子。人得小心注意自己的心臟。詩人喜歡用浪漫之詞寫它，巴瑞．曼尼洛也用歌曲頌揚它，這些艾迪都覺得無所謂（他和米拉有巴瑞·曼尼洛灌錄的所有作品），但他更在乎每年好好做一次心電圖檢查。沒錯，湯尼或許是心臟掛點了。但菲爾呢？可能倒楣在高速公路出車禍了。艾迪自己是開車討生活的人（曾經是，因為他最近只替名人開車，其他時間都在坐辦公室），很清楚路上可能遇到哪些倒楣事。老菲爾也許在新罕普夏讓車子折成了兩半，也許在緬因州北部的漢斯維爾森林遇到地面結冰，甚至在德利南方的長下坡煞車失靈，在春雨中開往哈芬時失控打滑。那些狗屁倒灶的鄉村歌曲經常唱到這些事，描述頭戴牛仔帽、心裡想著小老婆的卡車司機怎麼出車禍。坐辦公室有時很寂寞，但艾迪不是沒有開過車——氣喘噴劑擺在儀表板，按鈕倒映在擋風玻璃上有如幻影一般，還有一堆藥收在置物格裡——他知道真正的寂寞是模糊的紅光，是前方車子的後車燈隔著大雨發出的顏色。

「媽的，真是時光飛逝啊！」艾迪·卡斯普布拉克嘆息似的低聲說道，完全沒意識到自己把想法說了出來。

他覺得有點醺醺然，又有點不悅——他其實滿常這樣子，只是自己不覺得——他繞過磚房，想看看小時候打棒球的空地，古馳平底鞋踩在碎石上沙沙作響。那時他感覺全世界百分之九十的人都是小孩。

空地沒什麼變，但他一眼就知道這裡不再有人來打球了。這項傳統就這麼因為某種緣由消失無蹤了。

一九五八年的時候，內野不是用石灰粉劃的，而是腳跑出來的。來這裡打球的男孩（他們都比艾迪這一票窩囊廢大，但艾迪這會兒想起來，史丹利·尤里斯有時會來打球。他的打擊普普，但在外野跑得很快，而且反射神經跟天使一樣敏捷）沒有壘包，而是用四塊髒帆布替代。他們總是將帆布藏在長磚房後方的載貨區底下，只要湊足人數就會鄭重拿出來用，直到天色暗得不能再玩了才又鄭重收回去。

艾迪站在空地望過去，踩出來的內野線已經不見了，雜草一叢一叢在碎石地面茂盛生長著，汽水瓶和啤酒瓶的碎片散落其間，閃閃發光。從前這些碎片都會被孩子們清乾淨，簡直就像參加宗教儀式一樣認真。唯一不變的只有空地後方十二英尺高的鐵絲網籬笆，生鏽的顏色感覺很像乾掉的血，將天空框成一個個菱形。

那是全壘打牆，艾迪手插口袋站在二十七年前的本壘板上開心想著，過了籬笆就是荒原，他們當年都戲稱那裡是「自動送分區」。他哈哈大笑，隨時緊張地四下張望，彷彿發出笑聲的是鬼魂，而不是穿著六十美元長褲的男子漢，結實得像……呃，結實得像……像……

離開吧，小艾，他似乎聽見理查德低聲說，你一點也不結實，而且過去這幾年全壘打愈來愈少了，對吧？

「是啦。」艾迪低聲說道，一腳踢飛幾塊石頭，踢得石頭嘩啦作響。

其實，他只見過球飛出貨運站後方空地籬笆兩次，而且是同個小孩打的。那個小孩就是貝奇．哈金斯。貝奇的塊頭真是大得滑稽，十二歲就長到六英尺高，體重可能有一百七十磅。他綽號「打嗝王」，因為他打的嗝又長又大聲，有時甚至既像牛蛙叫，又像蟬鳴，偶爾還會用手不停拍嘴，發出類似印地安人沙啞嘶吼的怪聲。

這會兒艾迪想起來了，貝奇個頭很大，但不算胖，感覺好像上帝也不想讓一個十二歲小孩長得太離譜似的。它覺得貝奇若非那年夏天死了，可能會長到六呎六吋，甚至更高，並且學會在小個子世界裡的處世之道，甚至學會溫柔待人。但十二歲的貝奇動作笨拙，性格卑劣，雖然不是智障，舉手投足就是如此不雅與冒失，不像史丹利那麼協調自然。他的身體好像從來不和大腦溝通，只照著自己緩慢轟隆的步調走。艾迪記得有一天傍晚，打者擊出一顆緩慢的高飛球，正好朝貝奇飛去，他連動都不用動。但貝奇抬頭盲目揮拳似的舉起手套，結果球沒落進手套，而是直接打在他頭頂上，發出「空」的一聲，聽起來就像球從三樓落下砸到福特車頂一樣。球反彈了四英尺高，然後落進貝奇的手套。一個名叫歐文·菲利普斯的可憐小鬼聽見「空」的一聲笑了出來，貝奇走過去朝他屁股猛力一踹，把他的褲子踢出一個洞，讓他嚇得尖叫逃回家。沒有人笑……起碼場內沒人笑。艾迪覺得理查德·托齊爾要是在現場，一定會忍不住大笑，然後被貝奇揍到住院。貝奇打球也很鈍，很容易三振，打的滾地球連最差勁的內野手也有辦法將他封殺在一壘。但只要他打中球心，就一定飛得很遠很遠。艾迪見他打出籬笆外的那兩球都非常驚人。第一顆球一直沒找到，就算十幾個小孩在通往荒原的陡坡上找遍了，依然不見蹤影。

不過，第二顆球倒是撿回來了。那顆球是另一名小六生的（艾迪想不起來他叫什麼名字，只記得其他小孩都叫他鼻涕蟲，因為他老是感冒），從一九五八年春末用到夏初，打到都變形了，不再是新買時的完美球體，白色皮面和紅縫線磨損處處，還有草痕，不少地方因為在外野的礫石地面彈跳幾百次而破開了，縫線也有一處鬆脫。只要氣喘不嚴重，艾迪會幫忙撿界外球，享受將球扔回去得到的「謝啦！」。他知道很快就會有人拿黑貓絕緣膠帶將脫線處黏住，讓球再撐一週左右。

但那顆球還來不及壽終正寢，就被一個叫做史特林爾·戴德漢的國一學生投到上場打擊的貝奇·哈金斯面前了。史特林爾以為那是變速球，但貝奇時間抓得剛剛好（他只是動作慢而已），一棒將鼻涕蟲的斯柏丁棒球狠狠打出去，球皮瞬間脫落，彷彿一隻白色巨蛾落在二壘附近。剩下的球心一邊脫線，一邊飛向美麗的傍晚天空。所有人轉頭望著球往外飛，全都看傻了。球一路飛過鐵絲網籬笆，艾迪記得史特林爾用敬畏的語氣低聲說了「可惡」。球在身後留下一道軌跡，所有人看著線不斷鬆脫。球還沒落地，已經有六個小孩像猴子一樣爬上籬笆準備去撿了。他記得湯尼·崔克讚嘆狂笑，高聲吼道：「這球一定能飛出洋基球場！聽到沒有？這球能飛出他媽的洋基球場！」

彼得·高登找到球，就在窩囊廢俱樂部三週後蓋水壩的那條小溪附近。但球已經變成直徑不到三吋的線團，沒有散開簡直是天大的奇蹟。

那群孩子沒有討論就將剩下的球屍拿給湯尼·崔克。湯尼默默檢視，圍著他的孩子們也沒有開口。從遠處看，一群孩子圍著一個高大凸腹的男人，感覺很像宗教儀式，彷彿在敬拜聖物。貝奇·哈金斯根本沒有跑壘，而是站在其他孩子之間，彷彿不曉得身在何處。湯尼·崔克將球遞給他，那球比網球還小。

艾迪沉浸在回憶裡，從本壘走到投手丘（但它不是隆起，而是凹陷，因為礫石被挖走了）再走到外野。他停留片刻，震懾於四周的寧靜，接著繼續朝鐵絲網籬笆走去。籬笆鏽蝕得更厲害了，長滿難看的爬藤植物，但鐵絲網還在。隔著鐵絲網，艾迪看見雜草恣意蔓生的斜坡。

荒原比以前更像叢林了。艾迪心裡頭一回浮現疑惑，這麼一塊植物茂盛的地方怎麼會叫荒原？它什麼都是，就是一點也不荒涼。它怎麼不叫野地或叢林？

荒原。

這兩個字聽起來很不祥，甚至邪惡，但它們在心中喚起的不是爭奪陽光的濃密樹林與灌木叢，而是不斷漂移的沙堆和灰色的硬土與沙漠。荒原。麥可剛才說他們和荒原一樣寸草不生，這話似乎不假。他們七人都沒有孩子，就算現在是計劃生育時代，要做到這點也是難上加難。

他隔著生鏽的菱形鐵絲網往外看，聽見堪薩斯街的車聲遠遠傳來，還有下方的流水聲。他看見溪水在春日下閃爍，有如發光的碎玻璃。山坡下的竹林還在，白得很不正常，很像綠樹叢中的霉斑。竹林後方是狹長的沼澤地，緊鄰坎都斯齊格河，那裡應該有流沙。

我童年最快樂的時光就是在那片亂草叢中過的，想到這裡讓他打了個冷顫。

他正要轉身離去，忽然一樣東西吸引了他的目光。樹叢裡有一根頂端罩著沉重鐵蓋的水泥圓柱。班恩從前常笑著說那是「莫洛克洞」，但眼神卻沒有笑意。走到圓柱旁，你會發現它高度及腰（對小孩來說），上頭浮刻著一行半圓形的金屬字，寫著「德利市公共工程局」，管內深處還聽得見轟鳴聲，應該是機械運轉的聲音。

莫洛克洞。

我們就是進了那裡。那年八月。最後還是去了。我們走進其中一個洞裡，進入下水道，但沒多久下水道就不再是下水道了，變成……變成……變成什麼？

派崔克．霍克斯泰特在那裡。他被牠抓走之前，貝芙莉看到他在做不好的事，雖然她笑了，但知道那是壞事。那件事和亨利．鮑爾斯有關，對吧？嗯，應該沒錯，而且——

他忽然轉身看向廢棄的貨運站，不想再俯瞰荒原，不喜歡它激起的思緒。他想回家，回到米拉身邊。他不想在這裡。他……

「接住，孩子！」

艾迪轉身望向聲音的來處，發現一顆球越過籬笆朝他飛來，落在礫石地上彈到空中。他想也不想就伸手將球接住，動作乾淨俐落，近乎優雅。

他低頭看了一眼手上的東西，心頭立刻一涼。那東西之前曾是棒球，現在只剩一坨線團，表皮不見了。他看見線還在脫落，有如一條蜘蛛絲飄過籬笆，消失在荒原裡。

*喔，天哪，*他心想，*天老爺啊，牠來了，就在我身邊，就是現在——*

「下來玩球吧，小艾。」籬笆另一頭的聲音說。艾迪發現那是貝奇．哈金斯的聲音，心中微微一驚。貝奇一九五八年八月就死在德利的下水道裡了，這會兒卻在籬笆另一頭吃力往上爬，爬到堤防上。

那人穿著紐約洋基隊的條紋隊服，身上沾著落葉和青草痕。他既是貝奇，又是痲瘋鬼，是潮濕墓穴孕育多年而成的可怕怪物，陰沉的臉上掛著一條條纖維與爛肉，一邊眼窩空空如也，頭髮裡有東西在蠕動。他左手套著長滿青苔的棒球手套，右手抓著鐵絲網，腐爛的手指從菱形網眼中伸出來。他彎曲手指，艾迪聽見可怕的噴濺聲，差點把他嚇瘋了。

「這球一定能飛出洋基球場，」貝奇獰笑著說，只見一隻白得有毒的蟾蜍扭動身體從他嘴裡掉出來，摔到地上。「聽到沒有？這球能飛出他媽的洋基球場！對了，艾迪，想吹喇叭嗎？給我十美分我就幫你吹，欸，免費也行啦。」

貝奇的臉變了，果凍般的鼻頭凹下去，露出兩根血紅的鼻管。艾迪夢過這樣的景象。那人頭髮變粗，從太陽穴往後退開，而且變得像蜘蛛絲一樣白。腐爛的額頭皮膚裂開，露出包著黏稠物質的白骨，宛如鏡面模糊的探照燈。貝奇消失不見，變成了內波特街廿九號門廊下的怪物。

「巴比吹我只要一毛錢，」那東西低聲輕唱，開始攀著籬笆往上爬，在籬笆的菱形網眼上留下一塊塊碎肉。籬笆被牠的重量弄得鏘啷作響，狀似藤蔓的雜草被牠一碰立刻轉成了黑色。「隨時隨地都肯做，再五分錢還能加時間。」

艾迪開口想要尖叫，卻只發出無用的沙啞嘶聲。他感覺自己的肺部變成世界上最古老的陶笛。他低頭看了看手上的球，發現線團內忽然開始冒出血來，滴到礫石地面和他的鞋子上。

他將球丟在地上，踉蹌倒退兩步，瞪大眼睛，雙手在襯衫上擦拭。痲瘋鬼爬到籬笆頂端，腦袋前後搖擺，映著天空形成了夢魘般的剪影，有如腫脹的萬聖節南瓜燈。牠吐出舌頭，足足有四英尺長，甚至六英尺，彷彿一條小蛇從牠嘴裡爬出來，順著籬笆往下鑽。

牠只出現了一秒鐘……隨即就消失了。

牠不是像電影裡的鬼魂一樣慢慢消失，而是一眨眼就不見了。但艾迪聽見啵的一聲，很像香檳的開瓶聲，證明牠確實存在。那聲音是空氣填補牠留下的空間而發出的巨響。

艾迪轉身就跑，但還跑不到十英尺，就看見四個影子從廢棄磚房的運貨區飛了出來。他起初以為是蝙蝠，便尖叫著用手遮頭……隨即發現是四塊帆布，就是之前小孩來這裡打球用的壘包。

帆布在靜止的空中翻騰旋轉，艾迪閃身才沒有被其中一塊帆布打到。四塊帆布同時落在過去擺放的位置，本壘、一壘、二壘、三壘，揚起一小陣塵土。

艾迪上氣不接下氣跑過本壘板。他緊抿雙唇，臉色和鄉村乳酪一樣白。

鏘！球棒擊中不存在的球的聲音，然後——

艾迪停下來。他雙腳無力，發出一聲呻吟。本壘到一壘的地面開始膨脹，彷彿有一隻大地鼠正在鑽地。礫石往兩邊散落，隆起的土堆衝過一壘，將帆布甩到空中，力道又快又大，讓帆布發出啪的一聲，很像擦鞋童開心甩動抹布發出的聲音。隆起的土堆開始從一壘衝向二壘，而且不斷加速。二壘的帆布同樣啪的一聲射向天空，還沒落地，隆起的土堆已經衝到三壘，加速朝本壘奔去。

本壘的帆布也飛了，但還沒落地，那東西已經像恐怖的派對禮物一樣從地底下冒出來。是湯尼·崔克。他的臉只剩骷髏頭和幾塊焦黑的皮肉，白色亞麻襯衫也腐爛了，變成一條一條。他從本壘板底下冒出半截身子，有如一隻怪蟲前後搖擺。

「你盡量揮棒槌沒關係，」湯尼·崔克用沙啞粗嘎的聲音說，露出牙齒又瘋狂又親密地笑著：「盡量揮，氣喘仔。我們會逮到你的，逮到你和你那些朋友。到時就有糗啦！」

艾迪尖叫一聲，蹣跚後退。他感覺一隻手按上肩膀，立刻縮起身子躲開。那手微微收緊，隨即放開。艾迪回頭一看，是葛瑞塔·鮑伊。她已經死了，只剩下半張臉，蛆蟲在血紅的肉上蠕動。她一手握著一個綠色的氣球。

「車禍，」她用剩下的半張嘴巴說，接著露出笑容。她的臉龐發出難以言喻的撕裂聲，艾迪看見肌腱有如可怕的絲帶扯動著。「我那年十八歲，艾迪，喝酒又嗑藥。你的朋友都在這裡，艾迪。」

艾迪雙手擋在臉前拚命後退，葛瑞塔朝他逼近，鮮血四濺，在她腿上形成長長的乾涸血痕。她穿著一雙平底皮鞋。

在她身後，艾迪看見最可怕的一幕：派崔克·霍克斯泰特從外野跌跌撞撞朝他走來，身上一樣穿著洋基隊服。

艾迪拔腿就跑。葛瑞塔再次抓住他，將他的襯衫扯破，讓他的衣領濺到可怕的液體。湯尼·崔克掙扎著從地洞裡鑽出來。派崔克·霍克斯泰特踉蹌往前走。艾迪死命狂奔，不曉得自己怎麼還喘得過氣來，但腳下還是沒停。他眼前浮現一行字，印在葛瑞塔·鮑伊手上那顆氣球上的字：

氣喘藥導致肺炎！
中央街藥局敬上

艾迪向前飛奔。他不停地跑，最後在麥卡倫公園附近暈了過去。幾個孩子看到他立刻躲開，因為他看起來很像酒鬼，或是得了什麼怪病，甚至就是那個連續殺人魔。他們討論了一會兒，覺得應該通知警察，但最後還是沒報警。

3

貝芙莉·羅根造訪故居

貝芙莉先回德利街屋旅館換了牛仔褲和亮黃色百褶短衫出來，在主大街上隨意漫步。她不曉得自己要去哪裡，心裡只想著一個東西：

汝髮如冬火，化正月時節餘燼，引我心燃燒。

她將明信片藏在最下層抽屜，內衣底下。她母親可能看過，但那無妨。重點是她父親絕不會開那個抽屜。要是被他發現，他可能會用那近乎和善、徹底懾人的炯炯目光看著她，用那近乎和善的語氣問：「妳是不是做了不該做的事啊，貝貝？和某個男孩做了不該做的事？」不管她答是或不是，都會被痛打一頓，快得、重得讓她一開始根本不覺得痛。那一段真空要幾秒鐘才會消失，被疼痛填滿。接著她又會聽見他用一樣和善的語氣說：「我很擔心妳，貝芙莉，非常擔心。妳得長大一點，不是嗎？」

她父親可能還住在德利。她上回聽到他的消息時，他還住在這裡，但那已經是……多久之前了？十年？總之早在她嫁給湯姆之前。她收到他寄來的明信片，但不是一般只有詩句的明信片，而是市政中心保羅．班楊雕像的相片。很可怕的塑膠雕像，一九五〇年代落成，是她童年時代的地標。但父親的明信片絲毫沒有喚起她的回憶或思鄉之情。就算他寄來的是聖路易紀念拱門或舊金山金門大橋的相片，感覺也差不多。

「希望妳順利安好，」卡片上寫著：「方便的話，寄點東西回家，我過得不是很好。貝貝，我愛妳。父筆。」

他愛過她，而她覺得自己一九五八年夏天會瘋狂愛上威廉．鄧布洛，這是一個原因。因為所有男孩當中，唯有威廉帶有一種權威，讓她聯想到自己父親……只不過兩人的權威是不同的，威廉的權威是傾聽別人的權威。她父親認為展現權威是出於擔心。但她在威廉的眼神和行為裡卻見不到這種想法……把人看成寵物，寵愛之餘更要管教。

總之，那年七月他們頭一回到齊，威廉不費吹灰之力就當上領袖，擁有絕對的權威，從那天起，貝芙莉便徹頭徹尾瘋狂地愛上了他。稱它是少女的迷戀就像說勞斯萊斯只是乾草車之類的四輪交通工具一樣，是天大的褻瀆。她見到威廉不會傻笑或臉紅，也不會用粉筆在樹上或親吻橋的牆上寫下他的名字。她只是將他的臉烙印在心裡，時時抱著那一份苦澀的甜蜜。她願意為他而死。

因此，她想自己當初會覺得情詩是威廉寫的，也就情有可原了……只是她始終沒有真的相信這一點。後來（過了一段時間後）情詩的作者不是向她坦承了？沒錯，班恩說了實話（但她現在完全想不起來，他是什麼時候、在什麼情況下對她說的，一次也沒想過），只不過他對她的愛幾乎就像她對威廉的愛一樣，始終掩藏得很好。

（但妳有告訴他，貝貝，妳有跟他說妳愛他）

其他人只要認真看（而且心地善良）就看得出來，從他總是小心和她保持一定距離、當她碰到他的手或胳膊會讓他屏息，還有從他因為會見到她而刻意打扮就能發現。喔，那親切可愛的胖班恩。

不過，那段辛苦的前青春期三角戀最後還是結束了，只是她暫時還想不起來是如何結束的。她想班恩應該向她坦白過，說那首小情詩是他寫和寄的。她覺得自己應該有向威廉告白，說她會永遠愛他。這兩件事救了他們一命……對吧？她不記得了。這些回憶（或者該說關於回憶的回憶）就像只是湊巧突出水面的珊瑚礁，其實連結在一起，而非分隔的島嶼。但她每回潛下去想看清楚全貌，便會見到一個惱人的畫面，那就是每年春天返回新英格蘭的鷯哥。一大群鳥在電線、樹上和屋頂擠來擠去，整個春初三月的天空都是牠們沙啞的叫聲。這幅景象不斷出現在她心中，感覺既陌生又不舒服，宛如擾攘的雜訊遮蓋了她真正想接收的訊號。

貝芙莉忽然發現自己站在克林克洛自助洗衣店門口，不禁嚇了一跳。那年六月下旬，她跟史丹利．尤里斯、班恩和艾迪就是將沾了只有他們看得見的血跡的抹布拿來這裡洗的。洗衣店的窗戶被肥皂泡沫弄得模糊不清，門上貼著「店主求售」的手寫告示。貝芙莉從泡沫間隙往內看，只見裡頭空空蕩蕩，骯髒發黃的牆上有幾個顏色較淺的方塊，是之前擺放洗衣機的地方。

我在回家的路上，她沮喪地想，但還是繼續往前走。

這一區變化不大，少了幾棵榆樹，可能病死了，房子比以前殘破了點，破掉的窗戶似乎比她小時候多，有些用紙板封住，有些沒有。

她走到下主大街一二七號的公寓前面。房子還在。斑駁的白牆這些年來變成了斑駁的棕牆，但還是老樣子。這邊的窗戶可以看到廚房，那邊的窗戶可以看到她的臥室。

（吉姆．杜雍，給我離馬路遠一點！馬上！難道你想被車子輾死？）

貝芙莉打了個冷顫，雙手交叉抱在胸前，手掌包著手肘。

爸爸可能還住在這裡。沒錯，是有這個可能，因爲他非不得已才會搬家。上去瞧瞧吧，貝芙莉，去看看信箱。三層樓三個信箱，還是和從前一樣。要是其中一個寫著馬許，妳就能按電鈴，隨即聽見拖鞋聲從走道傳來。接著門會打開，妳就能見到他，見到那男人。是他的精子給了妳紅髮，讓妳成爲左撇子，而且很會畫畫……還記得他以前多會畫嗎？只要衝動一來，他什麼都能畫。但可惜機會不多，因爲我想他有太多事要擔心了。不過，衝動來的時候，妳總會坐上幾個小時看他畫貓、狗、馬和牛，還在牛的嘴邊畫泡泡，寫上「哞」字。妳會看得開懷大笑，他也會笑，然後說，換妳畫了，貝貝。妳拿起畫筆，他會扶著妳的手，於是牛、貓和微笑的男人就會在妳筆下浮現。妳會聞到美能刮鬍水的清香，感受到他肌膚的溫度。上去吧，貝芙莉，去按鈴。他會出來看門。他會老態龍鍾，臉上皺紋很深，僅存的牙齒也泛黃了。他會看著妳，然後說，哎，是貝貝耶！貝貝回家看老爸了。快進來，貝貝，眞高興見到妳。我高興是因爲我很擔心妳，貝貝，非常擔心。

她緩緩向前，水泥路面裂隙長出的雜草掃過她的褲腳。貝芙莉緊緊盯著一樓的窗戶，但窗簾是拉上的。她望向信箱。三樓：史塔克威勒；二樓：柏克；一樓——她呼吸一停——馬許。

但我不會按門鈴。我不想見他。我不會按鈴。

她總算做了一個果斷的決定，從此踏入只做果斷決定的有用人生。她折返了！走回市區！回到德利街屋旅館！打包！搭計程車！坐飛機！叫湯姆滾蛋！活得成功！死得愉快！

她按了門鈴。

她聽見熟悉的鈴聲從客廳傳來。她一直覺得那鈴聲很像中文名字：秦鐘！沒有聲音，也沒有回應。她在門廊上侷促不安，忽然很想小便。

沒人在，她鬆了一口氣，心想，我可以走了。

但她又按了一次門鈴。秦鐘！沒有回應。她想起班恩的可愛小詩，試圖憶起他何時坦承詩是他寫的，他是怎麼說的，還有那首詩為什麼正好碰上她的初潮。她是十一歲有月經的嗎？肯定不是，不過她的乳房倒是那年隆冬開始發育的。為什麼？……這時，那幅惱人的景象又出現了。幾千隻鷯哥擠在電線和屋頂上對著白色的春日天空吱喳亂叫。

我要走了。我已經按了兩次門鈴，夠了。

但她又按了一次。

秦鐘！

她聽見有人走來，聲音和她想得一模一樣，正是舊拖鞋的疲憊窸窣聲。她慌忙左右張望，差點（真的只差一點）就逃之夭夭了。她有辦法衝過水泥走道繞過轉角，讓她父親以為是小孩惡作劇嗎？嘿，先生，你有罐裝亞伯特王子嗎……

她忽然急吐一口氣，接著趕緊縮緊喉嚨，免得發出如釋重負的笑聲。應門的人根本不是她父親，而是年近八十的高大婦人，頭髮又長又美，幾乎全變白了，但還有幾綹金髮。無框眼鏡後方的眼睛和她祖先當年横越的峽灣海水一樣藍。她穿著紫色波紋綢洋裝，雖然舊了，卻還是很體面，慈祥的臉上滿是皺紋。

「小姐有事嗎？」

「對不起，」貝芙莉說，想笑的衝動一下子就消退了。她發現老婦人頸上戴著一條浮雕鍊墜，應該是真的象牙，周圍鑲著細得幾乎看不見的金邊。「我應該按錯門鈴了。」也許是故意按錯的，她心裡低聲說。「我要按的是馬許家。」

「馬許家？」老婦人皺起額頭，擠出細緻的皺紋。

「沒錯，您有——」

「這裡沒有姓馬許的。」老婦人說。

「可是——」

「除非……妳要找艾文．馬許嗎？」

「沒錯！」貝芙莉說：「他是我父親！」

老婦人伸手撫摸鍊墜，雙眼仔細打量貝芙莉，讓她覺得自己像個小女孩，手上拿著女童軍餅乾或貼紙——請支持德利高中老虎隊。接著，老婦人露出和藹的微笑，只是帶著一點悲傷。

「妳怎麼都沒有和他聯絡呢，小姐？我很不想以外人的身分告訴妳，但妳父親早在五年前就過世了。」

「可是……門鈴上……」貝芙莉又看了一眼，不禁低呼一聲，顯得困惑而不像笑聲。剛才她太激動，直覺認為老爸一定還住在這裡，結果把「克許」看成了馬許。她不識字。

「您是克許太太？」她問。父親的死訊讓她站立不穩，同時覺得自己很蠢——對方一定覺得

「沒錯。」老婦人答道。

「您……您認識我父親？」

「幾乎不認識。」克許太太說，聲音有一點像《帝國大反擊》裡的尤達大師，讓貝芙莉又很想笑。她的情緒什麼時候變得這麼反覆無常的？她其實記不得了……但很怕自己不久就會想起來。「他是前一位租下一樓的房客。我們見過，他搬走，我搬進來，前後大概幾天。他搬到洛華德巷了，妳知道在哪裡嗎？」

「我知道。」貝芙莉說。洛華德巷在四條街外，和下主大街交會。那裡的公寓更小，破舊得可憐。

「我偶爾會在卡斯特羅超市見到他，」克許太太說：「自助洗衣店歇業之前，我也在那裡看過他。我們偶爾會聊上幾句，還有——噯，小姑娘，妳臉色真白——對不起。快進來，我幫妳泡杯茶。」

「不了，這不好意思。」貝芙莉虛弱地說，但她確實覺得臉色發白，白得有如起霧的透明玻璃。她是需要喝點茶，找張椅子坐一下。

「怎麼會不好意思，」克許太太慈祥地說：「告訴妳這麼壞的消息，我也只能這樣來彌補了。」

貝芙莉還來不及反駁，就被帶進陰暗的走廊，回到了老家。房子似乎變小了，但感覺很安全——她想是因為裡頭的一切幾乎都變了。粉紅桌面的富美家桌子和三張椅子沒有了，換成小圓

桌，比茶几大不了多少，上頭擺著一只瓷花瓶，插著絲綢假花。馬達在頂端（父親常常東摸西弄，好讓它運轉）的家榮華冰箱不見了，換成黃銅色的佛里吉戴爾冰箱。爐子很小，看起來是電爐，上方擺著一台亞馬納微波爐。窗簾是亮藍色的，外面有花盒。她小時候熟悉的塑膠地板被挖掉了，剩下原本的木頭地面，而且上了很多油，發出柔和的光芒。

克許太太將茶壺放到爐子上，回頭看了一眼，說：「妳在這裡長大的嗎？」

「對，」貝芙莉說：「不過很不一樣了……變得好整齊雅致……真棒！」

「妳太客氣了，」克許太太說，臉上笑容燦爛，讓她看來年輕不少。「我手上有一點錢，妳知道。不多，但社會福利讓我過得還不錯。我在瑞典出生，一九二〇年來到美國，十四歲，身無分文——沒錢的時候最能體會錢的價值，妳說對吧？」

「是啊。」貝芙莉說。

「我在醫院工作，」克許太太說：「很多年了，從一九二五年開始，一路升到雜務總管，所有鑰匙都由我保管。我先生很會投資，所以我才有這個避風港。水還沒開，小姐，妳先四處看看吧。」

「不了，這不好意思——」

「請吧……我還是覺得很歉疚。想參觀就盡量看吧。」

於是她就去逛了。她爸媽的臥房如今是克許太太的寢室，感覺完全不同，似乎更明亮、也更通風。房裡多了一只大木箱，香柏木做的，上頭刻著兩個英文字R.G.，散發著淡淡的木香。床上鋪著一張大毛毯，上頭是女人打水、小孩騎牛和男人堆乾草的圖案，非常漂亮。

貝芙莉的臥房變成了縫紉間。一台黑色勝家縫紉機擺在鑄鐵桌上，旁邊是兩盞高功率的天瑟檯燈。一面牆上掛著耶穌像，另一面牆上是甘迺迪總統的肖像，下方是一個美麗的櫥櫃，雖然擺的是書本而非瓷器，但感覺還不壞。

她最後才走進浴室。

浴室重新粉刷成玫瑰色，色澤低調而悅目，感覺一點也不低俗。所有設備都是新的，但她走到洗手台時，還是覺得過去的夢魘回來了。只要她窺探黑漆漆的無蓋排水孔，就會聽見低語聲，然後是血——

她彎身向前，瞄了一眼水槽上的鏡子，發現自己臉色蒼白，眼眶發黑。接著她低頭望著排水孔，等著那低語、笑聲、呻吟和鮮血出現。

貝芙莉不曉得自己站了多久，彎身湊在洗手台邊等待廿七年前出現過的景象和聲音。是克許太太將她喚了回來：「茶好了，小姐！」

貝芙莉猛然轉身，從半催眠狀態醒了過來，離開浴室。就算水管裡曾經有邪魔歪道，這會兒也消失了……或睡著了。

「哎，您沒必要麻煩的！」

克許太太抬頭望著她，露出燦爛的微笑。「喔，小姐，妳要是知道我最近多麼寂寞，就不會這麼說了。上次班格爾水利局的人來查水表，我弄了更多東西，把那位先生都餵肥了！」

廚房有一張白色骨瓷圓桌，邊緣是藍色的，桌上擺著精緻的杯盤，其中一盤是小蛋糕和餅乾。除了甜點，桌上還有一個白鐵茶壺，冒著淡淡的蒸氣和悅人的茶香。只差吐司切邊做成的三明治了，貝芙莉興匆匆想。姑媽三明治，她總是這麼稱呼。姑媽三明治有三種口味：奶油乳酪配橄欖、西洋菜，還有蛋沙拉。

「坐吧，」克許太太說：「坐吧，小姐，我來倒茶。」

「我不是小姐了。」貝芙莉說，一邊舉起左手讓她看到婚戒。

克許太太笑著揮了揮手，意思是「啐」。她說：「只要是年輕小姑娘，我一概用小姐稱呼。這是我的壞習慣，妳別介意。」

「不會，」貝芙莉說：「完全不會。」但她其實有點不自在，自己也不明白。老婦人的笑容有一點……有一點什麼？不悅？虛偽？神秘？但這麼想很荒謬，不是嗎？

「我很喜歡您家裡的擺設。」

「是嗎？」克許太太一邊倒茶一邊說。茶感覺很濃、很濁，貝芙莉不確定自己想喝……甚至忽然不確定自己還想待著。

門鈴上明明寫著馬許，她聽見心裡一個聲音說，覺得很害怕。

克許太太將茶遞給她。

「謝謝，」貝芙莉說。茶可能看來很濁，但香味真是誘人。她嚐了一口，味道很好。別再疑神疑鬼了，她對自己說。

「尤其那個香柏木箱更是美極了。」

「那東西是古董！」克許太太笑著說。貝芙莉發現美麗的老婦人有一個缺陷，但在美國北方算是稀鬆平常。她的牙齒很糟——感覺很牢，但還是非常難看。不僅發黃，兩顆門牙還互相交疊，犬齒特別長，感覺和象牙一樣。

她的牙齒剛才還是白的……進門時她面帶微笑，妳還覺得她牙齒眞白。

她忽然不是有點害怕了，只想（需要）離開這裡。

「真的很老！」克許太太興奮地說，接著一口將茶喝完，發出嚇人的打嗝聲。她朝貝芙莉微笑——咧開嘴笑——貝芙莉發現她的眼睛也變了，眼角開始發黃老化，帶著模糊的血絲。她的頭髮稀疏了，辮子看來營養不良，不再黃澄澄、銀閃閃，而是變成暗灰色。

「非常老，」克許太太望著空杯子回憶道。她用發黃的眼睛害羞的望著貝芙莉，臉上再度浮現微笑，露出一嘴歪牙，感覺很噁心，甚至有點心術不正。「是我從故鄉帶來的。妳有發現上頭刻了R.G.兩個英文字嗎？」

「有，」貝芙莉感覺自己的應答彷彿來自遠方。她腦中一個聲音叨唸說：要是她不曉得妳發現她變了，那也許還好，要是她不曉得，沒發現——

「那是我父親，」老婦人說，把父親唸成了「父卿」。貝芙莉發現她的洋裝也變了，變成粗糙斑駁的黑色。鍊墜變成骷髏，下巴大張著。「他叫做羅伯特．葛雷，大家都叫他鮑伯．葛雷，或是小丑潘尼歪斯。雖然這也不是他的本名，但他很喜歡這個玩笑，我父卿。」

她又笑了，幾顆牙齒變得和洋裝一樣黑，臉上的皺紋變深了，白裡透紅的肌膚也變成蠟黃，手指瘦成了爪子。她朝貝芙莉微笑。「吃點東西吧，親愛的。」她聲音高了四度，卻變成破鑼嗓子，很像卡到黑土的地窖門轉動的聲音。

「不用了，謝謝。」貝芙莉聽見自己用孩子急著想走的聲音說。話語彷彿不是出自大腦，而是直接從嘴巴出來，被耳朵聽到之後才曉得自己說了什麼。

「不吃了？」那老巫婆笑著問。她伸出指爪，開始將盤子上的薄糖餅乾和糖霜蛋糕塞進嘴裡，恐怖的牙齒不停嚼呀嚼的，骯髒的長指甲戳進甜點，碎屑從她骨瘦如柴的下巴滑落，嘴裡呼出的空氣味道好比腐屍膨脹爆裂後發出的臭氣。她露出死氣沉沉的笑容，頭髮愈來愈稀疏，有幾處已經看得到頭皮。

「喔，我父卿真的很愛自己的笑話！我現在就說一個給妳聽，小姐，希望妳會喜歡：我是我父卿生的，不是我母卿。他從屁眼裡把我生出來，哈哈哈！」

「我該走了。」貝芙莉聽見自己又用受傷的語氣說，好像她是第一次參加派對結果出糗的小女孩。她兩腿無力，微微察覺杯子裡不是茶，而是糞便，液態的糞便，德利市下水道奉送的點心。她剛才竟然喝了，不多，只喝了一口。喔，天哪！天哪！老天保佑，拜託！拜託——

老婦人在她面前愈縮愈小、愈縮愈瘦，變成有著蘋果娃娃臉龐的乾扁老太婆，發出尖銳的笑聲，笑得前仰後合。

「喔，其實我父卿就是我，」她說：「他是我，我是他，親愛的。妳要是聰明的話，就馬上回去妳來的地方，逃快一點，因為待在這裡只會比死還慘。死在德利的人從來不是真的死了，妳以前就知道，現在別忘了。」

貝芙莉的腿終於慢慢聽從使喚了。她有如旁觀者看著自己起身離開桌前，驚訝恐慌又痛苦地往後退，躲開老女巫。驚訝，因為她這才發覺那張乾淨的小餐桌不是黑橡木做的，而是牛奶糖。老巫婆還在呵呵笑，斜著發黃的眼睛狡猾看著房間一角，將桌子扳下一塊，貪婪塞進嘴唇發黑的口中。

貝芙莉發現杯子是邊緣小心塗上藍色糖霜的白樹皮，耶穌和甘迺迪總統的肖像是近乎透明的棉花糖拼湊成的。她看著兩幅肖像，發現耶穌伸出舌頭，甘迺迪總統朝她眨眼，感覺很噁心。

「我們都在等妳！」老巫婆尖叫一聲，指甲刮過牛奶糖桌，在閃亮的桌面留下深深的爪痕。

「沒錯！沒錯！」

天花板的燈是硬糖果，牆板變成麥芽太妃糖。貝芙莉低頭一看，發現自己的鞋在地板留下鞋印，因為地板不是木頭，而是巧克力。房子裡的糖味甜膩得令人倒胃。

喔，天哪，這是《糖果屋》，她是我最害怕的女巫，因爲她會吃小孩——

「等妳和妳那幾個朋友！」老巫婆高聲尖叫，哈哈大笑。「等妳和妳的朋友！關進籠子裡！關在籠子裡等烤爐熱！」她說完又尖聲大笑。貝芙莉朝門奔去，但卻像慢動作一樣。老巫婆的笑聲有如一群蝙蝠在她腦中衝擊迴盪，她忍不住尖叫一聲。走廊飄著糖、牛軋糖、太妃糖和噁心的合成草莓味。剛才她進門，門把還是仿水晶，現在卻變成可怕的鑽石糖。

「我很擔心妳，貝貝……非常擔心！」

貝芙莉轉身，一頭紅髮隨之飛揚。她看見父親從走廊搖搖晃晃朝她走來，身上穿著老巫婆的黑洋裝和骷髏鍊墜，臉上血肉模糊，有如麵糰一般，眼睛和曜石一樣黑，雙手一張一握，嘴邊冒著濃湯般的泡沫。

「我打妳是因爲我想幹妳，貝貝，我只想那麼做，只想幹妳，想吃妳，吃妳的小屄，用嘴吸吮妳的陰蒂，好吃好吃，貝貝，喔，美味啊美味，我要把妳關到籠子裡……把烤爐弄熱……感覺妳的小屄……膨脹的小屄……等它夠大了……可以吃了……吃了……吃掉……」

貝芙莉大聲尖叫，伸手扭動黏答答的門把，開門衝到了門廊上。門廊用杏仁糖裝飾，地板是牛奶糖。她隱約看見車流在遠方移動，一名婦人推著塞得滿滿的手推車從卡斯特羅超市出來。

我得到那裡去，她勉強集中精神想道，那裡就是現實世界。我只要走到人行道——

「逃跑是沒用的，貝貝。」她父親（我父卿）笑著對她說。「我們已經等很久了。一定很有趣，吃進肚子裡一定很可口。」

貝芙莉回頭看了一眼，只見她父親身上已經不是黑洋裝，換成有橘色大鈕子的小丑服，頭上戴著一九五八年款的浣熊皮帽，因為迪士尼電影《大衛克羅傳》男主角費斯．帕克而大為流行的皮帽。他一手握著一把氣球，另一手像抓雞腿似的抓著一條小孩的腿。每顆氣球上都寫著「牠來自外太空」。

「告訴妳的朋友，我是某個滅亡物種的最後倖存者，」牠一邊說著，一邊搖搖晃晃跟著她走下門廊，露出瘦削的獰笑。「是垂死星球上的唯一生還者。我來是為了搶走所有女人……強暴所有男人……還有學會調薄荷扭扭。」

牠開始瘋狂甩手做出調酒的動作，兩手依然抓著氣球和血淋淋的斷腿。小丑服翻騰飛舞，但貝芙莉絲毫感覺不到風。她雙腳打結，仆倒在人行道上。她張開雙掌承受撞地的衝擊，震得肩膀發麻。推著手推車的婦人停下腳步，回頭遲疑望了一眼，接著加快腳步離開。

小丑再度朝她逼近。牠扔掉斷腿，任它砰的一聲落在草坪上，那聲音實在難以形容。貝芙莉在人行道上匍匐前進，心想自己必須趕快醒來才行。這不可能是真的，一定是夢——

但她發現自己錯了。小丑指甲長長的爪子碰到她。牠真的存在。牠很可能把她殺了，就像殺死其他小孩那樣。

「鷯哥知道你的本名！」她忽然朝牠大叫。牠退縮了。貝芙莉覺得牠藏在血盆大口底下的獰笑似乎不見了，變成痛苦又憎恨的神情……或許還有恐懼。不過這可能是她的幻覺，而她也完全不曉得自己怎麼會說出那句話，但起碼爭取到一點時間。

她站起來開始跑，接著只聽見煞車聲，還有一個沙啞的聲音又氣又怕地大吼：「走路不會看路啊，笨蛋！」她感覺自己好像差一點被麵包車撞到，宛如只顧追逐彈力球的小孩，看也不看就衝到馬路中央。等她回過神來，發現自己已經到了對面的人行道，跑得氣喘吁吁，左腰還有一個熱辣辣的傷痕。麵包車沿著下主大街揚長而去。

小丑不見了，斷腿也消失了。房子還在，但已經廢棄傾倒，窗戶用木板封住，通往門廊的台階也裂了斷了。

我剛才真的進去了？還是我在作夢？

但她的牛仔褲很髒，黃上衣也沾滿塵土。

而且她手指上有巧克力。

她將手指放在褲子上抹乾淨，接著急忙離開。她臉頰發燙，背脊發涼，眼珠子似乎隨著脈搏鼓脹、收縮。

我們贏不了的，不管牠是什麼，我們都贏不了的。牠甚至希望我們試試看——牠想扳回一城。我想牠不喜歡平手。我們應該離開這裡……離開就對了。

有東西掃過她的小腿，動作和貓掌一樣輕。

她微微尖叫一聲，收起小腿，隨即低頭查看。一看不禁打了個冷顫，伸手摀住嘴巴。是氣球，和她上衣一樣黃的氣球，上頭寫著鮮藍色的字：沒錯，兔崽子。

她看著氣球，看著它被暮春怡人的微風吹走，在街上輕輕跳動。

4

理查德．托齊爾逃跑

對了，那天我被亨利和他的死黨追——在學期結束前，那是……

理查德走在外運河街上，經過貝西公園。他停下腳步，手插口袋注視親吻橋，其實根本沒在看。

我在佛里斯百貨的玩具部甩掉他們……

結束了那頓瘋狂午餐之後，他就一直漫無目的走著，希望甩掉幸運餅裡的可怕東西（或者說「似乎」在裡頭的東西），讓心情恢復平靜。他心想餅乾裡可能根本沒有東西，是他們聊的話題太陰森，才會集體產生幻覺。最好的證明就是蘿絲似乎什麼也沒看到。當然啦，貝芙莉的父母親當年也沒看到浴室排水管的血跡，但兩件事不一樣。

是嗎？哪裡不一樣？

「因為我們都長大成人了。」他喃喃自語，隨即發現這個想法一點力量和邏輯也沒有，跟小孩玩跳繩唱的歌差不多，沒什麼意義。

他繼續往前走。

我走到中央廣場，在公園長椅上坐了一會兒，好像看到……

他再度停下腳步，皺起眉頭。

看到什麼？

但那只是我在作夢而已。

是嗎？真的嗎？

他朝左邊看，發現那棟玻璃帷幕大樓還在。一九五〇年代末期，這棟大樓感覺非常摩登，現在卻顯得老舊而寒酸了。

我回來了，他想，回到他媽的中央廣場，回到那幻覺或夢境之類的東西發生的地方。

當年班上同學都當他是小丑、愛現的瘋子，而他又再次輕而易舉扮演起過去的角色。哎，我們全都輕而易舉變回過去的角色了，你們難道沒發覺嗎？但這有什麼好奇怪的？畢業十年或二十年後的同學會上可能就是這樣子。當年班上的活寶進大學後選擇神職為業，但只要兩杯黃湯下肚，幾乎就會自動變回從前的調皮鬼。當年的「文豪」如今成了卡車銷售員，這會兒又忽然大談約翰．爾文或約翰．齊佛。當年每週六和月狗樂團一起表演的同學成了康乃爾大學的數學教授，忽然發現自己又站回台上，肩上掛著一把芬德吉他，醉醺醺地興奮高唱〈葛洛莉亞〉或〈衝浪鳥〉。史普林斯汀是怎麼說的？我不退步，寶貝，也不屈服……但酒過三巡或幾根巴拿馬紅大麻抽下去之後，就很難抵擋唱片老歌的魅力了。

可是，理查德覺得現在的生活不是幻覺，返回過去才是。也許當年的小孩已經成為人父，但父子的興趣往往天差地遠，相似處也會隨時間而消逝。他們——

但你剛才提到長大，現在又好像那是胡說八道，是鬼扯。爲什麼？小理？怎麼回事？

因爲德利市還是沒變，和從前一樣怪。你能不能不要再問了？

因為事情沒那麼簡單，就這樣。

小時候，他是個無聊當有趣的活寶，有時很低級，有時很好笑，因為這樣才能跟亨利．鮑爾斯那樣的小孩相安無事，不會被他們殺了，自己也不會被無聊和寂寞搞到發瘋。但他現在明白了，癥結在於他的腦袋通常轉得比同學快十倍或二十倍。他們覺得他很怪、很詭異，甚至自找死路，看他行為有多誇張而定，但他或許只是腦袋運轉過度而已。除非你覺得腦袋運轉過度沒什麼。

總之，這種狀態只要一段時間就能控制住。不是控制住，就是找到出口，例如變態公事包和彪福．齊斯德萊佛上校。在他踏進大學播音室後的那幾個月裡，理查德就發現了這一點，同時發現這就是他一直想要的。他一開始表現得不是很好，因為太興奮了。但他很快發現自己不是很有潛能，而是天賦異稟，光是這一點就足以讓他飛上雲霄，狂喜飄然。此外，他還發現了宇宙運行的法則，起碼是工作的成功之道。那就是找出心裡那個讓你生活一塌糊塗的瘋子，將他逼到死角，但不解決他。千萬不要。殺死他太便宜那個混帳了。你要替他安上牛軛，要他開始犁田。那傢伙只要一上軌道，就會拚命幹活，不時製造出一些好康的東西。其實就是這樣，這樣就夠了。

他是很逗趣沒錯，每分鐘都在搞笑，但他後來順利克服了每回搞笑背後的黑暗夢魘，至少他認為自己做到了。直到現在。長大一詞忽然失去了意義。他此刻有新的東西要面對，起碼要思考。那巨大又愚蠢的保羅．班楊雕像就立在中央廣場前方。

我肯定是規則裡的例外，威老大。

你確定那裡什麼都沒有嗎，小理？一點都沒有？

就在中央廣場旁……我好像看到……

刺痛再度襲擊他的眼睛，讓他緊閉雙眼，驚詫地呻吟一聲。但疼痛來去匆匆，轉眼就消失了。不過，他還聞到一個味道，對吧？不是現在的味道，而是來自過去，讓他想起

（我在這裡，小理，抓住我的手，抓得到嗎）

麥可．漢倫。是煙讓他眼睛刺痛流淚。他們二十七年前吸到那陣煙，最後只剩他和麥可留下，兩人看見──

回憶又中斷了。

他朝塑膠製成的保羅．班楊雕像走近一步。小時候，雕像的巨大讓他感到不可思議，現在則訝異於它那誇張的低俗。雕像本身就有二十英尺高，加上六英尺的基座，立在中央廣場草坪邊緣微笑俯視外運河街的車流與行人。廣場是一九五四到五五年興建的，當初是為了小聯盟棒球隊，但球隊終究沒成立。翌年，德利市議會投票通過興建雕像的經費。這項提議在市政公聽會和《新聞報》的讀者投書欄都引發激烈爭辯，不少人認為雕像會很動人，成為熱門景點，但也有人認為塑膠的保羅．班楊雕像很誇張、俗氣，蠢到極點。理查德記得，德利高中美術老師投書《新聞報》，表示雕像如果立在德利市，她一定會把那怪物炸掉。想到這裡，理查德不禁微笑，心想那位女士不曉得有沒有被續聘。

爭辯──理查德現在知道這根本是大鎮或小城才有的大驚小怪──持續了將近半年，當然一點意義也沒有。雕像已經買了，就算市議會違背常情（這一點在新英格蘭尤其如此）決定捨棄花錢買來的東西，那也得考慮儲藏在哪裡。後來雕像還是立了起來──不是用雕刻的，而是在俄亥俄州一家塑膠工廠直接壓鑄成型──只是用大得能當船帆的帆布罩住。一九五七年五月十三日，雕像正式揭幕，那天也是德利市建城一百一十五年紀念日。可想而知，一部分市民對此憤怒抱

怨，另一部分市民則是歡天喜地。

揭幕當天，保羅身穿連身工作褲和紅白方格襯衫，鬍鬚濃得發黑、發亮，一副伐木工人樣，肩上扛著一把肯定是斧頭界酷斯拉的塑膠斧頭。他仰頭對著北方不安微笑，天空就和保羅的著名夥伴的膚色一樣蔚藍（不過，貝比在揭幕當天沒有出現，因為加上一頭藍色公牛雕像的價錢高得嚇人）。

參加揭幕典禮的小孩（總數有幾百個，包括十歲的理查德．托齊爾。他和爸爸一起來）對塑膠雕像都是歡欣接受，完全沒有批評。家長將剛會走的小孩放到正方形基座上拍照，然後用擔心又開心的神情看著小孩笑著在保羅的大黑鞋上爬來爬去（更正：塑膠大黑鞋）。

隔年三月，又累又怕的理查德千鈞一髮躲過了追殺之後，就是坐在這其中一張長椅上。鮑爾斯、克里斯和哈金斯從德利小學一路追著他跑，幾乎跑過了整個市區，最後總算讓他在佛里斯百貨的玩具部甩掉他們。

相較於班格爾的豪華分店，德利市的佛里斯百貨顯得很寒酸，可是理查德根本不在乎。對他來說，那裡就像暴風雨來時的避風港。亨利．鮑爾斯緊追在後，理查德已經累得七葷八素，走投無路之下只好衝進百貨公司。亨利顯然不瞭解旋轉門的運作原理，為了抓住理查德差點把手指夾斷。理查德猛力推門，逃進店裡。

他大步下樓，襯衫下襬在背後飛舞。理查德聽見旋轉門砰砰作響，和電視上的槍響一樣大聲。他知道鮑爾斯、克里斯和哈金斯還在追他。他大笑著跑到地下一樓，但那是因為緊張。他其實像掉進陷阱裡的兔子一樣驚慌。他們這回真的打算揍他一頓（他當時還不曉得自己十週後會發現他們三個不只能揍人，還能殺人，尤其是亨利．鮑爾斯。要是他知道七月會發生那場驚天混戰，讓他對於那三個人的兇狠不再有任何懷疑，他現在一定會嚇得臉色發白），而且整件事其實非常愚蠢。

那天，五年級的理查德和同學走進體育館，正好有一群六年級生往外走。粗壯的亨利走在他們之間，感覺就像母牛群中的公牛一樣突出。雖然他是留級生，和理查德一樣是五年級，但都和高年級生一起上體育課。屋頂水管又在漏水，法齊歐先生還沒擺出「小心地面濕滑」的立牌。亨利踩到水滑了一跤，一屁股跌在地板上。

理查德還來不及制止，不聽使喚的嘴巴已經脫口而出：「帥啊，狗吃屎！」

亨利和理查德班上的同學哄堂大笑，但站起身來的亨利臉上沒有笑容，而是像剛出爐的磚塊一樣紅。

「等著瞧吧，四眼田雞。」亨利拋下一句就繼續往前走。

笑聲立刻停了。所有男孩看著理查德，好像他已經是死人一樣。亨利沒有停下腳步觀察其他人的反應，他只是低頭兀自往前走，手肘因為撞到地板而發紅，褲子屁股部位濕了一大片。理查德看著亨利褲子濕掉的地方，覺得不知好歹的嘴巴又張開了……但這回他閉上了，上下兩排牙齒像大門猛然關上，快得差點咬斷舌尖。

好吧，但他很快就會忘記了，他換衣服時不安地告訴自己，一定會。那傢伙的腦袋迴路向來不怎麼靈光，每回拉大便之前可能還得先看說明書，哈哈。

哈哈。

「你死定了，賤嘴！」綽號鼻屎的文斯．塔里安多跟他說，一邊伸手隔著褲襠喬了喬只有乾花生大小的陰莖，語氣既難過又帶著敬意。「不過別擔心，我會獻花給你的。」

「把你耳朵切下來，順便帶點花椰菜吧。」理查德反唇相譏，所有人都笑了，連「鼻屎」塔里安多也笑了。為什麼不呢？笑一笑無妨。什麼，擔心我？當他汗流浹背衝過女性內衣和家用品部朝玩具部狂奔，感覺兩顆卵蛋就要高過肚臍的時候，他們早就回家看電視「米奇俱樂部」的吉米．多德和米老鼠，或是聽法蘭奇．賴蒙在「美國舞台秀」唱〈我不是少年犯〉了。是啦，他們可以笑。哈哈哈哈哈。

亨利沒有忘記。理查德特地從學校附設幼稚園那頭開溜，以防萬一。可是亨利已經派貝奇．哈金斯守在那裡，同樣以防萬一。哈哈哈哈哈。

幸好理查德先看到貝奇，否則就沒戲唱了。貝奇望著德利公園，一手拿著沒有點著的香菸，另一手作夢似的摳著斜紋棉褲的屁股。理查德心臟狂跳，靜悄悄穿越操場走到憲章街上。快要走到路口時，貝奇才轉頭看見他。貝奇大喊亨利和克里斯，之後追逐就開始了。

理查德逃到玩具部時，裡頭半個人也沒有，連銷售人員都不見蹤影，真是糟到極點——沒有大人能及時插手，在事情失控之前制止住。他聽見三個兇神惡煞愈來愈接近，但他已經跑不動了。每喘一口氣，左腰的傷口就痛一次。

他瞥見一扇門，門上寫著「緊急出口，開啟將觸動警鈴」，心中忽然燃起一絲希望。

理查德跑到擺滿唐老鴨嚇人箱、日本製美國坦克、有蓋玩具槍和發條機器人的走道，衝到那扇門邊使勁壓動門把。門開了，三月中的涼風吹了進來，警報聲大作，聲音尖銳刺耳。理查德立刻彎身跪下，躲到隔壁走道裡。門還沒關上，他已經躲好了。

亨利、貝奇和維克多大步衝進玩具部，正好看見門關上，警報聲停止。三個人搶到門前，亨利跑在最前面，表情專注又堅決。

這時總算出現一名銷售人員，快步跑了過來。他穿著醜到極點的格子花呢運動夾克，外頭套了一件藍色尼龍防塵外衣，眼鏡鏡框和白兔子的眼睛一樣粉紅。理查德覺得那傢伙很像飾演匹柏斯先生的沃利．考克斯，害他不得不摀住不知好歹的嘴巴，免得哈哈大笑。

「孩子們！」匹柏斯先生大喊道：「你們不能從那裡出去！那裡是緊急出口！嘿！你們幾個！孩子們！」

維克多有點緊張看了銷售人員一眼，但亨利和貝奇不為所動，於是維克多也就跟著他們。警報聲再度響起，時間比上次更長。三個孩子衝進走道裡。警報聲還沒停止，理查德已經站起來，快步走回女性內衣部。

「你們幾個以後再也不准進百貨公司了！」銷售員跟在他後頭大吼。

理查德回過頭來，用嘀咕婆婆的聲音說：「年輕人，有人跟你說你看起來很像匹柏斯先生嗎？」

他就這樣逃過一劫，從佛里斯百貨走了將近一英里來到中央廣場……衷心希望自己已經遠離災禍了，至少眼前如此。他累壞了。他在保羅．班楊雕像左邊的長椅上坐下，只想擁有片刻寧靜，讓自己體力恢復。不久他就能起身回家了，但這會兒坐在這裡享受午後陽光，感覺實在棒到極點。這天早上雖然飄著冷冷細雨，但此刻真的感覺春天就要來了。

草坪遠處，他看見中央廣場的大帳幕。時值三月，大帳幕上用藍色半透明大字寫著：

嘿，青少年朋友！

三月廿八日過來同歡吧！

阿尼．金斯堡搖滾秀！

傑瑞．李．路易斯、企鵝合唱團、法蘭奇．賴蒙與青少年合唱團、基恩．文森與藍帽合唱團，還有「砰砰」佛瑞迪．大砲

給你一整晚的娛樂！

這才是理查德想看的表演，但他知道不可能。在他母親心目中，娛樂可不包括傑瑞·李·路易斯告訴美國青年穀倉裡有雞，誰的雞、哪個穀倉、我的穀倉，也不包括佛瑞迪·大砲高唱他的塔拉哈西姑娘有高傳真音響。她承認自己當年還是豆蔻少女時，也曾經為了法蘭克·辛納屈（她現在都叫他討厭鬼）尖叫，但她和威廉·鄧布洛的母親一樣誓死反對搖滾樂。帕克·貝瑞讓她心驚膽跳，理查德·潘尼曼（年輕歌迷和小歌迷口中的小理查德）則讓她想要「像雞一樣嘔吐」。

理查德從來沒問她這句話是什麼意思。

他父親對搖滾樂沒有好惡，因此或許能被說服。但理查德心裡明白這件事母親說的話才算數，至少到他十六、七歲之前都是如此。等她認同搖滾樂的時候，搖滾樂早就過氣了。

在這件事上，理查德覺得丹尼和少年合唱團的看法比他母親中肯，那就是搖滾不死。他很喜歡搖滾樂，即使其實只有兩個來源——第七台下午時段的「美國舞台秀」和晚間時段的波士頓WMEX電台——但當夜色深沉，阿尼·金斯堡的熱情沙啞嗓音有如降靈會上出現的鬼魂一樣娓娓繚繞時，歌曲的節奏總是不只讓他快樂，還讓他感覺自己變得更大、更強、更超越一切。法蘭奇·福特高唱〈海上郵輪〉或艾迪·寇克蘭哼唱〈夏日藍調〉都讓他飄飄欲仙。搖滾樂裡有一種力量，似乎專屬於瘦小孩、胖小孩、醜小孩和害羞小孩，簡單說就是屬於窩囊廢的力量。因此他崇拜胖子多明諾（班恩·漢斯康和他比起來，簡直就是瘦皮猴）、巴帝·荷利（他和理查德一樣戴眼鏡）、尖叫傑伊·霍金斯（他在演唱會從棺材裡出場，起碼理查德是這麼聽說的）還有舞跳得和黑人一樣好的多維爾合唱團。

呃，差不多一樣好。

他總有一天會得到搖滾樂。他有把握等他母親不再堅持，決定順他意的時候，搖滾樂依然存在。但那絕對不會是一九五八年的三月廿八日……也不會是一九五九年……或是……

他的目光從大帳幕移開，接著……呃……接著他一定睡著了，這是唯一合理的解釋。因為接下來發生的一切，只可能出現在夢中。

這會兒他又回到這裡，但不再是過去的他，而是終於得到搖滾樂……並且開心發現再多也不夠的理查德．托齊爾。他目光飄向中央廣場的大帳幕，看見上頭用同樣的藍色大字寫著佈告，讓他有如發現恐怖珍寶一樣：

六月十四日
重金屬狂熱！
猶大祭司樂團
鐵娘子樂團
在此或任何售票端點購票

他們刪掉「一整晚的娛樂」那句話了。但就我印象所及，只有這一句不一樣，理查德心想。丹尼和少年樂團的聲音隱約浮現，彷彿長廊另一頭傳來的廉價收音機聲：搖滾不死，我要搖滾到底……搖滾永留青史，等著瞧吧，夥伴……

理查德回頭看了德利市守護者保羅．班楊一眼——根據傳說，順流而下的木材就是在這裡上岸，因而催生了德利。很久以前，佩諾布斯克河和坎都斯齊格河的河面每到春天都會擠滿原木，黑色樹皮映著陽光閃閃發亮，腳快的人可以從地獄半畝地的華麗溫泉酒吧走到布魯斯特的藍波酒吧（這家店聲名狼藉，大家都戲稱它為血桶酒吧），靴子上的水不會淹過第三個鞋帶交叉點。起碼理查德小時候是這麼聽說的，他認為這些傳聞都有一點保羅．班楊的影子。

老保羅，他抬頭望著塑膠雕像想，我離開之後你都在做什麼？有沒有鑿出新的河床，拖著斧頭回家？有沒有弄出新的湖泊，因爲你想要一個大浴缸，泡澡時可以泡到脖子？有沒有像你那天嚇我一樣再去嚇其他的小孩子？

啊，他忽然全想起來了，就像想起一直在舌尖打轉卻始終出不來的字一樣。

他當時坐在那裡，在令人醺醺然的三月陽光下昏昏欲睡，想要回家看最後半個小時的「美國舞台秀」，忽然一陣暖空氣掃到他臉上，將他額頭上的頭髮往後吹開。他抬頭一望，發現保羅・班楊的塑膠大臉就在他面前，比電影裡的人頭還大，佔據了他整個視線。暖風是剛才保羅彎身造成的……只是他已經不太像原本的保羅了。他的額頭變得低而突出，幾撮粗硬的鼻毛從紅通通的酒糟鼻裡冒出來，雙眼爬滿血絲，其中一眼有輕微的斜視。

斧頭不在保羅肩上，被他拿來撐著身子。他身體靠著斧柄，斧頭的鈍端在水泥人行道上拖出一道壕溝。他依然咧嘴微笑，但沒有一絲開懷的感覺。一股氣味從他發黃的牙齒之間飄了出來，聞起來很像炎熱樹叢裡腐爛的小動物。

「我要吃了你，」巨人用低沉的嗓音隆隆說道，感覺就像地震時巨石碰撞發出的聲響。「把我的母雞、豎琴和那一袋金子統統還給我，否則我就他媽的立刻吃了你！」

他說話吐出的空氣，讓理查德的襯衫有如暴風中的船帆一樣狂亂飛舞。理查德縮回長椅上，瞪大雙眼，頭髮像剛毛一樣豎了起來，整個人被腐肉味包住。

巨人哈哈大笑，雙手握住斧柄。泰德・威廉斯在球場上可能也是這樣握著心愛的球棒（要叫棒槌也可以）。巨人將斧頭從人行道上的凹洞裡拔出來，高舉到空中，發出可怕的咻咻聲。理查德突然明白巨人打算將他劈成兩半。

但他覺得自己動彈不得，像木頭一樣毫無知覺。那又怎樣？他在打瞌睡，正在作夢。隨時可能有汽車駕駛朝過馬路的小孩按喇叭，把他吵醒。

「沒錯！」巨人隆隆說：「到了地獄你就醒了！」就在斧頭往上停在最高點的瞬間，理查德明白這不是夢……就算是夢，也是會死人的夢。

他想尖叫卻發不出聲音，便急忙滾下長椅，跌在雕像原本所在位置周圍的碎石地上。雕像不在了，只剩基座和兩根外露的大鐵條。鐵條的位置就是之前雕像雙腳的位置。斧頭往下砍劈，發出強大懾人的低鳴。巨人臉上的微笑變成殺人狂魔的猙獰，雙唇往後猛收，露出塑膠牙齦，閃著恐怖的紅光。

斧頭的刀鋒擊中理查德剛才坐的長椅，銳利得幾乎沒有發出聲音，但長椅立刻斷成兩半，向兩邊倒下，綠漆底下的木材顯得刺眼而蒼白。

理查德躺在地上繼續試著尖叫，一邊掙扎著站起來。碎石掉進他的衣領，一路滑到他褲子裡。保羅矗立在他面前低頭瞪視，眼睛和人孔蓋一樣大，瞪著瑟縮在碎石地上的小男孩。

巨人往前跨了一步。黑色皮靴踩在地上，理查德感覺地面震動，碎石飛濺有如雲霧。

理查德翻身趴著，搖搖晃晃站了起來，但還沒站穩就準備跑，結果又摔倒趴回地上。他聽見空氣從自己肺部衝了出來，頭髮落到他的眼前。他看見運河街和主大街一如平時車來車往，彷彿什麼事都沒有發生，沒有人看見和在乎保羅．班楊動了，從基座上走下來，想用那把露營車大小的斧頭殺人。

陽光被遮住了，理查德躺在一塊人形陰影裡。

他手忙腳亂跪坐起來，差點倒向一邊。他勉強起身，開始拚命狂奔，跑得膝蓋幾乎頂到胸口，手肘有如活塞上下甩動。他聽見背後再度出現可怕的低鳴聲，但感覺不像聲音，而是壓迫皮膚和耳鼓的壓力：咻——！

地面震動，理查德牙齒打戰，有如地震時彼此碰撞的盤子。他不用回頭也知道保羅的斧頭就落在背後離他腳跟只有幾英寸的地方。

可笑的是，他心裡竟然浮現多維爾合唱團的歌聲：喔，布里斯托的孩子強得像手槍，跳起布里斯托踏步舞一級棒……

他脫離巨人的影子，再度踏入陽光下。他開始大笑，就像剛才逃離佛里斯百貨發出的疲憊笑聲一樣。他氣喘吁吁，腰間的傷口再度發疼。他鼓起勇氣，回頭偷看了一眼。

只見保羅．班楊的雕像和原先一樣立在基座上，肩扛斧頭仰望天空，咧嘴露出傳奇英雄那永遠樂觀的笑容，砍成兩半的長椅也完好如初，碎石地面耙得整整齊齊，見不到保羅（他屬於我，安奈特．芬妮契洛在理查德腦中瘋狂唱著）的巨大鞋印，只有一道拖行的痕跡，是理查德剛才

（逃離巨人）

作夢從長椅上摔下來弄的。水泥人行道上沒有鞋印，也沒有斧鑿痕，只有一個被大孩子追的小孩，作了一個被大巨人──也可以說是巨人版的亨利．鮑爾斯──追殺的夢。

「媽的！」理查德用顫抖微弱的聲音罵了一句，接著發出一聲虛弱的笑。

他又逗留了一會兒，想看雕像會不會再次移動，例如眨眼、將斧頭換到另一邊肩上或再次走下基座追殺他。當然，這些事一件也沒有發生。

當然。

什麼，擔心我？哈哈哈哈哈。

打盹、作夢，就這麼簡單。

然而，就像林肯、蘇格拉底或某人說的，真是夠了。他應該冷靜下來回家了，跟《影城疑雲》裡的「庫奇」一樣故作沒事。

雖然穿越中央廣場比較快，但他還是決定放棄，選擇繞路兜了公園一圈，不想再次靠近雕像。那天傍晚，他已經將這件事忘光了。

直到現在。

這裡坐著一個男的，他想，穿著羅迪歐路頂級店家買的苔綠色運動外套，腳踩巴斯威鐘平底鞋，臀部被凱文·克萊內褲包著，眼睛輕鬆戴著軟式隱形眼鏡，在這裡回憶一個鄉巴佬小孩的夢境。在那孩子眼中，帆布鞋和背部有圈圈糖的常春藤T恤就是最流行的裝扮。這裡坐著一個大人，看著同一個雕像說，嘿，保羅，老保羅，我想說你還眞是完全沒變，他媽的一點也沒變老。

他覺得之前的解釋依然成立：是夢。

嚴格說來，他並不排斥怪物的存在。怪物又沒什麼。他不是在播音室報過阿敏將軍和吉姆·瓊斯的新聞，還有那個把一家麥當勞炸得稀巴爛，殺死所有人的傢伙？拜託，怪物多的是！只要花三十五分錢就能在報紙上讀到怪物的故事，聽收音機的話還免費，何必花五美元買電影票？他想如果他能接受類似吉姆·瓊斯的事情，當然也可以相信麥可·漢倫的說法，起碼相信一陣子。牠甚至有牠獨特的魅力，因為牠是「外物」，所以沒有人需要為不幸負責。他相信怪物可以有多重面貌，就像新奇物品店有很多塑膠面具一樣（與其買一副，他想，不如買很多副，因為買一打還有折扣，對吧？）……但三十英尺高的塑膠雕像走下基座，還想用塑膠斧頭砍人？這就有點扯了。就像林肯、蘇格拉底或某人還說過，我葷腥不忌，但不是什麼都吃。這實在——

他眼睛忽然又一陣刺痛，來得毫無預警，讓他驚慌地哀號一聲。這一回比之前都痛，位置更深、時間更久，把他嚇得屁滾尿流。他雙手摀住眼睛，本能地用食指去摸下眼皮，想摘下隱形眼鏡。可能是感染，他朦朧想道，但老天爺啊，怎麼痛成這樣？

他拉下眼皮，準備熟練地眨動眼睛，讓隱形眼鏡脫落（然後花十五分鐘在長椅旁邊的碎石地上睜著大近視眼東摸西找。可是誰鳥它啊，他這會兒痛得像釘子插進眼睛一樣），但疼痛卻突然消失了。不是慢慢消失，而是轉眼就不疼了。前一秒還痛得要命，下一秒就沒了。他眼睛流了幾滴淚，然後就停了。

理查德緩緩放下雙手，心在胸口狂跳，等著疼痛再來就摘下隱形眼鏡。但疼痛沒有出現。他發現自己忽然想起小時候唯一被嚇到的那部恐怖電影，可能因為他太在乎眼鏡，太在意自己的眼睛。那部英國電影叫做《匍匐之眼》，由佛瑞斯特·塔克主演。電影不怎麼樣，其他小孩笑到不行，但理查德沒有笑，反而全身發冷，臉色蒼白，四肢麻木。當那一隻膠狀眼睛從人工煙霧中浮現，眨動纖維般的假睫毛，理查德完全失去了平常插科打諢的模仿能力。看見那隻眼睛感覺很糟，彷彿上百個難以捉摸的恐懼與不安忽然成真了似的。看完電影之後不久，他有一天夢見自己拿著一根大圖釘，對著鏡子將圖釘緩緩扎進瞳孔裡，感覺鮮血像潮水從眼底湧起，眼睛一陣麻木。他記得——他終於想起來了——隔天醒來發現自己尿床了。但他第一個感覺不是丟臉，而是鬆了一口氣，可見那場惡夢有多可怕。他抱著濕掉的床單，讓那溫暖貼著身子，欣慰發現那不是鮮血。

「去他的！」理查德·托齊爾用不穩的語氣低聲說道，隨即準備起身。

他打算回德利街屋旅館睡個午覺。與其走上回憶甬道，他還寧可在洛杉磯高速公路上塞車。他的眼痛很可能只是疲勞和時差的緣故，加上一個下午忽然重回過去的壓力。他嚇夠了，也探索夠了。他不喜歡自己的思緒跳來跳去。彼得·蓋布瑞爾那首歌叫什麼？嚇死猴子。嗯，這隻猴子被嚇夠了，該回去睡個覺，整理一下想法了。

他站起身來，目光再次飄向中央廣場前的大帳幕，霎時雙腳發軟又一屁股重重坐了回去。

變聲怪才理查德・托齊爾
重返千舞之城德利
為了向「賤嘴」致敬
本市榮耀推出
理查德・托齊爾「全是死人」搖滾秀
巴迪・荷利、理奇・瓦倫斯、大咆伯
法蘭奇・賴蒙、基恩・文森特、馬文・蓋、
伴奏樂團
吉米・罕醉克斯 主吉他手
約翰・藍儂 節奏吉他手
菲爾・萊諾特 貝斯手
凱斯・沐恩 鼓手
特別來賓 吉姆・莫里森
小理，歡迎回家！
你也死定了！

他感覺好像有人讓他不能呼吸似的……接著他又聽見那聲音，那個壓迫肌膚和耳鼓的氣壓，銳利逼人的低語：咻！他翻下長椅摔到碎石地上，心想：這就是所謂的既視感，你現在知道了吧，以後不用再問人了——

他肩膀著地滾了一圈，抬頭望向保羅・班楊的雕像，但看到的不是保羅，而是小丑。塑膠做成的牠華麗顯眼，看起來美極了，二十英尺高的身體五顏六色，彷彿塗著螢光漆，抹著油彩的臉龐下方裹著一圈大襞襟，銀色西裝胸前有一排橘色絨毛釦，也是塑膠做的，跟排球一樣大。牠手上沒有斧頭，而是抓著一把塑膠氣球。每顆氣球上都刻著兩行字：繼續搖滾吧和理查德·托齊爾「全是死人」搖滾秀。

理查德手腳並用，慌忙往後退。碎石鑽進他褲子裡，他聽見名牌運動外套腋下裂開了。他翻身搖搖晃晃站了起來，回頭一望，只見小丑低頭看著他，眼睛在眼窩裡骨碌碌轉動。

「我是不是嚇到你了，老弟？」牠用如雷的聲音吼道。

理查德腦袋一片空白，卻聽見嘴巴自行答說：「這只是小兒科而已，波佐兄，沒什麼。」

小丑微笑點頭，彷彿早就知道似的。牠咧開血盆大口露出獠牙般的牙齒，每顆都和剃刀一樣銳利。「我現在就能解決你，」牠說：「不過那太浪費了。」

「我也是，」理查德又聽見嘴巴說：「等我們把你他媽的腦袋剁下來，那才叫有趣，寶貝。」

小丑笑得更開心了。牠舉起一隻戴著白手套的手，理查德覺得一陣風掃過額頭撩開頭髮，就像二十七年前一樣。小丑用食指比著他，手指和柱子一樣粗。

和柱子一樣——理查德想到這裡，眼睛忽然再度疼痛，感覺就像生鏽的釘子刺進果凍般的眼珠。他尖叫一聲，伸手摀臉。

「取走鄰人眼中的沙粒前，最好先注意自己眼中的樑木，」小丑抑揚頓挫說，轟隆的聲音讓空氣為之震動。理查德再度被甜甜的腐肉味包住。

他抬起頭，匆匆往後倒退五、六步。穿著華麗褲子的小丑向前彎身，戴著手套的雙手放在膝蓋上。

「還想玩嗎，小理？要不要我指著你的小雞雞，讓你得攝護腺癌？還是指你的腦袋，讓你長腦瘤？不過我猜有人會說裡面早就長滿了。我可以指著你的嘴，讓你那愛招搖的蠢舌頭爛得流膿。這些我都做得到，小理，想看嗎？」

牠的眼睛愈睜愈大、愈睜愈大，黑色瞳仁大如壘球。理查德在那雙眼眸中見到宇宙盡頭才有的瘋狂黑暗，還有足以令他發瘋的卑鄙愉悅。那一瞬間，他忽然明白牠不是在開玩笑，牠真的能做到那些事，而且不止。

然而，他再次聽見自己開口說話。不是他的聲音，也不是他從前和長大後捏造的聲音，而是他沒聽過的聲音。事後講起這件事，他遲疑地對其他人說那聲音有一點像呆頭黑先生，宏亮、驕傲、自嘲又尖刻。「少來這一套，你這個小丑白人鬼子！」他咆哮道，接著突然又哈哈大笑。「幹，滾你媽的狗屎蛋！我得閃了，我得閃了，我的大屌硬又翹！我有時間，還有一套。你要敢耍賤，我就使出妙計讓你哇哇叫！聽到沒有，小白臉？」

他覺得小丑退卻了，但不敢逗留看個究竟。他發足狂奔，手肘上下擺動，運動外套的後襬有如翅膀在背後飛舞，完全沒發現一個父親正帶著剛會走路的孩子來看雕像，而他的舉止讓那父親一臉提防看著他，彷彿他是瘋子一樣。理查德心想，其實呢，各位，我覺得我自己已經瘋了。

喔，天啊，眞的是。剛才那個肯定是世界上最差勁的模仿，想不到卻奏效了，竟然——

這時，小丑如雷的聲音在他背後響起。小男孩的父親充耳未聞，但小嬰兒忽然小臉一皺，哭了起來。父親抱起兒子，不知道怎麼了。雖然怕得要命，理查德還是留意觀察眼前的一切。小丑似乎又氣又高興，也可能只是憤怒：那隻眼睛在這裡，小理……聽到沒有？那隻匍匐的眼睛。假如你不想飛走，不想道別，那就來這裡跟這隻大眼睛說聲嗨吧！想來就來，隨時都行。聽到沒有，小理？記得帶溜溜球，然後叫貝芙莉穿長裙，裡面再穿四、五件襯裙，把丈夫的戒指套在脖子上！

叫艾迪穿涼鞋！我們會演奏咆勃爵士，小理！我們會表演所有的勁歌金曲！

理查德跑到人行道才敢回頭，但眼前的景象讓他完全開心不起來。保羅．班楊還是不見蹤影，但小丑也消失了。站在基座上的變成廿英尺高的巴迪．荷利，正忙著將徽章別在格子花呢運動外套的窄領上。徽章上寫著：理查德．托齊爾「全是死人」搖滾秀。

巴弟戴著眼鏡，一邊鏡腳用膠帶黏著。

小男孩還在狂哭，他父親抱著他快步走回市區，刻意避開理查德。

理查德往前走

（腳沒有不聽使喚）

努力不去想

（我們會表演所有的勁歌金曲！）

剛才發生的事，心裡只想待會兒回到德利街屋旅館要去酒吧痛飲威士忌，然後睡午覺。想到酒（普通的酒）讓他舒服了一點。他又回頭看了一眼，發現保羅已經回到原位，對著天空微笑，肩上扛著塑膠斧頭，理查德感覺更好了。他加快腳步，匆匆遠離雕像。過了一會兒，他甚至開始覺得剛才的一切只是幻覺。但他眼睛再度刺痛，而且劇烈難當，讓他沙啞地叫了出來。前面一個看著烏雲散去發呆的年輕女郎回頭看他一眼，遲疑片刻之後快步走到他身邊。

「先生，您還好吧？」

「我的隱形眼鏡，」他勉強擠出聲音說：「該死的隱形眼——天哪，好痛！」

這回他伸出食指的速度太快，差點戳進眼裡。他扒開下眼皮，心想：我一定會摘不下隱形眼鏡，絕對是。我會摘不下隱形眼鏡，然後一直痛下去，最後眼睛瞎掉瞎掉瞎掉——

但才一眨眼，隱形眼鏡就出來了，和往常沒有兩樣。清晰能辨、所有顏色輪廓明確、面孔清楚的世界頓時消失，變成了模糊的色塊。之後他和那位熱心助人的高中女生在人行道上找了快十五分鐘，怎麼也找不到他的隱形眼鏡。

在他身後，理查德似乎聽見小丑哈哈大笑。

5

威廉・鄧布洛見鬼

那天下午，威廉沒有遇到潘尼歪斯，但他確實見到了鬼。真正的鬼。威廉當時認為如此，之後發生的事情也沒讓他改變主意。

他走到威奇漢街，在喬治一九五七年十月遇害的下水道口停下腳步，蹲下望進凹入人行道的下水道裡。他心跳得很厲害，但還是往裡頭看。

「出來啊，怎麼不出來？」他低聲說道，心裡浮現一個不算瘋狂的念頭，覺得自己的聲音正在黑暗滴水的下水道裡飄盪，飄呀飄的，打在佈滿青苔的石牆和廢棄多時的機器上，不停反彈發出回音。他覺得自己的聲音飄浮在死寂靜止的水面上，或許正同時在城裡上百個下水道裡迴盪。

「快出來，否則我們就進去抓、抓你。」

他焦急等候回應，有如捕手將手擺在兩腿之間。沒有回應。

他正想站起來，一個身影忽然罩住他。

威廉急忙抬頭，迫不及待準備正面衝突……沒想到卻是個小孩，可能只有十或十一歲，穿著褪色的男童軍短褲，露出疤痕累累的膝蓋。男孩一手拿著冰棒，另一手拿著和膝蓋一樣傷痕處處的玻璃纖維滑板。冰棒是螢光橘色，滑板則是螢光綠。

「先生，你常對著水溝講話嗎？」男孩問。

「只有在德利。」威廉回答。

兩人認真互望一眼，接著同時哈哈大笑。

「我想問你一個蠢、蠢問題。」威廉說。

「好。」那孩子說。

「你有聽、聽過下水道有聲音？」

男孩望著威廉，一副這人瘋了的表情。

「好、好吧，」威廉說：「算我沒、沒問。」

他轉身離開，走了大約十二步——他往上坡走，隱約想回家看看——忽然聽見那男孩喊道：「先生？」

威廉回過頭來。他一手勾著運動外套垂在肩頭，領子沒扣，領帶也鬆了。男孩仔細打量他，似乎已經後悔開口喊人了。接著他聳聳肩，彷彿在說管他的。

「我有。」

「你有？」

「我有。」

「它說什麼？」

「我不曉得。它講外國話，我是在荒原那邊的一個抽水站聽到的。那些抽水站看起來很像穿出地面的管子——」

「我知道你在說什麼。你聽到的是孩子的聲音嗎？」

「一開始是小孩，後來變成大人的聲音，」男孩遲疑片刻又說：「我嚇到了，就跑回家跟父親說。他說可能是回音之類的，從某人家裡一路沿著下水道傳到那兒。」

「你相信嗎？」

男孩露出迷人的笑容說：「我有一本《信不信由你》，裡頭有一個男的牙齒會發出音樂，電台音樂，因為他補牙的材料就像迷你收音機。這種事我都信了，沒有理由不相信我爸爸說的話。」

「嗯，」威廉說：「所以你到底信不信？」

男孩迫不得已地搖搖頭。

「你後來有再聽到聲音嗎？」

「還有一次，」男孩說：「那次我在洗澡。是女孩子的聲音，沒有說話，只是不停地哭。我嚇得一洗好就拔掉浴缸的塞子，心想也許能沖走她，你知道。」

威廉又點點頭。

男孩膽子變大了。他直直望著威廉，眼裡閃著入迷的光彩。「先生，你也聽過那種聲音嗎？」

「我聽過，」威廉說：「很久以前了。你知道德利市有小孩被謀殺的事情嗎，孩子？」

男孩眼中的光彩沒了，被謹慎和不安所取代。「我爸爸說不能和陌生人說話，他說誰都可能是那個兇手。」他後退一步，躲到一棵榆樹的斑駁樹蔭下。二十七年前，威廉曾經在這棵樹下摔過車，把單車把手都弄彎了。

「我不是兇手，孩子，」他說：「過去四個月我人在英國，昨天才到德利。」

「我還是不應該和你說話。」那孩子說。

「也對，」威廉同意道：「這是你、你的自由。」

男孩沉默片刻，接著說：「我以前和強尼・佛瑞是好朋友，他人很好，他死的時候我哭了。」他若無其事把話說完，將剩下的冰棒塞進嘴裡，接著吐出染成橘色的舌頭舔了舔手臂。

「別靠近水溝和下水道，」威廉輕聲說：「還有空地、荒地和調車場，但主要別靠近水溝和下水道。」

男孩的眼神又亮了起來。沉默良久之後，他說：「先生，你想知道一件有趣的事嗎？」

「當然。」

「你知道那部鯊魚把人吃光光的電影嗎？」

「所有人都知道啊，大、大白鯊。」

「呃，你知道我有一個朋友叫湯米．威坎納沙，腦袋不太靈光，秀逗秀逗的，你懂我意思嗎？」

「嗯。」

「他覺得他在運河看到大白鯊。兩週前，他一個人跑到貝西公園，他說他看到鯊魚鰭，說有八、九英尺長。光是鰭就那麼長，你懂嗎？他說：『殺死強尼和其他小孩的就是牠，是大白鯊，我看到了所以我知道。』我說：『運河污染得很嚴重，不可能有生物，連小魚都活不了，你竟然以為看到大白鯊。你瘋了，湯米。』湯米說大白鯊衝出水面，就像電影演的一樣，衝出來要咬他，好險他及時躲開。很好笑，對吧？」

「是很好笑。」威廉附和道。

「他瘋了，對吧？」

威廉猶豫片刻之後說：「孩子，你也離運河遠一點，知道嗎？」

「你是說你相信他說的？」

威廉沉吟不語。他想聳肩，結果卻點點頭。

男孩低低吁嘆一聲，彷彿丟臉似的低下頭說：「嗯，我有時也覺得自己一定是瘋了。」

「我知道你的意思，」威廉走到孩子面前說。男孩抬頭認真看著他，這回沒有避開。「你的膝蓋都被滑板搞爛了，孩子。」

男孩低頭看著傷痕累累的膝蓋，咧嘴微笑說：「是啊，我想也是，我有時候會摔跤。」

「我可以試試看嗎？」威廉忽然問。

男孩張口結舌望著他，隨即笑了。「那一定很好玩，」他說：「我從來沒看過大人玩滑板的。」

「我會給你兩毛五。」威廉說。

「我爸爸說——」

「不要拿陌生人的錢或糖、糖果。他說得沒錯。但我還是會給你兩毛、毛五，你覺得怎麼樣？我溜到傑、傑克森街就好。」

「不用了，」男孩說完又哈哈大笑，這回笑得很純真、很活潑。「你不用給我兩毛五，我自己有兩美元，不缺錢。但我一定要看你溜。不過要是摔斷骨頭，你可別怪我。」

「別擔心，」威廉說：「我有保險。」

他用手指撥動其中一個磨損的輪子，很喜歡它轉得快又輕鬆的感覺，彷彿裡頭裝了上百萬個滾珠軸承，聲音很順耳，在他的胸口喚起一股塵封已久的感受，和渴望一樣溫暖，和愛一樣愉悅。威廉笑了。

「怎麼樣？」男孩問。

「我想我一定會摔、摔死。」威廉說，男孩笑了。

威廉將滑板放到人行道上，一隻腳踩上去前後推動，試試滑行的感覺。小男孩看著他。威廉想像自己踩著酪梨綠滑板從威奇漢街溜到傑克森街，身上的運動外套迎風漲得像個氣球，禿頭在陽光下閃閃發亮，和滑雪初學者一樣戰戰兢兢彎著膝蓋，那副模樣一看就知道他們覺得自己一定會摔倒。他敢說那男孩絕對不會這樣溜。那男孩溜滑板

（全速打擊魔鬼）

絕對像玩命一樣。

美好的感覺從他胸口消失了。威廉可以想見滑板從自己腳下溜走，在街上疾馳而去，有如一道螢光綠的閃電。只有小孩才會喜歡這種顏色。他可以想見自己屁股著地，甚至摔得四腳朝天。接著畫面轉到德利家庭醫院的單人病房，就是艾迪那回摔斷手臂住的房間。威廉．鄧布洛全身打上石膏，一隻腳被滑輪高高吊起。醫生進來看了看巡診單，又看了看他，然後說：「鄧布洛先生，你犯了兩個錯誤。一是滑板操作不當，二是忘了您已經快四十歲了。」

他彎身拿起滑板還給男孩，說：「還是算了吧。」

「膽小雞。」男孩說，但語氣並不惡劣。

威廉伸手將拇指插在腋下，揮動翅膀似的鼓動雙臂，說：「咕咕咕！」

男孩笑了。「嗯，我得回家了。」

「溜滑板小心一點。」威廉說。

「溜滑板不可能小心的。」男孩對威廉說，好像看到瘋子一樣。

「也對，」威廉說：「好吧，就像我們搞電影的人常說的，我知道了。不過，別靠近水溝和下水道，還有記得結伴。」

男孩點點頭。「我就在家附近。」

我弟弟也是，威廉心裡想。

「反正很快就會結束了。」威廉對男孩說。

「真的嗎？」男孩問。

「我覺得是。」威廉說。

「好吧，改天見……膽小雞！」

男孩一隻腳踩在滑板上，另一隻腳往前蹬。滑板一開始溜動，他就將另一隻腳也踩上滑板，沿著街道風馳電掣，讓威廉覺得他簡直在玩命。但男孩溜得就像威廉猜得一樣好：有點慵懶、有點笨拙，但很優雅。威廉心中升起一分憐愛和興奮，很想成為那個男孩，但又抱著令人喘不過氣來的恐懼。男孩溜著滑板，彷彿世界上沒有死亡和衰老。他穿著男童軍卡其短褲和破球鞋，骯髒的腳丫子沒穿襪子，頭髮飛揚，感覺永遠不會死亡和消失。

小心點，孩子，你這樣轉不了彎的！威廉憂心地想，但男孩有如地板舞者屁股朝左一扭，腳趾在綠色玻璃纖維滑板上一轉，就輕輕鬆鬆繞過街角彎上了傑克森街，好像不會有人擋路一樣。威廉想，孩子，事情不會老是這麼順利的。

他從舊家門前經過，但沒有停留，只放慢成散步的速度。院子有人。一個母親坐在躺椅上，懷裡抱著熟睡的嬰兒，看另外兩個孩子（可能八歲和十歲）在還沾著剛才雨水的草地上打羽毛球。弟弟將球打過球網，婦人大喊：「打得好，西恩！」

房子還是從前的深綠色，門上的扇形窗也還在，但他母親的花圃沒了。而就他視線所及，他父親在後院用撿來的鐵管做成的立體格架也不見了。他記得喬治曾經從上頭摔下來，撞斷了一顆牙齒。他那時叫得多大聲啊！

他看著哪些東西還在，哪些東西消失了，很想走到抱著嬰兒的婦人身邊，跟她打聲招呼，說嗨，我是威廉．鄧布洛，以前住在這裡。婦人會說，真好。不然還能怎樣？他能問她自己當年小心翼翼在閣樓橫樑上刻的面孔（他和喬治以前會用飛鏢射那張臉）還在嗎？他能問她夏夜特別炎熱的時候，她的小孩會偶爾睡在有紗窗的後廊上，一邊看著天邊的閃電，一邊輕聲聊天嗎？他想他是可以問這些事，但他覺得自己如果想展現魅力，一定會結巴……而且他真的想知道答案嗎？這間房子從喬治死後就失去了溫度，也不是他此行返回德利的目的。

於是他繼續往前，頭也不回地走到街角右轉離開。

他很快就到了堪薩斯街，朝市區前進。他在人行道旁的籬笆前佇立片刻，俯瞰下方的荒原。籬笆還是原來的破爛木欄，石灰漆斑駁褪色，荒原看起來也沒有不同……或許變得更原始了。威廉唯一察覺的改變只有垃圾掩埋場長年繚繞的髒煙不見了，被現代化的垃圾處理場取而代之，還有一條高架道路橫跨在荒原上方，應該是高速公路的延伸段。除此之外，其他一切幾乎都和那年夏天沒有兩樣。雜草和灌木叢沿著斜坡一路往下蔓生，左邊連接平坦的沼澤區，右邊是濃密雜亂的樹林。他們過去稱之為竹林的地方還看得見，銀白色的竹節有十二到十四英尺高。他記得理查德曾經拿那葉子來抽，說那玩意兒和爵士樂手抽的東西很像，可以讓人亢奮，結果搞到大病一場。

威廉聽見許多小溪的潺潺聲，看見坎都斯齊格河的遼闊河面上波光粼粼。雖然垃圾掩埋場消失了，但空氣中的味道還是沒變。新生植物的濃濃香氣遮蓋不住排遺和人類垃圾的臭味。味道很淡，但不可能聞不到。腐爛的味道，來自幽暗地下的氣息。

上回在這裡結束，這回也要在這裡結束，威廉心想，不禁打了個冷顫，*在那裡……在地底下。*

他又逗留片刻，深信一定會見到什麼，見到某種宣告，顯露自己這回重返德利所要對抗的惡魔的身影。可是沒有。他聽見流水潺潺，有如活潑的泉水，讓他想起他們當年蓋的水壩，還看見樹木和灌木叢隨著微風搖擺，不過僅此而已。沒有任何跡象。威廉繼續前進，將手上沾到的石灰屑拍掉。

他一邊回憶往事，一邊作著白日夢朝市區走，不久又遇到一個孩子。這回是個女孩，年約十歲，穿著燈芯絨高腰褲和褪色的紅上衣，一手在拍球，一手抓著洋娃娃的人造纖維金髮。

「嘿！」威廉說。

女孩抬頭看著他說：「幹嘛？」

「德利最棒的商店是哪一家？」

女孩想了想，說：「對我還是對所有人來說？」

「對妳。」威廉說。

「二手玫瑰，二手衣服。」她毫不遲疑地說。

「妳說什麼？」威廉問。

「什麼我說什麼？」

「我是說，那是店名嗎？」

「當然，」女孩說，看著威廉的眼神好像在說他很弱似的。「二手玫瑰，二手衣服。我媽說那裡賣的東西很破，但我就是喜歡。他們賣老東西，例如我從來沒聽過的唱片，還有明信片。那裡的味道很像閣樓。我得回家了，再見。」

她說完便頭也不回往前走，一手拍球，一手抓著洋娃娃的頭髮。

「嘿！」他在她身後大喊。

女孩回過頭來，神情怪異地說：「你到底要問什麼？」

「那家店！那家店在哪裡？」

女孩說：「就在你走的這個方向，上哩丘的山腳下。」

威廉覺得過去的事滲入了回憶，滲入了他。他並不想問那個小女孩什麼，可是問題卻像香檳塞似的，砰的脫口而出。

他沿著上哩丘的下坡路走，朝市區前進。童年記憶中的倉庫和罐頭工廠（那些窗戶骯髒、發出濃濃肉味的陰暗磚房）幾乎都消失了。盔甲和星辰兩家包裝廠還在，但漢普菲爾沒了，而老鷹牛肉和猶太肉品公司的原址則變成一家得來速銀行和一間麵包店。崔克兄弟貨運公司的原據點立了一個看板，用老派的字體寫著「二手玫瑰、二手衣服」，和那女孩說得一模一樣。紅色磚牆漆成黃色，十幾年前或許鮮豔明亮，現在卻又暗又髒，成了奧黛拉口中的尿黃色。

威廉緩緩走上前去，心裡再度浮現既視感。他事後告訴其他夥伴，他還沒進去之前就知道自己會遇到誰的鬼魂。

二手玫瑰的櫥窗髒到極點，簡直藏污納垢。它不是下東區的古董店，沒有精巧的軸柱床或胡西耶櫥櫃，也沒有用隱藏式探照燈打亮的大蕭條玻璃器皿，而是他母親口中嫌惡至極的「北方佬當舖」。裡頭的破爛東西多得離譜，堆得到處都是，亂七八糟。衣服披在衣架上，吉他掛在鉤上，有如勒住脖子的絞刑犯。角落擺著一箱四十五轉唱片，價格牌寫著一張十美分，一打一美元：安德魯斯姊妹、派瑞．柯莫和吉米．羅傑斯等樂手。店裡還有童裝和難看的鞋子，前面擺著一張卡片，寫著：二手貨，狀況不壞，每雙一美元。兩台看來不太靈光的電視機，另一台正朝著街道放送畫面模糊的《明星十八變》。一箱舊平裝書，大多都沒了封面（兩本兩毛五、十本一元，店內更多，包括「火辣」書籍）。下面是一台大收音機，白色塑膠外殼髒得要命，旋鈕跟鬧鐘一樣大。一張佈滿灰塵的餐桌，桌面龜裂滿是鑿痕，上頭擺了幾個骯髒的花瓶，插著塑膠花。

不過，對威廉來說，這些亂七八糟的東西只是背景，他的目光一下就釘在某個東西上。他瞪大眼睛用不可思議的神情看著它，全身瘋狂起了雞皮疙瘩。他的額頭發燙，雙手發冷，感覺心裡所有的門似乎都打開了，他就要記起一切。

銀仔就在右邊櫥窗裡。

腳架已經沒了，前後擋泥板也開始生鏽，但手把上的喇叭還在，喇叭的塑膠球老舊龜裂，而威廉一向擦拭光亮的喇叭則是黯淡無光，凹痕處處。理查德經常坐著兜風的後置物架還在，不過已經彎了，只剩一根螺絲拴著。其中一位車主在坐墊鋪上仿製虎皮，但也磨損到斑紋都幾乎看不見了。

銀仔。

淚水緩緩滑落威廉的臉頰，他茫然伸手拭淚，接著用手帕把淚水擦乾淨，然後走進店裡。

二手玫瑰店裡飄著陳年霉味。那小女孩說得沒錯，很像閣樓的味道，不過不是很好聞。不是擦拭時滲入舊桌面的亞麻籽油味，也不是絲絨或天鵝絨的味道，而是書封腐朽、灰塵、鼠糞和黑膠椅墊經過多年烈日炙烤發出的氣味。

櫥窗裡，播放《明星十八變》的電視機傳來歡笑聲。店內某處，自稱是「您的好友巴比．羅素」的電台主持人正在玩有獎徵答，只要說出《天才小麻煩》的瓦利是誰飾演的，就可以得到王子的新專輯。威廉知道答案，是一個叫湯尼．道伊的小孩，但他不想要王子的新專輯。收音機擺在高架子上，左右兩邊都是十九世紀的肖像畫。店老闆坐在收音機和肖像下方，年紀四十左右，身穿名牌牛仔褲和魚網T恤，頭髮抹油後梳，瘦到近乎憔悴。他雙腳翹在書桌上，桌上堆滿帳本和一台老舊的滾筒收銀機。他手裡拿著一本平裝小說，書名是《工地猛男》，威廉覺得應該沒得過普立茲獎。桌前地板上有一個髮廊燈，條紋不停向上旋轉，磨損的電線橫越地板接到腳板插座上，有如一條疲憊的蛇。燈前方標語寫著：獨步染髮！兩百五十美元。

門上的風鈴響起，桌前的男人將紙板火柴夾在讀到的地方，抬起頭說：「需要什麼嗎？」

「是的。」威廉說。他正想開口問那輛單車的事，不料心裡突然冒出一句話，趕走了所有思緒：

他雙手握拳打在柱子上，依然堅持自己看到鬼了。

老天，這到底怎麼回事？

（握拳揮打）

「有特別想找什麼嗎？」老闆問。他語氣很客氣，但卻緊盯著威廉。

他看著我的表情，威廉雖然心裡難過，卻覺得有趣，好像我抽了爵士樂手常抽的東西變得很亢奮一樣。

「有，我對那、那、那——」

（握拳打在柱子上）

「那、那、那個——」

「您說髮廊燈嗎？」老闆的眼神變了。威廉雖然搞不清狀況，但記得自己從小就不喜歡那種眼神：見到口吃患者時的焦急神色，彷彿恨不得插嘴把話講完，好讓那個可憐蟲閉嘴。但我沒有結巴！我治好了！我他媽的沒有結巴！我——

（依然堅持）

這幾個字清清楚楚，讓威廉覺得一定有人在他心裡說話。他就像聖經時代的人一樣，被惡魔附身了，被某種「外物」侵入。但他認得那個聲音，是他自己的聲音。威廉覺得臉上滲出溫熱的汗水。

「那根柱子我可以算你

（看到鬼了）

便宜一點，」老闆說：「老實講，平常兩百五我是不賣的，今天特別賣你一百七十五美元，如何？我店裡就只有這麼一件古董。」

（柱子）

「什麼柱子，」威廉大吼一聲，近乎尖叫，老闆微微退縮。「我有興趣的不是柱子。」

「您還好吧，先生？」老闆問道，臉上的擔憂神情掩飾了眼裡的提防，但威廉看見他左手離開桌子，立刻（出自歸納更勝於直覺）明白桌子下有一個開著的抽屜，而老闆的手十之八九正擺在手槍上。他可能擔心威廉是搶匪，但更可能只是純粹的擔心。畢竟這老闆顯然是同志，而艾德里安．梅倫的小命當初就是斷送在本地年輕人手上。

（他雙手握拳打在柱子上，依然堅持自己看到鬼了。）

這句話驅走了所有思緒，感覺就像瘋了一樣。這句話是打哪裡來的？

（他握拳揮打）

不斷重複。

威廉突然猛力進攻，強迫自己將那句怪話翻譯成法文，就像十幾歲時治療口吃那樣。字詞魚貫浮現在他腦中，他逐一轉換……忽然覺得口吃的壓力舒緩了。

這時他才察覺老闆剛才有說話。

「對、對不起，你說、說什麼？」

「我說你要發羊癲瘋就到街上去發，我可不希望你在店裡胡搞。」

威廉深吸一口氣。

「我們重、重來一次，」他說：「假裝我剛、剛進來。」

「好吧，」老闆盡量客氣地說：「你剛進來，然後呢？」

「櫥窗裡的單、單車，」威廉說：「你打算賣多少錢？」

「二十美元，」老闆的語氣輕鬆了一些，但左手還在桌子底下。「我想它原本是史溫牌的，但現在變成拼裝車了。」他打量威廉說：「這輛車不小，您可以自己騎。」

威廉想起那個溜綠色滑板的小男孩，便說：「我想我已經過了騎腳踏車的年、年紀了。」

老闆聳聳肩，左手終於伸了出來。「給兒子的？」

「是、是的。」

「他幾歲？」

「十、十一歲。」

「對十一歲的男孩來說，這台車有點大。」

「你收旅行支票嗎？」

「只要面額不超過貨款十美元就行。」

「那我開二十美元的支票給你，」威廉說：「可以跟你借個電話嗎？」

「只能打市區。」

「是市區。」

「那就請便吧。」

威廉打電話給德利市立圖書館，麥可在。

「小威，你在哪裡？」麥可問，隨即補上一句：「你還好吧？」

「我很好。你有見到其他人嗎？」

「沒有，我們晚上才會碰面，」他說完停頓片刻，接著說：「順利的話。需要我幫什麼忙嗎，威老大？」

「我買了一輛腳踏車，」威廉平靜地說：「不知道是不是方便騎到你家？你家有車庫之類的地方可以放腳踏車嗎？」

電話另一頭陷入沉默。

「麥可，你還在——」

「我還在，」麥可說：「是銀仔嗎？」

「對。」

威廉看了店老闆一眼，他又開始看書了……但也可能只是盯著書，其實正豎耳傾聽。

「你人在哪裡？」

「一家叫二手玫瑰、二手衣服的店。」

「好吧，」麥可說：「我家地址是帕莫巷六十一號，你從主大街——」

「我會找路。」

「好，那就晚點見了。要一起吃晚餐嗎？」

「好啊。你可以下班了？」

「沒問題，有事交給凱洛就行了，」麥可說完遲疑片刻，接著說：「她說剛才有一個傢伙來圖書館，大概在我回來一小時前。她說那傢伙走的時候神色像鬼一樣。我要她描述一下，結果是班恩。」

「你確定？」

「對。還有那輛腳踏車，那也很巧合，不是嗎？」

「的確。」威廉一眼盯著店老闆說，對方似乎依然沉浸在書裡。

「那就我家見了，」麥可說：「帕莫巷六十一號，別忘了。」

「不會的，謝了，麥可。」

「祝你好運，威老大。」

威廉掛上電話，店老闆忽然合起書本。「找到放車的地方了嗎，老兄？」

「嗯。」威廉拿出面額二十美元的旅行支票簽了名，店老闆小心檢查，要不是威廉現在心有旁鶩，肯定覺得大受侮辱。

檢查完畢，老闆開了收據，將支票收進老收銀機裡，接著起身雙手扠腰伸了伸身子，隨即朝櫥窗走去。他輕巧地繞過那一堆垃圾和準垃圾，動作漫不經心卻又熟練，讓威廉看得目不轉睛。

老闆舉起單車，轉身將車牽到展示區的邊緣。威廉握住把手幫他，不禁打了個冷顫。銀仔。重逢。他牽著銀仔

（他雙手握拳打在柱子上，依然堅持自己看到鬼了）

他不得不用力揮走這個念頭，因為它讓他感覺暈眩又突兀。

「後輪有一點沒氣，」店老闆說（事實上，後輪整個扁了）。前輪有氣，可是磨損得非常厲害，連鋼絲都露出來了。

「沒問題。」威廉說。

「你可以從這裡騎過去？」

（從前可以，現在不曉得）

「應該吧，」威廉說：「謝了。」

「不客氣。如果還想要那個髮廊燈，記得回來。」

店老闆幫他擋門，威廉牽著單車向左轉，開始朝主大街走。路人用好奇有趣的目光看著他，

看他一個禿頭男人牽著後輪沒氣、喇叭突出在生鏽置物籃上方的大單車前進，但威廉幾乎沒注意，只是滿心讚嘆，沒想到自己長大的手掌依然和塑膠手把很合。他想起小時候一直想將五顏六色的塑膠條塞進手把的洞裡，讓它們迎風飛揚，卻始終沒做。

他在中央街和主大街口的「平裝先生」書店暫停，將車靠在樓房牆上，把運動外套脫掉。輪胎沒氣的單車很難牽，下午又很熱。他將外套扔進籃子裡，繼續前進。

鍊子鏽了，他心想，之前的主人顯然不太用心照顧

（他）

它。

他停下腳步，皺起眉頭，想要回想當年銀仔怎麼了。被他賣掉了？送人？還是搞丟了？他想不起來，但那個蠢句子

（他雙手握拳打在柱子上，依然堅持）

再度浮上心頭，就像戰場上出現安樂椅、壁爐出現收音機、人行道上插著一排鉛筆一樣突兀和詭異。

威廉搖搖頭，那句子立刻化成一道輕煙散去。威廉繼續推著銀仔往麥可家走。

6

麥可．漢倫找出連結

但在找出連結之前，他先做了晚餐——炒洋蔥蘑菇漢堡和菠菜沙拉。他和威廉整頓好銀仔，兩人都飢腸轆轆了。

麥可家小而整潔，是白底綠邊的鱈魚角平房。威廉將車牽到帕莫街時，他正好回到家。他開

的是福特車，車齡很老，肚邊翼板生鏽了，後車窗也裂了。威廉想起麥可之前說的，離開德利市的窩囊廢俱樂部成員都不窩囊了，只有他留在這裡，生活依然貧乏。

威廉將銀仔牽進麥可家的車庫。車庫地板覆著一層油膩的灰塵，除此之外就和家裡一樣整潔，工具都掛在鉤上，錫製罩燈很像撞球檯上的吊燈。威廉將單車靠在牆邊，兩人手插口袋看著銀仔，默默看了一會兒。

「是銀仔沒錯，」後來，麥可開口說：「我還以為你搞錯了，結果真的是它。你打算怎麼做？」

「他媽的我哪知道？你有打氣筒嗎？」

「有，而且我想我還有補胎工具。這輪胎沒內胎吧？」

「以前的輪胎都是，」威廉彎身看了看沒氣的輪胎說：「沒錯，沒內胎。」

「還準備騎這台車嗎？」

「當、當然不，」威廉厲聲說：「我只是不想看、看它輪胎癟掉。」

「你說了算，威老大，都聽你的。」

威廉怒目橫視，但麥可已經走到車庫後牆去拿打氣筒了。他從櫥櫃裡拿出補胎工具盒遞給威廉，威廉一臉好奇看著盒子。盒子是錫製的，和他小時候看到的沒什麼兩樣，尺寸和形狀跟自己捲菸抽的人常帶的那種盒子很像，差別只在於頂端又亮又粗，用來磨胎皮好上補丁。盒子看起來是全新的，上頭還貼著價格標籤，寫著七點二三美元。他記得小時候只要一點二五美元左右。

「你不是買來玩的。」威廉說。他的語氣不是發問。

「不是，」麥可承認道：「我上週才買的。老實說，是在購物中心買的。」

「你有腳踏車嗎？」

「沒有。」麥可看著威廉說。

「你只是碰巧買了它。」

「一時衝動，」麥可說，眼睛還是看著威廉。「那天醒來忽然覺得可能派得上用場，一整天都在想這件事，所以……我就買了。現在你果然用上了。」

「是啊，我果然用上了。」威廉同意：「但就像肥皂上的標語說的：親愛的，這背後代表著什麼呢？」

「你問其他人吧，」麥可說：「晚上見面的時候。」

「你覺得所有人都會到嗎？」

「我不曉得，威老大，」麥可說完停頓片刻，接著說：「我想或許不會所有人到齊，可能有一、兩個人決定溜之大吉，或是……」

「假如那樣，我們該怎麼辦？」

「我不曉得，」麥可指著補胎工具說：「我可是花了七美元買下它的，你到底要拿來用，還是看看而已？」

威廉從車籃裡拿出運動外套，小心翼翼掛在牆壁的掛鉤上，接著將銀仔倒放在地上，用椅墊立著，開始謹慎轉動後輪。他不喜歡生鏽的車軸發出的吱嘎聲，心裡想起男孩滑板軸承安靜的轉動聲。上一點三合一潤滑油就搞定了，他想，鍊子也不妨上點油，鏽得太厲害了……還有紙牌，輪輻上要裝紙牌。我猜麥可這裡一定有，而且是很好的紙牌。單車牌的紙牌。賽璐璐膜讓紙牌又硬又滑，第一次洗牌總是會撒了一地。沒錯，還要紙牌，用曬衣夾固定——

他的思緒忽然中斷，心頭一涼。

你到底在想什麼啊？

「怎麼了，小威？」麥可輕聲問道。

「沒事。」他手指摸到一個又小又圓又硬的東西，便用指甲伸到下面往上拉。小圖釘從輪胎上脫落。「兇手找、找到了，」他說。那句話忽然又不請自來，猛然浮現在他腦中：他雙手握拳打在柱子上，依然堅持自己看到鬼了。但這回在他的聲音之後，又出現了他母親的聲音：再試一次，小威，你就快成功了。然後是飾演蓋伊・麥迪森跟班金格斯的安迪・狄凡大吼：威廉，你這個狂人，等等我！

威廉打了個冷顫。

（柱子）

他搖搖頭。我到現在講這句話還是會口吃，他想，心裡忽然覺得自己好像就要完全瞭解這句話了，但隨即前功盡棄。

他打開工具盒開始工作，弄很久才搞定。麥可靠在牆上，午後的陽光在牆面打出一道光柱，他捲起袖子，拉鬆領帶，吹著口哨哼歌。威廉聽了好一會兒才聽出那是〈她用科學讓我盲目〉。

威廉一邊等待接合劑凝固，一邊（為了找事情做，他這麼告訴自己）為銀仔的鍊子、齒輪和車軸上油，雖然沒有改善車的外觀，但當他轉動輪子時，卻發現吱嘎聲消失了，讓他非常開心。反正銀仔本來就不以外貌取勝，速度才是它的強項，和閃電一樣快。

忙到下午五點半左右，他已經完全沉浸在維修工作中，享受那令人滿足的修修補補，幾乎忘了麥可的存在。他將打氣筒的噴嘴拴在後輪胎的氣嘴上，看輪胎慢慢鼓漲，粗略估計胎壓是不是夠了。他看見補丁發揮作用，覺得很開心。

他覺得差不多了，便旋下噴嘴，正打算將銀仔擺正，忽然聽見背後傳來洗牌的沙沙聲。他猛然轉身，差點將銀仔撞倒。

只見麥可手裡拿著藍底的單車牌紙牌，對他說：「你在找這個嗎？」

威廉顫抖著長嘆一聲。「我猜你也有曬衣夾，對吧？」

麥可從襯衫口袋拿出四個曬衣夾遞給威廉。

「正好放在口袋裡的，對、對吧？」

「沒錯，差不多是那樣。」麥可說。

威廉接過紙牌想要洗牌，但兩隻手抖得太厲害，紙牌從手裡撒出來，撒了滿地都是……不過只有兩張正面朝上。威廉瞥見那兩張牌，抬頭看著麥可。但麥可目光盯著散落的紙牌，咧嘴露出牙齒。

那兩張牌都是黑桃A。

「不可能，」麥可說：「我才剛打開那盒牌，你看。」他指著擺在車庫門邊的垃圾桶，威廉看見紙牌的包裝膜。「一副牌怎麼可能有兩張黑桃A？」

威廉彎身拾起那兩張牌。「一副牌撒在地上怎麼只有兩張正面朝上？」他問：「這個問題更有——」

他翻過紙牌看了一眼，將牌遞給麥可看。兩張牌一張是藍底，一張是紅底。

「天哪，小麥，你把我們捲進什麼事情裡了？」

「你打算怎麼辦？」麥可用麻木的聲音問。

「不怎麼辦，」威廉說完忽然哈哈大笑。「這不正是我應該做的嗎？假如施展魔法需要先在條件，那些條件就會自行出現，不是嗎？」

麥可沒有回答。他看著威廉走向銀仔，將紙牌固定在後輪。威廉的手還在抖，所以花了一點時間，但最後還是完成了。他深吸一口氣，屏住呼吸，伸手一推讓後輪轉動。紙牌有如機關槍似的喀喀掃過車輻，劃破車庫裡的寂靜。

「走吧，」麥可輕聲說：「進屋裡去，威老大，我來弄點吃的。」

兩人狼吞虎嚥吃完漢堡，在後院抽菸，看著天色慢慢變黑。威廉拿出皮夾挑了一張名片，寫下他在「二手玫瑰」櫥窗裡看到銀仔之後就一直繚繞心中的那個句子，遞給麥可看。麥可抿著嘴唇細細閱讀。

「你看得懂這句話的意思嗎？」威廉問。

「他雙手握拳打在柱子上，依然堅持自己看到鬼了，」他點點頭說：「我知道這句話。」

「那就跟我說吧，還是你又要講那句屁、屁話，要我自己想答案？」

「不會，」麥可說：「這件事我想我可以告訴你。這句話出自英國統治時期，是一句繞口令，後來成了口齒不清或口吃患者練習用的句子。那年夏天，一九五八年夏天，你母親一直要你練習這句話，你走到哪裡就唸到哪裡。」

「真的？」威廉說，過了好一會兒才又自己回答：「的確是。」

「你那時一定很想讓她高興。」

威廉忽然覺得想掉淚，但只點了點頭。他不敢讓自己開口。

「但你沒有成功，」麥可對他說：「我記得是這樣。你拚命努力，但舌頭就是一直打結。」

「我成功過一次，」威廉說：「至少一次。」

「什麼時候？」

威廉狠狠搥了野餐桌一拳，力道大得讓手隱隱作痛。「我不記得了！」他大聲吼道，接著又悶悶說了一次：「我真的不記得了。」

第十二章　三位不速之客

1

麥可．漢倫打電話給其他人的隔天，亨利．鮑爾斯開始聽見聲音，在他耳朵旁嘀咕了一整天。他一開始以為聲音來自月球。那天下午，他在花園除草，抬頭看見月亮就在藍天之上，小而蒼白，有如鬼魅一般。

老實講，他就是因為這一點才覺得是月亮在跟他說話。只有鬼魅般的月亮會用鬼魅的聲音說話——他老友的聲音、許多年前在荒原玩耍的那群小鬼的聲音，還有另一個聲音……他不敢說出口。

最先從月亮發聲的是維克多．克里斯。他們回來了，亨利。全回來了，兄弟。他們回到德利了。

接下來是貝奇．哈金斯，可能從月球的背面。只剩你了，亨利，我們之中只剩你了。你要為我和維克多報仇。從來沒有小鬼能這樣整我們。再怎麼說我也是打過全壘打的人哪，湯尼．崔克說我那球可以飛出洋基球場。

亨利望著天上的月亮，漫不經心除著草。不一會兒，佛加帝走過來，朝他脖子狠狠揍了一拳，將他打趴在地上。

「你這個白痴，你把豆子當成雜草除掉了！」

亨利站起來，拍掉臉上和髮間的泥土。大個兒佛加帝身穿白衣白褲，挺著一個大啤酒肚。警衛（但他們在杜松嶺不叫警衛，而是輔導員）不准帶警棍，於是有幾名獄卒（尤其是佛加帝、艾德勒和坤茲，他們三人特別壞）便將硬幣綑成一束藏在口袋，而且他們幾乎只打一個部位，就是後頸。這裡沒有關於硬幣的規定，因為在杜松嶺精神療養院，硬幣不算是致命武器。這座療養院位於奧古斯塔市郊區，緊鄰雪梨鎮。

「對不起，佛加帝先生。」亨利朝他咧嘴微笑，露出參差不齊的黃牙，感覺像鬼屋籬笆的木樁一樣。他十四歲左右就開始掉牙了。

「是啦，對不起，」佛加帝說：「要是再被我逮到，你就完了，亨利。」

「是的，佛加帝先生。」

佛加帝轉身離開，黑鞋在西花園的泥土上留下巨大的印子。亨利趁機偷偷四下張望一眼。天剛放晴，藍區的人就被送出來除草。藍區住的都是過去曾經非常危險、現在不那麼危險的病人。事實上，杜松嶺的所有人都不那麼危險，都是精神失常的罪犯。亨利因為一九五八年弒父案定讞而被送到這裡。那一年出了幾件很有名的謀殺案，只要一提起，大家就會想到那一年。

當然，外界認為亨利不只殺了他的父親，否則他不會在奧古斯塔州立精神病院一待就是二十年，而且多半時間都被限制自由，還接受化學治療。不，不只是他父親。檢方認為所有謀殺案都是他幹的，至少大多數都是他犯下的。

宣判之後，德利《新聞報》在頭版刊出社論〈德利長夜告終〉，回顧了案情的關鍵點：在亨利的書桌裡找到失蹤的派崔克．霍克斯泰特的皮帶、在他衣櫥裡找到幾本貝奇．哈金斯和維克多．克里斯向學校借的課本（兩人都是鮑爾斯幫成員），最重要的是亨利的床墊縫隙裡找到內褲，根據乾洗店的標記證實屬於遇害的薇若妮卡．葛洛根。

《新聞報》表示，亨利就是一九五八年春夏讓德利人心惶惶的怪物。

然而，儘管新聞報於十二月六日宣稱德利市的漫漫長夜已經結束，但就連亨利這樣的白痴也知道，德利的長夜永遠不會結束。

警察將他團團圍住，對他指指點點、嚴刑拷問。警長賞了他兩耳光，一位名叫洛特曼的警探還揍了他腹部一拳，叫他快點從實招來。

「外頭聚了很多人，亨利，他們都很不爽，」洛特曼說：「德利已經很久沒人動用私刑了，但不表示不會發生。」

亨利覺得他們不會罷手，不是因為他們真的相信德利市民會衝進警察局，把他拖出去吊死在酸蘋果樹上，而是急著想為那年夏天的血腥驚恐劃下句點。警察肯定會繼續逼供，但亨利不讓他們稱心如意。他被帶到警局之後，不久就發現他們想逼他擔下所有罪行，但他不在乎。在下水道目睹貝奇和維克多遇到如此恐怖的事件之後，他什麼也不在乎了。對，他說，他殺了父親，沒錯。對，他還殺了維克多．克里斯和貝奇．哈金斯。這也沒錯，畢竟是他帶著他們走進下水道裡讓他們遇害的。對，他殺了派崔克。對，他殺了薇若妮卡。對對對，全都對。雖然不是事實，但無所謂，反正總得有人扛下責任。也許因為如此，他才逃過一死，要是他否認……

他知道派崔克的皮帶是怎麼來的。那是四月他和派崔克比賽唱歪歌贏的，結果發現不合身，於是就扔到書桌裡。他也知道課本是怎麼回事。拜託，他們三人成天混在一起，誰會注意哪本書或哪些課本是誰的？就像土撥鼠才不管踢躂舞一樣。維克多和貝奇的衣櫥裡可能也有他的書，而警察應該也知道。

至於內褲……嗯，他不曉得薇若妮卡．葛洛根的內褲怎麼會跑到他的床墊裡。

但他覺得自己知道是誰（或什麼）幹的。

最好別說。

最好裝傻。

於是他被送到奧古斯塔，一九七九年再轉往杜松嶺服刑。他在那裡只惹過一次麻煩，而且是因為那裡的人一開始還搞不清狀況，想把亨利房裡的夜燈關掉。燈的造型是脫帽的唐老鴨。它是太陽下山後的守衛者，少了燈就可能會有東西闖進來，連門鎖和鐵絲網都擋不住。那些東西像薄霧一樣來去自如。那些東西會說笑……有時甚至會抓人。毛茸茸的、柔軟的、長眼睛的東西。一九五八年八月，他們將那一群小鬼追到德利市的下水道時，就是這些東西殺了維克多和貝奇。

亨利左右看了一眼，發現其他藍區的病人也在。喬治．德維爾，一九六二年的冬夜殺死妻子和四個小孩。他正聚精會神低頭除草，白髮迎風飄揚，一邊鼻孔垂著鼻涕，木製十字架在胸前晃來晃去。還有吉米．唐林，報上只說他在一九六五年夏天殺了母親，卻沒提他用新的方法處置屍體：警方趕到時，吉米已經將他母親吃得剩下不到一半，連腦子都吃光了。有天晚上熄燈之後，吉米悄悄對亨利說：「所以我現在比以前聰明一倍。」

在吉米後方一邊唱歌一邊瘋狂除草的，是法國佬班尼．博留。他老是在同一排豆畦上除草。班尼是螢火蟲，意思是他喜歡縱火。他一邊除草，一邊反覆哼著門戶樂團的同一句歌詞：「燃燒的夜、燃燒的夜、燃燒的夜、燃燒──」

聽久了只會讓人發瘋。

班尼後面是法蘭克林．德克魯茲，強暴過五十名以上的婦女，最後光著屁股在班格爾的高地公園落網。受害女性的年紀從三歲到八十一歲都有。那傢伙不是很特別。法蘭克林後面（但離他很遠）是艾倫．威斯頓，他有一半時間都愣愣望著鋤頭。佛加地、艾德勒和坤茲都試過手握硬幣搥人那招，想逼威斯頓加快動作。某天，坤茲可能下手稍微重了一點，弄得艾倫．威斯頓不只鼻子流血，連耳朵也開始出血，到了晚上更全身痙攣。雖然不嚴重，滿輕微的，可是艾倫從此之後便愈來愈常遁入自己的黑暗世界中，現在更回天乏術，幾乎完全與世隔絕。艾倫後面是——

「你是要自己動手，還是要我幫你啊，亨利！」佛加帝朝他咆哮。亨利又開始除草。他可不想全身痙攣，和艾倫．威斯頓同樣下場。

聲音很快又出現了，但這一回變成其他人，變成當年讓他蹚上這一切的那幾個小孩，從鬼魅般的月亮上對他說話。

你連胖小孩都追不到，鮑爾斯，其中一個小孩低語道，我現在很有錢，而你在除草，哈哈哈，蠢豬！

鮑鮑、鮑爾斯，你誰、誰都抓、抓不到！你進、進去之、之後讀、讀過什麼、好書嗎？我可、可是寫、寫了好、好幾本！我現、現在很、很有錢、而你卻、卻在杜、杜松嶺！哈哈哈，你這隻蠢豬！

「閉嘴！」亨利低聲反駁，加快手上的動作，連新生的豆苗也跟著雜草給一起鋤掉了。汗水有如眼淚從他雙頰流下。「我們本來抓得到，本來抓得到的。」

我們讓你去坐牢了，蠢豬，另一個聲音笑著說，你追我沒追到，我現在也變得很有錢了。幹得好，大白痴！

「閉嘴！」亨利喃喃自語，鋤頭愈動愈快。「給我閉嘴！」

你想把手伸進我的內褲裡嗎，亨利？另一個聲音挑逗說，可惜了！我跟每個人都睡過。我就是妓女，但我現在也是有錢人了，而且我們又聚在一起了，又要睡在一起，可是你沒辦法。就算我讓你做，你也不行了，因爲你舉不起來了，哈哈哈哈，亨利，你眞是太可笑了——

亨利瘋狂除草，弄得雜草、泥土和豆苗四濺。從鬼魅般的月亮傳來的鬼魅之聲變得非常嘹喨，在他腦中散播迴盪。佛加帝大吼著朝他跑來，但亨利沒聽見，因為那些聲音。

你連黑鬼都抓不到，對吧？另一個鬼魅之聲奚落道，我們在那場石頭大戰殺了你們！他媽的把你們趕盡殺絕！哈哈，蠢豬！你眞是太可笑了！

所有聲音混在一起，笑他、罵他白痴，問他喜不喜歡在紅區接受的電擊治療，喜不喜歡杜、杜松嶺。他們又問又笑，又笑又問，亨利扔下鋤頭，開始朝鬼魅月亮尖叫。他起初只是氣憤咆哮，但這時月亮忽然變了，變成小丑的臉，一張麻花臉蠟黃死白，眼睛是兩個大黑洞，血盆大口獰笑著，神情既邪惡又純真，令人難以忍受。亨利不再怒吼，而是驚惶尖叫。小丑的聲音從鬼魅般的月亮上傳來，對他說，你必須回去，亨利。你得回去完成任務，回到德利將他們全都殺了。爲了我，爲了——

這時，佛加帝已經站在亨利身旁對他咆哮了將近兩分鐘（其他受刑人拿著有如漫畫陰莖的鋤頭排排站著，感覺不像感興趣，而是近乎深思，彷彿他們都曉得這是安排好的，是神秘事件的一部分，亨利．鮑爾斯在西區忽然神經緊張不只是技術問題）。他吼煩了，抓起硬幣朝亨利結實揍了一拳。亨利有如磚塊應聲倒地，小丑的聲音也隨著他墮入那恐怖的黑暗，不停哼唱：殺光他們，亨利，殺光他們，殺光光，殺光光。

2

亨利．鮑爾斯睜眼躺著。

月落了，他心裡滿是感激。深夜的月亮比較真實，不那麼鬼魅。亨利覺得自己要是看見小丑的可怕臉龐出現在空中，飄浮在山丘、田野和森林之上，一定會嚇死。

他側躺著，目不轉睛看著夜燈。唐老鴨燒壞之後，夜燈換成跳波卡舞的米老鼠和米妮，之後再換成《芝麻街》的牢騷王奧斯卡，去年底換成福滋熊。他是用燒壞的夜燈來計算入獄時間的，不是咖啡匙。

五月三十日深夜兩點零四分，夜燈燒壞了。但亨利只低哼一聲，就這樣，因為坤茲今晚在藍區門口站崗。坤茲是最惡劣的傢伙，比佛加帝還壞，而亨利下午才被佛加帝痛打一頓，打到轉頭都有困難。

其他受刑人睡在他身旁。班尼．博留裹著緊身衣熟睡著。除草結束後，他獲准到康樂室看《急診室的春天》重播，但傍晚六點左右開始不停自慰，同時尖叫「燃燒的夜！燃燒的夜！燃燒的夜！」戒護員幫他注射鎮定劑，不過只維持了大約四小時，之後他又發作了。晚上十一點左右，阿米替林藥效退了，他再度瘋狂自慰，搞到兩手都是血，一邊尖叫「燃燒的夜！」於是他們再次為他注射鎮定劑，並且穿上緊身衣。現在他沉睡著，憔悴的小臉在微光下和亞里斯多德一樣嚴肅。

亨利聽見大大小小的打呼、夢囈和放屁聲。他聽見吉米．唐林的呼吸聲，就算隔著五張床，他也不會聽錯。唐林的呼吸又快又淺，總是讓亨利想起縫紉機。他聽見窸窣聲從門外傳來，是坤茲在走道看電視。他知道坤茲一定在看三十八頻道的深夜電影，一邊喝德州司機一邊吃午餐。坤茲喜歡花生醬和百慕達洋蔥三明治。亨利聽說這件事的時候，忍不住打了個冷顫，心想：誰說瘋子都被關起來了？

這回聲音不是來自月亮。

而是床下。

亨利立刻認出那個聲音。是維克多．克里斯，二十七年前在德利市地底被扭斷腦袋的小鬼。是一個像科學怪人的怪物幹的。亨利不僅親眼目睹，接著更看見那怪物目光一轉，用水汪汪的黃色大眼瞪著他。沒錯，科學怪人殺了維克多，還殺了貝奇。但這會兒維克多又出現了，有如一九五〇年代的黑白節目重播，那時總統還是禿頭，別克汽車還是圓窗。

事情發生了，聲音再度出現，但亨利發現自己非常冷靜，毫不懼怕，甚至有點鬆了一口氣。

「亨利。」維克多說。

「小維！」亨利高喊：「你在底下做什麼？」

班尼．博留哼了一聲，在夢中唸唸有詞，吉米的縫紉機呼吸聲停了，走道上的電視機音量關小，亨利．鮑爾斯可以想像坤茲正側著腦袋，一手抓著音量鈕，另一手摸著凸起的口袋——裡面是一串硬幣。

「你不用那麼大聲，亨利，」維克多說：「你用想的我就聽得見，其他人不會聽到。」

「你想幹什麼，小維？」亨利問。

亨利等了很久都沒聽見回答，心想維克多可能離開了。門外，坤茲的電視音量再度調高。這時，床下傳來刮擦聲，只見一個黑影從床下掙扎著爬上來，弄得彈簧發出輕微的吱嘎聲。維克多抬頭看他，咧嘴微笑。亨利不安地報以微笑。眼前的小維看起來有點像當年的殺人怪物，脖子上一圈繩索勒痕，可能是頭和頸部的縫合線。他的眼睛是詭異的灰綠色，角膜似乎浮在某種黏稠物質上。

維克多還是十二歲。

「你想幹什麼，我就想幹什麼，」他說：「我要找他們算帳。」

算帳，亨利．鮑爾斯呢喃道。

「但你得先逃出這裡，」維克多說：「你得回德利市。我需要你，亨利，我們都需要你。」

他們傷不了你，亨利說，明白自己指的不只維克多一人。

「如果他們半信半疑，就傷不了我，」維克多說：「但現在情況不妙，亨利。我們那時也不

覺得他們贏得了我們，但那個胖小子在荒原擺脫了你，看完電影那天，我們也讓他、賤嘴和小母狗逃了。還有那場混戰，他們救了那個小黑鬼——」

別提那件事！亨利朝維克多大吼，以前當老大的獨裁蠻橫又回來了，但很快就消了下去，覺得維克多會傷害他——維克多當然做得到，因為他是鬼——不過維克多只是咧嘴微笑。

「我不在乎他們是不是半信半疑，」他說：「但你活著，亨利。不管他們相信不相信，還是半信半疑，你都能逮到他們，一個個殺死他們或一次趕盡殺絕。你能找他們算帳。」

算帳，亨利複誦道，接著再次狐疑地看著維克多。但我出不去啊，小維，窗戶有鐵絲網，今晚又是坤茲值夜。他是最兇的。或許明天晚上吧……

「別擔心坤茲，」維克多站起來說。亨利發現他依然穿著那天的牛仔褲，沾滿乾掉的下水道污泥。「我會解決他。」維克多伸出手說。

亨利遲疑片刻才握住維克多的手，一起朝房門和電視機的聲響走去。兩人快到門邊時，吃掉母親大腦的吉米．唐林忽然醒了。他看見亨利的訪客，不禁瞪大眼睛。是他母親。她的襯衣只露出四分之一英寸左右，和往常一樣，但頭部的上半卻不見了。她轉動紅得嚇人的雙眼看著他，咧嘴微笑，吉米看見她發黃的大門牙上抹到口紅，便放聲尖叫：「不要，媽！不要，媽！不要，媽！」

電視聲立刻消失，其他人還沒動靜，坤茲已經推門而入說：「好啊，王八蛋，準備領死吧，我受夠了！」

「不要，媽！不要，媽！拜託，媽！不要，媽——」

坤茲衝進房裡，先看見高個兒鮑爾斯，看見他穿著病人服挺著大肚子，鬆垮的肌肉映著走道的燈光感覺就像一坨麵糰，看起來很滑稽。接著他朝左看，隨即發出淒厲至極的尖叫。只見亨利身旁站著一個身穿銀色小丑服的傢伙，可能有八英尺高，胸前一排橘色絨毛球，腳上套著大得可笑的鞋子，但面孔不是人或小丑，而是杜賓犬，約翰．坤茲在這世上唯一害怕的動物。牠雙眼血紅，口鼻和絲綢一樣光滑，咧嘴露出巨大的白色獠牙。

坤茲手指發軟，一串硬幣從手中落到地上滾到角落。隔天，一覺熟睡到早上的班尼．博留發現那串硬幣，便藏到置物櫃裡。那一把零錢讓他享用了一個月的手捲香菸。

小丑搖搖晃晃朝他走來。坤茲倒抽一口氣，放聲尖叫。

「馬戲團時間到了！」小丑咆哮道，戴著白手套的雙手落在坤茲肩上。只是手套裡的感覺不是手，而是動物的利爪。

3

那天過得實在漫長，而凱伊．麥考已經是第三次打電話了。

這回她比前兩次更進一步，等到對方接起電話，話筒裡傳出愛爾蘭警察的熱情聲音說「這裡是第六街分局，我是歐班能警佐，請問您有何貴幹？」時，她才掛斷電話。

喔，妳做得很好。天哪，眞的很好。等到第八或第九回，妳就會有足夠的勇氣報上姓名了。

雖然她才吃了達而豐，還是到廚房調了一杯汽水威士忌。她想起年輕時在大學咖啡館聽到的一首民謠的歌詞——滿腦子威士忌和滿肚子琴酒／醫生說會要了我的命，但沒說時間——便粗聲笑了。吧台頂端是鏡子，她看見自己的倒影，笑聲戛然而止。

這女人是誰？

一隻眼睛腫得幾乎睜不開。

這個被打的女人是誰？

鼻子活像在酒館裡泡了三十年的酒鬼，腫得很誇張。

這個挨揍的女人是誰？看起來就像怕夠了或被逼瘋了，終於鼓起勇氣起身尋求庇護，離開日復一日、年復一年周而復始傷害她們的男人的女人。

爬梯子傷了一邊臉頰。

她是誰，凱伊寶貝？

一隻手纏著吊腕帶。

誰？是妳嗎？可能嗎？

「讓我們歡迎……美國小姐。」她唱道，想讓聲音顯得兇狠、憤世嫉俗。頭幾個字還可以，但到了第七個字就開始顫抖，第八個字就不行了。她的聲音一點也不兇狠，而是充滿恐懼。她自己知道。她以前也害怕過，不過總是能克服，但她想這回需要很久才能平復。

稍早，她人在半英里外的慈光會醫院，一名急診室醫師幫她療傷，那醫師相當年輕，而且長得還不賴。要不是發生這件事，她可能閒來無事（或沒那麼閒來無事）會想約他回家，來場馬拉松性愛。但她現在一點慾望也沒有。疼痛不會引發慾望，恐懼也不會。

醫師名叫葛芬，看診時目不轉睛望著她，但她不介意。他拿了一個白色小紙杯到洗手台裝了半杯水，從桌子抽屜拿出一包菸，將水和菸遞給她。

她拿了一根菸，醫師替她點火，但追著菸頭一兩次才點著，因為她手在發抖。他將火柴扔進另一個紙杯裡。滋。

「真是好習慣，」他說：「對吧？」

「口腔期。」凱伊回答。

他點點頭，兩人陷入沉默。他一直看著她。她感覺他在等她哭，讓她很火大，因為她覺得自己真的可能落淚。她討厭別人猜到她的感受，尤其是男人。

後來，他開口說：「男朋友做的？」

「我不想談。」

「嗯。」他吸了口菸，注視著她。

「你母親難道沒有教你盯著人看很不禮貌嗎？」

凱伊很想裝狠，結果卻像求情：別再看了，我知道我現在是什麼模樣，我自己看得到。另一個想法隨之而起，她覺得她朋友貝芙莉一定也有過同樣的感受，而且不只一次。最慘的暴力發生在心裡，那種感覺或許可以稱之為靈內出血。她當然知道自己是什麼模樣，更糟的是她知道自己是什麼感受。她覺得怯懦，那是一種悽慘的感覺。

「我只說一次，」葛芬說。他的嗓音低沉悅耳。「我在急診室值勤——或者說蹲點——的時候，每週會遇到二十幾個被打的女人，實習醫師也一樣。所以，妳聽著，電話在那邊桌上，這裡是十美分，妳打電話給第六街分局，報上妳的姓名和地址，跟他們描述事情經過，動手的人是誰。等妳講完，我就拿出檔案櫃裡的波本酒——妳應該知道，純粹醫療之用——我們喝一點。因為我覺得，這只是我個人的看法，會打女人的男人就和得了梅毒的老鼠一樣低等。」

凱伊虛弱地笑了。「謝謝你的好意，」她說：「但我現在不想喝。」

「嗯，」他說：「那妳回家記得好好審視鏡子裡的自己，麥考小姐，因為不管動手的人是誰，他真的很狠。」

聽到這裡，凱伊哭了。她忍不住。

那天她平安送走貝芙莉之後，中午湯姆·羅根打電話來，想知道她有沒有見到他太太。他語氣很鎮定、很理性，一點也不焦躁。凱伊跟他說她已經將近兩週沒有見到貝芙莉了。湯姆道謝之後就掛上電話。

下午一點左右，她正在書房寫作時，門鈴響了。她走到門邊。

「哪位？」

「克雷金花店，小姐。」門外的人尖聲說。她竟然蠢到沒有發現那是湯姆裝的破假音，竟然相信湯姆會輕易放棄，竟然沒有拴著門鍊就開了門。

湯姆衝進屋裡，她只說了「你給我滾出——」他的拳頭就忽然飛來，狠狠打中她的右眼，逼得她閉起眼睛，痛得直衝腦門。她踉蹌退到走廊，雙手亂抓想要穩住身子，結果讓只插著一朵玫瑰的精緻花瓶砸在磁磚上摔得粉碎，還撞倒了吊衣架。她摔倒在地，湯姆關上前門朝她走來。

「滾出去！」她朝湯姆大吼。

「妳跟我說她去了哪裡，我就走。」湯姆踏上走廊朝她逼近。她隱約察覺湯姆有點狼狽——其實是非常狼狽——心裡忽然一陣狂喜。不管湯姆對貝芙莉做了什麼，貝芙莉都加倍奉還了。能讓他吃癟已經很厲害了，更何況他現在看起來還是需要住院的樣子。

但他的表情也很猙獰，怒氣衝天。

凱伊掙扎著站起來往後退，兩眼就像見到逃出囚籠的野獸一樣盯著湯姆。

「我跟你說我沒有見到她，這是真的，」她說：「現在給我滾出去，否則我就報警了。」

「妳見過她，」湯姆說。他咧開腫脹的雙唇想微笑，她看見他牙齒參差不齊得很怪，門牙還裂了。「我打電話跟妳說不知道貝貝去哪裡了，妳說妳已經兩週沒見到她，但妳什麼問題都沒問，連一句罵人的話也沒有，而妳明明恨我到了極點，我清楚得很。所以，她在哪裡，妳這個賤貨？跟我說啊。」

凱伊轉身朝走廊盡頭跑，想衝進起居室拉上桃花心木滑門，扣上門閂。她搶先一步趕到，但還來不及把門關上，他已經將身體卡在中間，隨即猛力一衝擠了進來。她再度轉身逃跑，他抓住她的洋裝狠狠一扯，結果直接扯破直到腰際。*這件洋裝是你老婆做的，你這個混球*，她心慌意亂地想，一邊扭身掙扎。

「她在哪裡？」

凱伊抬手一巴掌掃過去，打得他頭往後仰，左臉的傷口又在流血。他抓住她的頭髮，拿她的腦袋撞他拳頭。她感覺鼻子好像爆開了。她放聲尖叫，吸了口氣再度尖叫，然後開始咳血。她嚇得魂飛魄散。她不曉得一個人可以恐懼到這種程度。這狗娘養的瘋子打算宰了她。

她不停尖叫，他揮拳猛擊她的腹部，讓她呼吸不過來，只能喘息。她開始又咳又喘，驚惶覺得自己就要窒息了。

「她在哪裡？」

凱伊搖頭喘息著說：「我沒……沒有見到她。警察……你會去坐牢的……混蛋……」

湯姆將她從地上抓起來，她覺得肩膀裡有東西碎了，痛得讓人想吐。他抓著她轉過身來，一直抓著她的手臂，將她的胳膊扭到背後。凱伊咬著下唇，在心裡發誓絕對不再尖叫。

「她在哪裡？」

凱伊搖頭不語。

他又猛扯她的手臂，用力得發出哼聲。他溫暖的呼吸打在她耳邊，她覺得自己的右拳打在左肩胛骨上，肩膀裡的東西碎得更厲害了，忍不住大聲哀號。

「她在哪裡？」

「……知道……」

「什麼？」

「我不知道！」

他放開她，朝她猛力一推。凱伊摔到地上，啜泣哽咽，鮮血和鼻涕從鼻子流了出來。她聽見悅耳的撞擊聲，回頭只見湯姆打破另一只花瓶（沃特福德的水晶花瓶）的頂端，手裡抓著花瓶殘骸彎身湊到她面前，尖銳的瓶頸離她的臉只有幾英寸。她彷彿被人催眠似的，愣愣望著瓶頸。

「我告訴妳，」他說，聲音微微帶著輕喘，噴出暖暖的氣息：「妳最好跟我說她去哪裡了，否則就等著到地板上撿自己的臉吧。妳只有三秒鐘，也許更少，因為我生氣的時候，時間似乎過得很快。」

我的臉，凱伊想到這點，終於決定屈服了……或者說認輸了。她想到這個怪物用水晶花瓶的裂口劃開她的臉，就覺得可怕。

「她回家了，」她啜泣著說：「回老家德利去了。德利市，在緬因州。」

「她怎麼去？」

「先搭巴、巴士到密爾瓦基，然後坐飛機。」

「那個死婊子！」湯姆怒吼一聲，站起身來，在房裡漫無目的兜著圈子，雙手抓頭，把頭髮弄得亂七八糟。「他媽的賤貨、婊子、不要臉的母狗！」他抓起一個精緻的男女做愛木雕（她廿二歲就買下它了）扔進壁爐裡，瞪大雙眼默默站著，好像見到鬼一樣，接著又轉身看她。他從運動外套口袋拿出一個東西，凱伊傻愣愣發現是一本平裝小說，封面近乎全黑，只有紅色花體字拼出書名和幾個年輕人站在河邊峭壁上的圖案。《暗流》。

「這個混蛋是誰？」

「啊？什麼？」

「鄧布洛。誰是鄧布洛？」他不耐煩地朝她揮了揮小說，接著突然用書賞了她一巴掌。她的臉一陣劇痛，隨即是熱辣辣的感覺，像煤炭一樣。「他是誰？」

她開始明白了。

「他們是朋友，小時候認識的，一起在德利市長大。」

他又用書甩了她一巴掌，這回用另一面。

「別這樣，」她啜泣道：「別這樣，湯姆。」

他抓了一張有著優雅紡錘椅腳的古董美式扶手椅，椅背向前坐了下來，用猙獰的臉龐望著她。

「聽著，」他說：「聽妳湯姆叔叔說的話，知道嗎，臭婊子？」

凱伊點點頭。她嚐到帶著銅味的血暖暖的在她喉間，肩膀像是著火似的，心裡暗自祈禱只是脫臼，沒有骨折。但這不是最糟的。我的臉，他打算劃破我的臉——

「妳要是敢報警跟他們說我在這裡，我一定會否認，妳他媽的也沒辦法證明，因為今天女傭休假，這裡只有我們兩個。當然啦，他們也有可能逮捕我，沒有什麼不可能的，對吧？」

她發現自己又在點頭，好像腦袋被人綁了線似的。

「不用說，我一定會被保釋，然後回到這裡。到時他們就會在餐桌上看到妳的奶子，在金魚缸裡發現妳的眼睛了，聽懂沒有？知道湯姆叔叔在說什麼嗎？」

凱伊又哭了。綁在她頭上的那條線還在作用，讓她頻頻點頭。

「為什麼？」

「什麼？我……我不……」

「清醒一點，拜託！她為什麼要回德利？」

「我不知道！」凱伊幾乎是用尖叫的。

他在她面前晃了晃破花瓶。

「我不曉得，」她放低音量說：「求求你，她沒告訴我，求求你別傷我。」

他將花瓶扔到垃圾桶裡，站了起來。

他頭也不回地離開了，和步伐蹣跚的大熊一樣垂頭喪氣。

她立刻跟在後頭把門鎖上，接著衝進廚房將另一扇門鎖好。喘息片刻，她一跛一跛上樓（雖然肚子很痛，她還是盡量加快）將陽台的落地門鎖上——誰曉得他之後會不會爬柱子上來。他雖然傷得不輕，卻是瘋狗一隻。

她走到電話旁，但手才剛放到話筒上，就想起他說的話。

我一定會被保釋，然後回到這裡……在餐桌上看到妳的奶子，在金魚缸裡發現妳的眼睛。

她將手從話筒上抽回來。

她走進浴室，對著鏡子注視滴血紅腫的鼻子和黑眼圈。她沒有落淚，她心裡的羞辱和恐懼太深，讓她哭不出來。喔，貝貝，我盡力了，她心想，可是我的臉……他說他會劃破我的臉……

醫藥櫃裡有達而豐和煩寧。她猶豫不決該吃哪一個，最後決定各吃一顆。接著她到慈光會醫院就診，遇見了這位葛芬醫師。她現在只想將全世界的男人趕出地球表面，除了他之外。

然後她回家，一跛一跛地回家。

她走到臥室窗邊往外看，太陽已經落到地平線上。東岸應該入夜了——緬因州可能快七點了。

要不要報警可以之後再說，當務之急是警告貝芙莉。

眞希望妳有跟我說會住在哪裡，親愛的貝芙莉，凱伊心想，事情就簡單多了。不過，我想妳那時也不知道。

雖然她兩年前就戒了菸，但還是在書桌抽屜裡擺了一包帕爾馬斯菸，以備不時之需。她掏出一根菸點上，皺起眉頭。她上一回抽這包菸是一九八二年十二月左右，嚐起來都餿了，比伊利諾州參議院的平等權利修正案還舊。但凱伊照抽不誤。她一眼被煙燻得半閉，另一眼只能睜開一半——湯姆．洛根的功勞。

她吃力地支使左手——那混球讓她的右手臂脫臼了——打電話到緬因州查號台，詢問德利市所有旅館和汽車旅館的名稱和電話號碼。

「小姐，您可能要等好一下子。」查號台服務員半信半疑地說。

「小姐，會比妳想得還要久，」凱伊說：「因為我得用平常不習慣的手寫字，我右手休假去了。」

「依照規定——」

「聽著，」凱伊說，但語氣並不兇：「我是從芝加哥打來的，想找一個剛逃離丈夫回德利的女性朋友。德利是她的出生地。她先生知道她去哪裡了。他把我痛打一頓，逼我把消息告訴他。那傢伙是個變態，她得知道他去找她了。」

服務員很久沒有說話，接著改用比較有人情味的語氣說：「我覺得妳比較需要德利市警局的電話號碼。」

「好，那個號碼我也要，但我真的得警告她，」凱伊說：「還有……」她想起湯姆割傷的臉頰、額頭和太陽穴的腫起，還有跛腳和腫得離譜的嘴唇。「只要她知道他去找她了，應該就行了。」

又是漫長的沉默。

「小姐，妳還在聽嗎？」凱伊問。

「艾靈頓汽車旅館，」服務員說：「六四三八一四六。貝西公園飯店，六四八四零八三。班揚汽車旅館——」

「稍微慢一點，好嗎？」凱伊說，忙著記下來。她想找菸灰缸，可是沒看到，便把菸摁熄在桌墊上。「好了，請繼續。」

「克拉倫登飯店——」

4

她還算幸運，才打到第五通就找到貝芙莉下榻的德利街屋旅館。可惜好運只有一半，因為貝芙莉外出了。她留下姓名和電話號碼，交代請貝芙莉一回來立刻打電話，無論多晚都要回電。

櫃台人員重述一次她的留言。凱伊上樓再吞了一顆煩寧，接著躺在床上等睡意來臨，但就是等不到。她凝視黑暗，藥物的效應讓她飄飄然。對不起，貝貝，她想，他提到我的臉……我就是沒辦法。快點回電，貝貝，拜託。還有，當心妳嫁的那隻瘋狗。

5

貝芙莉嫁的那隻瘋狗比她懂得轉機之道，選擇從奧哈爾機場出發，那裡是美國航空交通的樞紐。他在機上讀了《暗流》封底的作者簡介，讀了好幾遍。簡介寫道威廉．鄧布洛是新英格蘭人，另著有三本小說（還不忘提醒讀者三本小說都有平裝本），和演員妻子奧黛拉．菲利普斯定居在加州，目前正在撰寫新的作品。湯姆注意到《暗流》平裝本是一九七六年出版的，表示這傢伙這些年來寫了不少小說。

奧黛拉．菲利普斯……他在電影裡看過她，對吧？他很少注意女明星——湯姆愛看的是犯罪電影，是追逐或怪物——但如果他沒認錯的話，他會注意到她是因為她長得很像貝芙莉：紅色長髮、綠色眼眸和堅挺的雙峰。

他稍微坐直身子，用書本輕拍大腿，努力忽視頭部和嘴裡的疼痛。沒錯，他很確定，奧黛拉就是那個紅髮翹乳的女人。他在克林伊斯威特主演的某部電影裡看過她，大約一年後又在恐怖片《墓園之月》裡見到她。貝芙莉和他一起去看那部電影，走出戲院時，他提到那女明星很像她。「我不覺得，」貝芙莉說：「我比較高，她比較漂亮，頭髮顏色也比較深。」就這樣，他之後便不再想起這件事，直到現在。

他和演員妻子奧黛拉．菲利普斯……

湯姆懂點心理學，結婚這麼多年，他就是憑著這些伎倆操控妻子。他感到一絲煩人的不悅。與其說想法，不如說是一個感覺。問題就出在貝芙莉和這個叫做鄧布洛的傢伙是青梅竹馬，而他娶的老婆（雖然貝芙莉並不覺得）長得非常像湯姆．洛根的妻子。

鄧布洛和貝芙莉小時候到底玩過哪些把戲？郵局遊戲？轉瓶子？

還是什麼？

湯姆坐在座位上，用書輕拍大腿，覺得太陽穴開始跳動。

他在班格爾國際機場降落，向租車公司的櫃台詢問，服務小姐（有些身穿黃色制服，有些穿著紅色或愛爾蘭綠的制服）緊張地看著他滿是傷痕、兇神惡煞般的臉，用更緊張的語氣向他道歉，說車子都租完了。

湯姆走到報攤買了一份當地報紙，翻到廣告版開始找，完全無視於過往旅人的目光。他挑了其中三則，打到第二通電話就中獎了。

「我在報上看到你有一輛七六年的福特ＬＴＤ要賣，開價一千四百美元。」

「對啊，沒錯。」

「聽著，」湯姆摸了摸外套口袋裡的皮夾，鼓鼓的都是現金，總共六千美元。「你把車開來機場，我們一手交錢一手交車。你給我車子、交易契約和行照，我給你現金。」

想賣福特車的老兄頓了一下，然後說：「我得留著車牌。」

「當然，沒問題。」

「我怎麼認出你呢？你是——」

「我姓巴爾，」湯姆說。他正好看見大廳對面的看板寫著「巴爾哈柏航空給您新英格蘭和全世界」！「我會在航廈尾端的出口等你。你一眼就會認出我來，因為我的臉不是很好看。我昨天和老婆去滑雪，結果重重摔了一跤。不過我想我算幸運的，只有臉傷沒有骨折。」

「天哪，真不幸，巴爾先生。」

「會好的，你只要把車開來機場就行了，兄弟。」

說完他掛上電話，走到出口，踏進溫暖芳香的五月夜色中。

十分鐘後，那傢伙開著福特車穿越晚春暮靄出現了。還是個小鬼頭。兩人完成交易，小鬼草草寫了一張契約給他，湯姆隨便收進大衣口袋裡，接著看那小子將緬因州的車牌取下。

小夥子忙完後，湯姆說：「我出三美元買你的螺絲起子。」

小夥子若有所思看了他半晌，接著聳聳肩將螺絲起子遞給湯姆，接過他手上的三美元。不關我的事，他聳肩說。湯姆心想，對極了，小兄弟。湯姆看他搭上計程車，接著坐進福特車裡。

那輛車爛透了。傳動系統吱嘎亂響，車身搖搖欲墜，到處發出怪聲，煞車又不靈光。但無所謂。他開到長期停車場，取票入內，將車停在一輛看來停了很久的速霸陸旁，用小夥子的起子拆下速霸陸的車牌拴到福特車上，一邊工作一邊哼歌。

晚上十點，他已經開上二號公路往東，將緬因州地圖攤開放在前座上。他發現車內的收音機不管用，便靜靜開車。反正沒差，他有很多事情要想，例如逮到貝芙莉之後要怎麼「好好」對付她。

他心裡很確定，非常確定，貝芙莉離他不遠了。

而且在抽菸。

喔，親愛的，妳惹錯對象了，竟然惹上湯姆．羅根。老實講，現在的問題是，我們要怎麼處置妳。

福特車在夜幕下奔馳，追逐自己的遠光燈。湯姆抵達新港時，很清楚自己到了哪裡。他在大街上發現一間藥妝店還開著，便進去買了一條駱駝牌香菸。老闆祝他晚安，他也祝老闆晚安。

他將菸扔到前座，繼續出發。他緩緩駛上七號公路，一邊尋找出口。找到了：三號公路，一個路標寫著「哈芬二十一英里，德利十五英里」。

他彎下交流道，開始讓福特車加速。他看了看那一條菸，臉上微微一笑，傷痕處處的腫脹臉龐映著儀表板的綠光，顯得詭異而殘忍。

我帶了香菸給妳，貝貝，湯姆想。車子駛在成排的松樹和杉木之間，以六十多英里的時速朝德利前進。沒錯，一整條，都給妳。親愛的，等我見到妳，我會讓妳把每一根菸吃下去。要是這個叫做鄧布洛的需要好好調教一番，那也可以安排。沒問題的，貝貝，一點問題也沒有。

自從那賤人偷襲他又逃之夭夭之後，湯姆第一次覺得心情終於好了起來。

6

奧黛拉搭乘英航的頭等艙直飛緬因。她傍晚六點十分從希斯洛機場起飛，之後便一直追著太

陽跑。太陽贏了，而且一直領先，不過無所謂。憑著一點天賜的好運，她找到了這班從倫敦到洛杉磯的英航廿三號班機，中途在一處加油……就是班格爾國際機場。

這天簡直像一場瘋狂的惡夢。不用說，「閣樓」的製片佛雷迪．菲爾史東急著要找威廉。另外，原本要代替奧黛拉從樓梯摔下來的女特技演員也出了狀況。看來特技演員也有工會，而這位女替身已經做滿一週的工時上限了。工會要求佛雷迪簽署加薪合約，不然就另請高明。問題是他們找不到和奧黛拉體型相近的女替身。佛雷迪告訴工會領袖，既然如此，他們只好找男人當替身了，反正摔落樓梯又不需要胸罩和內褲。他們有紅色假髮，還有假乳房和臀墊，必要時在屁股墊東西也行。

這不成，老兄，工會領袖說，由男人擔任女人的替身違反工會規定，這是性別歧視。

在電影圈裡，佛雷迪的脾氣是出了名的。講到這裡，他已經火冒三丈，叫工會領袖（一個體臭令人無法忍受的胖子）滾一邊去。工會領袖警告他最好閉嘴，不然「閣樓」就別想再有特技演員了，說完又用拇指和食指做出「給小費」的動作，讓佛雷迪大為光火。工會領袖雖然人高馬大，可是皮鬆肉軟，而佛雷迪只要有機會就玩美式足球，還曾經當板球投手拿下一百分，身材高大又結實。他將工會領袖轟出去，回到辦公室思考，二十分鐘後出來大喊要找威廉，希望威廉重寫，將摔倒的戲刪掉。奧黛拉只好跟他說威廉已經離開英國了。

「什麼？」佛雷迪說，驚訝得合不攏嘴。他看著奧黛拉，好像她瘋了。「妳說什麼？」

「我說，他被人找回美國了。」

佛雷迪好像想抓她，讓奧黛拉嚇得往後縮。佛雷迪低頭看了看雙手，接著手插口袋望著她。

「對不起，佛雷迪，」她低聲說：「真的很抱歉。」

她起身走到爐邊，從加熱板上拿起咖啡壺倒了一杯，發現自己的手微微發抖。她坐回座位，聽見佛雷迪的大嗓門從擴音器傳出來，要所有人回家或去酒吧，今天停拍一日。奧黛拉聽了心頭一驚。一天停拍至少損失一萬英鎊。

佛雷迪切掉對講機，起身倒了一杯咖啡，接著坐回座位掏出一包錫爾卡菸遞給奧黛拉。

奧黛拉搖搖頭。

佛雷迪點起一根菸，隔著煙霧瞇眼看她。「事情很嚴重，對吧？」

「對。」奧黛拉說，盡量保持鎮定。

「出了什麼事？」

她真的很喜歡佛雷迪，也真的信任他，因此便一五一十將她知道的事情都跟他說了。佛雷迪聽得很認真、很嚴肅。其實沒什麼好講的，她說完的時候，劇組人員還沒有走完，還聽得見關門和發動車子的聲音。

佛雷迪望著窗外沉默半晌，接著轉頭看著她說：「他應該是神經崩潰了吧。」

奧黛拉搖搖頭。「不對，不是這樣。他不是。」她吞了吞口水說：「你得親眼看到才曉得。」

佛雷迪邪邪一笑。「妳知道，男人很少會把小時候的承諾當一回事，而且妳也讀過威廉的小說，知道裡面經常提到童年，都寫得很好，非常詳盡。說他忘了小時候發生的所有事情，根本是個笑話。」

「他手上的疤，」奧黛拉說：「之前沒有，今天早上才出現。」

「胡扯！是妳直到今天早上才注意到。」

她無助地聳聳肩。「要是之前就有，我一定會發現。」

她看得出來他也不相信這一點。

「現在該怎麼辦？」佛雷迪問，但她只能搖頭。佛雷迪用第一根菸的菸尾點了另一根菸。

「我可以搞定工會領袖，」他說：「靠我可能不行，因為現在要他再派替身給我，除非我下地獄。我會叫泰迪．羅蘭德去他辦公室。泰迪雖然是同志，但那一張嘴連樹上的鳥都哄得下來。問題是之後呢？我們只剩四週可以拍攝，妳老公卻跑到麻薩諸塞——」

「緬因——」

他揮揮手。「管它哪一州。重點是少了他，妳還能專心嗎？」

「我——」

他彎身向前。「我很喜歡妳，奧黛拉，真的。我也喜歡威廉，即使他給我捅出這麼大的亂子。我想會有辦法的。假如劇本需要修，我可以自己來。反正我又不是沒做過這種事……要是修改的結果他不滿意，那也是他的錯。我可以沒有威廉，但不能沒有妳。妳不能跑回美國去找妳老公，我需要妳全力投入。妳能做到嗎？」

「我不曉得。」

「我也不曉得，但我要妳想一想。只要妳挺身而出，做好分內的事，我們或許就能矇過一陣子，甚至撐到殺青。我的性格可能很壞，但我不是會記仇的人，也不會跟妳說要是妳走人，我會讓妳永遠在這一行混不下去。但妳得知道萬一妳被人傳說難搞，下場可能就是這樣。我知道我講得很白，妳不會生氣吧？」

「不會。」她淡淡地說。老實講，她其實不在乎。她心裡只惦著威廉。佛雷迪是個好人，但他沒辦法瞭解。無論人好不好，他分析了那麼多，想的都是這部電影怎麼辦。他沒有看到威廉的眼神……也沒聽到他口吃。

「很好，」他起身說：「跟我一起到兔子與獵犬酒吧坐坐吧，我想我們都需要喝一杯。」

她搖搖頭。「我現在最不需要的就是喝酒。我要回家把事情想清楚。」

「我幫妳叫車。」他說。

「不用了，我搭火車回去。」

他一手放在話筒上，直直望著她。「我想妳打算去找他，」他說：「而我認為這是天大的錯誤，小姑娘。他現在可能心慌意亂，但畢竟是個沉穩的人。他會搞定的，然後就會回來了。他要是希望妳一起去，絕對會跟妳說。」

「我還沒打定主意。」她說，但知道自己早就決定了，早在清晨計程車來接她之前就決定好了。

「小心點，親愛的，」佛雷迪說：「別做會讓自己後悔的事。」

她覺得他在用自己的人格鞭打她，逼她就範，承諾把工作做好，被動等待威廉回來……或再次消失在他曾經走出的黑暗過去裡。

她走到他面前，輕輕吻了他的臉頰。「再見了，佛雷迪。」

回家之後，她打電話給英國航空公司，跟小姐說她想去緬因州一個叫做德利的小城市。小姐默默查詢電腦……接著告訴她一個彷彿來自天堂的好消息，英航廿三號班機會在班格爾停留，離德利不到五十英里。

「需要我為您訂位嗎，小姐？」

奧黛拉閉上眼睛，看見佛雷迪那粗獷、和善又誠摯的臉，聽見他說：小心點，親愛的，別做會讓自己後悔的事。

佛雷迪不要她離開，威廉也不想，那她的心為什麼一直喊她非去不可？她閉上眼睛。天哪，我覺得好混亂——

「小姐，您還在嗎？」

「幫我訂位，」奧黛拉說完就遲疑了。小心點，親愛的……也許她該睡一覺，讓自己離瘋狂遠一點。她開始在皮包翻找美國運通卡。「明天的班機，最好是頭等艙，沒有也無所謂。」反正要是改變主意，隨時可以取消。也許我眞的會取消。也許我明天起床就清醒了，知道該怎麼做了。

但今早醒來她一點也不清醒，她的心一直大聲叫她走，夜裡也不停作著瘋狂的惡夢。所以她打電話給佛雷迪，不是因為想打，而是覺得為了他必須打。不過效果有限——雖然詞不達意，但她努力讓他明白她覺得威廉可能很需要她——佛雷迪輕輕掛上電話。他只說了一聲喂，聽完之後就喀噠一聲將電話掛了。

不過，奧黛拉覺得那一聲喀噠已經說明了一切。

7

飛機於美東時間七點零九分降落在班格爾。奧黛拉是唯一下機的乘客，其他人都用好奇的目光看著她，可能心想怎麼會有人在這裡下機，跑到這鳥不生蛋的地方來。奧黛拉很想告訴他們，我是來找我先生的，就這麼簡單。他回到這裡附近的一個小城市，因爲童年死黨打電話來，提醒他當年做了一個他已經忘得差不多的承諾，還讓他想起自己已經二十多年沒有想起死去的弟弟。喔，那通電話還讓他又開始口吃……讓他雙手的掌心出現奇怪的白疤。

她想，這時空橋上的海關人員就會鳴哨，叫白袍人出動。

她拿了行李——只有一件，在輸送帶上顯得很孤單——走到租車公司櫃台前。湯姆·洛根一小時後也來到同一個地方。不過她的運氣比他好，全美租車公司還有一輛大發汽車。

櫃台小姐填好表格，讓奧黛拉簽名。

「我就覺得是您，」櫃台小姐說了一句，接著又靦腆地說：「我可以請您幫我簽名嗎？」

奧黛拉照辦了，在一張租車表格背面簽下名字，心想：好好享受吧，小姑娘。要是佛雷迪．菲爾史東說得沒錯，這張紙五年後就不值錢了。

她忽然發現自己才回到美國十五分鐘，已經開始用美國人的方式思考了，想想還真有意思。她拿了地圖。櫃台小姐還因為見到明星而說不出話來，勉強幫她標出到德利的最佳路線。

十分鐘後，奧黛拉已經上路了。她每到一個路口，就提醒自己別一時忘了把車開到左邊車道，否則就要開出馬路了。

開著開著，她發現自己從來沒有這麼恐懼過。

8

出於命運或巧合（其實這種巧合在德利比其他地方更常發生），湯姆住在外傑克森街的柯拉飯店，奧黛拉則住在假日飯店。兩間汽車旅館就在隔壁，停車場只隔著一條水泥人行道，而奧黛拉租來的大發汽車和湯姆買下的福特車就這麼對向停著，車頭對著車頭。兩人都睡了，奧黛拉靜靜側身熟睡，而湯姆．洛根則是仰面朝天，腫脹的雙唇隨著沉重的鼾聲掀動著。

9

亨利那天都在躲躲藏藏，躲在九號公路旁的樹叢裡。他時而打盹，時而躺著看警車有如獵犬從他眼前經過。那群窩囊廢在餐廳吃午飯，他則是聽著月亮來的聲音。

入夜之後，他從路旁走出來，開始伸大拇指搭便車。

過了一會兒，某個笨蛋來了，開門讓他上車。

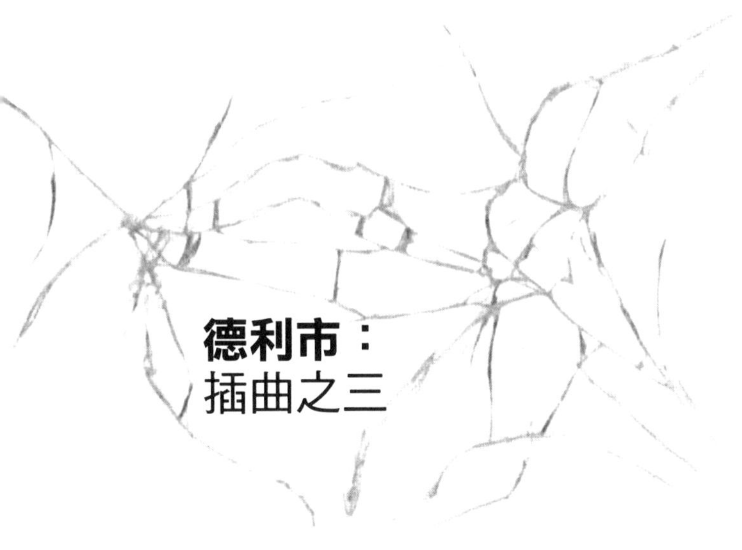

德利市：插曲之三

鳥兒俯衝到人行道上——
不曉得我看見了——
他將一隻蚯蚓咬成兩半
然後活活吃了。
——**愛蜜莉·狄更生，〈飛到人行道上的鳥〉**

一九八五年三月十七日

黑點酒吧的大火發生在一九三〇年深秋。就我認為，那場火（我父親幸運死裡逃生）是一九二九到三〇年連續謀殺和失蹤案的結束，就像基奏納鐵工廠爆炸是再往前二十五年那一個週期的結束一樣。每一個週期似乎都需要一場大屠殺做為終結，以平息背後的可怕力量……讓牠再沉睡二十五年左右。

然而，每個週期不僅需要大屠殺作結，似乎也需要同等的事件來引發。

這讓我留意到了布雷德利幫。

他們是在運河街、主大街和堪薩斯街的三岔路口被擊斃的——事實上，離威廉和理查德一九五八年六月看到的那張會動的相片裡的場景不遠——而黑點大火發生在十三個月後，一九二九年十月……過了不久，美國股市就崩盤了。

許多德利市民選擇遺忘黑點酒吧的大火，不是說自己出城造訪親戚，就是那天下午在打盹，直到晚上聽廣播新聞才曉得出事了，甚至當著你的面說謊，假裝沒這回事。

根據警察日誌，蘇利文警長當天根本不在城裡（我當然記得，艾洛修斯·內爾坐在班格爾市鮑爾森安養院露台的椅子上對我說，那是我第一年服勤，我理應記得。他到西緬因去獵鳥了。等他回來，屍體已經裝好抬走了，把他氣得七竅生煙），但在一本講述黑幫的書《血字與惡徒》裡有一張太平間的相片，一個男人站在艾爾·布雷德利滿是彈孔的屍體旁咧嘴微笑。那傢伙如果不是蘇利文警長，肯定是他的雙胞胎兄弟。

後來我總算從基恩先生那裡聽到事件的真實經過，至少我這麼認為。諾柏特·基恩是中央街藥房的老闆，一九二五年到七五年在那裡開店。他雖然樂意與我交談，但和貝蒂·李普森的父親一樣要我關上錄音機，他才肯把故事告訴我。其實錄音無妨，我還能聽見他用細薄的嗓音說道，如果德利市是一個合唱團，他只是另一個孤獨的聲音。

「沒理由不告訴你，」他說：「反正沒人願意寫出來，就算寫出來也不會有人相信。」他遞給我一個舊式的藥罐。「要吃甘草糖嗎？我記得你喜歡紅色的，小麥。」

我拿了一顆。「警長蘇利文那天在場嗎？」

基恩先生笑了笑，拿了一顆甘草糖說：「你很想知道，對吧？」

「是啊。」我嚼著紅色的甘草糖說。我小時候常將零錢放在櫃台上，遞給當年更年輕、更有活力的基恩先生。糖果的滋味就和從前一樣好。

「你那時年紀太小，不會記得巴比．湯姆森一九五一年季後賽為巨人隊擊出的那支全壘打，」基恩先生說：「你應該才四歲。幾年後，報紙有一篇報導提到那場比賽，說紐約大約有一百萬人宣稱自己那天就坐在場邊觀戰。」基恩先生嚼著甘草糖，嘴角流出一點黑色的唾沫。他用手帕仔細抹掉口水。我們就坐在藥房後方的辦公室，因為諾柏特．基恩雖然高齡八十五歲，已經退休十年了，仍然在為經營藥房的孫子管帳。

「布雷德利幫的事情完全相反！」他高聲說道，雖然臉上帶著笑，卻沒有開心的感覺，而是憤世嫉俗，冷冷地回憶著。「那時德利的人口大約兩萬，主大街和運河街的柏油路已經鋪好四年，但堪薩斯街還沒，每到夏天便是塵土飛揚，三月和十一月則是泥濘一片。每年六月和七月四日，市長就會對上哩丘的居民灌迷湯，說市府會幫堪薩斯街鋪柏油，但一直到一九四二年才兌現……我剛才說到哪裡？」

「當時德利市的居民大約兩萬。」我立刻接口說。

「喔，對呀。嗯，那兩萬名居民當中，可能一半都過世了，甚至更多。五十年是一段很長的時間，而德利市的人又很容易早死。可能是空氣的緣故。不過，那些活下來的人，我認為會承認布雷德利幫鬧事那天自己在城裡的人可能不到十個。我猜賣肉的布契．羅登可能會老實說。他有其中一輛車的相片，就掛在他切肉的地方的牆上。從相片裡你很難看出來那是車子。夏洛特．利托菲爾德要是心情好，可能會透露一、兩件事。她目前在教高中，當時應該不超過十或十二歲，但我敢打賭她記得很多。卡爾．史諾……奧柏瑞．史戴西……艾本．史坦尼爾……還有那個在瓦利酒吧徹夜喝酒畫好笑圖畫的傢伙——我記得他叫皮克曼——他們會記得他叫什麼。他們那天都在……」

他沒有把話說完，默默看著手裡的甘草糖罐。我很想戳他叫他講下去，但還是忍住了。

半晌之後，他說：「大多數人都會撒謊，我是說，就像那些謊稱自己親眼目睹巴比．湯姆森擊出全壘打的人一樣。但後者說謊是因為希望自己在現場，前者撒謊卻是因為希望自己那天不在德利。你懂我的意思嗎，小子？」

我點點頭。

「你真的想聽下去？」基恩先生問我：「你看起來有點緊張，小麥先生。」

「我不想聽，」我說：「但我想我最好聽下去。」

「好吧。」基恩先生溫和地說。那天是我的回憶日。他之前遞甘草糖罐給我，讓我忽然想起我爸媽在我小時候常聽的一個廣播節目：尋人大王基恩先生。

「警長那天也在德利沒錯。他本來要去獵鳥，但拉爾．馬亨跟他說艾爾．布雷德利下午會來之後，他馬上改變了主意。」

「馬亨怎麼會知道？」我問。

「呃，這件事也很有意思，」基恩先生說，臉上再次出現嘲諷的笑容。「布雷德利從來不是聯邦調查局的頭號公敵，但他們還是想逮住他——從一九二八年左右開始，我想是為了證明自己

的能力。艾爾．布雷德利和他弟弟喬治在美國中西部搶了六、七家銀行，還綁架一名銀行家要求贖金。但贖金付了——三萬美元，這在當時是大數目——銀行家還是慘遭撕票。

「當時美國中西部開始掃蕩幫派分子，於是艾爾、喬治和他們的手下便往東北移動，朝德利市這裡發展。他們在新港市邊緣租了一間大農舍，離現在的魯林農場不遠。

「那是一九二九年，時值盛夏，可能是七月或八月，甚至九月初……我不曉得確切的時間。他們一共八個人——艾爾．布雷德利、喬治．布雷德利、喬伊．康克林和他弟弟卡爾，還有一個叫做亞瑟．馬洛伊的愛爾蘭佬，大夥兒都叫他爬行耶穌，因為他雖然得了近視，卻只有必要時才會戴眼鏡。派崔克．高第，來自芝加哥的年輕人，據說是殺人魔，但長得俊俏挺拔。另外還有兩個女人，凱蒂．唐納修和瑪莉．豪瑟。凱蒂是喬治．布雷德利的老婆，瑪莉則是高第的女人，但根據後來的傳聞，她有時也和其他人睡。

「他們躲到這裡，以為既然遠離印第安納州就不用怕了，其實完全搞錯了。

「他們低調了一陣子，接著就無聊了，決定再度出馬。他們武器充足，但彈藥有點不夠，於是便在十月七日坐著兩輛車來德利市。派崔克．高第和兩個女人上街買東西，其他人則是跑到馬亨的體育用品店。凱蒂．唐納修在佛里斯百貨買了一件洋裝，兩天後就穿著那件衣服喪命。

「拉爾．馬亨等在店裡。他後來死於一九五九年，因為太胖了，從以前就是。但他的眼睛可沒問題。他說他一眼就看出進來的人是艾爾．布雷德利。他覺得他也認出了其他人，但直到馬洛伊戴上眼鏡好看清楚玻璃櫃陳列的刀子，他才確定是他。

「艾爾．布雷德利走到他面前說：『我們想買一點子彈。』

「『嘿，』拉爾．馬亨說：『那你們來對地方了。』

「布雷德利遞給他一張紙，拉爾拿起來讀了。那張紙現在找不到了，起碼就我所知是不見了，但拉爾說他看完之後全身的血都涼了。他們要點三八口徑子彈五百發、點四五子彈八百發、點五〇子彈六十發——那種子彈根本已經停產了——裝有獵鹿彈和獵鳥彈的獵槍子彈、點二二短槍和長槍子彈各一千發，外加——聽好了——一萬六千發點四五口徑的機關槍子彈。」

「天哪！」我說。

基恩先生又露出嘲諷的微笑，將甘草糖罐遞給我。我先搖頭拒絕，但還是拿了一顆。

「『這筆訂單還真了不得啊！』拉爾說。

「『拜託，艾爾，』爬行耶穌馬洛伊說：『我早就跟你說在這種小地方拿不到我們要的東西的。我們去班格爾吧。那裡也不會有那麼多彈藥，但起碼值得去走走。』

「『等一下，』拉爾說，語氣鎮定到了極點：『這麼好的買賣，我可不想讓給班格爾的那個猶太佬。我現在就能給你們點二二口徑的子彈，還有獵槍子彈，外加點三八和點四五口徑的子彈各一百發。剩下的——』拉爾半閉眼睛，手指輕敲下巴，好像在計算時間。『我後天給你，如何？』

「布雷德利笑得合不攏嘴，大讚好極了。卡爾．康克林說他還是想去班格爾，但被其他人否決了。『如果你沒把握準時交貨，最好現在就說，』艾爾．布雷德利對拉爾說：『因為我平常是個好人，但生氣起來可是沒有人敢惹我，聽懂沒有？』

「『我知道，』拉爾說：『我會把彈藥都準備好的。請問您是——』

「『瑞德，』布雷德利說：『理查德．瑞德，敬請指教。』

「他伸出手，拉爾笑著和他握手。『很高興認識您，瑞德先生。』

「接著，布雷德利問他什麼時候過來取貨，拉爾．馬亨立刻回答說兩點如何？那幾名歹徒說好，接著就閃人了。拉爾目送他們離開，看見他們在人行道上跟高第和兩個女的碰頭。拉爾也認出高第來了。

「所以，」基恩先生目光炯炯看著我說：「你覺得拉爾怎麼做了？報警嗎？」

「我想他沒有報警，」我說：「根據之後發生的事情來看，應該是這樣。換成是我，我就算斷了腿也會打電話。」

「也許你會，也許你不會。」基恩先生依然目光炯炯，露出嘲諷的微笑，讓我打了個哆嗦，因為我知道他是什麼意思……而他知道我曉得。沉重的事物一旦開始滾動就無法停止，要在平坦地面滾動夠久才能讓動能消失。擋在前面只會被輾過去……而且它還是不會停。

「也許你會，也許你不會。」基恩先生又說了一次。「但我可以跟你說拉爾．馬亨怎麼做。那一天和隔天，只要他認識的人（男人）走進店裡，他就會告訴對方，說他知道是誰在新港和德利交界的森林裡獵鹿、獵松雞了。是布雷德利那一票人。他很有把握，因為他認出他們了。他說布雷德利和他手下明天會來拿剩下的貨，說他答應布雷德利給他所需的彈藥，而且他打算信守承諾。」

「有多少？」我問。我覺得自己被他閃閃發亮的眼神催眠了。忽然間，後房裡乾燥的氣味——藥物、藥粉、曼秀雷敦、維克斯傷風膏和諾比舒咳咳嗽糖漿的味道——突然令人窒息……但我寧可憋氣至死，也不想離開。

「你是問拉爾跟多少人說了？」基恩先生問。

我點點頭。

「我不確定，」基恩先生說：「我又沒有守在那裡算。我想就他覺得可以信任的人吧。」

「他可以信任的人。」我喃喃自語，聲音有一點乾。

「是呀，」基恩先生說：「德利人嘛，你知道，有種的人不多。」他說完這個老笑話就笑了。

「布雷德利幫造訪拉爾隔天，我十點左右去他店裡找他幫忙，看我送洗的底片好了沒——那時馬亨還賣相機和沖印相片——但拿到相片後，我又跟他說我也想買溫徹斯特手槍的子彈。

「『小子，你也想打幾槍是吧？』拉爾將子彈遞給我，一邊問道。

「『是啊，說不定還能解決幾個混蛋呢。』我說，說完我和他都笑了，」基恩先生笑著猛拍他細瘦的大腿，彷彿這依然是他聽過最好笑的笑話一樣。他彎身向前，拍了拍我的膝蓋說：「小夥子，我想說的是，話很快就傳開了。德利市很小，你知道。只要講給對的人聽，話就會傳出去……懂嗎？要不要再來一顆甘草糖？」

我伸出麻痺的手指拿了一顆。

「愈吃愈胖，」基恩先生說完呵呵笑了。他忽然顯得老態龍鍾……老到極點，雙焦點眼鏡滑下削瘦的鼻梁，臉頰的皮膚又緊又薄，擠不出皺紋。

「隔天我帶著手槍到我店裡，鮑伯．坦納——我之後的助手都沒有他勤快——也帶了他老爸的獵槍來。十一點左右，葛瑞格里．寇爾進來買汽水，腰帶上就插著一把柯爾特點四五手槍！

「『可別打到自己的鳥蛋啊，小葛。』我說。

「我大老遠從米爾福德的森林裡趕過來，而且他媽的還宿醉，』葛瑞格里說：『我猜日落之前應該可以打掉某人的鳥蛋吧。』

「下午一點半左右，我在店門口掛上寫著『馬上回來，請稍待』的看板，然後帶著手槍走到店後頭的理查德巷。我問鮑伯．坦納要不要一起來，他說他最好先把艾默森太太的藥搞定，然後再和我會合。『留個活口給我，基恩先生。』他說，但我說我不敢保證。

「運河街上幾乎空空蕩蕩，沒有人也沒有車，只偶爾有貨車經過而已。我看見傑克．潘奈特過馬路，兩手各拿著一支步槍。他遇見安迪．克里斯，兩人一起走到戰爭紀念碑遺址所在地的長椅旁，你知道，就是運河潛入地底那裡。

「皮帝．凡內斯、艾爾．尼爾和吉米．戈登都坐在法院外的台階上，從籃子裡拿三明治和水果吃，交換對方喜歡的食物，就像學校裡的小孩一樣。他們身上都帶著武器。吉米．戈登那把一次大戰的春田老槍看起來比他個頭還大。

「我看見一個小孩朝上哩丘走，應該是札克．鄧布洛吧，就是你死黨——後來成為作家的那位——的父親。基督科學書屋的肯尼．波頓在窗邊說：『你最好趕快離開，孩子，這裡就要槍戰了。』札克看了他一眼，立刻拔腿就跑。

「附近到處都是男人，帶著槍站在門口、坐在台階上或看著窗外。葛瑞格里．寇爾坐在門口，點四五手槍放在腿上，二十多發子彈有如玩具兵擺在他身旁。布魯斯．傑格麥爾和瑞典佬歐拉夫．特拉門尼斯站在畢朱戲院門口遮簷的陰影底下。」

基恩先生看著我，但不在我身上。他的目光不再尖銳，而是帶著回憶的迷濛，有如想起生命最快樂的時光一般溫柔。或許是他擊出的第一支全壘打、釣到的第一條大得值得留下的鱒魚或第一次躺在女人身旁。

「我記得我聽見風聲，小子，」他夢囈般的說：「我記得聽見風聲和法院的鐘敲了兩響。鮑伯．坦納走到我身後，我緊張得差點轟掉他的腦袋。

「他向我點點頭，接著便越過馬路走到凡諾克乾貨店，身後拖著影子。

「你心想兩點十分了，可是什麼都沒發生。兩點十五、兩點二十，你一定以為大家都會鳥獸散了，對吧？可是沒有。大家都待著沒走，因為——」

「因為你們知道他們一定會來，對吧？」

他眼睛一亮，有如聽到學生的答案很滿意的老師。「沒錯！」他說：「我們都知道。沒有人說，也不需要說。沒有人說：『好吧，我們就等到二十分，要是他們還沒來，我就得回去工作了』之類的話。所有人都按兵不動。兩點廿五分左右，那兩輛車出現在上哩丘，從路口彎了過來。兩輛車一紅一深藍，康克林兄弟、派崔克．高第和瑪莉．豪瑟坐雪佛蘭，布雷德利兄弟、馬洛伊和凱蒂．唐納修坐在凱迪拉克的拉撒勒上。

「他們順利經過路口，但艾爾．布雷德利忽然猛踩煞車，讓後頭的高第差一點撞上他。街上太靜了，艾爾立刻察覺事有蹊蹺。他是頭野獸，而四年鼬鼠般的逃亡生活讓他變得非常警覺。

「他打開車門，站在踏板上左右張望一番，接著朝高第做出撤退的手勢。高第問說：『怎麼了，老大？』我聽得清清楚楚，那天我只聽見他們說了這句話。我還記得看見陽光一閃，是小鏡子的反光。豪瑟那小妞正在鼻子上補粉。

「就在這時，拉爾．馬亨和他的幫手畢夫．馬羅從店裡跑出來。『手舉起來，布雷德利，你們被包圍了！』拉爾大吼。布雷德利還來不及轉頭，拉爾就開始掃射了。起初都沒打中，但不久便擊中布雷德利的肩膀。彈孔立刻冒出鮮血，布雷德利抓住車門邊鑽進車裡，打檔倒車。所有人開始瘋狂開槍。

「槍戰大約四、五分鐘就結束了，但感覺很久、很久。皮帝、艾爾和吉米坐在法院台階上沒有起身，直接朝雪佛蘭車尾掃射。我看見鮑伯．坦納單膝跪地，拿著老步槍不斷上膛濫射。傑格麥爾和特拉門尼斯在戲院遮簷下對著拉撒勒的左邊車身開槍，葛瑞格里．寇爾站在水溝裡，雙手握著點四五自動手槍，飛快扣動扳機。

「街上大概有五、六十人同時射擊。拉爾．馬亨事後在他店面磚牆上挖出三十六個彈殼，而且那時槍戰已經過了三天，幾乎所有人都用袖珍刀挖走一顆彈殼當作紀念品之後了。槍戰最激烈

的時候，感覺就像馬恩河會戰一樣，馬亨店面的窗戶都被槍擊震碎了。

「布雷德利將車子掉轉一百八十度，雖然動作很快，但等他轉完圈，四個輪胎都被子彈打爆了，車頭燈被擊碎，擋風玻璃也沒了。爬行耶穌馬洛伊和喬治·布雷德利在後座窗邊向外開槍，我看見一發子彈擊中馬洛伊的脖子，打出一個大洞。他又開了兩槍，隨即雙臂癱軟，整個人摔出車窗外。

「高第想要掉轉車頭，結果撞上拉撒勒的車尾。走到這一步，孩子，他們已經沒戲唱了。雪佛蘭的前擋板和拉撒勒的後擋板卡在一起動彈不得，他們不可能駕車逃逸了。

「喬伊·康克林從後座出來，站在路口中央，雙手各拿著一把手槍，開始瘋狂濫射，朝傑克·潘奈特和安迪·克里斯開槍。兩人從長椅摔落到草地上，安迪不停大喊：『我中槍了！我中槍了！』其實他幾乎毫髮未傷，他們倆都是。

「喬伊·康克林將手上兩支槍的子彈都打完了才中槍。他的外套向後甩，褲子像被看不見的縫紉女工扯動似的往上拉，頭上的稻草帽飛掉了，露出他中分的頭髮。他將一支槍夾在腋下，想幫另一支槍裝子彈，結果被某人從下方射中了雙腿，讓他應聲倒地。肯尼·波頓事後宣稱是他擊斃喬伊的，但沒辦法證實，任何人都有可能。

「喬伊的弟弟卡爾跟著走出來。喬伊倒下不久，他也頭部中彈，有如一噸磚頭似的重重倒在地上。

「瑪莉·豪瑟走出車外，可能想投降吧，我不曉得。她的右手仍然拿著幫鼻子撲粉的化妝鏡。我記得她在尖叫，但幾乎聽不見，因為周圍槍林彈雨。化妝鏡從她手中彈開，瑪莉想躲回車裡，可是臀部中了一槍，但還是勉強掙扎著爬回車內。

「艾爾·布雷德利拚命迴轉車頭，最後總算讓車子掙脫了。他開了十英尺左右保險桿才掉下來。

「所有人拚命開槍，車窗都被擊碎了，一塊擋泥板掉在馬路上。馬洛伊的屍體掛在車外，但布雷德利兄弟還活著。喬治從後座開槍，他的老婆死在他身旁，一隻眼睛被打穿了。

「艾爾．布雷德利將車開到大路口，接著便衝上人行道停住了。他離開車子，開始朝運河街跑，結果被打成了蜂窩。

「派崔克．高第從雪佛蘭下來，似乎打算投降，沒想到卻從腋下的槍套裡掏出一把點三八手槍。他似乎開了三槍，毫無目標亂射，接著襯衫便起火撕裂了。他身體貼著雪佛蘭的車身往下滑，跌坐在腳踏板上。他又開了一槍，就我所知只有那一槍打到了人。子彈擊中某個東西，反彈擦過葛瑞格里．寇爾的手背。後來寇爾每回喝醉就會炫耀手上的傷疤，直到有人——可能是艾爾．尼爾——將他拉到一旁，跟他說最好別再講布雷德利幫的事情，他才不再提起。

「瑪莉．豪瑟再次下車，這回肯定想投降，因為她高舉雙手。我想當時沒有人想殺她，但車外槍林彈雨，她走出來正好遇上。

「喬治．布雷德利逃到戰爭紀念碑旁的長椅邊，被人用獵槍打爆了腦袋，倒在地上一命嗚呼，褲了都尿濕了……」

我從罐子裡又拿了一顆利口糖，幾乎沒察覺自己在做什麼。

「所有人繼續朝車子開槍開了一分鐘左右才放慢下來，」基恩先生說：「男人一旦殺得興起，就很難平復。這時，我轉頭看見蘇利文警長站在法院台階上，尼爾他們後面，拿著瑞明頓步槍朝被打爛的雪佛蘭猛射。別相信其他人說的，說警長當時不在現場。我諾柏特．基恩在這裡告訴你，他當然在。

「停火之後，那兩輛車已經不成車形，變成兩堆廢鐵，碎玻璃散落一地。大家開始朝車子走去，沒有人開口，四下只聽得見風聲和鞋子踩到碎玻璃的聲音。就在這時，有人開始拍照了。記住一件事，孩子，只要有人開始拍照，就表示事情結束了。」

基恩先生看著我，椅子前後搖晃，拖鞋輕輕敲著地板。

「德利《新聞報》的報導完全不是這麼一回事。」我只能這麼說。針對那天的事件，報紙頭條只寫著「州警和聯邦幹員聯手，激戰擊斃布雷德利幫成員」，副標題是「地方警力提供支援」。

「那還用說，」基恩先生開心笑著說：「我親眼看見《新聞報》發行人梅克．拉夫林朝喬伊．康克林打了兩輪子彈。」

「天哪！」我呢喃道。

「還要吃甘草糖嗎，孩子？」

「夠了，」我舔舔嘴唇說：「基恩先生，事情鬧得這麼……這麼大，怎麼可能蓋得下去？」

「不是掩蓋，」他說，似乎很意外我會這麼說：「只是沒有什麼人提起，而且老實講，有誰在乎？那天中槍的又不是總統或第一夫人。這就跟打死瘋狗一樣沒什麼大不了的。你不幹掉牠們，就會被牠們幹掉。」

「那兩個女的呢？」

「都是婊子，」他漠然地說：「再說這裡是德利，又不是紐約或芝加哥。發生在哪裡就和發生了什麼一樣重要，孩子。這就是洛杉磯地震死了十二個人會上頭條，中東某個蠻荒國家有人殺死三千個人不會的原因。」

再說，這件事發生在德利。

我之前就聽過這說法，我想要是再往下問，應該還會聽到……不斷聽到。他們說這話的語氣，就像在對智障講話。就像你問他們為什麼人走路會貼在地上，他們回答「因為重力」一樣，彷彿這是人人都能瞭解的自然法則。當然，最糟的是，我眞的瞭解。

我還有一個問題要問諾柏特·基恩。

「槍戰開始之後，您有看到任何您不認識的人嗎？」

基恩先生的答案來得飛快，讓我體溫瞬間降了十度，起碼我這麼感覺。「你是說小丑嗎？你怎麼會知道他的，孩子？」

「喔，我聽人家說的。」我說。

「我只瞄到他一眼。槍戰升溫之後，我就很投入了，只四下張望過一次，看見他就站在畢朱戲院的遮簷底下，在那些瑞典佬身後，」基恩先生說：「他穿得完全不像小丑，身上一件農夫圍兜，底下是棉質襯衫，不過臉和小丑一樣上了白色油彩，還有一張血盆大口，加上一撮一撮的假髮，你知道，橘色的，感覺很滑稽。

「拉爾·馬亨從來沒見過那傢伙，但畢夫見過。只是畢夫一定糊塗了，因為他以為小丑是在左邊公寓的某扇窗戶後頭，可是我問吉米·戈登——他後來死在珍珠港，你知道，和船一起沉的，我記得是加利福尼亞號——他卻說小丑站在戰爭紀念碑後面。」

基恩先生搖搖頭，微微一笑。

「人遇到大事的反應有時很可笑，他們事後記得的事情有時更可笑。你會聽到十六個版本，沒有兩個完全吻合，例如小丑拿的槍——」

「槍？」我問：「他也有開槍？」

「是呀，」基恩先生回答：「我記得瞄到他的時候，他手上好像拿著溫徹斯特連發獵槍，但我後來才察覺應該是我自己這麼覺得，因為我拿的正是溫徹斯特獵槍。畢夫·馬羅以為小丑拿的

是瑞明頓，因為他拿的是瑞明頓。我問吉米，吉米說小丑拿的是老式春田槍。很有趣吧，嗯？」

「是很有趣，」我勉強擠出回答。「基恩先生……你們難道不會好奇一個小丑怎麼會出現在那裡嗎？尤其還穿著農夫的圍兜？」

「那還用說，」基恩先生說：「出現小丑是沒什麼，你知道，但我們當然覺得很好奇。大多數人認為那傢伙想參一腳，但不想被人認出來。也許是市議員，例如霍斯特．穆勒，甚至是崔斯．納格勒，當時的市長。也可能是專業人士，不想暴露身分，例如醫生或律師。穿成那樣，就算是我老爸我也不認得。」

他說完輕輕一笑，我問他笑什麼。

「也可能他真的是小丑，」他回答：「一九二〇、三〇年代，義茲鄉村市集的時間比現在早得多。布雷德利幫喪命時，正好是市集的最高峰。市集有小丑，也許其中一個聽說我們這裡有好玩的，就決定來湊熱鬧。」

他朝我乾笑一聲。

「我差不多說完了，」他說：「但我想再告訴你一件事，因為你看來真的很感興趣，而且聽得很專注。這件事是畢夫．馬羅十六年後說的。我們在班格爾的派洛特酒吧喝啤酒，他忽然就講出來了。他說小丑幾乎整個人從窗戶探出來，他不敢相信他竟然沒摔出來。小丑不只探出頭、肩膀和手臂，畢夫說他連膝蓋都在窗外，整個人懸在半空中，一邊往下射擊布雷德利幫的車，一邊咧開血盆大口狂笑。根據畢夫的說法，『他簡直就像盒子裡蹦出來嚇人的小丑。』」

「好像飄在空中一樣。」我說。

「是呀，」基恩先生說：「畢夫還說了一件事，說那件事在槍戰之後困擾了他好幾個星期，他很想告訴人，但就是到了嘴邊出不來，宛如停在皮膚上的蚊子或飛蠓。他說他有天晚上起床小便的時候，終於明白那傢伙是什麼了。他一邊對著馬桶撒尿，一邊胡思亂想，忽然想到槍戰發生在下午兩點二十五分，當時日正當中，但小丑卻沒有影子，完全沒有。」

PART FOUR

一九五八年七月

你昏昏欲睡，等待我，等待
大火，而我
看見了你，被你的美所撼動
被你的美所撼動
震撼
——威廉．卡羅斯．威廉斯，〈派特森〉

我穿著生日服降生
醫師打了我的臀
說：你將是個特別的孩子
親愛的小娃兒。
——席德尼．希米恩，〈我的小娃兒〉

第十三章　末日大戰

1

威廉最早到。他坐在閱覽室門口進來的扶手椅上，看麥可接待那天晚上的最後幾名讀者——一名老婦人抱著好幾本平裝本怪誕小說、一名男子拿著一本講述美國南北戰爭的歷史巨冊，還有一個瘦巴巴的小夥子想要借一本塑膠封面一角貼著「限借七日」標籤的小說。威廉發現那本小說是他的最新作品，卻一點也不意外或驚喜。他覺得自己已經過了驚喜的年紀，而意外只不過是信以爲眞、但終究是夢的現實。

穿著用金色大別針別住的蘇格蘭裙的漂亮女孩（**天哪，威廉心想，我好久沒有看到這種裙子了，難道又開始流行了？**）將零錢投進影印機裡，複印抽印本，一邊望著櫃台後方的大擺鐘。所有聲音都像圖書館一樣柔和、一樣舒服：鞋底和鞋跟輕輕踩在紅黑兩色塑膠地板上的吱嘎聲、時鐘單調的滴答聲，還有彷彿貓咪嗚嗚叫的影印聲。

年輕女孩影印完畢，開始整理印好的紙頁。拿著威廉·鄧布洛小說的男孩走到她面前。

「瑪莉，妳把影印好的東西放在桌上就好，」麥可說：「我會處理。」

她露出感激的微笑。「謝謝你，漢倫先生。」

「晚安，瑪莉。晚安，比利。你們兩個趕快回家吧。」

「小心點，否則妖怪就會……來抓妳！」瘦小子比利一邊唱著，一邊佔有似的摟住女孩的纖腰。

「呃，我想妖怪不會要你們這兩個醜八怪的，」麥可說：「但還是小心點。」

「我們會的，漢倫先生，」瑪莉認眞回答，輕輕搥了男孩肩膀一拳。「走啦，醜八怪。」她說完呵呵嬌笑，瞬間便從一個還算迷人的美麗高中女生變成充滿活力又不笨拙的十一歲女孩，就像當年的貝芙莉・馬許……兩人走過他面前，威廉被她的美麗深深撼動……同時覺得恐懼。他很想上前告訴那個男孩，叮嚀他走有路燈的馬路回家，聽見有人說話不要轉頭張望。**先生，溜滑板怎麼可能小心**，一個聲音在他腦中說，威廉露出大人才有的遺憾微笑。

他看見男孩幫女孩開門，兩人走進連廊，身體貼得更近了。威廉敢用比利夾在腋下的那本小說的版稅打賭，那男孩會在推開大門之前偷吻女孩。**不吻就是笨蛋，比利小子，**威廉心想，**平安送她回家吧。老天保佑，好好送她回家！**

麥可喊道：「我馬上就好，威老大，等我把東西歸檔。」

威廉點點頭，蹺起二郎腿，腿上的紙袋沙沙作響。袋子裡有一瓶波本酒，威廉發現自己這輩子從來沒有這麼想喝酒過。這裡如果沒有冰塊，至少有水。不過以他現在的狀態，水也只要一點點就夠了。

他想起靠在麥可家車庫牆邊的銀仔，接著很自然想起他們（除了麥可）在荒原相遇的那一天。每個人都重述了自己的遭遇：門廊下的痲瘋鬼、走在冰面上的木乃伊、排水管裡的血、死在儲水塔裡的男孩、會動的相片，還有在荒蕪街上追趕小男孩的狼人。

他現在想起來了，七月四日前一天，他們走到荒原的更裡面。那天市區很熱，但坎都斯齊格河東岸的糾結樹叢裡卻很涼爽。他想起不遠處有一根水泥涵管，發出的嗡鳴聲很像女孩剛才操作的影印機。威廉想起那個聲音，還有其他夥伴講完自己的遭遇之後，一起看著他的神情。

他們希望他告訴他們接下來該怎麼做、如何行動，但他根本不曉得。不知道的感覺讓他絕望。

他看著麥可的巨大影子映在閱覽室的深色板牆上，忽然恍然大悟：他當時會不曉得怎麼辦，是因爲七月三日下午碰面時，他們還沒到齊。到齊是後來的事，在垃圾場後方的礫石坑。從那裡可以輕鬆爬出荒原，要到堪薩斯街或梅利特街都很容易，其實就在現在的州際高架橋附近。那個礫石坑沒有名字，已經存在很久了，邊緣很容易崩塌，長滿雜草和灌木，但還是彈藥充足，絕對夠打一場石頭大戰。

但在此之前，在坎都斯齊格河邊，他不曉得該說什麼——他們希望他說什麼？他想說什麼？他想起自己環顧他們的臉龐——班恩、貝芙莉、艾迪、史丹利、理查德。他想起那個音樂。小理查德。「呼啪、隆啪……」音樂。輕輕的。還有他眼中的光芒。他想起那光芒，因爲

2

理查德靠著最低矮的樹枝，並且將電晶體收音機掛在樹枝上。他們雖然在樹蔭底下，但陽光還是照在坎都斯齊格河上，反射到收音機的鍍鉻表面上，再照進他的眼裡。

「把收、收音機拿、拿開，小、小理，」威廉說：「我快被弄、弄瞎了。」

「沒問題，威老大。」理查德立刻答應，將收音機拿下來，完全沒耍嘴皮子，而且還把收音機關了。但威廉希望他沒關，因為這讓寂靜變得非常明顯，只剩河水潺潺和排水設備的低鳴聲。他們全都望著他，他很想叫他們看別的地方。他們以為他是誰？怪胎嗎？

但他當然不能那麼做，因為他們都在等他告訴他們該怎麼做。他們發現了可怕的事，需要他告訴他們該怎麼辦。爲什麼是我？他很想對他們大吼，但他當然知道為什麼。因為不管他願不願意，他都被推上這個位子了。因為他是出點子的人，因為他弟弟被那個不知道是什麼的東西奪走

了。最重要的是，因為他是威老大，即使他不曉得自己怎麼會當上這個角色。

他瞄了貝芙莉一眼，隨即倉皇避開她眼中鎮定的信任。看著貝芙莉讓他有一種奇怪的感覺，在腹中騷動著。

最後，他總算開口說：「我們不、不能報、報警。」他覺得自己說得太大聲、太衝了。「也不、不能找爸、爸爸媽媽，除非……」他滿懷希望看著理查德：「你爸、爸媽呢，四眼田雞？他們感、感覺還滿、滿正常的。」

「天老爺啊，」理查德用「土豆管家」的聲音說：「你顯然對我的父母親一無所知，他們——」

「好好講，小理。」坐在班恩身旁的艾迪說。他會坐在班恩身旁，純粹是因為班恩的影子夠大，能讓他遮蔭。他的臉龐看來瘦小、憔悴又擔憂，像個老頭。他右手抓著氣喘噴劑。

「他們覺得我該進杜松嶺了。」理查德說。他這天戴著舊眼鏡，因為他前一天拿著開心果霜淇淋從德利冰淇淋店離開時，被亨利．鮑爾斯的朋友賈德．傑格麥爾從後面偷襲了。那傢伙比理查德重了四十磅，雙手交握一拳打在理查德的背上，一邊大吼：「抓到了，換你當鬼！」理查德摔到水溝裡，眼鏡和霜淇淋都掉了。他母親火冒三丈，完全不相信他的解釋。

「我看根本就是你在胡鬧，」她說：「說真的，理查德，你以為我們家有一棵眼鏡樹嗎？舊的弄壞了，只要到那棵樹上再摘一副就好？」

「可是，媽，是那個小孩推我。他跑到我背後，那個大塊頭推我——」理查德快哭了。他母親不相信他，比被賈德．傑格麥爾推進水溝更讓他難過。那傢伙笨得要命，家裡根本懶得讓他暑修。

「我不要再聽你胡扯了，」瑪姬．托齊爾冷冷地說：「改天看到你爸連續三天熬夜加班累得像條狗的時候，你最好多想一想，理查德。想想你幹的好事。」

「可是，媽——」

「我說別再講了。」她語氣又兇又堅決，更糟的是還帶著哽咽。她走出房間，不久就聽見電視機的音量開得非常大。理查德一個人可憐兮兮地坐在餐桌旁。

想起這段往事讓理查德又搖了搖頭。「我家人是還好，但他們絕對不可能相信這種事。」

「那有、有其、其他人嗎？」

威廉多年後想起來，他們四處張望，好像在找一個不存在的人似的。

「誰？」史丹利疑心地問：「我想不到還有誰能信任。」

「我、我也是。」威廉困擾地說。六人陷入沉默，威廉思考接下來該說什麼。

3

如果有人問他，班恩．漢斯康一定會說窩囊廢俱樂部中，亨利．鮑爾斯最恨的人就是他，因為他害他從堪薩斯街跌到荒原，因為他和理查德、貝芙莉在阿拉丁戲院順利脫逃，更重要的是他不讓亨利抄考卷，害他必須暑修，惹得人稱瘋狂屠夫鮑爾斯的他父親勃然大怒。

如果有人問他，理查德．托齊爾一定會說亨利最恨的人是他，因為他在佛里斯百貨騙過了亨利和他兩個爪牙。

史丹利．尤里斯會說亨利最討厭他，因為他是猶太人（史丹利三年級時，亨利五年級，有一回用雪洗史丹利的臉，把他洗到流血，讓他又痛又怕，歇斯底里尖叫）。

威廉．鄧布洛認為亨利最憎恨他，因為他很瘦，因為他口吃，因為他喜歡穿得整整齊齊（德利小學四月職業日那天，威廉打了領帶出席，亨利大喊：「你、你們看那、那個操他媽、媽的娘、娘娘腔！」那天還沒結束，威廉的領帶已經被人扯掉，扔到憲章街的行道樹上）。

亨利確實痛恨他們四個，但在七月三日那一天，高居亨利憎惡排行榜第一名的小孩卻不是窩囊廢俱樂部的成員，而是一個叫麥可．漢倫、住在鮑爾斯農場四分之一英里外的黑人男孩。

亨利的父親人如其名，百分之百是個瘋子，本名叫奧斯卡．鮑爾斯。他將自己家計、身體和心理的困難全都怪罪給漢倫家，尤其是麥可的父親。他老是告訴自己的兒子和新朋友，是威爾．漢倫害他關進郡監獄的。有一年，他和漢倫家的雞突然全數暴斃。「誰不曉得他是為了詐領保險金，」鮑爾斯一邊說，一邊使出旁比利船長在本保上將酒吧裡的挑釁眼神看著大家，彷彿在說：誰敢插嘴試試看。「他找了幾個朋友串供，害我只好把車賣了。」

「誰替他撒謊，爸爸？」亨利八歲那年曾經忿忿不平地問。他告訴自己，長大之後要將這些混蛋揪出來，全身塗滿蜂蜜放到蟻丘上，就像畢朱戲院週六下午播映的西部電影一樣。

由於亨利百聽不厭（但要是你問鮑爾斯，他會說兒子本來就該這樣），鮑爾斯便拚命灌輸仇恨與冤屈給兒子。他告訴亨利雖然黑人都很笨，但有些黑人還很狡猾，而且骨子裡都憎恨白人，想要佔白種女人便宜。他說，也許漢倫覬覦的不只是保險金。也許他將雞隻暴斃怪在鮑爾斯頭上，是因為鮑爾斯的雞隻產量高居第二。總之，事情是那傢伙幹的，絕對錯不了，而且他之後又到城裡找了一狗票同情黑鬼的白人幫他串供，威脅鮑爾斯花錢賠償，否則就要送他進州立監獄。「這還不夠明顯嗎？」鮑爾斯會對著瞪大雙眼默默聆聽、脖子髒兮兮的兒子說：「這還不明顯嗎？我為了國家去打日本鬼子，像我這樣的人多得是，但郡裡只有他一個黑人。」

雞隻暴斃事件之後，不幸接踵而來——迪瑞牌拖拉機故障了，耙子在北邊農田耕作時壞了，他脖子燙傷發炎生瘡，切除後又再次感染，最後只好開刀。與此同時，那個黑鬼卻用髒錢和他削價競爭，搶走他的客人。

面對一連串指控，亨利耳中只聽見兩個字，就是黑鬼、黑鬼、黑鬼。一切都是黑鬼的錯。黑鬼有美麗的白色房子，家裡有兩層樓，還有油爐，而鮑爾斯一家住的房子卻比防水紙糊成的小屋好不了多少。鮑爾斯務農掙不夠錢，只好去當伐木工人，這是黑鬼的錯。他們家的井在一九五六年乾涸了，也是黑鬼的錯。

那一年亨利十歲。漢倫家養了一條狗叫「奇普先生」，亨利開始餵牠燉骨頭和洋芋片，讓狗每次聽見他喊牠，就會搖著尾巴跑過來。等牠習慣了亨利和亨利餵的食物後，亨利有一天餵牠吃撒了殺蟲藥的漢堡。他存了三星期的錢到卡斯特洛超市買肉，殺蟲藥則是從家裡後院小屋拿的。

奇普先生只吃了一半就停了。「再吃啊，把它吃完，黑鬼狗。」亨利說。奇普先生搖動尾巴。亨利從一開始就叫牠「黑鬼狗」，所以狗以為這是牠的另一個名字。毒藥發作後，亨利拿出一條曬衣繩，將奇普先生拴在樺樹上，讓牠不能逃回家，接著便坐在陽光曬暖的扁平大石上，雙手托著下巴看狗死掉。狗過了很久才翹辮子，但亨利覺得很值得。斷氣前，奇普先生開始抽搐，綠色的唾沫從嘴邊滴落。

「怎麼樣，黑鬼狗？」亨利問，狗轉動垂死的眼珠看著亨利，試著搖動尾巴。「喜歡今天的午餐嗎，你這個狗屎蛋？」

奇普先生斷氣後，亨利解開曬衣繩，回家跟父親說自己做了什麼。鮑爾斯那時已經瘋得非常厲害，一年後差點把妻子打死，逼得她離家出走。亨利也很害怕父親，有時甚至恨他入骨，但又很愛他。那天下午講完自己的作為後，他覺得自己終於發現如何討父親歡心了，因為父親拍拍他的背（力道大得差點讓亨利摔倒），帶他到起居室賞了他一瓶啤酒。那是亨利頭一回喝啤酒。從此之後，啤酒的滋味總會喚起美好的感覺，喚起勝利感和愛。

「幹得很好。」亨利的瘋子老爸說。他們互敲棕色啤酒瓶，開始痛飲。就亨利所知，那一家黑鬼始終不曉得狗是誰殺的，但他想他們心裡有數。他希望他們最好心裡有數。

窩囊廢俱樂部的成員之前只是見過麥可——城裡就他一個黑人小孩，要是沒見過才有鬼——不過僅此而已，因為麥可沒有唸德利小學。他母親是虔誠的浸信會信徒，把他送到內波特街教會學校唸書，除了地理、閱讀和算術之外，還得上聖經導讀，學習「無神時代的十誡意義」之類的主題，分成小組討論日常道德難題，例如看到好友在店裡偷東西或聽見老師瀆神時，應該怎麼辦。

麥可覺得教會學校還不壞。他偶爾會隱約覺得自己錯過了什麼——和同齡小孩互動吧——但他願意等到高中再說。想到未來讓他有一點焦慮，因為他的皮膚是棕黑色的。不過就他觀察，城裡人對他父母親都很好，因此他覺得自己只要與人為善，別人也會對他好。

唯一的例外，當然就是亨利．鮑爾斯。

雖然他極力掩飾，但他一直很怕亨利。一九五八年，麥可長得瘦而結實，個子比史丹利．尤里斯高，但還比不上威廉．鄧布洛。他身手敏捷，讓他不只一次躲過亨利的魔掌，何況兩人上的是不同學校，加上年齡差距，因此很少面對面接觸。麥可很努力保持距離，因此說來諷刺，雖然亨利在德利最討厭的人就是麥可．漢倫，但麥可卻比窩囊廢俱樂部的孩子更少被欺負。

喔，他當然不是毫髮無傷。毒死小狗的隔年春天，亨利有天躲進樹叢，在麥可走路進城上圖書館的途中偷襲他。三月底天氣溫和，很適合騎腳踏車，但那時威奇漢街過了鮑爾斯家之後還是泥巴路，因此泥濘得很，騎車很不方便。

「哈囉，黑鬼。」亨利從樹叢裡冒出來，笑著對麥可說。

麥可後退半步，緊張地左右張望一眼，想找機會逃跑。他知道只要想辦法繞過亨利，就能靠速度贏過對方。亨利雖然又高又壯，但動作緩慢，又不靈活。

「我想的是黑人，」亨利朝個頭比他小的麥可逼近：「你還不夠黑，但我可以搞定。」

麥可瞄了左邊一眼，身體朝左邊一晃。亨利上鉤了，整個人朝左邊撲去，快得猛得來不及煞車。麥可靠著天生神速，身體俐落一轉便朝右邊衝（高二那年，他進了美式足球校隊擔任後衛，要不是高三撞斷腿，他肯定能打破校隊的得分紀錄）。要不是泥巴誤事，他早就輕鬆閃過亨利了。泥巴很滑，麥可滑倒膝蓋跪地，還沒來得及站起來，亨利已經撲了上來。

「黑鬼黑鬼黑鬼！」亨利將麥可壓倒，發出宗教狂喜般的叫聲。麥可感覺泥巴滲入他襯衫的背部和褲子，鑽進他鞋子裡。但他沒有哭。直到亨利將泥巴抹在他臉上，塞住鼻孔，他才開始落淚。

「這下你變黑了！」亨利興奮大吼，將泥巴抹到麥可的頭髮上。「這下你眞的變黑了！」他撩起麥可的府綢夾克和T恤，將泥巴抹在他身上，直到肚臍眼。「現在你和半夜一樣黑了！」亨利發出勝利的怒吼，將泥巴灌進麥可的耳中，接著站起來，雙手扠腰叫囂道：「你們家的狗是我殺的，小鬼！」但麥可耳朵塞著泥巴，又在啜泣，所以沒有聽見。

亨利踹了一團泥巴到麥可身上，接著便轉身頭也不回地回家了。過了一會兒，麥可站起來，也開始朝家裡走，一邊啜泣著。

他母親當然氣壞了。她要威爾．漢倫打電話給波頓警長，叫他在太陽下山之前趕到鮑爾斯家抓人。「他之前就找過小麥麻煩，」麥可聽見母親說道。他坐在浴缸裡，父母親在廚房。他已經換過一缸水了，因為他才剛踩進浴缸坐下來，熱水就變黑了。母親氣得講起德州方言，用麥可幾乎聽不懂的濃重口音對父親大吼：「用法律制裁他，威爾．漢倫！他欺負狗，又欺負小孩！用法律治他，聽到沒有？」

威爾聽到了，但沒有照做。等她總算冷靜下來（那時已經是晚上，麥可也睡著兩小時了），威爾重新跟她分析了一次人生現實。波頓警長和蘇利文不一樣。要是雞隻暴斃事件發生的時候，波頓是警長，他絕對拿不到兩百美元賠償金，只能乖乖認命。有些人會挺你，有些人不會。波頓是後者。老實講，他根本是軟腳蝦。

「那小孩之前的確找過麥可麻煩，」他對潔西卡說：「但不算頻繁，因為麥可對亨利·鮑爾斯很小心。有了這次經驗，麥可會更當心。」

「你是說你打算就這樣罷手？」

「我猜鮑爾斯跟他兒子說了我們之間的恩怨，」威爾說：「導致他兒子恨透了我們一家三口，而且他還說痛恨黑鬼是天經地義的事。就這麼簡單。我沒辦法改變我們的兒子是黑鬼的事實，也無法向妳保證亨利·鮑爾斯是最後一個因為他的膚色而找他麻煩的人。他這輩子都得面對這一點，就像我，還有妳也是。妳讓他去上的那所基督教小學，有個老師告訴他們黑人比不上白人，因為挪亞酒醉赤身裸體，他兒子含盯著他看，另外兩個兒子則轉頭避開，所以含的子孫世世代代只能當伐木工和挑水夫。小麥說老師講到這段故事的時候，眼睛一直看著他。」

潔西卡神情哀戚，默默看著丈夫，兩行淚水緩緩滑落臉頰。「難道真的沒辦法擺脫嗎？」

威爾的回答很溫和，但無可轉圜。在那個年代，妻子完全信任丈夫，而潔西卡沒有理由懷疑威爾騙她。

「沒有。我們永遠擺脫不了黑鬼兩個字，不管是現在，抑或是妳我生活的這個世界。來自緬因州鄉下的黑鬼還是黑鬼。我曾經不只一次想過，我之所以回到德利，就是因為只有在這裡才能牢牢記住我是黑鬼。不過，我還是會跟那孩子談一談。」

隔天早上，威爾把麥可從穀倉裡叫了出來。他坐在犁軛上，拍了拍旁邊要兒子坐下。

「你最好離亨利·鮑爾斯遠一點。」他說。

麥可點點頭。

「他父親是個瘋子。」

麥可又點點頭。城裡的人也這麼說，而他見過鮑爾斯先生幾次，更加強了幾分可信度。

「不是有一點瘋，」威爾點了一根手捲菸，看著兒子說：「他離喪心病狂大概只差三步遠吧。從戰場上回來就是這樣了。」

「我覺得亨利也瘋了。」麥可說，聲音很低，但很堅決。這讓威爾更下定決心……不過，即使他一生坎坷，差點被活活燒死在一個叫做黑點的狗屁鳥地方，他還是很難相信亨利那樣的小孩會那麼瘋狂。

「唉，他聽太多他父親的瘋話了，不過那很自然。」威爾說，但他兒子的感覺比較對。不管是父親的潛移默化，或某種內在因素的影響，亨利．鮑爾斯確實正緩緩走向瘋癲之路。

「我也不希望你逃一輩子，」他父親說：「但因為你是黑鬼，所以注定會多災多難，你懂我的意思嗎？」

「我懂，爸爸。」麥可說。他想起同學鮑伯．高提耶曾經跟他說黑鬼不可能是罵人的話，因為他父親天天在講。不僅如此，黑鬼其實是誇人的話。因為只要電視《週五打鬥夜》裡的拳手受到重擊而沒有倒地，他老爸就會說：「那傢伙腦袋硬得跟黑鬼一樣。」如果有人拚命工作（也就是高提耶先生眼中那些做牛做馬的人），他就會說：「那人幹活和黑鬼一樣。」鮑伯說：「而且我父親和你爸一樣是虔誠的基督徒。」鮑伯穿著二手雪衣，白皙瑟縮的臉龐包在掉毛的兜帽裡。麥可看見他一臉認真，心裡沒有半點憤怒，而是悲傷得想哭。他看見鮑伯神情真誠和善，但他只覺得寂寞、疏離，在他和鮑伯之間有著震耳欲聾的空無。

「我知道你懂我的意思，」威爾摸摸兒子的頭髮說：「重點是你必須小心選擇自己的態度，必須問自己是不是值得為了亨利．鮑爾斯惹麻煩。他值得你這麼做嗎？」

「不值得，」麥可說：「我想不值得。」他過了很久才改變主意。正確的時間是一九五八年七月三日。

4

當亨利．鮑爾斯、維克多．克里斯、貝奇．哈金斯、彼得．戈登和腦袋有一點問題的高中生史帝夫．謝德勒（大家都叫他麋鹿，那是漫畫《阿奇》裡的一個角色）追著氣喘吁吁的麥可．漢倫，從調車場一路追趕到半英里外的荒原時，威廉和窩囊廢俱樂部的其他成員還坐在坎都斯齊格河邊，思考那個可怕的問題。

後來，威廉終於打破沉默說：「我知、知道牠、牠在哪、哪裡，」

「在下水道裡。」史丹利說。這時忽然傳出滋的一聲，把所有人都嚇了一跳。只見艾迪將噴劑放回腿上，露出歉疚的笑容。

威廉點點頭。「幾、幾天前、前的晚上，我問過我、我爸下水、水道的事。」

「這一帶原本全是沼澤，」札克對兒子說：「最早的住民在沼澤最泥濘的地方設立了現在的市中心，從中央街和主大街鑽入地底直到貝西公園才出來的那段運河，其實只是碰巧成了坎都斯齊格河的排水渠道。渠道通常是乾的，但春天雪融或洪水來的時候就很重要……」他頓了一下，可能想起去年秋天奪走他的幼子性命的那場洪水。「因為有幫浦。」他把話說完。

「幫、幫浦？」威廉問，下意識地將頭轉開，因為他結結巴巴發ㄅ音的時候，弄得口沫四濺。

「抽水幫浦，」他父親說：「在荒原那裡，突出地面大約三英尺的那些水泥管裡頭。」

「班、班恩說那、那是莫洛、洛克洞。」威廉笑著說。

札克也笑了……但不像往常那麼燦爛。他們父子倆在工作間，札克心不在焉地轉著椅子的木楯。「其實那叫水窩幫浦，孩子，」他說：「那些水泥管大約十呎深，當坡度減緩或微升時，就會抽吸污水和漂流物。那些設備都很老舊了，早就該更新了，但只要這個議題在預算會議搬上檯面，市府就會喊窮。我下去幫機器重裝電線不曉得多少次，裡面穢物都堆到我膝蓋了……但你聽這些做什麼呢，威廉？還是去看電視吧，我記得今天晚上有《修葛福特》。」

「我想、想聽。」威廉說，不只因為他推斷出德利市地底藏著很可怕的東西，還有別的原因。

「你為什麼想知道排水幫浦的事？」札克問。

「學、學校報、報告。」威廉瞎掰道。

「學校放假了。」

「下、下學年。」

「噯，這個題目很無聊，」札克說：「你老師可能會讀到睡著，給你不及格。好吧，這條是坎都斯齊格河——」他在覆著薄薄一層木屑的帶鋸桌上畫了一條直線。「這裡是荒原。市中心地勢比住宅區低，也就是比堪薩斯街、老岬區和西百老匯一帶低，所以市中心的污水多半得用幫浦抽送到河裡，住宅區的廢水則會自行流入荒原，這樣你懂嗎？」

「我、我懂。」威廉說著挨近父親，肩膀貼著他的手臂，好看清楚他畫的圖。

「他們遲早會停止將廢水抽進河裡，到時就不需要幫浦了。不過幫浦目前還在……你那個好朋友都叫它什麼？」

「莫洛克洞。」威廉說，完全沒有口吃。但他自己和父親都沒有察覺。

「對，幫浦就在莫洛克洞裡頭，而且運作正常，除非下大雨或河水暴漲。因為重力排水道和幫浦下水道雖然是兩個系統，其實交錯在一起，你懂嗎？」札克畫了一串X，從代表坎都斯齊格河的那條直線向外輻射。威廉點點頭。「反正你只要記得一件事，就是水會往它可以去的地方流。只要水位高漲，就會灌進排水溝和下水道。一旦水位高過幫浦，幫浦就會短路，我就倒楣了，因為我得修理它們。」

「爸爸，下水、水道和排、排水溝有多、多大？」

「你是說口徑嗎？」

威廉點點頭。

「主排水溝的直徑可能有六英尺，住宅區的次排水溝則是三、四英尺，我想，有些可能稍微大一點。相信我，威廉，告訴你那些朋友也無妨：絕對不要走進那些管子裡，無論好玩、冒險或什麼原因都不行。」

「為什麼？」

「因為大約從一八八五年起，歷任十幾屆市政府都不斷修建排水系統。大蕭條時期，公共工程局也修築了全套次級和三級排水系統。那個年代公共工程經費很多。但修築計畫負責人在二次大戰中喪生了，五年後，水利局發現藍圖幾乎全都不見了。快九磅重的藍圖就這麼在一九三七年到五〇年之間平空消失了。我想說的是，沒有人知道那些該死的排水溝和下水道的路線，也沒人知道設計原理。

「沒事的時候，沒有人在乎。但只要出狀況，德利水利局就有三、四個倒楣蟲得去找出哪個幫浦淹水，哪裡阻塞了。他們都會帶午餐下去。那裡又暗又臭，還有老鼠。這些都是遠離那裡的好理由，但最重要的是你們可能會迷路，之前就發生過這種事。」

在德利地底迷路，迷失在下水道裡，在黑暗中迷路。威廉想到就覺得太悽慘、太可怕，忍不住沉默了半晌。接著他說：「可是，難道他們從、從來沒有派人下去繪製——」

「我得把暗楯做完，」札克突然說了一句，接著便轉身離開。「你回屋裡去看電視吧。」

「可、可是，爸、爸爸——」

「去吧，小威。」札克說。威廉再度感覺到父親的冷酷，就像晚餐時父親兀自翻閱電子期刊（他希望明年升職），母親讀英國懸疑小說（從馬許、薩耶斯、殷內斯到艾林漢，一本接一本讀個沒完）的那種冷酷，讓吃飯成為一場折磨，讓威廉食之無味，感覺就像品嘗沒有放進爐子裡解凍的食物。有時吃完飯後，他會回房躺在床上，雙手抱著發疼的肚子，心裡想：他雙手握拳打在柱子上，依然堅持自己看到鬼了。這句話是他母親在喬治死前兩年教威廉唸的，但喬治死後，他愈來愈常想起它，彷彿護身咒似的。白天他會走到母親身邊唸這句話給她聽，沒有打結或口吃，眼睛直直望著她。這時，冷酷便會散去，她會眼神發亮，抱著他說：「太棒了，小威！你真是好孩子！你真是好孩子！」

他當然沒對任何人提過這些，而是將之深藏心中，任誰都無法逼他開口，酷刑毒打也不會招認。那句話是他母親隨口教他的。某個週六早上，他和喬仔正在看蓋伊．麥迪森和安迪．德文主演的《希考克歷險記》，母親臨時想到就教他說了。要是他能輕鬆說出那句話，太陽就打西邊出來，而睡美人也能從冰冷的夢境中回到溫暖世界，得到王子的愛了。

他雙手握拳打在柱子上，依然堅持自己看到鬼了。

七月三日那天，他也沒有將這些告訴好友，只將父親說的關於德利市下水道和排水系統的事告訴他們。他是個天生善於編造事物的孩子，有時甚至比說實話還容易。他大大改動了父子對話的地點，跟他們說他和老爸坐在電視機前面，喝著咖啡一邊聊天。

「你爸准你喝咖啡？」艾迪問。

「當、當然。」威廉說。

「哇，」艾迪說：「我媽絕對不會讓我喝咖啡，她說裡頭有咖啡因很危險。」他頓一下又說：「但她自己喝得很兇。」

「我想喝咖啡就喝咖啡，我爸不會管，」貝芙莉說：「但他要是知道我抽菸，一定會殺了我。」

「你怎麼確定牠在排水溝裡呢？」理查德問。他看看威廉、看看史丹利，然後又看著威廉。

「因、因為所、所有東西都、都回到那、那裡，」威廉說：「貝、貝芙莉聽、聽到的聲、聲音來自排、排水管，還有、有血。小丑追、追我們的時、時候，橘色的釦、釦子在下、下水道、道邊。還有喬、喬治——」

「那不是小丑，威老大，」理查德說：「我之前就跟你說了。我知道很離譜，但我們看到的是狼人。」他看著其他夥伴，一副為自己辯駁的樣子。「我對天發誓，我親眼看到的。」

威廉說：「那、那是你看、看到的。」

「啊？」

威廉說：「你還、還不明、明白嗎？你看、看到狼、狼人，因為你、你在戲院看、看了那部蠢、蠢電影。」

「我不懂。」

「我想我懂了。」班恩默默地說。

「我到圖、圖書館查、查了，」威廉說：「我覺得牠是葛、葛拉——」他停頓片刻，喉嚨緊繃，接著一口氣說出來：「葛拉魔。」

「葛拉莫？」艾迪不確定地問。

「葛、葛拉魔，」威廉字正腔圓說了一遍，接著說他在百科全書讀到一則相關條目，還在一本叫做《黑夜真相》的書裡讀到一章。他說葛拉魔是蓋爾人給在德利出沒的怪物的稱號，其他種族和文化在不同時期則用不同的名稱來叫牠。大平原印第安人稱牠為蠻尼托，有時會以獅子、麋鹿或老鷹的形象出現。他們相信蠻尼托的魂靈可以進入人體，讓他們能將雲朵塑造成他們的住處所代表的動物的形狀。喜馬拉雅人稱牠為塔勒斯或泰勒斯，意思是能夠讀取人心，然後變成某人最害怕的事物的邪惡魔法。中歐人稱牠為艾拉克，是伍德拉克（亦即吸血鬼）的兄弟。法國人稱牠為變形怪，可以變形成任何東西，包括狼、羊、老鷹，甚至蟲子。

「那些文章有教你怎麼打敗葛拉魔嗎？」貝芙莉問。

威廉點點頭，但表情不怎麼樂觀。「喜、喜馬拉雅人有一、一種驅、驅魔儀式能、能對付、付牠，但很、很恐怖。」

其他孩子看著他，不想聽又不得不聽。

「那、那個儀、儀式叫做Chüd，」威廉說完開始解釋，假如你是喜馬拉雅人的聖者，就得追捕塔勒斯。塔勒斯伸出舌頭，你也伸出舌頭，兩個人舌頭相疊，然後互相咬住，眼睛盯著眼睛，像釘在一起一樣。

「喔，我覺得我快吐了。」貝芙莉在地上打滾說。班恩怯生生地輕拍她的背，隨即轉頭看有沒有人在看他。沒有，其他孩子都入神地看著威廉。

「然後呢？」艾迪問。

「呃，」威廉說：「聽、聽起來很、很離譜，但書、書上說接、接下來你就、就講笑、笑話和謎、謎語。」

「什麼?」史丹利問。

威廉點點頭，露出記者那種想讓人知道（但不會直說）他只是實話實說，而非瞎編的神情。

「沒、沒錯，塔、塔勒斯先、先說，然、然後你、你說，就這、這樣輪、輪流。」貝芙莉坐起身子，膝蓋抵著胸口，雙手抱著小腿說：「兩個人的舌頭纏在一起要怎麼說話？我不懂。」

理查德立刻吐出舌頭，用手指抓住，然後開始說：「我爸在糞坑幹活！」雖然這個笑話很蠢，但所有人都笑了。

「可、可能是心、心電感、感應，」威廉說：「總、總之，如果人、人先笑、笑出聲，即使很、很——」

「很痛？」史丹利問。

威廉點點頭。「那塔勒斯就、就會殺了他，把、把他吃了。吃掉他、他的靈、靈魂吧。但要是人讓、讓塔、塔勒斯先笑，牠就得、得消失一、一百年。」

「那本書有提到這種怪物是從哪裡來的嗎？」班恩問。

威廉搖搖頭。

「你相信書上說的嗎？」史丹利問，感覺很想一笑置之，卻沒有道德和心理上的勇氣那麼做。

威廉聳聳肩。「我幾、幾乎信了。」他似乎還想說什麼，但最後只是搖搖頭，什麼也沒說。

「這說明了很多事情，」艾迪緩緩說道：「小丑、痲瘋鬼、狼人……」他轉頭看著史丹利。「還有那些死小孩，我想。」

「聽起來這是專門為了理查德．托齊爾安排的工作，」理查德用新聞播報員的聲音說：「笑話和謎語大王，能講一千個笑話和六千個謎語。」

「要是派你去，我們就完了，」班恩說：「而且會死得又慢又痛苦。」所有人又笑了。

「所以我們該怎麼辦？」史丹利問，但威廉還是只能搖頭……雖然他覺得自己心裡有數。史丹利站起來說：「我們去別的地方吧，我屁股坐得好痛。」

「我喜歡這裡，」貝芙莉說：「這裡很陰涼、很舒服。」她看了史丹利一眼。「但我猜你想做一點孩子氣的事，例如去垃圾場用石頭砸瓶子。」

「我想用石頭砸瓶子，」理查德站到史丹利身邊說：「請叫我詹姆斯·狄恩，寶貝。」他豎起領子，開始像《養子不教誰之過》裡的詹姆斯·狄恩一樣昂首闊步。「他們傷害我，」他抓著胸膛，目光憂鬱地說：「你知道，我的父母，學校，這個社——會，都是壓力，寶貝，是——」

「是狗屁。」貝芙莉嘆了一口氣說。

「我有鞭炮。」史丹利說完便從後口袋拿出一盒黑貓牌爆竹，所有人立刻忘了葛拉魔、巒尼托和理查德模仿得很爛的詹姆斯·狄恩，連威廉都大吃一驚。

「天、天哪，小、小史，你哪裡來、來的鞭、鞭炮？」

「從一個和我去同一個猶太教堂的胖小孩那裡拿的，」史丹利說：「我用幾本超人和小露露漫畫跟他換的。」

「我們去放鞭炮吧！」理查德興奮大喊，感覺像中風一樣。「我們去放炮吧，小史！我保證不會跟別人說你和你老爸殺了耶穌，怎麼樣？我會跟他們說你的鼻子很小，小史！我會跟他們說你沒割包皮！」

貝芙莉聽了尖聲大笑，差點真的笑到中風，忍不住用手摀臉。威廉笑了，艾迪笑了，沒多久連史丹利都笑了。笑聲飄過坎都斯齊格河清淺的遼闊河面，帶著夏日的氣氛，和河面倒映的陽光一樣燦爛。他們完全沒發現左邊光禿禿的薔薇和黑莓樹叢裡，有一雙橘色眼眸正盯著他們。樹叢在岸邊綿延三十英尺，中央有一個莫洛克洞，那雙眼睛就是從凸出的水泥管裡往外望，每一隻眼睛的直徑超過兩英尺。

5

七月三日那天，麥可會被亨利．鮑爾斯和他的陰沉手下纏住，是因為隔天就是美國國慶日。麥可在教會小學的樂隊擔任伸縮號手，國慶日當天會參加年度的假日遊行，演奏〈共和國戰歌〉、〈基督精兵前進〉和〈美哉美利堅〉。麥可非常期待這一天，已經期待一個多月了。因為腳踏車的鍊條壞了，所以他走路到學校做最後一次排練。排練兩點半才開始，但他一點就出門了，因為他想先擦拭放在音樂教室裡的伸縮號，希望把它擦得閃閃發亮。雖然他吹奏伸縮號的技巧不比理查德的模仿好到哪裡去，但他很喜歡這個樂器，心情不好的時候，只要吹個半小時的蘇沙進行曲、聖歌或愛國歌曲，就能讓他開心起來。麥可在卡其襯衫口袋塞了一罐薩德勒銅蠟，牛仔褲後口袋塞了兩、三條乾淨的破布，心裡完全沒有想到亨利．鮑爾斯。

他走到內波特街的教會小學附近。要是他有回頭，肯定會立刻改變主意，因為亨利、維克多、貝奇、彼得．戈登和「麋鹿」薩德勒就走在他後頭。要是他們晚五分鐘離開鮑爾斯家，麥可就會越過山頭，他們就不會看見他，而那場石頭大戰和後續發生的一切可能都會改觀，甚至不會發生。

然而多年以後，麥可卻主張那年夏天發生的一切，都不是他們能控制的。就算有運氣和自由意志的成分，他們所扮演的角色也微不足道。他已經在重逢午餐會上向同伴提到不少可疑的巧合，但至少有一件事他沒有察覺。那就是史丹利拿出黑貓牌鞭炮，讓窩囊廢俱樂部決定散會，一起到垃圾場去放鞭炮，而維克多和貝奇一行人會去鮑爾斯家，也是因為亨利有沖天炮、紅球爆竹和M-80（幾年後，持有M-80變成了聯邦重罪）。這群少年打算到調車場的煤坑施放亨利的寶藏。

這群小鬼很少去鮑爾斯家的農場，連貝奇也一樣。不只因為亨利的瘋子老爸，也因為去了總是得幫亨利幹活，從拔草、撿不完的石頭、搬木頭、挑水、捆紮乾草到收割當季的作物（豆子、小黃瓜、番茄或馬鈴薯）什麼都做。他們不是討厭幹活，但他們自己家裡事情也很多，沒必要為亨利的怪老爸賣命，更何況他時常六親不認，見人就打（克里斯有一回拖著一籃番茄到路邊的攤位，結果打翻了，被亨利的老爸拿著木柴痛打一頓）。被人用木棍打已經夠糟了，更糟的是「屠夫」鮑爾斯還一邊大喊「我要殺光你們這些日本鬼子！殺光你們這些日本鬼子！」

貝奇．哈金斯笨歸笨，但他兩年前對維克多說過一句話說得很好：「我才不跟瘋子攪和。」維克多聽了點頭直笑。

然而，鞭炮就像海妖塞倫的歌聲一樣令人無法抗拒。

那天早上，亨利九點打電話給維克多，約他出門。他說：「好吧，亨利，我們下午一點左右在煤坑見，你說如何？」

「你下午一點到煤坑肯定看不到我，」亨利說：「我有太多雜務要幹。你三點到的話，我會在，不過你就等著第一發M-80朝你屁眼射吧，小維。」

維克多遲疑片刻，答應到鮑爾斯家幫忙。

其他夥伴也來了，五個大男孩在鮑爾斯家的農場拚命幹活，中午剛過就把所有差事做完了。亨利問父親可不可以出去玩，他老爸只朝他懶洋洋地揮了揮手。鮑爾斯坐在後陽台的搖椅上，牛奶瓶裝著蘋果酒擺在椅子邊，菲可收音機放在陽台欄杆上（那天下午，紅襪隊預定和華盛頓議員隊交手，不瘋的人聽到這個消息都會不寒而慄），腿上擺著一把日本武士刀，他說是他在塔拉瓦島從一個快死的日本鬼子身上拔出來的紀念品（其實是他在火奴魯魯用六瓶百威啤酒和三根排檔桿換來的）。他那陣子只要一喝酒就會拿出武士刀，包括亨利在內的所有小孩都覺得他遲早會拿來砍人，因此看到刀子擺在他腿上，覺得最好離他遠一點。

他們剛走到馬路上，亨利就看見麥可．漢倫在前面。「是那個黑鬼！」他說，眼睛就像想到耶誕老人就要來的小孩一樣閃閃發亮。

「黑鬼？」貝奇．哈金斯一臉困惑——他很少見到漢倫家的人——接著他突然眼睛一亮說：「喔，那個黑鬼啊！我們去抓他，亨利！」

貝奇大步前進，其他人也跟上去，但亨利一把抓住貝奇，將他拉了回來。說到追逐麥可．漢倫這件事，亨利比他們都有經驗。他知道說得簡單，做起來難，那黑人小鬼可會跑的。

「他沒看到我們，我們只要快步追上去就好，縮短距離。」

他們這麼做了。從路人的眼光來看應該很有趣，他們五個走路的樣子就像參加奧運競走比賽似的，「麋鹿」薩德勒的啤酒肚在德利高中的T恤裡上下晃動，貝奇汗流滿面，臉一下就紅了。但他們和麥可愈來愈近，兩百碼、一百五十、一百，而小黑桑波始終沒回頭。他們聽見他在吹口哨。

「你打算怎麼對付他，亨利？」維克多低聲問道。他好像很感興趣，其實是很擔心。他最近愈來愈擔心亨利。他不介意亨利叫他們痛揍漢倫家的小鬼一頓，甚至扯掉他的襯衫，將他的褲子和內衣褲扔到樹上，但維克多不確定這樣就能滿足亨利。他們今年和那群綽號「小狗屎蛋」的小學生已經有過幾次不愉快的接觸。亨利之前都能壓制他們、嚇壞他們，但從三月以來他就一直吃癟。亨利和他的死黨追過其中一個小鬼，四眼田雞托齊爾，他們一路追進佛里斯百貨，以為他插翅難飛，沒想到卻讓他逃掉了。再來是學校結業式那天，漢斯康家的那個小鬼——

維克多不想再想下去。

他的擔心很簡單：亨利可能會玩過頭。維克多不想去想「過頭」可能是什麼……但他不安的心情一直讓他想到這個問題。

「我們抓住那小子，把他拖到煤坑去，」亨利說：「我想在他鞋子裡塞鞭炮，讓他跳舞。」

「你不會用M-80對吧，亨利？」

假如亨利想用M-80，維克多就會溜之大吉。M-80塞進鞋子裡會把那小黑鬼的腳炸掉，這麼做實在太過頭了。

「我只有四個M-80，」亨利說。他眼睛一直盯著麥可・漢倫。他們和他的距離已經只剩七十五碼，而且他聲音壓得很低。「你以為我會浪費兩個在那該死的黑鬼身上嗎？」

「不會，亨利，當然不會。」

「我們在他的平底鞋裡塞兩根黑貓就好，」亨利說：「接著把他扒光，把衣服丟到荒原裡。他去撿的時候，說不定會被毒藤刺傷。」

「我們還要把他扔進煤坑滾一滾，」貝奇說，黯然的眼睛忽然一亮：「好嗎，亨利，這樣夠酷吧？」

「酷斃了，」亨利漫不經心答道。維克多不是很喜歡他的語氣。「我們把那個小子推進煤坑，就像上次我把他推進泥巴裡一樣。然後……」亨利咧嘴微笑，露出才十二歲就開始蛀爛的牙齒。「然後我有事情要告訴他，我覺得他上一回沒聽清楚。」

「你說了什麼，亨利？」彼得問他。彼得・戈登很興奮，似乎很感興趣。他是德利市「好家庭」出身的孩子，住在西百老匯，再過兩年就會被送到葛洛頓的預科學校——起碼七月三日那天他是這麼認為的。他比維克多．克里斯聰明，但和亨利混得不夠久，還不曉得亨利壞到什麼程度。

「你等一下就知道了，」亨利說：「現在給我閉嘴，我們離他很近了。」

他們離麥可只剩二十五碼。亨利正準備下令要大家一擁而上，「麋鹿」薩德勒卻放了一炮。他前一天晚上吃了三盤燉豆，這一聲屁幾乎和獵槍一樣響。

麥可回頭了。亨利看見他瞪大眼睛。

麥可呆立半秒，隨即轉身開始逃命。

6

窩囊廢俱樂部穿越荒原上的竹林，依序是威廉、理查德、貝芙莉（穿著藍牛仔褲和白色無袖上衣，腳踩便鞋，身段姣好走在理查德後面）、班恩（努力讓自己別喘得太大聲。雖然氣溫二十七度，他還是穿著鬆垮的運動外套）和史丹利。艾迪走在最後，噴劑的噴嘴從他褲子右前口袋露了出來。

威廉每回走到荒原的這一帶，常常會想像自己正在「叢林狩獵」，這會兒也不例外。竹林又高又白，遮住了他們的來路。地面又黑又濕，走起來咯吱作響，還有很多地方積水，必須避開或跳過去，免得泥巴跑進鞋子裡。水窪有如彩虹五顏六色，色澤詭異而黯淡。空氣裡有一股惡臭，一半來自垃圾場，一半來自腐爛的植物。

再過一個彎就到坎都斯齊格河了。威廉停下來，轉身對理查德說：「前、前面有老、老虎。」

理查德點點頭，回頭低聲對貝芙莉說：「有老虎。」

貝芙莉對班恩說：「有老虎。」

「會吃人的那種？」班恩問，屏住呼吸不讓自己喘氣。

「牠身上都是血。」貝芙莉說。

「會吃人的老虎。」班恩在史丹利耳邊說，史丹利將話傳給艾迪，艾迪瘦削的臉龐閃現強烈的興奮。

他們躲進竹林，離開環繞竹林的黑土小徑。老虎從他們面前走過，他們幾乎都看見牠了。龐然大物，可能有四百磅重，肌肉動作優雅而有力，斑紋表皮光滑如絲。他們幾乎看見牠的綠色眼眸，還有牠上回生吃俾格米戰士在口鼻留下的斑斑血跡。

竹葉輕輕騷動，聲音悅耳又古怪，隨即恢復寂靜。可能是夏日微風……也可能是非洲虎正朝荒原靠近老岬區的那一側走去。

「老虎走了。」威廉說完長長吐一口氣，走回小徑上，其他人也走出竹林。

只有理查德身上有武器。他掏出一支握把貼著膠帶的玩具槍。「要不是你剛才擋到我，威老大，我就能一槍打中牠了。」他恨恨地說，用槍管推了推鼻梁上的舊眼鏡。

「這、這裡有水、水牛，」威廉說：「不能冒、冒險驚動牠、牠們。你可不、不想被牠、牠們踩過去、去吧？」

「喔。」理查德被說服了。

威廉做出「走吧」的手勢，大家再度走回小徑。小徑愈往竹林盡頭愈窄，最後他們走出竹林，來到坎都斯齊格河的岸邊，只見幾塊墊腳石在河水中央，綿延到對岸。班恩之前教他們怎麼放墊腳石：先拿一塊大石頭扔進河裡，接著踩在第一塊石頭上，將第二塊石頭扔進河裡，然後踩著第二塊石頭，將第三塊石頭扔進河裡，依此類推，這樣過河（這時節的河水不到一呎深，而且有不少茶色的沙洲）就不會把腳弄濕。這個方法簡單得很，連嬰兒都會，但直到班恩告訴他們怎麼做，他們才恍然大悟。班恩很擅長這種東西，而且說明的時候不會讓你覺得自己是笨蛋。

他們魚貫走下河岸，踏到他們之前放的石塊上。

「小威！」貝芙莉著急地大喊。

威廉立刻停下來。他不敢回頭，伸出雙手維持平衡，河水在他四周潺潺流動。「怎麼了？」

「河裡有食人魚，我前兩天看到牠們吃掉一整頭牛。那隻牛掉進河裡一分鐘，就只剩下骨頭了。別摔下去！」

「好，」威廉說：「大家小心點。」

他們搖搖晃晃過河。艾迪．卡斯普布拉克走到河中間時，一輛貨運火車從河岸飛馳而過。汽笛聲忽然響起，嚇得他差點失去平衡。他看著閃亮的河面，在那有如飛箭射入他眼裡的反光裡，他似乎真的看見了食人魚在游動。艾迪很確定那些魚不是威廉「叢林狩獵」的想像。他看見的魚很像過大的金魚，有著類似鯰魚或鱸魚的醜陋下顎，鋸齒般的牙齒突出厚唇之外，和金魚一樣是橘色的，就像馬戲團小丑衣服上的絨毛鈕釦。

牠們在淺淺的河水裡圍成一圈，齜牙咧嘴。

艾迪揮舞雙臂，我就要摔下去了，他心想，我就要摔下去被牠們生吃了……

就在這時，史丹利牢牢抓住他的手臂，讓他重新站穩。

「好險，」史丹利說：「要是摔下去，你媽又要給你好看了。」

艾迪根本沒想到他母親。其他人已經走到對岸，正在數火車有幾節車廂。艾迪慌亂看了史丹利一眼，又低頭注視河水，只見一個洋芋片包裝袋從他眼前悠悠漂過，就這樣。他抬頭望著史丹利。

「史丹利，我剛才看見——」

「什麼？」

艾迪搖搖頭。「沒什麼，」他說：「我只是有一點緊張，我猜是老虎的關係。繼續走吧。」

(但牠們在那裡牠們在那裡牠們會把我活活吃掉)

坎都斯齊格河的西岸——鄰接老岬區那一岸——在雨季和春天雪融時總是泥濘不堪，但德利已經至少兩週沒有下雨，河岸一反常態顯得龜裂發光，幾根水泥涵管突出地面，在地上留下陰森的影子。二十碼外，一根涵管伸到坎都斯齊格河面上，一道看來很噁心的棕色水流涓涓灌入河中。

班恩輕聲說：「這裡讓人毛毛的。」其他人點頭同意。

威廉帶他們走過乾涸的河岸邊，然後再次進入濃密的灌木叢中。灌木叢裡蟲子和沙蚤鑽來鑽去，不時聽得見鳥兒振翅高飛。一隻松鼠從他們面前跑過，五分鐘後，他們爬上垃圾場後方的低矮山脊，一隻大老鼠從威廉眼前走過。牠沿著秘密通道在荒野小宇宙裡穿梭，鬍鬚裡還夾著一小張玻璃紙。

垃圾場的味道愈來愈強、愈來愈臭，一道黑煙裊裊升向天空。地面（除了他們走的小徑）仍然雜草叢生，開始出現散落的垃圾。威廉戲稱這些垃圾是垃圾場頭皮屑，理查德聽了很開心，差點笑到流眼淚。「你應該寫下來，威老大，」他說：「說得真好。」

樹枝上卡著廢紙，有如廉價三角旗迎風飄揚。雜草和灌木叢間有一堆廢錫罐，映著夏陽閃著銀光，還有一個碎啤酒瓶反光更刺眼。貝芙莉看見一個洋娃娃，塑膠皮膚粉紅發亮，感覺像煮沸一樣。她撿起洋娃娃，隨即尖叫一聲放開它，因為它發霉的裙子底下有一群灰白色的甲蟲蠕動著，往下爬到它腐爛的腿上。貝芙莉在牛仔褲上抹了抹手指。

他們爬到山脊上，俯瞰垃圾場。

「可惡。」威廉雙手插進口袋罵了一句，其他人圍在他身邊。

垃圾場北端正在燒垃圾，但管理員（他叫亞曼多．法奇歐，單身，朋友都叫他曼迪，是德利小學清潔工的哥哥）在他們這一邊，正在修理二次大戰留下來的D-9推土機。他都用這台機器將垃圾推成一堆，方便焚燒。他沒穿襯衫，一台大收音機擺在推土機駕駛座上方的帆布傘下，正在廣播紅襪隊和議員隊的賽前活動。

「現在不能下去，」班恩附和道。曼迪．法奇歐人不壞，但只要看到小孩跑來垃圾場，就會把他們趕走，因為這裡有老鼠，因為他固定會灑毒藥抑制老鼠的數量，因為小孩可能割傷、摔倒或燒傷……但最重要的是，他認為垃圾場不是小孩來的地方。「你們就不能乖一點嗎？」每當他看見小孩子拿著點二二手槍來這裡射擊罐子（或老鼠和海鷗）或幻想「垃圾堆尋寶」時，就會這樣對他們大吼。這裡還找得到能玩的玩具、修理一下可以給俱樂部用的椅子或映像管完好無缺的報廢電視——映像管被石頭砸碎會爆炸，很好看。「你們這群小鬼就不能乖一點嗎？」曼迪會這麼咆哮（不是因為生氣，而是他重聽又沒有配戴助聽器）：「老師在學校沒有教你們乖乖聽話嗎？乖小孩不會到垃圾場來玩！去公園！去圖書館！去活動中心玩迷你曲棍球！乖一點！」

「沒錯，」理查德說：「看來垃圾場沒戲唱了。」

他們在山脊坐了一會兒，看曼迪修理推土機，希望他會放棄，但其實不太相信他會離開。曼迪帶了收音機，就表示他打算待一下午。真是可惡，威廉心想，沒有比垃圾場更適合放鞭炮的地方了。他們可以把鞭炮放在錫罐底下，看鞭炮將罐子炸到空中，也可以點燃引信，將爆竹扔進瓶子裡，然後拔腿就跑。瓶子通常會破，但也不一定。

「真希望我們有M-80，」理查德嘆了口氣說，完全不曉得自己的腦袋很快就會被M-80打中了。

「我媽說人應該知足常樂。」艾迪一本正經地說，其他人都笑了。

笑聲止歇後，他們又都看著威廉。

威廉想了一下，說：「我知、知道一、一個地方，荒原盡、盡頭靠調、調車場那邊有、有一個舊的礫、礫石坑。」

「對！」史丹利說著站起來：「我知道那裡！你真是天才，小威！」

「那裡回聲很大。」貝芙莉贊同道。

「好啊，那我們走吧。」

於是他們六人（差一個就是神奇數字了）沿著環繞垃圾場的山脊走，曼迪抬頭瞄了一眼，看見他們的剪影映著天空，有如突襲的印第安人。他本來想吼他們——荒原不是小孩子去的地方——但還是回頭繼續工作。至少他們沒來垃圾場搗蛋。

7

麥可·漢倫馬不停蹄跑過教會小學，在內波特街上狂奔，朝德利火車站調車場跑去。教會小學的清潔工在，但傑德隆先生太老了，而且比曼迪·法奇歐還要耳背。再說他夏天喜歡躲在地下室的鍋爐旁邊（鍋爐夏天不運轉），腿上擺著德利市《新聞報》躺在破舊的躺椅上打盹。等他聽見麥可猛力敲門，大喊要他讓他進去，亨利·鮑爾斯早就追上來，把麥可的頭扭斷了。

所以麥可繼續跑。

但不是毫無方向：他試著調整速度，控制呼吸，沒有使盡全力。亨利、貝奇和薩德勒不是問

題。他們就算體力充沛，跑起來也像受傷的野牛。彼得．戈登和維克多．克里斯的速度就快多了。麥可跑過威廉和理查德遇見小丑（或狼人）的那間屋子時，回頭瞄了一眼，驚覺彼得．戈登就快追上他了。彼得咧嘴微笑——障礙賽跑或馬球選手的笑，笑得雀躍得意。麥可想，要是看見他們抓到我之後怎麼對付我，他還笑得出來嗎……難道他覺得他們只會說「逮到你了」，然後就放我走了嗎？

調車場大門的告示出現在眼前——私人產業，非請莫入——麥可不得不盡全力衝刺。現在還不會痛——他呼吸急促，但還在控制範圍內——但他知道再這樣跑下去遲早會開始難受。

大門半開著。麥可趁隙回頭看一眼，發現自己和彼得的距離又拉開了。維克多落後彼得大約十步，其他人則在四、五十碼之外。雖然只是匆匆回望，他依然看見亨利臉上怒氣沖沖。

麥可敏捷穿過大門開口，隨即一個轉身將門關好。他聽見大門喀噠鎖上。不久之後，彼得．戈登衝到鐵絲網邊，維克多也隨後趕到。彼得臉上的笑容沒了，變成一臉挫折。他開始尋找門閂，但當然找不到，因為門閂在裡面。

這時，他竟然喊道：「小鬼，快點把門打開，這樣不公平！」

「五個追一個，」麥可氣喘吁吁說：「你這樣也叫公平？」

「公平點。」彼得又說了一次，好像沒聽到麥可說什麼似的。

麥可看了維克多一眼，發現他目光困惑。他正想開口，其他人趕上來了。

「開門啊，黑鬼！」亨利咆哮道，一邊瘋狂搖晃鐵絲網。彼得沒想到他會這麼大力，滿臉驚詫望著他。「開門！快開門！」

「我不開。」麥可輕聲說。

「開門！」貝奇大吼：「開門哪，你這個黑皮鬼！」

麥可從門邊退開，心臟在胸膛裡猛跳。他從來不曾這麼害怕、這麼不安。他們貼著鐵絲網站成一排朝他咆哮，用他沒聽過的話罵他：黑豬、烏骨雞、黑桃、黑莓、小黑奴等等。他沒發現亨利伸手到口袋裡拿東西，用拇指指甲點了一根火柴。他只見到一個紅色圓球飛越鐵絲網，讓他本能後縮。櫻桃炸彈在他左邊炸開，頓時塵土飛揚。

爆炸聲讓所有人沉默下來。麥可隔著鐵絲網不可置信地望著他們，他們也愣愣望著他。彼得．戈登看來完全嚇壞了，就連貝奇也一臉驚訝。

他們開始怕他了，麥可忽然這麼想。他心裡出現一個新的聲音，之前可能未曾出現過，大人的令人不安的聲音：他們害怕了，但那依然阻止不了他們。你得快逃，小麥，不然就要出事了。他們之中可能有人不希望出事，例如維克多或彼得．戈登，但還是阻止不了，因爲亨利會讓它發生，所以逃吧，快點逃。

他又往後退了兩、三步。亨利．鮑爾斯說：「黑鬼，你家的狗是我殺的！」

麥可僵住了，肚子彷彿被保齡球打到似的。他望著亨利．鮑爾斯的眼睛，發現亨利說的是實話，奇普先生真的是他殺的。

麥可覺得自己似乎發現了永恆的真理。他看著亨利沾著汗水的發狂雙眼和氣得發黑的臉龐，忽然覺得自己頭一回明白了許多事情，而亨利比他想得還要瘋狂得多，只是其中最微不足道的一件事而已。麥可發現世事險惡，而明白這一點比世事險惡更讓他難過，讓他終於破口大罵：「你這個白皮狗雜種！」

亨利氣得尖叫，狠狠搥打鐵絲網，猴子似的用恐怖的蠻力爬上圍籬。麥可遲疑片刻，想確定心裡那個大人說的是不是真的。對，是真的。因為其他人猶豫了半秒鐘，也開始跟著爬鐵絲網。

眼前是三組並排的軌道。麥可越過第一組，球鞋踩在軌道之間弄得煤渣四濺。他絆到第二組軌道跌倒在地，覺得腳踝一陣劇痛，但還是爬起來繼續跑。亨利從圍籬頂端跳下來，麥可聽見他落地「啪」的一聲。「我來抓你了，黑鬼！」亨利咆哮道。

麥可推斷荒原是他唯一的機會了。只要逃到那兒，就能躲進濃密的灌木或竹林裡頭……萬一情勢危急，他還能鑽進排水涵管躲一躲。

他是能這麼做……但他胸中燃起一把怒火，完全壓抑了理性。他可以理解亨利為何一有機會就不放過他，但奇普先生呢？……他何必殺害奇普先生？我的狗又不是黑鬼，你這個白皮狗雜種，麥可邊跑邊想，不解的怒火愈燒愈旺。

他又聽見一個聲音，這回是他父親。我不希望你逃一輩子……重點是你得小心選擇自己的態度，必須問自己是不是值得爲了亨利．鮑爾斯惹麻煩……

麥可從調車場直線跑向半圓形庫房，庫房後方又是一道鐵絲網，隔開調車場和荒原。他原本打算硬爬圍籬，想辦法翻過去，但臨時決定改變方向，突然右轉朝礫石坑跑去。

一九三五年以前，這個礫石坑一直充當煤坑使用，途經德利的火車都在此補充燃料。之後煤炭被柴油取代，柴油又被電力取代。燃煤時代結束（剩下的燃煤很多都被人偷去當做暖爐的燃料了），一名包商幾年後在這裡開採礫石，但於一九五五年被捕，從此礫石坑就廢棄了。不過，坑洞周圍還是有鐵道環繞一圈再通回調車場，只是鐵軌早已生鏽黯淡，木樁腐朽，縫隙長滿雜草。礫石坑裡也是雜草蔓生，跟秋麒麟和低垂的向日葵搶奪地盤。除了植物，礫石坑裡還有許多當年俗稱「渣渣」的煤塊。

麥可一邊朝礫石坑跑，一邊脫下襯衫。他跑到坑緣回頭看，發現亨利才要越過鐵軌，幾名死黨跑在他身邊。應該還好。

麥可將襯衫當成布袋，火速抓了五、六把煤塊裝進去，接著跑回圍籬邊，雙臂甩動襯衫。他沒有翻越圍籬，而是背對它，將襯衫裡的煤塊抖出來，彎身拾起兩個煤塊。

亨利沒有注意到煤塊，只看見小黑鬼被堵在圍籬邊。他高聲咆哮，朝麥可撲了過去。

「混蛋，我要為狗報仇！」麥可大吼一聲，沒發現自己在哭。他猛力扔出一塊煤炭，煤炭直射而去，正中亨利的額頭發出砰的巨響，再彈到空中。亨利跪倒在地，雙手抱頭，鮮血立刻從他指間流出，彷彿法師的魔術。

其他人都愣住了，臉上露出難以置信的神情。亨利哀號著站起身來，雙手依然抱著腦袋。麥可又扔了一個煤塊，亨利側身閃過，開始朝麥可逼近。麥可扔出第三塊煤炭，亨利鬆開抱著頭的一隻手，輕輕一揮就將煤塊打到一邊。他咧嘴微笑。

「喔，等著瞧吧，」他說：「等著──哎，天哪！」亨利還想往下說，卻只能發出模糊不清的喉音。

因為麥可又扔了一塊煤炭，正中亨利的喉嚨，讓他再度跪倒。彼得．戈登看著目瞪口呆，薩德勒皺起眉頭，彷彿遇上數學難題似的。

「你們幾個還在等什麼？」亨利勉強擠出一句。鮮血從他指間滲出，他的聲音聽來沙啞而陌生。「抓住他！抓住那個小兔崽子！」

麥可沒等他們反應，立刻扔下襯衫跳上鐵絲網。他掙扎往上，忽然感覺一隻腳被一雙粗手抓住。他低頭望去，只見亨利．鮑爾斯表情猙獰，臉上抹滿鮮血和煤渣。麥可猛力抽腳，鞋子落在亨利手中。他大腳一蹬，朝亨利的臉踹過去，聽見東西碎裂的聲響。亨利再次尖叫，顛簸後退，雙手改摀噴血的鼻子。

另一隻手（貝奇．哈金斯的手）抓住麥可的牛仔褲管，但立刻被他掙脫。麥可一腳剛跨過圍籬，側臉忽然被某個東西用力擊中。一股熱流沿著他臉頰流下。又一個東西擊中他的臀部，然後是他的上臂和大腿。他們正在用他蒐集的彈藥攻擊他。

他雙腳騰空，兩手抓著鐵絲網，隨即鬆手躍下，在地上滾了兩圈。這裡的下坡長滿灌木，麥可的眼睛和性命或許就是這些灌木救的。亨利再次靠近鐵絲網，將一枚M-80往上拋過圍籬。鞭炮爆炸發出震耳欲聾的聲響，餘音迴盪，草地上出現一大塊光禿的地面。

麥可耳鳴嗡嗡，頭重腳輕，顛顛倒倒站了起來。他來到荒原邊的長草區，伸手抹了抹臉頰，發現手上沾了鮮血。但他並不擔心。他本來就不認為自己會毫髮無傷。

亨利又扔了一枚櫻桃炸彈，但麥可看到炸彈飛來，很輕鬆就躲開了。

「抓住他！」亨利怒吼一句，開始爬鐵絲網。

「呃，亨利，我不曉得——」彼得．戈登覺得太過頭了。他從來沒有遇過如此野蠻的場面。不該有人流血的，起碼自己的隊友不該見紅，尤其局勢明明站在他們這一邊。

「你最好曉得，」亨利爬到一半回頭對彼得．戈登說。他像隻臃腫的人形蜘蛛攀在鐵絲網上，雙眼狠狠瞪著彼得，眼角四周都是血。麥可剛才那一腳踢斷了他的鼻子，但亨利渾然不覺。「你最好知道，否則我絕不會放過你，你他媽的混球！」

其他人開始爬鐵絲網，彼得和維克多意興闌珊，貝奇和「麋鹿」則和往常一樣興奮盲從。

麥可不再多看，轉身鑽進灌木叢中。亨利在他身後咆哮：「我一定會找到你，黑鬼，你逃不掉的！」

8

爆炸聲傳來時，窩囊廢俱樂部一行人正在礫石坑的另一端。這裡自從三年前運走最後一批礫石之後，只剩一個長滿雜草的小坑洞。所有人圍著史丹利，欣賞他帶來的黑貓牌鞭炮，突然聽見轟天巨響。艾迪嚇了一跳——他還沒從剛才見到食人魚的驚嚇中恢復過來。他不知道食人魚到底長得怎麼樣，但他敢說絕不會是長著牙齒的特大號金魚。

「冷靜一點，艾迪小子，」理查德用「酷酷中國佬」的聲音說：「不過是其他小鬼放鞭炮而已。」

「你學、學得太、太遜了，小、小理。」威廉說，其他人都笑了。

「我還在努力，威老大，」理查德說：「我覺得等我變厲害了，你一定會愛上我的。」說完，他對著空中做出嬌羞親吻的動作，威廉朝他比了中指。班恩和艾迪並肩站著，咧嘴微笑。

「喔，我這麼年輕，而你如此蒼老，」史丹利忽然模仿歌手保羅．安卡的語氣說了一句，聲音像得出奇。「別人這樣告訴我——」

「這小子會唱歌耶！」理查德用「小黑鬼」的聲音說：「天老爺啊，這小子會唱歌！」接著又用電影旁白員的聲音說：「請幫我簽名，孩子，簽在這條虛線上方。」他伸手攬住史丹利的肩膀，對他燦爛微笑。「我們要讓你留長頭髮，孩子，再給你一把吉他，還要——」

威廉打了理查德手臂兩下，動作又快又輕。所有人想到放鞭炮都很興奮。

「打開吧，小史，」貝芙莉說：「我有火柴。」

他們再度圍在史丹利身邊，看他小心翼翼打開鞭炮的包裝盒。黑色標籤上寫著看不懂的中文字和英文警語。理查德看了呵呵笑。警語寫著：「引信點燃後，請勿握在手中。」

「原來如此，」理查德說：「我以前點燃鞭炮之後都會拿著，還以為是拔肉刺的好方法呢！」

史丹利近乎虔誠地緩緩拆開紅色玻璃紙，露出裡面的鞭炮，將藍紅綠三色鞭炮捧在手心。引信絞在一起，看起來很像中國人的辮子。

「我來解——」史丹利話還沒說完，就聽見更響的爆炸聲，回音緩緩飄過荒原上方。黑壓壓的一群海鷗從垃圾場的東邊飛起，不停尖叫哀鳴。這回他們全都嚇了一跳。史丹利的爆竹掉到地上，他連忙撿起來。

「是炸藥嗎？」貝芙莉緊張地問道。她看著威廉，威廉仰頭睜大了眼睛。她覺得此刻的威廉真是英俊到了極點——但他腦袋的姿勢太警覺、太緊繃，感覺就像聞到火藥味的雄鹿。

「我猜那是M-80，」班恩低聲說：「去年七月四日，我在公園看到一群高中生帶了兩個M-80。他們放了一個到鐵製的垃圾桶裡，爆炸聲就像這樣。」

「垃圾桶有沒有破一個洞，害死康？」理查德問。

「沒有，但垃圾桶一邊被炸凸了，看起來就像有東西往外撞似的。那些高中生立刻逃走了。」

「剛才這一聲比之前的更近。」艾迪說。他也看著威廉。

「你們到底要不要放鞭炮？」史丹利問道。他已經解開十幾條引信，將剩下的鞭炮用蠟紙仔細包好，留著之後用。

「當然要。」理查德說。

「收、收起來。」

其他人疑惑地看著威廉，表情有一點驚恐，不是因為他說的話，而是他斷然的語氣。

「鞭炮收、收起來，」威廉又說了一次，扭曲著臉努力把話說完：「就要出、出事了。」

艾迪舔了舔嘴唇，理查德用拇指將汗濕鼻梁上的眼鏡推高，班恩下意識地靠到貝芙莉身邊。

史丹利正想開口說話，就聽見另一聲比較小的爆炸。又是櫻桃炸彈。

「石、石頭。」威廉說。

「你說什麼，小威？」史丹利問。

「石、石頭，彈、彈藥。」威廉說完開始撿拾石塊放進口袋裡，直到口袋塞飽為止。其他人看著他，好像他瘋了一樣……艾迪感覺額頭滲出汗水，忽然覺得自己知道霍亂發作是什麼感覺了。他和威廉遇到班恩（不過他和其他人一樣，已經不把他當成班恩，而是害死康了）那天，他也有類似的感覺。就是亨利．鮑爾斯輕鬆打得他流鼻血那天。但這一回感覺更糟，感覺就像荒原要被原子彈轟炸一樣糟。

班恩開始撿石頭，接著是理查德。他動作匆忙，不再說話，眼鏡從鼻梁上一路滑落，喀嚓一聲掉在礫石地上。他將眼鏡隨便一折，收進襯衫口袋裡。

「你為什麼要撿石頭？」貝芙莉問，聲音很微弱，非常緊繃。

「我也不曉得。」理查德說，手上還是不停撿著石頭。

「貝芙莉，妳最好，呃，回垃圾場那邊待一下。」班恩說。他兩手都是石頭。

「少來，」貝芙莉說：「你少來這一套，班恩．漢斯康。」說完她也彎腰開始撿石塊。

史丹利看著夥伴像發瘋的農夫一樣拚命撿石頭，他默默沉思片刻，接著也開始照做，雙唇拘泥地抿成一條細線。

艾迪發現熟悉的感覺又來了，他的喉嚨開始縮得像個針孔。

*該死的，別現在發作，*他忽然想，*朋友們正需要我，就像貝貝說的，少來！*

他也開始撿石頭。

9

亨利．鮑爾斯個頭太大、性子太急，一般情況很少機靈敏捷，但現在不是一般狀況。他痛得發瘋，氣得抓狂，讓他成為無需大腦的肉體超人。他不再思考，心靈有如夏末黃昏的野火，像玫瑰一樣紅，像煙一樣黑。他像追著紅旗的鬥牛咬住麥可．漢倫不放。麥可沿著大坑邊緣通往垃圾場的小徑跑，但亨利才不管什麼小徑，撥開灌木和薔薇樹叢朝麥可直撲而去，完全無視於尖刺在身上劃出許多小傷口，也不在乎柔軟的樹枝打在臉、手和脖子上。他只在乎拉近和黑鬼的距離。他右手拿M-80，左手拿火柴。逮到黑鬼之後，他要用火柴點燃引信，將鞭炮塞進黑鬼的褲襠裡。

麥可知道亨利愈來愈近，其他人也快追上了。他努力加速，心裡很害怕，只能靠微薄的意志力克制驚慌的情緒。他之前絆到鐵軌扭傷了腳踝，傷勢比他想得嚴重，這會兒只能一拐一拐地跑。亨利在他身後披荊斬棘，感覺就像被惡犬或瘋熊追逐一樣可怕。

小徑前方豁然開朗，麥可連跑帶摔掉進礫石坑，一路滾到坑底。他站起來繼續往前走，走到一半才發現坑裡有其他小孩，一共六個站成一排，臉上表情非常奇怪。事後回想，他才明白那奇怪的表情是怎麼回事：他們好像知道他會來，正在等他。

「救命！」麥可一跛一跛走向他們，勉強擠出一句。他下意識對著紅髮的高個男孩說：「那些……那些很壯的傢伙──」

就在這時，亨利衝進了礫石坑。他看見他們六個，不由得停了下來，臉上瞬間浮現不確定的神情，回頭望了一眼。他看見自己的手下，於是又轉頭看著那群窩囊廢（麥可氣喘吁吁站在威廉．鄧布洛身邊，微微靠後），咧嘴微笑。

「我認得你，小子，」亨利對威廉說，接著瞄了理查德一眼。「還有你。你的眼鏡咧，四眼田雞？」理查德還來不及開口，亨利已經看見班恩了。「哎呀，他媽的，猶太佬和小胖呆也在啊！這是你女朋友嗎，胖子？」

班恩身體一縮，彷彿被人戳了一下。

這時，彼得．戈登追上亨利，維克多也來了，站在亨利身旁。貝奇和「麋鹿」薩德勒最後才到，分別站在彼得和維克多旁邊。兩群孩子像是列隊似的面對面站著。

亨利的聲音還是像公牛一樣，氣喘吁吁說：「我和你們很多人都有過節，不過這筆帳可以改天再算。我只要那個黑鬼，你們這群小混蛋給我閃一邊去。」

「沒錯！」貝奇趁機幫腔。

「他殺了我的狗！」麥可大喊，聲音淒厲沙啞：「他自己說的！」

「你現在給我過來，」亨利說：「我或許還能饒你不死。」

麥可渾身發抖，但沒有移動。

威廉用清晰溫和的語氣說：「荒、荒原是我、我們的地盤，你、你們滾吧。」

亨利瞪大眼睛，彷彿被人突然賞了一巴掌。

「誰趕我走？」他問：「你嗎，小癟三？」

「我、我們，」威廉回答：「我、我們受、受夠你了，鮑、鮑爾斯，快給我、我滾吧。」

「你這個口吃怪胎。」亨利說完便低頭衝了過來。

威廉握著一大把石頭，其他人也是，除了麥可和貝芙莉。貝芙莉手上只有一顆石頭。威廉開始朝亨利丟石頭，動作不快，但很用力又很準。第一顆石頭沒有打到，第二顆擊中亨利的肩膀。要是第三顆沒有命中，威廉很可能就會被亨利撲倒在地了，但他沒有失手，石頭擊中亨利俯衝而來的腦袋。

亨利措手不及，痛得大叫……接著又連中四發。理查德．托齊爾丟了一顆小的打中他胸口，艾迪的石頭打到他的肩胛骨反彈，史丹利打中他的小腿，貝芙莉手上唯一的石頭則是正中他的腹部。

他不可置信地望著他們，忽然空中開始槍林彈雨。亨利往後坐倒，臉上再度出現困惑痛苦的神情。「快點，你們幾個！」他大吼：「快來幫我！」

「衝、衝啊！」威廉低聲下令，說完不等其他人反應就率先衝了出去。

其他人跟著衝鋒，不只朝亨利也朝他的黨羽扔石頭。那群惡少手忙腳亂在地上尋找石頭，但還沒收集到足夠的彈藥，就已經被亂石轟炸了。班恩的石頭掃過彼得．戈登的顴骨劃出一道血痕，讓他痛得大叫。他倒退幾步停下來，遲疑地回扔了一、兩顆石頭……接著轉身就逃。他受夠了，西百老匯不來這一套。

亨利瘋狂地在地上抓了一把石頭，幸好都是小石子。他朝貝芙莉扔了一顆比較大的石頭，割傷了她的手臂。貝芙莉哀號一聲。

班恩激動咆哮，朝亨利．鮑爾斯撲了過去。亨利雖然轉頭看到班恩，卻來不及閃躲，被他撞得失去了平衡。班恩體重一百五十多磅，直逼一百六十磅，亨利根本不是對手。他沒有被撞倒，而是整個人飛了出去，仰面朝天摔在地上往後滑行。班恩再度飛撲，耳朵忽然微微感到溫熱的痛楚，原來是貝奇．哈金斯用高爾夫球大小的石頭打中了他的耳朵。

亨利搖搖晃晃跪坐起來，但班恩已經衝到他面前，狠狠踢了他一腳，鞋底紮紮實實踹在他左邊屁股上。亨利重重翻倒在地，鼓著眼睛瞪著班恩。

「你不能對女生丟石頭！」班恩大吼。從小到大，他不記得自己這麼氣憤過。「你不能──」

忽然間，他看見亨利手裡閃出火光。亨利點燃火柴，放到M-80粗粗的引信上，將鞭炮朝班恩的臉上扔來。班恩想也不想就順手一揮，好像拿著羽毛球拍揮舞一樣，將M-80拍了回去。亨利看見鞭炮飛過來，立刻瞪大眼睛翻身滾開。鞭炮隨即爆炸，燻黑了他的襯衫，還炸破幾處。

沒多久，班恩被「麋鹿」薩德勒打中跪在地上，牙齒咬到舌頭流血了。他頭暈目眩，轉頭眨眼，只見麋鹿朝他奔來。但麋鹿還沒走到班恩跪坐的地方，威廉就從背後偷襲，朝他猛扔石頭。薩德勒回頭咆哮。

「你竟然從背後偷襲我，懦夫！」薩德勒大叫：「他媽的卑鄙小人！」

他正想朝威廉衝去，沒想到理查德也對他丟起石頭。理查德才不管薩德勒認為怎麼做是懦夫的行為。他曾經看過他們五個人追一個嚇壞的小孩，那可是一點也不像亞瑟王或圓桌武士。理查德不停攻擊，一枚「砲彈」劃破薩德勒的左邊眉毛，讓他發出一聲慘叫。

艾迪和史丹利．尤里斯前來幫威廉和理查德助陣，貝芙莉也來了。她一邊手臂雖然在流血，眼中卻燃著怒火。亂石紛飛，貝奇．哈金斯被打中了尺骨，痛得跳上跳下，不停按揉手肘。亨利站起來，襯衫背部炸爛了，但肌膚卻奇蹟似的毫髮無傷。他還來不及轉身，班恩．漢斯康一顆石頭打在他後腦勺，讓他再度跪倒在地。

那天對窩囊廢俱樂部殺傷力最大的是維克多，不僅因為他是快速球好手，更因為他最置身事外。這一點說來諷刺，但確實如此。他愈待就愈不想待。石頭大戰可能讓人重傷，頭破血流，嘴開牙裂，甚至失去一隻眼睛。不過，遇上了就是遇上了。他打算好好反擊。

這份冷靜為他多爭取到了三十秒，撿了一把夠大的石頭。他趁窩囊廢俱樂部調整戰線時，對準艾迪丟了一顆石頭。石頭擊中艾迪的下巴，艾迪哭著倒在地上，鮮血開始湧出。班恩轉身想要扶他，但艾迪已經站了起來，鮮血襯著他蒼白的肌膚顯得格外鮮豔而恐怖。他瞇起眼睛。

維克多朝理查德進攻，石頭重重打在他胸口。理查德報以石塊，但維克多輕鬆閃過，側手朝威廉．鄧布洛扔了一塊石頭。威廉頭往後猛仰，但躲得不夠快，臉頰被石塊劃開一個大口子。

威廉轉身對著維克多，兩人四目相望。維克多看著結巴小鬼，被他的眼神弄得不寒而慄。不知怎的，他嘴邊竟然浮現「我收回來！」幾個字……只是這種話不應該對小毛頭說，除非你不在意死黨把你看扁了，覺得你比狗還不如。

威廉開始朝維克多走去，維克多也朝威廉逼近。兩人彷彿心電感應似的，一邊走向對方，一邊開始互丟石頭。兩人周圍的打鬥少了，因為所有人都轉頭看著他們，就連亨利也轉頭觀戰。

維克多左閃右躲，威廉卻毫不閃避。維克多扔的石頭打在威廉的胸膛、肩膀和腹部，還有一個掃過他耳朵。但威廉顯然不為所動，只是不停扔出石頭，一個接著一個，力道大得足以致命。第三顆石頭擊中了維克多的膝蓋，發出清脆的撞擊聲，維克多悶哼一聲。他已經彈盡糧絕，但威廉手上還有一顆石頭，又白又滑，閃著結晶的光芒，狀如鴨蛋，也和鴨蛋差不多大。維克多．克里斯覺得應該很硬。

威廉離他不到五英尺。

「你立、立刻給、給我滾蛋，」他說：「否則我、我就砸得你、你腦袋開花，我說、說到做、做到。」

維克多凝視威廉的雙眼，知道他是認真的，便不發一語轉身離開，朝彼得剛才逃跑的方向走去。

貝奇和薩德勒左顧右盼，不知該如何是好。麋鹿的嘴角還淌著血，貝奇的頭皮也在流血，一直流到他臉頰。

亨利的嘴動了動，但沒出聲。

威廉轉頭看著亨利。「滾出、出去。」他說。

「要是我不走呢？」亨利還想嘴硬，但威廉在他眼中看到的卻不是這麼回事。他很怕，而且會離開。威廉應該感到高興，甚至得意，但他只覺得疲憊。

「你要、要是不走，」威廉說：「我、我們就夾、夾殺你，我想我、我們六個應該能、能讓你住、住院。」

「七個，」麥可說著加入他們，兩手各拿著一顆壘球大小的石塊。「不信你試試看，鮑爾斯，我樂意奉陪。」

「操你媽的黑鬼！」亨利聲嘶力竭，嗓音顫抖，就要哭出來了。貝奇和薩德勒聽了鬥志全失，兩人往後退開，鬆手放掉握著的石頭。貝奇看了看四周，彷彿不曉得置身何處。

「滾出我們的地盤。」貝芙莉說。

「閉嘴，賤貨，」亨利說：「妳——」四塊石頭同時飛來，砸中亨利身上四個地方。他大聲尖叫，在雜草地上手忙腳亂往後退，殘破的襯衫迎風翻飛。面對這群神情兇惡、稚氣又老成的小孩，他回頭看了看驚慌的貝奇和薩德勒。沒有援手，沒有人想幫忙。麋鹿尷尬地將頭撇開。

亨利哭著站起來，被踢斷的鼻子一吸一吸的。「我會殺了你們！」他說，接著忽然轉頭就跑，一下子就不見了。

「滾、滾吧，」威廉對貝奇說：「離、離開這裡，別再回、回來了，荒、荒原是我、我們的地盤。」

「小子，你會後悔惹毛亨利的，」貝奇說：「走吧，麋鹿。」

兩人低頭轉身，頭也不回地走了。

七個孩子零落地站成半圓形，身上都掛彩了。石頭大戰持續不到四分鐘，但對威廉來說，感覺卻像二次世界大戰一樣久，而且沒有暫停。

艾迪．卡斯普布拉克打破了沉默。他呼吸困難，聲嘶力竭喘著氣。班恩朝艾迪走去，感覺他來荒原之前吃的那三塊奶油蛋糕和四塊巧克力蛋糕開始在肚子裡作怪。他跑過艾迪面前，衝進灌木叢裡嘔吐，盡量壓低聲音，不讓人看見。

理查德和貝芙莉走到艾迪身邊，貝芙莉伸手摟住艾迪的瘦腰，理查德從艾迪的口袋裡挖出噴劑。「吸一口，小艾。」他說完摁了一下，艾迪猛吸一口氣。

過了一會兒，艾迪總算開口說：「謝了。」

班恩從灌木叢裡走了回來，滿臉通紅用手抹嘴。貝芙莉走到他面前，雙手牽著他的手。

「謝謝你幫我。」她說。

班恩看著骯髒的球鞋，點點頭說：「隨時效勞。」

六個孩子轉頭看著麥可，黑皮膚的麥可，眼神小心謹慎，若有所思。麥可見過這種好奇——他從小到大一直在面對這種目光——他直率地回望他們。

威廉的目光轉向理查德，理查德也看著他。威廉感覺自己聽見喀噠一聲，彷彿某個未知的機器安上了最後一個零件。我們到齊了，威廉心想。這個念頭如此強烈、如此正確，讓他差一點就脫口而出。但他當然沒必要說，因為他已經從理查德、班恩、艾迪、貝芙莉和史丹利的眼神中看出來，他們都知道了。

我們到齊了，他又想道，喔，老天保佑，事情眞的開始了，老天保佑。

「你叫什麼名字？」貝芙莉問。

「麥可．漢倫。」

「你想跟我們一起放鞭炮嗎？」史丹利問。麥可沒有說話，但他臉上的笑容就是回答。

第十四章　相簿

1

結果威廉不是唯一帶酒來的，所有人都帶了。

威廉帶了波本酒，貝芙莉是伏特加和一罐柳橙汁，理查德是半打啤酒，班恩．漢斯康是野火雞，麥可在職員休息室的小冰箱裡也有半打啤酒。

艾迪．卡斯普布拉克最晚到，手裡拿著一個棕色紙袋。

「袋子裡是什麼，小艾？」理查德問：「拉雷斯還是酷艾德？」

艾迪緊張笑了笑，從袋子裡拿出一瓶琴酒和一罐梅子汁。

所有人驚訝不語，理查德低聲說：「趕快去叫醫生，艾迪．卡斯普布拉克終於瘋了。」

「琴酒加梅子汁對身體很好。」艾迪反駁道……接著所有人哈哈大笑，聲音在寂靜的圖書館裡反覆迴盪，在連接主圖書館和兒童圖書館的玻璃長廊裡繚繞。

「好樣的，」笑到流眼淚的班恩擦了擦眼睛說：「好樣的，艾迪，我敢說效果一定很棒。」

艾迪笑著在紙杯裡倒了四分之三杯的梅子汁，然後認眞倒了兩杯蓋的琴酒。

「喔，艾迪，我眞愛你，」貝芙莉說。艾迪抬頭看她，有一點驚訝但還是帶著微笑。她看看桌子又看看其他人，說：「我愛你們大家。」

威廉說：「我、我們也愛妳，貝、貝貝。」

「沒錯，」班恩說：「我們愛妳。」他眼睛微微張大，笑了出來。「我想我們還是愛著彼此……你們知道這有多難得嗎？」

所有人沉默下來。麥可發現理查德又戴起眼鏡，但他一點也不驚訝。

「隱形眼鏡讓我眼睛很痛，只好摘下來，」理查德匆匆解釋。麥可說：「也許我們該開始談正事了。」

所有人又看著威廉，就像當年在礫石坑一樣。麥可想：需要領袖的時候，他們就找威廉，需要嚮導就找艾迪。談正事，這是什麼句子？我要告訴他們從以前到現在遇害的孩童都沒有被性侵，甚至不算分屍，而是身體某部分被吃了嗎？我要跟他們說我準備了七頂礦工頭盔，就是前面裝有強力頭燈的那種，就擺在我家裡，其中一頂還是為了史丹利．尤里斯準備的嗎？只不過他這一回像我們以前常說的不克出席了。還是該叫他們回家好好睡一覺，因為明天或明晚一切就要徹底結束了——不是牠死，就是我們完蛋？

也許根本什麼都不必說，因爲理由已經講出來了：他們還愛著彼此。無論過去二十七年發生了多少改變，他們還是奇蹟似的愛著彼此。麥可心想，這是我們唯一的希望。

剩下的事情，就只是將工作做完，追上進度，將過去連結到現在，讓經驗形成某種半吊子的轉輪。沒錯，麥可想，就是這樣。今晚的工作就是做轉輪，然後看它明天會不會轉……就像當年我們將那群少年趕出礫石坑和荒原那樣。

「你還記得其餘的事嗎？」麥可問理查德。

理查德灌了一口啤酒，搖搖頭說：「我記得你跟我們說了那隻鳥的事……再來就是煙洞。」他臉上露出微笑說：「那是晚上我和貝貝、小班走來這裡的路上想到的。那次的驚恐秀眞他媽的精彩——」

「嗶嗶，小理。」貝芙莉笑著說。

「嘖，你知道的，」理查德依然面帶微笑，將眼鏡推高，動作讓人忍不住想起當年的他。他朝麥可眨眨眼說：「那次只有你和我，對吧，小麥？」

麥可噗哧一笑，點了點頭。

「郝思嘉小姐！郝思嘉小姐！」理查德用小黑奴的聲音說：「煙房裡有一點點熱啊，郝思嘉小姐！」

威廉笑著說：「又是班恩．漢斯康的建築和工程傑作。」

貝芙莉點頭說：「麥可，我們在挖俱樂部的時候，你帶你父親的相簿來了。」

「喔，天哪！」威廉忽然坐起身子說：「那些相片——」

理查德嚴肅點點頭。「和喬治房間裡發生的事一樣，只不過那次我們所有人都看見了。」

班恩說：「我想起那一枚銀幣怎麼了。」

所有人轉頭看著他。

「我來這裡之前，把其他三枚銀幣給我一個朋友了，」班恩輕聲說：「給他的小孩。我記得還有一枚銀幣，但忘記它到哪裡去了，剛剛才想起來。」他轉頭看著威廉說：「我們用它做了一顆彈頭，對吧？你、我和小理。我們本來打算做子彈——」

「你很有把握做得出來，」理查德說：「結果——」

「我們慌、慌了。」威廉緩緩點頭。回憶自動浮現，他又聽見喀噠一聲，聲音很輕，但很清楚。**我們正在接近了**，他心想。

「我們回到內波特街，」理查德說：「我們所有人。」

「你救了我一命，威老大，」班恩忽然說。威廉搖搖頭。「眞的是你。」班恩堅持道。這回威廉不再搖頭，心想自己可能眞的救過他，只是他不記得過程了……而且眞的是他嗎？他心想會不會是貝芙莉……但回憶還沒回來，起碼現在還沒有。

「對不起，」麥可說：「我冰箱裡有半打啤酒。」

「喝我的就好。」理查德說。

「漢倫不喝白人的啤酒，」麥可說：「尤其是你的，賤嘴。」

「嗶嗶，小麥。」理查德嚴肅地說，麥可在眾人的哄笑聲中走去拿啤酒。

他打開休息室的燈，房裡新漆的油漆還沒乾，擺著幾張寒酸的椅子和一張亟需擦拭的塞雷斯桌，佈告欄貼滿舊通知、薪資單、班表和幾張發黃的《紐約客》漫畫，邊緣都翹起來了。他打開小冰箱，頓時一股震驚傳遍全身，冰寒徹骨，就像二月的嚴寒，讓人感覺四月永遠不會來。幾十個藍色和橘色氣球從冰箱裡蜂擁而出，除夕派對用的氣球。麥可被恐懼淹沒，心慌意亂地想，**現在正需要蓋伊．隆巴多吹奏〈驪歌〉**。氣球掃過他的臉龐，朝天花板飄去。他很想尖叫卻喊不出來。他看見氣球後方是什麼，看見牠在他的啤酒旁邊藏了什麼，彷彿是牠留了點心給他們，讓這群無用的朋友一邊品嘗，一邊將無用的故事說完，然後回到旅館床上，在這個已經不再是家的故鄉度過一晚。

麥可後退一步，雙手摀臉遮住視線。他撞到椅子差點跌倒，便把手放開。那個東西還在，史丹利．尤里斯的頭顱，就擺在半打百威淡啤酒旁邊，不是大人的頭顱，而是十一歲小孩的腦袋。頭顱的嘴張著，發出無聲的吶喊，但麥可沒有看到牙齒或舌頭，因爲那嘴裡塞滿了羽毛。羽毛是淺棕色的，大得出奇。麥可很清楚羽毛是哪一隻鳥掉的。沒錯，就是牠。他一九五八年五月見過那隻鳥，同年八月初，他們所有人都見到了。多年後，他去探視垂死的父親，發現父親也看過那隻鳥一次，就在他逃離黑點酒吧大火那天。史丹利的斷頸滴著鮮血，在冰箱底層形成一攤半凝的血漬，在冰箱燈光下堅定發出暗紅寶石般的光芒。

「啊……啊……啊……」麥可勉強擠出聲音，但講不出話來。這時，頭顱睜開眼睛，眼眸銀白發亮，是小丑潘尼歪斯。只見那雙眼珠轉向麥可，塞滿羽毛的嘴巴開始蠕動，似乎想要說話，想要訴說有如希臘神諭的預言。

我還是加入你吧，麥可，因為你沒有我是贏不了的。你很清楚你需要我的幫助才能贏，對吧？要是我全部現身，你或許還有機會，但我實在受不了我那美國腦袋繃得好緊，你懂嗎，小夥子？你們六個人只能緬懷往事，然後白白送死。所以我想我還是先露個頭，勸阻你們。露個頭，懂嗎，小麥？懂嗎，老朋友？懂嗎，他媽的黑鬼人渣？

你不存在！麥可尖叫，但聽不見聲音。他就像音量轉到最低的電視機。

那頭顱竟然朝他眨了眨眼，感覺怪誕到了極點。

我當然存在，跟雨滴一樣真實。你很清楚我在說什麼，小麥。你們六個人想做的事，就像讓沒有起降裝置的飛機降落一樣。不能降落，何必起飛，不是嗎？反過來也是一樣，不能起飛，何必降落。你們永遠想不出正確的謎題和笑話，永遠沒辦法讓我笑的，小麥。你們都忘了如何將尖叫倒轉過來。嗶嗶，小麥，你說什麼？記得那隻鳥嗎？不過就是麻雀，但還真可怕，對吧？大得像穀倉，和你們小時候怕得要死的日本蠢電影裡的怪物一樣大。你們之前知道怎麼把牠趕出家門口，但那是過去式了。相信我，小麥。你要是懂得用腦袋，就會趕緊離開，逃離德利，現在就閃。要是不懂，就會像這傢伙一樣。今天的每日人生指南就是有腦堪用直須用，老兄。

說完，那頭顱往前一滾（嘴巴裡的羽毛發出可怕的壓折聲）滾出冰箱，砰一聲落在地上，有如恐怖的保齡球朝他滾來。頭顱面帶笑容，沾血的頭髮不停變換位置，在地上留下黏稠的血跡和解體的羽毛，含著羽毛的嘴巴不停蠕動。

麥可慌忙後退，伸直雙手試圖阻擋。那頭顱大叫，嗶嗶，小麥！嗶嗶，嗶嗶，嗶嗶他媽的嗶嗶！

忽然砰的一聲：廉價香檳的塑膠瓶塞彈開的聲音。頭顱消失了（很真實，麥可虛弱地想，這聲音一點也不超自然，只不過是空氣灌入突然抽空的空間裡發出的聲響……很真實，喔，天哪，很真實）。血滴有如一張薄網往上飄揚，隨即四濺飛落。不過，休息室不需要清理。卡蘿明天什麼都看不到，就算她得擠過氣球到爐子前泡咖啡也不會看到。多方便哪，他尖聲笑了笑。

他抬頭一望，氣球果然還在。藍色氣球寫著：**黑鬼滾出德利**。橘色氣球寫著：**窩囊廢就是窩囊廢，但史丹利．尤里斯先走一步**。

不能降落，何必起飛，會說話的頭顱這麼說道，不能起飛，何必降落。後半句讓麥可想起他準備的頭盔。眞的嗎？他忽然想起石頭大戰之後他再次回到荒原那一天。七月六日，他參加國慶日遊行的兩天後……他首次親眼看見小丑潘尼歪斯的兩天後。那天他在荒原聽了其他夥伴的故事，也說了自己的故事。回家之後，他問父親可不可以看他的相簿。

他為什麼七月六日會去荒原？難道他曉得會遇見他們？似乎如此。他不只知道他們會在那裡，而且曉得他們會在**哪裡**。他記得他們那陣子一直在提俱樂部的事情，但他覺得他們之所以討論俱樂部，是因為有另外一件事他們不曉得從何談起。

麥可抬頭望著氣球，心卻不在上頭，而是努力回想那天到底發生了什麼，那個熱到不行的一天。他忽然覺得想起那天的經過很重要，想起所有細節和他當時的心理狀態。

因為一切就是從那時開始的。在那之前，他們一直說要殺了牠，但沒有人採取行動，也沒有人擬定計畫。麥可加入後，命運之輪便開始轉動了。那天稍晚，威廉、理查德和班恩一起到圖書館，開始認眞研究威廉前一天、前一週或前一個月發現的事情。一切都開始——

「麥可？」和其他人待在閱覽室裡的理查德喊道：「你死在裡面了嗎？」

差一點，麥可看著氣球、血跡和冰箱裡的羽毛這麼想。

他喊說：「我想你們最好進來看一下。」

他聽見椅子刮地和他們的低語聲，聽見理查德說：「天哪，怎麼回事？」同時聽見理查德在他的回憶裡說了另一句話。他忽然想起自己在找什麼，甚至明白自己爲何一直想不起來。那天他走到荒原最暗、灌木最密的最深處，走到那塊空地時，其他人的反應是……毫無反應。既不驚訝，也沒問他怎麼找到他們，好像根本沒什麼。他記得班恩在吃奶油蛋糕捲，貝芙莉和理查德在抽菸，威廉雙手枕頭躺在地上望著天空，艾迪和史丹利一臉懷疑看著地上用繩子圈成的、邊長大約五英尺的正方形。

既不吃驚，也沒發問，完全不當一回事。他就這麼出現，然後被接受了，感覺就像他們一直在等他，只是自己不曉得。在回憶中，麥可聽見理查德用小黑奴的聲音說：「天哪，克勞蒂小姐，那個

2

小黑鬼又來了！老天保佑，我不曉得他來荒原這裡做什麼！威老大，你瞧他的捲捲頭！」威廉根本沒有轉頭，依然望著夏日的大朵白雲飄過天空。他正全神貫注思考一個很重要的問題。但理查德毫不介意，繼續說道：「看到這小子的捲捲頭，我就覺得需要來一杯薄荷酒！最好在陽台上喝，那裡涼一點——」

「嗶嗶，小理。」班恩滿嘴蛋糕說，貝芙莉笑了。

「嗨！」麥可猶豫地說。他心跳得有點快，但還是決定這麼做。他欠他們一句謝謝，而他父親說欠人東西就要還，而且愈快愈好，因為愈拖利息愈高。

史丹利轉頭對他說了一聲嗨，接著又回頭看著空地中央的方形繩圈。「班恩，你確定這個會

管用嗎？」

「會的，」班恩說，接著又說：「嗨，麥可。」

「想抽菸嗎？」貝芙莉說：「我還有兩根。」

「不了，謝謝，」麥可深呼吸一口氣，說：「我要再次謝謝你們那天幫了我，那些人打算狠狠修理我，很抱歉你們有人因此受傷了。」

威廉揮手表示無所謂。「沒、沒關係，他們一、一整年都在找、找我們的麻、麻煩。」他起身看著麥可，忽然兩眼發亮，興致盎然地問：「我可、可以問你一、一件事嗎？」

「可以吧。」麥可說著提心吊膽坐下來。他聽過這種開場白，鄧布洛家的小孩一定會問他身為黑人小孩是什麼感覺。

沒想到威廉卻說：「拉、拉爾森兩、兩年前在世、世界大賽投出了無、無安打比賽，你覺、覺得是運、運氣嗎？」

理查德吸了一大口菸，嗆得不停咳嗽，貝芙莉好心拍拍他的背。「你才剛開始抽菸，小理，很快就會抓到訣竅了。」

「我覺得它會塌掉，小班，」艾迪擔心地看著方形繩圈說：「我不曉得被活埋算不算酷。」

「你不會被活埋的，」班恩回答：「萬一真的被活埋，記得咬著該死的噴劑，等人把你拖出來。」

史丹利．尤里斯覺得這句話很好笑。他手肘撐地往後仰，抬頭望著天空大笑，直到艾迪踹了他小腿一腳，笑聲才停止。

「是運氣，」麥可說：「我覺得要投出無安打比賽，運氣比球技重要。」

「我、我也覺得。」威廉說。麥可等著他往下問，但威廉似乎滿意了。他躺回地上雙手抱頭，繼續盯著天上的浮雲。

「你們在做什麼？」麥可看著地上的方形繩圈問。

「喔，這是害死康的本週大計畫，」理查德說：「他上次讓荒原淹大水，幹得很漂亮，但這一回更厲害。這個月是地下俱樂部開挖月，下個月——」

「你不、不要再損、損班恩了，」威廉說，眼睛依然望著天空。「俱、俱樂部會蓋、蓋得很好的。」

「拜託，小威，我只是開玩笑。」

「你有、有時玩笑開、開得太過、過頭了，小、小理。」

理查德乖乖被罵。

「我不懂。」麥可說。

「喔，其實很簡單，」班恩說：「他們想搭樹屋，樹屋雖然不難蓋，但人常會摔下來跌斷骨頭——」

「喀啦……喀啦……借幾根骨頭給我。」史丹利說完又笑了。其他人一臉困惑望著他。史丹利沒什麼幽默感，剛才這一段又很古怪。

「先生，您瘋啦，」理查德模仿西班牙人說：「我猜是太熱和蟑螂的緣故。」

「總之，」班恩說：「我們打算在圍起來的這塊地上往下挖五英尺，但是不能再往下挖，否則我想會挖到地下水。這一帶的地下水離地表很近。接下來我們要在壁面做支撐，以防坍塌。」他刻意看著艾迪，但艾迪還是一臉擔憂。

「然後呢？」麥可很感興趣地問。

「我們要把頂端蓋住。」

「啊？」

「我們用板子把洞口蓋住，然後裝一個活門當出入口，甚至裝窗戶——」

「我們需、需要鉸鍊。」威廉依然看著浮雲說。

「雷諾五金行就有。」班恩說。

「你、你們都、都有零用、用錢。」威廉說。

「我有五美元，」貝芙莉說：「當保母存的。」

理查德立刻爬到她跟前，用小狗般的眼神對她說：「我愛妳，貝貝，妳願意嫁給我嗎？我們可以住在松木平房——」

「住在什麼？」貝芙莉問。班恩神情古怪地看著他們兩人，眼神帶著焦慮、好奇和專注。

「松木平房，」理查德說：「只要五塊錢就夠了，甜心，妳和我和寶寶三個人——」

貝芙莉笑了，紅著臉躲開他。

「費用大、大家平分，」威廉說：「這樣才、才叫俱樂、樂部。」

「我們用板子蓋住坑洞後，」班恩繼續說：「就塗上強力黏著劑——名稱叫做黏得牢——再把草皮鋪回去，甚至撒一些松針，這樣別人——像亨利．鮑爾斯之類的人——就算從上頭走過也不會發現我們在下面。」

「這是你想出來的？」麥可說：「哇，真了不起！」

班恩笑了。這回輪他臉紅了。

威廉忽然坐起來看著麥可說：「你、你想幫、幫忙嗎？」

「呃……當然想，」麥可說：「應該很好玩。」

其他人交換眼神。麥可不僅感覺到，還看到了。我們有七個人，麥可這麼想，忽然莫名其妙打了個冷顫。

「你們什麼時候動工？」

「很、很快。」威廉回答。麥可知道（真的知道）威廉說的不只是班恩的地下俱樂部。班恩也曉得，還有理查德、貝芙莉和艾迪也是。史丹利．尤里斯收起笑容。「我們很、很快就會開、開工。」

所有人沉默下來。麥可忽然察覺兩點：他們有一件事很想說出來，很想告訴他……但他不太確定自己真的想知道。班恩拾起一根樹枝在地上隨手亂畫，頭髮遮住了臉，理查德啃著咬得亂七八糟的指甲，只有威廉直直望著麥可。

「有什麼問題嗎？」麥可不安地問。

威廉緩緩說道：「我、我們是俱、俱樂部，你要、要的話可、可以加入，但、但是必須保、保守我、我們的秘密。」

「你是說這個地方嗎？」麥可比剛才更不安了。「嗯，當然沒——」

「小子，我們還有另一個秘密，」理查德說。他還是沒看著麥可。「威老大的意思是，今年夏天我們有比挖地下俱樂部更重要的事情要做。」

「他說得沒錯。」班恩附和道。

這時忽然傳出一聲哮喘，嚇了麥可一跳。原來只是艾迪發作了。艾迪一臉歉然望著麥可，聳聳肩，然後點點頭。

「好了，」麥可說：「別再賣關子了，告訴我吧。」

威廉看著其他人說：「有誰不、不想讓他加、加入俱樂、樂部的？」

沒有人說話或舉手。

又是漫長的沉默，但這回威廉沒有開口。最後是貝芙莉嘆了一口氣，抬頭看著麥可。

「那些遇害的小孩，」她說：「我們知道是誰殺的，而且兇手不是人類。」

3

他們逐一道來：冰上的小丑、門廊下的痲瘋鬼、排水管的血和聲音，還有死在儲水塔的那些男孩。理查德說了他和威廉回到內波特街遇到的怪事，威廉最後開口，敘述了會動的學校照片和他把手伸進另一張相片裡的經過。他說牠殺了他弟弟喬治，窩囊廢俱樂部決定殺了這頭怪物……不管牠究竟是什麼。

那天回家之後，麥可心想，他聽完那些故事應該覺得不相信，覺得恐懼，應該頭也不回轉身就跑，逃得愈快愈好才對，告訴自己遇到六個不喜歡黑人的白人小孩，或是碰到六個貨真價實的瘋子，而且他們的瘋狂還是互相傳染的，就像同班同學彼此傳染感冒一樣。

但他沒有逃跑。因為他雖然害怕，卻也有一股奇異的安慰感。除了安慰，還有另一種感覺，比安慰更原始，就是「回家」的感覺。聽完威廉的故事，他心中再次浮現那個念頭：我們有七個人。

他張開嘴，但不確定自己會說什麼。

「我看過那個小丑。」他說。

「什麼？」理查德和史丹利同時問，貝芙莉也迅速轉過頭來，馬尾從左肩甩到右肩。

「我在國慶日那天看到他。」麥可緩緩說道，但主要是對著威廉說。威廉眼神銳利，全神貫注望著麥可，示意他講下去。「沒錯，就是七月四日那天……」他頓了一下，心想：可是我認得他。我認得他，因為那不是我第一次看到他，也不是我頭一回看到……有問題的東西。

他想起那隻鳥。這是他五月以來首次想起牠（除了晚上作惡夢之外）。他當時以為自己快發瘋了。原來他沒有瘋，真是令人鬆了一口氣……但還是很可怕。他舔了舔嘴唇。

「說啊，」貝芙莉不耐地說：「快往下說。」

「呃，事情是這樣的，我去參加遊行，然後——」

「我有看到你，」艾迪說：「你吹薩克斯風。」

「呃，我吹伸縮號，」麥可說：「我是內波特教會小學樂隊的。總之，我看見那個小丑，他在市區一個三岔路口發氣球給小孩，外表就像班恩和威廉形容的那樣，銀西裝、橘鈕釦、白花花的臉和血盆大口。我不曉得那是唇膏或化妝，但看起來很像血。」

其他人點點頭，都興奮了起來，只有威廉依然緊盯著麥可。「頭、頭髮是橘、橘色，一撮一、一撮的？」他一邊問，一邊下意識用手指將自己的頭髮也弄成一撮撮的。

麥可點點頭。

「看到他那個樣子……把我嚇壞了。我才看著他，他忽然轉頭朝我揮手，彷彿看穿我的心思或感覺之類的，這一點……呃，讓我更害怕。我不曉得為什麼，但他真的把我嚇慘了，讓我一時吹不了伸縮號。我口乾舌燥，覺得……」麥可匆匆瞄了貝芙莉一眼。他已經全部想起來了。他想起陽光忽然刺眼地照在他的銅管樂器和車子上，想起音樂太吵，天空太藍，小丑舉起戴著白手套的一隻手（另一隻手抓著滿滿的氣球）緩緩揮動，血盆大口太紅、太大，彷彿倒過來的尖叫。他想起自己的睪丸開始緊縮，腸子鬆弛發熱，好像突然拉了一坨大便在褲子裡。但他不能在貝芙莉面前說這些。這種事不能對著女孩子說，就算那個女孩你可以當她的面說「賤人」或「混蛋」之類的字眼，還是不能講。「覺得很害怕。」他把話講完，覺得很弱，不知該如何收尾。但他們紛紛點頭，彷彿都能理解，他忽然覺得一股莫大的解脫傳遍了全身。那小丑看著他，張開血盆大口微笑，緩緩揮舞戴著白手套的手……那比亨利．鮑爾斯那群小鬼追他還要可怕，可怕幾百倍。

「我們繼續往前走，」麥可接著說：「樂隊走上主大街丘時，我又看到他在發氣球給小孩，只是很多小孩都不想拿，有些還在哭。我不曉得他怎麼能這麼快就到那裡。我心想一定有兩個小丑，你知道，穿得一模一樣，是一組的。但他轉頭再度朝我揮手，我知道是他，是同一個傢伙。」

「他不是人類，」理查德說。貝芙莉打了個冷顫，威廉伸手摟了摟她，貝芙莉感激地回望他。

「他朝我揮手……然後眨眨眼睛，好像我們之間有什麼秘密，或是……他可能知道我認得他。」

威廉放下摟著貝芙莉肩膀的手。「你認、認得他？」

「應該是吧，」麥可說：「但我得先看一樣東西才能確定。我父親有幾張相片……是他收集的……聽著，你們常在這裡玩，對吧？」

「那還用說，」班恩回答：「不然我們幹嘛蓋俱樂部？」

麥可點點頭。「我會回去確定，看我說得對不對。對的話，我下次可以把相片帶來。」

「老、老相片？」威廉問。

「對。」

「還、還有呢？」威廉問。

麥可欲言又止。他猶疑地打量他們一圈，接著說：「你們一定會覺得我瘋了，不是瘋了就是在說謊。」

「你覺、覺得我們瘋、瘋了嗎？」

麥可搖搖頭。

「我們當然沒瘋，」艾迪說：「我雖然問題多多，但腦袋一點也沒秀逗。我不認為我瘋了。」

「沒有，」麥可說：「我不認為你們瘋了。」

「那好，我們也、也不認為你、你瘋……發、發神經。」威廉說。

麥可看了他們一眼，清了清喉嚨說：「我看見一隻鳥，兩、三個月前，我看見一隻鳥。」

史丹利看著麥可。「什麼樣的鳥？」

麥可很勉強地說：「看起來像麻雀，算吧，但也像知更鳥，襟毛是橘色的。」

「嗯，那隻鳥有什麼特別的？」班恩問道：「德利鳥很多。」但他心裡卻七上八下。他看著史丹利，知道他一定想起了儲水塔的遭遇，還有他如何靠著大喊鳥的名字阻止了原本會發生的事情。這時，麥可又開口了，讓他頓時忘了這些思緒。

「那隻鳥比活動屋還大。」麥可說。

他看著他們震驚讚嘆的神情，等他們笑出聲來，可是沒有。史丹利好像被人用磚頭砸到一樣，臉色白得像十一月的慘白陽光。

「我發誓是真的，」麥可說：「那隻鳥非常大，就像恐怖電影裡頭的史前巨鳥一樣。」

「沒錯，就像《巨爪》那部片子，」理查德說。他覺得那部電影裡的鳥很假，但牠飛到紐約上空時，他還是激動得將爆米花從阿拉丁戲院的二樓看台上撒了下去。幸好電影已經快完了，否則福克斯沃斯先生一定會趕他出去。不過就像威廉說的，這種事本來就有輸有贏。

「但牠不像史前的鳥，」麥可說：「也不像希臘或羅馬神話裡的那種鳥。」

「你說洛、洛克斯鳥？」威廉說。

「嗯，應該是吧，反正不像那種鳥。牠就是知更鳥和麻雀的混種，兩種最常見的鳥。」他說完就笑了，笑得有點誇張。

「你在哪、哪裡——」威廉問。

「快點說。」貝芙莉講得更直接。於是麥可整理思緒，繼續往下說。他一邊說一邊看著他們的表情愈來愈關切和害怕，但沒有絲毫不相信或嘲弄，忽然覺得胸口如釋重負。就像班恩看到木乃伊、艾迪遇到痲瘋病患和史丹利看見溺死的男孩一樣，麥可看到的東西絕對會讓一般成年人發瘋，不只害怕，還有巨大的不真實感，無法解釋，沒辦法用理性說明或視而不見。以利亞被神的愛照耀，臉被烤黑了，麥可在書上這麼讀到。但以利亞當時已經很老了，也許差別就在這裡。聖經裡不是還有另一個傢伙，比小孩大一點，真的和天使打成平手嗎？

他看到牠，然後繼續過日子。他將回憶納入自己對世界的看法裡。他還年輕，因此對這個世界很有包容度。但那天發生的事情還是留在他心裡的幽暗角落，揮之不去。有時在夢中，他會拚命逃離那隻怪鳥，閃躲牠凌空罩著他的身影。有些夢他記得，有些忘了，但陰影確實存在，自己會動。

直到他跟他們說了，發現自己鬆了口氣，這才發現自己記得那麼多、受妨礙的程度那麼大，日常生活幾乎擺脫不掉，無論幫父親幹活、上學、騎車、幫母親跑腿或放學回家等「美國舞台秀」的黑人團體上台，牠都一直糾纏著他。直到說出來，他才發現這是那天清晨在運河邊之後，他頭一回讓自己仔細回想牠。那天清晨，他看見草地上有奇怪的痕跡……還有血。

4

麥可說了他在鐵工廠廢墟遇到那隻鳥，還有他躲到煙囪裡閃避牠的經過。後來三名窩囊廢俱樂部成員——班恩、理查德和威廉——到德利市立圖書館去，班恩和理查德左顧右盼，不停留意鮑爾斯一幫人的身影，威廉卻始終望著人行道，皺眉沉思。麥可說完之後待了一小時左右才離開，說他父親要他四點回去幫忙摘豆子。貝芙莉說她要去買菜，幫父親做晚餐，艾迪和史丹利也有事情。但在分道揚鑣之前，他們已經開始挖掘將會成為（如果班恩是對的）地下俱樂部的坑洞。威廉覺得（他想其他人也這麼覺得）破土幾乎帶有象徵意義：他們正式行動了。無論他們身為同夥（身為一個共同體）要做什麼，都正式開始了。

他們經過德利社區中心，而圖書館就在眼前。長方形的圖書館石造大樓在榆樹林蔭下安適佇立著。這些高齡百歲的榆樹後來飽受荷蘭榆樹病所苦，變得又細又瘦。班恩問威廉相不相信麥可·漢倫說的事。

「嗯，」威廉說：「我相、相信他說的是、是真的。很扯，但真、真有其事。你覺、覺得呢，小、小理？」

理查德點點頭。「嗯，我不想相信，但我猜是真的，你們應該知道我的意思。你們還記得他怎麼形容那隻鳥的舌頭吧？」

威廉和班恩點點頭。那隻鳥舌頭上有橘色的絨毛。

「就是那個，」理查德說：「和漫畫裡的壞蛋一樣，例如《超人》裡的雷克斯和《蝙蝠俠》裡的小丑，牠也會留下標記。」

威廉點頭沉思。牠確實像漫畫裡的壞蛋。是因為他們那樣看牠？因為他們那樣想牠？嗯，有可能。牠是很小孩的東西，但牠似乎就靠這個壯大——小孩子的玩意兒。

他們橫過馬路，走到圖書館這一邊。

「我問小、小史有沒、沒有聽過那、那種鳥，」威廉說：「不、不必那、那麼大隻，但要、要——」

「要真的有的那種鳥？」理查德說。

威廉點點頭。「他說在南、南美或非、非洲可能有、有那種鳥，但、但在這、這裡沒有。」

「所以他不相信麥可說的？」班恩問。

「他相、相信。」威廉說，接著轉述了史丹利的說法。他陪史丹利去牽單車的時候，史丹利認為麥可說出他的經歷之前，不可能有人看過那隻鳥。也許看過別的鳥，但不可能是那一隻，因為那隻鳥是麥可．漢倫自己的心魔。不過……不過那隻鳥已經成為窩囊廢俱樂部共有的財產了，不是嗎？現在他們任何一個人都可能見到牠了，頂多外表不盡相同，例如威廉見到烏鴉，理查德看到老鷹，貝芙莉見到金鷹等等。總之，牠現在可能會以鳥的形象出現在他們面前。威廉告訴史丹利，假如他說得沒錯，那就表示他們也可能看到瘋瘋病患、木乃伊，甚至死掉的男孩。

「因此我們如果要採取行動，最好快一點，」史丹利說：「牠知道……」

「知道什、什麼？」威廉厲聲問：「知道我、我們知道的一、一切？」

「唔，要是牠知道，我們就毀了，」史丹利答道：「但你可以確定牠知道我們知道牠。我猜牠會設法對付我們。我們昨天提到的事，你還有在考慮嗎？」

「有。」

「可惜我沒辦法跟你一起去。」

「班、班恩和小、小理會跟、跟我去。班恩很、很聰明，小、小理也是，只要他不、不搞笑。」

此刻三人站在圖書館外，理查德問威廉到底在打什麼主意。威廉跟他們說了，不過講得很慢，免得口吃得太厲害。他已經盤算了整整兩週，但直到麥可提及那隻鳥的事，他的想法才確定下來。

想趕走一隻鳥的話，該怎麼做？

嗯，一槍斃了牠就行了。

想趕走一頭怪物的話，該怎麼做？

嗯，根據電影演的，用銀子彈射牠就行了。

班恩和理查德捺著性子聽完，理查德問：「你要怎麼弄到銀子彈咧，威老大？函購嗎？」

「真、真好笑，我、我們要自、自己做。」

「怎麼做？」

「我猜這就是我們來圖書館的理由了。」班恩說。

理查德點點頭，推了推鼻梁上的眼鏡，銳利的目光若有所思……不過威廉覺得他其實不太相信。威廉自己也很懷疑，但理查德的眼神起碼沒說他很蠢，這是好事。

「你打算用你爸的手槍嗎？」理查德問：「就是我們帶去內波特街那把。」

「對。」威廉說。

「就算我們有辦法做銀子彈，」理查德說：「銀要從哪裡來？」

「這件事就交給我吧。」班恩輕聲說。

「呃……好吧，」理查德說：「我們就讓害死康傷腦筋吧。然後呢？再去內波特街一趟？」

威廉點點頭。「再、再去內、內波特街，操他、他媽的把牠、牠腦袋轟掉。」

他們三人又站了一會兒，嚴肅地互看一眼，接著才走進圖書館。

5

「哎唷喂呀，又是那個黑小子！」理查德用愛爾蘭警察的聲音說。

又過了一星期，時間來到七月中，地下俱樂部已經接近完工了。

「日正當中好啊，歐漢倫先生！今天天氣肯定好得很，套句我老爸的話，好到馬鈴薯長不完——」

「我沒記錯的話，小理，日正當中指的是中午，」班恩從洞裡探頭說：「而那已經是兩小時前了。」他和理查德一直在做坑洞內壁的支撐工程，班恩把套頭運動衫脫了，因為那天很熱，幹的活又費力。他的T恤汗濕一片，貼著胸膛和小腹。他似乎毫不在意自己的外表，但麥可猜他只要聽見貝芙莉來了，一定會用最快速度鑽回運動衫裡。

「別這麼吹毛求疵，把自己搞得像小史一樣。」理查德說。他五分鐘前就爬出坑洞，因為他跟班恩說抽菸時間到了。

「我還以為你說你沒有菸。」班恩說。

「我是沒菸，」理查德說：「但時間到了就是到了。」

麥可將父親的相簿夾在腋下。「其他人呢？」他問。他知道威廉一定在附近，因為他才將自己的腳踏車停在橋下，銀仔的旁邊。

「威廉和艾迪半小時前去垃圾場了，去拯救更多板子，」理查德說：「小史和貝貝到雷諾五金行買鉸鍊。我不知道害死康這傢伙在底下上什麼工——哈哈，有聽懂嗎？底下上什麼工——但好像有做等於沒做。我們得找人盯著他才行，你知道。對了，你如果還是想加入，就得交兩毛三分錢，買鉸鍊用的。」

麥可將相簿從右邊腋下換到左邊，伸手到口袋掏出銅板，數了兩毛三分（身上只剩一毛錢）交給理查德，接著走到洞口往下看。

地洞已經不是洞了，四面早就軋得平平整整，擋板也架了。雖然用的板子各式各樣，但班恩、威廉和史丹利運用札克店裡的工具（威廉費盡唇舌向父親保證所有工具每晚都會歸還，而且狀態完好）將板子裁成相同大小。班恩和貝芙莉在擋板之間釘上橫柱。儘管如此，艾迪還是有一點緊張，但他就是那樣。他們在坑洞一側小心擺著草皮，之後要黏在洞口上方。

「看來你們很有概念。」麥可說。

「當然，」班恩說完指著相簿：「那是什麼？」

「我父親的相簿，」麥可說：「他收藏了許多德利市的老照片和剪報，是他的嗜好。我兩天前翻了一遍——我說過我之前就看過那個小丑，果然沒錯，就在這本相簿裡，所以我就把它帶來了。」他不好意思承認他是偷拿的，沒有經過父親同意。他不曉得問了會有什麼後果，因此便趁父親在田裡種馬鈴薯、母親在後院晾衣服時，像小偷一樣把相簿帶出門。「我想你們應該看一眼。」

「嗯，那就瞧瞧吧。」理查德說。

「我想等大家到齊了再看，可能比較好。」

「好吧，」理查德其實不怎麼想看德利市的相片，不管是這本相簿或其他相簿都一樣，因為喬治房間發生的那件事。他問：「你想幫我和班恩把剩下的支撐做完嗎？」

「那還用說。」麥可小心翼翼將相簿放在離洞口很遠的地方，免得被潑出來的泥土弄髒，然後接過班恩的鏟子。

「挖這裡，」班恩指著一處對麥可說：「往下挖一英尺左右，然後我會插一塊板子，抓著它貼住內壁，讓你把土填回去。」

「好方法，兄弟。」理查德坐在坑洞邊，穿著球鞋的雙腳晃呀晃的，一臉英明睿智地說。

「你怎麼了？」麥可問。

「我腳生骨刺了。」理查德臉不紅氣不喘地說。

「你和威廉的計畫進行得如何？」麥可慢慢脫下襯衫，開始挖土。天氣很熱，即使在荒原也是。灌木叢裡，蟋蟀懶洋洋鳴叫著，有如夏日的時鐘。

「呃……還可以吧，」理查德說，麥可覺得他對班恩使了個眼色。「我想。」

「怎麼不開收音機，小理？」班恩問。他將一塊板子插到麥可挖好的土溝裡，用手扶著。小理的收音機用帶子固定在老地方，附近灌木叢的粗枝上。

「電池沒電了，」理查德說：「你把我最後那兩毛五拿去買鉸鍊了，記得嗎？你真狠，害死康，太狠了。我為你做了那麼多，你竟然這樣對我。再說，這裡只收到得WABI電台，但他們專播很娘的搖滾樂。」

「啊？」麥可說。

「害死康認為湯米．桑茲和白潘唱的是搖滾樂，」理查德說：「我說他有病。貓王唱的才是搖滾樂，還有厄尼．杜伊和卡爾．柏金斯、巴比．達林、巴迪．荷利。『喔哦，佩姬……我的佩姬．蘇——』」

「拜託，小理。」班恩說。

「還有，」麥可倚著圓鍬說：「胖子多米諾、查克．貝利、小理查、法蘭奇．萊蒙和青少年合唱團、漢克．貝拉德和午夜人、貿易船合唱團、艾斯利兄弟、雞冠合唱團、心弦合唱團、史提克．馬基——」

班恩和理查德聽得目瞪口呆，麥可笑了。

「我從小理查之後就跟不上了。」理查德說，他喜歡小理查，但他那年夏天的秘密搖滾英雄是傑瑞．李．路易斯。有一天傑瑞．李到《美國舞台秀》表演，理查德的母親正好走進起居室，看見傑瑞．李爬到鋼琴上倒著彈琴，頭髮垂到臉上，高唱〈高校機密〉。理查德覺得他母親看了都快昏倒了，雖然沒有真的昏過去，但她大受震撼，那天晚餐竟然說要送兒子去參加戰鬥夏令營。理查德甩甩頭，讓頭髮垂下來遮住眼睛，開始唱：「來吧，寶貝，所有貓兒都在高中搖滾——」

班恩在坑洞裡搖搖晃晃，捧著啤酒肚假裝嘔吐。麥可捏著鼻子，但笑到眼淚都流出來了。

「怎麼了？」理查德問：「我是說，你們在難過什麼？這首歌很棒啊！我認為它真的很棒！」

「喔，老天，」麥可說，笑得幾乎講不出話來。「太帥了，實在太帥了。」

「黑鬼就是沒品味，」理查德說：「我想連聖經都有說。」

「唷媽媽。」麥可說，笑得更兇了。理查德一臉困惑，認真問他「唷媽媽」是什麼意思，麥可一屁股坐到地上，抱著肚子笑得前仰後合。

「我看你是覺得我在嫉妒，」理查德說：「覺得我很想變成黑鬼吧。」

班恩也跌坐在地哈哈大笑，笑得眼睛凸出，整個人都在震動搖晃，有點嚇人。「別再說了，小理，」他勉強擠出一句：「不然我就尿褲子了。你再不閉嘴，我一定會、會死——」

「我才不想當黑鬼咧，」理查德說：「誰想穿著粉紅色褲子住在波士頓，披薩一次只買一片？我想當猶太人，和史丹利一樣。我想開當舖，賣彈簧刀、塑膠狗屎和二手吉他給客人。」

班恩和麥可真的笑到聲嘶力竭，聲音在青翠蓊鬱、誤名為荒原的峽谷中迴盪，讓鳥兒嚇得飛走，松鼠僵住不動。他們的笑聲年輕、洪亮、活潑、精力充沛、單純而奔放。聲音所及之處，幾乎所有生物都回應了。然而，從涵管流出落入坎都斯齊格河上游的東西卻不是活物。前一天下午突然一場大雷雨（不過地下俱樂部沒怎麼受損，因此打從一開挖，班恩每天晚上都會用一塊破防雨布遮住洞口。防雨布是艾迪從瓦利溫泉酒吧後面偷的，雖然有油漆味，但很管用），讓德利市下水道裡氾濫了兩、三個小時。就是這波洩洪將這個令人不悅的皮囊送到陽光下，讓蒼蠅循跡而至。

那個「東西」是九歲的吉米．庫倫，臉上五官只剩鼻子，整張臉糊成一片無法辨識，皮肉上黑點處處，應該只有史丹利．尤里斯看得出來那是鳥嘴的啄痕，非常大的鳥嘴。

河水流過吉米．庫倫泥濘的斜紋長褲。他雙手發白，有如死魚漂著，同樣佈滿啄痕，只比臉稍好一點，佩斯利花呢襯衫有如腎臟脹脹縮縮、脹脹縮縮。

威廉和艾迪抱著從垃圾場找來的板子，踩著墊腳石過河，離屍體不到四十碼。他們聽見理查德、班恩和麥可的笑聲，也跟著露出微笑。兩人沒有看到吉米．庫倫，從浮屍旁匆匆走過，想快點知道什麼事這麼好笑。

6

艾迪和威廉來到空地時，他們還在笑。兩人抱著木板滿頭大汗，就連平常神色蒼白的艾迪，臉色也紅潤了一些。他們將新木板扔在快用光的木板堆上，班恩從洞裡爬出來檢查。

「幹得好，」他說：「哇，太棒了！」

威廉癱坐在地上。「我可、可以心臟病發、發了嗎？還是得等、等一下？」

「等一下。」班恩隨口應了一句。他這天帶了新工具來荒原，正小心處理新的板子，去掉上頭的釘子與螺絲。他發現其中一塊裂了，便丟到一旁，接著敲敲另一塊木板，發現至少三處發出悶響，於是也把它扔了。艾迪坐在土堆上看他做事。班恩用榔頭一端拔出一枚鏽鐵釘，艾迪立刻將噴劑塞進嘴裡摁了一下。釘子像被人踩到的小動物一樣發出不悅的尖叫。

「被生鏽的釘子割到手可能會得破傷風。」艾迪提醒班恩。

「嗄？」理查德說：「什麼破嗓風？聽起來像婦女病。」

「大笨鳥，」艾迪說：「是破傷風，不是破嗓風，又叫牙閉症。鐵鏽裡有一種病菌，懂嗎？你要是割傷，病菌可能跑進你身體，呃，惡搞你的神經。」艾迪臉色更紅了，又匆匆吸了一口噴劑。

「牙閉症，天哪，」理查德震驚地說：「聽起來很可怕。」

「那還用說。你的下顎會咬死，沒辦法張嘴，更別說吃飯了，所以只好在臉頰開一個洞，用管子餵流質食物。」

「喔，天哪！」麥可在洞裡站起來說。他瞪大眼睛，棕色的臉龐將眼白襯托得格外白。

「我媽告訴我，」艾迪說：「接下來喉嚨也會封住，再也沒辦法吃東西，最後就會死掉。」

所有人默默想像那可怕的場景。

「而且沒有藥醫。」艾迪補上一句。

又是一陣沉默。

「所以，」艾迪匆匆說道：「我一向很留意鏽鐵釘一類的爛東西，不然就得去打針，那超痛的。」

「那你為什麼還跟威廉一起去垃圾場，搬了這堆垃圾回來？」理查德問。

艾迪看著低頭凝視坑洞的威廉，眼神裡的崇拜與愛慕就足以回答一切。他柔聲回答：「有些事情就算危險還是得做。這是我從我母親之外學到的第一件重要的事。」

所有人又沉默下來，但不會不自在。接著班恩開始繼續拔鏽鐵釘，不久麥可．漢倫也加入了。

理查德的收音機已經發不出聲音（除非理查德拿到零用錢或有人找他除草），迎著微風在樹枝上輕輕搖擺。威廉忽然覺得眼前的一切是那麼古怪，古怪卻又完美，他們七人這年夏天竟然齊聚一堂。他知道有些小孩會去拜訪親戚，有些小孩會去加州迪士尼樂園或鱈魚岬度假，還有一個小鬼要去一個聽起來很遠、很無聊的地方，名字很怪又很有趣，叫做葛士塔。有些小孩會去教會夏令營、童軍營或有錢小孩的夏令營，學習游泳和打高爾夫，還有打網球被對方殺球時要說「嘿，好球！」而不是「操你媽的」。還有一些家長就是會帶小孩出去。威廉可以理解。他知道有些小孩很想離開，害怕今年夏天在德利出沒的惡魔，但他覺得害怕的家長人數更多。那些原本打算在城裡休假的人，忽然改變主意決定離開。

（葛士塔？在瑞典嗎？還是阿根廷？西班牙？）

感覺就像一九五六年的小兒痲痺恐慌，四名孩童到歐布萊恩紀念游泳池戲水，結果就染病了。當時的大人——在威廉心中，這兩個字就是爸媽的同義詞——就和現在一樣，忽然決定離開比較好，比較安全，能離開就離開。威廉能理解離開的想法，也覺得「葛士塔」很吸引人，然而比起慾望，吸引力不算什麼。葛士塔是離開，德利是慾望。

他看著班恩和麥可拔掉舊板子上的舊鐵釘，艾迪走到灌木叢裡小便（他有一回對威廉說，有尿就要趕快放，免得讓腎臟負荷過重，但也得小心毒藤蔓，因為誰想讓自己的小雞雞被刺到），心想：我們沒有一個人離開。我們都在德利，沒有夏令營，沒有親戚或度假，沒有離開。都在這裡，一個也不少。

「那裡有一扇門。」艾迪拉上拉鍊走回來，一邊說道。

「你最好有甩乾淨，」理查德說：「不然的話，你可能會得癌症。我媽是這麼告訴我的。」

艾迪一臉驚訝，微微擔憂，接著看見理查德咧嘴微笑，便賞了他一個「這小孩就是長不大」的眼神，說：「門太大了，我們搬不動，但威廉說如果我們全都去搬，應該扛得上來。」

「當然，你不可能完全甩乾淨，」理查德繼續說：「你想知道我曾經聽過一個聰明人說了什麼嗎，小艾？」

「不想，」艾迪說：「而且你不要再叫我小艾。我是認真的。我不叫你小鬼，就像我不會說『有口香糖嗎，小鬼？』之類的話。所以我不懂你為什麼——」

「那個聰明人，」理查德說：「這樣告訴我：『不管你怎麼甩、怎麼抖，總是有兩滴滴在褲子裡。』這就是世界上那麼多人得癌症的原因，親愛的艾迪。」

「世界上有那麼多人得癌症，是因為有一堆像你和貝芙莉．馬許那樣的傻蛋，整天菸不離手。」

「貝芙莉不是傻蛋，」班恩嚴詞說道：「你講話注意一點，賤嘴。」

「嗶嗶，你們幾、幾個，」威廉心不在焉地說：「說、說到貝、貝芙莉，她、她很強、強壯，可以幫我、我們搬、搬門。」

班恩問門是什麼做的。

「桃花心、心木吧，我、我、我想。」

「竟然有人會丟桃花心木門？」班恩問，語氣充滿驚訝，但不是不相信。

「什麼東西都有人丟，」麥可說：「那也能叫垃圾場？我每回去那裡就難過，難過斃了。」

「沒錯，」班恩附和說：「很多東西其實很容易修，而且中國和南非有很多人窮得什麼都沒有，我母親是這麼說的。」

「緬因州就有人窮得什麼都沒有了，孩子。」理查德嚴肅地說。

「這、這是什、什麼？」威廉發現麥可帶來的相簿，開口問道。麥可交代前因後果，說他等史丹利和貝芙莉回來就會讓大家看小丑的相片。

威廉和理查德互看一眼。

「怎麼了？」麥可問：「你們在你弟弟房間就是遇到這種事嗎，小威？」

「嗯。」威廉只應了一句，就不肯多說了。

他們輪流挖洞，直到史丹利和貝芙莉回來。兩人手上各有一個棕色紙袋，裡面裝著鉸鍊。麥可開始說明，班恩像裁縫一樣盤腿坐著，在兩塊長條木板上安裝可以開闔的無玻璃窗板。可能只有威廉注意到班恩的手指動得多麼輕鬆迅速、嫻熟老練，有如外科醫師，讓他看得讚佩不已。

「我爸說，裡面有些相片已經一百年了，」麥可將相簿放在腿上，對他們說：「都是他在舊貨店或別人家院子辦的拍賣會找到的，有些用買的，有些用別的東西交換，有些是立體鏡──就是一張長卡上有兩張相同的相片，用一個類似望遠鏡的東西看，兩張相片就會合成一張，只是變得立體，就像《黑湖妖潭》或《恐怖蠟像館》。」

「他為什麼喜歡老相片？」貝芙莉問。她穿著一件普通的李維牛仔褲，但褲腳做了一點修改，很有意思。最後四吋用鮮豔的佩斯利花呢布裝飾，很有水手服的感覺。

「對啊，」艾迪說：「德利市通常都很無聊。」

「呃，我不確定原因，但我想是因為他不是本地人，」麥可怯生生說：「這裡對他──我不曉得──對他像是新的地方。感覺就像，你知道，電影放映中途走進戲院──」

「沒、沒錯，你會很、很想看到開、開頭。」威廉說。

「對啊，」麥可說：「德利有很多故事，我還滿喜歡的。我想有一部分和那個東西有關，就是你們口中的牠。」

他看著威廉，威廉點點頭，眼神若有所思。

「所以，國慶日遊行結束後，我就拿出這本相簿來翻，因為我知道我看過那個小丑，我知道，你們看。」

他打開相簿翻到某一頁，遞給坐在他右邊的班恩。

「別、別碰！」威廉大喊，焦急的語氣嚇了大家一跳。理查德發現他握起之前伸進喬治的相簿被割傷的手，防衛似的緊握著。

「小威說得沒錯，」理查德說，那一本正經的低沉語氣非常有說服力。「小心一點。就像小史說的，假如我們看過，你們也可能會看到。」

「感覺到。」威廉嚴肅地說。

他們傳閱相簿，每個人都小心翼翼捧著邊緣，彷彿它是滲出硝化甘油的老炸藥。相簿回到麥可手上，他翻到前幾頁。

「爸爸說這張畫的日期不確定，但可能是十八世紀初期或中葉畫的，」他說：「他幫一個男的修理帶鋸，換回一箱舊書和圖片。這是其中一張。他說這張畫可能值四十美元以上。」

他說的是一幅木刻畫，和大張明信片尺寸相當。輪到威廉看時，他發現相簿的相片是有塑膠護膜擋著的，不禁鬆了一口氣。他著迷地看著，心想：看到了。我看到他了——或者該說「牠」。真的看見了，這就是敵人的長相。

畫裡的傢伙穿得很滑稽，在泥濘的街上拋接特大號的保齡球瓶。街道兩旁房舍不多，外加幾間小屋，威廉推測是店家或交易站之類的。除了運河，相片裡的景象完全不像德利市。運河就在

那兒，兩岸整齊鋪著鵝卵石。背景上方，威廉看見一隊騾子走在曳船小徑上，拖著一艘駁船。

滑稽傢伙身旁圍了五、六個孩子，其中一個孩子戴著牧童的草帽，另一個手裡拿著棍子和大鐵圈。不是現在伍華茲商店搭配滾鐵圈販售的棍子，而是樹枝。威廉看見棍子上有圓形的切痕，是小樹枝被人用刀或斧頭砍掉的痕跡。那東西不是台灣或韓國製造的，他心想，要是他早生四、五個世代，那個男孩很可能就是他。

滑稽傢伙臉上掛著大大的笑容，沒有化妝（但威廉覺得他整張臉都像化妝畫出來的），頭上寸草不生，只有耳朵上方各有一撮頭髮，像長角一樣。威廉一眼就認出他是那個小丑。兩百多年前了，他想，心裡忽然湧起一股恐懼、憤怒和興奮。二十七年後的現在，他坐在德利市立圖書館回想自己初次翻閱麥可父親相簿的往事，突然明白自己當時的感覺就和獵人初見老虎足跡時的感受一樣。兩百年前……那麼久了，天曉得還要多久。他不禁好奇潘尼歪斯的魂靈到底在德利出沒了多久，但他發現自己並不想碰這一點。

「給我，小威！」理查德說，但威廉還是拿著相簿愣愣望著那幅木刻畫，相信它很快就會開始動：滑稽傢伙拋的保齡球瓶（假如真是保齡球瓶的話）會開始上上下下，小孩會笑著鼓掌（也許不是全都笑著鼓掌，有些小孩子可能會尖叫逃跑），拖著駁船的騾子隊伍會走出畫框之外。

但一切都沒發生。他將相簿遞給理查德。

相簿回到麥可手中，他又翻找了幾頁。「喏，」他說：「這一張是一八五六年畫的，林肯當選總統的四年前。」

他們再度傳閱相簿。這一幅是彩色畫，有點像漫畫，內容是一群醉漢站在沙龍前方，一名留著絡腮鬍的胖政客一手拿著滿是泡沫的啤酒，站在兩個酒桶上的板子上激動發言，板子被他的體重壓得很彎。幾個頭戴軟帽的女人站在另一邊嫌惡地看著這群可笑放縱的男人。底下的圖說寫著：州議員加納表示，德利市政治黑暗。

「我爸說這種漫畫在南北戰爭二十年前很流行，」麥可說：「當時的人稱之為愚人卡，經常當卡片寄給別人，我想跟《瘋狂》雜誌很像吧。」

「諷、諷刺畫。」威廉說。

「沒錯，」麥可說：「但你們看底下角落。」

這幅畫和《瘋狂》還有一個相似處，就是細節和笑點很多，很像諷漫大師莫特·德魯克在《瘋狂》裡的電影嘲諷畫。畫裡一個胖子笑著痛灌一瓶斑點狗啤酒，一名女人跌坐在泥巴裡，兩個街頭頑童將硫磺火柴偷塞進一臉有錢樣的生意人的鞋裡，一個女孩攀在榆樹上踮腳旋轉，露出內褲。但這些細節雖然令人眼花撩亂，卻沒有人需要麥可指出小丑在哪裡。那傢伙穿著鮮豔的格子鼓手裝加背心，正在和一群喝醉的伐木工玩「猜豌豆」的遊戲。他對著其中一名工人眨眼，從那工人目瞪口呆的神情看來，應該猜錯了核桃殼。鼓手小丑從那工人手中接過一枚銅板。

「又是他，」班恩說：「應該……過了一百年了吧？」

「差不多，」麥可說：「這張是一八九一年。」

他指著一張德利《新聞報》頭版的剪報，標題高呼：慶賀！鐵工廠再開。副題寫道：市民蜂擁參加慶祝餐會。附圖是基勤納鐵工廠剪綵儀式的木刻畫，畫風讓威廉想起母親掛在廚房裡的庫利爾艾夫斯複製版畫，只是精緻度差了許多。一名身穿晨禮服和高頂帽的男子握著大剪刀擺在彩帶上方，現場大約有五百人出席。小丑（他們的小丑）出現在左邊，正在翻筋斗給一群小孩看。畫家畫出他倒立的模樣，笑容也倒過來變成了尖叫。

威廉趕緊將相簿遞給理查德。

下一張是相片。威爾·漢倫在下方寫道：一九三三年，德利，法案撤銷。雖然這群孩子都沒聽過禁酒法令和撤銷的經過，但相片表達得清清楚楚。相片裡是地獄半畝地的瓦利溫泉酒吧，擠滿了穿著開領白襯衫、硬草帽、伐木工襯衫、T恤或全套西裝的男人，手裡都拿著酒杯或酒瓶歡呼勝利。窗戶上貼著兩大張標語，一張寫著：歡迎大麥歸來！另一張寫著：今晚啤酒免費！小丑穿得有如超級花花公子（白鞋、鞋套和黑幫褲），站在里歐轎車的車身側踏板上用女人的高跟鞋喝香檳。

「一九四五年。」麥可說。

又是《新聞報》的剪報。標題是：日本投降——戰爭結束！謝天謝地！相片是遊行隊伍在主大街上蛇行慶祝，朝上哩丘前進。小丑在背景裡，穿著橘鈕釦的銀西裝，凍結在報紙相片的墨點中，似乎表示（起碼威廉這麼覺得）事情還沒結束，沒有人投降，也沒有人戰勝。一切都將成空，這是鐵律，他們最後仍將失去一切。

威廉渾身發冷，口乾舌燥，心裡滿是恐懼。

忽然間，墨點消失了，相片開始出現動作。

「這就是——」麥可開口說。

「你、你們看，」威廉說，聲音有如半融的冰塊滑出嘴巴。「你、你們快過、過來看。」

其他人都圍了過來。

「喔，天哪！」貝芙莉深受震撼，低呼了一聲。

「就是牠！」理查德差點叫出來，興奮得搥了威廉的背一下。他轉頭發現艾迪臉色發白緊繃，史丹利．尤里斯一臉木然。「我們在喬治房間就是看到這個！我們就是看到——」

「噓，」班恩說：「注意聽。」接著近乎哽咽地說：「你可以聽見——天哪，你可以聽見他們的聲音。」

四下靜寂，只有夏日微風徐徐吹過。他們全都發現自己聽見了。樂隊正在演奏進行曲，因為距離……或時間……或什麼而變得小聲模糊，群眾的歡呼聲則像出自頻率不準的廣播電台。還有啪啪聲，一樣很微弱，很像模糊的彈指聲。

「鞭炮，」貝芙莉用顫抖的雙手揉著眼睛，低聲說：「是鞭炮對不對？」

沒有人回答。所有人都望著相片，瞪大的眼睛幾乎佔據了整張臉龐。

遊行隊伍搖搖擺擺朝他們走來，但就在逼近相片表面，彷彿就要走出相片來到十三年後的世界時，卻突然消失得無影無蹤，彷彿沿著某條不可知的曲線飄然遠去。首先是一次大戰的士兵，瓜皮帽下的臉龐老得出奇，手上的標語寫著：德利海外軍人協會歡迎英勇子弟兵回國。再來是童子軍、基瓦尼俱樂部、國內護士團、德利基督教樂隊，接著是德利市二次大戰退伍軍人，最後是德利高中樂隊。隊伍魚貫前進，紙片和彩帶從街道兩旁的商業大樓二、三樓窗口撒落。小丑在一旁蹦蹦跳跳，劈腿、側翻、模仿狙擊手和敬禮。威廉頭一回發現路人紛紛迴避小丑，但不是因為看見他，而是像吹到冷風或聞到臭味一樣。

只有小孩看得到他，全都慌忙躲開。

班恩伸手想碰相片，就像威廉在喬治的房間那樣。

「不、不要碰！」威廉大喊。

「應該沒關係，小威，」班恩說：「你看。」他將手放在相片的塑膠護膜上，放了一會兒之後收手說：「但要是把護膜撕掉——」

貝芙莉忽然尖叫一聲。班恩剛一縮手，小丑就停止耍寶朝他們衝來，張開血盆大口冷笑，口中唸唸有詞。威廉嚇得往後縮，但仍捧著相簿，心想牠很快便會消失，就像剛才遊行的樂隊、男童軍和載著一九四五年的德利小姐的敞篷凱迪拉克一樣。

但小丑沒有消失，沒有沿著似乎區分過去與現在的那條界線移動，而是以迅速可怕又優雅的動作跳到相片左前方的路燈上，猴子似的往上爬。一轉眼，牠的臉龐已經貼在威爾．漢倫黏在相簿內頁的塑膠硬膜上。貝芙莉又尖叫了一聲，這回連艾迪也叫了，只是聲音又弱又喘。膠膜凸了一塊——事後所有人都承認看到了。威廉看見小丑的紅球鼻子扁了，就像壓在玻璃上那樣。

「殺光你們！」小丑大笑尖叫：「敢阻止我，我就殺光你們！先讓你們發瘋，然後全部殺光！你們阻止不了我的！我是薑餅人！我是狼人！」

說完小丑真的成了狼人，銀西裝領子上一張狼臉瞪著他們，露出白色的獠牙。

「你們阻止不了我，我是痲瘋鬼！」

牠又變成痲瘋鬼，著魔的臉龐皮膚剝落，爬滿爛瘡，一雙要死不活的眼睛盯著他們。

「你們阻止不了我，我是木乃伊！」

痲瘋鬼的臉立刻老化，浮現龜裂的皺紋。老舊的繃帶從表皮之下竄出，固著在臉上。班恩轉頭不看，臉色和凝乳一樣白，一手貼著頸子和耳朵。

「你們阻止不了我，我是溺死的小孩！」

「不要！」史丹利尖叫，鐵青的臉上兩隻眼睛瞪得好大。驚顏，威廉腦中迸出這兩個字。十二年後，他將這個詞寫進了小說裡，完全忘了它來自何處，直接就用了，就像作家常有的經驗，某個正確的詞在正確的時間出現，有如外太空

（另一個世界）

掉下來的禮物。絕妙好詞有時就是這樣來的。

史丹利將相簿搶過來狠狠闔上，雙手緊緊壓住，手腕和前臂青筋暴露。他環顧夥伴一眼，眼神近乎瘋狂。「不，」他匆匆說道：「不、不、不！」

威廉忽然發現自己更擔心史丹利一直說不，而非擔心小丑。他明白這正是小丑希望他們產生的反應，因為……

因爲牠或許很怕我們……從遙遠的過去直到現在頭一回感到害怕。

他抓住史丹利的肩膀，用力搖了他兩次。史丹利牙齒打顫，相簿從他手中落了下來。麥可拾起相簿急忙擺到一旁，剛才的景象讓他不想再碰它。但相簿畢竟是他父親的，而他直覺明白父親永遠不會看見他方才看到的一切。

「不。」史丹利輕聲說。

「是真的。」威廉說。

「不。」史丹利又說了一次。

「是眞的，我、我們都——」

「不！」

「都看、看見了，小史。」威廉說完看著其他人。

「沒錯。」班恩說。

「對。」理查德說。

「沒錯，」麥可說：「天哪，我真的看到了。」

「對。」貝芙莉說。

「沒錯。」艾迪努力撐開迅速緊縮的喉嚨，勉強擠出一句。

威廉看著史丹利，用眼神要史丹利看著他。「別、別讓牠唬、唬過你，」他對史丹利說：「你也看、看到了。」

「我不想看到！」史丹利哭著說，眉毛上的汗水閃著油光。

「但你看、看到了。」

史丹利逐一看向其他人，雙手拂過短髮，抖著聲音長嘆一聲，眼神也似乎恢復神智，不再帶著讓威廉擔憂的瘋狂。

「沒錯，」他說：「沒錯，好吧，我看到了。你滿意了吧？我看到了。」

威廉心想：我們還在一起，牠沒有阻止我們。我們還是能殺了牠，還是能……只要鼓起勇氣。

威廉環顧夥伴，發現每個人的眼神都和史丹利一樣歇斯底里，雖然沒那麼糟，但確實存在。

「對，」他向史丹利微笑說。過了一會兒，史丹利報以微笑，驚惶失措的神情從他臉上消失。

「我很滿、滿意，你這、這個白、白痴。」

「嗶嗶，蠢蛋。」史丹利說，所有人都笑了，笑得歇斯底里，聲嘶力竭，不過總比笑不出來好，威廉心想。

「好、好了，」他說，因為總得有人開口。「我、我們繼續把、把俱樂部完、完成吧，如何？」

他看見他們露出感激的眼神，心裡頗為他們高興……但他們的感激不僅消不去他心頭的恐懼，反而讓他很想憎恨他們。他難道永遠不能顯露恐懼，免得打斷凝聚他們的脆弱連結嗎？但這麼想其實不公平，不是嗎？因為他其實是在利用他們——利用他們的友誼，讓他們冒生命危險——替他死去的弟弟報仇。就這樣嗎？當然不是，因為喬治已經死了，就算血債真能血還，威廉覺得也是為了仍然在世的人。但這會讓他變成什麼？一個揮舞小刀、幻想成為亞瑟王的自私小鬼嗎？

喔，天哪，他在心裡哀怨道，如果長大就得想這種事，那我永遠不要長大。

他的決心依然不變，但這是個痛苦的決定。很痛苦。

第十五章 煙洞

1

理查德·托齊爾推了推鼻梁上的眼鏡（雖然已經戴了二十年的隱形眼鏡，這個動作還是讓他感覺很熟悉），一邊聽麥可回想當年在鐵工廠看見怪鳥的往事，還有他父親的相簿和會動的相片，一邊驚訝地發現房裡的氣氛因爲麥可的回憶而起了變化。

他覺得一股瘋狂、興奮的情緒正在房裡醞釀。過去兩年，他吸過九次或十次的古柯鹼，大多在派對上——身爲熱門電台主持人，一個人在家是不會想吸這種玩意兒的——此刻的感覺有點像，但不盡相同。現在的感覺更純粹，更像靜脈注射海洛因得到的快感。他想他小時候的感覺就像這樣，每天都很亢奮，最後覺得自己天生如此。他想他小時候要是想過這件事，想過自己擁有源源不絕的精力（他不記得自己想過），一定會以爲生命就是這樣，永遠都會如此，就像他眼睛的顏色和討厭的錘狀趾一樣，永遠跟著他。

呃，結果並非如此。童年取之不盡，以爲永遠用不完的活力，卻在十八到二十四歲之間流失了，被其他的東西所取代。也許是「目標」或「成就」，甚至是國際青年商會鼓吹的價值，總之沉悶得多，和吸古柯鹼的快感一樣假。流失的過程很不明顯，不是砰的一聲突然消失。理查德心想，或許這樣才眞的可怕。人爲何不是突然就不是小孩了？就像上頭寫著刮鬍膏廣告的小丑氣球一樣轟的爆炸消失？你體內的那個小孩有如消氣的輪胎，是慢慢流失的，直到你有一天看著鏡子，才發現鏡子裡的人長大了。你還是可以穿牛仔褲，繼續參加史普林斯汀和鮑伯·塞格的演唱會，染頭髮，但鏡子裡出現的還是大人的臉。這一切就像牙仙子造訪一樣，都在睡夢中發生。

不，他想，不是牙仙子，是增齡仙子。

這個念頭中的愚蠢、無謂使他放聲大笑，笑到貝芙莉以疑惑的眼神看著他。「沒什麼。」他揮揮手說：「只是在想我自己的事情。」

然而，現在那股活力又回來了。不是全部，還沒有，但確實回來了。而且不只是他，他可以感覺那股活力彌漫在房裡。中午在購物中心吃了那一頓恐怖午餐之後，他頭一回覺得麥可沒事了。他之前走進圖書館，看見跟班恩和艾迪坐在一起的麥可，心裡大吃一驚：**這個人就要瘋了，隨時可能自殺。**但那神情已經消失了，不是減弱，是完全不見了。麥可回憶怪鳥和相簿時，理查德親眼看見最後一絲抑鬱從他臉上消失。麥可恢復活力了。其他人也是，一切都寫在他們臉上、聲音和動作裡。

艾迪又調了一杯琴酒加梅子汁，威廉喝完波本酒，麥可再灌一瓶啤酒，貝芙莉看了一眼威廉綁在微縮膠卷攝影機上的氣球，匆匆喝完第三杯螺絲起子。他們都喝得很急，但沒有人醉。理查德不曉得那股活力來自何處，但絕對不是出自酒精。

黑鬼滾出德利：藍色

窩囊廢就是窩囊廢，但史丹利．尤里斯先走一步：橘色

老天，理查德開了另一罐啤酒，心想：**牠能隨心所欲變成各種怪物，從他們的恐懼中汲取力量還不夠糟嗎？竟然還變成男扮女裝的洛德尼．丹格菲爾德。**

艾迪打破沉默問：「你們覺得牠對我們現在做的事情知道多少？」

「牠在這裡，對吧？」班恩問。

「我不認爲那代表什麼。」理查德說。

威廉點點頭說：「那些都是幻象。我不確定那代表牠看得見我們，或知道我們想做什麼，就像打開電視可以看見新聞主播，但他看不見你。」

「那些氣球不是幻覺，」貝芙莉用拇指比了比背後說：「是真的。」

「妳錯了，」理查德說，所有人都轉頭看他。「那些幻覺是眞的，那不用說，那些——」

忽然間，另一個感覺也回來了，一個新的感覺：力道強得讓他雙手摀住耳朵，眼鏡下的眼睛睜得又圓又大。

「喔，天哪！」他大喊一聲，雙手慌亂抓住桌子想站起來，但隨即一屁股坐回椅子上，撞倒了啤酒罐。他伸手扶起罐子，一口喝完剩下的酒。他看著麥可，其他人一臉驚詫擔憂地望著他。

「灼熱感！」他用近乎咆哮的聲音說：「我眼睛的灼熱感！麥可！我眼睛裡的灼熱感——」

麥可點頭微笑。

「小、小理，」威廉問：「你在說什、什麼？」

但理查德幾乎沒聽見。回憶有如巨浪席捲了他，讓他忽冷忽熱。他忽然能理解回憶爲何一次只來一個。要是他一次記起所有事情，那力道就會像人拿著獵槍朝他太陽穴開槍一樣，會讓他腦袋開花，只不過開花的是他的心靈。

「我們看見牠來了，」他對麥可說：「我們看見牠來了，對不對？我和你……還是只有我？」他抓起麥可放在桌上的手。「你那時也看到了嗎，麥可？還是只有我？你有看到嗎？那場森林大火？隕石坑？」

「我有，」麥可摁了摁理查德的手，輕聲答道。理查德閉上眼睛，覺得這輩子從來沒這麼如釋重負過，感覺溫暖又強烈。他有回搭飛機從洛杉磯到舊金山，沒想到飛機滑出跑道，幸好立刻就停住了，沒有人死傷，只有幾件行李從頭頂置物櫃掉落。那次都沒有現在感覺那麼輕鬆。他滑下黃色逃生滑梯，還幫一位女士離開飛機。那位女士撞到藏在長草地裡的吊床扭傷了腳，笑說：「眞不敢相信我沒死，眞不敢相信，眞的。」於是理查德一手攙著那位女士，一手招呼奮勇跑向離機乘客的消防隊員說：「好吧，那妳死了，妳已經死了，這樣感覺好一點嗎？」說完兩人都笑了，如釋重負的笑……但此刻的感覺更強烈。

「你們在講什麼啊？」艾迪看著理查德和麥可問。

理查德看著麥可，但麥可搖搖頭。「你先說吧，小理，我留到晚上說。」

「你們其他人可能不知道或忘記了，因爲你們先走了，」理查德說：「但我和小麥，我們是留在煙洞裡最後走的兩個印第安人。」

「煙洞。」威廉陷入沉思，藍色眼眸縹緲而悠遠。

「我眼睛的灼熱感，」理查德說：「而且是還戴著隱形眼鏡。我頭一回感覺到這種痛，是麥可打電話到加州找我的時候。我當時不曉得是怎麼回事，但現在記起來了。那是煙，二十七年前的煙。」他轉頭看著麥可：「你會說這是心理作祟嗎？身心互感？還是潛意識？」

「我不會這麼說，」麥可輕聲回答：「我會說你的感覺就和看到那些氣球一樣眞實，就和我在冰箱看到人頭、艾迪看到湯尼．崔克的屍體一樣眞實。跟他們解釋一下吧，小理。」

理查德說：「事情發生在麥可拿他父親的相簿給我們看的四、五天後，大概是七月中吧，我想。地下俱樂部已經完成了，可是……煙洞那件事是你的主意，害死康，是你從你那些書裡看來的。」

班恩微微一笑，點了點頭。

理查德心想，那天是陰天，沒有風，感覺就要打雷了，和一個月後他們在河中圍成一圈讓史丹利用可樂瓶碎片劃破他們的手那天一樣。空氣文風不動，彷彿正等著看好戲。威廉後來說，情況會急轉直下就是因為這一點，因為沒有風。

七月十七日，對，就是那天。一九五八年七月十七日，暑假開始、窩囊廢俱樂部核心成員（威廉、艾迪和班恩）在荒原邂逅的一個月後。讓我把二十七年前的氣象預報找出來，理查德想，但我不用讀就可以告訴你們，因為我是讀心大師理查德．托齊爾：「炎熱、潮濕、可能下雷陣雨，並請留意會在煙洞裡看到的東西。」

吉米．庫倫的屍體兩天前被人發現，奈爾警官前一天才又到荒原，不過他坐在俱樂部上方卻渾然不覺，因爲他們已經加了頂蓋。班恩親自監督他們仔細塗上黏著劑，然後把草皮鋪回去，除非趴下來用手和膝蓋四處壓，否則絕不會發現地下有暗室。班恩設計的俱樂部就和水壩一樣大獲成功，只是這一回奈爾警官看不見。

他一板一眼仔細訊問他們，將答覆記在黑色小冊子裡，但他們能說的非常有限——起碼關於吉米能說的不多——奈爾先生再次警告他們不要單獨來荒原玩，之後就離開了。理查德推想，如果德利市警方認爲庫倫家的小鬼（或其他遇害孩童）是在荒原被殺的，奈爾警官一定會直接叫他們離開。但他們知道不是，因爲下水道和排水系統才是屍體最後的去處。

奈爾警官十六日來，沒錯，那天也又熱又濕，但很晴朗。十七日才是陰天。

「你到底要不要說啊，小理。」貝芙莉問。她淺淺含笑，豐潤的雙唇漾著淺粉紅色的光澤，眼睛閃閃發亮。

「我只是在想要從哪裡說起，」理查德說完摘下眼鏡，用襯衫擦拭，忽然靈光一閃，知道該從哪裡開始了：就從地面在他和威廉腳下裂開講起。他當然知道俱樂部，威廉和其他人也知道，但看到地上裂開一道漆黑的縫隙還是把他嚇得魂飛魄散。

他記得威廉騎著銀仔載他到堪薩斯街，將車藏在橋下的老地方。他記得他們倆沿著小徑走到荒原的空地，途中因爲灌木叢太濃密而不時繞道。那時是盛夏，而荒原那一年又格外蓊鬱。他記得自己不停揮手驅趕在他們耳邊嗡叫、令他們抓狂的蚊子，甚至想起威廉說（喔，回憶全都回來了，清晰得宛如昨日，彷彿現在）「等、等一

2

一下，小、小理，你脖子後、後面有一、隻大的。」

「天哪，」理查德說。他討厭蚊子，牠們根本就是小吸血鬼。「趕快解決牠，威老大。」

威廉狠狠拍了理查德脖子一下。

「哎唷！」

「看、看到沒？」

威廉將手伸到小理面前，只見殘缺不全的蚊子屍體黏在一攤形狀不規則的血漬中央。那是我的血，理查德心想，爲了你和其他人流的血。「嗯。」他說。

「別、別擔心，」威廉說：「這個小、小混球已、已經沒戲、戲唱了。」

他們繼續前行，不停打蚊子，揮手驅趕被他們的汗臭味吸引來的小蟲子。多年以後，科學家說汗臭其實是「費洛蒙」——誰管它是什麼。

「小威，你什麼時候才要告訴其他人銀子彈的事？」快到空地時，理查德開口問道。他口中的其他人指的是貝芙莉、艾迪、麥可和史丹利，不過他想史丹利已經知道他們到市立圖書館的目的了。史丹利很精明，理查德有時覺得他太過精明了。麥可帶父親的相簿到荒原那天，史丹利差點就不行了。其實，理查德當時覺得他們再也不會見到史丹利了，窩囊廢俱樂部會變成六人幫（他非常喜歡六人幫這個詞，每次都不忘強調第一音節❿），但史丹利隔天就回來了，這讓理查

德更加敬佩他。「你今天會說嗎？」

「今、今天不、不會。」威廉說。

「你覺得沒有用，對吧？」

威廉聳聳肩。在奧黛拉·菲利普斯出現前，理查德可能是最瞭解威廉·鄧布洛的人。他很好奇要是威廉沒有語言障礙，不知道能說出多少事情：做銀子彈是小男生的玩意兒，是漫畫裡的故事……換句話說，根本是胡扯。危險的胡扯。對，他們會試試看，班恩·漢斯康甚至有辦法讓子彈射出去。沒錯，這一套在電影裡行得通，但……

「怎麼樣？」

「我、我有個主、主意，」威廉說：「更簡、簡單，但貝芙莉必、必須——」

「貝芙莉必須怎樣？」

「算、算了。」

威廉不肯再說。

他們來到空地。仔細看會發現那裡的草有一點亂，有一點使用過的感覺，甚至有一點人工，從葉子和松針散落在草皮上的樣子來看，簡直是刻意弄的。威廉拾起一個巧克力夾心餅盒——十之八九是班恩的——隨手放進口袋。

兩個男孩走到空地中央……只聽見鉸鍊粗嘎嘶響，一塊長十英寸、寬三英寸的地面應聲掀起，露出一個黑洞。一雙眼睛從洞裡望出來，讓理查德不寒而慄。其實那只是艾迪·卡斯普布拉克的眼睛。一週後，艾迪會住院，而他會去醫院探望他。但這會兒，艾迪用空洞的聲音說：「是

⑩Sextet，第一音節sex的意思是「性」。

誰踩在我的橋上？」

洞裡傳來咯咯笑的聲音，還有手電筒亮光一閃。

理查德蹲下來，假裝撚撚鬍髭，用墨西哥叛軍頭目的聲音說：「這裡是墨西哥騎警隊，先生。」

「幹嘛？」貝芙莉在下面問：「讓我們看看你的警徽。」

「警衛？」理查德開心高喊：「我們才不需要狗屁警衛呢！」

「去死吧，叛徒。」艾迪說完將暗門關上，裡面又是一陣笑聲。

「立刻舉手出來投降！」威廉用大人的低沉語氣命令道，接著開始在俱樂部的草皮頂蓋上來回踱步。他看見地面因為他來回踩踏而跳動，但幾乎看不出來。這地方蓋得很好。「你們沒機會了！」他大吼，想像自己是《洛城警探》裡的喬伊．佛萊岱。「給我滾出來，混蛋！不然我們就殺下去了！」

他開始蹦蹦跳跳，讓下面的人知道他是玩真的。地底下傳來尖叫和笑聲。威廉笑了，渾然不覺理查德正一臉聰明地看著他。不是用孩子看孩子的眼光，而是大人看孩子的神情。

他不曉得自己不是一直會結巴，理查德心想。

「讓他們進來吧，班恩，不然屋頂就要踩爛了，」貝芙莉說。不一會兒，地上一道暗門像潛水艇的艙門一樣掀開了。班恩探頭出來，滿臉通紅。理查德立刻知道他剛才一定坐在貝芙莉身邊。

威廉和理查德鑽進暗門裡，班恩將門關上。所有人又到齊了。他們背靠壁板、收起雙腳擠在一起。班恩的手電筒亮著，讓他們的臉龐隱約可見。

「有什、什麼進、進展？」威廉問。

「沒什麼，」班恩說。他果然坐在貝芙莉身旁，不僅滿臉通紅，還洋溢著幸福的神采。「我們才剛——」

「告訴他們，班恩，」艾迪插話說：「跟他們說那個故事，看他們怎麼想。」

「你忘了你的氣喘嗎？」史丹利用「總得有人冷靜一點」的語氣對艾迪說。

理查德雙手交握，抱著膝蓋坐在麥可和班恩中間。洞裡很涼爽，很隱密。隨著手電筒的光束照過每一個人的臉，他暫時忘了剛才在上頭讓他大為震驚的事。「你們在說什麼？」

「喔，班恩剛才跟我們說了一個印第安人的儀式，」貝芙莉說：「但小史說得沒錯，你可能會氣喘，小艾。」

「也許不會，」艾迪說，聽來（理查德必須承認）只有一點點不安。「我通常只有太激動的時候才會發作，但我無論如何都想試試看。」

「試、試什麼？」威廉問他。

「煙洞儀式。」艾迪說。

「那是什、什麼？」

班恩的手電筒往上照，理查德順著光線看了過去。班恩開始解釋，光線在木頭屋頂上漫無目的移動著，橫過裂痕處處的桃花心木門。他們七個人三天前才從垃圾場將門扛回來，就是吉米·庫倫屍體被人發現的前一天。吉米是個安靜的小男生，也戴眼鏡。對於他，理查德只記得他喜歡在雨天玩拼字遊戲。他再也不能玩拼字遊戲了，理查德心想，忍不住打了個冷顫。光線很暗，沒有人看見他發抖，但麥可·漢倫和他貼著肩膀，好奇地瞄了他一眼。

「呃，我上週在圖書館借了一本書，」班恩說：「書名叫大平原的鬼魂，主題是一百五十年前住在美國西部的印第安部落，例如帕攸族、波尼族、奧托族、奇歐瓦族和卡曼契族。那本書真的很棒，我很想去他們住過的地方，愛荷華、內布拉斯加、科羅拉多、猶他……」

「廢話少說，快講煙洞儀式啦！」貝芙莉用手肘頂了他一下說。

「是，」班恩說：「沒問題。」理查德相信就算貝芙莉說的是「班恩，把毒藥喝下去，好嗎？」班恩也會答應。

「幾乎所有印第安部落都有一個特殊的儀式，而我們的俱樂部讓我聯想到這個儀式。每當他們遇到重大決定，例如要不要跟著水牛群遷徙、要不要尋找乾淨水源或要不要對抗敵人，他們就會在地上挖一個大洞，用樹枝蓋好，只在頂端留一個通風口。」

「煙、煙洞。」威廉說。

「威老大，你腦袋就是動得這麼快，真厲害，」理查德認真說道：「你應該去參加『二十一』，我敢說你一定能打敗查爾斯．范多倫。」

威廉作勢打他，理查德往後閃，腦袋狠狠撞在支撐的壁板上。

「哎唷！」

「你活、活該。」威廉說。

「我砍了你，狗娘養的傢伙，」理查德說：「我們不需要臭——」

「你們兩個別鬧了好不好？」貝芙莉說，接著用無比溫暖的眼神望著班恩說：「眞有意思。」理查德相信害死康的耳朵很快就會冒煙了。

「好吧，班、班恩，」威廉說：「繼、繼續吧。」

「沒問題。」班恩說，聲音有點嗆到。他只好清了清喉嚨再繼續。「煙洞完成之後，印第安人會在裡面生火，而且不用枯枝，這樣才會起煙。接著所有勇士下到煙霧彌漫的洞裡，圍坐在火前。書上說這是宗教儀式，但也是比賽，你們知道嗎？通常過了半天左右，大部分勇士都會受不了煙霧而離開，只有兩、三個人留下來。這兩、三個人就會看到預象。」

「是啦，要是我連吸五、六小時的煙，可能也看得到預象。」麥可說，所有人都笑了。

「預象會告訴部落的人該怎麼做。」班恩說：「我不曉得是真是假，但書上說預象通常都是對的。」

洞穴裡一陣沉默。理查德看了威廉一眼。他發現所有人都看著威廉。他又感覺班恩說的不只是你在書上讀到、很想嘗試的新奇玩意兒，例如化學實驗或魔術之類的。他知道，所有人都知道。班恩可能最清楚這一點。這就是他們應該做的事。

他們會看到預象……通常都是對的。

理查德心想，*我敢說要是問他，害死康一定會說書是自己掉進他手裡的，彷彿要他打開來讀，然後將煙洞儀式告訴我們。因爲眼前就是一個部落，不是嗎？沒錯，就是我們。沒錯，我猜我們是想知道接下來該怎麼做。*

他又想，*這些都是***注定***要發生的嗎？打從班恩建議不做樹屋，改做地下俱樂部開始，這些都是***注定***的嗎？當中有多少是我們自己想出來的，又有多少是上天安排好的？*

某種程度上，「注定」的想法應該令人放心才對。某個比你強大、比你聰明的東西在替你思考，就像大人替小孩安排三餐、幫小孩買衣服、規劃時間一樣，那感覺滿好的。理查德相信將他們聚在一起的力量選擇班恩做信差，告訴他們煙洞的事。這力量不是殺害小孩的那股力量，而是正好相反，是為了對抗

（*唉，你就直說了吧*）

牠。儘管如此，他還是不喜歡無法掌控自己行為、被安排、被驅使的感覺。

所有人都看著威廉，等他開口。

「看、看來，」威廉說：「那、那主意真、真不錯。」

貝芙莉輕嘆一聲，史丹利不安地動了動身體……就這樣。

「真的不、不錯，」威廉低頭看著雙手又說了一次。也許是班恩手電筒的光線令人不安，也許只是幻覺，但理查德覺得威廉雖然面帶微笑，看起來卻有一分蒼白和十分驚恐。「也許我、我們可以讓預、預象告訴我、我們，該怎、怎麼解決我、我們的問題。」

要說預象，理查德心想，也只有威廉看得見了。但他錯了。

「呃，」班恩說：「這方法可能只對印第安人管用，但我想試試無妨。」

「是啦，我們搞不好會被煙燻暈，死在這裡，」史丹利悶悶地說：「什麼試試無妨。」

「你不想參加嗎，小史？」艾迪問。

「呃，其實我想參加，」史丹利嘆了口氣說：「我覺得你們快要把我逼瘋了，知道嗎？」他看著威廉說：「哪時候做？」

威廉說：「嗯，擇、擇日不如撞、撞日，就現、現在吧？」

所有人驚詫沉默，陷入沉思。接著理查德站起來，伸直手臂將暗門推開，透進一縷夏日沉靜的陽光。

「我帶了小斧頭來，」班恩跟著理查德走了出去：「誰要來幫我砍樹枝？」

最後所有人都上去幫忙了。

3

他們花了一小時左右準備，砍了四、五把小嫩枝回到空地，由班恩削掉細枝和葉子。「這些樹枝是會起煙，」班恩說：「但我實在不曉得管不管用。」

貝芙莉和理查德到坎都斯齊格河邊撿了幾塊大石頭，用艾迪的夾克（他媽總是要他帶著，就算天氣很熱也不例外。外頭可能會下雨，卡斯普布拉克太太說，有帶夾克身體就不會淋濕了）充當吊帶，將石頭扛回空地。途中，理查德說：「妳不能下去，貝貝，因為妳是女孩子。小班說只有勇士能進入煙洞，女人家不行。」

貝芙莉停下腳步看著理查德，眼神好奇又生氣。一綹頭髮從她馬尾鬆脫了垂到額頭，貝芙莉收起下唇輕輕一吹，將頭髮吹開。

「我隨時可以把你撂倒，小理，你應該很清楚才對。」

「那又怎麼樣，郝思嘉小姐？」理查德瞪著眼睛望著她：「妳依然是個女孩，而且永遠都是！絕對不可能是印第安勇士！」

「那我就當女武士，」貝芙莉說：「我們現在到底是要把這些石頭搬回空地，還是讓我挑幾塊石頭砸爛你的破腦袋？」

「手下留情啊，郝思嘉小姐，別把我的腦袋打破洞！」理查德尖叫道。貝芙莉哈哈大笑，笑到忘了抓住艾迪的夾克，石頭全掉了出來。她一邊撿石頭，一邊臭罵理查德。理查德模仿各種聲音尖叫、插科打諢，心裡暗想她真漂亮。

理查德開玩笑說貝芙莉是女生，所以不能進煙洞，但威廉顯然認真的。

貝芙莉雙手扠腰站在威廉面前，氣得脹紅了臉說：「結巴威，你把那句話給我吞回去！我也要參加，難道我不是窩囊廢俱樂部的人？」

威廉好言相勸說：「不、不是的，貝、貝貝，妳應該知、知道，總得有、有人守在上、上頭。」

「爲什麼？」

威廉很想解釋，但嘴巴就是不聽使喚。他用求助的眼神看著艾迪。

「小史之前說過，」艾迪平靜地說：「就是煙的事情。威廉說那很有可能發生——我們可能會被濃煙燻昏，死在裡面。威廉說房屋失火的時候，很多人就是這樣死的。不是被燒死，而是被煙嗆死。他們——」

貝芙莉轉頭看著艾迪。「好吧，所以他希望有人守在上頭以防萬一？」

艾迪可憐兮兮地點點頭。

「嗯，那他怎麼不挑你？你有氣喘啊！」

艾迪無話可說，於是她又看著威廉。其他人手插口袋站在一旁，低頭看著球鞋不敢說話。

「因為我是女生，對吧？這才是原因，對不對？因為我是女生？」

威廉勉為其難點了點頭。

她默默看著威廉，雙唇顫抖，理查德覺得她就要哭了，沒想到她大發雷霆。

「去，操你媽的！」她轉身看著其他人，雙眼射出輻射般的怒火，所有人都被瞪得倒退一步。「你們要是都這麼想，我就操你們全部！」接著她又回頭看著威廉，嘴巴開始像機關槍一樣罵個不停：「這不是小孩子在玩家家酒，也不是拔河、槍戰或捉迷藏。你很清楚這一點，小威。這是我們應該做的事。煙洞是其中一部分，你不能只因為我是女生，就把我排除在外，聽懂了沒有？你最好讓我參加，否則我立刻走人。我說走就走，永遠不會回來，聽懂了沒有？」

她閉上嘴巴。威廉看著她，似乎找回了往常的鎮定，但理查德很害怕。他覺得他們得勝的機會，找出殺害喬治·鄧布洛和其他小孩的殺手，揪出牠並殺了牠的機會就要化為泡影了。七，理查德想，七是神奇數字。必須有七個人才行，事情就應該這樣。

某處傳來鳥兒的鳴唱聲。停了，然後又開始唱。

意？」

「好、好吧，」威廉說。理查德鬆了一口氣。「但有人得留、留在上、上頭。誰願、願

理查德以為史丹利或艾迪一定會馬上舉手，但艾迪毫無反應，史丹利則是臉色蒼白，一言不發，表情若有所思。麥可像電影《黑色九月》裡的主角史帝夫·麥昆一樣手指插著腰帶，動也不動，只有眼睛骨碌碌轉。

「快、快點。」威廉說。理查德明白大家都不再裝模作樣了。貝芙莉慷慨陳詞和威廉一臉嚴肅，讓所有人卸下了偽裝。這是整件事的一部分，或許就跟他和威廉之前到內波特街廿九號探險一樣危險。他們都知道……可是沒有人退縮。理查德忽然為他們感到驕傲，也很驕傲和他們在一起。當了這麼久的局外人，他終於成為局內人了。他不曉得他們還算不算窩囊廢，但他知道他們在一起。他們是朋友，很好的朋友。理查德摘下眼鏡，用襯衫下襬猛力擦拭鏡片。

「我知道該怎麼辦，」貝芙莉說著從口袋裡掏出一個火柴盒，正面的相片小到得用放大鏡才看得清楚，全是那年的萊茵金啤酒小姐候選人。貝芙莉點了一根火柴，然後吹熄，接著又抽了六根火柴。她轉身背對他們，然後轉回來，一手握拳露出七根火柴尾巴。「挑一根吧，」她將火柴遞到威廉面前說：「誰挑到燒過的火柴就留在上頭，負責把暈倒的人拖出來。」

威廉漠然望著她說：「妳真、真的要這、這樣？」

她對他微笑，神采飛揚。「沒錯，大笨豬，我就是要這樣，你呢？」

「我愛、愛妳，貝貝。」他說，貝芙莉臉上立刻燃起兩片紅暈。

但威廉似乎沒有發覺。他仔細研究露出她拳外的火柴尾巴，過了很久終於選了一根。火柴頭是藍色的，沒有燒過。貝芙莉轉向班恩，將剩下的六根火柴遞到他面前。

「我也愛妳。」班恩啞著嗓子說，雙頰紅得發紫，感覺就要中風了。但沒有人笑他。荒原深

處，那隻鳥又開始鳴唱。小史一定知道那是什麼鳥，理查德心不在焉地想。

「謝謝你。」貝芙莉微笑著說。班恩挑了一根火柴，是沒燒過的。

下一個是艾迪。艾迪笑了，笑得很害羞，但甜得不可思議，又脆弱得幾乎令人心碎。「我想我也愛妳，貝貝。」他說，接著隨便抽了一根火柴。是藍色的。

貝芙莉將剩下的四根火柴遞到理查德面前。

「我好愛妳，郝思嘉小姐，」理查德尖著嗓子說，同時用雙唇做出誇張的親吻動作。但貝芙莉只是望著他微微一笑。理查德忽然羞愧得無地自容。「我真的很愛妳，貝貝，」他說著摸了摸她的頭髮。「妳很酷。」

「謝謝你。」她說。

他挑了一根火柴低頭一看。一定是燒過的。結果不是。

貝芙莉將火柴遞到史丹利面前。

「我愛妳。」史丹利說完從她拳頭裡抽了一根火柴。沒燒過的。

「剩下你和我了，麥可。」她說，將僅剩的兩根火柴遞到他面前。

麥可向前一步。「我對妳的認識還不到愛，」他說：「但我仍然愛妳。我想妳可以教我媽媽怎麼吼人。」

所有人都笑了。麥可抽了一根火柴，也是沒燒過的。

「看來還、還是妳了，貝、貝貝。」威廉說。

貝芙莉一臉厭惡，氣自己白忙一場。她將手張開。

剩下那根火柴也是藍色的，沒有燒過。

「妳作、作弊。」威廉罵她。

「我沒有，」她不是氣憤反駁——不然就很可疑——而是大吃一驚。「我對天發誓，真的沒有。」

她張開手掌給他們看，所有人都看見她掌心有淡淡的煤渣。

「小威，我用我媽的名字發誓，我真的沒有。」

威廉看了她一會兒，然後點點頭。雖然沒有人說，但所有人都將火柴交給他。史丹利和艾迪開始趴在地上找那根燒過的火柴，可是怎麼也找不到。

「我沒有作弊。」貝芙莉又說了一次，沒有特別對著誰。

「我們現在該怎麼辦？」理查德問。

「我、我們全都下、下去，」威廉說：「因為事、事情就應、應該這樣。」

「萬一我們都昏倒了呢？」艾迪問。

威廉又看了貝芙莉一眼。「如果貝、貝貝沒有說、說謊，而她確，確實沒有，我們就不、不會昏、昏倒。」

「你怎麼知道？」史丹利問。

「我就、就是知、知道。」

鳥又開始鳴唱。

4

班恩和理查德先到洞裡，其他人將石頭傳下去。理查德將石頭傳給班恩，班恩將石頭放在泥土地面，擺成一個小圈。「好了，」他說：「石頭夠多了。」

其他人下到洞裡，每人手上都抓著一把用班恩的小斧頭砍來的嫩枝。威廉最後下來，將暗門關上，打開狹長的氣窗。「這、這個，」他說：「這個就、就是我們的煙、煙洞。我、我們有火、火種嗎？」

「你可以用這個，」麥可從後口袋掏出一本破舊的《阿奇》漫畫說：「我已經看完了。」

威廉將漫畫一頁頁撕開，動作慢而認真。其他人靠牆圍坐，膝蓋貼膝蓋，肩膀貼肩膀，一言不發看著威廉做事，緊張的氣氛濃烈而厚重。

威廉將細枝和嫩枝放在紙上，看著貝芙莉說：「妳、妳有火、火柴。」

貝芙莉點了一根，黑暗中亮起一小撮黃色火焰。「這爛東西可能點不起來。」她語氣不穩地說。她將火在紙上點了幾處，直到快燒到手指了，才將火柴扔進柴堆中央。

柴堆燃起熊熊火焰，劈啪作響，讓所有人大大鬆了口氣。那一刻，理查德完全相信班恩講的印第安人的故事，心想當時的景象一定和現在一樣。在那古老的年代，白人依然只是傳說和耳語，印第安人依然逐水牛而居，而水牛多得鋪天蓋地，大得奔跑時地表為之震動。理查德可以想像他們（奇歐瓦人、波尼人或什麼族的）在煙洞裡膝蓋貼膝蓋，肩膀貼肩膀，看著火焰搖晃，有如熱瘡沉入嫩枝之間，聽著潮濕的木頭發出微弱而穩定的嘶嘶聲，等待預象降臨。

是啊，坐在這裡要相信這些一點也不難……他看著其他人一臉嚴肅審視火焰和燒黑的紙頁，知道他們也相信煙洞的故事。

嫩枝著火了，俱樂部開始濃煙密佈。白如週六午場電影裡的狼煙的煙霧從窗口飄出去了一些，但由於外頭沒風，沒有空氣對流，因此煙霧幾乎都留在洞裡，辛辣得讓眼睛刺痛，喉嚨緊繃。理查德聽見艾迪咳嗽了兩聲，聲音和木板撞擊一樣平，之後就沒聲音了。他不應該下來的，理查德心想……但某個東西顯然不這麼想。

威廉又扔了一把嫩枝到冒煙的火裡，用不同於平常的輕細聲音說：「有誰看到預、預象了嗎？」

「我看見我們逃出去了。」史丹利．尤里斯說。貝芙莉笑了，但馬上開始又咳又嗆。

理查德仰頭靠牆，望著上方霧白色長方形的煙洞，想起三月那天看到的保羅．班楊雕像……但那只是錯覺、幻象、

（預象）

「我快被煙燻死了，」班恩說：「天哪！」

「那就出去啊。」理查德低聲說，眼睛依然望著煙洞。他覺得自己輕飄飄的，彷彿少了十磅，而且敢說俱樂部變大了。絕對沒錯。他左腿剛才還壓著班恩．漢斯康的右腿，右臂被威廉．鄧布洛削瘦的肩膀頂著，這會兒卻誰也沒碰誰。他懶洋洋地左右望了一眼，確定自己沒看錯。真的沒有。班恩在他左邊，離他有一英尺，威廉離他更遠了。

「親朋好友們，這地方變大了。」他說完深吸一口氣，開始猛烈咳嗽。那感覺很痛，痛徹胸口，就像感冒或著涼咳嗽一樣難受。他以為咳嗽不會停了，他會咳到別人不得不將他拖出去為止。假如他們還行的話，他想，但這個念頭一閃而過，讓他無從怕起。

忽然間，他感覺威廉用力拍他的背，咳嗽就停了。

「你不知道你不是一直都會——」理查德說。他又看著煙洞，而不是威廉。它看來好亮！就算閉上眼睛，他依然看見那發光的長方形在黑暗中飄浮，只不過不是亮白，而是亮綠色。

「什、什麼意、意思？」威廉問。

「結巴，」他說，發現有人也在咳嗽，但不確定是誰。「應該學模仿的人是你才對，不是我，威老大。你——」

咳嗽聲變大了。俱樂部忽然大放光明，光線來得太突然、太亮，理查德忍不住瞇起眼睛，勉

強看見史丹利．尤里斯手忙腳亂往外爬。

「對不起，」史丹利邊咳邊擠出一句：「對不起，我實在沒——」

「沒關係，」理查德聽見自己說：「這裡不需要遜腳。」他感覺他的聲音好像來自另一個人。

暗門隨即關上，但進來的新鮮空氣已經讓他腦袋清醒了一點。班恩還沒移過來坐在史丹利留下的空位，理查德已經感覺到班恩的腿壓到他了。他剛才怎麼會覺得俱樂部變大了？

麥可．漢倫又扔了一些嫩枝到火裡。理查德再次淺淺呼吸，看著煙洞。他感覺不到時間，但除了濃煙之外，他隱約察覺俱樂部愈來愈熱。

他左右環顧其他夥伴，只見濃煙和白茫茫的日光將他們吞噬了大半，幾乎不見身影。貝芙莉閉眼仰頭靠著壁板，雙手放在膝上，眼淚從臉頰滑到耳朵。威廉盤腿坐著，下巴抵著胸口。班恩——

班恩突然站起來，將暗門再度推開。

「班恩也走了。」麥可說。他像個印第安人坐在理查德對面，眼睛和鼬鼠一樣紅通通的。

一股涼意再度襲來，濃煙裊裊竄出洞外，空氣頓時新鮮不少。班恩不停咳嗽和乾吐，史丹利幫他爬了出去。兩人還沒關上暗門，艾迪已經搖搖晃晃站起來，臉色死白，眼窩發黑，顴骨浮現瘀青般的斑點，單薄的胸膛劇烈起伏。他虛弱抓住暗門邊緣，要不是班恩和史丹利及時抓住他的雙手，他一定會摔倒。

「抱歉。」艾迪勉強說了一句，聲音又尖又細。兩人將他拉了出去，暗門再度砰的關上。

洞裡安靜了許久。濃煙不斷增加，彌漫了整個洞穴。*應該是起大霧了，華生*，理查德想。他幻想自己是福爾摩斯（長得很像貝索．拉斯彭，而且是黑白的）在貝克街走動，死對頭莫里亞蒂教授就在附近，一輛豪華計程車在等著，好戲正要開始。

這個想像太鮮明、太具體，彷彿真有其事，不像他平常愛作的白日夢（第九局滿壘時，替波士頓紅襪隊擊出滿貫全壘打：打擊出去，球還在飛……出去了！全壘打！托齊爾……打破貝比魯斯的紀錄！），而是近乎真實。

他還剩一點神智，心想要是貝索．拉斯彭版的福爾摩斯就是預象的話，那預象根本沒那麼神。

當然，除非躲在暗處的不是莫里亞蒂，是牠——那個牠——貨眞價實。牠——

暗門又開了，這回是貝芙莉掙扎著往門外爬。她一手摀嘴不停乾咳，班恩伸手抓她，史丹利架住她另一邊胳膊，拉著她半爬半滑離開了俱樂部。

「這、這裡變、變大了。」威廉說。

理查德環顧四周，看見火在石圈裡燃燒，不停吐出濃煙。麥可盤腿坐定，有如桃花心木刻成的雕像，隔著火用濃煙燻紅的眼睛看著他。只不過麥可離他足足有二十碼，而威廉更遠，在他右手邊。俱樂部現在至少有宴會廳那麼大。

「沒關係，」麥可說：「就快來了，那個。」

「對、對，」威廉說：「可、可是我……我——」

威廉開始咳嗽。他試著壓住，但愈咳愈厲害，聲音又乾又抖。理查德隱約見到他搖晃起身朝暗門奔去，將門推開。

威廉走了，被其他人拖了上去。

「看來只剩你和我了，老麥，」理查德說，說完也開始咳嗽。「我以為一定是小威——」

咳嗽愈來愈糟。理查德彎身乾咳，喘不過氣，腦袋鼓脹抽痛有如充血的蕪菁，眼鏡下的眼睛不停流淚。

他聽見麥可的聲音從遠處傳來：「受不了就上去吧，小理，別昏倒了，別死在這裡。」

他伸出一隻手，朝麥可揮了揮

（遜腳）

表示沒必要。他慢慢控制住咳嗽。麥可說得沒錯，就快來了，很快。他想等到那時候。

他又仰頭注視煙洞。剛才的咳嗽讓他輕飄飄的，好像浮在空中，感覺很愉快。他一邊淺淺呼吸，一邊想：我以後要成為搖滾明星，沒錯，我會變得很有名，錄唱片和專輯，還拍電影。我會有黑色的運動外套、白鞋和黃色的凱迪拉克。我回德利的時候，所有人都會為我瘋狂，就連鮑爾斯也是。我戴眼鏡又怎樣？巴帝·荷利也戴眼鏡呀。我會跳舞跳到紅得發紫，紫得發黑。我會成為第一個來自緬因州的搖滾巨星，我會——

思緒飄走了，但沒關係。他發現自己不用再淺淺呼吸，肺部已經適應了，想吸多少煙都無所謂。說不定他是金星來的人。

麥可又扔了一些嫩枝到火裡。理查德不甘示弱，也扔了一把進去。

「你感覺怎麼樣，小理？」麥可問。

理查德微笑說：「愈來愈好，快到頂了。你呢？」

麥可點點頭，報以微笑。「我還好。你會不會一直想到很好笑的事情？」

「會啊，我剛才先以為自己是福爾摩斯，後來又覺得自己的舞技和杜維斯樂團一樣好。你眼睛紅得很誇張，你知道嗎？」

「你也一樣。我們就像關在籠子裡的兩隻鼬鼠，真的。」

「是嗎？」

「是啊。」

「你要說還好嗎？」

「嗯，那你要說你看到了嗎？」

「我看到了，小麥。」

「喔，好。」

兩人相視而笑，理查德又仰頭看著煙洞，很快又開始飄忽。不……不是飄忽，是飄浮。他在往上飄，就像

（我們都在下面飄著）

氣球。

「你、你們還、還好嗎？」

威廉的聲音飄進煙洞。來自金星，很擔憂。理查德覺得自己重重落回地面。

「很好，」他聽見自己這麼說，聲音感覺很遠、很憤怒：「很好，我們已經說很好了。安靜點，小威，讓我們看，我們要說我們看到了

（世界）

景象。」

俱樂部愈來愈大，地面也變成擦亮的木頭地板，濃煙如霧，看不到火。地板！天老爺啊！和米高梅狂想歌舞劇裡的宴會廳地板一樣大。麥可在對面看著他，身影幾乎隱沒在煙霧中。

你來嗎，老麥？

我就在你旁邊，小理。

你還是想說還好嗎？

是啊……但握著我的手……你能握住嗎？

應該可以。

理查德伸出手，雖然麥可在大房間的另一端，他還是感覺麥可強壯的棕色手指抓住了他的手腕。喔，真好，那觸碰的感覺——在渴望中感到舒適，在舒適中感到渴望，在煙霧中發現實體，在實體中發現煙霧，感覺真不賴。

他仰頭注視又小又白的煙洞，感覺更遠了，非常遠，有如金星的光芒。

開始了。他開始飄浮。來吧，他心想。他開始在煙、在霧、在霧氣中（管它是什麼）加速往上。

5

他們不在裡面了。

兩人站在荒原中央，天色將近黃昏。

他知道是荒原沒錯，但景物不同。植物更濃密、深幽，散發原始的香氣，有些植物他從來沒見過。理查德發現自己將幾株巨蕨誤認成了樹。他聽見流水聲，但聲音大得不尋常，不像坎都斯齊格河的悠緩潺潺，而是他想像中科羅拉多河流經大峽谷的浩浩蕩蕩。

還有溫度也不一樣，很熱。緬因州的夏天當然也熱，而且潮濕，有時夜裡躺在床上不動都會覺得渾身發黏，但此刻濕熱的程度遠超過他以往的經歷。地面上覆著一層霧氣，濃密似煙，包圍著他的雙腳，聞起來微微刺鼻，很像焚燒嫩枝的味道。

他和麥可不約而同朝水聲走去。兩人推開陌生的樹叢，繩索般粗細的藤蔓有如蛛網吊床掛在樹木之間。理查德聽見動物踩斷枝葉的聲響，聽起來比鹿大。

他駐足良久，身子轉圈看了一周，打量地平線。他知道儲水塔的位置，但那根白色厚圓柱不在那裡，內波特街尾連接調車場的鐵路橋架和老岬區的住宅社區也不見蹤影。老岬區所在的區域變成了荒煙蔓草，長滿巨蕨和松樹，零星突出幾塊砂岩露頭和低矮的岩壁。

天上傳來拍擊聲，兩人低頭閃避，一群蝙蝠撲翅而過。理查德不曾見過這麼大的蝙蝠，嚇得他驚慌失措，比他聽見狼人就在後頭，而威廉還在拚命踩動銀仔更可怕。這地方的寂靜和陌生很嚇人，但和荒原的驚人相似更令人害怕。

不用怕，他告訴自己，記得這只是一場夢或預象，隨你怎麼說。我和老麥其實還在俱樂部，被煙燻得七葷八素。威老大在上頭很快就會緊張，因為我們沒有回應。他和班恩會下來拉我們出去。現在就像康威．推提說的，相信就好。

但他看見一隻蝙蝠翅膀破了，遮不住朦朧的日光。經過一株巨蕨下時，他發現一隻肥大的黃甲蟲在綠色的複葉上踽踽爬行，留下一道暗痕，黑色的小虱子在牠身上嗡嗡跳動。假如這真的是夢，也是他從小到大作過最清楚的夢。

他們繼續朝水聲走，隔著及膝的濃霧，理查德分不清腳有沒有著地。他們來到霧氣和陸地的盡頭，理查德簡直不敢相信自己的眼睛。這不是坎都斯齊格河，但又確實是。河水滾滾流過狹長的水道，切過同一塊岩石。他看見那塊易碎的頁岩刻滿歲月的痕跡，紅橙相間。沒有墊腳石可以過河，得用繩橋才行，一旦墜橋就會立刻被河水捲走。水聲轟轟有如愚怒的嘶吼，看得理查德目瞪口呆。他看見一隻銀粉紅色的魚躍出水面，劃出高得離譜的弧線，攻擊河上聚集如雲的小蟲，隨即落回水中，正好讓理查德看了清楚，發現他從來沒見過這種魚，連書上也沒有。

鳥兒成群橫越天空，發出刺耳的叫聲。不是一、二十隻，而是幾乎遮蔽了整片天空，蓋過了太陽。又有動物踩過樹叢，緊接著又有幾隻。理查德心臟猛跳，打得胸口發疼。他轉身發現一頭像是羚羊的動物閃過，朝東南奔去。

要出事了，動物們都知道。

鳥群慢慢遠去，應該是往南飛。又一隻動物和他們擦肩而過……然後又一隻。接著四下再度恢復沉寂，只剩潺潺的河水聲。寂靜似乎在等待著，有一種風雨欲來的氣氛，讓理查德不太舒服。他覺得頸背的寒毛慢慢豎起，便伸手想去牽麥可的手。

你知道我們在哪裡嗎？他對麥可大喊，你明白嗎？

知道啊！麥可回吼道，我明白啊！這是以前，小理，以前！

理查德點點頭。以前。從前從前、很久很久以前的以前，所有人都住在森林裡的以前。他們在天曉得幾千年前的荒原，比冰河期還早，早得難以想像，當時的新英格蘭就像現在的南非，一副熱帶景象……如果「現在」還有意義的話。他再度環顧四周，神情緊張，彷彿隨時會看到雷龍揚起吊車般的頸子低頭看著他們，嘴裡都是泥巴，被拔起的植物從牠嘴邊滑落，或是一隻劍齒虎從樹叢間走出來。

但四下一片靜寂，彷彿五到十分鐘後，天上將響起恐怖的雷鳴，紫色雲層不斷堆疊，天光變成詭異的黃紫色，有如瘀青，風完全停止，空氣中瀰漫著濃濃的異味，很像過度充電的汽車電池。

我們在以前。或許一百萬年前、一千萬年前，甚至八千萬年前。我們在以前，而事情就要發生了。我不曉得會發生什麼，但一定會發生，而我很害怕我想要結束想要回去小威求求你小威拜託拉我們出去我們好像掉進畫裡了拜託求求你救我們——

麥可摁了摁他的手，理查德發覺寂靜消失了，空氣中傳來持續的輕微震動——他不是聽見，而是感覺到的，壓迫他緊繃的耳鼓，震動傳遞聲波的小骨。聲音愈來愈大，沒有音調，沒有

（道太初有道有世界有）

旋律、沒有靈魂。他伸手去抓身旁的樹，張開手掌貼著樹幹的弧面，感覺裡頭也在震動。他感覺腳下也在顫動，從腳踝傳到小腿、膝蓋，將他的肌腱變成了音叉。

震顫愈來愈大、愈來愈大。

震動來自天上。理查德不想抬頭，卻忍不住仰頭去看。太陽有如融化的錢幣，嵌在低垂的烏雲中央，周圍鑲著一圈霧氣。地上植物青蔥一片，是完全寂靜的荒原。理查德覺得自己知道預象是什麼了：他們即將目睹「牠」的到來。

震動開始出聲——破碎、漸強、顫抖的怒吼。理查德摀住耳朵尖叫，卻聽不見自己的聲音。麥可．漢倫在他身旁，和他一樣摀耳尖叫，理查德看到他的鼻子微微出血。

一團火球照亮了西方天空，朝他們直直撲來，從一道細長的光芒變成遼闊不祥的光河。只見一個燃燒的物體穿透雲層墜落而下，一股熱風隨之襲來，灼熱又帶著煙霧，令人窒息。那物體大得驚人，有如起火的大火柴頭，亮得幾乎無法逼視。幾道電光從物體四周竄出，有如甩動的長鞭，發出陣陣雷鳴。

是太空船！理查德大喊一聲，跪在地上摀住眼睛。喔，天哪，是太空船！但他相信（後來也費盡唇舌這麼告訴其他夥伴）雖然那東西可能來自太空，卻不是太空船。無論它是什麼，都是來自某個遙遠的星球或星系，而若他心裡冒出的第一個詞是太空船，可能也只是因為他腦中沒有其他詞彙能夠形容自己的眼前所見。

這時，空中傳來爆炸聲——轟然巨響之後是一道強力震波，將兩人震倒。這回輪到麥可抓緊理查德的手。又是一聲爆炸。理查德睜開眼睛，發現一道火光和煙柱竄向天空。

是牠！他朝麥可大喊，既興奮又懼怕。他從來沒有這麼強烈的感覺，從來沒被感覺淹沒過，以前沒有，之後也沒有。是牠！是牠！是牠！

麥可勉強站起來，兩人沿著年輕的坎都斯齊格河的河岸跑，渾然不覺自己就在墜落地點附近。麥可絆了一跤，膝蓋跪地，接著理查德也跌倒了，擦破小腿和褲子。一陣強風將森林大火的味道吹到他們面前。煙霧愈來愈濃，理查德隱約察覺跑的不是只有他和麥可，動物也在逃命，躲避濃煙、大火和死亡。說不定在躲牠，一個大駕光臨的外來客。

理查德開始咳嗽。他聽見身旁的麥可也在咳。煙愈來愈濃，抹去了綠、灰、紅和所有顏色。麥可再度跌倒，理查德沒抓住他的手。他東摸西找就是找不到。

麥可！他一邊咳嗽，一邊驚慌大吼，麥可，你在哪裡？麥可！麥可！

但麥可不見了，怎麼也找不到。

小理！小理！小理！

（靠！）

「小理！小理！小理，你

6

還好嗎？」

理查德猛然睜開眼睛，發現貝芙莉跪在他身旁，用手帕幫他擦嘴。其他人——威廉、艾迪、史丹利和班恩——站在她旁邊，神情嚴肅而恐懼。理查德的臉頰痛得要命。他想對貝芙莉說話，卻只能嘎嘎出聲。他想清喉嚨，卻差點嘔吐，喉嚨和肺部彷彿都蓋滿了煙。

最後他總算擠出一句：「妳剛才是不是打了我一巴掌，貝芙莉？」

「我只想得到這麼做。」她說。

「靠。」理查德呢喃道。

「我以為你不行了，真的。」貝芙莉說完忽然哭了起來。

理查德笨拙地拍拍她的肩，威廉伸手輕觸她的頸後，她立刻伸手握著威廉的手摁了一摁。

理查德掙扎著坐起來，感覺天旋地轉，好不容易才恢復平衡。他看見麥可神情茫然靠在附近的樹旁，面如死灰。

「我有吐嗎？」他問貝芙莉。

她哭著點點頭。

他啞著嗓子，用支離破碎的聲音模仿愛爾蘭警察說：「沒噴到妳吧，親親？」

貝芙莉破涕為笑，搖搖頭說：「我讓你側躺，怕你……怕、怕你被嘔吐物噎、噎到。」她說完又開始哭。

「這不、不公平，」威廉說，依然握著她的手：「結、結巴的人是、是我才、才對。」

「幹得好，威老大，」理查德說。他試著站起來，卻重重坐回地上，腦袋依然天旋地轉。他發現開始咳嗽，便趕緊轉頭，知道自己又要吐了，隨即吐出一團綠色泡沫和唾液的混合物。他閉緊雙眼沙啞地說：「誰想來點零食啊？」

「屁啦！」班恩大吼，一臉嫌惡卻又忍不住笑了。

「我覺得這應該是嘔吐物，」理查德說，但眼睛沒有睜開。「屁通常從另一個地方出來，起碼我是這樣，但你我就不知道了，害死康。」過了很久，他總算睜開眼睛，看見俱樂部在二十碼外，氣窗和暗門都大開著，冒出白煙，但已經很稀薄了。

理查德終於站了起來。他覺得自己又要吐了或昏倒，甚至兩個一起。「靠。」他嘀咕一聲，感覺天地再度翻騰旋轉。感覺過去之後，他走到麥可身邊。麥可的眼睛依然紅得像鼬鼠，而從他褲腳濕了一片看來，想必腸胃也才剛坐了一趟雲霄飛車。

「就一個白人小孩來說，你表現得算不錯了。」麥可沙啞地說，在理查德肩上虛弱地搥了一拳。

理查德無言以對——這真是稀罕。

威廉走了過來，其他人跟在後頭。

「是你拉我們出來的？」理查德問。

「我和班、班恩，因為你、你們在尖、尖叫，兩個都、都是，但——」他轉頭看班恩。

班恩說：「一定是煙的緣故，小威。」但他的語氣一點也不確定。

理查德淡淡地說：「你想的和我一樣嗎？」

威廉聳聳肩說：「我、我想什、什麼，小、小理？」

麥可替他回答：「我們一開始不在裡面，對吧？你們聽見我們尖叫所以下去，但我們起先不在裡面。」

「洞裡都是煙，」班恩說：「聽見你們叫成那樣，真的很恐怖，但你們的叫聲……感覺……呃……」

「感、感覺很、很遙遠。」威廉說。接著他開始敘述，口吃得很厲害，說他和班恩下到俱樂部，卻看不到理查德和麥可。兩人在洞裡驚慌尋找，生怕晚一步他們就會被濃煙毒死。最後威廉終於摸到一隻手，理查德的手，他死、死命一拉才將好友從黑暗中拖出來，但理查德的意識只剩四分之一。他轉頭發現班恩已經將麥可推出暗門，兩人坐在洞口都在咳嗽。

班恩邊聽邊點頭。

「我一直東抓西抓，你知道嗎？真的什麼都沒做，只是把手伸在前面，像是要握手一樣。是你抓住我的，麥可，真是做得太好了。我還以為你不見了。」

「你們兩個這樣說，好像俱樂部非常大一樣，」理查德說：「什麼在裡頭跌跌撞撞兜圈子。俱樂部每一面只有五英尺。」

沒有人說話，大家都看著威廉。威廉皺著眉頭，全神貫注。

「是、是很大，」他說：「不、不是嗎，班、班恩？」

班恩聳聳肩。「感覺確實很大，除非是煙搞鬼。」

「不是煙，」理查德說：「事發之前，我是說我們離開之前，我記得覺得地洞變得和宴會廳一樣大，像音樂劇裡看到的那樣，例如《七對佳偶》。麥可就在對面牆邊，我卻幾乎看不見。」

「你們離開之前？」貝芙莉問。

「呃……我是說……就像……」

她抓住理查德的胳膊。「發生了，對吧？眞的發生了！你們看到預象了，就像班恩在書上看到的那樣！」她臉龐發亮：「真的發生了！」

理查德低頭看看自己，接著望向麥可。麥可的燈芯絨褲破了一邊膝蓋，而他的褲子兩邊膝蓋都破了。他看見自己褲子破洞裡的膝蓋在流血。

「假如我看到的是預象，那我絕不想再來一次，」他說：「我不曉得那位仁兄怎麼樣，但我下去的時候，褲子可沒破洞。老天，我這條褲子幾乎是全新的，我老媽一定會殺了我。」

「你們遇到什麼？」班恩和艾迪異口同聲問。

理查德和麥可對看一眼，理查德說：「貝貝，妳有菸嗎？」

她有兩根，用面紙包著。理查德拿了一根叼在嘴裡，貝芙莉幫他點燃，他吸了一口開始劇烈咳嗽，只好把菸還給她。「沒辦法，」他說：「抱歉。」

「是過去。」麥可說。

「去你的，」理查德說：「才不是過去，是古早以前。」

「好啦，對，我們在荒原，但坎都斯齊格河的流速非常快，而且很深，他媽的原始。抱歉，貝貝，我只是實話實說。而且河裡有魚，鮭魚吧，我想。」

「我爸、爸爸說，坎、坎都斯齊格、格河已經很、很久沒、沒魚了，因、因為污水的、的關係。」

「那是很久以前了，」理查德看著他們，沒有把握地說：「我想至少一百萬年以上。」

眾人震驚無言。過了一會兒，貝芙莉才打破沉默說：「到底出了什麼事？」

理查德覺得話到了嘴邊卻說不出口，感覺又像要吐了。「我們看到牠來了，」最後他總算擠出一句：「我想是這樣。」

「天哪，」史丹利喃喃道：「喔，天哪！」

艾迪嗤的一聲摁下噴劑，同時猛力吸氣。

「牠從天而降，」麥可說：「我這輩子再也不想看到那種東西。牠像一團火球熊熊燃燒，幾乎沒辦法直視，而且不停放電和打雷。那聲音……」他搖搖頭，望著理查德：「感覺就像世界末日來了。牠墜落地面，引發了森林大火，之後就結束了。」

「是太空船嗎？」班恩問。

「對。」理查德說。「不是。」麥可說。

兩人互看一眼。

「呃，我想是吧，」麥可說，但理查德卻改口：「不是，其實不是太空船，你知道，但——」

兩人又閉上嘴巴，其他人一臉困惑望著他們。

「你來說吧，」理查德對麥可說：「我想我們講的是一樣的東西，可是他們聽不懂。」

麥可搗嘴咳嗽，接著抬起頭來近乎歉然地望著他們說：「我實在不曉得該怎麼跟你們說。」

「試、試試看。」威廉催促他。

「牠從天而降，」麥可重複理查德的說法：「但牠不是太空船，也不是隕石，而是……呃……像聖經說的約櫃，只是約櫃裡是聖靈……但裡面那東西不是。你感覺到牠，看牠降臨，你知道牠來意不善，知道牠是邪惡的。」

他看著其他人。

理查德點點頭說：「牠來自……外面。我有那種感覺，牠來自外面。」

「什麼的外面，小理？」艾迪問。

「一切的外面，」理查德回答：「牠墜地之後……留下一個大洞，沒有人看過那麼大的洞，連大山都變成了甜甜圈，就落在現在的德利市中心。」

他看著他們：「你們懂嗎？」

麥可說：「牠一直在這裡，從太初開始……在人類出現之前，頂多除了非洲，那裡可能已經有人在樹上盪來盪去或住在洞穴裡。牠墜地留下的坑洞消失了，冰河可能將谷地切得更深，改變了附近的地貌，將坑洞填平……但牠還是在，可能蟄伏著，等待冰融，等候人類到來。」

「所以牠才會利用污水管和下水道，」理查德接話說：「那些地方對牠就像是高速公路。」

「你們沒有看到牠的模樣？」史丹利．尤里斯忽然問道，聲音有點沙啞。

兩人搖搖頭。

「我們有辦法打敗牠嗎？」艾迪打破沉默問：「打敗那種東西？」

沒有人回答。

第十六章　艾迪的骨折

1

理查德說完時，所有人都在點頭。艾迪也一樣，和他們一起回憶當年，但左臂忽然竄出一陣刺痛。不是竄出，是切穿，感覺就像有人用他的骨頭磨利生鏽的鋸子。他揪著臉伸手到運動外套的口袋，在瓶瓶罐罐之間摸索，最後掏出一罐止痛藥。他灌了一口梅汁琴酒，吞了兩顆藥。他左臂已經斷斷續續痛了一天，但他起先不以爲意，心想只是潮濕引發的液囊炎，但理查德故事說到一半時，他忽然記起另一件事，讓他明白疼痛的眞正原因。**我們已經離開回憶巷，開上長島高速公路了**，他心想。

五年前某次定期健檢（艾迪每六週就檢查一次）之後，醫師平鋪直敘對他說：「老艾，你有一個舊骨折……你小時候是不是從樹上摔下來過？」

「應該吧。」艾迪說，懶得告訴羅賓斯醫師說他母親要是知道他爬樹，絕對會腦出血而死。其實他已經不記得手臂是怎麼骨折的了，感覺不太重要（不過，艾迪現在覺得他當時那麼漠然其實很怪，畢竟他是打噴嚏或糞便顏色稍有變化都會大驚小怪的人）。但那是舊傷，只有一點惱人，發生在他幾乎毫無記憶、也懶得去回想的童年，就算雨天長途開車也只會有一點疼，兩顆阿斯匹靈就能搞定，沒什麼。

但這會兒疼痛可不是有點惱人，而是瘋子在磨鏽鐵鋸，用骨頭奏樂，而他記得自己在醫院就是這種感受，尤其事發後的頭三、四天晚上。夏日炎炎，他躺在病床上汗流浹背，等護士拿藥丸過來，淚水靜靜順著他的臉頰流到耳窩，感覺好像有瘋子在他體內磨鋸子。

如果這就是回憶巷，那我寧願讓腦袋灌腸，治好心靈結石。艾迪心想，

他忽然脫口而出：「是亨利．鮑爾斯把我手臂打斷的，你們還記得吧？」

麥可點點頭說：「那是在派崔克．霍克斯泰特失蹤前不久，但我不記得確切的日期了。」

「我記得，」艾迪淡淡地說：「是七月二十日，霍克斯泰特家的小孩是……呃……二十三日失蹤的？」

「二十二日。」貝芙莉．羅根說，但她沒講自己爲何如此確定：因爲她看見牠帶走了派崔克。她也沒說自己當時和現在都認爲派崔克是瘋子，甚至比亨利．鮑爾斯更瘋狂。她會說的，但現在輪到艾迪開口，下一個才是她。她猜接下來是班恩，由他敘述七月經歷的最高潮……他們始終不太敢做的銀子彈。她覺得要是眞做了，那才是夢魘一場，但她心裡那股瘋狂的興奮卻揮之不去。她上回覺得這麼年輕是什麼時候了？她幾乎坐不住。

「七月二十日，」艾迪將噴劑放在桌上從一手滾到另一手，一邊沉吟：「煙洞事件的三、四天後。後來我打著石膏過完那個夏天，還記得嗎？」

理查德拍了一下額頭，這是他以前的招牌動作。威廉覺得既有趣又不安，感覺理查德就像是「海狸」克利佛。「對呀，我怎麼沒想到！我們去內波特街那間房子的時候，你還打著石膏對吧？後來……在暗處……」理查德說到這裡開始陷入迷惘，微微搖頭。

「怎、怎麼樣，小、小理？」威廉問。

「我還想不起來，」理查德坦承：「你呢？」威廉緩緩搖頭。

「派崔克那天和他們在一起，」艾迪說：「那是我最後一次看到他。也許他是彼得．戈登的替代品。我猜石頭大戰之後，鮑爾斯就不想再看到彼得了。」

「他們都死了，對吧？」貝芙莉輕聲問道：「從吉米．卡倫之後，遇害的都是亨利．鮑爾斯的朋友……或他之前的朋友。」

「除了鮑爾斯，」麥可瞄了瞄繫在微縮膠卷機的氣球說：「他在杜松嶺，一間位於奧古斯塔的私人精神療養院。」

威廉說：「他們打斷你手臂的經、經過呢，小、小艾？」

「你的口吃變嚴重了，威老大。」艾迪正經地說，接著一口把飲料喝完。

「別管它，」威廉說：「說、說吧。」

「說吧。」貝芙莉也說，同時伸手輕輕碰了他的手臂。又是一陣劇痛。

「好吧，」艾迪說。他又倒了一杯梅汁琴酒，打量半晌之後說：「那是我出院兩天後，你們拿著銀滾珠到我家來。你還記得嗎，小威？」

威廉點點頭。

艾迪看著貝芙莉。「威廉問妳到時願不願意開槍……因為妳眼力最好。我記得妳說不願意……因為妳會太害怕。妳還告訴我們一件事，但我就是想不起來，好像——」艾迪伸出舌頭，用手拔了拔舌尖，彷彿有東西黏著似的。理查德和班恩都笑了。「好像跟霍克斯泰特有關？」

「沒錯，」貝芙莉說：「你說完了我會跟你們說，你先講吧。」

「事情發生在那之後。你們離開後，我媽到我房間來，我們大吵一架。她不准我繼續和你們往來，我差一點就答應了——她很有一套，很會對付人，你知道……」

威廉又點點頭。他想起卡斯普布拉克太太，一個身材壯碩的女人，有著一張很奇特的臉，能同時展現麻木、憤怒、可憐和害怕的神情，彷彿精神分裂似的。

「沒錯，我差一點就被說服了，」艾迪說：「但鮑爾斯弄斷我手臂那天還發生另一件事，讓我大受影響。」

他輕笑一聲，心想：**大受影響，是啦……你就只能擠出這句話？如果不能說出內心真正的感受，講話又有什麼用？要是在書裡或電影裡，鮑爾斯弄斷我手臂那天發生的事一定會改變我的一生，改變一切……要是在書裡或電影裡，那件事情一定會讓我自由，我在街屋旅館的房間裡不會有一只裝滿藥丸的手提箱，我不會娶米拉，現在手上也不會拿著這個該死的噴劑。要是在書裡或電影裡。因為——**

忽然間，艾迪的噴劑在桌上滾了起來。所有人都看見了。噴劑滾動發出乾乾的喀噠聲，有點像響葫蘆，有點像骨頭……有點像笑聲。噴劑滾向理查德和班恩之間，滾到桌子邊緣滑了出去落到地上。理查德驚慌之下伸手去抓，威廉厲聲大喊：「別、別碰！」

「你們看氣球！」班恩大吼，所有人轉頭去看。

只見綁在微縮膠卷機的兩顆氣球都浮現一行字：**氣喘藥導致氣喘！**底下是咧嘴微笑的骷髏頭。

砰砰兩聲，氣球破了。

艾迪口乾舌燥，胸口浮現熟悉的窒息感，像被門閂鎖住似的。

威廉回頭看他說：「是誰、誰告訴你、你的，講了什、什麼？」

艾迪舔舔嘴唇，伸手想拿噴劑，但又不太敢。誰知道裡頭裝的是什麼？

他想起那一天，七月二十日，想起那天很熱，他母親給了他一張支票，該簽的地方都簽好了，只差金額沒填，還有一元現金給他——是他的零用錢。

「基恩先生，」他說，聲音聽起來有點遙遠、無力。「是基恩先生。」

「他的確稱不上是全德利最好心的人。」麥可說，但艾迪沉浸在回憶之中，幾乎沒聽見他說什麼。

沒錯，那天很熱，但中央街藥房裡很涼，木頭吊扇在壓錫天花板下轉動，晃晃悠悠，藥粉和藥劑混合的味道令人心安。這裡賣的是健康——艾迪的母親沒有明說，但艾迪很清楚她堅信不移。但他的生理時鐘是十一點半，而他毫不懷疑母親在這一點上（和其他事情）可能錯了。

是基恩先生毀了這一切的，他此刻心想，感覺愉悅又憤怒。

他記得自己站在漫畫架旁隨意轉動架子，想看有沒有新的蝙蝠俠、少年超人或他最愛的橡膠超人漫畫。他已經將母親列的單子（其他母親派小孩去雜貨店，艾迪的母親則是差他去藥房）和支票交給基恩先生。他會取藥，在支票上塡好金額，開收據給艾迪，讓他母親扣款。這已經是標準程序了。他母親除了三種處方藥，還要一罐健力多營養補充劑。她神秘兮兮告訴兒子：「小艾，這裡面很多鐵，女人比男人更需要鐵。」另外就是他的維他命、一罐史威特兒童專用營養劑……當然還有氣喘噴劑。

總是這樣。之後他會到卡斯特洛超市，用他的一塊錢買兩條糖果棒和一瓶百事可樂。他會一邊吃糖果、喝可樂，一邊喀啷喀啷把玩口袋裡的零錢回家。然而那天不同，因爲他最後進了醫院，這點絕對不同。但打從基恩先生叫他開始，事情的進展就不同了。基恩先生沒有將收據和裝著藥的白色大紙袋交給艾迪，吩咐他把收據收到口袋免得弄丟，而是若有所思看著他說：「跟我到辦公室一下，艾迪，我想和你談談。」

2

艾迪眨眨眼睛看了他一會兒，有一點害怕，心想基恩先生是不是懷疑他在店裡偷東西。藥房門口有一個標語，他每次進門前都會看一眼。黑色大字像是指控人似的，他敢說理查德·托齊爾就算沒戴眼鏡也看得見：偷竊不酷、不帥更不厲害！偷竊是犯罪，違者必送法辦！

艾迪從來沒偷過東西，但那標語總是讓他心生罪惡感，讓他覺得基恩先生比他更瞭解自己，知道他自己也不曉得的那一面。

這時，基恩先生又說：「要不要來點冰淇淋汽水？」艾迪更困惑了。

「呃——」

「喔，我請客，我總是會留一瓶在辦公室裡。汽水能幫你補充熱量，除非你在控制體重，但我想你和我都沒必要。我太太說我看起來像根竹竿，而你的朋友裡面，只有漢斯康需要注意體重。你想喝什麼口味的，艾迪？」

「呃，我母親要我拿完藥立刻回——」

「我覺得你喜歡巧克力口味的。巧克力可以嗎？」基恩先生眼睛閃著光，可是感覺很乾，很像照在沙漠雲母結晶上的光，至少身為西部作家麥克斯．布蘭和艾奇．喬斯林的書迷的艾迪是這麼想的。

「好。」艾迪屈服了。基恩先生推了推鼻梁上的金邊眼鏡，那動作讓艾迪相當不安。他感覺基恩先生很緊張，卻又暗自欣喜。他不想跟基恩先生到辦公室。汽水不是重點，絕對不是。艾迪覺得無論基恩先生想說什麼，都不會是好事。

說不定他要說我得了癌症之類的，艾迪胡思亂想，小孩的癌症：血癌。天哪！

嘖，別傻了，他自言自語，在心裡模仿結巴威的聲音。艾迪之前的偶像是週六早上主演影集《牧野騎士》的賈克．馬赫尼，現在已經變成了結巴威。威老大雖然話說不清楚，卻好像永遠成竹在胸。你拜託，這傢伙是藥師，不是醫生。但艾迪還是很緊張。

基恩先生已經掀起櫃台的隔門，伸出骨瘦如柴的手指呼喚艾迪。艾迪跟著他，但很勉強。

女店員露比坐在收銀台邊，正在讀《銀幕》雜誌。「露比，可以幫我們拿兩瓶冰淇淋汽水嗎？」基恩先生喊她：「一瓶巧克力，一瓶咖啡。」

「沒問題。」露比說。她用口香糖的錫箔紙夾在雜誌裡，隨即站了起來。

「拿到辦公室。」

「好。」

「走吧，孩子，我又不會咬你。」基恩先生不僅這麼說，還眨了眨眼睛。艾迪完全沒想到。

艾迪從來沒有到過藥房後面。他興味盎然看著架上的瓶瓶罐罐和藥丸。要不是基恩先生在，他一定會流連忘返，打量基恩先生的研缽、研杵、天秤、法碼和裝滿膠囊的金魚缸。但基恩先生推著他走進辦公室，將門緊緊關上。艾迪聽見門喀噠一聲，頓時胸口一緊，努力壓抑心裡的不祥感。新的噴劑和他母親買的東西擺在一起，只要基恩先生一走，他就能好好吸上一口了。

一瓶甘草糖擺在基恩先生的書桌一角。他遞給艾迪。

「我不吃，謝謝您。」艾迪彬彬有禮說。

基恩先生在轉椅上坐下，拿了一條甘草糖，接著打開抽屜拿出一個東西，放在甘草糖的高瓶子邊。這下艾迪真的緊張了。是氣喘噴劑。基恩先生靠著旋轉椅往後仰，腦袋就快碰到牆上的日曆了。日曆上的相片還是藥丸，寫著施貴寶。然後——

就在基恩先生開口前，那夢魘般的一刻，艾迪想起小時候在鞋店的遭遇，想起他母親看到他將腳伸進X光機時尖叫一聲。艾迪心想基恩先生會說：「艾迪，百分之九十的醫師認為氣喘藥會導致癌症，就像鞋店裡的X光機一樣。我只是想提醒你，你可能已經得了。」

但基恩先生說的話太特別了，讓艾迪不知道如何回答，只能像個呆子坐在基恩先生對面的直木椅上。

「已經很久了。」

艾迪張開嘴巴，然後闔上。

「你多大了，艾迪？十一歲對吧？」

「是的，基恩先生，」艾迪有氣無力地說。他的呼吸開始變淺，雖然還沒有像茶壺嘶嘶叫（這時理查德就會說：快把艾迪關上！他就要煮開啦！），但隨時可能發生。他渴望地看著基恩先生書桌上的噴劑，因為好像該講點什麼，所以他說：「我十一月就滿十二歲了。」

基恩先生點點頭，接著像電視廣告裡的藥師一樣往前傾，雙手交握，頭頂上的日光燈管發出強光，照得他眼鏡閃閃發亮。「你知道安慰劑嗎，艾迪？」

艾迪神情緊張，只能盡量亂猜。「就是讓牛擠得出牛奶的東西，是嗎？」

基恩先生笑了，身體往後仰。「不是，」他說。艾迪滿臉通紅，一路紅到他的小平頭的髮根。他聽見自己的呼吸開始出現嘶聲。「安慰劑是——」

這時有人敲門，輕輕連敲兩下，接著露比不經同意就進來了，兩手各拿著一只舊式的冰淇淋汽水杯。「你一定是喝巧克力口味。」她對艾迪說，並朝他咧嘴微笑。艾迪努力擠出笑容，但他這輩子從來沒對冰淇淋汽水這麼不感興趣過。他心裡的恐懼既模糊又明確，就像穿著內褲坐在漢多爾醫師的診療台上等醫師進來，知道母親在候診室裡一個人佔去大半張沙發，眼睛像讀聖歌一樣緊貼著書本（諸如諾曼．文森．皮爾的《正面思考的力量》或賈維斯醫師的《佛蒙特民俗醫療》之類的書）一樣。他身無寸縷，覺得自己被醫師和母親困在中間，毫無招架之力。

露比離開辦公室，艾迪吸了一口汽水，但幾乎沒嚐。

門關上之後，基恩先生再度露出雲母反光般的乾笑。「輕鬆點，艾迪，我不會咬你或傷害你。」

艾迪點點頭，因為基恩先生是大人，而大人說什麼你都應該接受（他母親這麼教他），但他心想：唉，這種屁話我聽多了。醫生總是一邊這麼說，一邊打開消毒器，讓房裡飄著刺鼻駭人的酒精味，刺激他的鼻子。打針的味道，屁話的感覺，兩個其實是同一回事：他們說只會有一點痛，幾乎沒有感覺，最後一定痛得要命。

他又心不在焉吸了一口汽水，但還是沒用：他喉嚨愈收愈緊，他需要全部通道才能呼吸。他看了看擺在吸墨紙中央的噴劑，很想開口要，但不太敢。他腦中忽然閃過一個怪念頭：說不定基恩先生知道他想要噴劑，但不敢開口，說不定基恩先生在

（虐待）

捉弄他。這念頭真的很蠢，對吧？大人（尤其從事醫療的大人）不會這樣捉弄小孩的，不是嗎？當然不會。他根本不應該這麼想，因為光是這個念頭就足以動搖他所認知的世界。

但噴劑就在那裡。它就在那裡，那麼近又那麼遙不可及，彷彿沙漠中有一個人快渴死了，水卻在他搆不著的地方一樣。噴劑就在那裡，在書桌上，基恩先生晶亮微笑的眼神底下。

艾迪真希望他人在荒原，和夥伴在一起。有個怪物，很可怕的怪物躲在他出生長大的城市地底，在排水管和下水道裡遊走，想到這一點就令人害怕。和怪物打架，對付牠，感覺更可怕……但他此刻坐在這裡，恐懼卻有過之而無不及。你怎麼對抗一個跟你說不會痛但你知道一定會痛的大人？對付一個問你怪問題和說一些怪話（例如「已經很久了」）的大人？

這不是他在想的事，但艾迪忽然發現了一個童年時代的真理：大人才是眞正的怪物。這想法沒什麼，不是恍然大悟，也沒有敲鑼打鼓。念頭一閃而過，馬上就被另一個更強而有力的想法淹沒了：我要噴劑，然後離開這裡。

「輕鬆點，」基恩先生又說了一次：「艾迪，你最大的問題就是太矜持了，隨時都很緊繃。就拿你的氣喘來說吧，你看這裡。」

基恩先生拉開抽屜，在裡頭翻找一陣，拿出了一個氣球，接著使勁擴展扁平的胸膛（領帶像一艘窄船在微浪中起伏）不停吹氣，將氣球吹大。氣球上寫著：中央街藥房，處方藥、成藥和人工造口手術後的補品。基恩先生捏住氣球開口，遞到艾迪面前說：「假設這是肺臟，你的肺。當然我應該吹兩個才對，但其他氣球都在耶誕節後的打折期間送完了——」

「基恩先生，可以把噴劑給我嗎？」艾迪的頭開始脹了，感覺氣管愈縮愈緊，心跳加速，額頭都是汗珠。他的巧克力冰淇淋汽水擺在基恩先生的桌子一角，櫻桃緩緩沉入鮮奶油中。

「再一會兒，」基恩先生說：「注意聽，艾迪，因為我想幫你。也該有人伸出援手了。要是漢多爾醫師辦不到，只好由我出馬了。你的肺臟就像這顆氣球，只是周圍包著一層肌肉。這些肌肉就像操作風箱的手臂一樣，你瞭解嗎？健康的人體內，這些肌肉能夠幫助肺部輕鬆脹縮，但要是那個人太僵硬、太緊繃，肌肉就會壓迫肺部，而不是協助它，你看！」

基恩用長滿肝斑的乾扁手掌抓住氣球捏了一下。氣球在他手指四周凸起，蓋住他的手指。艾迪打了個哆嗦，心想氣球隨時會爆炸。他覺得自己的呼吸也跟著停止了。他彎身向前去拿吸墨紙上的噴劑，肩膀撞到裝著冰淇淋汽水的沉甸甸的杯子。杯子翻落桌下，在地板上砸了個炸彈開花。

但艾迪幾乎沒聽見，他掀開噴劑的蓋子，將噴嘴塞進嘴裡猛摁一下，發出撕裂沙啞的吸氣聲。每回遇到這種情形，他的腦袋就會驚慌失措，不停想著：媽媽我沒辦法呼吸了我快窒息了天哪求求你我沒辦法呼吸了求求你我還不想死還不想死喔求求你——

接著噴霧會在腫脹的喉道凝聚，他又能呼吸了。

「對不起，」他幾乎是哭著說：「對不起，我把杯子打破了……我會清乾淨，然後賠你錢……求求你不要告訴我媽媽，好嗎？對不起，基恩先生，但我剛才真的沒辦法呼吸——」

門又輕敲兩聲，露比探頭進來。「還好——」

「沒事，」基恩先生厲聲說：「妳走吧！」

「算我多管閒事！」露比翻了翻白眼，就關門離開了。

艾迪的呼吸又開始嘶喘。他又摁了一次噴劑，然後再次胡言亂語地道歉，直到看見基恩先生對他微笑——那特別的乾笑——他才停下來。基恩先生手指交叉放在肚子上，氣球在書桌。艾迪忽然想到一件事，他試著留住那個念頭，可惜力不從心。基恩先生臉上的表情似乎在說，艾迪氣喘發作比他喝到一半的咖啡汽水還要可口。

「別擔心，」他說：「露比晚點會處理。老實講，我很高興你打破杯子，因為這樣一來只要你答應我不跟你母親說我找你說話，我就不跟你母親說你打破了玻璃杯。」

「喔，一言為定。」艾迪立刻答應。

「好，那我們就講定囉，」基恩先生說：「你現在好多了，對吧？」

艾迪點點頭。

「為什麼？」

「為什麼？呃……因為我吸了噴劑。」他說。他用遲疑的眼神看著基恩先生，就像他在學校裡被凱西女士叫起來問問題，而他給了一個不確定的答案一樣。

「但你其實沒有用藥，」基恩先生說：「你噴的是安慰劑。艾迪，安慰劑就是看起來像藥，嚐起來像藥，但其實不是藥的東西。安慰劑不是藥，因為它不含化學成分，但它也可以說是藥，只不過是很特別的一種藥，是治腦袋的藥。」基恩先生露出微笑。「你懂我的意思嗎，艾迪？治腦袋的藥。」

艾迪聽得懂，沒問題。基恩先生的意思是他發瘋了。但他蠕動麻痺的雙唇說：「我不懂。」

「讓我告訴你一個小故事，」基恩先生說：「一九五四年，帝博大學對胃潰瘍病人做了一系列醫學實驗。一百名患者拿到藥丸，實驗者告訴他們藥丸對治療胃潰瘍有幫助，但其中五十名病人拿到的其實是安慰劑……是裹上粉紅糖衣的M&M's巧克力，」基恩先生尖聲輕笑，好像講的是惡作劇，而不是實驗一樣。「結果九十名病人說他們覺得病情明顯好轉，八十一名患者眞的好轉了。你覺得呢？這樣的實驗告訴了你什麼，艾迪？」

「我不知道。」艾迪囁嚅著說。

基恩先生嚴肅地拍拍頭說：「大部分疾病都來自這裡，我是這麼認為的。我幹這行已經很久、很久了，早在帝博大學那些博士做研究之前，我就知道安慰劑的力量了。會拿到安慰劑的通常是老人。那些老先生和老太太去看醫生，深信自己得了心臟病、癌症、糖尿病之類的大病，其實常是子虛烏有。他們不舒服是因為老了，就這樣。但醫生能怎麼辦呢？說他們是主發條磨損的手錶？去！怎麼可能？醫生太愛錢了。」基恩先生臉上依然掛著笑，但多了幾分嘲諷。

艾迪只是枯坐著，等基恩先生把話講完，把話講完，把話講完。那句話一直在他心中迴盪：你沒有用藥。

「醫生沒告訴他們服用的是安慰劑，我也沒說。何必呢？有時候，老人拿來的處方箋上頭就直接寫明了：安慰劑或二十五喱藍天。皮爾森大夫以前就是這麼開的。」

基恩先生淺笑一聲，吸了一口咖啡汽水。

「結果有出什麼問題嗎？」他問艾迪。但艾迪只是呆坐著，於是他自己回答：「沒有！完全沒有！

「起碼……通常沒有。

「安慰劑是老人的福音。至於其他病人，那些得了癌症、退化性心臟病或我們還不瞭解的怪病的人，甚至像你這樣的孩子，艾迪，只要能讓患者好過一點，用安慰劑又怎麼樣？你有受到傷害嗎，艾迪？」

「沒有。」艾迪回答。他低頭望著撒了一地的巧克力冰淇淋、汽水、鮮奶油和碎玻璃，還有那顆酒釀櫻桃，彷彿犯罪現場的血跡遺落在一片狼藉中，控訴著罪行。艾迪看著地上的髒亂，覺得胸口又緊了起來。

「那我們就是同伴了，想法都一樣！五年前，維農．梅特蘭得了食道癌，一種非常、非常痛的癌症，醫生試過各種方法減輕不了他的疼痛。有一天，我帶了一罐糖片到他的病房。他是我的老朋友，你知道。我說：『老維，這罐止痛藥很特別，是實驗階段的新藥。醫生不曉得我給了你，所以小心點，別出賣我。這藥可能沒用，但我覺得應該有效。除非痛得受不了，否則千萬別亂吃，而且一天別吃超過一顆。』他噙著淚水向我道謝。淚水耶，艾迪！結果真的有效！沒錯！我只給了他糖片，他卻幾乎完全不痛了……因為痛的地方是這裡。」

基恩先生又嚴肅地拍拍頭。

艾迪說：「我的藥也很有用。」

「我知道，」基恩先生說，露出大人那種志得意滿、令人討厭的微笑。「它對你的胸口有用，因為它對你的腦袋有用。艾迪，HydrOx其實只是在水裡加一點樟腦油，讓它嚐起來有藥味而已。」

「不可能。」艾迪說。他的呼吸又開始沙啞了。

基恩先生喝了汽水，舀了幾口融化的冰淇淋，用手帕小心翼翼將下巴擦乾淨。艾迪又摁了一次噴劑。

「我想回家了。」艾迪說。

「問題在於你的主治醫師漢多爾太軟弱，而你母親又堅信你生病了，結果讓你進退兩難，艾迪。」

「讓我講完，好嗎？」

「不要，我要回家了。你已經拿到錢了，我要回家！」

「讓我說完。」基恩先生喝斥道，艾迪立刻坐回座位。大人有時真的很討厭，非常討厭。

「我沒有瘋。」艾迪喃喃自語，聲音好像從硬殼裡破出來的。

基恩先生的椅子吱嘎一聲，彷彿一隻大蟋蟀。「你說什麼？」

「我說我沒有瘋！」艾迪大吼，隨即滿臉通紅，一副可憐樣。

基恩先生面帶微笑，那種「隨便你」的微笑：你有你的想法，我有我的。

「我想說的是，艾迪，你身體沒有病。你的肺沒氣喘，是你的心有氣喘。」

「你是說我瘋了。」

基恩先生彎身向前，雙手交握目光炯炯望著他。

「我不曉得，」他柔聲說：「你瘋了嗎？」

「你騙人！」艾迪大喊。他胸口那麼緊，沒想到竟然能喊得這麼大聲。他想起威廉，想起他會如何面對這麼誇張的指控。不管有沒有口吃，威廉都知道該說什麼。「你是大騙子！我有氣喘！眞的有！」

「沒錯，」基恩先生說，臉上的乾笑變成了骷髏般的獰笑。「但噴劑是誰開給你的？」

艾迪的腦袋天旋地轉。喔，他好想吐，真的好想吐。

「四年前，也就是一九五四年——真巧，帝博大學的研究也是那一年開始——漢多爾醫師開始開立HydrOx給你。HydrOx是氫和氧的縮寫，也就是水的兩個元素。從那時起，我就一直隱瞞到現在，但我不想再瞞下去了。你的藥對你的心理比對你的身體更有效。你會氣喘是緊張導致的橫隔膜收縮，因為你的心理作用……或是你母親。

「其實你沒病。」

房裡一陣可怕的沉寂。

艾迪坐在椅子上，腦袋一片渾沌，心想基恩先生說的會不會是實話，可是如此一來，有些後果他實在無法接受。但基恩先生有什麼理由說謊呢？尤其是這麼嚴重的事？

基恩先生端坐著，臉上依然掛著沙漠一般燦爛、乾枯又無情的笑。

我有氣喘，眞的有。我和威廉在荒原蓋水壩那天，亨利．鮑爾斯打斷我鼻子，我差點就死了。難道我要跟自己說，一切都是……我腦袋編出來的？

但他有什麼理由說謊？（要到多年後，艾迪才在圖書館裡問了更可怕的問題：*他爲什麼要告訴我眞相？*）

他隱約聽到基恩先生說：「我一直在觀察你，艾迪。我會跟你說這些，是因為你年紀夠大，聽得懂了，而且我發現你終於交了朋友。他們都是很好的朋友，對吧？」

「對。」艾迪說。

基恩先生將椅子後仰（又發出蟋蟀叫的聲音），閉上一隻眼睛，感覺又像眨眼又不像眨眼。

「我敢說你母親應該不怎麼喜歡他們，對吧？」

「她很喜歡他們，」艾迪說，心裡想起母親批評理查德．托齊爾的話（*他嘴巴不乾淨……而且我聞過他嘴巴的味道，艾迪……我想他有抽菸*）、她輕蔑地說別借錢給史丹利．尤里斯，因為他是猶太人，還有她表明討厭威廉．鄧布洛和「那個小胖子」。

他又說了一次：「非常喜歡。」

「是嗎？」基恩先生說，臉上依然掛著微笑：「嗯，不管她對或不對，你起碼交到了朋友。你或許應該找他們談談你的問題，這個……這個心理上的軟弱，看他們怎麼說。」

艾迪沒有回答。他已經不想跟基恩先生說話了，感覺這樣比較保險。而且他怕自己要是不趕緊離開，很快就會哭了。

「好吧！」基恩先生起身說：「我想差不多了，艾迪。假如我說的話讓你感覺不舒服，我向你道歉。我只是盡自己的責任，我——」

基恩先生話還沒說完，艾迪已經抓著噴劑和裝藥的白色袋子跑了。他一腳踩到地板上的冰淇淋滑了一跤，差點跌倒。他拔腿狂奔，不顧氣喘吁吁，拚命逃離藥房。露比拿著電影雜誌看他一路跑出去，嚇得目瞪口呆。

艾迪感覺基恩先生站在辦公室門口看他倉皇逃離，身形瘦削，衣著整潔，臉上帶著意味深長的微笑，沙漠般的乾笑。

艾迪在堪薩斯街、主大街和中央街的三岔路口暫停片刻，坐在公車站旁的矮石牆上又吸了一大口噴劑。藥味讓他的喉嚨恢復了黏稠狀態。

（只是在水裡加一點樟腦油）

他覺得如果再用噴劑，可能就要吐膽汁了。

他將噴劑塞進口袋，看著車子來來往往，分別朝主大街和上哩丘駛去。他試著不去思考。陽光照在他頭上又亮又燙，每輛經過的車子都閃亮得刺眼，讓他的太陽穴開始作痛。他沒辦法生基恩先生的氣，但他很能為艾迪．卡斯普布拉克感到難過，非常難過。他心想威廉．鄧布洛絕不會自憐自艾，但艾迪就是無法克制。

他這會兒只想遵照基恩先生的建議，到荒原找朋友，向他們坦白一切，看他們怎麼說、怎麼

回答。但他不能這樣做，母親正在等他把藥拿回家

（你的心理作用……或是你母親）

他要是不回去

（你母親堅信你生病了）

就麻煩大了。她一定會以為他去找威廉、理查德或那個「猶太小孩」（她老是這麼稱呼史丹利，卻又堅稱她沒偏見，只是「有話直說」——她每次要講難聽的話，就會這麼講）。他心慌意亂地站在街角，無望地想理出頭緒。他知道母親要是知道他還有一個朋友是黑人，一個是女生——而且是開始長胸部的女孩子——她會說什麼。

他開始緩緩朝上哩丘走去，頂著酷暑辛苦上坡。人行道熱得彷彿能煎蛋。艾迪發覺他這輩子頭一回希望快點開學，升上新的年級，認識新老師，讓這個可怕的夏天立刻結束。

他在半路上停了下來，離威廉·鄧布洛二十七年後找回銀仔的店面不遠。他從口袋拿出噴劑，HydrOx噴霧，標籤上寫著：需要時即可使用。

他又發現一件事。需要時即可使用。他還是小孩，還年幼無知（他母親「有話直說」時，就會這麼告訴他），但連小孩也知道沒有人會拿藥給小孩，跟他說「需要時即可使用」。因為小孩一定會照做，想吃就吃，最後丟了小命。艾迪心想，就算阿斯匹靈也可能吃死人。

一名老婦人挽著購物籃下坡朝主大街走去，但艾迪盯著噴劑，渾然不覺老婦人經過他身旁時，狐疑地看了他一眼。他覺得自己被背叛了，一時有股衝動想將塑膠噴罐扔進水溝，甚至丟進攪碎系統裡，那樣更好。沒錯，就這麼辦！把它送給牠，送到牠的地下通道和下水管裡任牠處置。來口安慰劑吧，千面怪胎！艾迪狂笑一聲，差點就照做了。但習慣終究佔了上風。他將噴劑放回褲子右前口袋，繼續往上走。貝西公園的遊園車不時從他身邊經過，但他對喇叭和柴油引擎

聲幾乎充耳不聞，也不曉得自己就快發現什麼才叫受傷了——傷得很重的那種受傷。

3

二十五分鐘後，艾迪一手拿著百事可樂，另一手拿著兩根糖果棒走出卡斯特洛超市，沒想到卻倒楣地遇上了亨利．鮑爾斯、維克多．克里斯、麋鹿薩德勒和派崔克．霍克斯泰特。四人蹲在小店旁的碎石地上，艾迪起初以為他們在閒聊打屁，後來才發現他們在湊錢，放在維克多的棒球衫上，他們的暑修課本雜亂堆在一旁。

換做平常，艾迪會立刻溜回超市，問傑德洛先生能不能讓他從後門離開。然而那天不是平常日，艾迪只是僵住不動，一手還抓著掛有錫製香菸看板（雲斯頓香菸，好菸就該如此。二十根好菸給您二十次美好經驗。看板上的僕役小童大喊：召喚菲利普．莫里斯），另一手抓著白色藥袋和超市的牛皮紙袋。

維克多．克里斯看見他，便用手肘頂了頂亨利。亨利抬起頭，派崔克．霍克斯泰特也是。麋鹿反應比較遲鈍，又多數了五秒鐘的零錢，才因為夥伴忽然沉默而抬起頭來。

亨利起身拍掉連身牛仔褲膝蓋上的碎石，貼著繃帶的鼻子用木條固定著，因此講話帶著霧號般的鼻音。「竟然是石頭戰士啊，」亨利說：「稀客稀客。你的夥伴呢，混球？還在超市裡嗎？」

艾迪傻愣愣地搖頭，接著才發現自己又錯了。

亨利笑得更開心了。「好吧，沒關係，」他說：「我不介意你找我單挑。放馬過來吧，混球。」

維克多和亨利走在一起，派崔克跟在後頭，露出豬一般的傻笑（這個笑容艾迪在學校就看多了），麋鹿才剛要起身。

「來吧，蠢蛋，」亨利說：「我們來談談那天的石頭大戰。我們好好聊一聊，怎麼樣？」

艾迪現在躲回超市已經太遲了，但店裡至少有一個大人。他才剛往回走，亨利已經一個箭步衝了過來，將他一把抓住。他猛力拉扯艾迪的手臂，臉上的笑容變得猙獰。艾迪的手抓不住紗門，整個人被拖下台階，要不是維克多雙手插進他腋下抓住他，他一定會倒栽蔥摔到碎石地上。維克多將艾迪甩出去，他身體轉了兩圈才勉強維持住平衡。四個少年離他大約十英尺多，亨利面帶微笑站在最前面，後腦勺有一束頭髮翹著。

派崔克站在亨利左後方。他一直像個遊魂一樣，艾迪從來沒見過他和其他小孩在一起，直到現在。他很胖，經常繫著帶釦是紅衣騎士的皮帶，但老是被小腹微微蓋住。他的臉很圓，而且通常和冰淇淋一樣白，但現在稍微曬黑了一點，尤其鼻子最嚴重，正在脫皮，一路延伸到雙頰像兩隻翅膀一樣。他在學校喜歡用綠色塑膠尺殺蒼蠅，將死蒼蠅收進鉛筆盒裡。他有時下課會拿著自己的收藏到操場給新生看，張開肥厚的雙唇微笑，灰綠色的眼眸嚴肅又若有所思。展示死蒼蠅的時候，無論其他學生說什麼，他都不會開口。他現在臉上就是同樣的表情。

「你好啊，石頭戰士，」亨利向前逼近：「身上有石頭嗎？」

「別過來。」艾迪顫抖著說。

「別過來，」亨利模仿他，揮舞雙手假裝很害怕的樣子。維克多笑了。「要是我不聽呢，你要怎麼辦，石頭戰士？啊？」說完他大手一伸，速度奇快，狠狠甩了艾迪一巴掌，發出槍響般的聲音。艾迪頭往後仰，左眼開始噴淚。

「我朋友在裡面。」艾迪說。

「『我朋友在裡面。』」派崔克尖著嗓子說：「喔！喔！喔！」說完開始繞向艾迪右邊。

艾迪跟著他轉，亨利再度出手，艾迪另一邊臉頰立刻又辣又燙。

不能哭，他心想，他們就想要你哭但你不能哭艾迪威廉不會這樣威廉不會哭，你也不能——

維克多往前一步，朝艾迪胸口狠狠推了一把。艾迪往後踉蹌半步，整個人摔在蹲在他腳後方的派崔克身上，隨即重重撞到碎石地擦傷了手臂，胸中空氣呼嘯而出。

不一會兒，亨利．鮑爾斯跨到艾迪身上，用膝蓋壓住他的手臂，一屁股坐在他肚子上。

「有帶石頭嗎，石頭戰士？」亨利低頭朝他大吼。艾迪的手被亨利壓得很痛，又喘不過氣，但都比不上亨利眼中的瘋狂令他害怕。亨利瘋了。派崔克在一旁吃吃偷笑。

「你想丟石頭嗎？我就給你石頭！拿去，石頭在這裡！」

亨利抓起一把碎石，壓到艾迪臉上，在他皮膚上摩擦，劃破了他的臉頰、眼皮和嘴唇。艾迪開口尖叫。

「你想要石頭嗎？我就給你石頭，石頭戰士！你想要石頭嗎？給你呀！給你！給你！」

碎石灌進艾迪嘴裡，刮破他的牙齦，摩擦牙齒。他覺得自己的補牙冒出火花，於是尖叫一聲，將碎石啐了出來。

「還想要石頭嗎？怎麼樣？要不要再來一點？例如——」

「住手！你們幾個！住手！就是你，小鬼！放開他！馬上放手，聽見了沒有？放開他！」

艾迪睜開哭得半腫的眼睛，看見一隻大手伸過來抓住亨利的襯衫領子和他連身牛仔褲的右邊肩帶，猛力一拉將亨利拉開。亨利摔到碎石地上，但立刻就站了起來。艾迪的動作就沒那麼快了。他掙扎著想站起來，但身體的功能似乎臨時故障了。他拚命喘氣，從嘴裡吐出幾顆帶血的碎石頭。

是傑德洛先生。他套著白色圍裙，火冒三丈，雖然亨利比他高了三英寸，可能比他重五十磅，但他毫無懼色，因為他是大人，而亨利只是小孩。但艾迪想，這回可能不一樣。傑德洛先生不懂，他不知道亨利是瘋子。

「你們滾，」傑德洛先生說。他站到身材粗壯、一臉惱怒的亨利面前：「你們給我滾，再也不要回來了。我討厭霸凌，尤其是四個欺負一個。你們的母親會怎麼想？」

他用憤怒的目光掃視四名惡少，麋鹿和維克多低頭看著球鞋不敢吭聲，派崔克張著灰綠色的眼眸望著傑德洛先生，眼神還是一樣空洞。傑德洛先生再次瞪著亨利：「你們立刻騎上單車——」他話還沒說完，就被亨利狠狠推了一下。

「你做什麼——」傑德洛先生說。

亨利的身影逼到他面前。「進去。」他說。

「你——」傑德洛先生說，但這回他自己閉上了嘴。艾迪看出傑德洛先生終於明白了，見到亨利眼中的瘋狂。他慌忙起身，圍裙翻飛，匆匆走上台階，踩到倒數第二階時還滑了一跤，單膝撞上台階。雖然他立刻起身，但那一跤已經讓他的大人威嚴蕩然無存。

他走到台階頂端轉身說：「我要報警！」

亨利作勢衝上去，傑德洛先生本能後退。艾迪知道沒戲唱了。雖然不可思議又無法想像，但他失去唯一的靠山了。該閃人了。

正當亨利站在台階下方瞪著傑德洛先生，而其他人目瞪口呆，沒料到亨利竟然打退了大人的權威時，艾迪覺得機會來了。他立刻轉身站起來，開始逃命。

他跑過半條街時，亨利轉身發現了他，目光噴著火大吼：「抓住他！」

艾迪不顧氣喘，死命地跑，他都忘了自己的球鞋有沒有著地。他和他們有一段距離，大約五十英尺，讓他一時有點飄飄然，以為自己能躲過一劫。

但就在他安然逃到堪薩斯街之前，一個騎著三輪車的小孩忽然騎出車道，闖到艾迪面前。艾迪試著閃身，但他跑得太急，只能從小鬼的頭上跳過去（這小孩名叫理查德．柯文，長大結婚之後生了個兒子，取名佛瑞德里克。佛瑞德里克後來溺死在馬桶，被馬桶裡一股黑煙變成的不可思議的怪物啃得屍體不全），至少試試看。

他一腳勾到三輪車的後座，就是膽子大一點的小孩會踩在上頭，把三輪車當成機車騎的地方。理查德．柯文（他兒子二十七年後被牠所殺）文風不動，艾迪卻飛了出去，肩膀撞到人行道，整個人彈起來又跌回地上滑行了十英尺，膝蓋和手肘都磨破了。他正想起身，亨利．鮑爾斯已經衝過來給他一記重擊，將他打倒在地。艾迪的鼻子和水泥地面擦了一下，鮮血直流。

亨利有如傘兵迅速翻身，立刻站起來抓住艾迪的後頸和右腕，腫脹骨折的鼻子哼哼噴氣，感覺又暖又濕。

「想要石頭嗎，石頭戰士？廢話！他媽的！」他將艾迪的手腕扭到背後，艾迪痛得大叫。「石頭戰士要石頭，對吧，石頭戰士？」說完又將艾迪的手腕扭得更高，艾迪大聲哀號。他隱約感覺其他人靠了過來，三輪車上的小孩開始嚎啕大哭。活該，小鬼，他心想。雖然滿臉淚水，雖然又痛又怕，但他還是忍不住發出驢子叫聲般的大笑。

「你覺得很好玩是吧？」亨利問，語氣忽然從憤怒變成吃驚。「你覺得很好玩是嗎？」亨利的聲音是不是有一點害怕？艾迪多年後覺得沒錯，對，他的聲音聽起來很害怕。

艾迪試著掙脫亨利的手。他渾身是汗，差點就掙脫了。或許正因為如此，亨利又將艾迪的手往上扭，而且這回更用力。艾迪只聽見手臂喀噠一聲，發出冬樹被沉沉冰雪壓斷時的聲響。骨折的疼痛既強又烈，艾迪淒聲慘叫，但聲音彷彿來自遠方。他感覺顏色從眼前消失。亨利鬆開他的手腕使勁一推，他感覺自己好像飄浮著，過了很久才摔到地上，人行道的每一個縫隙他都看得清清楚楚，甚至還欣賞了七月陽光照在雲母碎片上發出的亮光，發現人行道還留著粉紅色粉筆畫的跳房子痕跡。他感覺方格子似乎變成了烏龜，慢慢游走了。

他可能昏了過去，但當骨折的手臂撞上地面，他立刻被劇烈、恐怖、熱辣辣的疼痛給喚醒了。他感覺斷骨撞在一起，彼此摩擦。他咬到舌頭，身上又多一個地方開始流血。他翻身仰躺，發現亨利、維克多、麋鹿和派崔克站在他身邊，感覺高高在上，遠得不可思議，有如俯瞰墓穴的扶棺人。

「你喜歡這樣是吧，石頭戰士？」亨利問，聲音彷彿從遠方穿破疼痛傳到艾迪耳中。「你喜歡剛才的動作，對不對？喜歡胡搞瞎搞是嗎？」

派崔克．霍克斯泰特吃吃笑了。

「你爸爸瘋了，」艾迪聽見自己說：「你也瘋了。」

亨利的笑容霎時消失，彷彿被人甩了一巴掌。他抬腳準備踹人……這時警笛聲忽然劃破午後沉悶的炎熱。亨利停下動作，維克多和麋鹿緊張地左右張望。

「亨利，我們最好閃人了。」麋鹿說。

「你們不閃，我可要閃了。」維克多說。他們的聲音聽起來好遠！就像小丑的氣球一樣飄著。維克多轉身朝圖書館走去，離開馬路躲進麥卡倫公園。

亨利遲疑片刻，或許希望警車是為了別的事，他可以繼續教訓艾迪。但警笛聲再度響起，而且愈來愈近。「小鬼，算你好運。」他說了一句，接著就和麋鹿跟著維克多跑了。

派崔克．霍克斯泰特還不想走。他用沙啞低沉的聲音說：「買一送一。」說完深吸一口氣，吐了一大坨綠色濃痰在艾迪滿是汗水和血的臉上。啪！「別馬上吃完，」他露出令人發毛的乖戾笑容說：「留一點以後享用。」

說完他就緩緩轉身離開了。

艾迪想用沒斷的手把痰抹掉，但這麼一點小動作還是讓他痛不欲生。

你去藥房之前，絕對沒想到自己會淪落到卡斯特洛大道上，手臂斷了，臉上是派崔克．霍克斯泰特的濃痰吧？你連百事可樂都沒喝成。生活眞是充滿驚喜，對吧？

他竟然又笑了。儘管笑得很虛弱，還讓斷臂發疼，但感覺依然很棒。而且還有一件事，就是他沒氣喘，呼吸很正常，起碼現在如此。這也是好事一件。艾迪根本沒機會拿噴劑，一次也沒有。

警笛聲已經很近了，不停嗡鳴著。艾迪閉上眼，感覺眼皮閃著紅光，接著一道身影罩住他，遮去了紅光。是騎三輪車的小孩。

「你還好嗎？」他問。

「我看起來像是還好的樣子嗎？」艾迪問。

「你看起來糟透了。」小孩說完便踩著三輪車離開了，嘴裡還一邊唱著〈小山谷裡的農夫〉。

艾迪呵呵笑了。警車來了，他聽見煞車聲。雖然奈爾先生只是巡邏員警，艾迪還是隱隱希望車裡坐的是他。

你到底在笑什麼？

他不知道，也不曉得除了疼痛之外，他為何還覺得大大鬆了一口氣。也許因為他還活著，只是斷了一隻手臂而已，並不算太壞。他當時這麼覺得，但多年後的此刻，他坐在德利市立圖書館裡，面前擺著梅汁琴酒，噴劑近在手邊，他卻跟其他人說他覺得不只如此，他的年歲已經大到感覺得出來，只是沒辦法說個明白。

我想那是我這輩子頭一回感受到真正的疼痛，他這麼對其他人說，但和我想得完全不一樣。我沒有被疼痛殺死，反而……給了我一個比較的基準，讓我發現人可以活在痛苦中，即使疼痛依然能活下去。

艾迪虛弱地轉頭向右，看見黑色的凡司通大輪胎、刺眼的鍍鉻輪圈蓋和閃爍的藍光。接著他聽見奈爾先生的聲音，濃濃的愛爾蘭腔，口音重得不得了，很像理查德．托齊爾模仿的愛爾蘭警察，而不是奈爾先生本人……但或許是距離的關係，讓他有這種感覺。「『天老爺』呀，這是卡斯普布拉克家的男『海』！」

艾迪昏了過去。

4

他昏迷了很久，只醒來過一次。

那是在救護車上，他短暫甦醒過來，看見奈爾先生坐在對面，一邊從小棕瓶子倒飲料喝，一邊在讀平裝本的《索命密使》。封面的女孩胸前宏偉，艾迪從沒見過這麼大的胸部。他將目光從奈爾先生移向前座的司機身上。司機回頭看了艾迪一眼，臉上露出邪惡的獰笑。他皮膚塗滿白色油彩和爽身粉，眼睛和新的硬幣一樣亮。是潘尼歪斯。

「奈爾先生。」艾迪呢喃道。

奈爾先生抬頭微笑。「小夥子，感覺怎麼樣？」

「……司機……那個司機……」

「是啊，我們馬上就到了，」奈爾先生說著將小棕瓶遞給艾迪：「喝一點吧，你會好過一些。」

艾迪喝了一口，感覺像吞火一樣。他忍不住咳嗽，弄痛了手臂。他往前座看，又看見那個司機，但已經不是小丑，而是理小平頭的傢伙。

他又昏厥過去。

過了很久，他在急診室裡，護士用冰涼的毛巾擦去他臉上的血、泥巴、鼻涕和石頭。雖然很痛，但感覺很棒。他聽見母親在外頭大呼小叫，他很想拜託護士不要讓她進來，但就是發不出聲音。

「……萬一他快死了，我要知道狀況！」他母親咆哮道：「聽到沒？我有權利知道，也有權利看他！我可以告你，知道沒有？我認識律師，很多律師！我有幾個好朋友都是律師！」

「別說話。」護士對艾迪說。護士很年輕，他感覺她的乳房壓著他手臂，讓他忽然產生瘋狂的幻覺，覺得護士就是貝芙莉．馬許。他又昏了過去。

等他再次醒來，母親已經在病房裡了，正對著漢多爾醫師劈哩啪啦講個不停。桑妮亞身形肥碩，套著壓力襪的雙腿有如樹幹，卻光滑得出奇。她臉色蒼白，泛著一點一點的潮紅。

「媽……」艾迪勉強擠出聲音：「……沒事……我沒事……」

「才怪，才怪。」卡斯普布拉克太太泫然欲泣，緊絞雙手。艾迪聽見她指關節拗得喀啦作響。他一看見她，見到她神情慌張，知道自己亂跑傷了她，就覺得呼吸又急促了起來。他想叫她放輕鬆，免得心臟病發，但就是做不到。他喉嚨太乾了。「你才不是沒事。你出了很嚴重的意外，非常嚴重，但你會沒事的，我向你保證，艾迪，你會沒事的，就算要把書上所有專家統統找來也無所謂。喔，艾迪……艾迪……你可憐的手臂……」

她開始抽泣，發出鴨叫般的聲音。艾迪發現剛才幫他擦臉的護士看著他母親，臉上沒有太多同情。

面對這場鬧劇，漢多爾醫師只是不停結巴說：「桑妮亞……拜託，桑妮亞……桑妮亞……？」他骨瘦如柴，感覺無精打采，嘴上的小鬍子長得不太好，又沒修齊，搞得左邊比右邊長。艾迪想起基恩先生早上對他說的話，不禁為漢多爾醫師感到難過。

最後，漢多爾醫師總算鼓起勇氣擠出一句：「桑妮亞，妳要是再這樣，我就得請妳出去了。」

她轉身看他，讓他倒退一步。「我才不出去！你敢再說一次看看！躺在這裡的是我兒子！是我兒子痛得躺在病床上！」

艾迪開口把大家嚇了一跳：「媽，我要妳出去。如果他們晚點要做的事會讓我尖叫，我猜應該會，那我想妳最好出去。」

桑妮亞一臉驚訝轉頭看他……顯然深受打擊。他看見她受傷的神情，感覺胸口又不由得縮緊。「我絕不出去！」她大喊：「你怎麼能這樣說，艾迪！你已經胡言亂語，不曉得自己在說什麼了，一定是這樣！」

「我不知道一定是哪樣，也不在乎，」護士說：「我只曉得我們應該幫妳兒子治療手臂，卻在這裡乾耗。」

「難道妳認為——」桑妮亞開口說，聲音和號角一樣尖。她只要極度不安就會這樣。

「拜託，桑妮亞，」漢多爾醫師說：「別在這裡吵架，讓我們治療艾迪。」

桑妮亞退開了，但卻怒目圓睜，有如小熊受到威脅的母熊，向護士示意這筆帳稍後再算，甚至告上法庭。接著她目光轉為迷濛，狠勁不再，起碼藏了起來。她抓起兒子沒有受傷的手用力摁了一下，痛得艾迪身子一縮。

「你傷得很重，但很快就會痊癒的，」她說：「很快，我向你保證。」

「當然，媽，」艾迪喘息說：「可以拿噴劑給我嗎？」

「沒問題，」桑妮亞說完傲然看了護士一眼，彷彿擺脫了誣賴似的。「我兒子有氣喘，」她說：「很嚴重，但他應付得很好。」

「嗯。」護士冷冷地說。

母親抓著噴劑讓他吸氣。過了一會兒，漢多爾先生觸診艾迪的手臂，雖然動作已經盡量放輕，還是讓艾迪痛得要命。他很想尖叫，但卻咬牙忍住，生怕自己一叫會讓母親跟著尖叫。汗水有如清澈的露珠佈滿他的額頭。

「你弄痛他了，」卡斯普布拉克太太說：「我知道！你沒必要這樣！快住手！你沒必要弄痛他！他很脆弱，受不了那種痛！」

艾迪發現護士氣沖沖盯著漢多爾醫師疲憊擔憂的眼睛，他看見兩人無聲對話：*醫生，把那女人請出去。*他眼神低垂：*沒辦法，我不敢。*

疼痛讓他恍然大悟（但艾迪其實不想常有這種體悟，代價太高了）。在醫師和護士的沉默對話之間，他接受了基恩先生所說的一切。他的HydrOx其實只是加料的清水，緊繃的不是他的喉嚨、胸口或肺部，而是他的腦袋。他遲早必須面對這個事實。

他看著母親。疼痛讓他看得很清楚：她洋裝上的每一朵花、腋下的汗漬（即使塞了墊子還是濕透了）和拖著腳走路在鞋上留下的刮痕。他發現她的眼睛擺在臉上顯得好小，心裡忽然閃過一個可怕的念頭：那雙眼睛好像猛獸，很像爬出內波特街二十九號地下室的痲瘋鬼。*我來了，沒關係……你逃也沒用的，艾迪……*

漢多爾先生雙手輕輕握住艾迪的斷臂使力一摁，疼痛立刻暴增。

艾迪暈了過去。

5

他們給他喝了一點東西，漢多爾醫師將斷臂接好。艾迪聽見醫師跟他母親說是旁彎骨折，和一般孩童骨折差不多。「小孩從樹上摔下來也是這樣。」他說，但艾迪聽見母親憤怒反駁：「艾迪又不爬樹！我要知道事實！他傷得多重？」

護士餵他吃了一顆藥。他再次感覺她的乳房壓著他肩膀，沉沉的很舒服，讓他心懷感激。他記得自己雖然昏昏沉沉，還是看見護士一臉憤怒，便說：她不是痲瘋鬼，千萬別這麼想，她是因爲愛我才想吃掉我。但也許他終究沒說出口，因為護士依然怒不可遏。

他隱約記得自己坐著輪椅，被人推到走廊，母親在他身後吱吱喳喳，聲音慢慢消失：「你說什麼？探病時間？少跟我說什麼探病時間，他是我兒子！」

慢慢消失。他很高興母親慢慢消失，高興自己慢慢消失。疼痛沒了，也帶走了清明的神智。他不想思考，只想飄離。他感覺右臂非常沉重，心想他們是不是為他上了石膏。他看不出來。他隱約聽見收音機的聲音從其他病房傳來，看見穿著病人服的病人有如鬼魂在寬闊的大廳遊蕩，還有非常熱……好熱。他被人推回病房時，看見夕陽彷彿一碗憤怒的橘色鮮血，心裡胡亂地想：好像小丑的鈕釦。

「來吧，艾迪，你可以站起來。」某人說。他發現是真的。他鑽進冰涼舒爽的棉被裡，那人告訴他晚上可能會痛，但除非疼得厲害才要叫人來給他止痛藥。艾迪問他能不能喝水。水來了，還附上一根可以彎折的吸管。水很涼很好喝，他一飲而盡。

晚上果然會痛，而且很頻繁。他醒著躺在床上，左手握著呼叫鈕，但始終沒有按下。外頭狂風暴雨，閃電照得天空藍白一片。艾迪轉頭避開窗戶，唯恐看見獰笑的怪物臉龐浮現在電光之間。

後來他又睡了，而且作了一個夢。他看見威廉、班恩、理查德、史丹利、麥可和貝芙莉——他的夥伴們——騎車到醫院（威廉用銀仔載理查德）看他。他很驚訝貝芙莉竟然穿了洋裝，很可愛的洋裝，國家地理雜誌才有的加勒比海綠。他不記得看過貝芙莉穿洋裝，印象中她只穿牛仔褲、五分褲或女孩說的「學校衣服」：裙子和襯衫，通常是圓領白襯衫和棕色百褶裙，裙襬在小腿肚附近，免得露出膝蓋的傷疤。

夢裡，他們下午兩點的探病時間出現在醫院。他母親從十一點就在醫院等候，朝他們大吼大叫，弄得所有人都轉頭看她。

你們要是以爲我會放你們進去，那就大錯特錯了！她朝他們咆哮。這時，一直坐在候診室（但躲在角落用《看》週刊遮著臉直到剛才）的小丑忽然跳起來，快速拍動戴著白手套的雙手，做出鼓掌的動作。他蹦蹦跳跳，手舞足蹈，又是側翻又是後空翻。卡斯普布拉克太太還在呵斥艾迪的窩囊同伴，讓他們一個個躲到了威廉背後，只有威廉文風不動，雖然臉色蒼白，但神情鎮定，雙手深深插在牛仔褲口袋裡（或許不想讓其他人和自己看到他的手在發抖）。只有艾迪看見小丑……不過一個原本在母親懷中睡得又香又甜的小嬰兒忽然醒來，開始嚎啕大哭。

你們造的孽已經夠多了！艾迪的母親吼道。我知道那些小鬼是誰！他們在學校惹了很多麻煩，甚至惹上警察！他們看你們不順眼，不代表他也該跟著倒楣。我跟他說了，他也同意。他要我請你們離開，他不想再跟你們往來了，也不想再見到你們任何一個。他不想和你們做朋友！哪個都一樣！我就知道會出事，結果你們看看！我的艾迪住院了！他這麼嬌弱……

小丑蹦蹦跳跳，一會兒劈腿一會兒單手倒立，臉上的笑容變得非常真實。艾迪在夢中心想這就是小丑的計謀，想挑撥他們、拆散他們，不讓他們有任何集體行動的機會。小丑欣喜若狂，在空中翻滾兩圈，滑稽地親了他母親臉頰一下。

那、那些壞小、小孩——威廉開口說。

你少回嘴！卡斯普布拉克太太尖叫道，你少回嘴！我已經說他不想再理你了，永遠！

這時，一名實習醫師跑進候診室，要艾迪的母親立刻安靜下來，否則就得離開醫院。小丑開始變淡、消失，形體也開始改變。艾迪看見瘋瘋病患、木乃伊、大鳥、狼人和吸血鬼。吸血鬼的牙齒是吉列刮鬍刀，感覺就像嘉年華迷宮裡的鏡子一樣錯亂。艾迪看見科學怪人、宛如嘴巴開開闔闔的貝殼和幾十、幾百種其他的恐怖妖怪。但在小丑完全消失之前，艾迪看見了最可怕的景象：他母親的臉。

不要！他想尖叫，不要！不要！不是她！不是我媽！

然而，沒有人轉頭，也沒人聽見。在夢境逝去前，艾迪發現一個冰冷又噁心的事實，就是他們聽不見他。他已經死了。牠殺了他。他成了幽魂。

6

桑妮亞趕走了艾迪口中的朋友，贏得一場五味雜陳的勝利，但成功的感覺隔天下午（六月二十一日）就幾乎瞬間消逝了。她不太曉得勝利感為何匆匆淡去，而且被莫名的恐懼所取代。是兒子蒼白的臉龐讓她察覺到這一點。他臉上沒有痛苦和焦慮，而是她不曾見過的神情。很銳利的神情，銳利、警醒而鎮定。

和艾迪的夢境不同，他母親和朋友的衝突並非發生在候診室。她知道他們會來醫院——是這群「朋友」教他抽菸，完全不顧他有氣喘；是他們蠱惑他，讓他每晚開口閉口都是他們；是他們害他手臂斷了。這一些她都和隔壁的范普瑞特太太說了。「夠了，」卡斯普布拉克太太厲聲說：

「應該有話直說了。」范普瑞特太太皮膚很糟，又是應聲蟲，無論桑妮亞說什麼她都幾乎贊同，簡直到了病態的地步，沒想到這回竟然蠢到提出不同的看法。

那天清晨很涼，是七月第一週，兩人在外頭晾衣服。范普瑞特太太說，我覺得妳該高興他交到了朋友才對，而且他和其他孩子在一起不是更安全嗎，卡斯普布拉克太太？城裡發生那麼多事，那麼多可憐的孩子遇害，妳難道不覺得嗎？

卡斯普布拉克太太沒有說話，只是哼了一聲（其實她一時想不出該怎麼回答，直到事後才想出一堆答案，有些還很刻薄）。那天晚上，范普瑞特太太打電話給她，有點緊張地問她要不要和平常一樣相偕去聖瑪莉教堂玩豆子賓果遊戲，卡斯普布拉克太太只冷冷回說她想在家翹腳休息。

嘖，范普瑞特太太這下應該滿意了吧。她希望范普瑞特太太這下能明白德利的真正威脅不是殺死六個小孩和嬰兒的性變態。你瞧她兒子，渾身傷痛躺在德利家庭醫院的病床上，右手臂或許再也不能用了。這不是不可能的事，甚至骨頭碎片從血管流到心臟，讓他心臟刺穿而死。喔，天哪，神絕不會允許這種事，但她聽人說過，表示神有可能讓它發生。在某些情況下。

因此她一直在家庭醫院陰涼的長廊上守著，知道他們一定會出現。她鐵了心腸要終結這段「友誼」，這段讓她兒子斷了手臂、躺在病床上受苦的同志情誼，徹底做個了斷。

他們果然來了，和她猜得一樣，而且其中一個還是黑鬼，把她嚇壞了。桑妮亞不是討厭黑鬼，她覺得他們有資格搭巴士南下，想去哪裡就去哪裡，也可以在白人的午餐店吃飯，看電影不應該被限制在黑人區，除非他們騷擾白人（婦女）

同胞。但她同樣深信所謂的「物以類聚」：黑人就該和黑人廝混，別跟其他人攪和。鶇哥和鶇哥一起，不跟青鳥或夜鶯湊對。她的信條是人應該各安其位，因此看見麥可．漢倫和其他人一起騎車出現，讓她的決心如同憤怒和絕望一樣更加強烈。她厭惡地想，彷彿艾迪就在身邊，聽得到她在想什麼：你沒跟我說你有一個「朋友」是黑鬼。

二十分鐘後，她走進病房，看見兒子手臂吊在胸前，上了一大塊石膏（她光看就覺得心痛），她以為自己已經徹底趕走他們了。雖然鄧布洛家的小孩口吃得厲害，但只有他敢回嘴。至於那個女孩，不管她是誰家的小孩，桑妮亞都覺得那雙氣沖沖瞪著她的翠綠眼眸閃著淫蕩（你在下主大街或更糟的地方才見得到那種眼神），但她起碼知道閉上嘴巴。要是她開口肯定會說溜嘴，跟她說只有什麼樣的女孩才會和男孩廝混。她知道大家怎麼稱呼這種女孩，而她絕對不想讓兒子和這樣的女孩牽扯在一起，無論以後或現在。

其他小孩只是低頭看著自己的腳，和她預料得差不多。她把話說完之後，那群孩子就騎車離開了。鄧布洛家的小孩跨上看來很不安全的大車，載著托齊爾家的小孩走了。卡斯普布拉克太太在心裡打了個哆嗦，不曉得她的艾迪冒著斷手斷腳斷頸的生命危險，坐過多少次那輛單車。

她昂首返回醫院，心想：我是為了你而做的，艾迪。我知道你起初可能會有點失望，這很正常。但家長比小孩更清楚什麼對孩子好。神創造父母親就是為了帶領、指導……和保護孩子。失望過後，他就會懂的。就算她心裡鬆了口氣，那也是為了艾迪，而非自己。幫兒子擺脫了壞朋友，當然應該鬆一口氣。

只是當她見到艾迪，心裡的輕鬆忽然抹上一絲不安。她以為他還在睡覺，可是並沒有。他沒有因為吃藥而昏昏沉沉、神智不清、心理軟弱，反而清醒警覺，和他平常溫和怯懦的眼神完全不同。艾迪和班恩一樣（只是桑妮亞並不曉得）習慣匆匆看人一眼，確定對方的情緒，然後又匆匆將視線移開。但他這會兒卻緊盯著她（可能是吃藥的關係，她心想，一定是，我待會兒要去找漢多爾醫師問個清楚），反而讓她想轉開視線。他好像在等著我，她心想，而她應該為此開心才對

——乖乖等候母親的小孩是神最好的禮物——

「妳把我朋友趕走了。」艾迪語氣平淡，不帶懷疑或質問。

桑妮亞打了個哆嗦，幾乎是罪惡感使然。而她腦中閃過的第一個念頭顯然帶著罪惡感：他怎麼會知道？他不可能知道！她立刻火冒三丈，氣自己（也氣他）竟然覺得歉疚。於是她對他微笑。

「今天怎麼樣，艾迪？」

這樣回答才對。顯然有人——某個愚蠢的實習護士，或是昨天那個無能又充滿敵意的護士走漏消息了。某人。

「感覺怎麼樣？」艾迪沒有回答，於是她又問了一次。就她所知的醫療情報，骨折不會影響聽力，但她覺得不無可能。任何事都有可能。

艾迪依然沉默不答。

她往前一步，痛恨心中浮現的怯懦和不知所措。她不敢相信自己的感覺，因為她在艾迪面前從來不曾怯懦和不知所措。她還很憤怒，雖然怒火才剛冒上來，但他有什麼資格讓她這樣？她為他做了那麼多，犧牲了那麼多。

「我和漢多爾醫師談過了，他向我保證你會完全復原的，」她輕快地說，一邊在病床旁的直背木椅上坐了下來。「當然，要是有任何狀況，我們就去波特蘭找專家，甚至波士頓。」她露出微笑，彷彿這是天大的恩惠，但艾迪沒有笑，而且還是沒答話。

「艾迪，你聽見了嗎？」

「妳把我朋友趕走了。」他又說了一次。

她放下假裝，只說了一聲「對」就沒再多講。想玩遊戲就玩吧。她直直回望著艾迪。

這時，怪事發生了。很可怕的事。艾迪的眼睛似乎……似乎變大了。灰眼眸中的斑點似乎在動，有如狂奔的暴雨烏雲。她忽然察覺艾迪沒有「不爽」，也不焦躁，完全沒有。他很氣她……桑妮亞忽然很害怕，因為房裡似乎有其他人。她低下眼睛，慌忙打開皮包，開始找面紙。

「對，我把他們趕走了，」她回答，發現自己的聲音夠大，也夠堅決……只要不看他就沒事。「你受了重傷，艾迪，除了母親之外最好別有其他訪客，而且你也不需要那種訪客，根本不需要。要不是他們，你現在應該在家裡看電視或在車庫做肥皂箱賽車。」

艾迪一直夢想自己能做一輛肥皂箱賽車到班格爾比賽，贏了就可以免費到俄亥俄州艾克隆市參加全國大賽。桑妮亞樂觀其成，只要她兒子用柳橙木箱和咻咻火車車輪做出賽車的夢不要改變，始終是一場夢就行。她當然不會讓兒子操作這麼危險的機具，德利不行，班格爾不行，艾克隆更不可能，因為（艾迪跟她說過）他就得搭飛機去，然後坐著沒有煞車的柳橙木箱滑下斜坡，簡直跟自殺沒有兩樣。但就像她母親常說的，不知道就不會受傷（她母親還喜歡講「實話實說，後患不多」，但桑妮亞和大部分人一樣，只記得她想記得的事）。

「我的手臂不是我朋友弄斷的，」艾迪說，語氣依然平淡。「我昨晚跟漢多爾醫師說了，早上奈爾警官來，我也跟他說了。弄斷我手臂的是亨利．鮑爾斯，雖然還有別的小孩，但動手的是他。要是我和我朋友在一起，就不會出事了。出事是因為我落單了。」

桑妮亞想起范普瑞特太太的話，和朋友在一起比較安全什麼的，立刻讓她怒火中燒。她猛然抬頭：「你很清楚那不是重點！你到底在想什麼，艾迪？你以為你媽昨天從卡車上摔下來嗎？你是這樣想的嗎？我很清楚鮑爾斯家的小孩為何弄斷你的手臂。那個愛爾蘭警官也有到家裡來。那個小鬼弄斷你的手臂，因為你和你『朋友』不知道怎麼惹到他了。要是你乖乖聽話，一開始就和他們保持距離，還會發生這種事嗎？」

「不對——我覺得要是沒有他們，情況會更嚴重。」艾迪說。

「艾迪，你不會真的這樣想吧？」

「我是說真的，」他回答。她忽然感覺那股力量脫離了他，有如大浪一般從他體內竄出。「媽，威廉和其他朋友還會再來，我知道。這回妳不准趕走他們，也不准對他們說什麼。他們是我的朋友，妳不能只因為害怕一個人就把我朋友趕走。」

她愣愣望著艾迪，整個人嚇壞了，淚水奪眶而出，簌簌流下臉頰，弄濕了臉上的脂粉。「我看你以後都會這樣跟我講話了，」她哽咽著說：「你的『朋友』可能就是這樣跟爸媽說話的，我看你是和他們學的。」

淚水讓她覺得安全了一些。她只要落淚，艾迪通常也會跟著哭。有人可能會說這麼做很低級，但只要能保護兒子，任何手段都不能算低級，不是嗎？桑妮亞如此覺得。

她噙著淚水抬起頭來，心裡很悲傷，覺得被人剝奪與背叛……卻又信心十足，艾迪不可能擋得住這一波淚水和悲傷。他臉上的冷酷嚴厲會消失，甚至會開始稍微氣喘，呼吸嘶啞。這就是徵兆，總是這樣，表示戰爭結束了，她再度獲勝……當然是為他而勝，向來如此。

但她見他神情完全沒變，甚至更陰沉，讓她大驚失色，連哽咽都忘了。他臉上帶著一絲悲傷，卻更令人害怕。她感覺那是大人的悲傷，而只要想到艾迪長大成人，就讓她驚慌失措。就像她偶爾想到萬一艾迪不肯去唸德利商學院或緬因州立大學班格爾分校，沒辦法每天回家，或他遇到一個女孩，兩人陷入熱戀，甚至打算結婚，她也是一樣驚惶。每當這些夢魘般的陌生想法浮現，她心中的驚弓之鳥就會哭喊：到時我該何去何從？那樣的生活有我容身之處嗎？艾迪，我愛你！我愛你！我照顧你，愛你！你不會煮飯、也不會換床單或洗內衣褲！你怎麼可以這樣對我？我是爲了你學的！因爲我愛你！

他也這麼說了：「媽，我愛妳，但我也愛我的朋友。我想……我想是妳把自己弄哭的。」

「艾迪，你傷得我好重。」她低聲說道，眼裡湧出新的一波、兩波淚水，爬滿蒼白的臉龐。就算方才的眼淚是算計好的，這回也不是了。她是堅強的女人，看著丈夫下葬而沒有崩潰，在一職難求的就業市場找到工作，獨力扶養兒子，必要時還為他挺身而出。艾迪五歲那年得了支氣管炎，躺在床上發高燒，不停喘息咳嗽，呼吸困難。當時她痛哭流涕，心想他一定過不了難關。從那之後，這是她多年來頭一回克制不住流下未經算計的眼淚。她會哭，是因為艾迪臉上那陌生的大人表情。她爲他感到害怕，卻也很怕他，懼怕他散發出的氛圍……那氛圍似乎在要求她什麼。

「別讓我在妳和我朋友之間做選擇，媽，」艾迪說，語氣不穩而緊繃，卻依然沉著：「因為那不公平。」

「他們是壞朋友，艾迪！」她大喊，聲音幾近瘋狂。「我很清楚，我心裡感覺得到，他們只會帶給你痛苦和遺憾！」最可怕的是她真的感覺到了。她在鄧布洛家的小孩眼神中直覺感受到了。那孩子手插口袋站在她面前，紅髮在陽光下有如烈焰一般。他的目光非常嚴肅、奇特而疏離……就像艾迪一樣。

而他當時散發的氣質，不就和艾迪現在一樣？只是更奇特？她覺得是。

「媽——」

她忽然起身，差點撞倒了直背椅。「我傍晚再來，」她說：「我知道是驚嚇、意外和疼痛讓你講話變成這樣。你……你……」她心中一片混亂，找不到原本要說的話：「你出了一場很嚴重的意外，但你會沒事的。你會明白我是對的，艾迪。他們是壞朋友，和我們是不同類的人。你自己仔細想想，從以前到現在媽媽有沒有說錯過。你想一想，然後……然後……」

我在躲！她絕望地想，心裡難過又受傷。我竟然在躲自己的兒子！喔，神哪，不要這樣對

我！

「媽。」

她差點奪門而出。她好怕他，沒錯，他已經不是艾迪了。她感覺他身體裡還有別人，他的「朋友」和某個在他朋友之上的東西。她很怕那東西會朝她撲來。她覺得艾迪彷彿被某個東西控制住了，某種可怕的燥熱，就像他五歲罹患支氣管炎差點喪命時一樣。

她停下腳步，手依然握著門把，不敢聽他要講什麼……但他還是說了。他的話完全出人意料，讓她一時無法意會。等她終於懂了，感覺就像水泥瀉地一般，她覺得自己就要昏倒了。

艾迪說：「基恩先生說我的氣喘藥只是清水。」

「什麼？他說什麼？」她目光炯炯望著艾迪。

「噴劑是清水，只是加了一點東西讓它味道像藥。他說是安慰劑。」

「他騙人！根本在說謊！基恩先生為什麼要撒這種謊？噴，我想德利還有其他藥房，我們可以——」

「我思考過了，」艾迪說，語氣溫柔又堅決，目光一直盯著她。「我想他沒有說謊。」

「艾迪，我告訴你，他在說謊！」驚弓之鳥又回來了。

「我認為，」艾迪說：「他說的一定是實話，否則噴劑瓶上應該有警告，例如服用太多會致命或起碼讓人不適，甚至——」

「艾迪，我不想聽！」她雙手摀住耳朵大喊：「你……你……你現在不正常，就這樣！」

「即使不是處方藥，走進藥房就能買，也會有用藥說明，」艾迪繼續說，語氣依然平靜，灰色眼眸望著她，讓她無法垂下目光或迴避。「就算是維克斯咳嗽糖漿……或妳的健力多也一樣。」

他停了下來。桑妮亞放下雙手，舉著太吃力了，她感覺手很沉。

「我覺得……妳一定知情，媽。」

「艾迪！」她幾乎是哭著說的。

「因為，」艾迪往下說，彷彿她根本沒開口。他皺起眉頭，全神貫注。「因為家人應該知道藥的輕重。我每天用噴劑五、六次，要是妳覺得對我不好，例如有害健康，就絕不會讓我那樣做，因為妳的職責就是保護我。我知道，因為妳總是這麼說。所以……妳知情嗎？妳知道噴劑只是水嗎？」

桑妮亞沉默不語，雙唇顫抖，整張臉似乎都在抖動。她已經不哭了，過度驚恐讓她哭不出來。

「因為如果妳知情，」艾迪仍然皺著眉：「要是妳知情，我想知道原因。其他事情我可以理解，但我不曉得我的母親為什麼要讓我以為水是藥……或我這裡有毛病——」他指著胸口：「但就像基恩先生說的，其實是這裡——」他指著腦袋說。

她本來想說明一切，想靜靜地、合理地說明清楚，跟他說他五歲那年，她以為他會死，而她兩年前才失去丈夫，失去他會讓她發瘋。她發現唯有關愛和提高警覺才能保護自己的孩子，就像照顧花園一樣勤於施肥、除草，偶爾還要——沒錯——修剪，再痛也得做。她想跟他說，有時小孩感覺自己有病比眞的病了還好——尤其像艾迪這麼脆弱的孩子。最後她告訴艾迪，讓他知道醫師的愚蠢有多可怕，而愛的力量又多麼神奇。她會跟他說她知道他有氣喘，醫生怎麼說或給他什麼都不重要。她會跟他說，就算藥劑師惡意胡搞也阻擋不了藥物發揮功效。她會告訴他說，艾迪，是你母親的愛讓藥有效，只要你需要我這麼做、讓我這麼做，我就能繼續做到。這是神賦予母愛的大能。求求你，艾迪，我的心肝寶貝，求求你一定要相信我。

但她什麼都沒說。她太害怕了。「不過，也許我們沒必要談，」艾迪自顧自地往下說：「基恩先生可能只是開玩笑。大人有時候……妳也知道，大人有時候喜歡開小孩的玩笑，因為小孩幾乎什麼都信。這麼做很惡劣，但大人有時就會這麼做。」

「沒錯，」桑妮亞．卡斯普布拉克急忙附和：「大人喜歡開小孩玩笑，有時候很蠢……很惡劣……而且……而且……」

「因此我以後得多提防威廉和其他朋友，」艾迪說：「而且繼續用噴劑，這樣可能比較好，對吧？」

她這才驚覺（但已經太遲了）自己上鉤了，被精心而殘忍地誘入了圈套。艾迪這麼做幾近勒索，但她又能如何？她很想問他怎麼能如此擺弄人、工於心計。她忍不住開口……但隨即閉上，因為以他現在的狀態，他很可能會回答。

但她曉得一件事。沒錯，非常肯定：她這輩子再也不會踏進愛管閒事的帕克．基恩的藥房半步。

艾迪開口了，語氣意外羞怯，打斷了她的思緒。「媽？」

她抬頭看他，發現艾迪回來了。只有艾迪。她開心上前。

「妳可以抱抱我嗎，媽？」

她抱住他，但很小心，免得弄痛他的斷臂（或讓不安好心的骨頭碎片在血管裡亂竄，跑進心臟——哪個母親會用愛殺死自己的孩子？）。艾迪抱住她。

7

對艾迪來說，母親離開的時間剛剛好。他一邊和母親對峙，一邊覺得呼吸愈來愈緊，在肺和喉嚨不斷累積，有如死水又酸又鹹，彷彿要將他毒死。

但他一直忍著，直到門在母親身後喀嚓關上，他才開始吁吁喘息。酸腐的空氣有如發熱的火鉗，在艾迪緊繃的氣管裡上下戳動。他伸手去抓噴劑，右臂隨之劇痛，但他不在乎。他吸了一大口噴劑，將樟腦味深深灌入胸中，心想：就算是安慰劑也無所謂，只要有效就好。

艾迪倒在枕頭上，閉起眼睛呼氣吸氣。從母親進來病房到現在，他總算能自在呼吸了。他很害怕，非常怕。他對她說的那些話，還有他說話的態度，既是他又不是他。有東西在他體內作用，操控他。某種力量……他母親也感覺到了。他從她的眼神和顫抖的嘴唇看得出來。他不覺得那力量是邪惡的，但力量之大卻令他恐懼，感覺就像搭上遊樂園的雲霄飛車，雖然發現很危險，但無論中途發生什麼，都得等到結束才能下車。

沒辦法回頭了，艾迪心想，覺得石膏的重量讓骨折的手臂又熱又癢。唯有做個了結，我們才能回家。可是天哪，我好怕，好怕好怕。他知道自己為什麼不准她叫他和朋友斷絕往來，但他怎麼也不能說實話：因爲我無法單獨面對。

他哭了一會兒，接著沉入不安穩的夢鄉。他夢見黑暗之中有機器在響——泵浦之類的機器——轉個不停。

8

那天晚上又是風雨欲來，威廉和其他窩囊廢俱樂部成員再次現身醫院。艾迪見到他們一點也不意外。他知道他們一定會再出現。

那一整天都很熱——事後大家都同意那年夏天特別熱，而七月第三週又是最熱的一週——下午四點開始烏雲密佈，紫黑色雲層大得驚人，飽含水氣和雷電。路人行色匆匆，略顯不安，一眼隨時盯著天空。幾乎所有人都認為傍晚會降下豪雨，希望雨水能帶走滯悶的濕氣。德利市的公園和遊樂場每逢夏天總是門可羅雀，那天到了六點更早已空空蕩蕩。天色昏黃，雨還沒下，鞦韆靜止不動，也沒有影子。天空不時響起巨雷。除此之外，在威廉他們來訪前，就只有一隻狂吠的狗和外主大街的車聲傳入艾迪耳中。

威廉第一個進門，再來是理查德，接著是貝芙莉和史丹利，然後是麥可，班恩殿後。他穿著白色圓領運動衫，感覺不自在到了極點。

他們神情嚴肅走到艾迪床邊，連理查德臉上都沒有笑容。

*他們的臉，*艾迪看得入迷，心想，*天哪，他們的臉！*

他在他們眼中看見他母親下午在他眼中看到的東西：一種既充滿力量又無助的感覺。暴雨來臨之前的昏黃光線照在他們皮膚上，讓他們的臉有如鬼魅，感覺遙遠又陰暗。

*我們正在跨越，*艾迪心想，*進入新的世界——我們正在兩者的交界，但另一邊有些什麼？而我們又要去哪裡？哪裡呢？*

「嗨，艾、艾迪，」威廉說：「你還好、好嗎？」

「我還好，威老大，」艾迪說。他試著微笑。

「我猜你昨天一定很不好受吧，」麥可說，聲音夾雜著雷鳴。艾迪的病房沒有開燈，床頭燈也沒亮，他們的身影在混濁的日光下忽隱忽現。艾迪心想，同樣的光正籠罩著德利市，斜長而靜定地灑在麥卡倫公園，慵懶而朦朧地穿透親吻橋頂棚的破洞，同時讓流經荒原的坎都斯齊格河的遼闊河面變成一片煙燻玻璃。烏雲不斷堆積，他想起德利小學停著不動的蹺蹺板，想著昏黃的日光與靜謐，彷彿整座城市都沉入夢鄉……或死了。

「是啊，」他說：「真夠受的。」

「我爸、爸媽後、後天晚上要、要去看、看電影，」威廉說：「那、那天有、有新片上、上映。我們到、到時就來、來做，我說銀、銀——」

「銀彈珠。」理查德說。

「我以為——」

「那樣比較好，」班恩輕聲說：「儘管我還是覺得我們做得出銀彈頭，但光是覺得還不夠。假如我們是大人——」

「對啦，只要長大什麼都好辦，」貝芙莉說：「大人什麼都做得出來，是吧？大人想做什麼就做什麼，而且永遠不會錯。」她笑了，但笑得有點支離破碎，而且緊張。「威廉叫我射牠，你相信嗎，艾迪？以後請叫我神槍手。」

「我聽不懂你們在講什麼。」艾迪說，但他覺得他懂——反正有一點概念。

班恩開始解釋。他有幾枚銀幣，他們會熔掉一枚，做出兩顆比軸承滾珠稍小的銀珠子。要是狼人真的躲在內波特街二十九號的房子裡，貝芙莉就會用威廉的彈弓賞牠腦袋一顆銀珠子。狼人再見！要是他們猜得沒錯，那有著千種面貌的怪物也會跟著再見。

艾迪的表情一定變了，因為理查德點頭笑了。

「我知道你是怎麼想的，老弟。當他說想用彈弓，而不是他老爸的槍時，我還以為他腦袋壞掉了。但今天下午——」理查德忽然停下來清了清喉嚨。他本來想說「今天下午被你媽趕走之後」，但顯然不適合。「今天下午我們去了一趟垃圾場，威廉帶了彈弓，你看，」他說著從後口袋掏出一個壓扁的鳳梨罐頭，中央破了一個直徑大約兩英寸的洞。「這是貝芙莉用一塊石頭打的，在離罐頭二十英尺外的地方。我覺得跟點三八手槍沒有兩樣。賤嘴先生很滿意。當他說滿意，就是真的滿意。」

「要我幹掉罐子沒問題，」貝芙莉說：「但換成別的東西……而且是活的……槍手應該你當才對，小威，真的。」

「不、不行，」威廉回答：「我、我們輪、輪流試過，妳、妳也看、看到結、結果了。」

「結果怎麼樣？」艾迪問。

威廉開始解釋，講得很慢，斷斷續續。但貝芙莉只是抿緊雙唇望向窗外，抿得都發白了。她說不上來，但心裡感覺到的不只是害怕。今天發生的事情還讓她非常難堪。傍晚來醫院的途中，她又再次激動主張應該試著做銀彈頭……不是因為她比威廉或理查德更相信銀彈頭有用，而是——萬一那間房子真的有什麼——武器可以換到

（威廉）

其他人手上。

但事實勝於雄辯。他們輪流用彈弓和十顆石頭射擊二十英尺外的罐頭，理查德十發只中了一發（命中的那一發還只是擦到邊），班恩兩發，威廉四發，麥可五發。

貝芙莉只是隨便射射，好像根本沒瞄準，卻有九發命中紅心，第十發也擦到了罐頭邊。

「但我、我們得、得先做子、子彈。」

「後天晚上如何？我那時應該出院了。」艾迪說。母親一定會反對……但他想她應該不會太堅持，在今天下午那件事之後。

「你手臂會痛嗎？」貝芙莉問。她穿了粉紅洋裝（不是他夢中見到的那一件，她可能下午有穿，就是母親趕走他們的時候），上頭貼著自己繡的小花，外加絲質或尼龍的長襪，看起來既成熟又稚嫩，有如扮成大人的女孩，表情夢幻又遙遠。艾迪心想：我猜她睡著了就是這種表情。

「不怎麼痛。」他說。

他們聊了一會兒，偶爾被雷鳴打斷。艾迪沒有問他們稍早來醫院時的事，他們也沒提起。理查德拿出溜溜球讓它「睡著」一兩次，接著又收回口袋裡。

談話有一搭沒一搭地進行著。期間一段空檔，艾迪忽然聽見喀噠一聲，嚇得他左右張望。只見威廉手中拿著一樣東西，艾迪以為那是刀，頓時覺得心跳緊張加速。但史丹利開燈之後，房裡不再黑暗，艾迪發現只是一枝鋼珠筆。燈光下他們看起來很正常、很眞實，就只是他的朋友。

「我覺得我們應該在你的石膏上簽名。」威廉說，眼睛盯著艾迪。

不對，艾迪忽然明白了。他心中一凜：這是約定。是約定對吧，威老大？就算不是，也差不多了。他很害怕……隨即覺得丟臉，很氣自己。如果他今年夏天之前折斷手臂，誰會在石膏上簽名？除了他母親還有誰？漢多爾醫師吧，或許還有住在哈芬的阿姨。

他們是他的朋友。母親錯了：他們不是壞朋友。他心想，也許沒有所謂好朋友或壞朋友的分別，朋友就是朋友。當你受到傷害，他們會站在你這一邊，讓你不會那麼孤單。也許朋友永遠需要你害怕他們、期盼他們，爲他們而活，甚至爲他們而死。沒有好朋友，也沒有壞朋友，只有你想要、需要攜手同行的人，定居在你心中的人。

「好啊，」艾迪說，聲音有一點沙啞：「好吧，這主意很不賴，威老大。」

於是威廉彎身向前，在包著艾迪斷臂的凹凸不平的石膏上鄭重簽名，字跡又大又圓。理查德簽得龍飛鳳舞。班恩的字細細長長，和他的身材完全相反，而且微往後斜。麥可．漢倫的字又大又醜，因為他是左撇子，石膏的角度寫字很不方便。他簽在艾迪的手肘上，簽完還在名字外頭畫了一個圈。貝芙莉湊到艾迪面前，艾迪聞到淺淺的花香，應該是她搽的香水。她用漂亮的斜體字簽了名。史丹利最後一個，他的字又小又密，寫在艾迪手腕上。

簽完後，所有人都退後一步，彷彿明白自己做了什麼。醫院外再度響起悶雷，閃電斷斷續續，光影掠過醫院的木頭外牆。

「就這樣？」艾迪問。

威廉點點頭說：「可、可以的、的話，後、後天晚、晚飯之後到、到我家集、集合，好、好嗎？」

艾迪點點頭，事情就這樣定了。

之後大家又有一搭沒一搭閒聊了一陣，包括那年七月德利市的熱門話題，亦即理查德．麥克林棍棒毆打繼子多爾希致死案，以及多爾希胞兄艾迪．寇克蘭的失蹤案。麥克林在證人席上又撐了兩天才崩潰，痛哭自首，但窩囊廢俱樂部一致認為寇克蘭的失蹤可能和他無關。那孩子要嘛離家出走……要嘛就是被「牠」逮著了。

他們大約七點十五分離開，雨還沒下。艾迪的母親到醫院看他又回去了（見到兒子手臂石膏上的簽名，她嚇壞了，但比不上艾迪堅持隔天出院更讓她驚慌。她一直認為兒子要在醫院徹底靜養一週以上，她說這樣骨折才會「接合」），雨還是沒下。直到她走後很久，雨都沒來。

最後烏雲散去，德利市一滴雨都沒下。空氣依然潮濕，當晚許多人都睡在門廊和草坪上，或裹著睡袋在後院過夜。

大雨隔天才來，就在貝芙莉目睹派崔克．霍克斯泰特的悽慘遭遇後不久。

第十七章　另一個失蹤者：派崔克．霍克斯泰特之死

1

艾迪說完之後又倒了一杯酒，手微微顫抖。他看著貝芙莉說：「妳看到牠了，對吧？你們在我石膏上簽名的隔天，妳看到牠殺了派崔克．霍克斯泰特。」

其他人聽了都豎起耳朵。

貝芙莉將紅雲般的秀髮往後撥，露出了臉，臉色慘白得嚇人。她又掏了一根菸——最後一根——接著拿出打火機，但手很不穩，似乎怎麼也無法將火焰對準菸頭。不久，威廉主動伸手輕輕但穩穩地握住她的手腕，將火焰對準。貝芙莉感激地看了他一眼，接著吐出一口青灰色的煙。

「對，」她說：「我看見了。」

她打了個冷顫。

「他瘋、瘋了。」威廉說，心想：亨利那年夏天竟然會放過派崔克，讓他逍遙自在……光憑這一點就頗值得玩味了，不是嗎？要嘛亨利魅力不再，要嘛就是他自己瘋過頭了，所以覺得派崔克根本沒什麼。無論如何，結果都一樣，亨利愈來愈……什麼？惡化？這麼說對嗎？是，根據他的遭遇和下場，我想這麼說沒錯。

不只如此，威廉心想，但他只剩模糊的印象。他、理查德和貝芙莉有一天一起去了崔克兄弟車廠，八月初吧，暑修就快結束，亨利又要猛虎出閘了。維克多是不是也在車廠？而且很驚惶？對，沒錯。那時，一切已經接近尾聲，事情的發展愈來愈快。現在想來，威廉覺得德利市的每一個小孩

都感覺到了，尤其是窩囊廢俱樂部和亨利那一票人。但那是後話。

「沒錯，你說對了，」貝芙莉淡淡地說：「派崔克．霍克斯泰特瘋了。學校裡沒有女生願意坐在他前面，否則做算術或寫作文的時候，常常會有一隻手忽然摸過來……輕得像羽毛，但溫溫肉肉的，而且都是汗。」她嚥了嚥口水，喉嚨喀噠一聲。其他人圍坐桌前，一臉嚴肅望著她。「有時是腰側，有時是胸部，雖然我們都還沒怎麼發育，但派崔克好像不在乎。

「妳會感覺……他摸妳，於是閃躲、回頭，結果看見派崔克咧開橡膠般的厚唇對妳笑。他的鉛筆盒——」

「裡頭都是蒼蠅，」理查德忽然接口說：「沒錯，他會用一把綠尺殺死蒼蠅，然後收進鉛筆盒裡。我甚至記得那個鉛筆盒的樣子。紅色盒身，白色波紋狀的塑膠盒蓋，滑動式的。」

艾迪點頭贊同。

「妳會閃開，但他會對妳微笑，甚至打開鉛筆盒讓妳看那些死蒼蠅，」貝芙莉往下說：「最糟、最可怕的是他都不說話，只會衝著妳笑。道格拉斯太太知道這件事，葛瑞妲．鮑伊告密的，我想莎莉．穆勒也講過一次。可是……我覺得道格拉斯太太也很怕他。」

班恩將椅子後仰，雙手交握放在頸後。她還是不敢相信他變得這麼瘦。「我想妳猜得沒錯。」他說。

「他、他怎、怎麼了，貝、貝芙莉？」威廉問。

她又嚥了嚥口水，試著反抗那天在荒原見到的那股夢魘般的力量。她想起自己將溜冰鞋綁在一起掛在肩上，一邊膝蓋刺痛得要命，因爲剛才在聖克里斯賓巷摔了一跤。聖克里斯賓巷也是緊鄰荒原的死巷，兩旁綠樹成行，盡頭是陡坡，下去就是荒原。她記得（喔，這些回憶不來則已，一來就是無比清晰和強烈）自己穿著牛仔短褲——眞的很短，只比內褲下緣長一點。她一年前才開始注意自己的身體——嚴格說是六個月前，她身材開始出現曲線，更有女人味。鏡子當然是促成她在意身體的原因之一，但不是主要理由，而是她父親那陣子似乎更嚴厲了，更常祭出巴掌，甚至拳頭。他似乎騷動不安，有如一頭困獸，讓她和他在一起時愈來愈緊張，愈來愈提高警覺。那感覺就像他們之間產生了一股氣味，是她獨自在家時沒有的，也是之前他們兩人相處時沒有的——直到今年夏天，尤其媽媽不在家的時候。而且他也察覺了，應該吧，因爲隨著天氣愈來愈熱，貝芙莉愈來愈少見到他，或許因爲他有保齡球比賽，還有幫朋友喬伊·譚莫利修車……但她覺得那股味道也是原因之一。兩人都無意那麼做，但味道就是存在，阻止不了，就像七月不可能不流汗一樣。

幾百幾千隻鳥同時飛下屋頂、電話線和電視天線的畫面再度出現，打斷了她的思緒。

「還有毒藤蔓。」她脫口而出。

「妳說什、什麼？」威廉問。

「和毒藤蔓有關，」她看著威廉，緩緩說道：「但不對，只是感覺像毒藤蔓。麥可——？」

「沒關係，」麥可說：「記憶會回來的，跟我們說妳記得的就好，貝貝。」

我記得那條牛仔短褲，她對他們說，它顏色褪得好厲害，緊緊包住她的臀部，一邊口袋塞著半包Lucky Strikes，另一邊是牛眼牌彈弓。

「你還記得那個彈弓嗎？」她問理查德，但所有人都點頭了。

「威廉把它交給我，」她說：「我不想要，可是……他……」她朝威廉微笑，但笑得有一點蒼白。「沒有人能拒絕威老大，就這樣。所以我就收下了，所以那天才會一個人出門，爲了去練習。我還是覺得自己到時候會不敢用，但……但我那天卻用了，因爲非用不可。我殺了其中一個……殺了牠的一部分。那很恐怖，就算現在回想還是快受不了。其中之一抓了我，你們看。」

她舉起手臂往外翻，讓他們看見上臂最光滑的地方，看見那個皺疤，感覺就像哈瓦納雪茄燙到留下的痕跡。疤痕有一點凹陷，讓麥可．漢倫看了脊背發寒。他早就猜到事情是這樣了，只是從來不曾親耳聽過，就像他沒聽艾迪說過他和基恩先生被迫交心的往事一樣。

「你說對了一件事，小理，」貝芙莉說：「那個彈弓眞的很恐怖。我很怕它，卻又滿喜歡它。」

理查德笑了，朝她背上拍了一下。「去，我早就知道了，妳這個蠢蛋。」

「眞的嗎？你知道？」

「是啊，當然，」他說：「看妳眼睛就知道了，貝貝。」

「我是說，它看起來像玩具，卻是眞槍實彈，眞的可以打穿東西。」

「妳那也是用它打穿了某個東西，」班恩推論道。

貝芙莉點點頭。

「妳打的是派崔克——」

「不是，當然不是！」貝芙莉說：「是另一個……等等。」她摁熄菸，喝了點飲料，試著鎮定下來，最後總算辦到了。呃……其實沒有，但她感覺今天最多就是這樣了。「我在溜冰，你知道，後來摔了一跤，狠狠擦傷了。於是我決定到荒原去練習。我先到地下俱樂部看你們在不在，結果不在，只有煙味，你們還記得那裡的煙味過了多久才散嗎？」

其他人都點頭笑了。

「我們其實一直沒把煙味去掉，是吧？」班恩說。

「於是我就轉去垃圾場，」貝芙莉繼續說：「因爲我們之前在那裡……練靶，我記得你們是這麼說的，而且我知道那裡有很多東西可以練習，甚至還有老鼠可打。」她停了下來。只見她額頭微微滲出汗水，過了一會兒才又說：「其實我最想打老鼠，射活的東西，但不想打海鷗——我知道我不敢——但老鼠……我想試試看，看自己辦不辦得到。

「但我很高興自己沒走老岬區，而是從堪薩斯街過來，因爲老岬區的鐵路堤防沒什麼地方躲。要是我走那裡，就會被他們看到，誰曉得會發生什麼。」

「誰、誰會看、看到妳？」

「他們，」貝芙莉回答：「亨利．鮑爾斯、維克多．克里斯、貝奇．哈金斯和派崔克．霍克斯泰特。他們在垃圾場，而且——」

她忽然像小女孩吃吃笑了，笑得雙頰潮紅、眼眶泛淚，所有人都嚇了一跳。

「討厭啦，貝貝，」理查德說：「有好笑的別自己笑。」

「嗯，是很好笑沒錯，」貝芙莉說：「但我想他們要是知道我有看到，可能會殺了我。」

「我想起來了！」班恩大喊一聲，也開始呵呵笑。「我記得妳有跟我們說！」

貝芙莉笑得花枝亂顫說：「他們脫了褲子在放屁，看會不會燒起來。」

所有人忽然一陣沉默，接著哄堂大笑。笑聲在圖書館裡不斷迴盪。

貝芙莉思忖該如何開頭，告訴他們派崔克的遇害經過。她腦海中最先浮現自己從堪薩斯街走到垃圾堆，感覺很像走入詭異的小行星群。堪薩斯街有一條轍痕累累的泥土小徑通往垃圾場。那條小徑其實是馬路，甚至還有名字，叫做老萊姆巷。德利市只有這條小路直通荒原，垃圾車都走這裡。但貝芙莉沒有走老萊姆巷，而是沿著附近走。自從艾迪手臂斷了之後，她就格外謹慎，尤其一個人的時候——她想他們都是。

她走過濃密的矮灌木叢，避開葉子鮮紅油亮的毒藤蔓，聞到垃圾場帶著煙味的腐臭氣息，聽見海鷗嘎嘎叫。透過枝葉的縫隙，她看見老萊姆巷在她左手邊。

其他人看著她，等她往下說。貝芙莉看了看菸盒，發現已經空了。理查德扔了一根菸給她，什麼都沒說。

她點起菸，看了他們一眼，說：「從堪薩斯街走到垃圾場，感覺有一點像

2

進入小行星群，由垃圾組成的小行星。起初空空如也，只有草叢長在走起來像海綿的地上，接著開始出現垃圾，可能是生鏽的王子牌義大利麵醬罐頭，或是索卡汽水瓶，裡頭爬滿被殘留的冰淇淋汽水或樺樹啤酒的甜味吸引來的螞蟻。再來是卡在樹上的鋁箔，映著陽光閃閃發亮，還有床墊彈簧（要是你沒看路，還可能被絆倒）或野狗叼來啃完又扔掉的骨頭。」

貝芙莉覺得垃圾場其實不壞，甚至滿有意思的。討厭的是垃圾七零八落，像是小行星群一樣，不只看了不舒服，還感覺毛毛的。

她已經快走到了。樹木愈來愈高，大多數是樅樹，灌木叢也愈來愈稀疏。海鷗盤旋嘶鳴，感覺像尖叫又像牢騷。空氣髒兮兮的，飄著焚燒味。

貝芙莉發現右邊有一台生鏽的愛瑪冰箱斜靠在雲杉上。她瞄了一眼，隱約想起她小學三年級時，州警曾經到班上來，跟他們說廢冰箱很危險，例如小孩可能鑽進去玩捉迷藏，結果在裡面窒息而死。問題是誰會鑽進又老又髒的——

她聽見有人大喊，嚇了一跳。接著是笑聲，她聽見就笑了。原來他們在這裡。他們受不了煙味，所以離開地下俱樂部跑到這裡來，可能正在用石頭砸瓶子，或只是在垃圾堆裡挖寶。

她稍微加速，完全忘了膝蓋的嚴重擦傷，一心只想見到他們……見到他，很想知道同是紅髮的他見到她時，會不會露出那古怪的可愛笑容。她知道自己還太年輕，還沒資格去愛，有的只是「迷戀」，但她就是愛著威廉。她加快腳步，掛在肩上的溜冰鞋沉沉搖晃，彈弓的彈簧輕輕拍打

左臂，發出溫柔的節奏。

就在快走到時，她才發現那群人不是她的夥伴，而是鮑爾斯他們。

她已經走出周圍的灌木叢，垃圾堆最僻靜的角落還在七十碼外。高聳的垃圾堆閃閃發亮，旁邊是陡峭的碎石坑，曼迪・法奇歐的推土機停在左側，而她前方不遠處是報廢車組成的荒漠。這些車到了月底就會被壓扁，送到波特蘭當廢鐵賣掉，但這會兒還有十幾輛車，有些沒有輪胎，有些側立著，還有一兩輛宛如死狗一般車底朝天。所有廢車排成兩行，中間到處是垃圾。貝芙莉走了過去，感覺很像來自未來的龐克新娘。她一邊走，一邊無聊地想能不能用彈弓打車窗玻璃。她的牛仔短褲一邊口袋鼓鼓的，塞滿練習用的小軸承滾珠。

說話聲和笑聲在報廢車的另一邊，靠近左方，在垃圾堆邊緣。貝芙莉繞過最後一輛車，是史都德貝克轎車，車子前半段完全不見了。她原本想大聲打招呼，但只到了嘴邊就停了，舉起的手也沒直接收回身側，而是像枯萎了一般，緩緩垂下。

她先是無比尷尬，心想：*喔，天哪，他們怎麼都沒穿衣服？*

接著才發現他們是誰，讓她害怕不已。她僵在只剩半個車身的史都德貝克轎車前方，影子釘在她矮筒運動鞋的鞋跟邊。那一刻她完全暴露在他們面前，要是蹲成一圈的四人有任何一個抬起頭來，絕對會看到她，看見一個比同年齡女孩略高一點的女孩，肩上掛著溜冰鞋，雙腿修長靈巧，一邊膝蓋還流著血，臉紅心跳目瞪口呆地望著他們。

在她一個箭步躲回轎車後方前，貝芙莉發現他們其實並未光著身子，而是穿著襯衫，將褲子和內褲脫到腳跟，好像要大號一樣（她因為太過驚訝，腦袋自動轉為嬰兒時期的用語）。問題是誰看過四個男生同時上大號的？

離開他們的視線範圍之後，她第一個念頭是拔腿就跑，而且愈快愈好。她心跳劇烈，肌肉脹滿了腎上腺素。她左右張望，審視剛才走來沒注意的周遭環境，因為她以為談笑的是她朋友。她左邊那一排報廢車其實很空，不像壓碎機來將舊車壓成閃亮廢鐵時的那一週，車子幾乎車門挨著車門擠成一堆。從剛才走到這裡，她已經多次暴露在那群男孩面前。要是她原路撤退，還是會露出行蹤，可能被他們發現。

此外，她雖然覺得丟臉，卻忍不住好奇：他們到底在做什麼？

於是她小心翼翼靠到史都德貝克轎車旁往外窺探。

亨利和維克多．克里斯算是面向她，派崔克．霍克斯泰特在亨利左邊，貝奇．哈金斯則是背對著她。她發現貝奇的屁股特別大、毛特別多，歐斯底里的笑聲忽然衝上她喉嚨，有如衝出瓶口的薑汁汽水，逼得她立刻雙手摀嘴，再度退到車子後方，努力壓住笑聲。

妳得快離開，貝芙莉，要是被他們逮到——

她回頭注視那兩排報廢車，雙手依然摀在嘴上。這條通道大約十英尺寬，滿地罐頭，玻璃碎片星羅棋布，雜草處處，要是她不小心弄出聲響，很可能被他們聽見……尤其是他們正專心做著的怪事被打斷的話。她想到自己剛才來的時候那麼漫不經心，不禁脊背一涼。再說……

他們到底是在幹什麼？

她又偷看了一眼，這回看到更多東西。他們身邊散落著紙和書，是課本，所以他們剛上完暑修課。德利市多數小孩都戲稱那是蠢蛋課或補考課。另外，由於亨利和維克多面向她，所以她還看見了他們的那個。這是她頭一回看見男生的那個，之前只在布蘭妲．艾洛史密斯去年帶來的小書上看過，但那些相片印刷模糊，其實看不到什麼。貝芙莉發現他們的那個像根管子垂在兩腿間，亨利的小而無毛，維克多的卻很大，而且上方長滿一叢細細的黑毛。

*威廉也有那個，*她心想，接著忽然全身發燙，一道熱氣如巨浪席捲了她，讓她頭暈目眩，噁

心想吐。那一刻，她的感覺和班恩．漢斯康在學期末那天的感覺很像。他看見她腳踝上的足鍊在陽光下閃閃發亮，於是……但貝芙莉同時感到恐懼，班恩卻沒有。

她再次回頭往後看，感覺兩排車子之間通往荒原的通道更長了。她不敢亂動，要是那群男孩發現她看見他們的那個，很可能會傷害她，而且不是稍微警告，而是心狠手辣。

貝奇．哈金斯突然放了個響屁，嚇了貝芙莉一跳。亨利大喊：「三英尺，真有你的，貝奇！三英尺耶！對吧，小維？」

維克多點頭同意，所有人哈哈大笑。

貝芙莉又探頭看了一眼。

派崔克．霍克斯泰特已經轉身半站了起來，屁股幾乎正對亨利。亨利手上拿著一個銀色發亮的東西，貝芙莉定睛細瞧了一會兒，才看出那是打火機。

「你不是說屁快來了？」亨利說。

「是啊，」派崔克說：「來了我會告訴你。預備……預備，要來囉！就是……現在！」

亨利點燃打火機，一聲巨響也同時竄出。絕對是屁，錯不了的。貝芙莉不可能聽錯，因為她在家裡已經聽過太多次了，尤其是週六晚上吃了豆子和法蘭克福香腸之後，她父親總是會放幾個響屁。派崔克放屁，亨利點火的瞬間，貝芙莉看到了令她目瞪口呆的景象。只見一股藍色火焰彷彿從派崔克的屁股竄出來，宛如剛打開瓦斯爐時的火苗。

男孩再次轟然爆笑，貝芙莉躲回報廢的史都德貝克轎車後方，努力壓抑呵呵笑的衝動。她在笑，但不是因為有趣。這件事是很好玩沒錯，但她想笑卻是因為強烈的反感與一絲驚恐，因為她不曉得如何面對自己眼見的一切。看到他們的那個當然有關係，但不是全部的原因，甚至不是主要的原因。她早就知道男生有那個，就像她知道女生有那個，她剛才的遭遇頂多算親眼證實。但他們做的事情太怪、太可笑又太原始了，讓她除了止不住笑，還感到一絲急切，想探索自己的核心。

停，她心想，彷彿這就是回答，停下來，免得被他們聽見，快點停住，貝貝！

但她就是停不住，只能讓聲帶不動作，發出幾乎聽不見的吐氣聲。她雙手緊緊摀嘴，臉頰紅得像蘋果，眼眶泛出淚光。

「哎唷喂呀，痛死了！」維克多大吼。

「十二英尺！」亨利高呼：「我發誓，小維，他媽的有十二英尺！我用我媽的名字發誓！」

「我才不管到底有幾英尺，你弄痛我的屁股了！」維克多咆哮道，那幾個男孩又是哄堂大笑。貝芙莉躲在車後，再次努力壓著笑，腦中浮現她在電視上看過的一部電影。強恩．哈爾有參與演出。故事講一個叢林部落有一個秘密儀式，外人看到了就會被抓來獻祭，獻給巨大的石頭神像。想到那個儀式非但沒讓她止住笑聲，反而更瘋狂，已經不是在笑，而是無聲的嘶吼了，讓她肚子劇痛，淚流滿面。

3

亨利、維克多、貝奇和派崔克．霍克斯泰特在炎炎七月午後的垃圾場裡，點火燒彼此放的屁。四個人玩得正起勁，卻被雷娜．戴文波特打斷了。

亨利很清楚大吃燉豆會有什麼結果。他小時候（還穿著短褲靠在父親膝蓋旁）學過一首打油詩，表達得最好：豆子豆子眞神奇，愈吃愈會放臭屁！愈放心情愈愉快，等著再吃下一餐！

雷娜．戴文波特和他父親已經眉來眼去八年了。她年近四十，又肥又胖，經常蓬頭垢面。亨利想不到有誰會想壓在雷娜身上，但他猜她和他父親每隔一陣子就會上床。

雷娜最自豪的就是煮豆子。她總是週六晚上泡豆子，週日一整天用小火慢燉。亨利覺得味道還好——反正都是送到嘴巴裡咀嚼的東西——但連吃八年之後，再美味的東西也會讓人倒胃口。

並且雷娜煮豆子不是只煮一點，而是份量驚人。她星期日傍晚開著那輛老舊的綠色迪索托轎車（後照鏡掛著一個裸體的橡膠娃娃，看來就像世上最小的私刑受害者）來訪時，燉豆子通常就擺在前座，裝在十二加侖的鍍鋅鐵桶裡熱騰騰冒氣。他們三人當晚會吃燉豆（雷娜一直吹噓自己的廚藝，鮑爾斯會一邊嘀咕抱怨，一邊用麵包將湯汁抹乾淨，如果電台在轉播球賽，他就會叫雷娜閉嘴，而亨利只會埋頭猛吃，偶爾望著窗外胡思亂想——毒死麥可·漢倫的狗奇普先生，就是他週日邊吃豆子想出來的主意），而鮑爾斯隔天還會熱一大堆吃。週二和週三，亨利會用特百惠保鮮盒裝滿燉豆帶到學校，但到了週四或週五，亨利或他爸爸都吃不下去了，屋子裡兩間臥房就算開著窗戶，一樣飄著濃濃的臭屁味。鮑爾斯會拿出剩下的燉豆，和餿水混在一起給家裡的兩隻豬（畢普和鮑普）當食物。到了週日，雷娜又會帶著一桶冒著熱氣的燉豆來，同樣的事情又會再來一遍。

那天早上，亨利帶了一堆家裡剩的燉豆，四人中午坐在操場一棵大榆樹的陰影底下將豆子全部吃完，吃到肚子差點爆開。

提議到垃圾場來的人是派崔克，因為這裡週間午後非常安靜。他們到的時候，吃下肚子的燉豆已經開始發威了。

4

貝芙莉一點一點穩住自己。她知道自己最好離開，撤退終究比逗留安全。那群男孩正全神貫注，就算被他們聽見了，她也領先一段距離（她在心底還決定，要是遇到不測，拿出彈弓射個幾發應該能嚇退他們）。

她正要悄悄溜走時，忽然聽見維克多說：「亨利，我得走了，我老爸要我下午幫他摘玉米。」

「管他的，」亨利說：「他自己摘就好。」

「不行，他已經對我很不爽了，因為前兩天那件事。」

「操，他連玩笑都開不起喔？」

貝芙莉立刻豎起耳朵，心想他們在講弄斷艾迪手臂的事。

「不行，我得走了。」

「我猜是因為他屁股痛。」派崔克說。

「你講話注意一點，賤胚，」維克多說：「免得滿嘴是屁。」

「我也得走了。」貝奇說。

「你爸也要你幫忙摘玉米？」亨利憤憤問道。他有可能在開玩笑，因為貝奇的父親已經過世了。

「不是，但我找到一份工作，晚上得去送《每週購物》雜誌。」

「《每週購物》是什麼垃圾？」亨利說，語氣除了憤怒，還加上不安。

「是工作，」貝奇笨拙地、耐心地說：「我在賺錢。」

亨利嗤之以鼻，貝芙莉又冒險偷瞄了一眼，只見維克多和貝奇站了起來，開始繫皮帶，亨利和派崔克依然脫了褲子蹲著，打火機在亨利手裡閃閃發光。

「你該不會也想溜了吧？」亨利問派崔克。

「不會。」派崔克說。

「你不用去摘玉米或做什麼狗屁工作吧？」

「不用。」派崔克說。

「當然。」亨利說完朝貝奇沾滿泥土的工作鞋邊啐了一口。

「呃，」貝奇猶豫地說：「改天見了，亨利。」

維克多和貝奇開始朝報廢車區走來……而且是朝史都德貝克車的方向，貝芙莉還蹲在後頭。她起先只是縮起身子，像隻兔子嚇得不能動彈，但隨即向車子的左邊繞，鑽進史都德貝克車和一輛沒有門的報廢福特車之間。她停下腳步左右看了一眼，聽維克多和貝奇逐漸走近。她遲疑片刻，嘴巴和棉花一樣乾，背部冒汗發癢，腦海中愣愣想像自己和艾迪一樣打上石膏、讓窩囊廢俱樂部其他成員在上頭簽名的景象。接著她鑽進福特車裡，蜷伏在骯髒的腳踏墊上，盡量縮起身子。福特車裡熱得快沸騰了，而且飄著濃濃的灰塵、腐壞內裝和陳年鼠糞的臭味，她拚了命才忍住不打噴嚏或咳嗽。她聽見維克多和貝奇低聲交談，從她身邊走過，揚長而去。

她用手摀住口鼻，匆匆、悄悄打了三次噴嚏。

她覺得可以走了，只要小心一點就好。最好先爬到福特的駕駛座，然後再溜回兩排報廢車之間逃走即可。她覺得自己做得到，但剛才差點被發現讓她喪失了勇氣，覺得待在車子裡比較安全，起碼不要立刻行動。而且既然維克多和貝奇離開了，剩下那兩人說不定很快就會走了，她就能溜回地下俱樂部了。她已經不想練靶了。

再說，她很想小便。

拜託，她心想，拜託快點走，快點站起來走掉，求求你們！

不久，她聽見派崔克大呼小叫，又笑又哀號。

「六英尺！」亨利大吼：「簡直跟噴燈一樣，我不蓋你！」

兩人安靜了一會兒。貝芙莉感覺背後汗水直流，陽光穿透福特破裂的擋風玻璃照在她頸後，她的膀胱快爆炸了。

貝芙莉雖然很不舒服，還是忍不住昏昏欲睡。這時，亨利忽然大吼一聲，讓她差點跟著大叫。「他媽的，霍克斯泰特！你燒到我屁股了啦！你到底會不會用打火機？」

「十英尺，」派崔克呵呵笑說（光是聽那聲音就讓貝芙莉脊背發涼，彷彿看見沙拉裡有蟲爬出來一樣噁心）：「足足十英尺，而且是亮藍色，足足十英尺，我不蓋你！」

「還給我。」亨利嘀咕道。

拜託，快一點，你們這兩隻蠢豬，快點離開，快！

派崔克又說了什麼，但聲音太低，讓貝芙莉差點沒聽到。幸好那個炙熱的午後平靜無風，否則她一定聽不見。

「我給你看一樣東西。」他說。

「什麼東西？」亨利問。

「你看就對了，」派崔克頓了一下：「感覺很好。」

「什麼東西？」亨利又問。

之後就沒聲音了。

我不想看，我不想看他們在做什麼。再說他們可能會看見我，很有可能，因爲妳的好運已經用完了，小姐。所以待著別動，不要偷看……

但她的好奇心還是戰勝了理智。那兩人的沉默很不尋常，有一點可怕。她緩緩抬起頭，找到可以透過破碎模糊的擋風玻璃看到東西的位置。她根本不用擔心會被看到，那兩人正全神貫注，專心看著派崔克在做的事。貝芙莉不曉得自己見到的景象意味著什麼，只知道很齷齪……她沒想到派崔克會那樣做，她之前只覺得派崔克很怪，如此而已。

派崔克一手放在亨利兩腿之間，輕輕拍打亨利的那個，一手擺在自己雙腿之間搓揉自己的那個。其實不能叫搓揉，而是……擠壓、拉扯，讓它擺動。

他在幹什麼？貝芙莉害怕地想。

她不曉得，不太確定，但被嚇壞了。她覺得自從浴室排水管噴血之後，她從來沒這麼恐懼過。她心中有一個聲音大喊，要是她被他們發現了，不管他們到底在做什麼，那兩人可能不只會傷害她，還會殺了她。

但她還是無法將目光轉開。

她發現派崔克的那個變長了，但沒長太多，還是像一條沒有骨頭的舌垂在兩腿之間。但亨利的那個卻變化驚人，變得又硬又挺，幾乎抵到肚臍。派崔克的手上上下下、上上下下，時而摁壓，時而用手指搔弄亨利下體下方的那個奇怪的囊袋。

那是他的卵蛋，貝芙莉心想，男生必須一直帶著它們走嗎？天哪，換成我一定會瘋掉！接著她心裡浮現一個聲音：威廉也有。她想像自己握著威廉的卵蛋，單手捧著，體會那觸感……熱辣辣的感覺再度襲遍她全身，讓她臉紅心跳。

亨利像被催眠似的，愣愣望著派崔克的手。打火機擱在旁邊的碎石坡上，映著午後豔陽發出灼熱的光芒。

「你要我放進嘴裡嗎？」派崔克問，肥厚豐滿的雙唇彎成滿足的笑容。

「啊？」亨利問，彷彿從熟睡中驚醒一般。

「想要的話，我可以放進嘴裡，我不介——」

亨利揚起一隻手，但只揮了一半，不算一拳。派崔克被打趴在地上，腦袋重重撞到碎石子。

貝芙莉立刻蹲下，心臟在胸膛猛跳，咬緊牙關忍住低呼。但亨利擊倒派崔克之後一個轉身，正好撞見貝芙莉退回前座隆起的驅動軸上，兩人的目光似乎交會了片刻。

神啊求求祢讓他的眼睛被陽光刺得看不見，她拚命祈禱，神啊我求求祢對不起我偷看了。神啊求求祢。

沒有聲音，靜得令人害怕。貝芙莉的上衣都是汗水，黏著身體，曬黑的手臂上爬滿小珍珠般的汗滴，閃閃發光，鼓脹的膀胱痛得厲害。她覺得自己馬上就要尿褲子了。她默默等待亨利憤怒的臉龐出現在前座車門的位置，深信他一定會出現。他怎麼可能沒看到她？他會把她拖出去，傷害她。他會——

貝芙莉腦中忽然閃過一個新的念頭，比之前更可怕。她再次強忍尿意，痛得就快抽筋了。他會不會用那個對她做什麼？會不會放進她的某處？沒錯，她知道那個該放進哪裡。但她之前只是知道，現在卻突然成了可能的現實。萬一亨利真的把那個放進她體內，她一定會瘋掉。

千萬不要，神哪求求祢千萬別讓他看見我，求求祢，好不好？

這時，亨利開口了，聲音比剛才接近了許多，她的恐懼立刻拔高。「我可不搞同志那一套。」

派崔克的聲音從稍遠處傳來：「你喜歡哪。」

「才怪！」亨利咆哮：「你要是敢跟別人說，我就殺了你，他媽的娘砲。」

「你明明硬了，」派崔克說，感覺好像在笑。貝芙莉雖然很怕亨利．鮑爾斯，卻不意外派崔克的反應。派崔克是瘋子，說不定比亨利更瘋，那麼瘋的人什麼都不怕。「我看到了。」

踩踏碎石的聲音——愈來愈近。貝芙莉抬頭瞪大眼睛，隔著福特車的老舊擋風玻璃，她看見亨利的後腦勺。他正盯著派崔克，但只要他回頭——

「要是你敢告訴別人，我就說你吸人雞巴，」亨利說：「然後殺了你。」

「你嚇不了我的，亨利，」派崔克呵呵笑說：「但如果你肯給我一美元，也許我就不說。」

亨利侷促不安，微微轉身。貝芙莉看見他四分之一的側面，而非只是後腦勺。神哪求求祢求求祢，她慌亂懇求，膀胱比剛才鼓脹得更兇了。

「你要是敢說，」亨利說，語氣低沉而慎重：「我就跟大家說你對那些貓做了什麼好事，還有狗。我也會告訴他們冰箱的事。你知道結果會怎樣嗎？霍克斯泰特？他們會來把你抓走，送進他媽的瘋人院。」

派崔克沒說話。

亨利手指敲打貝芙莉藏身的福特車車頂。「你聽到沒有？」

「聽到了，」派崔克悶悶不樂地說，而且有一點害怕。接著他大喊：「你明明很喜歡！你硬了！我從來沒看過那麼大的！」

「是啦，我猜你一定看過不少，他媽的死同志！別忘了冰箱的事，你的冰箱！還有，如果再讓我看到你，我絕對打得你滿地找牙。」

派崔克還是沒說話。

亨利走了。貝芙莉轉頭見他從福特的駕駛座旁走過，只要往左看一點點，就會發現她了，但他沒有。不久，她聽見他朝維克多和貝奇離開的方向走了。

只剩下派崔克。

貝芙莉等著，但垃圾場毫無動靜。五分鐘過去了，她快尿出來了，頂多再忍個兩、三分鐘。可是派崔克不曉得在哪裡，讓她很難受。

她又從擋風玻璃往外窺探，發現他呆坐在原地。亨利忘了拿走打火機。派崔克已經將課本收

回小帆布書包裡，像報童一樣將書包掛在脖子上，但褲子和內褲還脫到腳踝邊。他手裡玩著打火機，不停擦動轉輪點火。夏日炎炎，火焰幾乎看不見。他拿著打火機開開關關，似乎著魔了，嘴角一條血絲流到下巴，嘴唇右邊也腫了一塊，卻好像渾然不覺。貝芙莉又是一陣噁心。派崔克真的瘋了，她從小到大從來沒有這麼想躲開一個人過。

貝芙莉小心挪動身子，往後爬過福特的驅動軸擠到方向盤下方，雙腳伸向地板爬到後座，接著匆匆朝原路往回跑。她跑到兩排報廢車盡頭的松樹林時，回頭看了一眼，但沒見到人影，只有垃圾場在陽光下昏昏欲睡。她感覺胸口和肚子的緊繃消失了，只剩尿急，難過得令人反胃。

她匆匆沿著小徑跑了一段，隨即鑽進右邊的灌木叢裡。她背後的枝葉還來不及圍攏，貝芙莉已經脫下短褲，四下打量一圈，確定沒有毒藤蔓，接著便蹲下來小解，一手抓著一根粗樹幹維持平衡。

小解完，她正要穿回短褲，忽然聽見腳步聲從垃圾場走來。隔著灌木，貝芙莉只見到藍牛仔褲和褪色方格花呢校服忽隱忽現。是派崔克。她立刻蹲下，等他從她面前經過，走回堪薩斯街。她對現在的位置放心多了。這裡很隱密，而且她不用再憋尿了，派崔克又沉浸在自己的瘋狂世界裡。等他離開，她就要原路折回地下俱樂部去。

但派崔克沒有繼續走，反而站在幾乎正對貝芙莉的地方，愣愣望著生鏽的愛瑪冰箱。順著視線，貝芙莉可以輕鬆觀察派崔克的舉動，而不用擔心被看見。既然鬆了口氣，她又開始好奇了。就算派崔克發現她，她也有把握不讓他追上。派崔克雖然沒班恩那麼胖，但也很肥。不過，她還是從後口袋掏出彈弓，將五、六顆鐵珠放進舊上衣的口袋。派崔克．霍克斯泰特再瘋，膝蓋被扎扎實實打中應該也會退避三舍吧。

她現在想起冰箱的事了。垃圾場有許多廢棄冰箱，但她忽然想到只有這台冰箱沒被法奇歐拆掉。既沒用剪鉗撬出閉鎖系統，也沒拆走冰箱的門。

派崔克開始低聲哼唱，在老舊生鏽的冰箱前前後搖擺。貝芙莉忽然脊背發涼，因為派崔克感覺就像恐怖電影裡召喚地窖殭屍的傢伙。

他在幹嘛？

要是她知道他想做什麼，知道他做完儀式打開生鏽報廢的愛瑪冰箱之後會發生什麼，她一定會轉身就逃，逃得愈快愈好。

5

沒有人知道派崔克．霍克斯泰特到底有多瘋，連麥可．漢倫也沒概念。派崔克那年十二歲，是油漆銷售員的兒子，母親是虔誠的天主教徒，一九六二年死於乳癌，也就是派崔克被藏身德利市地下的黑暗怪物吞噬的四年後。雖然派崔克智商達到正常值的低標，小學卻重讀了兩次，分別是一年級和三年級。他那年去上暑修，免得重唸一次五年級。老師發現他不愛讀書（不少老師在成績單的導師評語中提到這一點），而且很麻煩（但沒有老師寫進評語，因為德利小學成績單評語欄只有六行，而他們的感覺太模糊、太囉唆，就算用六十行也說不清楚，何況短短六行）。要是派崔克晚生十年，輔導老師可能會送他去見兒童心理學家，進而發現在他遲鈍蒼白的臉龐底下，潛藏著驚人的深度。但也可能不會發現，因為智商測驗的低分遠遠無法顯示他的精明。

派崔克有反社會人格，到了一九五八年炎夏七月更成為徹底的心理變態，完全忘了自己曾經認為其他人（其實是所有生物）是「真實」的。他認為自己確實存在，甚至全宇宙只有他存在，但存在不代表真實。他沒有痛覺，也不會感覺受傷（他對自己被亨利打傷嘴巴無動於衷就是證明）。然而，儘管他發現真實絲毫不具意義，卻完全能掌握「規則」的概念。雖然老師都覺得他很怪（他的五年級導師道格拉斯太太和三年級導師威姆斯太太都知道他有一個裝滿蒼蠅的鉛筆盒，即使知道有問題，但兩人各還有二十和二十八名學生，而且有自己的事情要操心），卻不曾遇到嚴重的管教問題。儘管他考試可能會交白卷（或者只畫了一個大大的、漂亮的問號），而且道格拉斯太太發現最好讓他離女學生遠一點，因為他會亂摸亂碰，但他很安靜，有時甚至靜得像一塊黏土，只是被捏成男孩形狀。派崔克很容易被忽略，他只是靜靜當個笨學生，尤其當班上有亨利．鮑爾斯和維克多．克里斯這樣的學生，老是惹是生非、粗魯無禮，不是偷牛奶錢，就是破壞校園，或是不幸叫做伊莉莎白．泰勒的女學生，除了患有癲癇，有限的腦細胞還只能部分運作，必須提醒她別在操場掀洋裝讓人看她的新內褲，派崔克更是不起眼。換句話說，德利小學就像一場典型的混亂的教育嘉年華，場地太多，就算潘尼歪斯出現也不會有人注意。派崔克的老師（還有他父母親）當然不曾懷疑，派崔克五歲那年殺了弟弟艾佛利。

派崔克的母親從醫院帶回艾佛利時，他一點也不喜歡。他爸媽有兩個、五個或五十個孩子，他都不在意，至少他起先這麼告訴自己，只要他們不會打亂他的作息就好。但他發現艾佛利會。三餐變晚了，嬰兒夜裡會哭，把他吵醒，爸媽似乎老是待在嬰兒床邊，他常常得不到他們的注意。派崔克很少害怕，但那回他嚇到了。他心想，如果爸媽當年將他從醫院帶回來，他是「真實的」，那麼艾佛利也可能是「真實的」。說不定等艾佛利長大能走了，能幫爸爸到門口拿德利《新聞報》，幫媽媽遞盤子端麵包，他們會決定把派崔克送走。他不擔心爸媽更愛艾佛利（雖然他覺得確實如此，而且他的感覺可能是對的），只在乎三件事：艾佛利來了之後，規則就打破或改變了；艾佛利可能是真實的；爸媽可能為了艾佛利而拋棄他。

一月某天下午兩點半左右，派崔克上完幼稚園下午班之後，回家走進艾佛利的房間。屋外開始下雪，強風呼嘯掃過了麥卡倫公園，震得樓上結霜的抗風玻璃嘎嘎作響。派崔克的母親在臥房小憩，因為艾佛利昨夜鬧了一晚上。父親還在上班。艾佛利趴著睡，頭側向一邊。

派崔克一張圓臉面無表情，伸手將艾佛利的腦袋向下壓進枕頭裡。艾佛利悶叫一聲，將頭轉回側邊。派崔克看到了，愣愣地若有所思。黃靴子上的雪融了，滴到地板上。大約過了五分鐘（反應快不是派崔克的強項），他又將艾佛利的腦袋壓進枕頭，而且摁了一會兒。艾佛利在他手下扭動掙扎，但力氣很微弱。派崔克鬆開手，艾佛利又側過腦袋，輕輕發出一聲哀號，接著又睡著了。強風震得窗戶搖晃，派崔克靜靜等候，想看剛才的哀號有沒有吵醒他母親。沒有。

派崔克狂喜不已，世界從來不曾如此清晰地呈現在他眼前。他的情感功能嚴重殘缺，而那一瞬間，他的感覺就像打了藥暫時看見顏色的色盲或腦袋被一巴掌打醒的毒蟲一樣新鮮。這是全新的體驗，他從來不曉得有這種感受。

他放輕動作，又將艾佛利的臉壓入枕頭。艾佛利再度掙扎，但派崔克這回沒有鬆手，反而更用力往下壓。小嬰兒開始不斷悶叫，派崔克知道他醒了。他隱約覺得要是現在鬆手，小傢伙可能會告訴母親。於是他繼續摁。小嬰兒掙扎著，派崔克不放手。小嬰兒放屁，扭動愈來愈弱，他還是不放手。最後小嬰兒不再動彈，但派崔克又摁了五分鐘，感覺興奮到達頂點開始消散：藥效退了，世界再度黑白一片，狂喜變回熟悉的呆滯。

派崔克下樓拿了一盤餅乾，又倒了一杯牛奶。半小時後，他母親下樓說她實在太累了，連他回來都沒聽見（媽，妳不會再這麼累了，派崔克心想，別擔心，我已經搞定了）。她在他身旁坐下，拿了一塊餅乾吃，問他今天上課怎麼樣。他說還好，接著拿出他畫的樹和房子給她看，只見畫紙上全是黑色和棕色蠟筆畫的塗鴉，一圈一圈的。母親說他畫得很好。派崔克每天都會帶著黑色和棕色蠟筆畫的圓圈回家，有時說是火雞，有時說是耶誕樹或小男生。他母親總是說他畫得很好……只是在她心底深處，連她自己也摸不透的地方，她會很擔心。派崔克老是畫著相同的黑色

和棕色圓圈，那一團團漆黑裡有著令人隱隱不安的東西。

派崔克的母親到五點才發現艾佛利死了。她以為他只是睡得很熟。派崔克那時正在看《兔子鬥士》。家裡陷入一陣騷亂，但他的眼睛從頭到尾一直盯著那台七吋電視。隔壁的亨利太太上門時，電視在播《旋轉鳥》（他母親抱著嬰兒的屍體在廚房門邊尖叫，深信冷風會讓嬰兒活過來。派崔克覺得冷了，便從樓下衣櫃拿了一件毛衣）。霍克斯泰特先生下班回家時，電視正在播班恩·漢斯康最愛看的《公路巡警》。醫師來的時候，《科幻小說劇場》才剛開始，主持人是楚曼·布雷德利。派崔克一邊聽楚曼說「誰曉得宇宙裡還有哪些怪東西？」一邊聽母親在父親懷裡掙扎尖叫。醫生發現派崔克異常冷靜，目光毫不質疑，以為他太過驚嚇，便叫派崔克吃藥。派崔克無所謂，便乖乖吃了。

醫師診斷為嬰兒猝死症。幾年後開始有人懷疑除了一般的嬰兒死亡症狀，是否真的有這種病。但當時醫師只是照章行事，便讓嬰兒下葬了。塵埃落定之後，派崔克很高興三餐時間又恢復了正常。

那天下午和傍晚，家裡慌成一團：屋裡人來人往，德利家庭醫院救護車的紅色燈影在牆上閃爍，霍克斯泰特太太號哭尖叫，怎麼都無法平靜下來。混亂中，只有派崔克的父親最接近真相。屍體運走後，他呆立在空了的嬰兒床邊，站了廿分鐘，不敢相信發生這種事。他低頭發現硬木地板上有兩道痕跡，是派崔克黃雨鞋上融化的雪留下的。他看著那兩道痕跡，心裡忽然浮現一個可怕念頭，有如深邃礦坑裡竄出的毒氣。他緩緩伸手摀住嘴巴，眼睛瞪大，腦中浮現一幅景象。但影像還來不及成形，他已經匆匆走出房間，將門啪的關上，力道大得震裂了門框，掉下幾塊碎片。

他什麼都沒問派崔克。

派崔克之後再也沒做過類似的事，但若是遇到了，他應該還是會做。他不覺得罪孽深重，也沒作過惡夢。但隨著時間過去，他慢慢察覺自己萬一被逮到會有什麼下場。這世界是有規矩的，只要你不服從或被人發現破壞規矩，日子就會不好過，可能被綁上電椅。

但派崔克想起那興奮的感覺，如此繽紛生動，實在太強烈、太美好，很難完全割捨。於是他開始殺蒼蠅，起先只用母親的蒼蠅拍，後來發現用塑膠尺殺更有效率。他還發現了黏蠅紙的樂趣，只要兩分錢就能在卡斯特洛超市買到長長的一條。派崔克有時甚至會在車庫裡守候兩小時，看蒼蠅沾到黏蠅紙上，掙扎著想脫身，看得嘴巴開開，迷茫的眼眸閃著罕見的興奮，汗水流滿圓臉和粗壯的身軀。派崔克也殺甲蟲，但會先捉牠們。他偶爾會從母親的針插偷一根長針，刺穿金龜子的身體，翹著腳在花園裡看牠緩緩死去，臉上的神情就像讀到一本精彩故事書的孩子。他有一回在下主大街發現一隻被車輾過的貓，在水溝奄奄一息，便坐在那裡看著牠。後來一名老婦人打掃經過，看見他用腳踢那隻被車壓過喵喵慘叫的貓，便用掃帚打他，朝他大吼：快回家！你這孩子怎麼搞的，瘋了嗎？派崔克回家了。他不氣老婦人，因為他破壞規矩被她發現了，就只是這樣。

去年（麥可．漢倫和其他人知道了一定不會驚訝，事情就發生在喬治．鄧布洛遇害當天），派崔克邂逅了那台生鏽的愛瑪冰箱，就在垃圾場外環那一圈有如小行星群的垃圾堆裡。

和貝芙莉一樣，他也聽人警告過這類廢棄家電很危險，每年大約有三千多萬個蠢小孩把自己悶死在裡面。派崔克注視了冰箱很久，愣愣發著呆。興奮的感覺又回來了，而且比以往都強，只比不上悶死艾佛利那一次。興奮回來了，因為在他冷酷卻狂烈的心靈廢墟裡浮現了一個點子。

魯斯家和霍克斯泰特家住在同一條街，相隔三間房子。他們家的貓巴比一週後不見了。魯斯家的小孩生來就有巴比陪伴，因此不僅在家附近仔細找牠，甚至還湊錢在德利《新聞報》尋人欄登了啟事，卻毫無所獲。但就算他們那天遇到派崔克，看見他身上那件飄著樟腦丸味的冬季大衣（一九五七年秋天洪水才剛退去，德利就陷入了嚴寒）比平常鼓脹許多，因為抱著一個紙箱，他們可能也不會多想什麼。

恩格斯托家和霍克斯泰特家相隔一條街，兩間屋子幾乎背對背。感恩節前十天左右，他們家的小柯克犬不見了。接下來六到八個月，陸續有人走失了家裡的貓或狗，當然都是派崔克幹的，至於地獄半畝地一帶的十幾隻流浪貓和流浪狗就更不用說了。

抓來的貓和狗，他一隻一隻放進生鏽的愛瑪冰箱裡。每送進一隻動物，他的心就會在胸腔裡狂跳，眼裡閃著熱辣辣水汪汪的興奮，希望曼迪．法奇歐哪一天會用大鐵鎚敲開冰箱的門樞或栓扣。但曼迪始終沒有碰那台冰箱，或許他根本不曉得它的存在，也可能是派崔克的念力將法奇歐擋開……甚至是其他力量在搞鬼。

恩格斯托家的狗撐了最久。雖然氣溫低到零下，派崔克隔了許多天第三次回去看牠時，那隻柯克犬依然活著，只是氣息奄奄（當他將牠從紙箱裡拿出來放進冰箱時，牠還猛搖尾巴，舔他的手）。牠被關進冰箱的隔天，派崔克回垃圾場看牠，差點被牠逃掉。他幾乎跑到了垃圾場才追上牠，撲上去抓住牠的後腿。那隻狗用小小的尖牙咬了派崔克幾口，但他毫不在意，隨牠亂咬。他將狗塞回冰箱，下體硬得發脹。他不是第一次這樣。

隔天，小狗又試著逃脫，但動作慢了許多。派崔克將牠拖回冰箱裡，猛力關上生鏽的門，用身體抵著。他聽見狗在抓門，聽見牠悶叫。「乖狗狗，」霍克斯泰特說。他眼睛緊閉，呼吸急促：「你真乖。」第三天開門時，狗只轉動眼睛看著派崔克的臉，側腹急促起伏，幅度又輕又淺。隔天派崔克再去，小狗已經死了，口鼻佈滿唾沫，都凝固成塊了。派崔克將狗拖出冷凍刑房，凍僵的屍體讓他想起椰子冰棒，忍不住哈哈大笑，將狗扔進灌木叢裡。

今年夏天犧牲者很少（派崔克幾乎不曾想起牠們，就算想到，也只當成「受試動物」）。他的存在真實與否姑且不論，自我防衛機制倒是發展得很好，直覺更是銳利。他覺得自己被懷疑了，但不確定是誰。恩格斯托先生嗎？有可能。今年春天在艾匹超市，恩格斯托先生曾經轉頭看他，意味深長看了很久。他來買菸，派崔克來買麵包。還是約瑟夫太太？也有可能。她有時會拿望遠鏡坐在起居室窗邊往外看，霍克斯泰特太太稱她是「愛打聽的看門狗」。還是賈庫巴先生？他的車子後保險桿上有美國動物保護協會的標籤。奈爾警官？還是另有其人？派崔克不清楚，但直覺告訴他有人懷疑他，而他從不違逆直覺。他之前在半畝地的殘破公寓區抓了幾隻流浪貓和流浪狗，但只捉很瘦或生病的，僅此而已。

不過，他發現垃圾場附近的那台冰箱對他有著莫名的吸引力。於是他上課無聊就開始畫冰箱，夜裡也偶爾會夢見它。他夢裡的愛瑪冰箱可能有七十英尺高，是刷白的墓穴、凜冽月光下的沉重地窖。冰箱的門會為他而開，裡面有許多雙超級大眼瞪著他，讓他全身冷汗驚醒過來。但他發現自己怎麼也無法完全放棄冰箱帶來的樂趣。

今天他終於發現誰起疑了。是鮑爾斯。想到亨利．鮑爾斯握有冷凍刑房的秘密就讓他感到未曾有的驚慌。雖然他驚慌的程度其實不高，而且不是恐懼，只是心裡不安，但還是覺得很壓迫、不舒服。亨利知道了。知道派崔克有時會破壞規矩。

最新罹難者是一隻鴿子。兩天前他在傑克森街發現牠被車撞了飛不動。派崔克回家到車庫拿了箱子，將鴿子裝進去。鴿子啄了他的手背好幾次，留下淺淺的血印，但派崔克不在乎。隔天他檢查冰箱，鴿子已經死透了，不過他當時沒有拿出來。現在亨利揚言說出去，他覺得最好立刻將屍體處理掉，甚至拿桶水和幾塊破布來將冰箱擦乾淨。裡頭味道不是很好聞。萬一亨利叫奈爾先生來看，很可能會嗅出裡頭死過什麼東西——應該說很多東西。

萬一他說出去，派崔克站在松樹林間，望著生鏽的愛瑪冰箱心想，我就跟別人說艾迪・卡斯普布拉克的手臂是他弄斷的。當然，大家可能早就知道了，但卻無法證明，因為他們都供稱他們那天在亨利家玩，亨利的瘋子老爸也附和他們的說詞。但如果他說出去，那我也說，一報還一報。

別管這個了，他現在得趕快把死鳥處理掉。他決定讓冰箱的門開著，然後拿水和抹布來將冰箱擦乾淨。很好。

派崔克將門打開，也開啟了他的死期。

他起先摸不著頭緒，不曉得自己見到了什麼。他無法理解，想不出前因後果，只是側著頭瞪大眼睛，愣愣望著那東西。

鴿子只剩下骨頭，羽毛散落在四周，完全看不到肉，可是左右卻有十幾個肉色物體，有如巨大的義大利貝殼麵，黏在冰箱內壁、冷凍機下側和置物架上懸垂搖晃。派崔克看見它們緩緩移動、拍動，彷彿被風吹拂著，只是冰箱裡沒風。派崔克皺起眉頭。

忽然間，其中一個肉色物體伸出昆蟲般的翅膀。派崔克還來不及反應，那東西已經從冰箱飛來，啪的一聲撞上他的左臂。派崔克感到一陣灼熱，隨即消逝，左臂又恢復正常……但那個貝殼狀的東西卻從白色變成粉紅，接著突然嚇人地變成了深紅色。

雖然派崔克很少害怕一般的東西（你很難懼怕不「真實」的事物），但有一樣東西讓他深惡痛絕。他七歲那年八月一個溫暖的白天到布魯斯特湖玩水，上岸發現腹部和雙腿吸了四、五隻水蛭。他嚇得尖叫，叫到喉嚨都啞了，直到父親將水蛭拿掉，他才安靜下來。

他忽然靈光一閃，發現那東西是某種詭異的會飛的水蛭，寄生在冰箱裡。

派崔克開始尖叫，拍打手臂上的東西。那東西已經脹到了網球大小，被打三下之後就破了，發出噁心的「噗」聲。鮮血（他的血）從他手肘流到手腕，可是那東西果凍般的無眼頭部還是死咬著他，看起來像鳥頭，前端像鳥嘴，但不平也不尖，而是鈍管狀，有如蚊子的口器，啃進他的手臂裡。

派崔克一邊尖叫一邊用手指夾住那東西，想把牠扯掉。口器出來了，留下一個硬幣大小、不痛不癢的傷口，隨即湧出水狀的鮮血和膿一般的黃白色黏液。

那東西雖然破了，卻依然在他指間扭動、索求。

派崔克將牠甩開，轉過身……只見更多肉球從冰箱飛了出來。他急忙伸手去抓冰箱的門把，但牠們不斷撲向他，落在他手掌、手臂和脖子上。一個肉球落在他額頭上，派崔克伸手去抓，發現手上也黏了四個，正微微顫抖，身軀從粉紅變成了紅色。

被肉球咬住不痛……但有一種可怕的吸吮感。派崔克尖叫扭動，用爬著水蛭的雙手拍頭和頸子，心裡哭喊：這不是眞實的，是惡夢。別擔心，這不是眞的，一切都不是眞的——

然而，從水蛭留下的傷口噴出的血感覺很真實，牠們的振翅聲感覺很真實……他心中的驚恐感覺也很真實。

一隻水蛭鑽進他襯衫，停在胸口上。他瘋狂將牠拍掉，看見血從牠剛才吸住的地方流出來。這時，另一隻水蛭落在他右眼。派崔克閉起眼睛，但甩不掉牠。他感到一陣灼熱，那東西的口器戳穿他眼皮，開始吸他眼球裡的汁液。派崔克覺得眼珠子愈縮愈小，於是又張口尖叫，結果一隻水蛭正好落進他嘴裡，停在舌頭上。

感覺幾乎沒有痛楚。

派崔克顛顛倒倒沿著小徑走向報廢車區，全身上下都是寄生蟲。有些吸飽了血像氣球一樣爆開了，比較大的更是每隻都吸掉他近半品脫的血。他感覺嘴裡的水蛭不斷膨脹，於是他張開嘴，

心裡只想著不能讓牠在嘴裡爆炸，絕對不行，不可以。

但牠還是爆開了。派崔克像嘔吐一樣，吐出一大坨鮮血和水蛭屍塊，隨即摔倒在碎石地上，開始不停翻滾尖叫。但他的叫聲愈來愈弱，彷彿消逝在遠方。

在他昏迷之前，派崔克看見最後一輛報廢車後方走出一個人影。他起先以為是男的，可能是曼迪．法奇歐，他就要得救了。但人影愈走愈近，他看見那人的臉龐像融化的蠟一樣，有時凝固了會現出輪廓，看來像某種東西——或人——然後又融化了，彷彿無法決定想變成什麼東西或什麼人似的。

「哈囉、再見。」一個泡泡似的聲音從那坨變來變去的蠟油裡傳出來。派崔克又試著尖叫。他不想死。他是唯一「真實」的人，不應該死。他死了，世界上其他人也會跟著死。

那個人形物抓住他爬滿水蛭的雙臂，開始將他朝荒原拖。他的書包沾了血拖在身後一跳一跳的，背帶依然纏在他脖子上。派崔克還想尖叫，但失去了意識。

他只醒來過一次，發現自己在一個黑暗、惡臭、到處滴水、有如地獄的地方，黑得沒有半點光線，完全沒有。牠準備開始吃他。

6

貝芙莉起初還不曉得自己目睹了什麼，出了什麼事……只看見派崔克．霍克斯泰特開始扭動、掙扎和尖叫。她小心翼翼站起來，一手拿著彈弓，另一手握著兩顆軸承滾珠。她聽見派崔克在小徑上跌跌撞撞，死命吶喊。那一刻，貝芙莉就和日後的她一樣美。要是班恩．漢斯康在那裡，心臟可能會受不了。

她身體站得筆直，頭向左偏，睜大雙眼，頭髮梳成兩條辮子，尾端繫著紅色的天鵝絨小蝴蝶結，是她在達利商店用一毛錢買的。她的姿態完全專注和集中，和貓兒一樣。她邁出左腳，身體半轉，彷彿要朝派崔克追去，褪色短褲的褲腳往上撩，露出黃色棉內褲的下緣。儘管腿上有疤痕、瘀青和污泥，肌肉的線條卻是光滑而美麗。

這是圈套。他看見妳了，但曉得可能追不上妳，所以就設陷阱誘妳出來。不要過去，貝貝！

但她又覺得派崔克的尖叫聲不對勁，夾雜太多痛苦與恐懼。她真希望剛才有看清楚他到底出了什麼事，更希望當初選另一條路到荒原，就能閃過這場瘋狂的鬧劇了。

派崔克的尖叫聲停了。不久，貝芙莉聽見有人說話，但她知道那一定是自己的想像，因為她聽見父親說：「哈囉、再見。」她父親那天根本不在德利，早上八點就出發去布朗斯威克了。他和喬伊‧塔摩利要去那裡牽一輛雪佛蘭卡車。她搖搖頭，彷彿想將聲音趕走。聲音不再出現，果然是她的想像。

她離開樹叢走上小徑，打算一看見派崔克朝她衝來就轉身逃跑。她的反射神經和貓的鬍鬚一樣敏銳。她往小徑前方望去，忽然瞪大眼睛。小徑上有血，而且很多。

假血，她還是不肯相信，只要四毛九就能在達利商店買到。小心點，貝貝！

她跪下來，用手指匆匆沾了一下血，仔細檢視。不是假血。

她左手忽然一陣灼熱，就在手肘下方。她低頭一看，起初以為是芒刺。但不是芒刺，芒刺不會抽搐和鼓動。那東西是活的。這時，她發現牠在咬她。貝芙莉用右手背狠狠一拍，將牠打碎，鮮血四濺。她後退一步，以為解決了，正準備尖叫……才發現還沒結束。那東西沒有輪廓的頭部還在她手上，口鼻啃進她的肉裡。

貝芙莉厲聲尖叫，心裡充滿恐懼與厭惡。她抓起那東西，拔出牠的口器，只見那口器像一把小匕首，正滴著血。她現在知道小徑上的血是怎麼來的了。她的目光自然飄向一個地方，沒錯，就是冰箱。

冰箱的門已經關上，但還有幾隻怪蟲在外頭，正在冰箱生鏽的白瓷表面上緩緩爬行。貝芙莉看著牠們，其中一隻忽然張開蒼蠅翅膀般的薄膜雙翼，朝她嗡嗡飛來。

貝芙莉想也不想便將一顆滾珠放到彈弓皮塊裡，拉緊彈簧。她左臂的肌肉緩緩伸展，剛才被那東西咬破的傷口頓時冒出血來。不過她還是放手一搏，將彈弓瞄準飛來的怪蟲。

彈弓啪的一聲，滾珠射了出去，在濛濛日光下有如一道電光。貝芙莉心裡想，可惡！沒打中！她事後告訴其他窩囊廢俱樂部夥伴，她知道自己沒打中，就好像保齡球選手球一離手就知道不會全倒一樣。但她看見滾珠轉彎了，事情發生在瞬息之間，但她感覺很明確，牠真的轉彎了。滾珠擊中飛來的怪蟲，將它打得稀巴爛，黃色的汁液灑了一地。

貝芙莉緩緩退後，雙眼圓睜，嘴唇顫抖，臉色嚇得鐵青，目光一直定在廢棄冰箱前方，等著看有沒有其他東西嗅到或感覺到她。但那些怪蟲只是緩緩爬上爬下，有如被寒冷拖慢腳步的秋蠅。

她轉身就跑。

驚慌壓迫著她的思緒，但她不肯屈服。她左手抓著彈弓，不時回頭觀望。小徑依然血跡斑斑，路上和兩旁的灌木葉上都是亮紅色的斑點，彷彿是派崔克一邊逃跑一邊織上的。

貝芙莉衝回報廢車區，發現前方有一攤更大的血漬，正緩緩滲入碎石地。地表看來有擾動的痕跡，粉白碎石上有幾道深色的土痕，彷彿有人掙扎。兩道相隔大約兩英尺半的凹痕從這裡向外延伸。

貝芙莉停下來喘氣。她低頭檢視手臂，很高興發現血終於流得慢了，只剩前臂前端和手掌還有尚未乾涸的血跡。但她開始感覺到疼，輕微持續的陣痛，很像看完牙醫一小時後麻醉藥退了時的感覺。

她又往後看了一眼，但什麼也沒有，便又回頭看著報廢車區延伸出去的那兩道凹痕，看牠們從垃圾堆一路延伸到荒原。

那些東西在冰箱裡，爬滿了他全身——肯定是，瞧瞧那麼多血。他撐到這裡，然後——

（哈囉、再見）

發生了別的事情。是什麼事呢？

她很怕自己其實知道。那些水蛭是牠的一部分，將派崔克硬拖到另一部分的牠那裡，就像驚惶的小牛被推入導槽滑進屠宰場一樣。

快離開！快走，貝貝！

但她卻循著凹痕前進，汗涔涔的手緊握著彈弓。

至少去找其他人來！

我會的……等等就會去了。

她繼續跟著凹痕走。地面開始下斜變軟。她再次走進樹叢中，一隻蟬大聲鳴叫片刻，隨即安靜無聲。蚊子停在她沾血的手臂上，貝芙莉揮手驅趕，牙齒緊緊咬著下唇。

前面地上有東西，她拾起來一看，發現是手工錢包，小孩在活動中心工藝課上常做的那種玩意兒。只是貝芙莉一眼就明白做的人沒什麼天分，不僅塑膠縫線鬆脫了，放鈔票的地方也開口笑了。她在放零錢的地方發現一枚兩毛五硬幣，此外錢包裡就只有一張借書證，所有人是派崔克．霍克斯泰特。她立刻將錢包和裡面的東西扔了，手指在短褲上抹。

五十碼後，她發現一隻運動鞋。灌木叢太密了，看不見凹痕，但你不用是獵犬也能繼續跟下去，因為鮮血灑得、滴得枝葉都是。

小徑崎嶇陡峭，貝芙莉踩空過一次，滑了一跤，被植物的刺刮傷了，大腿多了幾道血痕。她

呼吸急促，汗濕的頭髮黏答答的，糾結貼著頭皮。血跡在荒原中劃出一道不明顯的路線，坎都斯齊格河就在附近。

派崔克的另一隻運動鞋孤零零地躺在小徑上，鞋帶沾滿了血。

貝芙莉半拉彈弓，朝河邊走去。凹痕又看得到了，不過比剛才淺——因爲沒穿鞋子，她心想。她繞過最後一道彎，河水出現在眼前。凹痕沿著河岸往下，最後通向一根水泥涵管，也就是泵水站。凹痕到那裡就停了，涵管的鐵蓋微微掀開一條縫。

她站在涵管上往下看，忽然聽見裡頭傳來一陣渾厚可怕的笑聲。

貝芙莉受不了了。潛藏已久的驚慌突襲而至，貝芙莉轉身就跑，朝空地和地下俱樂部狂奔。灌木叢的枝幹不停拍打、抽擊她，她舉起帶血的左臂遮住臉龐。

我也有事情要擔心啊，爸爸，她心慌意亂地想，非常擔心。

7

四小時後，窩囊廢俱樂部成員（除了艾迪）全都蹲在貝芙莉剛才偷看派崔克打開冰箱的灌木叢裡。天空烏雲密佈，空氣裡再度飄著雨水的味道。威廉雙手抓著一條長曬衣繩的尾端。他們六人湊錢買了這條繩子，還有給貝芙莉用的嬌生牌急救包。威廉已經小心翼翼幫她裹了紗布，蓋住她手臂上的傷口。

「跟爸、爸媽說、說妳溜冰的時、時候滑、滑倒了。」他說。

「我的溜冰鞋！」貝芙莉絕望大喊。她完全忘了溜冰鞋。

「在那裡。」班恩指著地上說。溜冰鞋就堆在不遠處，威廉他們還來不及說要幫她拿，貝芙莉已經衝去拿了回來。她想起自己是在小便前將鞋扔到一旁的，她可不想讓他們靠近那兒。

威廉已經將曬衣繩另一端綁在愛瑪冰箱的門把上。他們剛才全都小心翼翼走到冰箱前，準備一有動靜就拔腿快逃。貝芙莉想將彈弓還給威廉，但他堅持要她留著。一切都原封不動。雖然冰箱前的小徑血跡斑斑，但怪蟲都不見了，或許全飛走了。

「就算找波頓警長、奈爾警官和一百名警察來這裡也沒用。」史丹利恨恨說。

「沒錯，他們什麼屁都看不見，」理查德附和道：「妳手臂還好吧，貝貝？」

「很痛，」她頓了一下，看看威廉又看看理查德，然後目光又回到威廉身上。「我爸爸媽媽會看到那東西在我手臂上咬了一個洞嗎？」

「我、我想不、不會，」威廉說：「準、準備好跑、跑囉，我要綁、綁繩子、子囉。」

他將曬衣繩另一端綁在冰箱生鏽的鍍鉻把手上，像拆彈小組一樣謹慎。他打了一個祖母結，接著開始往後退，一邊鬆繩。

走了一段後，威廉朝其他夥伴微笑，但笑得很勉強。「呼，」他說：「真高、高興結、結束了。」

他們和冰箱拉開一段安全（希望如此）距離，威廉要他們準備逃。這時正上方忽然響起一聲轟雷，嚇了他們一跳。雨點開始落下了。

威廉使勁一扯曬衣繩，祖母結應聲從冰箱把手上鬆開，但在鬆開之前還是將門拉開了。只見橘色絨毛釦子從裡頭蜂擁而出，有如雪崩似的。史丹利．尤里斯痛苦呻吟一聲，其他夥伴則是目瞪口呆看著眼前的景象。

雨開始大了，雷鳴在天上轟隆不斷，讓他們嚇得縮起身子。一道青紫色的閃電劃破天際，冰箱門整個打開，理查德最先看到，忍不住發出尖叫，聲音尖銳而受創。威廉發出憤怒又恐懼的叫聲，其他夥伴則是默不吭聲。

冰箱內壁用尚未乾涸的鮮血寫了幾個字：

現在放棄否則殺光你們

你們的朋友潘尼威斯留

冰雹夾帶大雨而來，冰箱門隨風上下顫動，血寫的字開始被水沖散，變得又濕又髒，感覺和恐怖電影海報的大字一樣可怕。

貝芙莉沒注意到威廉站起來了。等她發現，威廉已經穿越小徑朝冰箱走去了。他揮舞雙拳，雨水在他臉上流淌，將他的襯衫黏在背上。

「我、我們會、會殺、殺了你！」威廉大吼。雷聲崩裂轟鳴，閃電亮得貝芙莉幾乎可以聞到。劈啪聲從不遠處傳來，有樹倒了。

「小威，快回來！」理查德大喊：「快回來，兄弟！」他正想起身，就被班恩抓了回來。

「你殺了我弟弟喬治！狗娘養的！混蛋！下三濫的傢伙！有種就現身啊！有種就出來！」

冰雹傾盆而落，即使有樹叢擋著，還是打得他們又刺又痛。貝芙莉伸手遮臉，看見班恩淌滿雨水的臉上出現了幾道紅印子。

「威廉快回來！」她著急尖叫，但聲音被另一道雷鳴淹沒了。烏雲低垂在荒原上方，轟鳴聲從雲下掃過。

「他媽的，有種就立刻出來！」

威廉瘋狂地踢了從冰箱落到地上的那堆絨毛釦子一腳，接著轉身走回他們身邊。他低頭不語，地上鋪滿冰雹像下雪一般，他卻似乎渾然不覺。

他絆到樹叢跌倒了，幸虧史丹利及時抓住他，他才沒摔進荊棘裡。他在哭。

「沒關係的，小威。」班恩說，同時笨拙地伸手摟了他。

「是啊，」理查德說：「別擔心，我們不會臨陣脫逃的。」他轉頭看了其他人一眼，目光彷彿跳出濕淋淋的臉龐似的。「有誰想退出的？」

所有人都搖頭。

威廉揩揩眼淚，抬起頭來。所有人都濕透了，看起來像一群剛渡完河的小狗。「其、其實牠、牠怕、怕我們，」他說：「我感、感覺得、得到，我發、發誓我真、真的感、感覺得到。」

貝芙莉正經點點頭說：「我覺得你說得對。」

「幫、幫我，」威廉說：「求、求求你、你們，幫、幫幫我。」

「沒問題。」貝芙莉說著將威廉摟在懷裡。她沒想到自己做得那麼輕鬆容易，沒想到他那麼瘦。她感覺他的心在襯衫底下跳動，感覺兩人心跳相貼。她覺得自己從來沒有過如此甜蜜、如此強烈的接觸。

理查德張開雙臂抱住他們兩人，將頭靠在貝芙莉肩上。班恩也一樣，從另一邊抱住他們。史丹利．尤里斯摟住理查德和班恩。麥可遲疑片刻，接著一手摟住貝芙莉的腰，一手抱住威廉顫抖的肩膀。他們就這樣站著緊緊相擁。冰雹變回傾盆大雨，大得像一道氣牆。閃電在天空漫步，雷鳴轟隆交談。沒有人開口。貝芙莉緊閉雙眼，所有人站在雨中縮成一團，抱在一起，聽雨水打在灌木上。多年以後，她記得最清楚的便是那雨聲，還有他們的沉默和艾迪沒有來的淡淡遺憾。她就記得這些。

她記得自己感覺無比年輕、無比強壯。

第十八章　牛眼牌彈弓

1

「好了，害死康，」理查德說：「換你了。紅髮姑娘已經把自己的菸和我的菸都抽光了，時間也晚了。」

班恩抬頭瞄了時鐘一眼。沒錯，已經晚了，將近子夜，只能再講一段往事了，他心想。十二點前再講一個，幫大家暖暖身子。該講哪一段呢？不過，這當然只是玩笑，而且不怎麼好笑，因爲只剩一段往事可講。起碼他只記得那一段，就是銀彈頭的事：七月二十三日晚上，他們在札克·鄧布洛的工作間做彈頭，二十五日用到。

「我也有疤，」他說：「你們還記得嗎？」

貝芙莉和艾迪搖搖頭，威廉和理查德點頭。麥可默默坐著，臉色疲憊，但雙眼清醒警覺。

班恩起身解開工作衫的釦子，將衣服拉開，露出H形的舊疤。疤痕斷斷續續，因爲剛有疤時，他的小腹還很大，但形狀依然清晰可辨。

H那一橫中間還有一條疤痕垂直往下，看起來清楚多了，很像白色活結切斷後懸落的繩鬚。

貝芙莉伸手摀嘴說：「是狼人！在那間屋子裡！喔，天哪！」說完便轉頭望向窗外，彷彿看見它在暗處徘徊似的。

「沒錯，」班恩說：「你們知道有趣的地方在哪裡嗎？這一道疤是兩天前才出現的。亨利劃傷我的疤痕一直都在，我很確定，因爲我在海明佛德讓一位朋友看過。他叫瑞奇·李，在酒吧當酒保。可是這道疤——」他笑了笑，但聽不出笑意。他扣上釦子。「它就這麼重新出現了。」

「就像我們手上的疤。」

班恩扣好工作衫，麥可說：「沒錯，就是狼人。我們那一回全都看到牠化身爲狼人。」

「因爲理、理查德就、就是那、那樣看、看到牠的，」威廉低聲說：「對吧，不、不是嗎？」

「沒錯。」麥可說。

「我們那時很親近，對吧？」貝芙莉說，聲音帶著輕柔的讚嘆。「親近得能夠讀到彼此的心思。」

「大毛怪差點就拿你的腸子當鬆緊帶了，小班。」理查德說。他說這話時沒有半點笑容。他推了推修補過的眼鏡，臉色蒼白憔悴，彷彿鬼魅。

「小威救了你一命，」艾迪忽然說：「我是說，貝芙莉救了我們大家，但要不是你，小威——」

「沒錯，」班恩附和道：「眞的是，威老大，我那時就像在迷宮一樣。」

威廉指指那張空椅子說：「史丹利·尤里斯幫過我，結果付出了代價，說不定還因此喪命。」

班恩·漢斯康搖搖頭說：「別這麼說，小威。」

「但事、事實如此。如果你、你有錯，那我、我也有錯，我、我們所、所有人都有、有錯，因爲我、我們沒有收、收手。就算派崔克出事，還有冰、冰箱上寫的、的字，我們還是沒停手。我想我、我錯最、最大，因爲我、我希望大、大家繼續，因爲喬、喬治，說不定是因、因爲我認爲只要幹掉殺、殺死喬治的東西，我爸、爸媽就會再、再、再——」

「再愛你？」貝芙莉溫柔地問。

「對，當然。但我不、不認爲我們誰、誰有錯，小班。史丹利的個、個性就是那、那樣。」

「他無法面對。」艾迪說。他想起基恩先生跟他說了噴劑的眞相，但他到現在仍然拋不下那玩意兒。他心想自己或許能戒掉「感覺生病」、認定自己沒辦法健康過活的習慣。但事後想想，也許正是這個習慣救了他一命。

「他那天很棒，」班恩說：「史丹利和他的鳥。」

所有人都呵呵笑了，轉頭望著留給史丹利的椅子。要是世界不這麼瘋狂，好人最後都會得勝，史丹利這會兒就該坐在那張椅子上。我想念他，班恩想，真的好想他！他說：「你還記得那天嗎，小理？你跟史丹利說你聽說他殺了耶穌，他冷冷回說：『應該是我爸吧。』」

「我還記得。」理查德說，聲音幾不可聞。他從後口袋掏出手帕，摘下眼鏡，用手帕擦了擦眼睛，將眼鏡戴回去，收起手帕，低頭看著雙手說：「你還在等什麼，幹嘛還不說，小班？」

「很難過對吧？」

「是啊，」理查德說，聲音啞得幾乎聽不懂他在講什麼。「那還用說，一定會難過的。」

班恩看了大夥兒一眼，點點頭說：「好吧，十二點之前再講一段往事，幫大家暖暖身子。小威和小理想到子彈的點子——」

「不對，」理查德反駁：「是小威先想到的，也是他最先緊張的。」

「我只是開始擔、擔心——」

「其實沒差，我覺得，」班恩說：「那年七月我們在圖書館耗了很久，想找出銀子彈的做法。原料我有，我爸有四枚銀幣。但小威開始緊張，擔心我們要是沒打中，被那怪物掐住脖子，不曉得會有什麼下場。後來，我們發現貝貝很會用他的彈弓，就決定將其中一枚銀幣做成彈頭。我們準備好材料，所有人一起到小威家。艾迪，你也在——」

「我跟我媽說我們要一起玩大富翁，」艾迪說：「我手臂眞的很痛，但我非走不可。我母親氣壞了。我走在人行道上只要聽見有人在後面，就會立刻轉頭，生怕是鮑爾斯。這對疼痛一點幫助也沒有。」

威廉咧嘴笑了。「我們只是站在一旁，看班恩做彈頭。我覺得班恩眞的做得出銀、銀子彈。」

「嘖，我可不確定。」班恩說，其實他到現在依然胸有成竹。他記得屋外天色漸漸變暗（鄧布洛先生答應開車送他們回家），蟋蟀在草叢鳴叫，螢火蟲開始在窗外閃爍。威廉沒忘了在飯廳擺好大富翁的道具，弄成好像已經玩了一個多小時的樣子。

他記得那些，以及灑在札克工作檯上的潔淨黃光。他記得威廉說：「我、我們得小、小心，別把這裡弄得一、一團糟，我爸會、會——」他連說了好幾個「氣」，最後總算擠出「氣死」兩個字。

2

理查德做出用手擦臉的動作。「結巴威，有沒有毛巾讓我擦口水？」

威廉作勢打他，理查德縮起身子，用小黑奴的聲音尖叫。

班恩懶得理他們。他看著威廉將工具和器材一個個放到燈光下，暗自希望自己有一天也能擁有這麼好的工作檯。不過，他的心思還是放在接下來的工作上，雖然沒有製作銀子彈那麼困難，但還是得小心。粗心不是藉口。沒有人教過他或對他說過，但他就是知道。

威廉堅持班恩做彈頭，就像他硬將彈弓交給貝貝一樣。這些事可以討論，他們也討論過了，但直到二十七年後的現在，班恩開口訴說往事時，他才發現當時竟然沒有人質疑銀子彈或銀彈頭能不能阻止怪物——唯一的證據頂多是一千部恐怖電影吧。

「好了，」班恩說。他摁了摁指關節，看著威廉說：「你有模型嗎？」

「喔！」威廉嚇了一小跳。「在這、這裡。」他伸手到褲口袋掏出手帕，放在工作檯上將它打開。裡頭是兩顆顏色昏暗的鐵球，球上各有一個小洞。這兩顆鐵球就是軸承鋼珠的鑄模。

自從決定改做彈頭不做子彈之後，威廉和理查德就回去圖書館查資料，看軸承鋼珠是怎麼做的。「你們幾個小不點還眞忙！」史塔瑞特太太說：「上星期是子彈，這星期是滾珠！現在是暑假耶！」

「我們喜歡鍛鍊腦袋，」理查德說：「對吧，小威？」

「沒、沒錯。」

他們發現只要有模子，製作滾珠其實不難，問題是去哪裡弄模子。不過，很有技巧地問了札克·鄧布洛兩、三個問題之後，事情就解決了……德利只有一家器械行買得到這種模子，就是基勤納精準儀器店。知道答案後，窩囊廢俱樂部的夥伴都不是很驚訝。經營儀器店的基勤納先生，是基勤納鐵工廠創辦人兄弟的玄姪孫。

威廉和理查德拿著夥伴臨時湊出來的現金——十元五毛九——將錢放在威廉的口袋裡一起去了儀器店。威廉問卡爾·基勤納，兩個兩吋滾珠鑄模要多少錢，外表像前酒鬼、味道像馬毯的卡爾反問道，兩個小鬼要買鑄模做什麼。理查德讓威廉回答。他知道這樣比較容易成功。小孩會取笑威廉口吃，大人卻會不好意思，這招有時真的很好用。

威廉解釋到一半——他和理查德在路上編了理由——卡爾就揮手要他別說了，跟他們說了一個難以置信的價錢：一個模子五毛錢。

威廉掏出一張一美元鈔票，不敢相信他們這麼好運。

「別指望我給你們袋子，」卡爾·基勤納說。他瞪著一雙紅眼瞅著他們，目光充滿輕蔑，一副看透世事（而且還看透兩次）的樣子。「除非消費五元以上，否則別想拿到袋子。」

「沒、沒關係，老、老闆。」威廉說。

「還有別在外頭鬼混，」卡爾說：「你們兩個都需要剪頭髮了。」

到了店外，威廉說：「你有、有沒有發、發現，小、小理，除了糖、漫畫書和電、電影票之、之外，小孩子買任、任何東西，大人都、都會先問、問你為、為什麼？」

「當然有。」理查德說。

「為、為什麼？怎、怎麼會這、這樣？」

「因為他們覺得我們很危險。」

「真、真的嗎？你這、這麼認、認為？」

「是啊，」理查德說，說完咯咯笑了。「我們就鬼混一下吧，怎麼樣？把領子豎起來，對別人冷笑，而且把頭髮留長。」

「去、去你的。」威廉說。

3

「好的，」班恩仔細看了模子，將它們放到檯上說：「很好。現在——」

他們讓出一點空間，用充滿希望的眼神望著他，就像對車子一竅不通的人看到技師來修他的車一樣。不過，班恩沒注意他們的神情，他的心思完全在眼前的工作上。

「把彈殼給我，」他說：「還有噴燈。」

威廉將一片切割過的迫擊砲彈殼遞給班恩。那是札克在派頓將軍麾下渡河進入德國五天後撿的紀念品，曾經被他拿來當成煙灰缸，那時威廉很小，喬治還在包尿布。後來札克戒了菸，彈殼也不見蹤影，威廉一週前才在車庫找到它。

班恩將彈殼放進札克的老虎鉗夾緊，從貝芙莉手上接過噴燈，接著伸手到口袋拿出一枚銀幣，將它丟進自製的坩堝裡。銀幣掉進坩堝，發出一聲悶響。

「銀幣是你爸爸給你的，對吧？」貝芙莉問。

「對，」班恩說：「但我已經不太記得他了。」

「你確定要這麼做？」

他微笑看著她說：「對。」

她報以微笑，班恩覺得夫復何求。要是她再對他微笑一次，就算要他做出足以殺死一票狼人的銀彈珠，他也甘願。他匆匆撇開目光說：「好，開工了，沒問題的，簡單得很，對吧？」

其他夥伴遲疑地點點頭。

多年以後，班恩重述往事，心想：現在的小孩隨隨便便就能買到丙烷噴燈……不然也能在父親的工作間裡找到一把。

不過，一九五八年還不是這樣。札克．鄧布洛家裡有丙烷燈，這一點讓貝芙莉很緊張。班恩看得出她很緊張，想跟她說別擔心，但怕自己的聲音會發抖。

「別擔心。」他對站在貝芙莉身旁的史丹利說。

「啊？」史丹利看著他，眨眨眼說。

「不用擔心。」

「我沒擔心啊。」

「喔，我以為你很擔心。我只是想讓你知道這很安全。我只是怕你，呃，怕你擔心。」

「你還好嗎，小班？」

「我很好，」班恩呢喃道：「把火柴給我，小理。」

理查德給他一盒火柴，班恩扭開氣槽閥門，在噴嘴下方點了一根。只聽見砰的一聲，噴嘴竄出一道橘藍色的明亮火焰。班恩將火焰調成藍色，開始加熱彈殼底部。

「漏斗呢？」他問威廉。

「在這、這裡。」威廉將班恩剛才做的漏斗遞給他。漏斗底端的開口和鑄模口配合得幾乎天衣無縫。班恩量也沒量就做到了，讓威廉大開眼界——簡直不敢置信——卻不知該怎麼表達才不會讓班恩難堪。

班恩全神貫注，反而能和貝芙莉說話——就像外科醫師對護士講話一樣冷淡而精確。

「貝貝，妳手最穩，請把漏斗插進洞裡。拿一隻手套戴上，免得燙傷。」

威廉拿了一隻他父親的工作手套給貝芙莉。她將錫漏斗插進鑄模，沒有人開口說話，只有噴燈火焰嘶嘶作響，感覺很大聲。所有人看著火焰，眼睛瞇得像是閉上一樣。

「等、等一下，」威廉忽然說道，隨即衝進屋裡，一分鐘後拿了一副廉價全罩玳瑁墨鏡回來。那副墨鏡已經在廚房抽屜悶了一年多。「你最、最好戴、戴上這個，害、害死康。」

班恩咧嘴微笑，接過墨鏡戴上。

「哇噻，大明星唷！」理查德說：「是法比安、法蘭奇．艾瓦倫，還是『美國舞台秀』裡的義大利佬？」

「去你的，賤嘴。」班恩說，但還是忍不住笑了。說他是法比安或其他大明星怎麼想怎麼怪。火焰忽然一抖，班恩立刻收起笑容，再度將注意力集中到一個點上。

兩分鐘後，他將噴燈遞給艾迪。艾迪小心翼翼用沒受傷的手握著。「好了，」班恩對威廉說：「給我一隻手套，快點，快！」

威廉將手套遞給他。班恩戴上手套捧起彈殼，另一手轉動老虎鉗的把手。

「拿穩了，貝貝。」

「我好了，不用再等了。」貝芙莉回答。

班恩將彈殼往漏斗傾斜，其他夥伴看著銀漿從彈殼流向漏斗。班恩倒得很準，沒有一滴外漏。他忽然覺得興奮，所有東西似乎都放大了，閃著強烈的白光。他覺得自己不再是又肥又胖的班恩．漢斯康，穿著運動套衫遮掩小腹和奶子，而是雷神索爾，在諸神的鍛冶場製造雷電。

但感覺一下就消逝了。

「好了，」他說：「我現在要重新熱銀，你們找一根圖釘或什麼的塞進漏斗的開口，免得銀渣凝固在那裡。」

史丹利照做了。

班恩又用老虎鉗夾住彈殼，從艾迪手中接過噴燈。

「好了，」他說：「下一個。」接著便開始幹活。

4

十分鐘後，大功告成。

「接下來呢？」麥可問。

「接下來我們玩一小時大富翁，」班恩說：「等銀在鑄模裡冷卻，然後我會用鑿子沿著接合線把模子撬開，就搞定了。」

理查德不安地看了看錶面裂開的天美時錶。這只錶雖然挨了幾次重擊，卻還是照常運轉。

「小威，你爸媽哪時候回來？」

「最快也、也要十、十點或十、十點半了，」威廉說：「今、今天是兩、兩片連映，在阿、阿、阿——」

「阿拉丁戲院。」史丹利說。

「對，之後他們會去吃披、披薩，幾乎每次都、都會去。」

「所以我們時間很多。」班恩說。

威廉點點頭。

「那就進屋裡吧，」貝芙莉說：「我想打電話回家，我答應他們會打。我打的時候，你們都別講話。我爸以為我去活動中心，他會去那裡接我回家。」

「要是他決定提早去那裡接妳呢？」麥可問。

「那樣的話，」貝芙莉說：「我就慘了。」

班恩心想，我會保護妳，貝芙莉。他心裡浮現一個短暫的白日夢，結局甜蜜得令他顫抖：貝芙莉的父親開始教訓她、吼她之類的（即使在想像世界中，他也想不到艾爾．馬許有多可怕），班恩挺身擋在她面前，要馬許住口。

你想自找麻煩的話，胖小子，就盡量保護我女兒試試看。

漢斯康通常是個沉默的書呆子，但要是被惹毛了，可會變成一頭惡虎。他正經八百對艾爾．馬許說，你想教訓她，得先過我這一關。

馬許往前走……但漢斯康眼中的嚴厲讓他停下腳步。

你會後悔的，馬許呢喃道，但顯然敗下陣來了。他終究是隻紙老虎而已。

會嗎？漢斯康露出賈利．古柏的帥氣微笑說，貝芙莉的父親夾著尾巴離開了。

你是怎麼了，班恩？貝芙莉喊道，但眼裡滿是星星。你看起來像想殺了他！

殺了他？漢斯康說，唇邊依然掛著賈利．古柏的微笑。不可能的，寶貝，妳爸爸雖然是個討厭鬼，但畢竟是妳父親。我也許會兇他，但那是因爲他不應該那樣對妳說話，讓我有點失控了，妳知道嗎？

她張開雙臂摟住他、吻他（嘴唇！吻他的唇！），哽咽地說，我愛你，班恩！他感覺到她微微隆起的乳房緊緊貼著他的胸口——

班恩微微顫抖，使勁將清晰閃亮的遐想拋開。理查德站在門口問他要不要來，他忽然發覺工作間只剩他一個人。

「要啊，」他小小嚇了一跳：「當然要。」

班恩從門前走過，理查德拍了拍他的肩膀說：「你老了，害死康。」班恩咧嘴微笑，伸手繞過理查德脖子，匆匆勒了他一下。

5

貝芙莉的爸爸沒問題。她母親在電話裡說他很晚才收工回家，剛才坐在電視前睡著了，之後勉強醒來上床去睡了。

「有人載妳回家嗎，貝貝？」

「有，威廉．鄧布洛的爸爸會送我們回家。」

馬許太太忽然警覺：「妳該不會在約會吧，貝貝？」

「沒有，當然不是。」貝芙莉說。她站在幽暗的前廳，其他人在飯廳，圍坐在大富翁前。她目光穿越連接前廳和飯廳的拱門，心想，但我希望我是。「男生最噁心了。不過他們這裡有一張登記表，每天晚上輪流由一位家長送所有小孩回家。」只有這一點是真的，其他都是瞞天大謊。

即使房裡很暗，她還是感覺自己面紅耳赤。

「好吧，」她母親回答：「我只是想確定。要是妳老爸發現妳小小年紀就開始約會，絕對大發雷霆。」接著她又想起什麼似的補上一句：「我也一樣。」

「我知道。」貝芙莉說，兩眼依然望著飯廳。她眞的知道，但她此刻卻跟六個男孩子在一起，不是一個，而且沒有家長在場。她發現班恩一臉焦慮看著她，便朝他擠出一個微笑。班恩臉紅了，但還是報以微笑。

「妳有女生的朋友也在那裡嗎？」

我哪來的女生朋友，媽媽？

「有啊，派蒂．歐哈拉在這裡，還有艾莉．蓋格，我想。她正在樓下玩推圓盤遊戲。」她竟然輕輕鬆鬆就撒了謊，讓她覺得很可恥。她眞希望和她講電話的是父親，這樣她就會害怕而不是羞愧了。她想自己終究不是什麼好女孩。

「我愛妳，媽媽。」

「我也愛妳，貝貝，」她母親停頓了一下，接著說：「小心一點，報上說可能又出事了，一個男孩子，叫派崔克．霍克斯泰特，失蹤了。妳認識那孩子嗎，貝貝？」

她閉上眼睛，隨即睜開。「不認識，媽媽。」

「嗯……那就再見囉。」

「再見。」

她回到飯廳桌前，所有夥伴玩了一小時大富翁。史丹利是大贏家。

「猶太人很會賺錢，」史丹利一邊說，一邊在大西洋路蓋了一間旅館，在溫特諾爾大道蓋了兩間溫室。「大家都曉得。」

「耶穌基督啊，讓我變成猶太人吧。」班恩忽然開口說道，所有人都笑了。班恩已經快破產了。

貝芙莉不時抬眼偷瞄威廉，觀察他乾淨的手、湛藍的眼眸和細緻紅髮。他伸手推動當小銀鞋造型的棋子，貝芙莉心想，要是他牽我的手，我可能會開心死。她心中頓時閃過一道溫暖的光，讓她低下頭對著自己的手傻笑。

6

那天晚上的結局一點也不精彩。班恩從札克的架子上拿了一把鑿子，鑿尖對準鑄模的接合線用鐵鎚敲。模子一下就開了，兩顆銀球滾了出來。其中一個隱約看得到數字「925」，另一個有波浪般的條紋，貝芙莉覺得很像自由女神像的頭髮。所有人默默看了銀珠子一會兒，史丹利拿起一顆說：「真小。」

「大衛對抗巨人歌利亞的時候，他彈弓裡的石頭也很小，」麥可說：「我覺得這兩顆銀球很有力。」

「做、做好了、了嗎？」威廉問。

「做好了，」班恩說：「拿去。」他將另一顆珠子扔給威廉。威廉嚇了一跳，差點沒接到。所有人將珠子傳著看，細細打量，讚嘆珠子的圓潤、重量和真實感。最後珠子回到班恩手上，他一手拿著望向威廉說：「接下來呢？」

「把珠子交、交給貝、貝貝。」

「我不要！」

他看著她，雖然和顏悅色，但神情堅決。「貝、貝貝，這件事我、我們已經、經討論過、過了，而且——」

「我會做，」她說：「時機到了，我會射死那些該死的怪物。假如牠真的出現的話。我可能會害死你們，但我會做。可是我不要把銀珠子帶回家，因為可能被我

（爸爸）

爸媽發現，我就慘了。」

「妳難道沒地方藏東西嗎？」理查德問：「拜託，我就有四、五個。」

「我有，」貝芙莉說。她的彈簧床底部有一個小裂口，她有時會將菸和漫畫書藏在那裡，最近還多了電影和時尚雜誌。「但這麼重要的東西，我不放心放在那裡。你留著吧，小威，反正時機到來之前就放在你那裡。」

「好吧，」威廉溫和地說。這時，車道忽然燈光通明。「天、天哪，他們竟、竟然早回、回來了，我們快、快閃。」

他們剛在飯廳桌前坐定，夏倫．鄧布洛就推門進來了。

理查德翻了翻白眼，做出擦拭額頭汗水的動作，其他夥伴都開心笑了。理查德耍寶耍得好。不久，夏倫走進飯廳說：「你爸爸在車裡等你朋友，小威。」

「好、好的，媽，」威廉說：「我、我們正好快、快結束了。」

「誰是贏家？」夏倫問，一雙笑容燦爛的眼眸望著威廉的朋友們。那女孩長大以後一定很漂亮，她心想。她猜再過一兩年，要是兒子的聚會不再只有男生，還有女孩子出席，那就得當心了。不過，現在擔心性的問題還太早了。

「小、小史贏、贏了，」威廉說：「猶、猶太人很、很會賺、賺錢。」

「小威！」夏倫大叫，嚇得滿臉通紅……但小孩卻哄堂大笑，連史丹利也笑得合不攏嘴。她驚詫地看著他們，感覺從訝異變成了恐懼，但她事後什麼也沒有對丈夫說。房裡飄著一種感覺，

有如靜電一般，只是更強大、更可怕。她覺得自己要是去碰任何一個孩子，就會被電昏。他們怎麼了？她心慌地想，差一點就脫口而出。威廉向史丹利道歉（但眼裡依然閃著惡作劇的光彩），史丹利說沒關係，大夥兒不時會開他玩笑。夏倫一頭霧水，說不出話來。

直到那群孩子離開，她那令人困惑的口吃兒子回房關燈後，她才鬆了一口氣。

7

一九五八年七月廿五日，是窩囊廢俱樂部和牠正面對決的日子。班恩．漢斯康的腸子差點被牠拿去當點心。那天炎熱、潮濕又沉悶，班恩記得很清楚，那天是酷暑的最後一天，接下來很長一段時間，天氣又涼又陰。

他們早上十點左右抵達內波特街廿九號。威廉用銀仔載理查德，班恩騎著雷禮自行車，大屁股壓在鬆垮垮的座椅上。貝芙莉騎史溫牌淑女車，紅髮用綠帶子紮在腦後，迎風呼嘯。麥可一個人來，大約過了五分鐘，史丹利和艾迪也一起出現了。

「你、你的手、手臂怎麼、麼樣，艾、艾迪？」

「喔，還不壞，只有睡覺時壓到會痛。東西帶了嗎？」

銀仔置物籃裡有一個帆布包。威廉拿出來打開了，將彈弓交給貝芙莉。貝芙莉臉臭臭的接了過去，但沒有說什麼。帆布包裡還有一個喉糖錫盒子，威廉打開讓他們看那兩顆銀彈頭。所有人圍成一圈，在似乎只剩雜草能長的光禿草坪上默默望著兩顆銀珠子。威廉、理查德和艾迪之前見過這間房子，其他人沒有，因此用好奇的目光打量著。

那些窗子看起來像眼睛，史丹利想，一邊伸手到後口袋摸了摸那本平裝書尋求好運。他幾乎到哪裡都會帶著它：韓迪的《北美鳥類指南》。那些窗子看起來像骷髏的瞎眼。

好臭，貝芙莉心想，我聞得到，但不是用鼻子，不算是。

麥可想，這好像在基勤納鐵工廠的廢墟，感覺一樣……彷彿在呼喚我們進去。

這就是牠另一個藏身處，班恩想，就像莫洛克洞，牠從這裡進出。而且牠知道我們來了，正在等我們進去。

「你、你們還是想、想做嗎？」威廉問。

他們回頭看他，臉色蒼白而嚴肅。沒有人說不。艾迪慌忙從口袋掏出噴劑吸了長長一口。

「我也要。」理查德說。

艾迪一臉詫異望著他，等他開玩笑。

理查德伸出手說：「兄弟，我沒開玩笑，我能吸一口嗎？」

艾迪聳了聳沒受傷的肩膀，動作很不協調。他將噴劑遞給理查德，理查德摁下按鈕深吸了一口噴劑。「我就需要這個。」他說著將噴劑還給艾迪，雖然輕輕咳嗽，但眼神很清醒。

「我也要，」史丹利說：「可以嗎？」

於是所有人都吸了一口。噴劑回到艾迪手上，他將它收回後口袋，露出噴嘴。所有人再次轉頭望著屋子。

「這條街上還有人住嗎？」貝芙莉低聲問。

「這一頭沒有，」麥可說：「不過之前有。一群游民在這裡待過一陣子，之後就搭貨車走了。」

「他們什麼都看不到，」史丹利說：「所以很安全，起碼大部分人不用怕。」說完他看著威廉：「你覺得有大人看得到牠嗎，小威？」

「我不、不曉得，」威廉說：「應、應該有。」

「真希望我們能遇到，」理查德悶悶地說：「這種事實在不適合小孩子，你們知道我在說什麼吧？」

威廉知道。《哈地兄弟》裡的老爸永遠會出面為兩個兒子解圍，《瑞克的科學探險》裡的父親也一樣。媽的，就連《魔女南茜》的爸爸都會及時出現，拯救被壞人綁住扔進礦坑的女兒。

理查德望著封住的房子和它剝落的油漆、骯髒窗戶及陰暗門廊說：「我們應該找個大人的。」說完疲憊地嘆了口氣。班恩忽然覺得大家的決心動搖了。

威廉說：「你、你們過來看、看這個。」

他們繞到門廊左側，擋牆被扯掉的地方。懸鉤子和野化的玫瑰還在……被艾迪遇上的那個痲瘋鬼碰到的植物仍然枯黑一片。

「那些植物被牠一碰就變成這樣？」貝芙莉驚惶地問道。

威廉點點頭。「你們確定要、要進去嗎？」

沒有人回答。他們都不確定，即使知道沒有他們，威廉還是會進去，他們依舊不確定。此外，威廉的臉上有幾分羞愧，因為就像他之前說的，喬治不是他們的弟弟。

但還有其他小孩，班恩心想，貝蒂．李普森、雪柔．拉莫尼卡、克雷門茲家的小男孩、艾迪．寇克蘭（可能）、朗尼．葛洛根……甚至包括派崔克．霍克斯泰特。牠專殺小孩，媽的，小孩耶！

「我會，威老大。」他說。

「媽的，我也會。」貝芙莉說。

「當然，」理查德說：「你以為我們會讓你一個人爽嗎，結巴男？」

威廉看著他們，喉嚨抽動，最後只點了點頭。他將錫盒遞給貝芙莉。

「你確定嗎，小威？」

「我確、確定。」

貝芙莉點點頭，肩上的重任讓她恐懼，威廉的信任使她沉醉。她打開盒子拿出銀珠子，放了一顆到牛仔褲的右前口袋，另一顆塞進裝彈弓的橡皮罩裡，用手握著杯罩。她感覺銀彈頭緊緊握在手裡，起初很冰，愈來愈暖。

「走吧，」她說，聲音有點顫抖。「免得我退縮了。」

威廉點點頭，接著厲色看著艾迪。「你可、可以嗎，艾、艾迪？」

艾迪點點頭。「當然可以。上回只有我一個人，這次我有朋友一起，對吧？」他看著他們，微微擠出笑容，表情害羞、膽怯又很美麗。

理查德拍拍他的背，用西班牙人的腔調說：「沒錯，先生。要是有人敢偷您的噴劑，我們會宰了他，而且會慢慢宰。」

「太可怕了，小理。」貝芙莉呵呵笑說。

「先到門、門廊下，」威廉說：「你、你們都跟、跟在我、我後面，然後進、進地窖。」

「要是你第一個進去，結果那東西撲上你，我該怎麼辦？」貝芙莉問：「打穿你嗎？」

「必、必要的話，」威廉說：「但我建、建議妳先試著避、避開我。」

理查德哈哈大笑。

「就、就算搜遍整、整個地方，我們也、也要做，」威廉聳聳肩：「也、也許什麼都、都不、不會發現。」

「你這麼覺得？」麥可問。

「不，」威廉答得簡略：「牠在這、這裡。」

班恩覺得威廉說得對。內波特街廿九號的房子感覺籠罩在有毒結界裡。牠無影無蹤……但感覺得到。他舔舔嘴唇。

「準、準備好了？」威廉問他們。

他們轉頭看他。「準備好了。」理查德說。

「那、那就走、走吧，」威廉說：「跟、跟緊一點，貝、貝貝。」說完他跪在地上，爬過枯萎的玫瑰叢，鑽進門廊下。

8

他們的順序如下：威廉、貝芙莉、班恩、艾迪、理查德、史丹利和麥可。門廊底下的枯葉沙沙作響，發出酸腐味。班恩皺了皺鼻子，他有聞過葉子發出這種味道嗎？應該沒有。他心裡忽然閃過一個不悅的念頭：他們聞到的是他想像中木乃伊發現者打開棺木聞到的味道：灰塵和陳年刺鼻的單寧酸。

威廉已經將頭伸進地窖的破窗向裡頭窺探了。貝芙莉趴在他身旁說：「有看到什麼嗎？」

威廉搖搖頭說：「但這不、不表示牠不在裡、裡面。妳看那、那個煤堆，上回我和小、小理就是從那、那裡爬出、出來的。」

班恩從兩人中間望過去，看到了煤堆。他現在很興奮，也很害怕，不過他喜歡興奮，下意識察覺可以利用它。看見煤堆有一點像見到之前只在書本上讀到或聽人提過的偉大地標。

威廉轉身鑽進窗戶裡，貝芙莉將彈弓交給班恩，讓他的手握住橡皮罩和裡頭的銀珠子。「我一下去就給我，」她說：「馬上。」

「沒問題。」

她輕鬆敏捷地從窗戶溜了下去，上衣下襬從牛仔褲頭鑽出來，露出平坦白皙的小腹，讓班恩（或許還有別人）的心跳漏了一拍。他將彈弓遞給她，碰到她的雙手，又讓他心中一動。

「好了，我拿到了，下來吧。」

班恩轉身，開始努力擠過窗戶，結果卡住了。他早該知道會有這種下場，躲不掉的。他的屁股被地窖的方窗卡住，動彈不得。班恩試著抽身，隨即驚慌發現他是可以脫身，但褲子很可能被扯掉，甚至連內褲也會被拉到膝蓋，屆時他的超級大屁股就會對著心愛的人的臉了。

「快點！」艾迪說。

班恩雙手猛力一頂，雖然起先沒動靜，但屁股很快就擠過窗戶了。他的牛仔褲全擠到胯下，壓迫他的睪丸，讓他痛得要命。窗戶上緣勾住他的襯衫，將襯衫撩到他的鎖骨。現在輪到小腹卡住了。

「吸氣，害死康，」理查德歇斯底里笑著說：「你最好快吸氣，不然我們就得請麥可回去拿他爸的起重鏈把你拖出來了。」

「嗶嗶，小理。」班恩咬牙切齒說。他拚命收小腹，身體跟著移動了一點點，但很快又卡住了。

他使勁撇頭，對抗心裡的害怕和幽閉恐懼症。他滿臉通紅，爬滿汗水，鼻子裡是濃濃的腐葉味，讓他想吐。「小威，你們可不可以拉我一下？」

他感覺威廉和貝芙莉各抓住他一邊腳踝。他又收緊小腹，過了一會兒便笨拙地擠過窗戶了。威廉抓住他，兩人差點跌倒。班恩不敢看貝芙莉，他這輩子從來沒有這麼難堪過。

「你還、還好嗎，兄、兄弟？」

「嗯。」

威廉顫抖著笑了，貝芙莉也是。班恩跟著笑了，但直到多年後，他才稍微看出好笑在哪裡。

「嘿！」理查德在上面喊：「艾迪需要幫忙，好嗎？」

「好、好的。」威廉和班恩在窗戶下方站好位置，艾迪背朝下滑了下來。威廉抱住他大腿接近膝蓋的地方。

「小心一點，」艾迪用緊張的語氣抱怨道：「我很脆弱。」

「先生，大家都很脆弱。」理查德用西班牙腔說。

班恩抱住艾迪的腰，小心不去碰到石膏和吊帶。他和威廉像抬屍體一樣將艾迪拖過窗戶。不過，艾迪只哀號了一次。

「艾、艾迪？」

「嗯，」艾迪說：「沒關係，沒什麼。」但他額頭冒出斗大的汗珠，呼吸也很急促，瞪大眼睛環顧地窖。

威廉再次後退。貝芙莉站在他身旁，手裡抓著彈弓的握把和橡皮罩，目光不停來回逡巡，隨時準備射擊。理查德也下來了，接著是史丹利和麥可。三人動作都很平順優雅，讓班恩又羨又妒。所有夥伴都下來了。威廉和理查德一個月前才在這裡看見牠。

地窖裡很暗，但不黑。微弱的光線從窗戶照進來，在佈滿灰塵的地上畫出幾灘光影。班恩感覺地窖很大，太大了，彷彿看見幻影一般。骯髒的椽柱在天花板縱橫交錯，壁爐的通風管生鏽了，幾塊骯髒的白布一條條一片片掛在水管上。那味道也在，骯髒發黃的味道。班恩心想：對，牠在這裡沒錯。

威廉開始朝樓梯走，其他人緊隨在後。他走到樓梯邊停住，朝底下瞄了一眼，隨即伸腳勾了一樣東西出來。所有人默默看著那東西。是一隻沾滿土和灰塵的白色小丑手套。

「上、上樓。」他說。

他們上樓走進骯髒的廚房，塑膠地板凹凹凸凸，中央擺著一張直背椅，整間房就只有這一件家具，看起來孤零零的。角落有幾只空酒瓶。班恩看見貯藏室裡還有酒瓶。他聞到酒味（主要是紅酒）和菸臭味。這兩種味道最重，不過那個氣味也在，而且愈來愈濃。

貝芙莉走到壁櫥前打開其中一個，一隻棕黑色的挪威鼠跌了出來，差點落在她臉上，嚇得她發出刺耳的尖叫。老鼠啪的一聲摔在流理台上，睜著黑眼珠看了他們一眼。貝芙莉還在尖叫，舉起彈弓拉開彈簧。

「不行！」威廉大吼。

貝芙莉轉頭看他，臉色蒼白驚恐，接著點點頭放下手臂。銀彈沒射出去，不過班恩覺得只差一點點。貝芙莉緩緩後退，結果撞到班恩，嚇了一跳。班恩一手摟住她，摟得緊緊的。

老鼠跑過流理台，跳到地上，跑進貯藏室不見了。

「牠要我射牠，」貝芙莉聲音虛弱地說：「讓我浪費一半的彈藥。」

「沒錯，」威廉說：「就、就有點像、像聯邦調、調查局在寬、寬提科的訓、訓練場，讓你在假、假造的街上射、射擊冒出來的目、目標。要是你、你打中無、無辜的路人，而不、不是壞人，就會丟、丟分。」

「我做不到，小威，」貝芙莉說：「我會失誤，你拿去。」她遞出彈弓，可是威廉搖搖頭。

「妳非、非得做，貝、貝貝。」

另一個壁櫥傳出哀鳴聲。

理查德走到壁櫥前。

「別太靠近！」史丹利高喊：「裡面可能——」

理查德打開壁櫥一看，臉上出現噁心嫌惡的神情，猛力將門關上，死板的回音在空蕩蕩的屋裡迴盪。

「小老鼠，」理查德聽起來像是要吐了：「我沒見過那麼大的小老鼠……可能沒有人見過，」他用手背抹了抹嘴說：「裡面有幾百隻，」他看著他們，一邊嘴角微微抽搐。「牠們的尾巴……全都纏在一起，小威，糾成一團。」他皺起眉頭：「像蛇一樣。」

所有人看著壁櫥的門，哀鳴聲很小，但聽得見。班恩看見威廉一臉蒼白，威廉後方的麥可臉色死灰，心想，老鼠，大家都怕老鼠。牠也知道這一點。

「走、走吧，」威廉說：「這、這條內波特、特街真、真是樂無、無窮。」

他們走到前廳，灰泥的腐臭味和陳年尿臊味混在一起，很不好聞。窗戶的玻璃非常骯髒，但他們還是看得見自己的腳踏車在窗外街上。貝芙莉和班恩的單車靠腳架站著，威廉的銀仔靠著一棵枯萎的楓樹。班恩覺得他們的車好像有一千英里遠，宛如倒拿望遠鏡看到的景象。街道荒蕪，柏油路一塊一塊的，濕熱的天空顏色黯淡，行走側線的火車頭不停發出叮叮聲……他覺得這些景物都有如夢境與幻覺，只有臭味瀰漫、陰影處處的污穢門廳真的存在。

角落裡有一堆棕色碎玻璃，是萊恩歌德啤酒瓶的碎片。

另一個角落比較潮濕、鼓漲，有一本文摘版大小的裸女書。封面女郎彎身趴在椅子上，裙子撩起露出網襪頂端和黑色底褲。班恩不覺得相片特別性感，即使貝芙莉也看到了，他也不覺得難堪。濕氣已經讓封面女郎肌膚泛黃，紙頁皺摺也成了她臉上的皺紋，挑逗的眼神變得邪淫而死氣沉沉。

（事隔多年，班恩重述往事，貝芙莉忽然驚呼一聲，嚇了所有人一跳——他們不像聽故事，而是重新經歷一遍。「是她，」貝芙莉大喊道：「是克許太太，是她！」）

班恩看著封面，那年輕／年老的女郎忽然向他眨眼，用猥褻而誘惑的姿態朝他扭了扭屁股。

班恩雖然全身是汗，卻不寒而慄，立刻轉開目光。

威廉推開左手邊的門，其他夥伴跟著他走進房間，感覺很像庫房，之前可能是客廳。天花板的吊燈上掛著一條皺巴巴的綠色長褲。班恩覺得這裡和地窖一樣大得不合常理，幾乎和一節火車一樣長。這間屋子從外面看起來很小，但客廳竟然這麼長——

*喔，那是因為在外面，*他心裡忽然浮現一個陌生的聲音，語氣滑稽尖銳。班恩立刻察覺那是潘尼歪斯。潘尼歪斯正透過某個瘋狂的心靈頻道對他說話。*東西從外面看比實際上小，對吧，班恩？*

「走開。」他低聲說。

理查德轉頭看他，臉色依然緊繃蒼白。「你說什麼？」

班恩搖搖頭，那聲音不見了。這很重要，很好，不過（*外面*）

他明白了。這間屋子非常特別，是一個據點，德利市有不少個這種地方，甚至很多個，讓牠進出這個世界。這間腐臭的屋子什麼都不對，不只看起來太大，角度也是錯的，看上去完全錯亂。班恩站在客廳和門廳之間，其他夥伴正離他而去，相隔的距離感覺有貝西公園那麼大……但他們雖然離他愈來愈遠，身影卻愈來愈大，地板也像是斜的，而且——

麥可轉身喊道：「小班！」班恩看見他神情疑懼。「快跟上，你快不見了！」但他幾乎聽不到最後一個字。那最後一個字就和其他夥伴一樣，有如一列快車揚長而去。

班恩忽然很害怕，拔腿就跑。門在背後關上，發出一聲悶響。他尖叫……感覺背後似乎有東西掃過，擦過他的襯衫。他回頭張望，什麼都沒看到，但他還是相信剛才後面有東西。

他追上其他人，跑得上氣不接下氣，覺得自己絕對跑了半英里以上……但當他回頭一看，卻發現客廳另一頭的牆離他頂多十英尺。

麥可用力抓住他肩膀，抓得他都疼了。

「你嚇死我了，」他說。理查德、史丹利和艾迪一臉困惑看著麥可。「他剛才看起來好小，」麥可說：「好像離我們一英里遠。」

「小威！」

威廉回過頭來。

「我們千萬不能走散，」班恩氣喘吁吁說：「這個地方……很像嘉年華會裡的迷宮之類的，很容易走丟。我覺得牠想讓我們迷路，拆散我們。」

威廉抿著嘴唇看了他一會兒。「好吧，」他說：「我、我們大、大家跟緊一、一點，不、不要走、走散。」

所有人點點頭，害怕地聚攏在大廳門外。史丹利伸手緊緊握住後口袋裡的鳥類指南，艾迪一手抓著噴劑握緊放鬆、握緊放鬆，好像體重九十八磅的瘦皮猴在用網球鍛鍊肌肉。

威廉開門，走進另一個走廊。這條走道比較窄，壁紙是玫瑰和戴綠帽子的森林妖精，但已經一片片剝落，像枯葉黏在浮腫的灰泥牆上。天花板上一圈圈陳年水漬有如發黃的年輪。光線照進骯髒的窗戶，在大廳盡頭灑下斑駁的明亮。

忽然間，走道似乎變長了。天花板不斷上升，有如詭異的火箭從他們眼前消失無蹤，門跟著天花板變高，像太妃糖一樣拉長。森林妖精的臉也變長了，顯得很陌生，眼睛有如流血的黑洞。

史丹利尖叫一聲，雙手捂住眼睛。

「這、這不是眞、眞的！」威廉大吼。

「是真的！」史丹利回吼，雙手握拳壓著眼睛。「是真的，你知道是真實的！天哪，我快瘋了，這真瘋狂，太瘋狂了——」

「你、你看！」威廉朝史丹利大喊，朝其他人大喊。班恩頭暈目眩，看見威廉彎腰蹲下，然後猛然起身出拳。他左拳沒有打到東西，什麼都沒打到，卻發出沉沉的爆裂聲。灰泥碎屑從已經沒有天花板的地方迸射四濺……接著，天花板又出現了，走廊也變回走廊，狹長低矮骯髒的走廊，牆壁不再延伸到無限遠。威廉按住流血的手看著他們，手上沾滿麵粉般的碎屑，天花板上一個拳印清清楚楚印在鬆軟的灰泥上。

「不、不是真的，」他對史丹利說，對所有人說：「是假、假的。就像萬聖、聖節面、面具一樣。」

「那是你。」史丹利悶悶說道，神情驚恐慌張。他左右張望，好像不確定自己身在何處。班恩原本對威廉的勝利欣喜若狂，但看著史丹利，聞到他毛孔散發的酸臭味，卻又讓他再度恐懼了起來。史丹利快崩潰了，很快就會歇斯底里，甚至尖叫，到時該怎麼辦？

「那是你，」史丹利又說了一次：「換成我，什麼都不會發生，因為……你有弟弟，小威，而我沒有。」他環顧四周——先回頭看客廳。客廳瀰漫著陰暗的棕色空氣，又濃又霧，幾乎看不到剛才進來的門。門又亮又暗，很髒又徹底的瘋狂。森林妖精在腐朽壁紙上的玫瑰叢下蹦蹦跳跳。陽光打在大廳盡頭的窗上閃閃發亮，班恩知道他們如果走去那裡，就會見到死蒼蠅……更多碎玻璃……然後呢？地板會裂開，讓他們墜入死寂的黑暗，被張牙舞爪的手指抓進深淵？史丹利說得沒錯。天哪，他們怎麼會兩手空空，只拿了兩枚破銀彈和不中用的彈弓就闖進牠的巢穴？

他看見史丹利的驚惶傳染到他們身上，有如焚風助長了野火一般。驚惶在艾迪眼中擴大，讓貝芙莉張口喘息，理查德雙手扶高眼鏡，左右張望看背後有沒有惡魔跟上。

他們渾身顫抖，只想逃跑，早就忘記威廉曾警告他們要緊跟在一起。驚惶有如狂風在他們的耳間呼嘯。班恩彷彿置身夢中，聽見圖書館助理戴維斯小姐對小孩子朗誦童書：是誰踏上了我的橋？他看見那群孩子、那群小貝比彎身向前，神情專注嚴肅，眼裡閃著對童話始終不滅的著迷：怪物會被擊敗嗎？……還是牠能大快朵頤？

「我什麼都沒有，」史丹利．尤里斯哭號道。他似乎變得很小，小得幾乎像是人形文字，能掉進走廊厚木地板的縫隙裡。「你有弟弟，我什麼都沒有！」

「你、你有啊。」威廉吼了回去。他抓住史丹利，班恩覺得威廉一定會狠狠揍史丹利一拳，不禁在心裡呻吟：不要，小威，那是亨利的方式。你要是揍人，牠就會現在殺光我們！

但威廉沒有打史丹利，而是猛力將他轉成背對他，從他牛仔褲後口袋掏出那本平裝書。

「還給我！」史丹利尖叫，開始哭泣。其他人嚇呆了，從威廉身旁退開。威廉的雙眼彷彿真的著火似的，額頭閃亮如燈，抓著那本書對著史丹利，有如高舉十字架面對吸血鬼的教士。

「你、你有鳥、鳥、鳥——」

威廉仰起頭，頸部青筋暴露，喉結有如埋在喉嚨裡的箭頭。班恩看著他，心裡對他的這位好友充滿了恐懼與同情，卻也有強烈的如釋重負感。他是不是懷疑威廉？其他人是不是也一樣？喔，威廉，說吧！求求你，難道你說不出口？

威廉真的說出口了：「你有鳥、鳥、鳥啊！你有、有鳥！」

他將書朝史丹利一丟，史丹利接住書，愣愣地望著威廉，臉上閃著淚水。他緊緊抓著書，握得手指發白。威廉看了他一眼，接著望向其他夥伴。

「走、走吧。」他又說了一次。

「鳥有用嗎？」史丹利問，聲音虛弱又沙啞。

「儲水塔那次不是很有用嗎？」貝芙莉問他。

史丹利看著她，露出不確定的表情。

理查德拍拍他肩膀。「拜託，小史，」他說：「你到底是人還是老鼠啊？」

「我當然是人，」史丹利聲音顫抖，用左手背抹去臉上的淚水。「就我所知，老鼠不會尿褲子。」

所有人都笑了，班恩發誓他覺得房子往後退，逃離笑聲。麥可轉身，像是發現什麼似的說：「那個大房間，我們剛才經過的那個，你們看！」

其他夥伴轉頭一看，發現客廳已經近乎全黑。不是被煙或氣體遮蔽，而是徹底的黑，近乎凝固。空氣中的光被抽乾了，他們覺得黑暗似乎在翻騰折曲，彷彿就要化成臉龐。

「走、走吧。」

他們轉身背對黑暗，穿越大廳。盡頭有三道門，兩道有骯髒的白瓷門把，一道沒門把，只剩一個洞。威廉握住第一道門的門把一轉，將門推開。貝芙莉擠到門邊，舉起彈弓。

班恩往後退，發現其他人也一樣，都像受驚的鵪鶉躲到威廉身後。門裡是一間臥房，只有一張佈滿汙漬的床墊。彈簧早就和床墊分家了，只在泛黃的床面上留下鬼影般的鏽跡。房間只有一扇窗，窗外的向日葵不停點頭。

「這裡沒有什——」威廉話還沒說完，床墊就開始規律脹縮，接著忽然從中間裂開，流出黏稠的黑色液體，沾污了床墊，滴到地板朝門口流過來，彷彿伸出長長的捲鬚。

「快點關門，小威！」理查德大喊：「他媽的快關門！」

威廉猛力關門，轉頭看著他們點了點頭。「下一道門。」他說。但他手才碰到第二道門的門把（這道門在狹長大廳的正對面），就聽見廉價木頭做成的門後傳來刺耳的尖叫。

聽見那尖銳非人的叫聲，連威廉都退避三舍。班恩覺得再聽可能會發瘋，腦中浮現門後躲著一隻巨無霸蟋蟀，就像電影裡被輻射照到而變大的怪蟲——例如《結束的開始》、《黑毒蠍》或那部描述洛杉磯下水道螞蟻的片子。就算那隻可怕的皺紋怪撞破門板，開始用毛茸茸的節足撫摸他，他也逃不了。艾迪站在他旁邊，他隱約感覺艾迪氣喘如牛。

叫聲愈來愈尖銳，但始終像是昆蟲的嘶鳴。威廉又後退一步，臉上毫無血色，雙眼圓睜，緊抿的嘴唇在鼻子下方有如一條細長的紫疤。

「射牠，貝芙莉！」班恩聽見自己喊道：「從門縫射牠，免得牠逮到我們！」陽光穿透骯髒的窗戶灑在大廳的盡頭，感覺又熱又沉。

貝芙莉作夢似的舉起彈弓，嘶鳴聲愈來愈大、愈來愈大——

但她還沒拉動橡皮筋，麥可就叫了：「不要！不要！別射，貝貝！天哪，真是該死！」沒想到他說完竟然笑了，隨即擠到前面，抓住門把一轉，將門推開。門掙脫膨脹的側柱，嘎的一聲開了。「是鹿鳴器！只是鹿鳴器，就這樣，只是嚇唬人的！」

眼前的房間和盒子一樣空。地板上有一個斯特諾燃料罐，上下兩面都切掉了。罐子側面鑿了洞，一條蠟繩穿洞而過，緊緊綁在罐子中央。雖然房裡沒有風，唯一的窗戶關著，還釘了木板，只讓一點光線透過，但那嘶鳴聲顯然來自那個罐子。

麥可走到罐子旁狠狠踹朝它一腳。罐子滾到遠處角落，嘶鳴聲停了。

「只是鹿鳴器而已，」他對夥伴說，彷彿是他的錯：「沒什麼，我們經常放在稻草人上，是很普通的把戲，但我不是烏鴉。」麥可收起笑容看著威廉，臉上只剩淺淺的笑意。「我還是很怕牠，我想我們都是，但牠也怕我們。老實說，我覺得牠很怕我們。」

威廉點點頭。「我也這、這樣覺、覺得。」他說。

他們走到大廳盡頭的門前，班恩看威廉一根手指伸進原本是門把的洞裡，立刻明白這就是終點，這扇門後不再是唬人的東西。臭味更重了，兩股對立的力量在他們四周翻騰的感覺也更強了。他瞄了艾迪一眼，看他一手綁著吊帶，沒有受傷的手抓著噴劑。貝芙莉在他另一邊，他看了看她，發現她臉色蒼白，有如握著許願骨一樣抓著彈弓。班恩想：如果要逃，我會保護妳，貝芙莉，我發誓我會全力以赴。

貝芙莉可能察覺到他的想法，因為她回頭對他緊張地一笑。他也對她微笑。

威廉將門拉開，門樞發出悶響，隨即恢復沉默。是浴室……但有地方不對勁。班恩起初的感覺是，有人在這裡打破了什麼。不是酒瓶……是什麼？

白色碎片散落一地，發出不祥的光芒。班恩明白了。真是瘋了。他笑了出來，理查德也是。

「有人一定放了一個大響屁。」艾迪說，麥可呵呵笑了，點點頭。史丹利淺淺一笑，只有威廉和貝芙莉一臉認真。

散落一地的白色碎片是陶瓷，因為馬桶爆開了。水箱有如醉漢斜躺在水窪裡。它之所以沒事，是因為馬桶在一個角落，而水箱在斜對面。

所有人踩過碎陶瓷，緊跟在威廉和貝芙莉後面。不管牠是什麼，班恩想，可憐的馬桶都是牠弄爆的。他想像亨利扔了兩、三枚M-80進去，蓋上馬桶蓋拔腿就跑。除了炸藥，他想不出還有什麼東西破壞力這麼驚人。幾塊碎片比較大，但少得可憐，大多數是吹箭大小的尖銳銀渣。壁紙（和大廳一樣是森林妖精和玫瑰叢）坑坑洞洞，四面都是。看起來很像彈孔，但班恩知道是陶瓷，被爆炸的力道推著刺入牆中。

浴室裡還有一個浴缸，缸腳之間堆積著多年塵垢。班恩往缸內瞄了一眼，發現裡頭鋪著一層乾裂的砂礫，生鏽的蓮蓬頭俯瞰下方。上方是洗手台和置物櫃，櫃門沒關，看得見裡面的架子空空如也，只剩幾個鏽黃色的圓圈，是之前藥罐留下的。

「要是我就不會太靠近，威老大！」理查德厲聲說，班恩四下張望。

威廉走向地上的排水孔，馬桶之前的位置。他彎身湊近……接著轉身看著其他夥伴。

「我聽、聽得見泵、泵浦聲，和在荒、荒原一、一樣。」

貝芙莉走近威廉，班恩跟在後面。沒錯，他也聽到了，那持續的轟隆聲，只是經過水管的反射，那回音聽起來一點也不像機器，而是活物發出的聲音。

「牠就是從、從這裡來、來的，」威廉說。他仍然臉色死白，但眼裡卻閃耀著興奮。「那天牠、牠就是從這、這裡來的，牠每次都、都是從這、這裡來的！排、排水孔！」

理查德點點頭說：「我們當時在地窖，但牠不在那裡——牠從樓梯下來，因為牠是從這裡來的。」

「這是牠弄的？」貝芙莉問。

「我、我想牠當、當時很、很急吧。」威廉認真地說。

班恩看著排水管。它直徑約三英尺，和礦坑一樣黑，陶瓷內壁藏汙納垢，黏著他不想知道是什麼的東西。轟隆聲從管裡飄上來，令人昏昏欲睡……忽然間，他看見一個東西。不是用肉眼看見的，起碼一開始不是，而是深藏心底的那隻眼睛。

牠正朝他們撲來，和特快車一樣風馳電掣，塞滿漆黑的管子。此刻的牠是原本的樣貌，雖然還沒人知道那是什麼。上來之後，牠就會根據他們的心靈而變化形體。牠來了，從地表下的惡臭洞窟和黑暗巢穴直撲而來，黃綠色的眼睛閃著野獸般的兇光。來了、來了，牠來了，牠來了。

接著，他看見牠的眼睛從暗處出現。起初有如閃光，隨即顯現輪廓：閃亮而又惡毒。除了機器的轟隆聲，他還聽見一個新的聲音——嗚嗚嗚……一股惡臭從排水管的破爛開口竄了出來，班恩跌坐在地上，不停咳嗽作嘔。

「牠來了！」他尖叫：「小威，我看到牠了，牠來了！」

貝芙莉舉起彈弓說：「好極了。」

排水管爆出一樣東西，班恩此刻努力回想，只記得當時看見一個銀橘色的飄忽形影，但很扎實，一點也不虛幻。他感覺還有一個形影，真實而絕對的形影，跟在牠身後……但他的眼睛捕捉不到，看不清楚。

理查德跌跌撞撞往後退，臉上寫滿驚恐，不停尖叫：「狼人，小威！是狼人！少年狼！」忽然間，那形影幻化成實體，對班恩如此，對所有人也是。

狼人神色自若站在排水孔上方，兩隻毛腳分別站在馬桶之前所在的位置，皺起口鼻，黃白色唾沫從齒間流出。牠發出驚天動地的吼聲，雙臂朝貝芙莉掃來，高中外套的袖口往上撩起，露出毛茸茸的手臂，身上的氣味炙熱、原始又充滿殺氣。

貝芙莉尖叫一聲，班恩抓住她上衣背後猛力一拉，差點將袖子扯落。只差那麼半秒鐘，狼人的爪手從她面前掃過。貝芙莉跌靠牆邊，銀彈珠從彈弓橡皮罩裡掉了出來，在空中閃閃發光，但麥可的動作比電光還快，一把抓住銀彈珠遞回給她。

「射牠，親愛的，」他說，聲音無比鎮定，近乎平靜。「現在就射。」

狼人仰頭向天高聲怒吼，接著變成令人膽寒的咆哮。

咆哮又變成了狂笑。威廉轉頭看貝芙莉，狼人朝威廉撲來。班恩將威廉往旁邊一推，將他推倒在地上。

「射牠，貝貝！」理查德大叫：「快點射啊！」

狼人撲了上來。無論當時或回憶往事的現在，班恩心裡都很確定，狼人很清楚誰是他們這群孩子中的老大。牠要抓的是威廉。貝芙莉拉弓發射，銀彈珠飛了出去。這回又偏了，但可沒幸運命中，差了足足一英尺，只在浴缸上方的壁紙打出一個洞。威廉手臂撒滿陶瓷碎屑，還有多處流血，破口大罵。

狼人突然轉頭，用閃閃發亮的眼睛打量貝芙莉。貝芙莉慌忙在口袋尋找另一顆銀彈珠，班恩想也不想便站到她前面。她穿的牛仔褲太緊了，但不是為了引人遐思，而是像派崔克・霍克斯泰特冰箱事件那天她穿的短褲一樣，都是去年的衣服，但她還在穿。她手指摸到珠子，但它滑開了。她又試了一次，這回總算抓到了。她勾著珠子，將口袋翻出來，十四枚硬幣、兩張阿拉丁戲院的票根和幾撮棉絮掉到地上。

狼人衝向班恩，他站在貝芙莉前面保護她……卻也擋住她的攻擊範圍。牠仰頭咬牙，有如殺氣騰騰的野獸。班恩盲目地朝牠撲去。現在的他好像無法恐懼，心中只有清醒的憤怒，外加困惑和時間突然中止的感覺。他雙手抓住狼人粗糙糾結的頭髮——毛皮，他心想，*我抓到牠的毛皮*——感覺到厚實的頭骨，接著按住狼人的頭死命一推。雖然他塊頭很大，卻完全沒用。要不是他踉蹌後退，撞到牆上，那東西早就用牙齒把他喉嚨咬開了。

狼人撲了上來，不停咆哮，黃綠色的眼眸閃著兇光，身上飄著污水和其他東西的臭味，粗野難聞，像爛掉的榛果。牠舉起一隻巨掌，班恩拚命閃開，巨掌的巨爪在壁紙上劃出幾道無血傷口，鑿入底下的鬆軟灰泥。班恩隱約聽見理查德喊了什麼，艾迪吼著叫貝芙莉射牠、射牠，可是貝芙莉沒有動作。她只剩一次機會。但那不重要，她希望一次就搞定了。她眼前的世界頭一回變得如此清楚冷酷，所有東西都突出明確，她日後再也沒看過如此清晰的三維世界。她看見每個顏色、每個角度、每段距離。恐懼消失了。她有如獵人，感受到對確鑿和迫近結局的單純渴求，脈搏變慢，之前歇斯底里握著彈弓顫抖的手也放鬆了，再度變得穩定自然。她深吸一口氣，感覺肺部從來不曾如此飽滿。她隱約聽見噗噗聲，但無所謂，管它是什麼聲音。她往左移，將彈弓的橡皮筋拉成長長的V形，等候狼人的龐然大頭落入準星範圍中。

狼人的爪子再度掃來，班恩試著閃躲，但轉眼間已經落入牠的掌中。牠將班恩往前甩，彷彿當他是破布娃娃。牠張開血盆大口。

「混蛋——」

班恩用拇指戳進狼人的眼睛，狼人高聲哀號，爪尖劃破他的運動衫。班恩猛縮小腹，但爪子還是在他身上劃了一道又辣又痛的傷口。鮮血迸出，灑在褲子、運動鞋和地板上。狼人將他扔向浴缸。班恩腦袋撞了一下，眼冒金星，掙扎著想坐起來，發現腿間全都是血。

狼人猛然轉身，班恩眼前的世界依然清楚得離譜，他看見牠穿著褪色的李維牛仔褲，縫線都綳開了，一條黏著乾涸鼻涕的紅色大方巾，就是列車員常帶的那種，從一邊後口袋露了出來。而牠身上那件黑橘兩色高中外套上寫著「德利高中謀殺隊」，底下是名字「潘尼歪斯」，中央是背號「十三」。

牠再度撲向威廉。威廉已經站起來背靠著牆，定定望著牠。

「射牠，貝芙莉！」理查德再次大叫。

「嗶嗶，小理。」她聽見自己說，聲音彷彿來自一千英里外。狼人的腦袋突然出現在準星裡，她將橡皮罩對準牠一隻眼睛，鬆手發射。她兩隻手都沒顫抖，動作就和所有人到垃圾場試射罐子分出高下那天一樣平順自然。

電光火石間，班恩想：喔貝芙莉要是妳再失手我們就完了我不想死在這麼髒的浴缸裡但我出不去。她沒有失手。一隻圓洞（不是綠色，是死黑）忽然出現在狼人口鼻上端。貝芙莉瞄準右眼，只偏了不到半英寸。

狼人尖聲哀號，聲音聽起來像人一樣，夾雜著驚訝、痛苦、恐懼與憤怒，震耳欲聾，讓班恩耳鳴。接著那個圓洞消失了，被泉湧的鮮血遮住。不是用流的，而是有如高壓水柱從傷口噴出，弄濕了威廉的臉龐和頭髮。沒關係，班恩心慌意亂地想，別擔心，小威，反正出去沒有人看得見，如果出得去的話。

威廉和貝芙莉逼近狼人，理查德在他們後面歇斯底里大喊：「再射牠，貝貝！殺了牠！」

「沒錯，殺了牠！」艾迪附和道。

「殺了牠！」威廉大吼，嘴角顫抖向下扁成弓形。他頭髮裡有一道泛黃的灰泥碎屑。「殺了牠，貝芙莉，別讓牠逃走！」

沒子彈了，班恩慌張地想，我們沒子彈了，你們還在說什麼？殺了牠？但當他看到貝芙莉，他就明白了。就算他的心之前還沒向著她，這會兒也愛上她了。貝芙莉再度拉起彈弓，手指包住橡皮罩，不讓人看到裡面是空的。

「殺了牠！」班恩大吼，手忙腳亂翻出浴缸。他的牛仔褲和內褲都被血浸濕了黏著皮膚。他不曉得自己傷得到底重不重。剛才只是一陣灼熱，之後就不怎麼痛了，但血顯然流了不少。

狼人眨著綠色眼眸，目光猶疑、痛苦，鮮血大量噴上外套前襟。

威廉．鄧布洛笑了，笑得很溫和，甚至可愛……但眼中卻沒有笑意。「你不該第一個就找上我弟弟的，」他說：「送這個混球上西天吧，貝芙莉。」

怪物眼中的懷疑消失了——牠信以為真了。牠扭動柔軟的身軀，優雅地轉身潛回排水管裡。牠的形體也跟著改變。德利高中外套融入毛皮裡，顏色也消失了，頭骨不斷變長，彷彿用蠟做成的，開始變軟、融化。牠的外型變了。班恩覺得自己似乎見到了牠的真面目，讓他心臟瞬間凍僵，氣喘吁吁。

「我要殺光你們！」排水管裡傳出怒吼，聲音粗嘎野蠻，完全不像人。「殺光你們……殺光你們……殺光你們……」聲音愈來愈深、愈來愈遠、愈來愈弱，最後終於消失在泵浦的隆隆低鳴聲中。

屋子似乎重重砰的一聲靜止下來，其實不然。班恩發現屋子竟然在縮小，回復原本的正常尺寸。牠剛才不知施了什麼魔法，讓內波特街廿九號的房子變大，現在魔力消失了，房子有如橡皮筋啪的彈回原狀，變回平淡無奇的房子，飄著潮氣和一點腐臭味，沒有家具擺設，只有酒鬼和流浪漢偶爾來這裡喝酒聊天，睡覺躲雨。

牠走了。

牠走之後，房子忽然靜得刺耳。

10

「我、我們得快、快點離、離開。」威廉說完走到班恩身旁，班恩掙扎著想站起來，威廉抓住他伸出來的手。貝芙莉站在排水孔附近低頭看著自己，方才的冷酷瞬間消逝，讓她肌膚回溫，彷彿一隻溫暖的長襪。之前她吸的那口氣一定很深。剛才的噗噗聲來自她上衣的釦子，因為她的釦子全掉光了，一個不剩。上衣敞開，露出她小小的乳房。貝芙莉趕緊拉上衣服。

「小、小理，」威廉說：「來幫我拉、拉班恩，他太、太、太——」

理查德過來幫忙，史丹利和麥可也來了。四人合力將班恩扶了起來。艾迪走到貝芙莉身邊，伸出沒受傷的手笨拙地摟住她的肩膀。「做得好。」他說。貝芙莉嚎啕大哭。

班恩搖搖晃晃跨了兩大步靠在牆上，免得又跌倒。他覺得頭重腳輕，世界時而黑白、時而彩色。他覺得自己就要吐了。

這時，威廉伸手摟住他，感覺強壯又令人安心。

「傷、傷得多、多重，害、害死康？」

班恩強迫自己低頭檢視腹部。他發現只是兩個小動作——低頭和拉開運動衫的裂口——竟需要比剛才進這間屋子更大的勇氣。他以為會見到自己一半的內臟掉出來，像鬆垮下垂的乳房，卻發現傷口已經不再血流如注，只剩緩緩細流。狼人抓出的傷口又長又深，但似乎不會致命。

理查德走了過來，看見傷口歪歪斜斜，從班恩的胸口往下愈來愈細，一路劃到上腹部。他抬頭認真看著班恩說：「牠差一點就把你開膛破肚了，你知道嗎，害死康？」

「真的是。」班恩說。

他和理查德意味深長互望了一眼，接著同時歇斯底里爆笑出聲，噴得對方臉上都是口水。理查德將班恩摟在懷裡，用力拍他的背說：「我們贏了，害死康！我們幹掉牠了！」

「我、我們沒、沒有幹掉牠，」威廉嚴肅地說：「我、我們只是運、運氣好。趁牠還、還沒回心轉、轉意之、之前，我、我們快、快走吧。」

「走去哪裡？」麥可問。

「荒、荒原。」威廉說。

貝芙莉走到他們面前。她依然緊抓上衣，雙頰鮮紅。「地下俱樂部嗎？」

威廉點點頭。

「誰可以借我一件衣服？」貝芙莉問，臉紅到了極點。威廉低頭瞄了她一眼，臉龐瞬間恢復血色。他匆匆轉開目光，但班恩忽然明白是怎麼回事，心裡頓時充滿鬱悶與嫉妒。因為那一瞬間，威廉察覺了之前只有班恩察覺的事。

其他人也看到了，紛紛轉頭避開。理查德朝手背咳嗽，史丹利臉紅了，麥可．漢倫倒退一、兩步，彷彿真的看見她手掌下的乳房，被那小巧白皙的微微隆起嚇到似的。

貝芙莉仰頭，將糾結的頭髮往後甩。雖然還是臉紅，但神情很可愛。

「沒辦法，我是女生，」她說：「也沒辦法阻止胸部變大……到底有誰能借我一件衣服？」

「當、當然，」威廉說。他脫下白色T恤，露出瘦弱的胸膛，肋骨清晰可見，肩膀曬得黑黑的，長滿雀斑。「拿、拿去。」

「謝謝，小威。」她說。兩人四目相對，周圍熱得冒煙，但威廉這回沒有移開目光。他直直望著貝芙莉，眼神非常大人。

「不、不客氣。」他說。

祝福你，威老大，班恩心想，轉頭避開兩人的凝視。他很受傷，就算吸血鬼和狼人也傷不了他那麼深。但他又覺得郎才女貌。他那時還不知道這個詞，不過已經有那個概念。看他們互相凝視，就像趁她鬆開手換穿威廉的T恤時，偷看她裸露的乳房一樣錯到極點。*但即使如此，你還是不可能像我一樣愛她，永遠不可能。*

威廉的T恤幾乎蓋到了她的膝蓋。若非底下還有牛仔褲，她看起來就像只穿著短連身襯衣一樣。

「走、走吧，」威廉又說了一次：「我不曉、曉得你們怎、怎麼樣，但我覺、覺得今天真、真夠累的。」

他們都是。

11

他們在地下俱樂部待了一個小時，窗戶和門都開著。俱樂部裡很涼，而且他們運氣好，荒原那天很安靜。他們默默坐著，沒什麼交談，各自沉浸在思緒裡。理查德和貝芙莉輪流抽一根萬寶路菸，艾迪拿起噴劑匆匆吸了一口，麥可打了好幾次噴嚏，頻頻道歉，說他著涼了。

「您只會著這種道，先生。」理查德用西班牙腔說，語氣還算和善，但也僅此而已。

班恩一直希望剛才在內波特街發生的瘋狂插曲只是一場夢。它會過去、會消失無蹤的，他想，就像惡夢那樣。雖然醒來氣喘吁吁，汗流浹背，但十五分鐘後你連夢到什麼都想不起來了。

結果不然。當時發生的一切，從他奮力擠進地窖窗戶到威廉用廚房的椅子破窗而出，都清清楚楚烙印在他記憶裡。那不是夢。他胸膛和腹部的乾涸傷口也不是夢，不管他母親看不看得見都一樣。

最後，貝芙莉站起來說：「我得回家了，我想趁媽媽回來之前換好衣服。要是她看見我穿男生的衣服，絕對會殺了我。」

「她會宰了您，女士，」理查德用西班牙腔說：「而且慢慢宰。」

「嗶嗶，小理。」

威廉一臉嚴肅看著她。

「我會把衣服還你，小威。」

威廉點點頭，揮手表示沒關係。

「沒穿衣服回家，你會怎麼樣嗎？」

「不、不會，反正他、他們很少注、注意我。」

貝芙莉咬著豐滿的下唇點點頭。這麼一個十一歲女孩，個子高高的，除了美麗之外，找不到其他的形容詞。

「接下來會怎麼樣呢，小威？」

「我不、不知道。」

「事情還沒完，對吧？」

威廉搖搖頭。

班恩說：「牠會更想逮到我們。」

「再做銀彈珠嗎？」貝芙莉問他。他發現自己幾乎無法忍受她注視他。*貝貝，我愛妳……就讓我保留這一點吧。妳可以愛小威、愛全世界，想愛什麼就愛，但請讓我愛妳，讓我繼續愛妳，我想這就夠了。*

「我不曉得，」班恩說：「我們是可以再做，但是……」他聳聳肩，沒有把話說完。他無法表達自己的感受，就是說不出口——說他覺得像怪獸電影，但又不同。他看到的木乃伊和電影裡的不一樣……讓人確定牠的真實性。狼人也是——他能作證，因為他和狼人近距離接觸過，近得令人手腳發軟，而這是任何電影（甚至３Ｄ電影）都做不到的。他曾經將手伸進牠鐵絲般的糾結毛髮中，在牠的綠色眼眸裡看見淺橘色的微小火光（像毛球一樣！）。這些事情都……呃……都是夢境成真。而夢境一旦成真，就會脫離作夢者的控制，成為自由的致命怪物，能獨立行動。銀彈珠有用，是因為他們七人都相信它有用。但他們沒有殺死牠。下回牠以新的面貌接近他們時，銀彈珠將威力不再。

班恩看著貝芙莉，心想：*威力啊威力*。他已經沒事了。貝芙莉再次望著威廉，兩人四目相對，沉浸在對方眼中。雖然只有片刻，班恩卻覺得好久好久。

說到底，一切都和力量有關。我愛貝芙莉．馬許，所以她對我有影響力。她愛威廉．鄧布洛，所以他對她有影響力。但我想威廉會愛上她的。也許因爲她的臉龐、她說「沒辦法，我就是女生」時的表情，也許因爲瞥見她的乳房，甚至只因爲（光線角度對了）她的眼眸和長相。都無所謂。但只要他愛上她，她就會開始對他有影響力。就像超人很有力量，除了遇到克里普頓石之外。蝙蝠俠也很有力量，只是不能飛，也不能看穿牆壁。我母親對我有影響力，她在磨坊工作，她老闆對她有影響力。人人都有力量……或許只有小孩和嬰兒例外。

但他馬上想到，連小孩和嬰兒也有力量。他們能一直哭，哭到你非得做點什麼讓他們停止落淚為止。

「班恩？」貝芙莉回頭看著他說：「你的舌頭被貓吃掉了嗎？」

「啊？沒有，我只是在想力量這件事，關於銀彈珠的威力。」

威廉緊盯著他。

「我在想銀彈珠的力量來自哪裡。」班恩說。

「這、這、這——」威廉才開口就停了下來，臉上閃過若有所思的神情。

「我真的得走了，」貝芙莉說：「改天見囉？」

「當然，明天見，」史丹利說：「我們明天要打斷艾迪的另一隻手。」

所有人都笑了。艾迪拿起噴劑，假裝要丟史丹利。

「那就再見囉。」貝芙莉說完便爬出俱樂部走了。

班恩看著威廉，發現他剛才沒有笑，臉上依然是沉思的神情。班恩知道你得喊他兩、三次，他才會回應。他知道威廉在想什麼。他自己接下來幾天也會想著同樣的問題。當然不會一直想。他還得幫母親晾衣服、收衣服，在荒原玩槍和捉迷藏，而八月頭四天大雨不斷，他們七人會在理查德．托齊爾家大玩擲骰子遊戲，設路障、拚命將別人送回原點、用各種方法擲骰子，任憑雨在屋外唏哩嘩啦。他母親會說她覺得派特．尼克森是美國最美的女人，但他認為是瑪麗蓮夢露（他覺得貝芙莉很像瑪麗蓮夢露，只有頭髮不像），讓她花容失色。他會大吃特吃香蕉小蛋糕、巧克力夾心派和巧克力夾心餅，坐在後院讀《幸運星與水星月亮》。與此同時，他胸口和腹部的傷口也會癒合成疤，開始發癢。因為生活不會停下腳步，而在十一歲這個年紀，即使聰明靈敏如他，對發生的事件也不會有深刻的意義感。他能接受內波特街的遭遇，畢竟這世界本來就充滿了驚奇。

但某些特別的時刻，他還是會將問題拿出來思索：銀的力量、彈珠的力量——那種力量到底來自何處？力量的來源究竟是什麼？如何取得？怎麼使用？

他覺得，他們能不能活下去就取決於這些問題。有天晚上，雨水規律打在屋頂和窗上，像催眠曲一樣讓他昏昏欲睡。忽然間，他想到還有一個問題。或許這才是唯一的問題。牠是有形體的，他差點就看到了。見到形體就是揭開秘密。力量也是如此嗎？可能是。力量不是和牠一樣，都有改變形體的能力嗎？嬰兒半夜哭泣、原子彈、銀彈珠、貝芙莉和威廉彼此凝望，都是那樣。

所以，力量到底是什麼？

12

接下來兩個星期，什麼事都沒發生。

德利市：
插曲之四

你會輸的
不可能都是你贏
你會輸的，我不是說了？
我知道，漂亮寶貝，
我知道麻煩就要來了。
——約翰·李·胡克，〈你會輸的〉

一九八五年四月六日

我說，各位朋友鄰居，我今晚喝醉了，爛醉如泥。我從瓦利酒吧開始喝，猛灌純麥威士忌，後來又去中央街，在酒鋪關門前半小時買了第五瓶。我知道自己在幹嘛。今朝狂飲明朝愁。此時此刻，一個醉醺醺的黑鬼坐在已經休館的市立圖書館裡，面對這本冊子，左邊擺著一瓶老肯塔基威士忌。我母親常說「實話實說，去妖除魔」。但她忘了告訴我，你有時就是拿魔鬼沒轍。愛爾蘭人知道這一點，但那是廢話，因為他們是白種黑人。而且誰曉得，說不定他們比我們還厲害。

就來談喝酒和魔鬼吧。各位記得《金銀島》嗎？本波旅館的老船長？「咱們會幹掉他們的，兄弟！」我猜那個蠢老頭真的相信這句話。幾杯蘭姆酒或威士忌下肚，你什麼都會信。

喝酒和魔鬼，好的。

我有時很好奇，要是我將深夜寫的這些東西出版，點出一些德利市見不得人的醜事，我還能待多久。圖書館有理事會，共十一名理事，其中一位是七十歲的作家，兩年前中風，目前經常需要別人幫忙，才能在每次聚會的議程表上找到自己的位置（不少人看過他從鼻毛濃密的鼻孔裡挖出又大又乾的鼻屎塊，小心翼翼放進耳朵，好像要仔細保存似的）。還有一位作風強勢的女理事，和醫師丈夫從紐約搬來這裡，經常滔滔不絕埋怨德利太鄉下，沒有人瞭解猶太經驗，還有得到波士頓才能買到像樣的裙子。這個得了厭食症的大小姐上回直接跟我交談，沒透過中間人，已經是大約一年半前的理事會耶誕晚宴了。她喝了一堆琴酒，問我德利市有沒有人瞭解黑人經驗。我也喝了很多琴酒。我說：「葛拉德里女士，猶太人或許神秘到家，但黑人是無人不曉。」她聽完嗆到了，身體猛然一轉，裙襬飄飄，露出了底褲（可惜沒什麼好看，如果是卡蘿．丹納小姐就好了），我和她最後一次的非正式談話便結束了。損失不大就是了。

其他理事會成員都是伐木鉅子的後代。他們支持圖書館，純粹出於世代相傳的補償心態。他們當年強暴樹木，現在照顧木漿做成的書本，就像花花公子年過四十，決定扶養年少輕狂時留下的私生子一樣。他們的祖父和曾祖父在德利和班格爾以北播種、育樹，再用斧頭和鉤梃強暴嫩綠的新木，砍劈、削剪、剝皮毫不留情。他們從克里夫蘭擔任總統開始，破開大片森林的處女膜，到威爾遜總統中風時，森林已經開墾殆盡。這些穿著蕾絲的惡棍強暴了森林，在森林裡播下殘株與雜木，讓德利市搖身一變，從死寂的造船小鎮變成蓬勃興旺、酒吧從不打烊、娼妓徹夜幹活的地方。高齡九十三歲的老伐木工人艾格柏特·梭羅古德告訴我，他曾經在貝克街的一個小房間裡上了一個瘦巴巴的妓女（貝克街已經不存在了，過去歡騰喧鬧的街道如今成了中產階級公寓住宅區）。

「我把小兄弟塞進去時，才發現她躺在一攤精液裡，大概有一英寸深，剛剛凝固不久。我說，姑娘，妳難道不擦身體嗎？她低頭看了一眼說，你要是想繼續，我就換床單。我想壁櫥裡還有兩條。九點、十點那時候，我還知道我躺在什麼上頭，但到了半夜，我的雞掰已經麻到極點了，就算運到艾爾斯沃斯也不會有感覺。」

這就是德利市二十世紀頭二十年的景況：繁榮熱鬧、酗酒狂嫖。從四月冰融到十一月結冰，佩諾布斯克河和坎都斯齊格河飄滿了原木。到了二〇年代，一次大戰結束，硬木也少了，生意開始走下坡，一路跌跌撞撞，終於在大蕭條期間壽終正寢。少數伐木鉅子因為將錢存在紐約和波士頓的銀行，勉強撐過難關，卻讓德利市的經濟自生──或自滅。他們退居西百老匯的豪宅中，將小孩送到新罕普夏、麻州或紐約的私立學校，靠利息和政治人脈過活。

艾格柏特在沾滿精液的床上和廉價妓女共度春宵的七十多年後，鉅子們留下的只剩光禿禿的野生林地，遍佈在佩諾布斯克河和艾魯斯托克郡，以及雄據西百老匯兩條街的維多利亞式宅邸……當然還有我這間圖書館。但只要我出版任何有關白人正義團、黑點酒吧大火、布雷德利幫槍戰……或克勞德．赫魯和銀幣酒吧事件的文字，這些家住西百老匯的大好人就會立刻將「我的圖書館」從我手中奪走。

銀幣這家啤酒屋，一九〇五年九月發生了美國史上最詭異的屠殺案。德利現在還有幾名耆老宣稱記得當年的事件，但我只相信梭羅古德的說詞。事發當時，他十八歲。

梭羅古德目前住在包爾森安養院，牙齒全掉光了，講話有濃濃的聖約翰谷下東法語腔，如果把他的話聽寫下來，可能只有老緬因人才讀得懂。我之前在這本胡言亂語冊裡提到緬因大學的民俗學者珊蒂．艾夫斯，是她幫我將錄音翻譯成英文。

據梭羅古德說，克勞德．赫魯是「幾女森的間種，乙只言緊會響約光下得木媽言緊乙央頂著泥」。

翻譯：妓女生的賤種，一隻眼睛會像月光下的母馬眼睛一樣盯著你。

梭羅古德說他（和所有跟克勞德．赫魯共事過的人都）認為那傢伙和偷雞的狗一樣機靈……因此他會在銀幣大開殺戒簡直不可思議，不像他會做的事。直到案發之前，德利市的伐木工人一直認為赫魯頂多只會在森林裡放放野火。

一九〇五年的夏天漫長而炎熱，發生了許多次野火。其中最大的一次就是赫魯引發的。他事後承認，他那天只是點了一根蠟燭放進火種和木片堆裡，沒想到卻燒掉了哈芬市大銀針森林兩萬英畝的原始硬木，濃煙的味道連坐在廿五英里之外、德利上哩丘的馬車裡都聞得到。

那年春天有人提議組織工會，四名伐木工人參與籌劃（其實找不到人，緬因州工人當年全是反工會份子，現在大部分還是），克勞德．赫魯便是其中之一。他可能覺得工會活動能讓他有機會說大話，在貝克街和交易街開懷暢飲。赫魯和另外三名伐木工人自稱「籌劃者」，伐木鉅子稱他們是「滋事份子」，並且在孟羅、哈芬鎮、桑姆納農場和米利諾基特伐木區的伙房外張貼告示警告伐木工人，只要談及工會就立刻開除。

同年五月，特拉普漢諾奇發生罷工，雖然很快就被反罷工者和保安官（這一點其實很怪，因為當時有將近三十名「保安官」揮舞斧柄敲人腦袋，但在那一天之前，特拉普漢諾奇只有一名保安官，而且根據一九〇〇年的人口普查，當地居民也只有七十九人）破壞，但赫魯和其餘的籌劃者還是認為大獲成功，因此便到德利市買醉慶祝，進行更多「籌劃」……或「滋事」，看你站在哪一邊。總之，籌劃一定很耗水分，他們造訪了地獄半畝地的大多數酒吧，最後在銀幣酒吧落腳。四人勾肩搭背，喝到快尿失禁，從工會歌唱到芭樂歌，像是〈母親從天堂望著我〉──我覺得做母親的從天堂看到兒子這副德性，應該只想轉頭不看吧。

梭羅古德說，赫魯會加入工會運動只有一個原因，就是戴維．哈特威爾。哈特威爾是主要的「籌劃者」和「滋事份子」，而赫魯愛上了他。不只赫魯，參與工會運動的男人幾乎都愛哈特威爾，愛得又深又激情。那是一種驕傲的愛戀，唯有具備神一般吸引力的男人，才能讓他們如此著迷。「戴威．哈特偉爾鄒魯由馮，幹絕犬失屈有乙半疏於他，領一半和他水豁不融，」梭羅古德說。

翻譯：戴維．哈特威爾走路有風，感覺全世界有一半屬於他，另一半和他水火不容。

赫魯跟著哈特威爾一頭栽進「籌劃」大業，就算哈特威爾決定到布魯爾或巴斯造船、佛蒙特州蓋七柱橋或將小馬快遞帶回西部，他也會緊緊跟隨。赫魯狡猾又苛刻，我想這樣的人在小說裡一定是大壞人，沒有半點長處。但就算一個人一輩子不受信任也不信任人，被社會遺棄又自我放逐（當個窩囊廢），他還是能找到一個朋友、愛人或家人，願意讓他死生與共，就像忠狗對待牠的主人。總之，赫魯和哈特威爾似乎就是這樣。

總之，那天四人住進了布倫特伍德艾姆斯旅館。當時的伐木工人都稱呼那裡是「漂狗」。旅館後來倒了，綽號的由來也隨之湮滅。四人住進旅館，卻沒有人退房，其中一人（安迪．德列塞普）下落不明。根據傳聞，他可能到普茲茅斯享清福了，但我很懷疑。另外兩名「滋事份子」安塞爾．畢克佛和戴維．哈特威爾被人發現面朝下漂浮在坎都斯齊格河上。畢克佛的頭不見了，被人用伐木用的雙人鋸硬生生砍斷。哈特威爾雙腿不翼而飛，發現屍體的人都說他們從來沒見過那麼恐懼的表情。哈特威爾的嘴和雙頰塞得鼓鼓的，發現者將他翻過來撬開雙唇，七根腳趾立刻從他嘴裡掉了出來，落在泥巴上。有些人猜另外三根腳趾是工傷失去的，也有人認為被他死前吞下去了。

兩人的襯衫背上都釘了一張紙，寫著「工會」兩個字。

自始至終，克勞德．赫魯都沒有因為一九〇五年九月九日深夜發生的銀幣酒吧事件而受審，因此也沒有人知道為什麼五月那晚只有他一個人倖免於難。我們只能假設他一個人生活久了，和野狗一樣很懂得抽身之道，一見苗頭不對立刻就閃。但他為什麼沒帶著哈特威爾？還是他被其他「煽動者」帶到森林裡了？他們可能想將他留到最後，結果他趁哈特威爾在黑暗中慘叫（但隨即因為嘴巴被塞了腳趾而聲音模糊）嚇走野鳥時逃之夭夭。沒有人知道真相如何，也永遠無法確知，但我覺得我剛才提的這個說法是對的。

從此之後，克勞德．赫魯成了幽靈般的人。他常走進聖約翰谷伐木區，和其他工人一起在伙房前排隊領燉肉吃，吃完走人，沒有人注意到他不是工人。每隔幾週，他就會到溫特波特一間酒吧大談工會的事，誓言揪出殺人兇手，為朋友報仇。他反覆提到三個名字：漢彌爾頓．崔克、威廉．穆勒和理查德．鮑伊，這三人都住在德利市，在西百老匯擁有複折圓頂山形牆邸宅，房子至今還在。多年後的黑點酒吧縱火案，這三人和他們的小孩都是嫌犯。

有人想逮住克勞德．赫魯，這是無庸置疑的，尤其是六月幾場野火之後。但他雖然經常被人瞧見，卻總是溜得很快，對危險有動物般的直覺。就我目前找到的資料，警方不曾對他發出半張拘捕令，也沒有碰他。也許當局擔心用縱火案把赫魯送上法庭，他不曉得會抖出什麼來。

總之，那年酷暑，德利和哈芬附近的森林野火不斷，小孩陸續失蹤，鬥毆案和謀殺也比平常頻繁。一股恐懼的氣氛籠罩著德利，就和飄向上哩丘的濃煙一樣聞得到，也摸得著。

大雨終於在九月一日來到，而且下了整整一週。德利市區汪洋一片，但這種事以前也發生過。西百老匯的地勢比市區高，肯定有不少住戶鬆了一口氣。既然那個瘋子這麼愛躲，就讓他在林子裡窩一整個冬天吧，他們可能這麼說。今年夏天他已經沒戲唱了，只要明年六月樹根乾了之前逮到他就好。

接下來就是九月九日。事發原因我無法解釋，梭羅古德也無法解釋，就我所知沒有人能解釋。我只能陳述那天發生了什麼。

那天晚上，銀幣酒吧擠滿了痛飲啤酒的伐木工人。酒吧外天色漸漸變暗，顯得迷濛而漆黑。坎都斯齊格河水面高漲，閃著黯淡的銀光，所有河道都滿水位。據艾格柏特．梭羅古德說，當時「框風打坐，風從尼庫奉纂進去，吹得尼屁古列開」。街道泥濘不堪，酒吧裡有一桌人在玩牌，是威廉．穆勒手下的工人。穆勒是ＧＳ＆ＷＭ鐵路的共同老闆，也是擁有數百萬畝原木林的伐木業鉅子。那晚在銀幣酒吧玩牌的包括臨時伐木工和鐵路警衛，都愛惹是生非，其中兩人還坐過牢。待過監獄的是亭克．麥卡奇恩和佛洛依德．卡德伍，至於其他的人包括拉瑟洛普．朗茲（綽號艾爾卡圖克，這個綽號的由來和漂狗旅館一樣沒人知道）、「醜呆」大衛．葛瑞尼爾和艾迪．金恩。金恩留著鬍子，眼鏡和肚子一樣凸。那兩個半月一直有人盯著克勞德，他們可能就是其中幾個。五月哈特威爾和畢克佛遇害當時，這些人好像小小狂歡了一下。但只是好像，沒有半點證據。

梭羅古德說，酒吧很擠，塞了幾十個大男人，喝酒吃菜，啤酒和湯汁滴在佈滿木屑的泥土地板上，滴得到處都是。

酒吧的門開了，克勞德走了進來，手裡拿著伐木用的雙刃斧。他走到吧台前，用手肘擠出一個位子，梭羅古德站在他左邊，他說克勞德聞起來就像燉臭鼬。酒保幫克勞德倒了一杯啤酒，用碗裝了兩顆水煮蛋，再給他一個鹽罐。克勞德遞了一張兩元鈔票給酒保，將找回的零錢——一元八毛五——收回伐木外套的口袋裡。他在蛋上灑了鹽吃了，接著在啤酒裡灑鹽，喝完後打了個酒嗝。

「外頭空間比較大吧，克勞德。」梭羅古德說，好像他不曉得那年夏天緬因州有半數執法人員都想等著逮赫魯似的。

「你說得沒錯。」赫魯說，只不過他來自加拿大，所以聽起來比較像「尼索得沒搓」。他又點了杯啤酒，喝完又打了嗝。酒吧依然人聲鼎沸。有幾個人喊他，克勞德向他們點頭揮手，但臉上沒有笑容。梭羅古德說赫魯看起來半夢半醒。打牌的傢伙還在玩，艾爾卡圖克正在發牌。沒有人想到要提醒那幾個傢伙，跟他們說赫魯在酒吧裡……但他們的桌子離吧台不超過二十英尺，又有不只一個人喊了克勞德，實在很難理解他們為什麼繼續打牌，沒有意識到他的殺機，不過事實就是如此。

赫魯喝完第二杯啤酒後向梭羅古德致個意，扛起他的雙刃斧離開了。他走向威廉．穆勒等人的牌桌，開始砍人。

佛洛依德．卡德伍剛倒了一杯純麥威士忌，正準備將酒瓶放回桌上，赫魯竟然突然出現，斧頭一揮砍斷了他抓著酒瓶的手。那手和身體斷開，露出濕淋淋的軟骨和剁斷的血管，但手指起先沒有鬆開，反而抓得更緊，接著手才像死蜘蛛落在桌上，鮮血從斷腕迸射而出。

吧台有人點酒，還有一個傢伙問酒保瓊西是不是還在染頭髮。「我從來沒染過頭髮。」瓊西沒好氣地說。他很以頭髮自豪。

「我在馬寇特尼酒吧遇到一個妓女，她說你那裡的毛白得像雪一樣。」那傢伙又說。

「她撒謊。」瓊西答道。

「把褲子脫了，讓我們瞧瞧。」名叫佛克納的伐木工人說。赫魯來之前，梭羅古德和他喝過幾輪啤酒。他這話引來了更多笑聲。

他們背後傳來卡德伍的尖叫聲。吧台邊有幾個人匆匆瞄了一眼，正好看到赫魯將斧頭砍進亭克．麥卡奇恩的腦袋裡。亭克個頭很高，鬍子由黑轉白。被砍時他正要起身，只見他血流滿面坐回原位，赫魯拔出斧頭，亭克又開始站起來。赫魯斜舉斧頭朝他背上一砍，梭羅古德說他聽見砰的一聲，很像一堆衣服扔在地毯上的聲音。亭克撲倒在桌上，牌從手裡掉了出來。

牌桌旁的其他人咆哮大叫。卡德伍右手腕不停出血，他一邊尖叫，一邊用左手去撿自己的右掌。「醜呆」葛瑞尼爾有槍（梭羅古德稱之為懷槍，因為用槍套收在肩膀附近），卻怎麼也掏不出來。艾迪．金恩想要起身，卻連人帶椅往後摔了出去。他還來不及站起來，赫魯已經跨立在他身上，斧頭在他頭上揮舞。金恩高聲尖叫，高舉雙手試圖阻擋。

「求求你，克勞德，我上個月才剛結婚！」金恩哀號道。

赫魯大斧一揮，斧頭幾乎整個埋進金恩的啤酒肚裡，鮮血噴到銀幣酒吧的樑柱天花板上。金恩在地上匍匐前進，赫魯有如劈砍軟木的伐木工人，熟練地前後拉動斧刃，讓它掙脫束縛，從金恩身上拔出來。接著他又將斧頭高高舉起往下猛砍。金恩不再尖叫，但克勞德．赫魯還沒放過他，他開始將金恩剁成碎片，好像要做引火木一樣。

吧台邊的顧客已經聊起今年冬天會是如何了。來自帕米拉的農夫維農．史丹奇菲德預測是暖冬，他的座右銘是「秋天大雨、冬天無雪」。在德利市諾格勒路擁有農地的艾爾菲．諾格勒（他種豆子和甜菜的地方如今已經沒了，變成長八點八英里的六線道州際公路）看法不同，他猜今年會是寒冬。他說今年毛毛蟲身上環圈很多，他還看過八圈的，破了之前的紀錄。某甲說今年會霜凍，某乙說會泥濘不堪，大夥兒立刻想起零一年的暴風雪。瓊西分送啤酒和水煮蛋。在他們身後，尖叫聲還在繼續，血流成河。

問到這裡，我關掉錄音機，問梭羅古德說：「怎麼會這樣？你是說你們不知道出了什麼事，還是知道但不理它？」

梭羅古德縮起下巴，抵著沾滿食物的背心的第一顆釦子。他眉頭緊鎖，狹小、擁擠又飄著藥味的房間陷入冗長的沉默，後來我忍不住了，正想再他問一次，梭羅古德答道：「我們知道，但感覺沒什麼。就好像政治，沒錯，就是那樣。就好像鎮上的事情，最好交給懂政治的人去搞，給懂鎮上事務的人去幹，工人別插手最好。」

「你是說一切都是命，只是不好意思直說？」我忽然問道。這問題就這樣脫口而出，我完全不認為老邁遲緩又不識字的梭羅古德會回答……但他卻回答了，好像一點也不驚訝。

「嗯，」他說：「可能吧。」

吧台邊的男人繼續聊天氣，克勞德．赫魯繼續砍人。「醜呆」葛瑞尼爾總算將懷槍掏出來了。克勞德再度劈向破碎得不成人形的金恩。葛瑞尼爾的子彈打在斧頭上，發出火光和鏘的一聲。

艾爾卡圖克站起來，開始往後退。他手裡還拿著牌，但牌從最下面一張牌開始不斷滑落地面。克勞德緊跟不捨，艾爾卡圖克伸出雙手，「醜呆」葛瑞尼爾又開了一槍，但離克勞德超過十英尺。

「住手，克勞德，」艾爾卡圖克說。梭羅古德說他好像想擠出笑容。「我不是他們一夥的，我從來不和他們廝混。」

克勞德只低吼一聲。

「我在米利諾利基特，」艾爾卡圖克說，聲音愈來愈像尖叫：「我用我母親的名字發誓，我那時在米利諾利基特！不相信的話，你可以去問人……」

克勞德舉起滴著血的斧頭，卡圖克將剩下的牌扔到克勞德臉上。斧頭唰的一聲往下砍，卡圖克側身閃躲，斧刃砍進銀幣酒吧的木板後牆裡。卡圖克想要逃，克勞德拔出斧頭，放在兩隻腳踝之間。卡圖克在地上爬行，「醜呆」葛瑞尼爾又朝克勞德開了一槍，正中他的大腿。

卡圖克披頭散髮，慌張朝酒吧門口爬去。克勞德口中喃喃自語，一邊咆哮一邊再次揮動斧頭。只見卡圖克的頭顱滾過佈滿木屑的地板，舌頭從齒間擠出來，感覺很詭異。頭顱滾到一個名叫瓦爾尼的伐木工人腳跟停了下來。瓦爾尼已經在銀幣酒吧待了快一天，醉得搞不清自己在陸地或海上。他看也不看就將頭顱踢開，一邊吆喝著要瓊西再幫他倒一杯啤酒來。

卡圖克又爬了三英尺，鮮血從他脖子噴射而出，接著他才發現自己死了，終於倒地不起。現在只剩「醜呆」葛瑞尼爾了。克勞德轉身向他，但醜呆已經跑進廁所，將門鎖上了。

克勞德一邊狂砍，一邊咆哮怒罵，胡言亂語，嘴角不停滴著口水。他闖進廁所裡頭，發現醜呆不見了，但又冷又透風的廁所沒有窗戶。克勞德低著頭呆立了半晌，強壯的雙臂沾滿、黏滿鮮血。接著他大吼一聲，掀開茅坑的蓋子，正好瞥見醜呆的靴子消失在外屋牆底的破擋板後。醜呆在大雨滂沱的交易街上狂奔，從頭到腳沾滿糞便，哀號著他就要被殺了。他躲過一劫，沒在銀幣酒吧屠殺案中喪命。那群人只有他生還，但他的糞遁法卻從此淪為笑柄。被人笑了三個月後，他永遠離開了德利市。

「把門關上，克勞德，糞坑臭死了。」梭羅古德說。克勞德乖乖地將斧頭扔到地上，走回紙牌散落一地的桌邊，將艾迪．金恩的斷腿踢開。他坐下來，雙手抱頭，就這樣待著。其他人繼續喝酒聊天。五分鐘後，酒吧來了幾個人，包括三、四名警員（帶頭的是拉爾．馬亨的父親，他一看見現場血肉模糊，就心臟病發被送到史拉特醫師的診所去了）。克勞德．赫魯被人帶走，溫馴得像一頭綿羊，感覺不像醒著。

那天晚上，屠殺案的消息傳遍了交易街和貝克街的酒吧。帶著酒瘋的正義怒火不斷飆升，酒吧關門時，已經有七十多人集結逼向監獄和法庭。他們手拿火炬及燈籠，有人帶槍，有人帶斧頭，還有人帶鉤梃。

郡警長隔天中午才會從班格爾輪值到德利，因此他不在。拉爾．馬亨心臟病發躺在史拉特醫師的診所裡。兩名警員在警局玩克里比奇牌，聽說暴徒來了立刻溜之大吉。一班醉漢破門而入，將克勞德．赫魯從牢房裡拖出來。他沒有什麼反抗，看起來腦袋空空，頭昏眼花。

他們將克勞德扛在肩上，像扛著美式足球英雄一樣走過運河街，再將他吊死在運河邊一棵老榆樹上。「他已經神智不清，只踹了兩下就嗝屁了，」梭羅古德說道。就市史記載，緬因州這一帶只發生過這一次私刑。不用說，《新聞報》當然沒報導。克勞德在銀幣酒吧大開殺戒時，許多人事不關己繼續喝酒，後來卻把克勞德吊死了。他們的心情一到半夜就變了。

我問了梭羅古德最後一個問題：那天他有見到不認識的人嗎？讓他覺得陌生、古怪、有趣的人？說不定像個小丑？他可能下午在吧台邊喝酒，深夜趁著酒酣耳熱鼓動大夥兒將談話變成私刑，有沒有這樣的人呢？

「可能有吧，」梭羅古德說。談到這裡，他已經累得頻頻點頭，準備午睡了。「事情發生太久了，先生，太久太久了。」

「但你還記得。」我說。

「我記得自己心想班格爾那天一定有園遊會之類的，」他說：「我當時在血桶酒吧喝酒，離銀幣酒吧只有六間店。那裡有個傢伙……滿滑稽的……不停空翻和翻筋斗……耍杯子……表演把戲……將四枚硬幣放到額頭上，硬幣沒掉下來……很滑稽，你知道……」

他乾瘦的下巴又抵到胸口，感覺就要在我面前睡著了。他嘴角浮現唾沫，嘴巴四周和女用錢包一樣皺。

「那之後我又見過他幾次，」梭羅古德說：「我想可能是他那天晚上太開心了……於是決定留下來。」

「沒錯，他已經待很久了。」我說。

梭羅古德只是虛弱哼了一聲，便在窗邊椅子上睡著了。窗台擺了一排藥，感覺很像一群老兵。我關掉錄音機，靜靜看了他一會兒。他就像來自一八九〇年的古怪時空旅人，回憶那個還沒有汽車、電燈、飛機與亞利桑納州的時代。潘尼歪斯也在，帶領他們完成一場庸俗的殺戮——在德利市的悠久歷史中，這只是另一場庸俗的殺戮。一九〇五年的屠殺案開啟了一段恐怖時期，隔年復活節的基勤納鐵工廠大爆炸便是其中之一。

這讓我想到一些有趣的問題，而且就我所知是生死攸關的問題。例如，牠到底吃什麼？我知道有些小孩被吃了，因為身上有咬痕，不過也許是我們讓牠這麼做的。因為我們從小就被教導，只要在森林裡被怪物抓到，一定會被牠吃掉。這可能是我們所能想像的最壞的結局。但怪物其實靠信念維生，對吧？我很難抗拒以下這個結論：食物或許是生命的來源，但力量的來源卻是信念。而說到信念，有誰比得上小孩子？

問題是，孩子會長大。在教堂，力量是經由定期儀式來固著和更新，而在德利似乎也是如此。孩子長大之後不是失去相信的力量，就是靈性和想像力殘缺，難道這便是牠的自衛之道？

沒錯，我想這就是關鍵。要是我打了電話，他們會想起多少？又會相信多少？是讓他們徹底終結驚恐，還是害他們被殺？他們被召喚了，我只知道這麼多。最新這一次週期的每一樁命案都是召喚。我們曾經兩次差點殺死牠，最後逼牠躲進城市底下的渠道和惡臭房間裡。但我想牠還知道另一個關鍵：牠可能長生不老（或幾乎不會死），但我們會死。信念能讓我們成為怪物殺手，也是力量的來源，但牠只要等信念的力量消退就好。二十七年。也許只是牠睡上一覺的時間，就像我們睡午覺一樣短，讓牠精神百倍。牠醒來還是原本的牠，但我們已經少了三分之一的歲月。我們的視野變窄了，對魔力的信念（這信念讓魔力成為可能）也黯淡了，就像跋涉一整天後的新鞋一樣。

牠為何要召喚我們？何不讓我們自生自滅？我想是因為我們差點殺死牠，因為我們讓牠害怕，因為牠想復仇。

現在。現在我們不再相信耶誕老人、牙仙、糖果屋和橋底下的怪獸，於是牠又準備好面對我們了。回來吧，牠說，回來吧，讓我們在德利市做個了斷。帶著彈弓、彈珠或溜溜球回來吧！我們來玩一場！回來吧，讓我看你們是否還記得最簡單的事，還懂不懂當個小孩，因信念而安全，同時害怕黑暗。

最後這一件事，我可以拿一千分。我怕黑，怕得要命。

PART FIVE

除魔儀式

一切尚未結束。濕氣
滲出窗簾，絲網
腐敗。卸下機器的
皮肉，不再建造
橋樑。你要憑著何種空氣
橫越大陸？讓話語
隨意墜落吧——文字或許
會將愛撞偏。這將是罕見的
浩劫。他們想要拯救太多
洪水已經完成使命。
——**威廉．卡羅斯．威廉斯，〈派特森〉**

觀看，並且記得。觀看這片土地，
橫越工廠和綠茵，直到遠方。
當然，在那裡，他們會讓你通行。
記得詢問森林和沃土。
你聽見什麼？土地說了什麼？
這裡有人了，不是你的家。
——**卡爾．雪皮洛，〈浪遊記事〉**

第十九章　守候之夜

1

德利市立圖書館　凌晨一點十五分

班恩．漢斯康講完銀彈頭的故事之後，大夥兒還想再聊，但麥可卻要他們都去睡覺。「今天已經夠了。」他說，但他似乎在講自己。貝芙莉覺得他神色疲憊扭曲，看起來病懨懨的。

「但我們還沒講完啊，」艾迪說：「之後的事呢？我還是想不起來——」

「麥可說、說得對，」威廉說：「會想起來的就會想起來，不會想起來的就、就不會想起來。我想我們會想、想起來的，想起必須想起的部、部分。」

「也許這樣對我們最好。」理查德說。

麥可點點頭說：「明天見。」說完瞄了一眼時鐘：「應該說今天見。」

「還是在這裡嗎？」貝芙莉問。

麥可緩緩搖頭。「我建議明天在堪薩斯街碰面，威廉之前藏單車的地方。」

「我們要去荒原。」艾迪說，說完忽然打了個冷顫。

麥可又點點頭。

所有人面面相覷，沒有說話。接著威廉站起來，其他人也跟著起身。

「我希望你們今晚小心一點，」麥可說：「牠來過這裡，也可能會去你們去的地方。不過，今晚的聚會讓我感覺好多了。」他看向威廉：「我覺得還是辦得到的，你不覺得嗎，小威？」

威廉緩緩點了點頭，說：「沒錯，我想應該是。」

「牠也知道這一點，」麥可說：「因此牠會想盡辦法讓局勢站在牠那邊。」

「要是牠出現了怎麼辦？」理查德問：「捏著鼻子、閉上眼睛轉三圈，腦子裡想著好事情？還是對牠撒魔粉？唱貓王的老歌？到底怎麼辦？」

麥可搖搖頭。「要是我能回答，不就什麼事都沒了嗎？我只知道有另一股力量——至少在我們小時候——希望我們活著，將事情做個了結。也許那一股力量還在。」他聳聳肩，動作很疲憊。「我本來以為今晚會有兩個人、甚至三個人缺席，不是失蹤就是死了，但你們都出現了，讓我對接下來抱著一絲希望。」

理查德看了看錶。「現在是一點十五分。有趣的時光總是過得特別快，對吧，害死康？」

「嗶嗶，小理。」班恩說，說完疲倦地笑了。

「妳想和我一、一起走回街屋旅館嗎，貝芙莉？」威廉問。

「好啊。」她已經在穿外套了。圖書館此刻感覺非常靜，暗得令人害怕。威廉覺得過去兩天的種種忽然追了上來，壓在他背上。如果只是疲倦就還好，但卻不然：他感覺自己就要崩潰了，覺得正在作夢，腦中都是偏執的妄想。他感覺被人盯著。也許我根本不在這裡，他心想，也許我正在蘇瓦德醫師的瘋人院，隔壁是伯爵的街屋，對面是倫菲爾德。他和蒼蠅在一起，我和怪物一起，我們兩人都認爲有派對，穿得很華麗，但不是燕尾服，而是緊身束縛衣。

「你呢，小、小理？」

理查德搖搖頭說：「害死康和卡斯普布拉克會帶我回家。對吧，兩位？」

「當然。」班恩說。他瞄了貝芙莉一眼，看見她在威廉身旁，站得很近，忽然心頭一痛。他幾乎忘記那種痛楚了。新的回憶陡然浮現，他差一點就抓著了，卻還是讓它飄走了。

「你呢，麥、麥可？」威廉問：「想跟我和貝、貝貝一起走嗎？」

麥可搖搖頭說：「我得先──」

這時，貝芙莉忽然尖叫一聲。她的叫聲劃破了寂靜，被頭上方的圓頂接收了，回音有如預告死亡的女妖的笑聲，在他們四周飛舞迴盪。

威廉轉身看她。理查德剛拿起椅背上的運動外套，嚇得鬆手放開。艾迪將空的琴酒瓶掃到地上，嘩啦碎了一地。

貝芙莉倒退幾步，伸出雙手，臉色白得像銅版紙，深陷在眼窩裡的暗紫色雙眼瞪得老大。「我的手！」她尖叫道，「我的手！」

「怎麼──」威廉話還沒說完，就看到鮮血從她顫抖的指間緩緩滴落。他正想上前，突然覺得掌心熱辣辣的，不是很痛，有點像舊傷復發的感覺。

他手上的舊疤（在英國重新出現的疤痕）裂了，正在流血。他轉頭望去，發現艾迪．卡斯普布拉克愣愣地看著自己的手，也在流血。麥可、理查德和班恩的手也是。

「我們會一起到最後，對不對？」貝芙莉說。她已經哭了。哭聲和尖叫聲一樣被空蕩寂靜的圖書館放大了，彷彿圖書館也跟著哭了。威廉覺得自己再聽下去一定會瘋掉。「神啊，求求祢，我們要一起到最後。」她啜泣著說，一邊鼻孔流出鼻涕。她用顫抖的手抹掉鼻涕，更多血滴到了地上。

「快、快、快點！」威廉說著抓住艾迪的手。

「什麼──」

「快點！」

威廉伸出另一隻手。過了一會兒，貝芙莉握住他的手，臉上依然掛著淚。

「沒錯，」麥可說。他看來頭暈目眩，好像嗑了藥一樣。「沒錯，就是這樣，對吧？又開始了，對不對，小威？又從頭開始了。」

「沒、沒錯，我、我想——」

麥可握住艾迪的手，理查德牽起貝芙莉的另一隻手。班恩望了他們半晌，接著像作夢一樣舉起血淋淋的雙手走到麥可和理查德之間，握住兩人的手。所有人圍成一圈。

（啊Chüd這就是除魔儀式烏龜也幫不了我們）

威廉開口尖叫，但沒有聲音。他看見艾迪頭往後仰，脖子青筋暴露，貝芙莉的臀部猛力顫了兩下，像高潮一樣，和點二二手槍擊發一樣劇烈短促。麥可的嘴動得很奇怪，彷彿同時在笑又很難過。砰砰的開門、關門聲在寂靜的圖書館裡迴盪，有如滾動的保齡球。期刊室裡沒有風，雜誌卻在空中旋轉飛舞。卡蘿．丹納的辦公室裡，ＩＢＭ打字機忽然活了過來，打出幾行字：

他雙手

握拳打在

柱子上依然堅持自己看到鬼了

他雙手握拳打在

打字機卡住了滋滋作響，裡面的電子零件負載過量，發出打嗝般的聲音。第二書區的秘教書突然翻倒，艾德加．凱斯、諾斯查達姆斯、查爾斯．佛特的著作和偽經散落一地。

威廉忽然覺得力量大增。他隱約察覺自己勃起了，每根頭髮都豎了起來。圓圈的力量真是驚人。

圖書館裡所有的門同時關上。

服務台後方的老爺鐘敲了一響。

響完就停了，好像有人關上開關一樣。

所有人鬆手，一臉茫然面面相覷，沉默不語。力量慢慢消退，威廉覺得可怕的滅絕感竄了出來。他看了看夥伴蒼白緊繃的臉龐，接著低頭看手。血跡還在，但史丹利．尤里斯一九五八年八月用可樂瓶碎片劃出的傷口又癒合了，只留下絞繩一般的歪斜白線。威廉想，上回是我們七人最後一次在一起……史丹利在荒原幫我們劃出傷痕。史丹利不在這裡，他死了。這回將是我們六人最後一次在一起了。我知道，我感覺得出來。

貝芙莉挨著他顫抖，威廉伸手摟住她。其他人都看著他，瞪大的眼睛在黑暗中閃閃發亮。長桌上凌亂擺著空瓶、杯子和滿出來的菸灰缸，有如一座光之島。

「夠了，」威廉沙啞地說：「今天晚上的餘興節目已經夠了，留一點把戲下次用吧。」

「我想起來了，」貝芙莉說。她抬頭看著威廉，雙眼圓睜，蒼白的臉頰還爬滿淚水。「我全都想起來了。你們被我爸發現了。大家逃跑。鮑爾斯、克里斯和哈金斯。我拚命跑。下水道……鳥……牠……我全都想起來了。」

「沒錯，」理查德說：「我也想起來了。」

艾迪點點頭說：「抽水站——」

威廉說：「還有艾迪——」

「回去吧，」麥可說：「好好睡一覺，很晚了。」

「和我們一起走吧，麥可。」貝芙莉說。

「不行，我得鎖門，還得寫一些東西……這次聚會的細節。不會很久的，你們先走吧。」

所有人朝門口走，沒什麼交談。威廉和貝芙莉一起，艾迪、理查德和班恩跟在後頭。威廉幫貝芙莉扶門，她低聲道了謝，踏上館外寬闊的花崗岩台階。威廉覺得她看來好年輕、好脆弱……

他沮喪地察覺自己可能又會愛上她。他試著回想奧黛莉，但她感覺好遙遠。佛利特可能才剛日出，送牛奶的人開始工作，而她還在家裡睡覺。

德利市上空再度烏雲密佈，濃濃的霧氣低低籠罩著空蕩的街道。德利活動中心那棟狹長的維多利亞高樓矗立在黑暗中沉思著。威廉想起「走進活動中心的都是孤家寡人」那句話，忽然很想大笑，好不容易才忍了下來。他們的腳步聲感覺很吵，貝芙莉伸手碰了碰他的手，威廉感激地牽住她。

「我們還沒準備好就開始了。」她說。

「我們有可、可能準、準備好嗎？」

「你的話就會，威老大。」

握著她的手突然變得既美好又必要。他想像自己第二次觸碰她的乳房，不曉得那會是什麼感覺。在這漫漫長夜結束前，他有機會知道嗎？她的乳房更豐滿、更成熟了……當他的手覆上她的陰部，將會碰到毛髮。他心想，我愛妳，貝貝……現在還是。班恩也愛妳……現在還是。我們當時愛妳……現在依然愛妳。我們最好愛妳，因為事情開始了，不能回頭了。

他回頭朝半條街外的圖書館看了一眼。理查德和艾迪站在台階最上面，班恩在台階下方看著他們。隔著有如飄忽透鏡的低矮霧氣，威廉看見他手插口袋垮著肩膀，彷彿變回了十一歲的小男孩。沒關係，小班，愛是最重要的，還有關懷……渴望才是一切，而非時間。當我們走入黑暗，或許只能帶著愛情。這樣的安慰很冰冷，我知道，但聊勝於無。

「我父親知道了，」貝芙莉忽然說：「我有一天從荒原回家，發現他知道了，就是知道了。我有沒有跟你說過，他生氣時都會對我說什麼？」

「說什麼？」

「『貝貝，我很擔心妳，』他總會這麼說：『非常擔心。』」她笑了，但身體在顫抖。「我覺得他想傷害我，小威。我是說……他之前也傷害過我，但最後一次不一樣，他……呃，他很多地方都很奇怪。我愛他，非常愛，可是──」

她看著他，似乎希望他替她說。但他沒講。她遲早得自己開口。他們此刻已經承擔不了謊言與自欺了。

「我也恨他。」她說，說完一手抽搐似的放在威廉手上，放了很久。「我從小到大從來沒跟別人說過這件事。我覺得要是說出來，一定當場被神處死。」

「那就再說一次吧。」

「不要，我──」

「說吧。說出來很痛，但也許它已經積壓太久、潰爛了。說吧。」

「我恨我爸，」她說完開始無助啜泣。「我恨他，怕他，討厭他。我在他心中永遠不夠好。我恨他，真的恨他，但又很愛他。」

他停下腳步緊緊抱住她，她急切地伸開雙臂摟著他，淚水沾濕了他頸側。威廉清楚感覺到她的身軀，感覺成熟又緊實。他微微側身，不想讓她發現他勃起了……但她立刻又貼過來。

「我們那天早上在荒原玩，」她說：「玩捉迷藏之類的，沒什麼危險的遊戲。我們連提都沒提到牠，至少早上沒有……我們有一陣子幾乎每天都會談到牠，你還記得嗎？」

「對，」他說：「有一陣、陣子，我記得。」

「那天是陰天……很熱。我們玩了快一早上。我十一點半左右回到家，想說先洗個澡，然後吃個三明治，喝點湯，再回荒原繼續玩。我爸媽那天都要工作，但他卻在家裡，沒有出去。我才剛進門，他

2

下主大街　上午十一點三十分

就將她一把扔進客廳。她嚇得尖叫，但馬上就停了，因為她狠狠撞到牆，肩膀都麻了。她跌在鬆垮的沙發上，驚慌地左右張望。客廳的門啪一聲關上，父親剛才就站在門後。

「貝貝，我很擔心妳，」他說：「有時非常擔心。妳知道的，我跟妳說過了，不是嗎？我敢說我一定講過。」

「爸爸，怎麼——」

他緩緩走過客廳，臉色陰森哀傷，若有所思。她不希望他一直那副表情，可惜事與願違，那表情就好像靜止水面上的浮塵揮之不去。他無意識地咬著右手的關節，身著卡其褲，她低頭瞥見他的高筒鞋在母親的地毯上留下了鞋印。我得去拿吸塵器，她慌亂地想，把地毯吸乾淨。要是他手下留情，要是他——

是泥巴，黑泥。她心裡響起了警報。她才剛跟威廉、理查德、艾迪他們從荒原回來，那裡的泥巴又黑又黏，和爸爸鞋子上的泥巴很像。就是那塊沼澤，長滿和骨頭一樣白的矮樹，還有理查德稱之為竹子的植物。風一吹，竹幹就會空空作響，很像巫毒教的鼓聲。她父親是不是去了荒原？他是不是——

啪！

他的手劃出一大圈打在她臉上，讓她一頭撞上牆壁。他拇指插進皮帶，用森冷漠然的好奇神情望著她。鮮血從她左邊嘴角流出來，感覺暖暖的。

「我看得出來妳長大了。」他說。她以為他還會說點什麼，結果好像沒了。

「爸爸，你在說什麼？」她低聲顫抖地問。

「妳要是敢說謊，我就打得妳只剩半條命，貝貝。」他說。她忽然驚慌地發現他沒有看著她，而是盯著沙發牆上的印刷相片。她的思緒再度狂奔，回到四歲那年，她坐在浴缸裡，拿著藍色塑膠船和卜派肥皂，她深愛的父親高頭大馬，穿著灰色斜紋吊帶褲和T恤跪在她身旁，一手拿著橘子汽水，另一手拿著毛巾幫她的背抹肥皂，一邊說：「貝貝寶，露出妳的耳朵來，妳媽媽需要馬鈴薯做晚餐。」她聽見年幼的她呵呵笑了，看見她抬頭望著他頭髮微白的臉龐，覺得這張臉永遠不會變。

「我……我不會說謊騙你，爸爸，」她說：「怎麼了？」淚水來了，他的身影慢慢顫抖模糊了起來。

「妳和一票男孩子到荒原去玩了？」

她心臟猛跳，目光再度飄向他沾滿泥巴的鞋子。又黑又黏的泥巴。只要踩進去太深，泥巴就會吸住球鞋或樂福鞋……另外，理查德和威廉都認為走到底就會變成流沙。

「我偶爾會去那裡——」

啪！長滿硬繭的手再度掃了過來。她哀號一聲，覺得又痛又怕。他臉上的神情讓她恐懼，他不看她也讓她害怕。他有地方不對，狀況愈來愈差……萬一他想殺死她怎麼辦？萬一

（喔別想了貝貝他是妳爸爸爸爸不會殺死女兒的）

他失控了怎麼辦？萬一——

「妳讓他們對妳做了什麼？」

「做了什麼？——」她完全聽不懂他講什麼。

「把褲子脫了。」

她更困惑了。他講話似乎毫無頭緒，讓她聽得很不舒服……甚至想吐。

「什麼……為什麼……？」

他又舉起手，她往後縮。「把褲子脫了，貝貝，讓我看妳是不是完好如初。」

她心裡浮現一個新的景象，比之前的都瘋狂：她看見自己脫下牛仔褲，一隻腳竟然跟著斷了。父親在客廳追她，用皮帶抽她，她只能一隻腳跳著逃開。爸爸大喊：我就知道妳不是完好如初！我就知道！我就知道！

「爸爸，我不知道你──」

他大手一揮，但不是甩她巴掌，而是抓住她。他手指狠狠嵌進她肩膀裡，讓她痛得尖叫。他把她拉起來，頭一回正眼看她。眼前的景象讓她再次尖叫出聲。她看見……什麼都沒有。她父親消失了。八月清晨令人昏昏欲睡，貝芙莉突然明白剛才只有她和牠在公寓裡。但不像她一週半前在內波特街那樣，她並沒有感覺到強烈的力量和純然的邪惡。她父親的「人味」稀釋了牠。但牠確實在，操縱了他。

他將她甩到一旁。她撞到咖啡桌，整個人跌倒趴在地上，發出一聲哀號。就是這樣，她心想，牠就是這樣運作的。我要告訴威廉，讓他明白。整個德利都是這樣，牠只是……牠只是有洞就鑽，趁隙而入而已。

她翻了個身。父親朝她走來，她坐著閃開，頭髮扎進眼睛裡。

「我知道妳去了那裡，」他說：「人家告訴我的時候，我還不相信呢，不相信我的貝貝會和一票男孩子廝混。結果今天早上我親眼見到了，見到我家的貝貝和一群男生出去！」想到這點似乎讓他再次怒火中燒，乾瘦的身軀猛力顫抖，彷彿通了電流。「還不到十二歲！」他大吼道，接著朝她大腿踹了一腳，讓她痛得尖叫。眼前的事實或想法（管它是什麼）令他咬牙切齒，有如擔心嘴邊肉被搶走的餓犬。「妳還不到十二歲！十二歲！還不到十二歲！」

他又踹了一腳，貝芙莉匍匐閃躲，兩人已經進到廚房了。他的工作靴踢到爐台下方的抽屜，震得裡頭的鍋碗瓢盆哐啷作響。

「不准躲，貝貝，」他說：「妳再這樣躲我，我就讓妳更難看。相信我，相信妳老爸，這件事很嚴重。跟一群男孩子廝混，讓他們對妳胡作非為，而且妳還不到十二歲。天哪，這還不嚴重嗎？」他抓住她肩膀，將她一把拉起來。

「妳長得很漂亮，」他說：「很多人想上漂亮女孩，很多漂亮女孩喜歡被上。妳被他們當成發洩工具了嗎，貝貝？」

她終於明白牠在他腦袋裡灌輸什麼了……只不過她曉得那樣的想法一直都在，只是被牠撿現成拿來用罷了。

「沒有，爸爸。我沒有，爸爸——」

「我看見妳抽菸了！」他咆哮道，說完又打了她。這回用的是手掌，力道大得讓她像醉漢一樣顛顛倒倒撲向餐桌，趴在桌上。她感覺背上一陣劇痛。鹽罐和胡椒罐掉到地上，胡椒罐碎了，黑色顆粒四散而出，有如花開花謝一般。聲音感覺太低沉了。她看著他的臉，看見他異樣的神情。父親正盯著她的胸脯看。她突然察覺上衣跑出來了，而且她沒穿胸罩——她當時只有一副胸罩，而且是運動胸罩。她的思緒飄回內波特街的房子，威廉脫下自己的襯衫給她。她那時就意識到自己的乳房抵著薄薄的棉衫，但他們偶爾飄來的目光並沒有冒犯她，感覺很正常。威廉的目光尤其正常，就算很危險，也讓人感覺溫暖而索求。

此刻的她既害怕又羞恥。難道她父親錯了嗎？難道她完全沒有

（被他們當成發洩工具）

那種想法？沒有壞念頭，像他講的那些事？

完全不是那樣！完全不是

（被當成發洩工具）

他現在看我的那種眼神！不一樣！

她將上衣下襬塞回褲子裡。

「貝貝？」

「爸爸，我們只是一起玩，就這樣。我們玩……我們……我們沒有做什麼……不好的事。我們——」

「我看見妳抽菸了，」他又說了一次，一邊朝她走來，目光從她胸口掃向沒有曲線的窄臀，接著忽然用高中男生的語調說話，讓她更加害怕：「女孩子會吃口香糖就會抽菸！會抽菸就會喝酒！會喝酒大家都知道接下來會做什麼！」

「我什麼都沒做！」她吼了回去。他雙手放到她肩上，不過沒有掐她或傷她，反而非常溫柔。但這樣才最恐怖。

「貝芙莉，」他像著魔的人一樣，用決然又瘋狂的語氣說：「我看到妳和男生在一起了。妳自己說，一個女孩子跟一群男孩子到那種地方，除了躺下來還能幹什麼？」

「放開我！」她朝父親吼道。憤怒從她內心深處一湧而出，她從來沒想到自己心底有那樣的地方。青黃色的怒火在她腦中熊熊燃燒，威脅著她的思緒。從小到大他一直恐嚇她、羞辱她、傷害她。「放開我！」

「不准用這種態度和爸爸說話。」他說，感覺被嚇到了。

「我沒有做你說的那種事！一次也沒有！」

「也許妳沒做，也許妳有。我得親自檢查才行。我知道怎麼檢查，把妳的褲子脫下來。」

「不要。」

他瞪大眼睛，露出深藍瞳孔旁的發黃角膜。「妳說什麼？」

「我說不要，」他盯著她看，或許見到了她眼中的怒火與強烈的反抗。「是誰跟你說的？」

「貝貝——」

「誰跟你說我們去那裡玩了？是陌生人嗎？穿著銀橘兩色衣服的傢伙？是不是戴著手套？雖然不是小丑，但看起來是？他叫什麼名字？」

「貝貝，閉嘴——」

「不要，你才閉嘴。」她對他說。

他又揚起手臂，但這回沒有張手，而是握拳，彷彿想擊碎什麼。貝芙莉閃開，拳頭從她頭上掃過，打在了牆上。他嚎叫一聲，將她放開，將拳頭放到嘴邊呼氣。她匆匆碎步遠離他。

「妳給我回來！」

「不要，」她說：「你想傷我。我愛你，爸爸，但我討厭你這樣。你以後不准再繼續了。是牠讓你變成這樣，不過是你讓牠進到你身體的。」

「我不曉得妳在說什麼，」他回答：「但妳最好立刻給我滾過來，我不會再說第二次。」

「不要。」她說，說完又開始哭泣。

「別讓我過去抓妳，貝貝，不然妳就慘了。過來。」

「告訴我是誰跟你說的，」她說：「我就過去。」

他突然撲了上來，像苗條的貓一樣敏捷。她雖然猜到他會這麼做，卻還是差點被他逮到。她慌忙去抓廚房的門把，將門開出一道僅可容身的小縫，隨即鑽了出去，穿越玄關朝門口跑。她跑得又驚又惶，跟二十七年後逃離克許太太一樣急迫。在她身後，艾爾．馬許撞到門，將門撞關了，門板裂了一個洞。

「貝貝妳馬上給我過來！」他一邊嚎叫，一邊將門打開追了出來。

前門拴上了，她剛才是從後門進來的。她一手抖著去開鎖，另一手徒勞地轉動門把。她父親再度發出怒吼，聲音有如

（賤女孩把褲子脫下來）

野獸。她又轉動門把，這回門終於開了。熱氣在她喉內上下奔騰，她回頭發現他就在她身後，伸手想要抓她，扭曲的臉上掛著獰笑，上下兩排馬齒般的發黃牙齒有如捕熊夾。

貝芙莉衝出紗門，感覺他的手指碰到她的上衣但沒有抓著。她奔下台階，結果重心不穩撲到水泥走道上，擦傷了兩邊膝蓋。

「貝貝妳馬上給我回來否則我剝了妳的皮！」

他跑下台階，她手忙腳亂站了起來，牛仔褲兩邊都破了，

（把褲子脫了）

膝蓋滲出血來，露出高唱〈基督尖兵奮起〉的神經末梢。她回頭發現他又追上來了。艾爾．馬許，看守者兼監護人，穿著卡其長褲和雙口袋卡其襯衫，鑰匙用鍊子繫在皮帶上，灰白頭髮向後飛揚。但她在他眼裡看不到他，那個曾幫她刷背，打她肚子，因為擔心她、非常擔心而疼她、打她的他。她七歲那年替她紮辮子，結果紮得很醜，自己看得咯咯笑的他。星期天會做肉桂甜蛋酒，味道比德利冰淇淋店裡兩毛五買得到的甜點都好吃的他。他是她父親，她生命中的男人，男性世界來的信差。這些在他眼中都看不到了。她只見到盲目的殺氣，見到了牠。

她拔腿就跑，逃離牠。

帕斯卡爾先生正在院子裡替馬唐草澆水，一邊聽門廊欄杆上的手提收音機播放紅襪隊的比賽，聽見騷動嚇得抬頭觀望。齊納曼家的小孩從老舊的哈德遜黃蜂轎車旁退開。他們花了二十五美元買下那輛車，幾乎每天刷洗。他們其中一個拿著水管，另一個提著一桶肥皂水。丹頓太太從公寓二樓往外望，她嘴裡塞滿別針，腿上擺著女兒（她有六個女兒）的洋裝，籃子裡還有衣服要補。年幼的拉斯．特拉曼尼斯將他的手推車匆匆拉離龜裂的人行道，站在帕斯卡爾的枯萎草坪上。他看見春天剛教他怎麼綁鞋帶才不會鬆掉的貝芙莉瞪大眼睛，尖叫著從他面前跑過，忍不住哭了出來。沒多久，她父親也從他面前跑過，朝她大吼大叫。拉斯那時只有三歲，十二年後因為機車車禍身亡，他看見馬許先生臉上浮現恐怖非人的神情。他之後連作了三週惡夢，夢見穿著衣服的馬許先生變成蜘蛛。

貝芙莉往前飛奔，很清楚自己性命攸關。要是被他逮到，就算在街上他也不會在乎。德利人有時很瘋狂，她不用看報紙或聽說德利的歷史就知道。萬一被他抓住，他會掐她、揍她或踢她。打完之後他會被人帶走，像艾德華．寇克蘭的父親一樣關在牢房裡，一臉茫然，憤憤不解。

她朝市區跑，路人愈來愈多。他們看看她，又看看追著她的他，臉上露出驚詫甚至讚嘆的神情，但也僅此而已。他們只是看了一眼，就繼續趕路。她肺裡的空氣愈來愈重。

她橫過運河，雙腳砰砰踩在水泥地上，車輛從她右邊通過，壓得橋面的厚木板轟隆作響。她看見運河流進左邊的石拱鑽入地下，進入市區。她忽然往右闖越主大街，惹得喇叭和煞車聲大作。她右轉是因為荒原在那個方向。還有一英里左右，她得在上哩丘的陡坡（兩旁巷子更陡）甩開父親才有機會到得了，沒有別的辦法。

「我警告妳小賤人立刻給我回來！」

她跑到馬路對面的人行道時回頭看了一眼，沉沉的紅髮跟著甩過肩膀。她父親正在過街，和她一樣完全不顧車潮，脹紅的臉上滿是汗水。

她躲進一條小巷，跑到倉庫區後方。這些建築的正面就是上哩丘的大街，包括星辰牛肉行、阿莫肉品包裝行、罕普希爾倉儲公司和伊格爾猶太肉品店。巷子很窄，是石子路，兩旁堆滿發臭的垃圾箱和垃圾桶，把路弄得更窄。石子黏答答的，天曉得沾了什麼腐物和爛污。巷裡五味雜陳，有濃有淡，還有一些臭到極點……但都是肉味和屠宰的腥臭，蒼蠅群聚飛舞，有如一團團雲朵。她聽見建築物裡面傳來鋸骨機鮮血四濺的呻吟，雙腳在滑溜的石子上走得歪七扭八，不小心一屁股撞到一個電鍍垃圾桶，幾包用報紙裹著的牛胃掉了出來，看起來好像肥嫩的叢林大野花。

「貝貝妳他媽的給我回來！我說現在！別自討苦吃！」

兩個男人坐在克希納包裝廠的裝卸口啃三明治，餐籃敞開擺在身邊。其中一人溫和地說：「妳慘了，小姑娘，看來妳和妳老爸闖進柴房了。」另一個人聽了呵呵笑。

他愈來愈近了。她聽見他如雷的腳步和沉重的呼吸聲，感覺就在身後。她往右看見他的影子有如一道黑色翅膀，沿著高高的木板圍籬朝她飛來。

接著他大叫一聲，感覺又驚又怒。原來是他腳底打滑，摔在石子路上。他雖然很快就站了起來，但不再咆哮，只是胡言亂語發洩怒氣。門口那兩個男人哈哈大笑，互相拍背。

小巷蜿蜒向左……貝芙莉緊急煞車，絕望得張大嘴巴。只見一輛垃圾車擋住了巷口，兩旁縫隙不到九英寸。除了引擎的空轉聲，她隱約聽見駕駛座有人低聲交談。他們也在午休。再三、四分鐘就正午了，法院的鐘就快響了。

她聽見他又追來了，不斷逼近，於是往下一趴，用手肘和受傷的膝蓋從垃圾車底下爬了過去。垃圾、柴油和腐肉的臭味讓她頭暈想吐。她這麼容易爬過來，其實是因為這裡更噁心：地上沾著一層滑膩的黏液和垃圾殘渣。但她繼續爬，途中不小心身子抬得太高，背部碰到垃圾車滾燙的排氣管。她咬牙忍住才沒有叫出來。

「貝芙莉？妳在車底下？」他說的每個字都夾雜著喘息聲。她回頭一看，發現他彎身朝垃圾車底下看，兩人四目相對。

「離我……遠一點！」她勉強說了一句。

「妳這個賤人！」他說，聲音低沉，哽著口水，接著便趴下來開始往車底爬，用古怪的游泳姿勢讓自己前進，鑰匙鏘鏘作響。

貝芙莉爬到駕駛座底下，抓住其中一個輪胎——胎紋有兩個指節深——將自己往上拉，站了起來。雖然尾椎撞到前保險桿，但她還是拔腿就跑，沿著上哩丘往前衝，上衣和牛仔褲沾滿黏液，臭得要命。她回頭發現父親的手和長滿雀斑的手臂從垃圾車駕駛座下冒了出來，有如童年夢中會從床下出現的怪獸。

她想也不想，便匆匆閃進費德曼倉儲和崔克兄弟車行之間的通道裡。這條通道小得不能稱為巷子，地上滿是破箱子、雜草和向日葵，當然還有垃圾。貝芙莉躲到一堆箱子後方蹲了下來。幾秒鐘後，她看見父親從通道前跑過，上坡揚長而去。

貝芙莉起身衝向通道的另一頭，那裡有鐵網圍籬。她像猴子一樣爬到頂端翻了過去，繼續朝另一頭走。她來到德利神學修道院，穿越修剪整齊的後院草地，繞過樓房，耳朵聽見裡面有人正在用管風琴彈奏古典樂，音符愉悅平靜，彷彿嵌進了靜謐的空氣中。

修道院和堪薩斯街隔了一道高大的樹籬。她隔著樹籬往外看，發現父親在街的另一頭氣喘吁吁，工作衫腋下濕了一片。他雙手扠腰左右張望，鑰匙在陽光下閃閃發亮。

貝芙莉望著他。她也氣喘吁吁，心臟彷彿衝到喉頭，跳得像兔子一樣快，嘴巴又乾又渴，身上的臭味讓她想吐。*假如我是漫畫人物，她心不在焉地想，現在身體四周一定畫著很多條線。*

她父親緩緩過馬路，到修道院這一邊來。

貝芙莉屏住呼吸。

神哪，求求祢，我已經跑不動了。幫幫我，別讓他發現我。

艾爾．馬許緩緩走在人行道上，直接從女兒藏身的樹籬前走過。

神哪，別讓他聞到我！

他沒有聞到，可能因為他在小巷裡跌了一跤，又爬過垃圾車底下，身上就和她一樣臭。他繼續往前走。她看著他走下上哩丘，直到消失在視線外。

貝芙莉緩緩起身。她衣服上全是垃圾，臉龐很髒，背上被垃圾車排氣管燙到的地方痛得厲害，但外在的狼狽都被思緒的混亂蓋過了。她覺得自己好像駛離了世界的邊緣，一般正常的行為準則不再適用了。她沒辦法想像自己回家，卻也無法想像自己不回家。她違抗了父親，違抗了他

──

她強迫自己甩掉這個念頭，因為它讓她虛弱顫抖，噁心想吐。她愛父親。十誡不是說「尊敬父母，使你得福，並使你的日子在耶和華你神所賜你的地上得以長久」嗎？這是沒錯，但他已經變了，不再是她父親，徹底變成另外一個人，被附身了。牠──

她忽然想到一個可怕的問題，忍不住渾身顫抖：其他夥伴也是這樣嗎？或遇到類似的事？她得警告他們。他們之前傷了牠，或許牠現在準備採取行動，確保我們再也傷不了牠。而且說真的，還能去哪裡？她只有他們這群朋友。威廉。威廉。威廉一定知道該怎麼做，會告訴她該做什麼，威廉知道下一步。

她走到修道院小徑和堪薩斯街人行道的交口停下來，探出樹籬往外望。她父親真的走了。她右轉沿著堪薩斯街往荒原前進。也許現在沒人在那裡，可能還在家裡吃午餐，但他們會回來，而

且她可以先到陰涼的地下俱樂部，讓自己鎮定下來。她會開一扇小窗，透進一點陽光，甚至還能睡一覺。她身心俱疲，迫切渴望休息。沒錯，睡個覺應該很好。

她昏昏沉沉拖著腳步經過最後幾棟房子，接下來坡度太陡，直通荒原，沒辦法蓋房子。她父親竟然會到荒原徘徊窺探，她實在覺得不可思議。

貝芙莉顯然沒聽見背後有腳步聲。那群惡少很小心不發出聲音，因為他們之前追丟過，不想再重蹈覆轍。他們愈來愈靠近，腳步和貓一樣輕。貝奇和維克多咧嘴微笑，但亨利的表情茫然又嚴肅，沒有梳理的頭髮又蓬又亂，眼神和剛才公寓裡的艾爾．馬許一樣空洞。他伸出骯髒的手指貼在嘴唇上，做出「噓」的動作。三人不斷拉近和她的距離，七十英尺、五十英尺、三十英尺。

那年夏天，亨利一直瘋瘋醒醒，在心裡深淵兩岸徘徊，走的橋愈來愈窄。他讓派崔克．霍克斯泰特撫摸他那天，橋樑成了細繩，而細繩今天早上斷了。亨利全身赤裸走到院子，身上只有一件破爛發黃的內褲。他抬頭望向天空，昨夜的殘月還在。看著看著，月亮忽然變成獰笑的骷髏頭。亨利跪在地上，心裡又怕又喜。幽靈般的聲音從月亮傳來，不停變化，時而混成輕柔的囈語，幾乎無法聽懂……但他發現一個簡單的事實，所有聲音都是一個聲音，一個靈體。那個聲音叫他去找貝奇和維克多，中午左右到堪薩斯街和卡斯特洛大道附近。那個聲音說他到時就會知道該做什麼了。果不其然，那個賤妞出現了。他等候聲音指示下一步行動，一邊拉近距離。指示來了，但不是來自月亮，而是他們剛才經過的陰溝柵。聲音很低，但很清楚。貝奇和維克多望著陰溝柵，神情恍惚，彷彿被催眠似的，接著又抬頭看貝芙莉。

殺了她，陰溝裡的聲音說。

亨利．鮑爾斯從牛仔褲口袋裡掏出一根九英寸長的細物，兩側有仿象牙的鑲嵌裝飾。一枚小小的純銘按鈕在這個不明物品的末端閃閃發亮。亨利摁下按鈕，六英寸長的刀刃立刻從刀柄凹槽裡彈了出來。他一邊拋接折刀，一邊稍微加快腳步。維克多和貝奇依然一臉恍惚，也加速跟上亨利。

嚴格來說，貝芙莉沒聽見他們。使她轉頭的原因不是亨利愈來愈近。亨利屈膝潛行，臉上掛著僵固的獰笑，和印第安人一樣安靜。不，她轉頭不是因為他，而是一種清楚、直接、強烈得無法漠視的感覺，

3

德利市立圖書館　凌晨一點五十五分

被人盯著的感覺。

麥可．漢倫放下筆，望著圖書館的陰暗穹廳。他看見圓燈灑下島嶼般的光影，書冊遁入幽暗之中，鐵梯以優雅的螺旋通向藏書區，沒有任何異常。

但他仍然不覺得圖書館只有他一個人，不再是了。

其他人離開後，麥可出於習慣打掃了一番。他就像開始自動駕駛的機長，思緒飄到了百萬英里外、二十七年前。他倒了菸灰缸，將空酒瓶扔了（還放了一層廢棄物遮住，免得卡蘿看到嚇壞了），可回收的罐子放進書桌後方的箱子裡，接著又拿了掃帚把艾迪打破的琴酒瓶掃乾淨。清完了桌子，他走進期刊室撿拾散落的雜誌。他一邊做著這些例行公事，一邊回味他們方才分享的往事——或者該說遺漏的部分。他們以為回憶都回來了。他覺得威廉和貝芙莉很接近，但仍然不算全部。回憶會回來的……如果牠肯給他們時間的話。一九五八年那一次，他們根本沒機會準備。他們見面就談——中間只被石頭大戰和內波特街二十九號的英勇冒險打斷——但到頭來好像什麼也沒談出來，然後八月十四日就被趕鴨子上架，被亨利和他的死黨一路追進了下水道。

他將最後一批雜誌放回原位，一邊心想，也許我當時應該告訴他們。但他心裡有個聲音強烈反對。應該是烏龜吧，他想。或許那是一部分，或許週期的感覺也是。或許上一幕也會以新的方式再度出現。他已經將手電筒和安全頭盔小心擺好，為明天準備。他將德利市下水道和排水系統的藍圖整齊捲好，用橡皮筋捆好收進同一個櫥櫃。但他們童年談過、計畫過的所有事情，不管成不成熟，最後都徒勞無功。他們只是硬生生被追進下水道裡，捲進之後的對決中。這回又將如此嗎？他現在認為信念和力量是可以互換的。最終真理是不是更簡單？是不是唯有被無情推入事件的漩渦，一如沒有降落傘、從母親子宮墜落而出的嬰兒，才可能憑著信念行動？一旦開始墜落，你就得相信降落傘會讓你活著，不是嗎？無論如何，你最後能做的就是拉動扣環。

天哪，這簡直是扮成黑人的富爾頓．辛恩主教嘛，麥可心想，不禁微微笑了。

麥可打掃、整理、沉思，希望結束後他會累得只想回家睡幾小時。但等他真的忙完了，卻發現自己清醒到極點。於是他走到辦公室後方的藏書室，從鑰匙圈拿了一把鑰匙，打開鐵柵走了進去。這間藏書室的門和保險庫很像，據說只要關好上鎖就能防火，裡面收藏圖書館的珍貴初版書、古早作者的簽名書（包括梅爾維爾的《白鯨記》和惠特曼的《草葉集》）、和德利市相關的歷史典籍和曾經在德利居住或工作過的極少數作家的手稿。如果他們大難不死，麥可希望威廉能將手稿存放在德利市立圖書館。他走過錫罩燈泡下的第三排書架，聞著圖書館令人熟悉的味道，混雜著霉味、灰塵和陳舊紙頁的肉桂香。麥可心想，*我死的時候很可能一手拿著借書證，一手拿著過期章吧。嗯，這樣的死法或許還算好的呢*。

他走到一半停了下來。那本折頁處處的速記簿就塞在佛里克的《德利往昔》和米肖德的《德利史》之間，裡頭寫滿了德利的奇聞軼事和他的胡思亂想。他將簿子塞得非常裡面，幾乎隱形了。外人除非刻意尋找，否則一定找不到。

麥可抽出速記簿，走到藏書室的門口關燈，鎖上鐵柵，然後回到他們剛才聚會的桌前坐了下來，將速記簿翻到上回寫到的地方，覺得自己的口供真是古怪又殘缺，既有歷史，又有醜聞、日記和告解。四月六日之後，他就沒有再寫了。他用拇指翻了翻剩下的空白頁，心想：很快就得買新的了。他想起瑪格莉特．米契爾《飄》的初稿沒有用速記或打字，寫在學校作文簿裡，堆得像座小山，覺得很有趣。接著他拔開筆蓋，在上回寫的最後一行底下空兩行，寫下「五月三十一日」。他停筆抬頭，略略環顧空蕩蕩的圖書館，隨即埋頭記下過去三天發生的所有事，從他打電話給史丹利．尤里斯寫起。

他靜靜寫了十五分鐘，注意力開始渙散，停筆的頻率愈來愈高。史丹利的頭顱在冰箱裡的景象試圖闖入他的腦海。那血淋淋的頭顱，張開的嘴裡塞滿羽毛，從冰箱裡掉到地上，朝他滾來。他吃力地甩開了那幅景象，繼續振筆疾書。五分鐘後，他忽然直起身子左右張望，覺得一定會看到頭顱滾過紅黑兩色的磁磚，兩眼就和標本鹿頭的眼睛一樣晶亮靈動。

什麼都沒有。沒有頭顱也沒有聲音，只有他自己低低的心跳聲。

鎮定一點，小麥，你只是一時精神錯亂，就這樣。

但沒有用。文字開始離他而去，思緒在他搆不著的地方飄盪。他感覺頸後一陣壓力，而且似乎愈來愈重。

有人在看他。

他放下筆，起身喊道：「有人在嗎？」聲音從穹廳反射回來，讓他嚇了一跳。他舔舔嘴唇，又試了一次。「威廉？……還是班恩？」

威廉……班恩……

麥可突然決定回家，只要帶走速記簿就好。他伸手去拿……忽然聽見一個輕微滑溜的腳步聲。

他又抬頭觀望。小小的光影有如池塘，被湖泊般的黑暗包圍。就這樣……起碼他沒看見任何東西。他等待著，心臟狂跳。

腳步聲再度出現，這回他聽出位置了。主館和兒童館間的玻璃長廊。在那裡。那裡有人，有東西。

麥可悄悄移動，從書桌走到服務台。通往長廊的雙開門用木頭門擋卡著，他看得見一點裡面。他看見像腳的東西，心裡忽然大為驚恐，想說難道史丹利終於來了，一手拿著鳥類圖鑑從暗處出現，臉色蒼白，嘴唇發紫，手腕和上臂都是刀痕。我總算來了，史丹利會說，因爲得從地洞裡掙脫出來，所以耽擱了一點時間，但我還是來了……

又是腳步聲。麥可確定自己看見鞋了——鞋子和破爛的牛仔褲腳。褪色的淺藍綿鬚垂在沒穿襪子的腳踝邊。漆黑之中，腳踝上方將近六英尺的地方，他看見閃閃發亮的眼睛。

他伸手在半圓形服務台上慌張摸索，摸到桌子另一邊，目光一直沒有離開那雙眼睛。他指尖碰到小木盒的邊角。是過期卡。接著是小一點的盒子。迴紋針和橡皮筋。他手指碰到某個金屬物體，立刻一把抓住。是拆信刀，柄上印著耶穌拯救世人六個字，品質很差，是恩典浸信會來函募款附贈的。麥可已經十五年沒有參加禮拜了，但恩典浸信會是他母親所屬的教會，他曾經超過己力地捐過五美元。他本來想把小刀扔了，結果沒有，現在還跟其他雜七雜八的東西擺在服務台他的桌上（卡蘿桌上永遠一塵不染）。

他緊緊握著拆信刀，盯著陰暗的長廊。

腳步聲再度響起。一聲、兩聲。他已經看得見破牛仔褲的膝蓋了，還有對方的身形：巨大、笨重，肩膀渾圓，頭髮似乎很蓬亂，體型很像人猿。

「你是誰？」

那身影只是站在原處，打量麥可。

雖然還是怕，但麥可已經不再驚惶，因為他確定不是史丹利死而復生，被掌心的疤痕和某種詭異的魔力召喚回來，像漢默拍的恐怖電影裡的殭屍那樣。無論那人是誰，絕對不是史丹利．尤里斯。成年的史丹利只有五呎七吋。

那身影又往前一步。最靠近玻璃走廊的球形燈光落在它的牛仔褲上，褲腰沒繫皮帶。

麥可突然知道是誰了。那身影還沒開口，他就知道了。

「嗨，黑鬼，」那身影說：「還在用石頭砸人嗎？想知道是誰毒死你家的小狗嗎？」

那身影又往前一步，燈光照出了臉。是亨利．鮑爾斯。他的臉腫了、鬆垮了，皮膚是不健康的蠟黃色；臉頰下垂，而且長滿短髭，黑白將近各半；額頭刻了三道波浪狀的皺紋，在濃眉上方；豐滿的唇邊也有皺紋，像括號一樣。他眼睛小而惡毒，充滿血絲，凹陷在脫色的眼窩裡，神情空洞。那張臉看起來比實際年齡大，三十九歲像七十歲，卻又有著十二歲小男孩的神情。他的衣服上依然沾著白天在藏身的樹叢中抹到的綠漬。

「你不懂得打招呼嗎，黑鬼？」亨利問。

「嗨，亨利。」他隱約想起自己有兩天沒聽收音機了，甚至也沒看報。他通常每天都會看報。這兩天事情太多、太忙了。

真糟。

亨利走出連接主館和兒童館的走廊，用豬一般的眼神望著麥可，咧開雙唇發出難以形容的獰笑，露出蛀蝕的後緬因牙齒。

「聲音，」他說：「你有聽過聲音嗎，黑鬼？」

「什麼聲音，亨利？」他雙手收到背後，有如被叫起來背誦的學童，將拆信刀從左手換到右手。霍斯特．穆勒一九二三年捐贈的座鐘嚴肅滴答著，將一秒、一秒的時間滴入圖書館如湖面般平滑的寂靜中。

「從月亮來的聲音，」亨利說著伸手到口袋裡。「來自月亮，很多的聲音，」他頓了一下，微微皺眉，接著搖搖頭說：「很多聲音，但其實只有一個，就是牠的聲音。」

「你看過牠嗎，亨利？」

「沒錯，」亨利說：「科學怪人，把維克多的腦袋給扭斷了。你應該聽聽的，聲音就像拉特大號拉鍊一樣。接著牠又追貝奇，貝奇和牠扭打。」

「真的？」

「對啊，所以我才能脫身。」

「你讓他送死。」

「給我閉嘴！」亨利的臉頰脹成暗紅色，往前走了兩步。麥可覺得亨利愈離開連接主館和兒童圖書館的通道，看起來就愈年輕。過去的惡毒仍然在他臉上，但麥可還看到了別的東西：那個被瘋子鮑爾斯在農場上養大的小孩。亨利家的良田多年後成了荒煙蔓草。「你給我閉嘴！我要是不逃，就會被牠殺掉！」

「牠沒有殺死我們。」

亨利眼中閃現陰狠的愉悅。「不是不報，時候未到。除非我搶先牠一步把你們殺光了。」他將手抽出口袋，掌心多了一個九英寸的細長物體，兩側有仿象牙雕飾，前端一個鉻質小按鈕閃閃發亮。亨利摁下不明物體上的按鈕，六吋長的刀刃立刻從凹槽裡彈了出來。他握住折刀，開始稍微加快速度朝服務台走來。

「瞧我找到什麼？」他說：「我知道去哪兒找。」說完便閉起邊緣紅腫的一隻眼睛，猥褻地眨了眨眼。「月亮上的人交代的。」亨利再度露齒微笑。「白天躲好，晚上搭便車，老人，攻擊他，殺了他，將車丟在新港，應該是。剛進入德利市界，我就聽見那聲音。我朝下水道看，就發現這些衣服，還有刀。我的折刀。」

「你忘了一件事，亨利。」

亨利笑著搖頭。

「我們逃過了，你也逃過了。如果牠想殺死我們，牠也想殺你。」

「你錯了。」

「你才錯了。你們幾個蠢蛋也許幫了牠忙，但牠可不講什麼情分的，不是嗎？你兩個朋友都被牠逮到了，貝奇試圖反抗，你卻逃了。不過，你現在回來了，我想你也是牠想了結的對象，亨利，我真的這麼想。」

「才怪！」

「也許你會看到科學怪人？還是狼人？吸血鬼？小丑？甚至是你！說不定你會看到牠的眞面目，亨利。我們就看到了。要我告訴你嗎？要我——」

「你閉嘴！」亨利尖叫一聲，朝麥可撲來。

麥可往旁邊一站，伸出一隻腳。亨利摔了一個狗吃屎，有如圓盤在被鞋子踩得光滑的地板上溜了出去，腦袋撞到桌腳，就是窩囊廢俱樂部成員方才聚會聊往事的桌子。亨利嚇得不知所措，鬆開手上的刀。

麥可衝了過去，想搶走折刀。他大可以做掉亨利，將刻有耶穌拯救世人字樣的拆信刀插進亨利頸後，然後報警。接下來當然有一堆無聊的官僚程序，但不會太多，起碼在德利不會，因為這麼詭異的暴力事件在這裡並不罕見。

但他沒這麼做，因為他忽然發現（和閃電一樣快得讓他來不及多想）要是自己殺死亨利，等於幫牠殺人，就像亨利殺了他等於替牠殺人一樣。而且他在亨利臉上看到的另一個神情——一個過度操勞、神情疲憊困惑的孩子，為了不明的目的而被推上有毒的道路——也讓他下不了手。亨利從小生長在屠夫鮑爾斯的心靈荼毒下，早在發現牠存在之前就已經屬於牠了。

因此，麥可沒有將拆信刀插進亨利脆弱的頸後，而是跪下來搶走折刀。刀子在他手中抖了一下，彷彿有自己的意志，將刀鋒砍進他的手指裡。疼痛沒有立即出現，只有鮮血從他右手前三根手指流了出來，滴在他有疤的掌中。

他下意識收手，亨利身子一滾，又將刀搶了回去。麥可坐了起來，兩人面對面跪著，都在流血：麥可手指流血，亨利鼻子流血。亨利甩甩腦袋，將血滴甩入黑暗之中。

「我還以為你沒那麼笨呢！」他沙啞地說：「你們他媽的都是娘炮！要是公平打鬥，我們一定可以打敗你們！」

「放下刀子，亨利，」麥可輕聲說道：「不然我就報警了。警察會來帶你回去精神病院，讓你離開德利，你就安全了。」

亨利想回答，但開不了口。他沒辦法告訴麥可一個討厭的事實，就是他無論在精神病院、洛杉磯或廷巴克圖都不會安全，因為和骨頭一樣白、和雪一樣冰的月亮依然會升起，鬼魂般的聲音會開始說話，月亮會變成牠的臉，口齒不清地說說笑笑，下達指令。他吞下黏稠的血。

「你打架從來不公平！」

「你又公平了嗎？」麥可問。

「你這個黑鬼天花夜行蟲兔崽子人猿黑猩猩！」亨利咆哮一聲，又撲向麥可。

亨利撲得顛簸、笨拙，麥可後退閃開，但一個重心不穩跌坐在地上。亨利再度撞上桌子。他彈了起來，轉身抓住麥可手臂。麥可拿著拆信刀一揮，感覺刀子刺進亨利的前臂。亨利哀號一聲，但沒有放手，反而抓得更緊。他撲向麥可，頭髮遮住眼睛，鮮血從斷折的鼻子流到肥厚的嘴唇上。

麥可試著起身閃到亨利身側，想推開他。亨利揮舞折刀，在空中形成亮閃閃的圓弧，六吋刀鋒完全沒入麥可的大腿裡，毫不費力，彷彿切進溫熱的奶油中。亨利將刀拔出來，刀鋒滴著血，麥可痛得大叫，猛力將亨利推開。

他吃力地站起來，但亨利動作更快，麥可差點閃不過他的第二次猛撲。他感覺鮮血以令人擔心的速度流下大腿，灌滿他的樂福鞋。*我想他刺到我腿動脈了。天哪，他狠狠刺中我了。血濺得到處都是，地板上也有。媽的，鞋子報銷了，我兩個月前才買的——*

亨利又撲過來了，喘得像頭發怒的公牛。麥可搖搖晃晃閃過身子，再度朝亨利揮了一刀。拆信刀劃破亨利的破爛襯衫，在他胸膛劃出一道深深的口子。亨利悶哼一聲，麥可再度將他推開。

「你這個耍詐的黑鬼！」亨利哀號道：「看你幹了什麼好事！」

「放下刀子，亨利。」麥可說。

兩人背後傳來竊笑，亨利轉頭一看……隨即驚恐大叫，雙手摀臉，有如被騷擾的老處女。麥可目光掃向服務台，只見史丹利的腦袋從服務台後方「啪」一聲彈了出來，聲音大得嚇人，切斷的頸子底端拴了彈簧。他面如死灰，臉上塗著油彩，雙頰兩個火辣辣的紅點，沒有眼睛，變成兩個橘色毛球。史丹利的腦袋像盒子裡的小丑一樣前後晃動，和內波特街房子邊的向日葵一樣，感覺可怕又怪誕。他張開嘴巴，用尖叫大笑的聲音開始唱道：「*殺了他，亨利！殺了那個黑鬼，殺了黑猩猩，殺了他，殺了他，殺死他！*」

麥可轉身看著亨利，沮喪地發現自己被騙了。他有點好奇亨利那年春末看見的是誰的頭。史丹利？維克多．克里斯？還是他父親？

亨利尖叫一聲，朝麥可衝來。折刀上下舞動，有如縫紉機的針頭。「去死吧，黑鬼！」他咆哮道：「去死吧，黑鬼！去死吧，黑鬼！」

麥可往後退，被亨利刺傷的腿立刻一軟，讓他跌到地上。那條腿已經幾乎沒有感覺，顯得冰冷而遙遠。他低頭看，發現雪白長褲早已鮮紅一片。

亨利的折刀從他鼻尖前閃過。

亨利轉身想再次揮擊，麥可將刻著耶穌拯救世人字樣的拆信刀往前一捅。亨利撲向刀子，就像被針刺進的蟲子一樣。溫熱的血灑到麥可手上。他抽手收刀，卻聽見啪的一聲。他只拔出刀柄，刀鋒留在亨利胃裡突了出來。

「去死吧，黑鬼！」亨利大吼，一手摀住戳出腹部的刀鋒，鮮血從他指間泉湧而出。他瞪大眼睛，不可置信地望著傷口。服務台後方的滴血頭顱尖叫大笑，彈簧吱嘎作響。麥可頭暈想吐。他回頭一看，發現頭顱變成了貝奇，看來就像戴著紐約洋基隊球帽的香檳軟木塞。麥可大聲呻吟，但聲音聽起來很遠，有如回音。他發現自己坐在溫熱的血泊中。我要是不快用止血帶綁住我的腿，一定會死。

「去——死吧，黑——鬼！」亨利尖叫。他一手摀著肚子、一手握著折刀搖搖晃晃離開麥可，朝圖書館大門走去。他像醉鬼一樣，有如電子彈球在回音陣陣的主廳裡忽左忽右，撞翻了一張安樂椅。他伸手亂抓，將架子上的報紙掃到了地上。他走到門口，伸直手臂將門推開，隨即衝進夜色裡。

麥可開始意識模糊。他想解開皮帶，但手指卻幾乎沒有感覺。最後他總算解開帶釦，將皮帶抽了出來，纏在鼠蹊部下方，緊緊繫住流血的大腿。他一手抓著皮帶，開始朝服務台爬去。那裡有電話。他不曉得要怎麼搆著話筒，但那不是重點。重點是爬到那裡。他覺得天旋地轉，視線模糊，眼前世界被一波波灰色巨浪淹沒。他伸長舌頭，用牙齒狠狠咬了一口。疼痛來得又急又烈，視線再度清晰了起來。他發現自己還握著拆信刀的斷柄，便立刻將它扔了。他終於到了服務台，感覺就和埃弗勒斯峰一樣高。

麥可靠著沒事的腿撐起身子，用沒有握著皮帶的手抓住服務台的邊緣。他咬牙切齒，眼睛瞇成一線，總算讓自己站了起來。他像鸛鳥一樣站著，將電話勾到面前。電話旁邊貼了三個號碼：消防隊、警察局和醫院。他伸出彷彿有十英里遠的手指，顫抖著撥了醫院的電話：555-3711。電話鈴響之後，他閉上眼睛……沒想到接電話的是潘尼歪斯，讓他立刻瞪大雙眼。

「你好呀，黑鬼！」潘尼歪斯吼道，朝著麥可的耳朵放聲大笑，聲音和碎玻璃一樣尖。「怎麼樣啊？你好嗎？我想你應該死了，你覺得呢？我覺得亨利達成任務了！想要氣球嗎，小麥？想要氣球嗎？你好嗎？喂喂喂？」

麥可抬頭望向座鐘鐘面，穆勒捐的鐘，發現鐘面變成了他父親的臉，心裡一點也不意外。罹患癌症的父親臉色死灰，兩眼翻白，忽然間伸出舌頭，鐘也同時敲響了。

麥可抓住服務台的手鬆了，靠單腳支撐的身體搖晃片刻又跌回地上。話筒掛在電話線尾端擺動著，有如催眠師的道具。他的手愈來愈抓不緊皮帶了。

「哈囉，有人在嗎？」潘尼歪斯的爽朗聲音從搖晃的話筒裡傳了出來：「我是國王！我是德利之王！這一點是千真萬確。你不覺得嗎，小子？」

「假如你有聽到，」麥可啞著嗓子說：「而且不是我現在聽到的那個人，請你幫幫我。我叫麥可．漢倫，目前人在德利市立圖書館，就快失血致死了。假如你拿著話筒，我要跟你說我聽不見你的聲音。有人不讓我聽到。如果你還在，麻煩你快一點。」

他側躺著，像胎兒一樣收起雙腳，將皮帶在右手纏了兩圈，專心握緊它。世界開始飄離，被一塊塊有如氣球和棉絮的灰色雲朵帶向遠方。

「哈囉，你還好嗎？」潘尼歪斯在擺動的話筒裡大吼：「你還好嗎，死黑鬼？哈囉

4

堪薩斯街 下午十二點二十分

……小子，」亨利．鮑爾斯說：「你還好嗎，小賤人？」

貝芙莉立刻轉身就跑，反應快得超乎他們預期。她本來可以搶先的……只可惜頭髮壞了事。亨利伸手一抓，抓到了一把長髮，將她拉回來，朝她咧嘴微笑，發出濃烈溫熱的口臭。

「妳好呀，」亨利．鮑爾斯說：「妳要去哪裡？回去找妳那群混帳朋友玩嗎？我想把妳鼻子割下來，讓妳吃下去，妳覺得呢？」

她掙扎著想擺脫，亨利哈哈大笑，抓著她的頭髮讓她左右擺頭。刀子映著八月的迷濛陽光，發出危險的光芒。

這時突然傳來汽車喇叭聲，而且按了很久。

「這裡！這裡！你們幾個男生在做什麼？放開她！」

開車的是一名老婦人。一九五〇年出廠的福特轎車，保養得很好。她將車停在路邊，腦袋探出前座外，椅子上還鋪著毛毯。維克多．克里斯看見老婦人憤怒認真的表情，臉上的茫然頓時消失，緊張地看著亨利。「你們——」

「救命！」貝芙莉尖叫：「他手上有刀！有刀！」

老婦人轉怒為憂，還帶著詫異與恐懼。「你們幾個男生在做什麼？放開她！」馬路對面（貝芙莉看得很清楚），赫伯特．羅斯從門廊上的椅子裡起身，走到扶手前向這裡張望，表情和貝奇一樣茫然。他折好報紙，轉身靜靜回到屋裡。

「放開她！」老婦人尖叫。

亨利齜牙咧嘴，突然朝老婦人衝去，同時抓住貝芙莉的頭髮拉著她走。貝芙莉跌跌撞撞，單膝跪地被拖著前進，頭皮痛得要命。她覺得頭髮被拔掉了不少。

老婦人大聲尖叫，拚命搖起車窗。亨利往下猛刺，刀子刮過玻璃。老婦人放開離合器，車子頓了三下便往前衝，結果衝上人行道進退不得。亨利追了上去，依然拖著貝芙莉。維克多舔舔嘴唇，左右張望。貝奇推推頭上的洋基隊球帽，困惑地掏掏耳朵。

貝芙莉瞥見老婦人嚇得臉色發白，接著看見她慌忙鎖上車門，先鎖前座，再鎖駕駛座。福特車的引擎熄火了，亨利抬起靴子朝車尾燈踹了一腳。

「滾開！妳這個乾扁的老太婆！」

老婦人將車倒回街上，輪胎發出淒厲的吱嘎聲。一輛皮卡車迎面駛來，急轉彎閃過老婦人的車，司機猛按喇叭。亨利回頭看了貝芙莉一眼，再度露出微笑。貝芙莉抬起穿著球鞋的腳，朝他睪丸踹了下去。

亨利的笑臉變成痛苦的哭臉，折刀從他手裡滑落，掉到人行道上。他另一隻手放開她的頭髮（但放手前又狠狠拉了一下），整個人跪到地上，握著胯下想要哀號。貝芙莉看見他手裡抓著幾綹她的紅髮，內心的恐懼頓時化成熊熊的恨。她猛吸一口氣，接著朝他頭頂使勁踹了一腳。

接著她轉身就跑。

貝奇愣愣追了三步就停了。他和維克多跑到亨利身旁，亨利將兩人推開，搖搖晃晃起身，雙手依然抱著胯下。那年夏天，他的胯下已經不只一次被踹了。

他彎身拾起折刀，氣喘吁吁說：「……點。」

「你說什麼，亨利？」貝奇焦慮地問。

亨利轉頭看他，汗涔涔的臉上寫滿痛苦和熾烈的恨，讓貝奇倒退一步。「我說……快……快點！」他擠出一句，接著便抱著胯下顛顛倒倒朝貝芙莉追去。

「我們追不上她了，亨利，」維克多不安地說：「老天，你都快走不動了。」

「我們會追到她的。」亨利喘著說。他撩起上唇，下意識發出狗一般的獰笑。斗大的汗珠從他額頭流到發燙的臉頰。「我們會追到她的，因為我知道她會去哪裡。她要去荒原找那群混帳朋友。」貝芙莉說。

5

德利街屋旅館 深夜兩點

「啊？」威廉看著她說。他剛才心不在焉。兩人牽手走在街上，沒有說話卻很自在，因為彼此吸引而微微興奮。他只聽見最後一個字。一條街外，街屋旅館的燈火穿透低矮的濃霧發著微光。

「我說你們是我的死黨，我當時只有你們這群朋友，」她微笑著說：「交朋友向來不是我的強項，我想。但我在芝加哥有一個姊妹淘，叫凱伊．麥考，我想你一定會喜歡她，小威。」

「可能吧，我自己交朋友也很慢，」他笑著說：「那時候，我們只要彼、彼此就夠了。」他看見她髮間沾著水珠，欣賞光線在她腦袋四周形成光暈的模樣。她抬起頭，雙眼嚴肅望著他。

「我需要一樣東西。」她說。

「什、什麼東西？」

「我要你吻我。」她說。

他想到奧黛拉，忽然發現她長得很像貝芙莉。他之前一直沒發覺。他心想自己當初是不是這樣被吸引的，讓他在兩人初次相遇的好萊塢派對結束前鼓起勇氣約她下次見面。令人不悅的罪惡感襲上他的心頭……他伸出雙臂，摟住了童年好友貝芙莉。

她的吻堅定、溫暖又甜美，乳房抵著他敞開的外套，臀部貼著他……離開……又貼上。當她再次挪開臀部，他雙手伸進她的髮間，身體緊貼住她。她感覺他變硬了，不禁輕喟一聲，將臉貼上他的脖子。他感覺她的淚水沾上他的皮膚，溫暖而私密。

「來吧，」她說：「快。」

他牽著她的手，兩人匆匆走回街屋旅館。大廳很舊，兩側吊著花飾，依然帶著往昔風采，裝潢很有十九世紀伐木工人的味道。這個時間大廳很空，只有一名接待員待在內室，從外頭隱約可以看見他雙腳翹在桌上看電視。威廉伸手按了三樓的按鈕，手指微微顫抖——是興奮？緊張？歉疚？還是三者都有？對了，當然還有近乎瘋狂的喜悅與恐懼。這些感覺混雜在一起不太令人愉快，但似乎無可避免。他帶她穿越走廊，朝他房間走去，心想既然偷吃就做得徹底一點，到他房間，而非她的房間。他發現自己想起了第一本書的經紀人蘇珊·布朗，也是他的初戀情人。當時他還沒二十歲。

偷吃，背著妻子偷吃。他試著在腦中消化這件事，但感覺既真實又虛幻。其實他心裡最強烈的感覺是想家，一種老派的失落感。奧黛拉這會兒應該起床了，正在煮咖啡，穿著睡袍坐在餐桌前，可能在研讀劇本，也可能在讀迪克·法蘭西斯的小說。

他將鑰匙插進三一一號房的鎖孔裡，鑰匙鏘啷作響。要是他們去了貝芙莉位於五樓的房間，就會發現電話的留言燈在閃。正在看電視的接待員之前留了一則訊息給她，請她回電給芝加哥的朋友凱伊（凱伊瘋狂打了三通電話，他才記得留言給貝芙莉）。要是他們去了貝芙莉的房間，事情的發展或許會有所不同，他們或許不會隔天破曉醒來就成了德利市警局緝捕的嫌犯。但他們去了威廉的房間——也許事情就是如此安排的。

門開了，兩人走了進去。她雙頰緋紅，兩眼發光望著他，胸脯快速起伏。威廉將貝芙莉摟在懷裡，一種「正確的感覺」淹沒了他。他感覺過去和未來的循環完美無瑕連接了起來。他伸腳笨拙地將門踢上。她笑了，吐出的空氣暖暖竄進他的口中。

「我的心——」她說著牽起他的手放到她左胸上。他感覺她的心臟在那堅實又令人瘋狂的柔軟下猛烈跳動，有如快速運轉的引擎。

「妳、妳的心——」

「我的心。」

兩人衣衫完整躺在床上親吻。她將手伸進他襯衫裡又抽了出來，接著伸出一根手指滑過他襯衫鈕子，在小腹停留片刻……接著再往下探，滑過他堅硬粗大的陰莖。他胯下的肌肉猛力顫抖，讓他意識到它們的存在。他停止親吻，將身體從她身旁移開。

「小威？」

「慢、慢一點，」他說：「否則我會像個小、小鬼一樣，一下子就繳、繳械了。」

她又笑了。笑得很溫柔，看著他說：「是嗎？還是你有所顧慮？」

「顧慮，」威廉說：「我總是有顧慮。」

「我沒有。我恨他。」她說。

威廉看著她，臉上的笑容消失了。

「我直到兩天前才浮現那樣的想法，」她說：「唔，我想我其實一直都知道。他打我、傷害我，但我還是嫁給他，因為……因為我父親總是擔心我，我想。無論我再怎麼努力，他還是會擔心。我想我知道他一定會認同湯姆，因為湯姆也一直擔心我，非常擔心。只要有人擔心我，我就很安全。不只安全，還非常真實。」她神情嚴肅地看著他。她的上衣已經撩了起來，露出一截小腹。他很想親吻那裡。「但那一點也不真實，而是夢魘。嫁給湯姆就像重回夢魘裡。怎麼會有人想那樣做呢，小威？怎麼會有人自己回到夢魘裡呢？」

威廉說：「我只想、想得到一個原、原因，就是他想回、回去尋找自己。」

「夢魘在這裡，」貝芙莉說：「夢魘就在德利。湯姆和德利比起來，就像小巫見大巫。我現在更認清他了。我討厭自己竟然和他生活了那麼多年……你都不曉得……他讓我做了哪些事情，唉，而且我還做得很高興，你知道，因為他很擔心我。我會哭……但有時真的很丟臉，你知道嗎？」

「別哭，」威廉輕聲說道，一手按在她手上。她緊緊握住他，雙眼亮得離譜，但淚水沒有滑落。「大家都是這、這樣。但那不是考、考試，你只要盡、盡力就好、好了。」

「我是說，」她說：「我沒有對湯姆不忠，也不是利用你報復他之類的。對我來說，這麼做是……理智、正常又甜蜜的。但我不想傷害你，小威，或哄騙你做出未來會後悔的事。」

他低頭沉思，想得非常認真，但那小小的古怪回憶——他雙手握拳那句，還有別的——又游了回來，闖入他的思緒。這天真漫長，麥可來電邀他到東方之玉聚餐彷彿是一百年前的事了。之後發生了太多事情，記起太多回憶，例如喬治相簿裡的照片。

「朋友不會哄、哄騙對方。」他說，彎身靠向她。兩人嘴唇相接，他開始解開她上衣的鈕子。她一手伸向他頸後，將他拉近，他解開她的長褲，將它脫下，手在她小腹停留片刻，感覺很溫暖。她的內褲褪下了，貝芙莉輕嘆一聲。威廉開始推擠，她導引他。

他進來之後，她微微拱背迎合他的挺入，一邊喃喃：「做我朋友……我愛你，小威。」

「我也愛妳。」他說，並對著她裸裎的肩膀微笑。他們緩緩律動，他感覺皮膚開始出汗，貝芙莉在他身下加快了動作。他的意識開始往下跑，愈來愈集中在兩人結合的部位。她的毛細孔張開了，散發出可愛的麝香。

貝芙莉覺得自己就快高潮了。她挺身相迎，尋索頂點，對高潮的到來沒有半分懷疑。她身體忽然開始顫抖，彷彿往上躍起，但不是高潮，而是更興奮的高原狀態，遠比湯姆或再之前兩任情人帶給她的愉悅還要強烈。她發現這不會只是高潮，而是一次感官的核爆。她有點害怕……但身體再度加速。她感覺威廉的長劍在她體內變硬，她的身體忽然也變得一樣硬。她高潮了——開始高潮了。愉悅的感覺強烈得近乎痛苦，衝破了感官的閘門，她咬住他的肩膀，不讓自己叫出聲來。

「喔，天哪！」威廉喘息道。她覺得他哭了，但事後卻始終無法確定。他抬起身子，她以為他要抽身了——她試著做好心理準備，因為那一刻總會帶來難以解釋的空虛與失落感，留下足般的感覺——沒想到他再度猛力挺入。她立刻又高潮了。她從來不曉得自己能夠這樣。記憶之窗再度開啟，她看見鳥，成千上萬隻的春鳥，降落在德利市每一個屋頂、電話線和信箱上，映著潔白的四月天空。她感覺痛苦又愉悅——但很平淡，就像潔白的春日天空一樣淡。淡淡的疼痛混合著淡淡的愉悅和某種瘋狂的確定。她流血了……她……她……

「你們全部嗎？」她忽然大叫，眼睛嚇得睜大。

這回他真的抽身了，但回憶來得猝不及防，讓她幾乎毫無所覺。

「什麼？貝芙莉？妳、妳還好——」

「你們全部嗎？我和你們每個人都做過？」

她看見威廉一臉驚詫，張大嘴巴……和恍然大悟。但不是她點醒他的。雖然她飽受驚嚇，但還看得出這一點。是他自己發現的。

「我們——」

「到底怎麼樣，小威？」

「妳、妳就是那樣救我、我們出去的，」他說，兩眼亮得令她害怕。「妳還、還不明白嗎，貝、貝貝？妳就是那、那樣救我們出、出去的！我們所有人……可是我們……」他忽然一臉恐懼遲疑。

「你想起所有的事了嗎？」她問。

威廉緩緩搖頭。「細、細節不記得，但……」他看著她，她發現他非常害怕。「其、其實是我、我們希望那、那樣出去。我不確、確定……貝芙莉……我不確定大人做得到。」

她默默看了他很久，接著下意識坐到床邊。她身軀光滑可愛。她彎身脫下及膝絲襪，脊椎在微光下近乎隱形，頭髮有如麥穗垂在一邊肩膀。他覺得自己黎明之前還會要她一次，心中再次浮現罪惡感。但想到奧黛莉此刻在海的另一岸，雖然歉疚，卻覺得好過一點。再投一枚硬幣到點唱機裡吧，他心想，這回點的曲子叫〈不知道就不會受傷〉。但傷害還是造成了，也許在人與人之間。

貝芙莉起身，將床拉下來。「上床吧，我們該休息一下了。我們倆都是。」

「好、好的。」因為確實如此，不用懷疑。他現在最需要的就是睡眠……然而不是一個人睡，至少今晚不要。剛才的衝擊才開始消散——也許太快了一點，但他覺得好累，筋疲力竭，每一秒鐘的現實都像作夢。雖然心裡歉疚，但威廉覺得這裡很安全。他可以再躺一會兒，睡在她懷中。他想要她的溫暖與友善。這兩樣東西都會激起性慾，但此刻對他們來說是無害的。

他脫了襪子和襯衫，躺到她身旁。她貼著他，乳房溫暖、長腿冰涼。威廉抱著貝芙莉，察覺兩者的不同。她的身子比奧黛莉長，胸和臀部也更豐滿，但同樣歡迎著他。

親愛的，應該是班恩陪著妳才對，他昏昏欲睡地想，我想其實那樣才對。怎麼不是班恩呢？因爲當時是你，現在也是，就這樣。因爲從哪裡開始，就從哪裡結束。我想是巴布．狄倫說的……或雷根總統，而現在也許是我，因爲班恩才是應該送女士回家的人。

貝芙莉在他懷裡扭動，但沒有性暗示（不過，雖然他睡意沉沉，她還是感覺他硬了，頂著她的腿，心中暗自竊喜），只想要他的溫暖。她自己也快睡著了。多年後和他重逢，她此刻的快樂無比真實。她知道這一點，因為這份快樂苦澀而淡然。也許除了今晚還有明天早上，接著他們就要和上回一樣進入下水道，將牠找出來。這回圈子會更緊密，他們現在的生活會和童年融合，將他們變成莫比爾斯帶一樣的瘋狂生物。

不然就是死在下水道裡。

她轉過身子，威廉將手伸進她的手和身側之間，輕輕握著她一邊乳房。她不用醒來，不用擔心那隻手會突然擰緊。

睡意襲來，她的思緒開始破碎。她在半睡半醒之間總會見到明亮的向日葵——大片、大片的向日葵在藍天下燦爛點頭。向日葵褪去了，她感覺自己在往下墜——她小時候偶爾會因此驚醒，渾身大汗，側臉尖叫。她大學時讀過心理學的教科書，書上說兒童經常會作墜落的夢。

但她這回沒有驚醒。她感覺威廉的手臂溫暖而舒服，一手握著她的乳房。她想就算自己往下掉，也不會孤單一人。

她落到地上開始奔跑。她不曉得箇中含意，但夢進行得很快。她追趕著，追趕睡意、沉默，甚至只是時間。時光飛逝，不斷奔騰。若想轉身追趕童年，就得加大步伐，死命地跑。廿九歲，那年她挑染頭髮（快點）。廿二歲，那年她和名叫葛瑞格·馬洛伊的美式足球員談戀愛，那人在一次兄弟會派對上差點強暴了她（快點、快點）。十六歲，和兩個姊妹淘在波特蘭的青鳥丘瞭望臺喝醉。十四歲……十二歲……

……快點、快點、快點……

她跑入夢鄉，追逐十二歲，抓上它，越過牠為他們每個人設下的記憶閥（吸進肺裡感覺像冰涼的霧氣），跑回十一歲。她不停地跑，拚命地跑，跑贏魔鬼。她回頭，回頭

6

荒原 下午十二點四十分

看他們有沒有追上來，一邊又溜又滑爬下堤岸。沒有，起碼目前沒看到。就像她父親說的，她「又得逞了」……但光是想起父親，就讓她心裡湧起罪惡感和沮喪。

木橋搖搖晃晃，她看了看橋下，希望見到銀仔斜靠在橋墩旁，可是沒有。那裡只有幾支他們已經不玩的玩具槍。她走上小徑，回頭張望……他們來了。貝奇和維克多一左一右扶著亨利站在堤岸上，有如魯道夫·史考特電影裡的印第安斥候。亨利臉色白得可怕，伸手指著她。維克多和貝奇開始攙扶他下坡，三人腳下濺起泥土和碎石。

貝芙莉著魔似地望著他們看了很久，接著轉身衝過橋下的涓涓細流，完全沒踩班恩放的踏腳石，球鞋踏出一片片水花。她沿著小徑跑，呼吸在喉嚨裡發燙。她感覺腿部肌肉在顫抖，力氣已經所剩不多了。地下俱樂部。只要能到那裡，或許還有機會全身而退。

她沿著小徑跑，樹枝在她臉上劃出更多顏色，其中一根還打中她的眼睛，讓她眼睛泛淚。她

切向右邊，在矮樹叢裡跌跌撞撞，最後來到了空地。做了偽裝的入口和小窗都開著，班恩・漢斯康探頭出來。他一手拿著薄荷巧克力糖，一手拿著《阿奇》漫畫。

他仔細瞧了貝芙莉一眼，忍不住張大嘴巴。換作其他場合，他的表情一定顯得很滑稽。「貝貝，到底出了什——」

她沒時間回答。她聽見背後不遠傳來樹枝斷折的聲響，還有人低聲咒罵。亨利似乎復原了一點。於是她朝方形入口撲了過去，卡著樹葉、小樹枝和剛才爬過垃圾車底下沾到的污垢的頭髮隨風飛揚。

班恩看見她像傘兵一樣直撲而來，立刻一溜煙躲回洞裡。她縱身一跳，他手忙腳亂接住了她。

「把門窗都關上！」她喘著氣說：「快點，班恩，拜託。他們來了！」

「誰來了？」

「亨利和他的死黨！亨利瘋了，他手上有刀——」

聽到這裡就夠了。班恩丟下薄荷巧克力糖和漫畫，悶哼一聲將入口關上。頂門鋪著草皮，黏著劑固定的效果依然好得出奇，只有幾小塊稍微鬆脫了。貝芙莉踮腳關上氣窗，洞裡一片漆黑。

她伸手尋找班恩，一找到便驚慌地緊緊抱住他。班恩過了一會兒才張手抱她。兩人都跪在地上。貝芙莉忽然一陣驚慌，想到理查德的電晶體收音機還沒關，小理查德正在唱著〈女孩忍不住〉。

「班恩……收音機……他們會聽到……」

「喔，天哪！」

他的大屁股撞了她一下，差點把她撞趴在地。她聽見收音機掉到地上。「只要男人駐足觀看，女孩就會忍不住，」小理查德用他一貫沙啞熱情的嗓音唱道，合音也跟著唱和：「忍不住！女孩忍不住！」班恩也開始喘氣了。兩人聽起來像是一對蒸氣引擎。洞裡忽然「喀嚓」一聲……隨即陷入靜默。

「可惡！」班恩說：「我把收音機踩爛了，小理一定會氣炸的。」他伸手摸黑尋找她。貝芙莉感覺他的手碰到她的乳房，立刻像燙到一樣收了回去。她伸手亂摸，抓到了他的襯衫，將他拉近。

「貝芙莉，怎麼——」

「噓！」

他安靜下來。兩人並肩坐著，摟著對方抬頭張望。洞裡還不夠黑，一道細長的光線從活板門一側照了進來，氣窗也有三邊透光。其中一邊特別寬，透了一道斜長的日光到地下俱樂部裡。她只能祈禱他們不會發現。

她聽見他們愈走愈近。起初聽不清說話聲……接著就聽見了。她抱緊班恩。

「要是她跑進竹林裡，很容易就能看到她的蹤跡。」維克多說。

「他們都在這裡玩，」亨利說。他聲音緊繃，講話有一點喘，似乎要很用力。「鼻涕蟲塔里安多說的。石頭大戰那一天，他們也是從這裡來的。」

「沒錯，他們在這裡玩槍和其他的。」貝奇說。

他們上方忽然出現腳步聲，黏著草坪的門板上下震動，泥土撒在貝芙莉仰著的臉上。俱樂部上方站了一個、兩個，甚至三個人。她腹部一陣痙攣，得咬著牙才沒叫出來。班恩伸出大手捧著她的臉頰，讓她的臉貼著他的手臂，同時抬頭往上望，看他們會不會猜出來……或早就知道他和貝芙莉躲在下面，只是在耍他們。

「他們有一個地方，」亨利說：「鼻涕蟲是這麼說的，樹屋之類的地方。他們把它叫做俱樂部。」

「他們想找樂子，我就給他們樂子。」維克多說，貝奇聽了發出如雷的笑聲。

啪啪啪的聲音從上方傳來。活板門又上下震動，幅度比剛才還大。他們一定會發現的，普通地面不會這麼有彈性。

「我們去河邊瞧瞧吧，」亨利說：「我敢說她一定在那裡。」

「好。」維克多說。

啪啪，他們離開了。貝芙莉鬆了口氣，閉著嘴巴輕嘆一聲……沒想到亨利說：「貝奇，你留在這裡守住小徑。」

「沒問題。」貝奇說完開始來回走動，在活板門上方不停穿梭。更多土從縫隙掉了下來。班恩和貝芙莉的臉都髒了，兩人緊張地面面相覷，貝芙莉發現洞裡不只有菸味，還有一股汗臭和垃圾味愈來愈濃。是我，她沮喪地想。雖然身體發臭，她還是抱著班恩，而且抱得更緊。他的壯碩忽然變得可親、令人放心，她很高興有那麼多的他可以抱。暑假剛開始的時候，他或許還只是個擔心受怕的胖小子，但現在不同了。和他們一樣，他也改變了。要是貝奇發現他們躲在下面，班恩很可能殺他個出其不意。

「他們想找樂子，我就給他們樂子，」貝奇說完呵呵笑了。貝奇．哈金斯式的笑聲很低，很像輪唱。「想找樂子就給他們樂子。這句話不錯，很不賴。」

她發現他的上半身開始急促起伏。他不停淺淺吸氣、吐氣，讓她很緊張，以為班恩就要哭了。她定睛細瞧，才發現他是在壓住笑意。他眼睛含著淚水，和她四目交會，立刻翻眼避開。藉著透過活板門和窗戶的微光，貝芙莉看見他的臉都憋得發紫了。

「想找樂子就給他們樂一樂。」貝奇說完重重坐在活板門的正上方。這一回門震動得很危險，貝芙莉聽見一根支柱發出不祥的吱嘎聲。門板照理說能撐住鋪在上頭偽裝用的草皮……但加上一百六十磅的貝奇．哈金斯就不一定了。

他要是再不走開，就會跌到我們懷裡了，貝芙莉想到這裡，也開始和班恩一樣歇斯底里起來，發出驢叫似的喘息聲。她腦中忽然浮現一幅景象：她微微推開窗戶，將手伸出去，趁貝奇在迷濛的午後陽光下喃喃自語、兀自傻笑的時候，神不知鬼不覺地狠狠戳他背部一下。幸好她及時將臉埋在班恩胸前，否則早就笑出來了。

「噓，」班恩說：「拜託，貝貝——」

吱嘎，這回更大聲了。

「撐得住嗎？」她低聲問。

「可以吧，只要他別放屁。」班恩說。沒想到他才說完不久，貝奇就真的放了一個屁——像喇叭一樣又響又亮，而且持續了至少三秒。兩人緊緊抱著彼此，不讓對方狂笑出聲。貝芙莉笑到頭痛，感覺就要中風了。

接著，她隱約聽見亨利呼喊貝奇。

「幹嘛！」貝奇大吼，隨即唰地起身，弄得更多泥土撒在班恩和貝芙莉身上。「什麼事，亨利？」

亨利吼了一句，但貝芙莉只聽到「岸邊」和「樹叢」兩個詞。

「好！」貝奇咆哮回答，雙腳最後一次踩過活門。門板吱嘎一聲，比剛才響亮許多，一塊碎木片落到貝芙莉懷間，她好奇地拾了起來。

「再五分鐘，」班恩低聲說：「它只能撐那麼久。」

「你有聽到他剛才放屁嗎？」貝芙莉問，說完又開始竊笑。

「感覺像二次大戰爆發一樣。」班恩也笑了。

能說出來真是輕鬆。兩人一邊狂笑，一邊壓低聲音。

後來，她不曉得怎麼回事（顯然和眼前的處境無關），忽然開口說：「謝謝你寫給我的詩，小班。」

班恩立刻不笑了，神情認真謹慎地望著她。他從後口袋掏出一條骯髒的手帕，緩緩擦了擦臉。「詩？」

「就是俳句啊，寫在明信片上。是你寄的，對吧？」

「不是，」班恩說：「我沒有寄俳句給妳。要是有像我這樣的小孩——這麼胖的小孩——做那種事，一定會被女孩子笑。」

「我沒有笑，我覺得寫得很美。」

「我才寫不出什麼美的東西。小威也許可以，我不可能。」

「小威是可以，」她同意：「但他絕對寫不出那麼棒的東西。我可以借用你的手帕嗎？」

他將手帕遞給她。貝芙莉開始擦臉，盡可能擦乾淨。

「妳怎麼知道是我？」他終於問了。

「不曉得，」她說：「我就是知道。」

班恩的喉嚨不由自主地收縮。他低頭看著手說：「我沒有別的意思。」

貝芙莉臉色一沉，望著他說：「你最好把這句話收回去，否則我的心情就被你搞砸了。我先警告你，我今天已經過得很不順了。」

他還是低頭望著手，最後總算擠出一句，聲音小得幾乎聽不見。「呃，我想說我愛妳，但不想破壞妳的心情。」

「不會的，」她說完湊過去抱了他：「我現在很需要愛。」

「但妳特別喜歡小威。」

「可能吧，」她說：「但無所謂。假如我們是大人的話，或許是那樣，但我愛你們每一個人。我只有你們這群朋友。我也愛你，班恩。」

「謝謝，」班恩說完頓了一下，欲言又止，最後還是開口說了，而且是看著她說的。「俳句是我寫的。」

兩人默默坐了一會兒。她覺得安全，受到保護。和班恩坐得那麼近，讓她父親的臉和亨利的刀不再那麼鮮明、可怕。受保護的感覺很難說清楚，貝芙莉也沒多想。但多年以後，她終於明白那股力量的來源何在：她在一個男人的懷中，而對方願意為她而死，毫不遲疑。當時的她就是知道這一點。是他毛孔散發的味道，一種絕對原始媒介，讓她的腺體感應到了。

「其他人快回來了，」班恩忽然說：「要是他們被逮到怎麼辦？」

她直起身子，發現自己差點睡著了。她想起威廉邀麥可到家裡吃中餐，理查德和史丹利回家吃三明治，艾迪答應拿骰子遊戲來。他們很快就要回來了，完全不曉得亨利和他的同黨在荒原。

「我們要想辦法聯絡他們，」貝芙莉說：「亨利的報仇對象不是只有我。」

「要是我們出去，他們正好回來——」

「話是沒錯，但至少我們知道那夥人在這裡，小威他們不知道。艾迪連跑都不能跑，他們把他的手打斷了。」

「天哪，」班恩說：「看來我們只能碰運氣了。」

「沒錯，」她吞了吞口水，看了一眼天美時錶。洞裡很暗，很難看清楚，但她覺得應該剛過一點。「班恩……」

「什麼事？」

「亨利真的瘋了，就像電影《黑板森林》裡的小孩一樣。他想殺了我，而另外兩個人會幫他。」

「哎，不會啦，」班恩說：「亨利很瘋，但沒那麼瘋，他只是……」

「只是怎樣？」貝芙莉說。她想起自己在汽車墳場看到的景象，想起派崔克和亨利在豔陽下的模樣，還有亨利茫然的眼神。

班恩沒有回答。他在思考。情勢改變了，對吧？置身其中很難看到改變，必須退後才看得見……反正非試不可。剛放暑假時，他還很怕亨利，但只因為亨利塊頭更大，而且喜歡霸凌，是那種會抓住小一學生扭他們手臂，把他們弄哭的傢伙。就這樣。但後來他在班恩的肚子上刺字，接著是石頭大戰，亨利朝別人頭上扔大龍炮，那可是會出人命的，很容易就能殺死人。他的神情也變了……像是著魔了一樣，感覺得隨時提防他，就像在叢林需要提防老虎或毒蛇那樣。但你很快就習慣了，到後來甚至覺得理所當然，沒有什麼。但亨利真的瘋了，不是嗎？沒錯，班恩在結業那天就知道了，卻一直裝作若無其事，不肯記得。這種事沒有人想相信或記得。他心裡忽然鑽進一個想法，清清楚楚，和十月的泥濘一樣冰冷，強烈得近乎確鑿。牠在操縱亨利。其他人可能也一樣，但牠是藉由亨利來操縱他們。如果眞是這樣，那她可能說對了。亨利不只會扭人手臂或趁放學前的自習時間偷打同學的脖子，也不只會在操場上推人，讓別人膝蓋擦傷。如果眞的是牠在操縱他，那亨利絕對會用刀子。

「有個老太太看見他們想揍我，」他聽見貝芙莉說：「亨利竟然追她，把她的車尾燈踢壞了。」

對班恩來說，這件事非同小可。他和大部分小孩一樣，下意識明白自己生活在大人的視線和腦海之外。大人走在街上，心裡只會想著大人的事，例如工作、約會或買車之類的，從來不會注意有小孩在玩跳房子、玩槍、踢罐子、躲迷藏或捉鬼遊戲。亨利那種人只要避開大人的視線，就能恣意霸凌其他小孩。路過的大人頂多說一句「別這樣」就離開了，不會看他們是不是停止霸凌了，因此他們會等大人彎過街角……再繼續霸凌。感覺就像大人認為小孩子長到五英尺才有資格說話一樣。

亨利既然追了老婦人，就暴露在視線內了。對班恩來說，這一件事比其他事情更能證明亨利眞的瘋了。

貝芙莉看著班恩的臉，發現他相信了，心裡頓時鬆了口氣。這樣她就不用透露羅斯先生收起報紙躲回屋裡的事了。她不想告訴他這件事，太可怕了。

「我們去堪薩斯街吧，」班恩說完突然掀開活板門：「準備跑吧。」

他起身探出活門外四下張望，空地很安靜。他聽見坎都斯齊格河在不遠處潺潺流動，鳥兒鳴叫，還有柴油火車頭駛進調車場的噗噗聲。他只聽到這些聲音，讓他很不安。若能聽見亨利、維克多和貝奇穿越河邊濃密樹叢的咒罵聲，他會好過許多，但他完全聽不到他們的動靜。

「走吧。」他說。他幫貝芙莉爬回地面，她一樣先不安地四下張望，接著雙手將頭髮往後攏，油膩膩的感覺讓她皺起了眉頭。

他牽著她的手，兩人推開重重樹叢朝堪薩斯街走去。「我們最好避開小徑。」

「不行，」她說：「我們要快一點。」

他點點頭說：「好吧。」

兩人走上小徑，朝堪薩斯街出發。途中她撞到石頭絆了一下

7

修道院 凌晨兩點十七分

重重摔在映著銀色月光的人行道上。他忍不住呻吟一聲，鮮血跟著流出，濺到龜裂的水泥地上。月光下，他的血看起來就和甲蟲的血一樣黑。亨利愣愣看了好一會兒，接著才抬起頭左右張望。

清晨的堪薩斯街一片寧靜，屋子門窗緊閉，屋裡漆黑，只有夜燈的微光。

啊，陰溝柵在這裡。

一顆畫著笑臉的氣球綁在陰溝柵上，迎著微風上下擺動。

亨利再度起身，伸出黏黏的手摀住肚子。那個黑鬼傷了他不輕，但亨利回敬得更夠力。沒錯。至於那個黑鬼，亨利覺得他應該沒戲唱了。

「那傢伙應該掛了。」他喃喃自語，搖搖晃晃從氣球前面走過。他的腹部還在出血，弄得他的手閃閃發亮。「搞定了，斃了那個王八蛋。要把他們全斃了，教他們什麼才叫丟石頭。」

世界有如緩慢的波浪不斷朝他襲來，很像他在精神病院看的影集《檀島警騎》片頭裡的捲浪。

（銬起來，丹丹，哈哈他媽的傑克．洛德，他媽的傑克．洛德沒戲唱了）

亨利可以亨利可以亨利幾乎可以

（聽見那些歐胡島的大男孩們扭身搖擺

（搖擺搖擺搖擺

（撼動了世界的眞實性。〈管線〉，肯特士樂團唱的。記得〈管線〉嗎？〈管線〉差不多沒戲

唱了。〈出局〉⓫。那首歌開頭的瘋狂笑聲。聽起來很像派崔克・霍克斯泰特。他媽的同志，去死吧。至於我）

至於他，他

（覺得那首歌才不是沒戲唱，它很好，好翻了）

（好的〈管線〉秀一下吧，男孩們別讓步乘浪吧

（破

（破破破

（破浪吧和我一起縱橫人行道秀

（一下破壞世界但要傾聽

腦內那個聲音，不斷聽見那個喀噠聲。有一隻眼睛，不斷看見維克多的頭在彈簧末端，鮮血濺滿眼皮、雙頰和前額。

亨利睜著模糊的雙眼往左看，發現房子沒了，變成高聳黝黑的樹籬，樹籬後方矗立著狹長陰森的維多利亞式建築，是神學修道院。沒有一扇窗戶亮著。這所修道院一九七四年六月上完最後一堂課後，同年夏天就關門了，如今只剩孤魂野鬼在遊蕩……誰想進去都得先過一個自稱「德利歷史學會」的聒噪婦女團體那一關。

亨利走到通向正門的走道，一條沉重的鐵鍊擋住去路，上頭掛著一個金屬牌子寫著：非請莫入，德利市警局。

亨利絆了一跤，又砰一聲沉沉摔到人行道上。前方一輛車子從霍桑街轉到堪薩斯街，車燈掃

⓫The Beach Boys樂團的歌。

過路面，照得他眼花，好不容易才看到車頂有燈：是警車。

他從鐵鍊下鑽過去，往左爬到樹籬後方。夜露沾在他滾燙的臉上，感覺真棒。他向下趴著，不時將頭偏向一側弄濕臉頰，吸吮沾到嘴邊的水分。

警車呼嘯而過，絲毫沒有減速。

忽然間，車頂燈又出現了，發出陣陣藍色閃光掃過黑暗。街上空空蕩蕩，不用鳴響警笛，但亨利聽見警車突然全速前進，橡膠輪胎摩擦路面發出驚天動地的尖叫聲。

*被逮了，我被逮到了，*他心慌意亂地想……隨即發現警車不是朝他開來，而是沿著堪薩斯街離去。不久，一個恐怖的顫聲響徹夜空，從南方傳來。他腦海中浮現一隻巨大的黑貓，有著綠色眼眸和油亮毛髮，在夜色中大步奔跑。是牠的新造型。牠來了，要將他一口吞下。

過了很久（而且當顫聲開始減弱後）他才發現那是救護車，朝剛才警車的方向駛去。他躺在濕漉漉的草地上發抖——現在躺起來太冷了——努力

（嘩啦嗚啦搖滾樂穀倉裡有雞什麼穀倉誰的穀倉我的）

不讓自己嘔吐。他很怕要是吐了，連五臟六腑都會吐出來，而且他還有五個人要對付。

救護車和警車。他們要去哪裡？當然是圖書館，救那黑鬼。但太遲了，我已經做掉他了。警笛可以關了，兄弟。他聽不見的。他早就死透了，他——

他真的死了嗎？

亨利伸長乾乾的舌頭，舔了舔嘴唇。假如那黑鬼死了，就不會有警笛了，除非他打電話報警。所以他有可能（只是有可能）沒死。

「不。」亨利喘息一聲，翻身仰躺望著天空，注視天上的幾十億星辰。牠是從那裡來的，他知道，從那片天空的某處……牠

（渴望地球女人所以從外太空來這裡搶劫所有女人強暴所有男人法蘭克說你想說的應該是搶劫所有男人強暴所有女人吧這場秀由誰主持，蠢蛋，你或傑西？維克多）

就躲藏在星辰之間。仰望滿天星斗讓他毛骨悚然。天空太大、太黑了，很容易想像它變成血紅一片，想像火焰般的線條形成一張臉……

亨利閉上眼睛，雙手捧著肚子發抖，心想：那個黑鬼已經死了。有人聽見我們打鬥便報警調查，如此而已。

那為什麼會有救護車？

「閉嘴！閉嘴！」他呻吟道。他心裡再度升起一把無名火，想起他們當年三番兩次揍他——往事此刻感覺那麼接近、那麼鮮明——他每回以為捉到他們了，卻又莫名其妙讓他們從指間溜走。就像最後一天，貝奇看見那小妞從堪薩斯街跑向荒原。沒錯，他還記得，記得清清楚楚。被人踢中胯下是忘不了的。那年夏天，他一直被人踢那裡。

亨利勉強站了起來，腹部的刀傷讓他痛得臉孔扭曲。

那天，維克多和貝奇扶他下到荒原。雖然胯下和下腹部痛得要命，他還是盡量加快腳步。應該做個了結了。他們循著小徑來到空地，從這裡有五、六條小徑像蜘蛛網一樣放射出去。沒錯，有小孩在這裡玩，就算不是印第安人也能看出這一點。這裡有糖果包裝紙的碎片，還有打完剩下的玩具手槍彈藥帶，紅色和黑色的。幾塊板子，還有散落的木屑，似乎有人在這裡蓋過東西。

他想起自己站在空地中央環顧樹林，尋找他們的樹屋。他會找到屋子，爬上去找那個女孩，發現她縮在角落。他會用刀割斷她的喉嚨，盡情撫摸她的乳房，直到她不再動彈為止。

但他找不到樹屋，貝奇和維克多也沒看到。熟悉的挫折感再度卡在喉間。他和維克多將貝奇留在空地，兩人到河邊去，但那裡也沒有她的蹤影。他記得自己彎身拾起一塊石頭

8

荒原 下午十二點五十五分

又氣又困惑地扔到河裡，轉身問維克多：「她到底跑去哪裡了？」

維克多緩緩搖頭。「不知道，」他說：「你在流血。」

亨利低頭一看，發現牛仔褲胯下有一塊銅板大的黑點。他的下半身只剩微微的抽痛，但覺得內褲太小又太緊，睪丸腫得厲害。他體內再度燃起了怒火，有如繩索綁住他的心。是她幹的好事。

「她在哪裡？」他喝斥維克多。

「不曉得，」維克多又悶悶說道。他感覺像是被人催眠或曬昏了，有一點心不在焉。「我猜逃走了吧，可能已經跑到老岬區去了。」

「才沒有，」亨利說：「她躲起來了。他們有一個地方，她就躲在那裡。或許不是樹屋，而是別的。」

「什麼別的？」

「我……我……我哪知道！」亨利大吼，維克多嚇退了一步。

亨利走進坎都斯齊格河中，冰冷的河水淹過了運動鞋。他左右張望，目光停在下游大約二十英尺一根突出堤岸的圓柱上。是抽水站。他回到岸邊朝圓柱走，感覺心中不禁浮現一股恐懼。他的皮膚似乎愈繃愈緊，眼睛愈瞪愈大，好看到更多東西。他覺得自己似乎感覺得到耳朵的細毛在搖動，一如隨著潮水擺動的海草。

低鳴聲從抽水站傳來。他看見抽水站後方一根管子從堤岸伸向河面，污水不停從管內流進河裡。

他彎身靠近涵管的鐵製圓頂。

「亨利？」維克多緊張地喊：「亨利，你在做什麼？」

亨利置之不理。他一眼貼在鐵蓋的圓洞上，但只看見一片漆黑，於是換成耳朵試試看。

「等待……」

聲音從黑暗中飄向他，亨利覺得自己體內瞬間降到零度，血管和動脈都凍成了冰柱。但除了這些感覺，還有一個近乎陌生的感受：愛。亨利瞪大眼睛，嘴唇彎出冷靜的弧線，露出小丑般的微笑。是月亮來的聲音，現在從抽水站出現了……在下水道裡。

「等待……觀望……」

他等著，但聲音不再出現，只有抽水機令人昏昏欲睡的持續低鳴。維克多站在河邊小心翼翼望著他。亨利走回維克多身邊，完全無視於他，大聲呼喊貝奇。過沒多久，貝奇來了。

「走吧。」他說。

「我們要做什麼，亨利？」貝奇問。

「靜觀其變。」

他們溜回空地坐了下來。亨利試著拉開內褲，不讓它碰到發疼的睪丸，但痛得無法繼續。

「亨利，怎麼——」貝奇開口說。

「噓！」

貝奇乖乖閉嘴。亨利有一包駱駝牌香菸，卻沒有分給他們抽。假如那賤人還在附近，他可不想讓她聞到菸味。他可以解釋，但覺得沒有必要。那聲音只說了四個字，卻好像說明了一切。他們之前在這裡，很快就會回來。既然一次可以逮到七個小兔崽子，何必追著那個賤人跑？

他們靜觀其變。維克多和貝奇雖然睜著眼，卻好像睡著了。等待的時間不長，卻已經夠讓亨利思考許多事了，例如今天早上是怎麼發現這把折刀的。這把刀不是他結業當天拿的那把。那把刀他不曉得丟到哪裡了。這一把酷多了。

它是寄來的。

算是。

他當時在門廊上看著破爛傾斜的信箱，努力想搞懂是怎麼回事。信箱繫著一堆氣球，兩顆綁在郵差有時用來掛包裹的鉤子上，其餘的綁在旗子上，紅黃藍綠都有，感覺好像古怪的馬戲團半夜經過威奇漢街，偷偷留下了這個記號。

他朝信箱走去，發現氣球上畫著臉。那年夏天讓他吃足苦頭、每回都讓他灰頭土臉的小孩的臉。

他目瞪口呆望著那些怪臉，接著氣球一顆顆破了。感覺真好，彷彿他單憑念力就弄破了氣球，靠心靈就殺了他們。

信箱前蓋突然掀開，亨利湊過去往裡面瞧。雖然郵差中午才會到這附近，但是亨利見到信箱裡躺著一個長方形包裹，卻是一點也不驚訝。他拿出包裹，上頭不僅有地址：緬因州德利市郊區免費郵遞二號，亨利．鮑爾斯先生收，還附上回郵地址：緬因州德利市，羅伯特．葛雷先生。

他打開包裹，將牛皮紙袋隨手一扔，飄到他腳邊。裡面是一個白盒子。他打開盒子，發現盒裡鋪著一層棉花，擺了一把折刀。他將刀拿回屋裡。

他父親躺在和兒子共用的臥房床上，周圍都是空啤酒罐，小腹在發黃內褲上緣高高凸起。亨利跪在父親身旁，聽他呼嚕呼嚕的鼾聲，看他馬嘴般的雙唇隨著呼吸開開闔闔。

亨利用刀柄抵著父親乾瘦的脖子。他父親微微一動，隨即回復沉睡狀態。亨利用刀柄抵著父親的脖子，抵了整整五分鐘。他眼神疏離，若有所思，左手拇指不停撫摸刀頸上的銀色按鈕。月亮上的聲音對他說話——有如外暖內寒的春風輕聲細語，又像一群亢奮的黃蜂嗡嗡鳴叫，和政客一樣聲嘶力竭。

亨利覺得那聲音說的話很有道理，便按下了銀色按鈕。裡面的彈簧鬆開，發出喀噠一聲，六英寸的不鏽鋼刀刃頓時刺進鮑爾斯的脖子，就像肉叉戳進烤熟的雞胸一樣輕鬆。刀尖從脖子的另一頭冒出來，滴著鮮血。

鮑爾斯猛然睜眼瞪著天花板，嘴巴張開，鮮血從嘴角汩汩流出，順著臉頰流到耳朵，喉嚨咯咯出聲。他嘴唇鬆垮，吐出一個大血泡，然後破掉。他一手摸上亨利的膝蓋使勁一摁，但亨利毫不在意，手很快就鬆開了。過了不久，咯咯聲也停了，鮑爾斯一命嗚呼。

亨利拔出刀子，用罩著床的骯髒被單把刀擦乾淨，再將刀刃收回刀柄裡，直到彈簧喀噠一聲歸回定位。他漠然望著父親。剛才跪在父親身旁用刀抵住他脖子的時候，那聲音已經交代了這天的任務，全都說明清楚了。於是他走到另一個房間去喊貝奇和維克多。

這會兒三人待在空地，他的睪丸依然痛得要命，刀子收在褲子左前口袋，鼓鼓脹脹的令人安心。亨利覺得殺戮就要開始了，其他人很快就會回來繼續剛才的幼稚遊戲，他就能大開殺戒了。在他跪在父親身旁的時候，月亮來的聲音已經將一切都交代好了。進城途中，他眼睛一直盯著天上的那塊白玉盤，無法轉開目光。他看見月亮上真的有一個人，一張發著微光的陰森鬼臉，坑洞是眼睛，臉上掛著光滑的微笑，嘴角似乎咧到了臉頰。牠不停地說

（我們在下面飄亨利我們都在飄你也要一起飄）

直到亨利進了城裡。殺光他們，亨利，月亮來的鬼魅聲音說。他聽懂了，覺得自己感同身受。他會殺光他們，殺光折磨他的小鬼們，到時那些感覺——失去控制權的感覺，被迫進入更大

的世界，不再像小學一樣能主宰一切的感覺；那個胖子、黑鬼和結巴怪胎會長大，而他只會變老的感覺——就會統統消失。

他會殺光他們，那些聲音——來自他心裡的和月亮的聲音——就會離去。他會殺光他們，然後回到家裡坐在後院門廊，腿上放著父親收藏的日本刀，喝他的萊恩歌德啤酒，還會聽收音機，但不聽棒球，棒球絕對不聽。他會聽搖滾樂。雖然亨利不懂搖滾樂（就算懂也無所謂），但他和窩囊廢俱樂部成員意見相同：搖滾樂很不賴。穀倉裡有雞，誰的穀倉、什麼穀倉、我的穀倉。到時一切都會很好，酷到最高點，很棒很不賴，而接下來會發生什麼完全無所謂。那聲音會照顧他——他感覺得到。只要你挺牠，牠就會挺你。德利就是這個樣子。

但他必須阻止那群小鬼，而且要快，就是今天。那聲音這麼告訴他。

亨利從口袋掏出新刀子左右打量，欣賞陽光照在鍍鉻刀面上的閃爍反光，貝奇忽然抓住他的手臂急急說道：「亨利，你看！天哪，你看那邊！」

亨利抬頭一看，頓時恍然大悟。只見空地像魔術一樣升起一小塊，露出底下的黑暗。他突然一陣恐懼，心想那裡可能是那聲音的來處……因為牠顯然就住在城市底下。但他聽見門樞卡到泥土的摩擦聲，心裡立刻明白了。他們沒有看到樹屋，因為樹屋根本不存在。

「天哪，我們剛才就站在那上面。」維克多嘟囔道。他看見班恩從空地中央的方形洞口探出頭來，立刻想殺過去，但被亨利一把抓了回來。

「我們不是要逮他們嗎，亨利？」維克多問。班恩從洞裡爬了出來。

「我們會逮到他們的，」亨利說，眼睛一直盯著那個可惡的胖小子。又是一個踹他老二的混蛋。我會把你的懶蛋踢到臉上，讓你當耳環戴，你他媽的胖呆。你看我敢不敢照辦。「別擔心。」

胖小子幫那賤人爬到洞外。她疑心地四下張望，亨利以為她看到他了，但她的目光從他面前匆匆掃過。胖小子和賤人交頭接耳了一番，接著便推開枝葉走進樹叢離開了。

等枝葉斷折和窸窣聲幾乎聽不見之後，亨利說：「走吧，我們跟上去，但記得保持距離，聲音放輕。我要一網打盡。」

他們三人像巡邏兵一樣壓低身子，瞪大眼睛左右逡巡，穿越空地。經過地洞的時候，貝奇停下來瞄了一眼，讚嘆地搖搖頭說：「我剛才就坐在這上面。」

亨利不耐地要他跟上。

他們走小徑，因為比較不會出聲。距離堪薩斯街還有一半路程時，那個賤人和胖小子忽然牽著手（還真可愛啊！亨利興奮地想）從前方冒了出來，幾乎就在他們面前。

幸好那兩個人背對著亨利他們，而且沒有轉頭張望。亨利、維克多、貝奇僵立片刻，隨即躲進小徑旁的暗處。班恩和貝芙莉的身影很快便隱入了枝幹之間，只剩襯衫依稀可見。他們三人又開始跟蹤……躡手躡腳的。亨利再度掏出刀子

9

亨利搭便車 凌晨兩點三十分

摁下刀把上的鍍鉻按鈕，刀刃彈了出來。他著迷地看著月光下的刀子。他喜歡星光映在刀上的感覺。他不確定現在幾點，他的意識已經開始時而清醒、時而模糊了。

一個聲音打入他的意識裡，而且愈來愈響。是汽車引擎。聲音愈來愈近，亨利在黑暗中瞪大眼睛，握緊刀子等車子過去。

但車子沒有呼嘯而過，而是開過了修道院的樹籬後停在路邊，不再移動。亨利皺著眉頭（他

腹部愈來愈硬，已經像木板一樣，鮮血從他指間緩緩流出，很像三月底、四月初打開楓樹刻槽封蓋時，慢慢滲出的楓漿）跪坐起來，伸手撥開僵硬的樹籬。他看見車頭燈和車的輪廓。是警察？他一會兒握緊刀子，一會兒放鬆，一會兒握緊，一會兒放鬆。

我派車來接你了，亨利，那聲音在他耳邊說，算是計程車，你懂吧？畢竟我們得趕緊將你送到街屋旅館才行，時間不早了。

那聲音呵笑一聲，發出有如輕敲骨頭的聲響，之後就沉默了。四周只剩蟋蟀和車子怠速的轟隆聲。聽起來像櫻桃炸彈排氣管，亨利心不在焉地想。

他笨拙起身，回到修道院的走道，從樹籬邊探頭偷看那輛車。不是警車。車頂沒有燈，車型也不對，款式很……很老。

亨利又聽見呵呵聲……可能是風而已。

他從樹籬旁的暗處出來，鑽過鐵鍊底下，起身踏入皎潔月光和無法穿透的暗影構成的黑白世界，朝怠速的車子走去。他很狼狽：鮮血染黑了襯衫，連牛仔褲也濕到了膝蓋，小平頭底下的臉龐白得可怕。

他走到修道院步道和人行道口，偷瞄了車子一眼，想認出坐在駕駛座的大塊頭是誰。但他先認出了車。是他父親發誓總有一天要買的車，一九五八年的普利茅斯「暴怒」。車子塗成紅白兩色，亨利知道（他父親常告訴他）引擎蓋底下裝的是三二七型八汽缸引擎，兩百二十五匹馬力，四腔式化油器火力全開時，時速從零到七十英里只要九秒。我要買一輛，死了當成棺材一起埋葬，鮑爾斯老愛這麼說……當然，他終究沒有買到那輛車，而在亨利發瘋被人送進杜鵑窩之後，政府就將他草草埋葬了。

車裡如果是他，我就不能搭了，亨利心想。他將刀收回刀柄，身體像喝醉似的左右搖擺，想看清楚駕駛座的身影。

這時，前座車門忽然開了，車內燈亮了起來，司機轉頭看他。是貝奇。他的臉毀得厲害，少了一隻眼睛，枯黃的臉頰爛了一個洞，露出發黑的牙齒，頭上是他喪命時戴的紐約洋基隊球帽。他反戴帽子，帽簷佈滿青灰色的霉斑。

「貝奇！」亨利高喊，疼痛登時從腹部直往上竄，讓他又哀號一聲。

貝奇的臉彎出微笑，壞死的嘴唇灰白龜裂。他舉起一隻扭曲的手伸出車門外，要亨利上車。

亨利遲疑片刻，接著拖著腳步繞過車的散熱器，順手摸了V字形徽章，就像他之前那樣。小時候，父親常帶他到班格爾的汽車展示處看同款車，他都會撫摸徽章。他走到前座，灰色波浪席捲而來，他趕緊抓住開著的車門才沒有跌倒。他低頭佇立，大聲喘息，最後世界總算恢復正常（但不是全部），於是他繞過車門坐進前座。他再次腹痛如絞，鮮血湧到他手上，感覺像溫熱的果凍。亨利仰頭咧嘴，脖子青筋暴露，過了很久才稍微不痛一些。

車門自動關上，車內燈熄滅了，亨利看見貝奇伸出腐爛的手握住排檔桿，打到前進檔，指關節皺曲慘白，映著腐敗的肌肉閃閃發光。

車子回到堪薩斯街，開始駛向上哩丘。

「你過得怎麼樣，貝奇？」亨利聽見自己說。這麼問當然很蠢。這人不可能是貝奇，死人不會開車。但他只想得到這一句。

貝奇沒有回答，用僅存的眼睛盯著前方，臉頰破洞露出來的牙齒閃著病懨懨的光芒。亨利隱約聞出貝奇身上飄著腐臭味，很像一簍番茄爛掉出水的味道。

置物櫃「啪」一聲開了，打到亨利的膝蓋。藉著裡頭的小燈，他看見一瓶半滿的德州司機。他將酒拿出來，拔開蓋子，狠狠灌了一口。酒像冰涼的絲綢滑過喉管墜入胃裡，有如熔漿迸射開來。他全身顫抖，發出呻吟……接著開始感覺舒服了一點，稍微回到了人世間。

「謝啦。」他說。

貝奇轉頭看他，亨利聽見他頸部的肌腱發出聲音，很像生鏽紗門的聲響。貝奇用死氣沉沉的獨眼看了他一會兒，亨利這才發現他的鼻子幾乎沒了，像被什麼東西啃過似的。可能是狗，或是老鼠。老鼠比較可能。他們那天追著那群小鬼跑進下水道，那裡頭都是老鼠。

貝奇緩緩將頭轉回前方，亨利鬆了一口氣。貝奇剛才那樣看他，亨利不是很能理解。他那隻凹陷的獨眼欲言又止。是責備？憤怒？還是什麼？

這輛車是死人開的。

亨利低頭打量手臂，發現起了大粒的雞皮疙瘩，便立刻拿酒又灌了一口。這回力道緩和了一點，但溫熱走得更遠。

車朝上哩丘的下坡開，逆時針繞過圓環……只是夜深人靜，街道寂寥，紅綠燈都變成了黃燈，一閃一閃照耀空蕩的馬路與門窗緊閉的樓房。街上靜得聽得見繼電器切換燈號的聲響……還是他耳朵的幻覺？

「小貝，我那天真的不想拋下你，」亨利說：「我是說，呃，如果你還很在意這件事的話。」

乾枯的肌腱再度窸窣出聲。貝奇又用凹陷的獨眼看著他，張開雙唇擠出可怕的微笑，露出齒槽上的灰黑牙齦。他微笑是什麼意思？亨利心想。車子平穩駛入主大街，佛里斯百貨在馬路這邊，南氏午餐店和阿拉丁戲院在另一邊。是原諒我了？高興老友重逢？還是說我會逮到你的，亨利，報復你拋下我和維克多？到底是什麼？

「你必須瞭解當時的狀況，」亨利說到一半就停了。什麼狀況？回憶在他心裡七零八落，一片混亂，就像剛倒出盒子的拼圖一樣。他們在杜松丘精神病院的娛樂室裡，就常將拼圖倒在爛牌桌上玩。所以當時到底是什麼狀況？他們跟著胖小子和賤女人回到堪薩斯街，躲在樹叢裡等待，看他們爬到堤岸頂端。要是他們消失在視線之外，他和維克多和貝奇一定會放棄跟蹤，直接逮人。兩個人總比沒半個好，反正其他人以後還遇得到。

但他們沒有消失，而是靠著欄杆聊天，一邊留意街上動靜，一邊不時回頭俯瞰通往荒原的斜坡。不過，亨利把他兩名手下藏得很好。

亨利記得天氣開始變陰，雲不斷從東方飄來，空氣變得凝重。下午會下雨。

接下來發生了什麼？什麼──

一隻皮包骨的手摸上他的前臂，嚇得亨利大聲尖叫。他剛才又飄進那棉絮般的灰色世界，但貝奇的觸碰太噁心，尖叫又讓他腹部刺痛，逼他回過神來。亨利轉頭一看，發現貝奇的臉離他不到兩英寸。他倒抽一口氣，但立刻就後悔了。貝奇真的腐爛了。亨利又想起放在棚子陰暗角落裡發臭的番茄，腸胃立刻一陣翻攪。

他忽然想起結局了──至少是貝奇和維克多的結局。他們在下水道裡，陰溝柵下方，不知道該往哪裡走。有東西……亨利不曉得那是什麼，直到維克多驚聲尖叫：「科學怪人！科學怪人！」他才明白。沒錯，就是科學怪人。那傢伙的脖子插著螺帽，額頭有一道很深的縫合疤，穿著積木般的鞋子搖搖晃晃朝他們走來。

「科學怪人！」維克多尖叫：「科──」他話還沒說完，腦袋已經飛了。只見維克多的頭顱飛越下水道撞到盡頭的石壁，發出噁心黏稠的撞擊聲。怪物轉頭用水汪汪的發黃眼睛看著亨利，亨利全身僵硬，膀胱失禁，覺得一道暖流滑下兩腿。

怪物搖搖晃晃朝他走來，貝奇……貝奇已經……

「聽著，我知道我溜了，」亨利說：「我不應該逃走的，可是……可是……」

貝奇只是盯著他看。

「我迷路了。」亨利囁嚅道，彷彿想讓貝奇知道他也很慘。聽起來很弱，好像在說：對，我知道你被殺了，貝奇，但我拇指的指甲也斷了呀。但他真的很慘……非常慘。他想起自己在又臭又黑的地底世界兜了好幾小時，最後終於開始尖叫。途中他還墜落過一次，很深、很暈，久得讓他有空想：喔，再過一分鐘我就要死了，就解脫了。但下一秒鐘，他已經人在急流裡了。他想應該在運河下方。他沖出黑暗來到暈黃的陽光下，辛苦涉水渡河，最後終於上了岸，距離艾德里安．梅倫二十六年後溺斃的地方不到五十英尺。他滑倒跌了一跤，撞到腦袋暈了過去。等他醒來，天已經黑了。後來他好不容易走到二號公路，搭上便車回家。到家時，警察已經等著了。

但當時是當時，現在是現在。貝奇遇上科學怪人，被牠扒掉了左臉皮肉，只剩骨頭。亨利逃跑之前只看到這麼多。但現在貝奇回來了，而且指著某樣東西。

亨利發現他們停在德利街屋旅館外，頓時恍然大悟。德利市如今只剩這麼一家貨真價實的旅館。一九五八年時，交易街有東方之星飯店，托勞特街則有旅安飯店，但兩間旅館都在都市更新期間消失了（亨利瞭若指掌，他在杜松丘每天都會讀《新聞報》），只有街屋旅館留存到現在，加上州際公路上那幾家破爛小汽車旅館。

他們一定在那裡，他想，就在裡面。所有還活著的人。在床上熟睡，夢見蹦蹦跳跳的糖果——或水溝。我會逮住他們，一個接一個，將他們全部逮住。

他又拿出德州司機灌了一口。他感覺自己又流血了，不停滴到腿間，屁股下的座位變得很黏。但喝酒讓他好過許多，讓一切變得無所謂。上等波本酒的效果更好，但德州司機也不賴，聊勝於無。

「嘿，」他對貝奇說：「很抱歉我那時跑了，我也不曉得為什麼。求求你……別發火。」

貝奇開口了，從頭到尾只說了那麼一次話，但聲音不是他的。從他腐爛的嘴裡冒出的聲音低沉、有力而駭人，亨利一聽就哭了。是來自月球的聲音、小丑的聲音、他夢中聽見的聲音。夢裡下水道和排水管的水不停沖刷。

「別說廢話，快去抓人。」那聲音說。

「沒問題，」亨利嗚咽道：「當然好，沒問題，我正想去，沒問題——」

他將酒放回置物櫃，酒瓶的頸部像牙齒一樣微微打顫。他看見原本放酒的地方擺了一張紙條。他拿出紙條將它打開，在紙條邊角留下了血指紋。紙條最上方浮刻了一個血紅圖案：

潘尼歪斯備忘錄

圖案下方工工整整印了幾行字：

威廉・鄧布洛　三一一

班恩・漢斯康　四〇四

艾迪・卡斯普布拉克　六〇九

貝芙莉・馬許　五一八

理查德・托齊爾　二一七

他們的房號。很好，省了不少時間。「謝了，貝——」

但貝奇不見了，駕駛座空空如也，只有帽簷發霉的洋基隊球帽在座位上，以及排檔桿上黏糊糊的東西。

亨利看呆了，心臟在喉頭跳得發疼……接著他似乎聽見後座有東西在動，窸窸窣窣。他急忙推開車門想要下車，差點摔到路上。下車後，他立刻躲得老遠，任憑車子繼續發出櫻桃炸彈般的低鳴聲——一九六二年，緬因州立法將櫻桃炸彈列為違禁品。

他走得很辛苦，每一步都拉到腹部，但還是走到了人行道。他停下腳步，抬頭注視八層樓的磚造建築。小時候的房子他記得的不多，這間旅館、阿拉丁戲院和修道院是少數的例外。樓上的燈火幾乎都熄了，只有正門兩側的毛玻璃球燈還亮著，被揮之不去的霧氣包圍，在黑暗中散發暈黃柔和的光芒。

亨利吃力地往前，從兩盞球燈中間走過，用肩膀將門推開。

凌晨的大廳安靜無聲，地上鋪著褪色的土耳其地毯，天花板是長形嵌板拼成的巨幅壁畫，描繪德利的伐木業年代。幾張過度填塞的沙發和安樂椅，還有一個已經死氣沉沉的大壁爐，柴架上擺著一截樺樹幹。真的木頭，不是瓦斯，顯示壁爐在街屋旅館並非只是大廳的擺飾。低矮的花盆種了植物，花木扶疏。通往酒吧和餐廳的玻璃門緊閉著。亨利聽見裡間辦公室有電視聲，音量很低。

他顛顛倒倒走過大廳，褲子和襯衫都是血跡，手掌的皺摺也沾了血，鮮血劃過他的額頭，流過臉頰，看起來像迷彩一樣。他眼窩凹陷，眼球腫脹，大廳要是有人，看到他一定會嚇得尖叫逃跑。但大廳沒人。

他一按「往上」按鈕，電梯門就開了。他看看手上的紙條，盯著樓層按鈕沉思片刻，最後按了六樓。電梯門關上開始上升，機器發出微弱的嗡嗚聲。

就從最上面開始，然後一路往下。

他沉沉靠上電梯後壁，眼睛半閉。電梯的嗡鳴聲令人平靜，就像下水道抽水站的機器。那天，那天的回憶不斷浮現。一切似乎早就安排好了，他們只是照章演出。維克多和貝奇好像……呃，被下藥了。他記得——

電梯停了，讓他身體一震，肚子再度劇痛如絞。門開了，亨利踏進寂靜的走廊（這裡植物更多。懸垂植物。蜘蛛草。但他不想碰這些綠色玩意兒，因為它們讓他想起漆黑下水道裡垂著的東西）又看了紙條一眼。卡斯普布拉克在六〇九號房。亨利一手扶牆往目標走，在壁紙上流下淡淡的血跡（啊，但他只要遇到蜘蛛草就會繞道，避之唯恐不及）。他呼吸又急又乾。

到了。亨利從口袋拿出折刀，舔了舔乾燥的嘴唇，開始敲門。沒有回應。他又敲了一次，這回更用力。

「誰呀？」聽來睡眼惺忪。很好。他一定還穿著睡衣，半夢半醒。他一開門，亨利就會將折刀直直捅進他脖子，喉結下方最脆弱的地方。

「我是服務生，先生，」亨利說：「您夫人託我傳話。」艾迪．卡斯普布拉克有老婆嗎？這麼說可能太大意了。他冷靜等候。他聽見腳步聲——穿著拖鞋的窸窣聲。

「米拉嗎？」他聲音有些警覺。很好。待會兒還有更意外的。亨利的右太陽穴不停跳動著。

「應該是吧，先生。她沒有報名字，只說是您夫人。」

門後沉默片刻，接著傳來卡斯普布拉克拉動鎖鏈的聲響。亨利咧嘴微笑，摁下折刀握把上的按鈕。喀嚓。他將刀舉到臉頰邊，蓄勢待發。他聽見轉動門把的聲音。再過一會兒，他就要將刀子插進那隻瘦皮猴的喉嚨裡了。他等著。房門開了，艾迪

10

窩囊廢俱樂部到齊 下午一點二十分

看見史丹利和理查德從卡斯特洛超市走出來，兩人手上各拿著一個火箭牌甜筒在吃。「嘿！」他大喊：「嘿，等等我！」

兩人轉身，史丹利朝他揮手。艾迪加快腳步追上去，但他一隻手臂裹著石膏，另一隻手臂挾著骰子遊戲的紙板，怎麼也快不了。

「你說啥，小艾？你說啥，孩子？」理查德用南方仕紳的腔調問（聽起來特別像華納兄弟卡通裡的萊亨雞）。「哎呀……哎呀……這孩子手臂斷了！小史，你瞧瞧，這孩子手臂斷了！哎呀……你就行行好，幫他拿紙板唄！」

「我自己可以拿。」艾迪說，聲音有一點喘。「我可以舔一口你的甜筒嗎？」

「你老媽不會答應的，小艾。」理查德難過地說，隨即加緊猛啃。他才剛吃到中間的巧克力，他最愛的部分。「細菌哪，孩子！哎呀……說你吃別人吃過的東西可能染上細菌哪！」

「我願意冒險。」艾迪說。

理查德心不甘情不願地將甜筒遞到艾迪嘴邊……但艾迪才半認真地舔了兩口，他就連忙收了回去。

「你想吃的話，我剩下的都給你，」史丹利說：「我吃完午餐還很飽。」

「猶太人吃不多，」理查德解釋道：「信仰的關係。」他們三個人並肩齊步，朝堪薩斯街和荒原走。德利市彷彿沉浸在午後迷濛中，昏昏欲睡。他們經過的房子幾乎都拉下了百葉窗，玩具扔在草坪上，好像小孩都被匆匆叫進屋裡上床睡午覺似的。轟隆的雷聲從西邊傳來。

「真的嗎？」艾迪問史丹利。

「不是，艾迪糊弄你的，」史丹利說：「猶太人吃的和一般人一樣多。」說完指著理查德：「像他。」

「我說啊，你對小史真的很壞，」艾迪對理查德說：「要是有人因為你是天主教徒，就編了一大堆屁話講你，你會喜歡嗎？」

「天主教徒幹的壞事可多了，」理查德說：「我爸有一回跟我說希特勒是天主教徒，他殺了幾十億猶太人。對吧，小史？」

「嗯，應該是吧。」史丹利說，表情有一點尷尬。

「我媽聽我爸這麼跟我說，她氣壞了，」理查德接著說，臉上浮現緬懷往事的微笑。「氣到爆炸。我們天主教徒還搞宗教審判，做一些拷問、上拇指夾之類的事。我覺得所有宗教都很怪。」

「我也是，」史丹利輕聲說：「我們家不夠正統，不算是。因為我們吃火腿和培根。我甚至不曉得當個猶太人是什麼意思。我在德利出生，偶爾會去班格爾的猶太寺廟參加贖罪日，不過——」他聳聳肩膀。

「火腿？培根？」艾迪聽得一頭霧水。他和他母親是衛理公會的。

「正統猶太人不吃那些東西，」史丹利說：「摩西五經說人不能吃在泥巴裡爬或海底走的東西。我不曉得細節，但據說豬不合格，龍蝦也是。但我爸媽會吃那些東西，我也是。」

「真怪，」艾迪說完哈哈大笑：「我從來沒聽說宗教會告訴你什麼能吃，什麼不能，接下來就是告訴你要買哪一種汽油了。」

「猶太汽油。」史丹利說，說完自己笑了出來。理查德和艾迪都不知道他在笑什麼。

「你得承認，小史，那眞的很怪，」理查德說：「我是說，就因為是猶太人，所以不能吃香腸。」

「是嗎？」史丹利說：「你星期五吃肉嗎？」

「當然不，」理查德驚詫地說：「星期五不能吃肉，因為——」他開始笑了。「喔，好吧，我知道你的意思了。」

「天主教徒週五吃肉真的會下地獄嗎？」艾迪問，一副難以置信的表情，完全不曉得他兩代前的祖先是虔誠的波蘭天主教徒，週五吃肉對他們來說就和不穿衣服出門一樣離譜。

「呃，我告訴你吧，艾迪，」理查德說：「我其實不認為神會因為我週五吃了波隆納香腸三明治當午餐而送我下油鍋，但何必冒險呢？你說是吧？」

「也對，」艾迪說：「但我真的覺得很——」很蠢，他正想這麼說，忽然想起波特萊太太上主日學時說過一個故事。他那時還小，是小敬拜者小學一年級的學生。波特萊太太說，從前有個壞小孩領聖餐時偷了聖餐麵包藏在口袋，回家之後將麵包扔進馬桶，想看會發生什麼，結果——至少波特萊太太是這麼告訴聽得入迷的學生的——馬桶裡的水立刻變成血紅色。波特萊太太說那是耶穌的寶血，那個小孩做了一件「褻瀆」的事，因此神才讓清水變色，警告他的靈魂可能會下地獄，因為他將耶穌的血肉扔進馬桶。

艾迪之前其實還滿喜歡領聖餐的。他去年才開始領。衛理公會用威爾奇葡萄汁代替紅酒，聖體則是切成小塊的「驚奇」麵包，新鮮又有嚼勁。他很喜歡有吃有喝的宗教儀式，但聽了波特萊太太的故事之後，他對宗教儀式的敬畏便多了幾分畏懼，覺得更令人信服。伸手去拿麵包開始需要勇氣，而他總是害怕自己會被電到……甚至麵包會突然在他手中變色，變成血塊，而教堂裡會響起如雷的聲音說：不夠格！不夠格！下地獄！下地獄！吃完聖餐後，他常會覺得喉嚨緊繃，呼吸急促。他會焦急地等待祝禱結束，趕緊躲到玄關吸一口噴劑。

別蠢了，長大一點，他告訴自己，那只是個故事，而波特萊太太顯然不是聖人——媽媽說她在基特利離了婚，常到班格爾市的聖瑪莉玩賓果，眞正的基督徒從不賭博，眞正的基督徒讓異教徒和天主教徒去賭博。

母親說的都很有道理，但他還是不放心。聖餐麵包將馬桶裡的水變成血的故事讓他憂心忡忡，啃囓著他，甚至讓他失眠。有天晚上，他忽然想到一個一勞永逸的解決辦法，就是自己偷一塊聖餐麵包，扔到馬桶裡看會發生什麼。

但那樣的實驗遠超乎他的勇氣。想到血在水中漫開，想到那充滿指控和譴責的不祥畫面，他就算再理性也不敢越雷池一步。他無法承受耶穌話語中的魔力：你們拿著吃，這是我的身體；這是我立約的血，爲多人流出來的。

沒有，他始終沒有做實驗。

「我覺得所有宗教都很怪，」艾迪說，但非常有力，他在心裡補充道，甚至有魔力……這麼說是褻瀆嗎？他開始回想他們在內波特街看到的東西，這才發現兩者之間有著瘋狂的類似：狼人也是從馬桶出來的。

「天哪，我看所有人都睡著了，」理查德說，漠然地將吃完的甜筒外包裝扔進水溝：「你們看過這裡這麼安靜過嗎？難道大家都跑去巴爾港了嗎？」

「嘿，各、各位！」威廉．鄧布洛在他們背後大喊：「等、等等我！」

艾迪開心回頭。他只要聽見小威的聲音就很高興。威廉騎著銀仔繞過卡斯特洛大道轉角，將麥可遠遠拋在後頭。麥可的史溫牌單車可幾乎是全新的呢。

「唷喝，銀仔，衝吧！」威廉大喊。他加速到時速二十英里，夾在擋泥板上的撲克牌答答作響。接著他逆踩踏板，緊按煞車，漂亮地在地上留下一條長長的輪胎痕。

「結巴威！」理查德說：「你好嗎，孩子？哎呀……哎呀呀……你好不好呀，孩子？」

「我、我很好，」威廉說：「有看到班、班恩或貝、貝芙莉嗎？」

麥可追上他們，臉上都是小粒的汗珠。「你的車到底能跑多快啊？」

威廉笑了。「我、我也不清、清楚，很、很快吧。」

「我沒看到他們，」理查德說：「他們可能在那裡了，約會去了，兩人對唱。叭啦、叭啦……呀答答答答答……甜心，你是我的美夢。」

史丹利．尤里斯發出嘔吐的聲音。

「他在嫉妒，」理查德對麥可說：「猶太人不會唱歌。」

「叭叭叭——」

「嗶嗶，小理。」理查德替他說了，所有人都笑了。

他們又開始朝荒原出發。麥可和威廉牽著車。他們起初聊得興高采烈，但不久話就少了。艾迪看著威廉，發現他臉上掛著不安的神色，心想他可能也被安靜影響了。他知道理查德只是開玩笑，但街上給人的感覺真的很像所有人都跑去巴爾港了……或其他地方。沒有車，也沒有推著裝滿日用品回家的老太太。

「真的很安靜，對吧？」艾迪試探一句，但威廉只點點頭。

他們走到堪薩斯街靠近荒原的這一頭，看見班恩和貝芙莉大吼大叫朝他們這裡跑來。貝芙莉的外表讓艾迪嚇了一跳。她通常都很整齊乾淨，頭髮永遠洗過，紮成馬尾，這會兒卻沾滿各式各樣的污垢。她瞪著眼睛，神情狂野，一邊臉頰擦傷了，牛仔褲上黏著乾掉的垃圾，上衣也破了。

班恩氣喘吁吁跟在後頭，小腹上下抖動。

「我們不能去荒原，」貝芙莉喘著氣說：「那些男生……亨利……維克多……他們在那裡……刀子……他身上有刀……」

「講慢、慢一點。」威廉說。他立刻掌控全局，做起來毫不費力，近乎直覺。他看了跑過來的班恩一眼，班恩雙頰泛紅，碩大的胸脯劇烈起伏。

「她說亨利瘋了，威老大。」班恩說。

「媽的，那傢伙正常過嗎？」理查德說，說完啐了一口。

「閉、閉嘴，小、小理，」威廉說，目光轉回貝芙莉身上：「繼、繼續說。」艾迪將手悄悄伸到口袋裡抓住噴劑，他不曉得出了什麼事，但顯然不妙。

貝芙莉讓自己盡量鎮定，開始交代來龍去脈，從她在街上遇見亨利、維克多和貝奇在街上遇到她講起。她沒有提到她父親——她覺得那件事太丟臉了。

貝芙莉說完之後，威廉沉吟不語，手插口袋，頭壓得低低的，銀仔的把手靠著他胸膛。其他人靜靜等待，不時瞄向下坡邊緣的欄杆。威廉沉思良久，沒有人打斷他。艾迪突然發現這可能是最後行動了。所以今天才會這麼安靜，對吧？感覺整座城市都離開了，只留下空蕩蕩的房子。

理查德想起喬治相簿裡忽然會動的相片。

貝芙莉想起她父親，還有他眼睛好白。

班恩想起木乃伊和類似死肉桂的味道。

史丹利想起發黑滴血的牛仔褲和白得像皺紋紙的手。那雙手也在滴血。

「走，走吧，」最後，威廉說：「我們下、下去。」

「小威——」班恩一臉苦惱地說：「貝芙莉說亨利真的瘋了，他想殺死——」

「荒原不、不是他們的，」威廉指著右下方的匕首形綠地——矮樹叢、濃密的樹林、竹林和粼粼波光——他說：「那裡不、不是他們的財、財產。」他環顧夥伴，表情堅決。「我已經受、受夠被他們追、追殺的日子了，我們石、石頭大戰打、打贏了他們，要再打、打敗他們一、一次沒、沒有問題。」

「可是，小威，」艾迪說：「萬一不只有他們呢？」

威廉轉頭看他，艾迪發現威廉的臉疲憊、扭曲到了極點，讓他嚇一大跳。那張臉龐令人害怕，但直到多年後，他已經長大成人，在圖書館聚會之後回到旅館昏昏欲睡時，他才明白害怕的原因：那是一張瀕臨瘋狂的男孩的臉，可能不比亨利更清醒、更能控制自己的決定。不過，原本的威廉還在，在那著魔畏懼的眼神背後……那個憤怒、堅決的威廉依然沒變。

「嗯，」他說：「如果真、真是那、那樣呢？」

沒有人回答。雷聲隆隆，比剛才更近了。艾迪望著天空，看見黑壓壓的雷雨雲從西方飄來。晚點一定會下雨，像他母親偶爾說的「下得天昏地暗」。

「我告、告訴你們怎、怎麼辦，」威廉看著他們說：「你們誰不、不想去的、就不、不用跟我、我去，你們自、自己決定。」

「我要去，威老大。」理查德低聲說。

「我也是。」班恩說。

「那還用說。」麥可聳聳肩說。

貝芙莉和史丹利都同意去，艾迪也是。

「我想你最好別去，小艾，」理查德說：「你的手臂，呃，看起來不太妙。」

艾迪看著威廉。

「我要他、他去，」威廉說：「你跟、跟著我，小艾，我會顧、顧著你。」

「謝了，小威。」艾迪說。威廉疲憊、半瘋的臉忽然可愛了起來——可愛而且被愛著。他心裡微微讚嘆。如果他要我死，我想我會為他犧牲。這是什麼樣的力量？如果它能讓你變成威廉現在這樣，那可能不是什麼好東西。

「沒錯，小威有終極武器，」理查德說：「狐臭炸彈。」說完舉起左手臂露出胳肢窩，用右手去搧。班恩和麥可笑了幾聲，艾迪也露出微笑。

雷聲再起，聲音更近、更大，讓他們嚇了一跳，縮在一起。風愈來愈大，吹得水溝裡的垃圾亂飛。第一塊烏雲飛過圍著一圈光暈的太陽，融去了他們七人的影子。風很冷，吹涼了艾迪裸裎手臂上的汗水，讓他打了個哆嗦。

威廉看著史丹利，說了一件很特別的事。

「你帶著鳥、鳥類圖鑑嗎，小、小史？」

史丹利拍拍屁股口袋。

威廉又看著所有人說：「我們下、下去吧。」

他們魚貫走下堤岸，只有威廉例外。他遵守諾言和艾迪並肩下坡。他讓理查德將銀仔推下堤岸，等所有人都下來之後，他將單車放在橋下的老地方，大夥兒靠在一起四下張望。

即將到來的風雨沒有讓天空轉黑，連稍微變暗都沒有，但光線變了。所有景物變成了浮雕般的夢境，沒有影子，輪廓鮮明清晰。艾迪覺得這光線的感覺非常熟悉，頓時腹部一沉，充滿了恐懼與憂慮。他記得內波特街廿九號的房子就是這種光線。

一道閃電在雲上留下了刺青，亮得讓他身體一縮。他一手遮臉，發現自己開始數數：一……二……三……雷鳴來了，聲音有如咳出來的吠叫，又好像爆炸，像大龍炮的聲音。他們靠得更緊了。

「氣象預報沒說早上會下雨，」班恩不安地說：「報紙說是炎熱多霧。」

麥可打量天空，雲層看起來像一艘艘黑底船，又高又重，迅速掠過原本覆蓋著藍天的薄靄。他和威廉吃完午餐從威廉家出來時，天空還是一片霧藍。「風雨來早了，」他說：「從來沒看過來得這麼快的。」話才說完，天空便很配合地響了一聲雷。

「走、走吧，」威廉說：「我們把艾、艾迪的骰、骰子遊戲紙、紙板拿到地、地下俱樂部去、去吧。」

他們走上小徑。這條小徑是他們在水壩事件之後花了幾週才踩出來的。威廉和艾迪走在最前面，肩膀擦過樹叢的寬闊綠葉，其他夥伴跟在後頭。強風再起，吹得樹林和樹叢的葉子沙沙作響。遠方竹林發出詭異的聲響，很像叢林故事裡的鼓聲。

「小威？」艾迪低聲說。

「幹嘛？」

「我知道電影才會這麼演，可是……」艾迪淺笑一聲說：「我覺得好像有人在看我。」

「喔，他、他們就在附、附近，肯、肯定的。」威廉說。

艾迪緊張地四下張望，將遊戲紙板抓得更緊一點。他

11

艾迪的房間 凌晨三點零五分

打開門，發現恐怖漫畫裡的怪物出現在眼前。

一個渾身是血的幽靈站在門口，除了亨利．鮑爾斯，不可能是別人。他看起來像是剛從墓裡爬出來的屍體，臉龐僵硬，有如巫醫的面具，滿是恨意與殺氣，右手舉到頰邊。艾迪瞪大眼睛，嚇得猛然吸氣，亨利的手往前猛刺，折刀有如絲綢閃閃發亮。

艾迪想也不想——沒時間想，一想就會喪命——立刻將門關上。門打到亨利的前臂，撞偏了刀子，從艾迪脖子旁不到一英寸的地方狠狠掃過。

亨利的手臂夾在門板和側柱之間，讓他悶哼一聲，鬆開了手掌，刀子喀噠掉在地上。艾迪伸腳一踢，將刀踢到電視機底下。

亨利使勁撞門。他體重比艾迪多了一百餘磅，艾迪像娃娃似的飛了出去，膝蓋撞到床緣，整個人趴倒在床上。亨利走進房間將門關上，轉上門鎖。艾迪坐起身來，雙眼圓睜，喉嚨開始嘶嘶出聲。

「好了，娘娘腔。」亨利說，眼睛朝地板瞄了一眼尋找刀子，但沒看到。艾迪伸手到床頭桌上亂摸，抓到一瓶沛綠雅礦泉水。他稍早之前點了兩瓶。這一瓶還沒喝過。他去圖書館之前因為神經抽痛，而且胃酸過多，所以喝了另一瓶。沛綠雅對消化很有幫助。

亨利放棄找刀，開始朝他走來。艾迪拿起桃形的綠色瓶子往床頭桌邊緣一敲，礦泉水氣泡噴了滿桌，嘶嘶作響，幾乎淹過了桌上的所有藥瓶。

亨利的褲子與襯衫都被新鮮和半乾的血浸透了，沉甸甸的，右手彎成很奇怪的角度。

「小娘炮，」他說：「看我怎麼教你扔石頭。」

亨利走到床邊伸手要抓艾迪，艾迪還搞不清楚到底怎麼回事。從他開門到現在還不到四十秒。亨利向他抓來，艾迪拿著礦泉水的瓶底朝他猛揮，啪一聲正中臉頰，在亨利臉上劃出一道開口，戳穿了他的右眼。

亨利發出沙啞的慘叫，搖搖晃晃退後，被剜出的眼睛流著黃白色液體，鬆垂在眼窩外，臉頰鮮血狂噴，有如噴泉。艾迪的叫聲響多了。他從床上起身，走向亨利——或許去幫他吧，他也不曉得——亨利再度朝他撲來。艾迪拿起破瓶子當成西洋劍往前刺，這回綠玻璃的尖端深深插進亨利的左手，割傷了他手指，鮮血直流。亨利低吼一聲，感覺很像清喉嚨。他舉起右手狠狠推開艾迪。

艾迪往後飛了出去，撞到書桌。他左臂扭到背後，整個人重重壓了下去，霎時痛得像烈火狂燒。他覺得之前骨折的地方又裂了。他緊緊咬牙，才沒有讓自己叫出聲來。

陰影遮去了燈光。

亨利．鮑爾斯站到他面前，身體前後搖晃，膝蓋虛弱無力，左手流著血，滴在艾迪睡袍的前襟上。

艾迪手裡還抓著破瓶子。他趁亨利膝蓋一軟時，將尖銳的瓶底朝上對準，瓶蓋抵著自己胸口。亨利像大樹一樣倒下來，朝瓶子撞去。艾迪感覺瓶子在他手中碎了，劇烈的刺痛瞬間竄上了還壓在背後的左臂。他手上再度感到溫熱，但不確定是亨利的血，還是他的。

亨利像被釣上來的鱒魚一樣不停抽搐，鞋子在地毯上拍呀拍的，打出切分音的節奏。艾迪聞到他腐味濃郁的口臭。不久，亨利全身僵直翻了過來，瓶子從他胸前穿出，角度很怪，瓶蓋對著天花板，彷彿瓶子是從他體內長出來的。

「咕。」亨利嘟囔一聲就沒說話了，眼睛瞪著天花板。艾迪覺得他可能死了。

暈眩感一波波撲了上來，想將艾迪淹沒。他努力不讓自己暈倒，先用膝蓋撐起身子，最後站了起來。他將斷臂收回胸前，身體又是一陣劇痛，讓他腦袋稍微清醒了一些。他氣喘吁吁，吃力地走到床頭桌前，從氣泡水窪裡拿起噴劑，塞進嘴裡摁了一下。噴劑的味道讓他顫抖，他又摁了一次。他回頭看著躺在地上的屍體——那是亨利嗎？可能嗎？確實是。他老了，小平頭灰多於黑，身體又肥又白，但確實是亨利沒錯。亨利死了。亨利終於——

「咕。」亨利低哼一聲坐了起來，雙手對空猛抓，彷彿想抓住只有他才看得見的東西。他被剜出的眼睛不停滴著液體，眼球下緣腫得厲害，已經垂到臉頰。亨利轉頭看見艾迪縮著身子退到牆邊，便試著站起來。

他張開嘴巴，一道血柱從他口中噴出，他又倒了下去。

艾迪心臟狂跳，慌忙伸手尋找電話，結果將電話機從桌上撞到了床上。他抓起話筒撥了零，鈴聲響了又響，響了又響。

快點，艾迪心想，下面的人在做什麼？打手槍嗎？拜託，快點接，他媽的給我拿起電話！

鈴聲響了又響。艾迪盯著亨利，心想他隨時可能再想站起來。血，天哪，到處都是血。

「服務台。」話筒另一頭終於傳來模糊不悅的聲音。

「請轉接威廉．鄧布洛先生的房間，」艾迪說：「愈快愈好。」他豎起另一隻耳朵傾聽隔壁房間的動靜。他們剛才鬧得多大聲？會有人來敲門問發生了什麼事嗎？

「你確定嗎？」接待員問：「現在是凌晨三點十分呢。」

「沒錯，快點！」艾迪差點就用吼的了，抓著話筒的手不由自主地微微顫抖，另一隻手臂則像黃蜂叮咬似的又癢又痛。亨利又動了嗎？沒有，當然沒有。

「好啦、好啦，」接待員說：「冷靜一點，老兄。」

艾迪聽見喀噠聲，接著是旅館電話的沙啞鈴聲。快接，小威，快點——

他忽然想到一件事，恐怖但很有可能的事：萬一亨利已經去過威廉房間了呢？還是理查德、班恩或貝芙莉的房間？或者亨利先去了圖書館？亨利之前一定在別的地方，若非其他人削弱了他的力量，這會兒死在地上的絕對是艾迪，胸前插著折刀，就像礦泉水瓶插在亨利腹部一樣。還是亨利先找了其他人，趁他們半夢半醒、意識模糊的時候下手，就像剛才對付他一樣？他們會不會全死了？這些念頭實在太可怕了，要是威廉房間的電話再沒人接，他一定會尖叫。

「求求你，威老大，」艾迪低聲道：「拜託你人在，兄弟。」

電話通了，威廉的聲音（依然那麼謹慎）傳來：「喂？」

「小威，」艾迪說……幾乎口齒不清：「小威，謝天謝地。」

「小艾？」說完威廉的聲音稍微變弱，跟另一個人說話，告訴對方是誰來電，接著聲音再度變強：「怎、怎麼了，小、小艾？」

「亨利．鮑爾斯，」艾迪說著又看了地上的屍體一眼。位置有變嗎？這回很難相信沒有。

「小威，他來旅館了……我把他殺了。他有刀。我想……」他壓低聲音：「我想就是他當年用的那一把。我們逃到下水道那天，你還記得嗎？」

「我、我記得，」威廉明快回答：「聽好了，艾迪，我要你

12

荒原 下午一點五十五分

到後、後頭叫小、小班過來。」

「好。」艾迪說完便回頭叫人。他們快到空地了。陰沉的天空雷聲隆隆，風勢愈來愈強，吹得樹叢頻頻嘆息。

他們走到空地時，班恩趕了上來。地下俱樂部的活門開著，在綠地中央開出一塊突兀的黑。河水聲非常清晰，威廉忽然非常確定這是他童年最後一次聽見這個聲音，造訪這個地方。他深吸一口氣，嗅聞泥土、空氣和遠方垃圾堆的味道。垃圾堆有如火山冒著煙，似乎不曉得該不該爆發。他看見一群鳥越過火車鐵橋，朝老岬區飛去。他抬頭望著翻騰的雲。

「什麼事？」班恩問。

「他們為、為什麼不來抓、抓我們？」威廉問：「他們明、明明在這、這裡，小艾說、說得沒錯，我感覺得、得到。」

「是啊，」班恩說：「我想他們可能笨到以為我們會回地下俱樂部，這樣他們就能甕中捉鱉了。」

「可、可能吧。」威廉說。他忽然對自己口吃感到無助和憤怒。這個毛病讓他講話快不起來。也許那些事情本來就說不清楚——他覺得自己可以看穿亨利的眼睛，還有他和亨利雖然彼此對立，其實很相似，都只是兩股敵對力量手下的棋子。

亨利希望他們起身反抗。

牠希望他們起身反抗。

然後被殺。

他腦中爆開一道凜冽的白光，讓他不寒而慄。他們將成為受害者，被喬治遇害以來便一直盯著德利的殺手滅口。七個人都是。他們的屍體也許會被人發現，也許不會，要看牠能不能保護亨利，又會不會保護他——或者還包括維克多和貝奇。沒錯，對外人來說，對其他市民而言，我們是殺人魔的手下冤魂。其實沒錯，從某個可笑的角度來說確實如此。牠要我們死。亨利只是牠執行謀殺的工具，免得露面。我想我會是第一個——貝芙莉和理查德或許能保護其他人，麥可或許也行。但史丹利很害怕，班恩也是，即使我認爲他比史丹利強。艾迪斷了一隻手臂。我爲什麼要帶他們來這裡？天哪？爲什麼？

「小威？」班恩緊張地說。其他人已經跟了上來，和他們一起站在地下俱樂部邊緣。雷聲再次響起，樹叢搖晃得更加急切。風雨欲來，天色漸漸昏暗，竹林依然沙沙作響。

「小威——」這回是理查德喊他。

「噓！」他喝斥一聲。其他人看見他著魔般的發亮眼神，都不安地閉上嘴巴。

他盯著矮樹叢，注視穿入樹叢通往堪薩斯街的蜿蜒小徑，覺得自己的心神忽然跳升一級，進入更高的境界。他不再口吃，直覺有如急流不斷灌入他的思緒中——彷彿一切都朝他湧來。

開頭是喬治，結尾是我和我的朋友，之後就將結束

（再次）

再次結束。沒錯，再一次，因爲之前發生過，最後一定有人犧牲，會發生可怕的事爲牠的活動畫下句點，我不曉得自己怎麼會知道，但就是曉得……而且他們……他們……

「是他們讓、讓事情發、發生的。」威廉喃喃自語，瞪大眼睛望著羊腸小徑。「當、當然是他、他們。」

「小威？」貝芙莉擔憂地問。史丹利站在她身旁，穿著藍色馬球衫和斜紋褲，個頭很小，儀容整潔。麥可站在貝芙莉的另一旁，神情專注看著威廉，彷彿想讀出他的心思。

是他們讓事情發生的，總是他們，事情會平息，事情會繼續，牠……牠……

（會沉睡）

會沉睡……或像熊一樣冬眠……然後重來一遍，而他們知道……民眾知道……他們知道非得這樣牠才能存活。

「我帶、帶、帶——」

喔老天哪求求祢拜託拜託他雙手握拳天哪求求祢打在柱子上讓我把話說完打在柱子上依然堅持喔天哪老天爺求求祢讓我好好把話說完！

「我帶你、你們到這、這裡來，因為哪、哪裡都不、不安全。」威廉說，唇邊堆滿唾沫。他用手背抹掉。「德、德利就是牠，你、你們懂、懂嗎？」他瞪著他們，嚇得他們微微後退，眼睛

閃閃發亮，充滿了強烈的恐懼。「德、德利市就是、是牠！不、不管去哪、哪裡……只要被、被牠抓、抓到，他們不、不會看、看到，不會聽、聽到，也不會知、知道。」他看著他們，語氣近乎哀求。「你們難、難道看不出、出來嗎？我們能做、做的只是把開、開始的事、事情做、做完。」

貝芙莉看見羅斯先生站起來看著她，折好報紙走回屋裡。他們不會看見，不會聽到，也不會知道，而我父親

（賤人把褲子脫下來）

打算殺了她。

麥可想起他到威廉家吃午餐。威廉的母親又在夢遊狀態，似乎完全沒看到他們兩人，兀自讀著亨利．詹姆斯的小說，讓他們自己做三明治，站在流理台慢慢啃完。理查德想到史丹利整潔但空空蕩蕩的家。史丹利有一點驚訝，母親午餐時間幾乎都會回家，就算偶爾不在，也會留字條說她人在哪裡，但今天卻沒有字條，車子也不在，什麼都沒有。「可能和她朋友黛比去購物了吧。」史丹利微微皺著眉說。他只好自己動手做雞蛋沙拉三明治。理查德完全忘了這件事，現在才想起來。艾迪想到他母親。他拿著骰子遊戲板出門時，平常的叮嚀半句也沒聽到：小心點，艾迪，下雨記得找地方躲，艾迪，別給我玩粗魯的遊戲，艾迪。她沒問他有沒有帶噴劑，也沒叫他幾點之前回家，甚至沒警告他「別跟那些野孩子廝混」。她只是盯著電視上的肥皂劇，彷彿他不存在。

彷彿他不存在。

上面所有想法都說明同一件事：從早上醒來到午餐結束，他們都成了鬼魂。

鬼魂。

「小威，」史丹利突然說：「要是我們穿過去呢？穿過老岬區？」

威廉搖搖頭。「我想不、不行。我們可、可能會在竹、竹林被抓……或是流、流沙……或坎、坎都斯齊、齊格河裡真、真的有食、食人魚……還是其、其他東西。」

每個人都有自己的喪命場面。班恩看見樹叢忽然變成吃人樹。貝芙莉看見水蛭四處飛舞，就像垃圾場那台冰箱裡的怪蟲。史丹利看見竹林裡的污濁地面吐出被傳說中的流沙吞噬的孩童屍體。麥可．漢倫想像長著可怕利齒的小恐龍突然從腐樹的樹縫裡奔出來攻擊他們，將他們咬成碎片。理查德看見他們跑到火車鐵橋底下，被「匍匐之眼」從上襲擊。艾迪看見他們爬上老岬區的堤岸，發現瘋瘋鬼就站在頂端，鬆垮的皮肉爬滿蛆和甲蟲，正在等他們自投羅網。

「要是我們能想辦法出城……」理查德喃喃道。這時天上忽然雷聲大作，有如怒吼，讓他嚇得身子一縮。雨開始下了，雖然還只是一陣一陣，不過很快就會大雨滂沱了。迷濛的寧靜已經消失，彷彿根本不存在。「只要能離開這個他媽的鬼城，我們就安全了。」

貝芙莉才說了「嗶嗶」兩聲，一塊石頭就從茂盛的樹叢裡飛了出來，打中麥可的頭。麥可蹣跚後退，鮮血從濃密的髮間滲了出來，要不是威廉及時扶住他，麥可一定會跌倒。

「讓我教你們怎麼扔石頭！」亨利嘲諷的聲音從遠處飄來。

威廉看見其他夥伴張目四望，準備各奔東西。但要是他們四散開來，那就真的完了。

「班、班恩！」他厲聲說。

班恩轉頭看他。「小威，我們得逃命了，他們——」

又兩塊石頭從樹叢裡飛了出來，一塊命中史丹利的大腿，史丹利尖叫，但驚訝多於疼痛。貝芙莉閃過另一塊石頭。石頭落在地上，滾過地洞的活門。

「你、你還記得第、第一天到這、這裡的情、情形嗎？」威廉對著雷聲大吼：「放暑、暑假那、那天。」

「小威——」理查德大叫。

威廉一掌要他閉嘴，眼睛依然盯著班恩，讓他不敢亂動。

「當然。」班恩回答，一邊吃力地眼觀四方。樹叢瘋狂搖擺晃動，幾乎像巨浪一樣。

「排、排水道，」威廉說：「抽、抽水站，那就是我、我們要去的地、地方，快帶、帶路！」

「可是——」

「快、快帶路！」

石頭連珠炮似的從樹叢射出來，威廉看見維克多．克里斯的臉一閃而過，神情驚恐又興奮，彷彿嗑了藥。這時，一塊石頭迎面砸中他的臉頰。幸好麥可一把抓住他，他才沒有仆倒。他頭暈眼花，臉頰麻痺，過了一會兒疼痛感才如波浪襲來。他感覺自己血流滿面。他用手擦拭臉頰，痛得讓他身子一縮。他看了看手上的血，將它擦在牛仔褲上。他的頭髮迎風亂舞。

「結巴鬼，我來教你怎麼扔石頭！」亨利半笑半吼地說。

「快、快帶路，」威廉大叫。他明白自己剛才為什麼叫艾迪去找班恩了。他們的目的地是抽水站，那個抽水站，只有班恩知道地方。坎都斯齊格河兩岸都有抽水站，間隔有長有短。「就是那、那裡！從那裡進、進去！去找、找牠！」

「小威，你怎麼會知道？」貝芙莉大喊。

他朝她怒吼，朝他們咆哮：「我就是知道！」

班恩舔舔嘴唇，望著威廉愣愣站了好一會兒，接著便穿越空地朝河邊走。一道刺眼閃電劃過天空，照得天空紫白一片，隨即雷聲大作，嚇得威廉雙腳發軟。一塊拳頭大小的石頭從他鼻尖前飛過，擊中班恩的臀部。班恩痛得哀號，伸手去摸被打中的地方。

「哈哈，肥仔！」亨利又是半笑半吼地說。枝葉窸窣偃倒，威廉從樹叢裡走了出來。雨水不再裝模作樣，開始傾盆而下。大雨打在亨利的小平頭和眉毛上，流過他的臉頰。他齜牙咧嘴，獰笑著說：「看我教你們怎麼扔——」

麥可發現一塊他們搭地下俱樂部屋頂剩的木板，便拿起來扔了出去。木板翻轉兩圈，正中亨利的額頭。亨利尖叫一聲，像想到絕妙點子的人一樣手拍額頭，重重坐到地上。

「快、快跑！」威廉嘶吼道：「跟著班、班恩！」

樹叢又傳來窸窣和壓折聲。窩囊廢俱樂部的其他成員跟著班恩往河邊跑，貝奇和維克多走出樹叢，亨利站了起來，三人開始狂追猛趕。

那天傍晚事過境遷之後，班恩回想當時跑過樹叢，只記得零星的片段。他記得沾滿雨水的樹葉打在他臉上，讓他全身又冷又濕。他感覺雷電交加，亨利大聲咆哮，要他們停下來決一死戰。坎都斯齊格河愈來愈近，亨利的怒吼和河水聲混在一起。他只要慢下腳步，威廉就會用力打他的背，要他快點。

萬一我找不到呢？萬一我找不到那個抽水站呢？

他吸氣、吐氣，感覺胸部鼓脹欲裂，喉嚨熱辣辣的帶著血味。他身側劃開一道傷口，被石頭打到的屁股隱隱作痛。貝芙莉剛才說亨利想殺了她，班恩這會兒相信了，完全信了。

河岸忽然出現，害他差點衝進河裡，好不容易才穩住身子。但春天冰融淘空了土壤，因此他還是跌了一跤，摔進湍急的河水邊。他的襯衫被撩到背部，皮膚沾滿、黏滿了半乾的泥巴。

威廉擠到他身邊，將他一把拉了起來。

其他夥伴陸續衝出河邊的茂密樹叢，理查德和艾迪最後。理查德一手摟著艾迪的腰，眼鏡滴著雨水滑到鼻尖，感覺隨時會掉。

「在、在哪裡？」威廉大吼。

班恩左看右看，知道時間有限，性命攸關。河水似乎已經漲高了，陰沉的天空讓波濤洶湧的河面看起來有如石板。河岸長滿矮樹叢和小樹，全都隨著強風的節奏搖擺。他聽見艾迪氣喘吁吁，呼吸不過來。

「在、在哪裡？」

「我不知——」他話沒說完，就看見那棵傾斜的樹和樹下的洞穴。他那天便是躲在那裡。他在洞裡睡著了，醒來聽見威廉和艾迪在附近閒晃。接著那群惡少來了……見到了……踢壞了。掰囉，各位，那個水壩真的很幼稚，不騙你。

「那裡！」他大喊：「那邊！」

閃電凌空，這回班恩聽見電光滋滋作響，感覺像過載的模型火車變壓器。閃電擊中樹木，發出藍白色的火光，將盤根錯節的樹幹底部打成碎片，成了巨人的牙籤。樹幹噗通一聲掉進河裡，水花沖天。班恩嚇得倒抽一口氣，聞到熾熱又原始的焦味。只見一團火球從樹洞竄出，忽然變亮隨即熄滅。雷聲轟隆，不在天上，而是他們四周，彷彿他們就站在雷電中央。大雨滂沱。

威廉推了他背後一把，讓他回過神來。「快、快走！」

班恩跌跌撞撞沿著河邊涉水前進，頭髮垂到眼前。他跑到那棵樹旁——樹根下的洞穴已經毀了——翻了過去，腳趾卡進潮濕的樹皮，擦傷了手和前臂。

威廉和理查德幫艾迪翻過樹，艾迪跌了一跤，但班恩抱住他，兩人一起摔到了地上。艾迪哀號一聲。

「你還好嗎？」班恩大吼。

「應該吧。」艾迪吼了回去，站起身來。他手忙腳亂掏出噴劑，差點弄丟了，幸好班恩及時接住。艾迪感激地看了他一眼，將噴劑塞進嘴裡揌了一下。

理查德翻過來，然後是史丹利和麥可。威廉將貝芙莉推到樹上，班恩和理查德從另一邊抱她下來。她的頭髮黏在頭上，牛仔褲變成了黑色。

威廉最後翻樹。他爬上樹幹，雙腿往另一邊甩。他看見亨利和另外兩個人涉水朝他們奔來。他一邊滑下樹幹，一邊大喊：「石、石頭！扔石頭！」

河邊石頭很多，而被閃電劈倒的樹是完美的掩護。轉眼間，他們七人已經開始朝亨利和他的同黨狂扔石塊。亨利他們已經快到樹旁了，正好進入射程範圍。石頭打在他們胸口、手腳和臉上，逼得他們往後退，氣得痛得大叫。

「還想教我們扔石頭咧！」理查德大吼，朝維克多扔了一顆雞蛋大小的石頭，正中對方肩膀，彈向天空。維克多高聲哀號。「哎呀……哎呀呀……還說要教我們呢，孩子！我們學得可好了！」

「沒錯！」麥可尖叫：「怎麼樣，喜歡嗎？」

沒人回應。亨利、維克多和貝奇退到射程外，三人靠在一起。不久，他們爬上河岸，但小水流將岸邊泥土弄得千瘡百孔，又濕又滑，讓他們走得跌跌撞撞，必須抓著樹枝才能撐住身子。

他們消失在矮樹叢中。

「他們想繞過來，威老大。」理查德說，推了推鼻梁上的眼鏡。

「沒、沒關係，」威廉說：「走、走吧，小、小班，我們跟、跟著你。」

班恩沿著河岸走走停停（覺得亨利和他同黨隨時會衝到他面前），發現抽水站就在二十碼外。其他人跟在後面。他們看見對岸也有涵管，一個很近，另一個在上游四十碼處，兩個都湧出大量泥水到坎都斯齊格河中，眼前的涵管卻只是涓涓細流。而且班恩發現沒有嗡嗚聲，抽水設備故障了。

他若有所思看著威廉……同時有點害怕。

威廉看著理查德、史丹利和麥可說：「我們得、得把蓋子掀、掀開，過來幫、幫我一把。」鐵蓋上有握把，可是被雨水弄得非常滑溜，而且蓋身重得離譜。班恩湊到威廉身旁，威廉將手移開一點，讓班恩有地方抓。班恩聽見涵管裡有滴水聲，帶著回音，聽起來不舒服，很像水滴入井裡的聲響。

「拉！」威廉大吼，五個男孩齊力猛拉，鐵蓋發出難聽的聲響動了一點。

貝芙莉擠到理查德身旁抓住鐵蓋，艾迪用沒受傷的手使勁地推。

「一、二、三，推！」理查德大聲吆喝。鐵蓋吱嘎移動，涵管口又開了一點，露出弦月般的黑洞。

「一、二、三、推！」

弦月變大了。

「一、二、三，推！」

班恩死命地推，推到眼冒金星。

「退後！」麥可大喊：「好了，好了！」

所有人退開，看著巨大的圓蓋翻倒在地，在濕土上劃出一道泥痕，有如過大的西洋棋盤反扣在岸邊。蓋子上的甲蟲一哄而散，爬進糾結的草叢裡。

「噁！」艾迪說。

威廉往管內窺探，只見鐵梯一路向下，直達一圈黑水邊，水面被雨水打得斑斑點點，有如痘疤。抽水泵安安靜靜立在中央，半浸在水裡。他看見水從水管流向抽水站，不禁心裡一沉：這就是我們要去的地方，底下那裡。

「小、小艾，你抓、抓著我。」

艾迪一臉不解望著他。

「就像背小、小孩，用沒、沒受傷的手抓、抓牢。」他邊說邊示範。

艾迪懂了，但不想做。

「快點！」威廉火了：「他、他們就快、快來了！」

艾迪一手勾住威廉的脖子，史丹利和麥可推他屁股，讓他雙腳扣住威廉的腰。威廉跌跌撞撞晃到涵洞上方，班恩發現艾迪緊緊閉上眼睛。

除了雨聲，他還聽見別的聲音：枝葉彈開、斷折的聲音，還有說話聲。亨利、維克多和貝奇。真是世上最醜惡的追逐戰。

威廉抓著涵管粗糙的水泥邊緣，小心翼翼一步一步摸索著往下爬。鐵梯很滑，艾迪的手死扣著他的脖子。威廉總算體會到艾迪氣喘發作時的感受了。

「小威，我好怕。」艾迪低聲說。

「我、我也是。」

威廉放開水泥邊緣，改抓最高的那根橫梯。雖然艾迪幾乎把他勒死，而且好像重了四十磅，威廉還是暫停片刻，注視荒原、坎都斯齊格河和奔騰的雲。剛才他心裡有一個聲音——堅決而不恐懼的聲音——要他下去前好好看一眼，以防再也看不到地上的世界。

於是他看了，接著開始背著艾迪往下爬。

「我快抓不住了。」艾迪吃力地說。

「沒、沒關係，」威廉說：「我們就快、快到了。」

他一腳踩入冰冷的水中，用腳尖找到第二根橫梯的位置。下面還有一根橫梯，之後就沒了。他站在及膝的水中，抽水機就在旁邊。

他蹲下讓艾迪下來。冰水浸透他的褲子，讓他打了個哆嗦。他深呼吸一口氣，感覺沒那麼熱，但艾迪的手臂不再勒著他的脖子，感覺真好。

他抬頭望向管口，距離大約十英尺，其他夥伴圍在管邊探頭往下看。「下、下來吧！」他大喊：「一次一、一個！快、快點！」

貝芙莉第一個下去。她輕輕鬆鬆跨入涵管抓住鐵梯。史丹利第二，其他人陸續跟上，理查德殿後。下去之前，他豎起耳朵留意亨利和他同黨的動靜。從他們吃力前進發出的聲響判斷，他們可能稍微偏左，但肯定不會錯過抽水站。

這時，維克多大吼：「亨利！在那裡！我看到托齊爾了！」

理查德轉頭一看，發現他們朝他衝來。維克多跑在最前面……但亨利狠狠將他推開，讓他跪倒在地上。亨利果然有刀，滿大的小刀，刀刃不停滴水。

理查德朝涵洞裡瞄了一眼，看見班恩和史丹利正在扶麥可下梯子，便翻身爬了進去。亨利看出他的用意，朝他咆哮。理查德哈哈狂笑，左手猛力一拍右手的手肘，前臂對著天空，手掌握拳，比出可能是世上最老的姿勢。亨利當然明白那是什麼意思，立刻豎起中指。

「準備死在下面吧！」他怒吼道。

「走著瞧！」理查德哈哈大笑吼了回去。他很怕鑽進這個水泥喉嚨，然而就是止不住笑。他用愛爾蘭警察的腔調高聲說：「拜託，好小子，愛爾蘭佬的好運是用不完的！」

草地濕滑，亨利滑了一跤，一屁股跌在地上，離理查德不到二十英尺。理查德雙腳踩在抽水站內壁的第一根橫梯上，露出頭和胸膛。

「哈，滿地香蕉滑一跤！」理查德大喊，像打勝仗一樣興奮，接著急忙忙衝下鐵梯。梯子很滑，他差點摔倒，幸好威廉和麥可及時抓住，他才只跪在水裡。其他人圍著抽水泵，理查德全身顫抖，感覺背部一股熱流和寒意在互相追逐，但就是停不住笑。

「你真該看看他那副樣子，威老大，從來沒那麼狼狽，爬不起——」

亨利的腦袋出現在涵管開口，臉上都是樹枝和薔薇的擦傷。他眼裡閃著怒火，口中唸唸有詞。

「好了，」他朝底下大喊，水泥涵管響起單調的共鳴，不算回音。「我來了，等著受死吧！」

他一腳跨進涵管，用腳尖找到最上面的橫梯，另一腳接著跨進來。

威廉大聲說：「等他再、再下來一點，我、我們就撲上、上去抓住他，把他、他拉下來壓、壓進水裡，了、瞭解嗎？」

「遵命，長官。」理查德說完舉起顫抖的手，向威廉敬禮。

「瞭解。」班恩說。

史丹利朝艾迪眨眨眼睛，但艾迪一頭霧水——他只覺得理查德瘋了，笑得像個瘋子一樣。亨利．鮑爾斯——恐怖的亨利．鮑爾斯——就要爬下來把他們當成老鼠殺了，他還在笑。

「我們都準備好了，小威！」史丹利大吼。

爬到第三個橫梯的亨利突然僵住，轉頭看了底下的窩囊廢們，臉上頭一回出現遲疑的神情。艾迪恍然大悟。他們如果想下來，一次只能一個人。用跳的太高，而且會撞到抽水泵，而他們七人正圍成一圈守株待兔。

「來、來呀，亨、亨利，」威廉開心地說：「你還在等、等什麼？」

「對呀，」理查德附和道：「你不是喜歡揍小孩嗎？來呀，亨利。」

「難道你跟雞一樣膽小？」班恩說完開始學雞叫。理查德立刻配合，其他夥伴也跟著叫了起來。嘲弄的雞叫聲在潮濕、滴水的管內迴盪。亨利左手拿刀低頭看著他們，臉色和老磚牆一樣黑。他熬了三十秒才往外爬。窩囊廢俱樂部的成員狂喝倒采，嘻笑怒罵。

「好、好了，」威廉低聲說：「我們得進下、下水道裡了，快、快點。」

「為什麼？」貝芙莉問，但威廉不需要回答，因為亨利又出現在洞口，朝管裡扔了一塊足球大小的石頭。貝芙莉尖叫，史丹利乾吼一聲，拉著艾迪將他推到弧壁邊。石頭擊中抽水泵的生鏽外殼，發出悅耳的「乒」聲。石頭彈向左邊，打在水泥壁上，距離艾迪不到半英尺。一塊水泥碎片打在他臉上，痛得要命。石頭落進水裡，水花四濺。

「快、快點！」威廉又吼了一次，所有人立刻朝下水道口擠去。下水道的直徑大約五英尺，威廉要夥伴一個一個進去（他腦中瞬間閃過馬戲團的景象：一群大塊頭小丑從小車裡鑽出來。多年後，他將這個意象寫進了《黑潮》），自己殿後。進去前，他又閃過一塊石頭。他們看著更多石頭落到管裡，幾乎都打在抽水泵外殼上，四處亂彈。

石頭停了之後，威廉探頭張望，發現亨利又開始爬梯子，而且速度飛快，便朝夥伴們大喊：「抓、抓住他！」理查德、班恩和麥可跟著威廉吃力地衝了出去。理查德高高躍起，抓住亨利的腳踝。亨利大聲咒罵，像要踹開小惡犬似的拚命踢腳——㹴犬吧，或是北京狗。理查德一手抓著橫梯，讓自己站得更高，真的咬了他的腳踝。亨利哀號一聲慌忙抽腿，一隻樂福鞋噗通掉進水裡，立刻沉了下去。

「你咬我！」他尖叫：「你咬我！你他媽的竟然咬我！」

「沒錯，還好我春天打了破傷風疫苗！」理查德說完朝亨利撲了過去。

「轟炸他們！」亨利氣急敗壞：「轟炸他們，把他們炸回石器時代！炸得腦袋開花！」石頭再度飛落，男孩急忙退回下水道裡。麥可被一塊小石頭擊中手臂，他縮著身體緊握手臂，直到疼痛散去。

「我們僵持住了，」班恩說：「他們下不來，我們上不去。」

「我、我們不上、上去，」威廉悄聲說：「你們應該知、知道，我們不、不會再上、上去了。」

所有人用受傷和恐懼的眼神望著他，沒有人說話。

亨利半是恫嚇、半是嘲諷的聲音飄了下來：「我們可是能在這裡等一整天哦，小鬼！」

貝芙莉從剛才就轉身觀察下水道。裡頭的光線很快就黑了，看不到什麼，她只見到一條水泥通道，水淹到三分之一，水流湍急。她發現水位已經比剛才他們第一次擠進來時高了，可能是抽水泵沒有作用，因此排向坎都斯齊格河的廢水不多。貝芙莉感覺幽閉恐懼症掐住了她的喉嚨，將皮膚變成了法蘭絨。水要是再高一點，他們就會淹死了。

「小威，我們非去不可嗎？」

威廉聳聳肩，他的動作說明了一切。沒錯，他們非去不可。不然呢？被亨利、維克多和貝奇追殺，死在荒原嗎？還是被城裡某個東西（或許是更糟的東西）幹掉？貝芙莉已經很明白他的想法了。他的聳肩沒有半點結巴。他們最好主動出擊，把牠逼出來，就像西部電影裡的對決。更乾脆，更勇敢。

理查德說：「威老大，你跟我們提過的那個儀式叫什麼？就是圖書館書裡講的那個儀式。」

「Ch、Ch、Chüd。」威廉說，同時笑了笑。

「Chüd，」理查德點點頭：「你咬牠舌頭，牠咬你舌頭，對吧？」

「沒、沒錯。」

「然後講笑話。」

威廉點點頭。

「真好笑，」理查德看著漆黑的下水道說：「我一個笑話都想不出來。」

「我也是。」班恩說。恐懼沉沉壓著他的胸口，讓他幾乎喘不過氣來。他好想像個小嬰兒坐在水中大哭，只有一件事讓他沒這麼做，那就是威廉的鎮定不移……還有貝芙莉。他寧可死了，也不想讓貝芙莉發現他在害怕。

「你知道這條下水道通往哪裡嗎？」史丹利問威廉。

威廉搖搖頭。

「你知道怎麼找到牠嗎？」

威廉又搖頭。

「接近時就知道了，」理查德忽然插嘴說。他顫抖著深吸一口氣。「既然非做不可，那就出發吧。」

威廉點點頭。「我、我先走，然後是小、小艾、班、班恩、貝、貝貝、小史和麥、麥可。小、小理，你殿、殿後。所、所有人一、一手搭在前、前一個人、人的肩上，裡面會很、很黑。」

「你們還不出來？」亨利．鮑爾斯咆哮道。

「我們會出去的，」理查德喃喃自語：「從某個地方。」

他們像一群盲人走成一排。威廉回頭望了一眼，確定每個人都伸手搭在前一人肩上，接著他微微向前彎身對抗急流，帶著夥伴走進他一年前為弟弟做的紙船漂入的黑暗之中。

第二十章　循環終結

1

湯姆

湯姆．羅根作了一個很扯的夢。他夢見自己殺了父親。

他知道這個夢很扯。他父親在他小學三年級時就過世了。呃……說他「過世」可能不太正確，應該說「自殺」才對。拉夫．羅根灌了一杯鹼水琴酒，上西天用的。之後，湯姆就由哥哥姊姊照顧，但所謂的照顧有名無實，只要他們一個不高興，他就會挨打。

所以，他不可能殺死父親……然而在那個嚇人的夢裡，他握著一根看似無害的握把抵著父親的脖子……只是那握把並非無害，對吧？握把頂端有一個按鈕，按下去刀刃就會彈出來，直接捅進父親頸子裡。我不會那樣做的，爸爸，不用擔心，夢中的他心想，但手指卻摁下了按鈕，彈出刀刃。他父親睜開眼睛瞪著天花板，嘴巴張開發出嗆到血的咕嚕聲。爸爸，不是我做的！他在夢中大喊，是別人——

他想醒來卻做不到，最後（但結果一點也不好）掉進另一個夢中，開始在又長又黑的甬道裡涉水前進。他的睪丸發疼，臉龐刺痛，因為都是擦傷。他有夥伴同行，卻只看得到輪廓。不過無所謂，重點是前方的那群小孩。他們必須付出代價，必須

（挨打）

接受懲罰。

這一場夢不但痛苦，而且臭得要命。水滴聲不斷，回音處處，他的鞋子和褲子都濕透了。甬道有如迷宮，那群小鬼就在前方，也許他們覺得

（亨利）

湯姆和他朋友會迷路，但出糗的是他們

（哈哈死小鬼！）

因為他還有另一個朋友，沒錯，很特別的朋友，這朋友會替他指路，用……用……

（月亮氣球）

又大又圓，而且裡面會發光的東西，像舊式街燈一樣綻放神秘的光暈。每一個岔口都有一個氣球飄著，上面畫著箭頭指向其中一條甬道，是他和

（貝奇和維克多）

那群看不見的朋友要走的路，而且是正確的路。沒錯，他聽見他們在前面涉水而過，回音陣陣，輕聲細語因為反射而扭曲。距離愈來愈近，他們快追上了。追上之後……湯姆低頭看見手裡依然握著那把折刀。

他忽然怕了起來——這感覺很像他在八卦週刊讀到的出竅經驗，靈魂脫離身體進入另一人體內。現在這副軀體感覺不對，彷彿他不是湯姆，而是

（亨利）

另一個人，比他年輕。他驚慌失措，開始掙扎想要掙脫夢境。這時一個悅耳的聲音在他耳邊響起：現在是哪時候不重要，你是誰也不重要，重要的是貝芙莉在前面，和他們一起。而且我的朋友，你知道嗎？她和他們幹的勾當可不只是偷抽菸而已。你知道嗎？她上了她的老友威廉·鄧布洛！沒錯！她和那個口吃的怪胎幹了一炮！他們——

你騙人！他試著大吼，她才不敢！

但他知道是真的。她之前用皮帶抽我的

（踢我的）

睪丸，然後跑了。這會兒又跟別人上床，這個下賤的

（小孩）

小爛貨真的讓他戴綠帽。親愛的左鄰右舍、親朋好友，我非得好好教訓她一頓不可——先是她，然後是鄧布洛，那位小說家朋友。誰敢攔他，誰就絕對跟著倒大楣。

雖然已經氣喘吁吁，他還是加快了腳步。他看見前方又有一圈光暈在暗處上下飄浮——下一個月亮氣球。他聽見人的說話聲，雖然聽起來像小孩，但他絲毫不在意。就像那聲音說的：何時、何地、何人不重要，重點是貝芙莉在前面。喔，親愛的左鄰右舍、親朋好友——

「快點，你們兩個，賣力點！」他說。他的聲音聽起來不像他，而像是小孩，但他依然無所謂。

快到月亮氣球時，他轉頭張望，頭一回見到自己的夥伴。兩個人都死了。一個沒有頭，另一個的臉裂開了，像是被超大利爪抓的。

「我們已經盡快了。」臉裂開的男孩說。他的上下唇兜不攏，各自蠕動，感覺古怪到極點。就在這時，湯姆尖叫一聲醒了過來，夢境化成碎片，他感覺自己就站在巨大空無的邊緣。

他試著維持平衡，但一個不穩又跌回了地上。地板有鋪地毯，但摔跤還是讓他受傷的膝蓋一陣劇痛。他用前臂摀住嘴巴，不讓自己叫出來。

我在哪裡？我他媽的人在哪裡？

他感覺到微弱但清晰的白光，一時以為自己又回到夢中，白光是那些古怪氣球發出的，把他

嚇得半死。接著他想起浴室的門沒關，裡面的日光燈亮著。每到一個陌生地方，他總是會留著浴室的燈，免得半夜起床小便撞傷小腿。

這點發現將他帶回了現實。剛才是夢，荒唐的夢。這裡是緬因州德利市，他在假日飯店。他一路追著妻子來到這裡，惡夢作到一半從床上摔下來，就這樣，簡單得很。

不是惡夢。

他嚇了一跳。聲音彷彿不是來自他心裡，而是在他耳邊說話，聽起來完全不像他在自言自語──那聲音很冷、很陌生……卻有魔力，令人信服。

他緩緩起身，在床頭桌上摸到一杯水，拿起來喝了。他抖著雙手順了順頭髮，桌上的時鐘指著三點十分。

回去睡吧，睡到早上。

陌生聲音回答了：但早上人就多了──太多了。再說，你現在下去就可以贏過他們，可以第一個到。

下去？他想起剛才的夢：水和滴滴答答的黑暗。

燈光似乎突然變亮了。他不想轉頭，頭還是不由自主動了。他呻吟一聲，因為浴室門把上綁著一顆氣球，繩子大約三英尺長。氣球閃閃發亮，發出鬼影般的白光，感覺很像沼澤裡的鬼火，有如幻影掛在垂著灰色苔蘚的樹木之間。氣球微微鼓漲的表面畫著一個血淋淋的箭頭。

箭頭指著通往走廊的門。

我是誰不重要，那聲音溫柔地說。湯姆察覺它不是來自他的腦中或耳邊，而是來自氣球，來自那道詭異又可愛的白光。重點是我會看著事情的發展，讓結果如你所願，湯姆。我要看她挨揍，我要看他們每個人挨揍。他們太常破壞我的好事了……也太遲了。所以聽好了，湯姆，仔細聽好。都到了……跟著跳動的氣球……

湯姆豎耳傾聽，氣球裡的聲音開始解釋。

牠解釋了一切。

說完之後，牠亮光一閃就消失了。湯姆開始更衣。

2

奧黛拉

奧黛拉也作了幾次惡夢。

她從夢中驚醒，直挺挺坐在床上，被子垂到腰間，小小的乳房隨著急促的呼吸而起伏。和湯姆一樣，她的夢境也是混亂而痛苦，而且也變成了另一個人——或說她的意識進入（並且部分融入）另一個軀體和心靈裡。她到了一個黑漆漆的地方，和幾個人在一起，並且感覺危險正在迫近——他們是自己選擇的，她很想尖叫阻止他們，要求他們解釋清楚……但她融入的那個人似乎知道原由，而且相信這麼做是必要的。

她還發現有人在追趕他們，而且愈來愈近，一點一點拉近距離。

威廉也在夢裡，但他之前說他忘了童年往事肯定影響了她，因為威廉在她夢中還是個男孩，十歲、十二歲左右——頭髮還在！她牽著他的手，隱約感覺自己非常愛他，而她願意繼續都是因為深信威廉會保護她和所有人，相信威老大會帶他們安然度過，重見天日。

喔，但她好害怕。

他們來到一處岔口，眼前有許多甬道。威廉逐一打量，其中一名同伴——手臂裹著慘白色石膏的男孩——說話了：「那一個，小威，最後那個。」

「你、你確、確定？」

「對。」

於是他們往那裡走，遇見一道不到三英尺高的木門，很像童話故事的門，門上有記號。她想不起那個記號，不確定它是古怪的字母或符號，但她心裡的恐懼衝破了臨界點，將她從另一個人（一個女孩）的身體抽離出來，雖然她不曉得那個身體歸誰

（貝芙莉－貝芙莉）

所有。她直挺挺坐在床上，汗流浹背，瞪大眼睛喘息，彷彿剛跑完步。她的手滑向小腿，心想或許會摸到夢中跋涉而過的水。但腿是乾的。

她搞不清方向——這裡不是他們在托磐加峽谷的家，也不是他們在佛里特租的房子。這裡哪兒都不是，只有床、梳妝台、兩張椅子和電視。

「喔，天哪，奧黛拉，拜託——」

她雙手用力抹臉，頭暈眼花的感覺逐漸消失。她在德利，緬因州德利市，丈夫出生長大卻不復記憶的城市，這裡她不熟，感覺不是什麼好地方，但至少不是沒沒無聞。她來這裡是因為威廉在這裡，而他們明天就會碰面了，在德利街屋旅館。無論這裡有什麼天大的不對勁，也不管他手上的新疤是怎麼回事，他們都會一起面對。她會打電話給他，跟他說她來了，和他會合。之後……呃……

老實說，她不曉得之後會如何。暈眩再度出現，讓她感覺置身在哪兒都不是的地方。十九歲那年，她和一個雜牌劇團搞過一次巡演，在四十多個不怎麼樣的小城鎮演了四十幾場不怎麼樣的《毒藥與老婦》，過了不怎麼樣的四十七天。起點是麻州的皮博迪晚餐劇院，終點是索薩利托的山姆再演劇院。途中在愛荷華州的艾姆斯劇院、內布拉斯加州的大島劇院或北達科塔州的歡騰劇

院，她都曾像這樣半夜驚醒，不知道自己身在何處、何時又為什麼來到這裡，心裡驚惶失措，有時連自己的名字都覺得陌生。

此刻那種感覺又回來了。惡夢滲入了醒來後的現實，讓她感受到夢魘般的驚魂未定。小城有如蟒蛇纏繞著她，她感覺得到，而且很不好受。她發現自己竟然希望當時聽從佛雷迪的建議，不要亂跑。

她將思緒集中在威廉身上，就像溺水婦人抓著帆桁或救生圈一樣抓著他不放，只要

（我們都在下面飄著，奧黛拉）

會漂的就好。

她脊骨一涼，雙臂交叉摀住胸房，渾身發抖，看見皮膚冒起雞皮疙瘩。她似乎聽見一個聲音，不過是來自她腦中，彷彿裡面有一個外來者。

我瘋了嗎？天哪，是嗎？

沒有，她的心回答，妳只是暈眩……時差……擔心妳先生。沒有人在妳腦袋裡說話，沒有人

——

「我們都在下面飄著，奧黛拉，」浴室裡有聲音說。聲音很真實，和屋子一樣真實，而且陰險。陰險、齷齪、邪惡。「妳也會一起飄。」那聲音發出猥褻的輕笑，愈來愈低，最後好像水管卡住一樣咕嚕作響。奧黛拉叫了一聲……隨即用雙手摀住嘴巴。

我沒聽見。

她大聲說了一句，逼那聲音回嘴。但牠沒有。房間安靜無聲，遠處有一輛火車駛過黑夜。

她忽然覺得好需要威廉，無法等到早上。她住在標準化的汽車旅館套房，裝潢和其他四十九個房間一模一樣，但她突然無法承受。完全受不了。一旦有聲音出現，那就太超過了。太詭異

了。她彷彿又掉回剛剛才逃出來的惡夢裡，覺得恐懼、孤單到了極點。比那更糟，她心想，我覺得自己死了。她胸腔裡的心臟忽然停了兩拍，讓她喘息，發出驚詫的咳嗽。她感覺自己像被關在監獄，得了幽閉恐懼症，心想自己的恐懼是不是來自很普通無聊的身體毛病：她快心臟病發了，甚至已經發了。

她心跳慢了下來，但還是不穩定。

奧黛拉打開床頭桌的燈，看了看錶。三點十二分。他應該在睡覺，但她這會兒什麼都不在乎，只想聽見他的聲音。她想和他共度今晚。只要威廉在她身邊，她的生理時鐘就能和他同步，穩定下來，夢魘就不會靠近。他賣惡夢給其他人——那是他的工作——但她從他身上得到的向來只有平靜。除了根植在他想像世界裡的冰冷核心，他似乎充滿了平靜，只會帶來平靜。她翻開電話簿，找到德利街屋旅館的電話，撥了號碼。

「德利街屋旅館。」

「請轉接鄧布洛先生，威廉．鄧布洛先生。」

「都沒人在白天打電話給他嗎？」接待員說，奧黛拉還來不及問對方是什麼意思，電話已經接通了。鈴聲響了一次、兩次、三次。她想像他全身裹著被子躺在床上，只有腦袋露出來，伸出一隻手尋找話筒。她看過他那麼做。她露出甜蜜的微笑，但當鈴聲響了四次……五次、六次之後，她臉上的笑容消失了。鈴響第七聲還沒結束，線路就斷了。

「對方沒有接聽。」

「真的耶，福爾摩斯，」奧黛拉說。她從來沒有這麼不安和恐懼過。「你確定撥對房號了？」

「當然，」接待員答道：「鄧布洛先生五分鐘前才接了一通內部電話。我知道他有接，因為總機的燈亮了一、兩分鐘，我想他一定是去那個人的房間了。」

「嗯，幾號房？」

「我不記得了，應該是六樓吧，我想。不過——」

她掛上話筒，一股詭異又心痛的確定感油然而生。女人。打電話的是女人……而他去找她了。嗯，現在該怎麼辦，奧黛拉？要怎麼處理？

她感覺淚水湧了上來，刺痛她的眼和鼻子，喉嚨也開始哽咽。不是憤怒，起碼還沒……只是難受，感覺失去、被拋棄。

奧黛拉，克制一下，妳太驟下結論了。夜深人靜，妳作了惡夢，這會兒又發現威廉和女人在一起，但那未必是事實。妳現在要做的是讓自己醒著——反正妳也睡不著了。打開燈，繼續讀妳在飛機上看的小說。還記得威廉的話嗎？書是最棒的毒品。別再神經兮兮，大驚小怪，耳朵幻聽了。桃樂絲．榭爾斯和溫西爵爺才是正途。讓《九曲喪鐘》陪妳到天亮吧，那才是——

浴室的燈忽然亮了。她看見光從門下透出來。接著門把喀噠一聲，門晃悠悠地開了。她瞪大眼睛看著，再度下意識伸手遮胸，心臟開始敲打肋骨，腎上腺素的酸味竄到了嘴巴。

那聲音沉著嗓子，拖著尾音說：「我們都在下面飄著，奧黛拉。」最後一個字拉得特別長、特別低，有如漸弱的尖叫：「拉——」同時發出噁心、嗆到似的咕嚕聲，感覺非常像笑聲。

「是誰？」奧黛拉邊退邊喊。這絕不是我的想像，不可能，你不可能說這只是——

電視打開了。她轉身看見穿著橘釦子銀西裝的小丑在螢幕上跳來跳去，眼睛是兩個黑洞，塗著唇膏的嘴唇咧成獰笑，牙齒像剃刀一樣利，手裡拿著一個滴血的頭顱。那頭顱眼睛翻白，嘴巴鬆弛張開，但她一眼就認出那是佛雷迪．費爾史東的頭。小丑又跳又笑，不停甩動手裡的頭顱，血濺螢幕。她聽見血附著在螢幕上滋滋作響。

奧黛拉想要尖叫，但發不出聲音，只微微呻吟一聲。她慌亂抓起掛在椅背上的洋裝，又拿了皮包，隨即衝進走廊將門甩上，臉色紙白，氣喘吁吁。她將皮包扔在兩腳之間，開始套洋裝。

「飄呀！」輕笑聲從她背後傳來，她感覺一根冰涼的手指碰到她的腳跟。

她又啞然尖叫，從門邊跳開。只見死白的手指從門下伸出來，左抓右摸，指甲剝落，露出毫無血氣的紫白皮肉。手指劃過走廊地毯的粗毛，發出沙沙的粗糙聲響。

奧黛拉拎起皮包拔腿就跑，光著腳丫朝走廊盡頭奔去。她腦中一片空白，只想找到街屋旅館，找到威廉，就算他和一票女人滾床單也無所謂。她要找到他，叫他帶她離開，不要再見到躲在德利的那個可怕東西。

她衝到走道，奔向停車場，焦急地左右找車。她的心凍結了幾秒，甚至想不起自己開的是哪種車。後來總算找到了：菸棕色的大發。她看見車從輪圈蓋底下被凝滯的霧氣包圍。她匆匆跑到車旁，但皮包裡卻看不到鑰匙。她愈找愈慌，在面紙包、化妝品、零錢、墨鏡和口香糖之間不停翻找，弄得亂七八糟，完全沒注意一輛破爛的休旅車停到她的車前，也沒留意開車的男人。她沒發現車門開了，男人走下車來。她只是愈來愈確定自己將車鑰匙留在了房裡，但她不能回去，不能。

她的手指在一盒薄荷糖底下摸到了鋸齒狀的堅硬金屬。她一把抓住，勝利地低呼一聲，隨即驚慌失措，生怕這是停在三千英里外佛里特火車站停車場的 Land Rover 的鑰匙。她手忙腳亂將鑰匙插進鎖孔，急促呼吸幾口，接著轉動鑰匙。這時，一隻手突然搭上她的肩膀，嚇得她大叫……這回很大聲，驚動了附近的一隻狗，讓牠跟著狂吠。除此之外，停車場依然安安靜靜。

那隻手強勁如鋼，狠狠抓著她的肩膀逼她轉過身來。只見一張又腫又脹的大臉湊到她面前，眼睛閃閃發亮，浮腫的嘴唇咧成醜陋的微笑。她發現男人的門牙斷了，斷得很不整齊，像被蠻力弄斷的。

她想開口卻發不出聲音。那隻手抓得更緊，手指嵌進她的肩膀。

「我是不是在電影裡看過妳？」湯姆．羅根低聲說。

3

艾迪的房間

貝芙莉和威廉一言不發匆匆著裝，隨即朝艾迪房間趕去。奔向電梯途中，他們聽見電話鈴聲，隔著牆感覺像在別的地方。

「威廉，是你房間嗎？」

「有、有可能，」威廉說：「可能是其、其他人打、打的。」他按了「上」的按鈕。

艾迪打開房門，臉色發白緊繃，左臂凹成奇怪的角度，不禁令人想起當年。

「我沒事，」他說：「我吞了兩顆止痛藥，現在已經不太痛了。」但情況顯然不太妙。他緊抿雙唇，幾乎抿成一條線，因為驚嚇而顏色發紫。

威廉往他背後看，發現地上躺了一具屍體。光看一眼就讓他明白兩件事：那人是亨利．鮑爾斯，而且死了。他走過艾迪身邊，跪在屍體旁。礦泉水瓶的瓶頸插在亨利胸前，勾著襯衫的碎片。亨利眼睛半開，目光呆滯，滿嘴是血，表情猙獰，雙手像兩隻利爪。

光被遮住，威廉抬頭張望。是貝芙莉。她低頭面無表情看著亨利。

「他追了我、我們一、一輩子。」威廉說。

貝芙莉點點頭。「他看起來一點也不老。你有發現嗎，小威。他看起來一點也不老。」她忽然回頭望著坐到床上的艾迪。艾迪看起來很老，又蒼老又憔悴，手臂無力地垂在腿上。「我們得找醫生來看艾迪。」

「不行。」威廉和艾迪異口同聲。

「但他受傷了！他的手臂——」

「和上回一、一樣，」威廉站起來，將她摟在懷中看著她的臉說：「只要我、我們出去……只要和這個城、城市扯、扯上關係——」

「他們會用謀殺罪嫌逮捕我，」艾迪悶悶地說：「甚至逮捕我們所有人，或是拘留我們之類的。然後就會出事，只有德利才會出的事。例如我們可能被關在牢裡，結果有警察抓狂開槍殺了我們。或者我們可能死於屍毒，或決定在牢裡上吊自殺。」

「艾迪，你瘋啦！那是不——」

「是嗎？」艾迪問：「別忘了這裡是德利。」

「但我們已經長大了！你該不會認為……我是說，他三更半夜跑來……攻擊你……」

「用什、什麼？」威廉說：「刀、刀子呢？」

她四下看看，但什麼都沒發現，又跪下來往床下看。

「不用找了，」艾迪用虛弱帶著嘶鳴的聲音說：「他剛才用刀捅我，被我用門狠狠夾住他的手臂，刀就掉了。我把它踢到電視底下，後來就不見了。我已經找過了。」

「貝、貝芙莉，打、打電話給其、其他人，」威廉說：「我想我、我有辦法、幫艾迪固定他、他的手臂。」

她看了威廉很久，接著又看看地板上的屍體。眼前這副景象，就算腦殘的警察看了也知道怎麼回事。房裡一團混亂，艾迪的手臂斷了，這傢伙死了，顯然是夜裡有人闖入，標準的自衛殺人。可是她忽然想起羅斯先生，想起他起身看了一眼，接著只是折好報紙走回屋內。

我們只要出去……只要和這個城市扯上關係……

她想起小時候的威廉，想起臉色蒼白疲憊半帶瘋狂的他說：德利就是牠，你們懂嗎？……不管我們去哪裡……只要被牠抓到，他們都不會看到，不會聽到，也不會知道。你們難道看不出來嗎？我們能做的只是把開始的事情做完。

貝芙莉低頭看著亨利的屍體，心想：他們兩個都說我們又變成鬼了，一切再度重演。所有事情。小時候我可以接受，因爲小孩根本和鬼沒兩樣，可是——

「你確定嗎？」她急切地問：「小威，你確定嗎？」

威廉坐在床邊，輕輕觸碰艾迪的手臂。「妳、妳呢？」他問：「在經歷過今、今天這麼多事、事情之後？」

她確定，因為那些事。他們聚會結束前的混亂。美麗的老婦人在她的眼前變得又乾又癟。圖書館輪流回憶往事和館裡發生的怪事。所有這些。儘管如此……她的心焦急大喊要她立刻停止，用理智阻止事情繼續下去，否則他們今晚一定會跑去荒原尋找那個抽水站，然後——

（我父親也是我母親）

「我不知道，」她說：「我真的……不知道。就算發生那些事，小威，我還是覺得可以報警。或許可以。」

「打、打電話給其、其他人，」他又說了一次：「看他、他們怎麼想。」

「好吧。」

她先打給理查德，再撥給班恩，兩人都答應立刻過來，完全沒問出了什麼事。她在電話簿裡找到麥可的電話號碼，但打了沒有人接。鈴聲響了十幾回之後，她掛上電話。

「打圖書館試、試試看。」威廉說。他已經取下艾迪房裡小窗戶的窗簾橫桿，正在用他浴袍的腰帶和睡衣的束腰繩將橫桿固定在艾迪手臂上。

她還沒找到電話號碼，房外就有人敲門了。班恩和理查德同時抵達。班恩穿著牛仔褲，襯衫沒塞進去；理查德穿著亮灰長褲和睡衣，戴著眼鏡的眼睛小心地打量房間。

「天哪，艾迪，發生了什麼──」

「天哪！」班恩驚呼一聲。他看見亨利躺在地上了。

「安、安靜！」威廉厲聲說：「把門關、關上！」

理查德將門關上，眼睛一直盯著屍體。「亨利？」

班恩朝屍體走了三步就不再前進，彷彿怕它咬他似的。他無助地望著威廉。

「你、你說吧，」威廉對艾迪說：「媽、媽的，我的口、口吃愈、愈來愈嚴、嚴重了。」

艾迪大略交代經過，貝芙莉找到圖書館的電話撥了號碼。她暗自希望麥可睡在圖書館，甚至有床在辦公室。但她不希望發生的事情發生了：電話鈴響第二聲被人接了起來，一個她從來沒聽過的聲音對她說「喂？」

「嗨，」她抬頭看著其他人，伸手要他們安靜。「請找漢倫先生。」

「妳是誰？」對方問。

貝芙莉舔舔嘴唇，威廉全神貫注望著她。班恩和理查德左右張望。她開始警覺起來。

「你又是誰？」她反問道：「你不是漢倫先生。」

「我是德利市警局的警長安德魯．拉德馬赫，」對方說：「漢倫先生目前待在德利家庭醫院，不久前被人攻擊，身受重傷。好了，妳到底是誰？我要妳報上姓名。」

但她幾乎沒聽見最後一句。震驚有如巨浪席捲了她，將她不斷抬高，推出自己之外，讓她暈眩。她腹部、雙腿和胯下的肌肉鬆弛麻木，她像個旁觀者心想：嚇到尿褲子一定就是這種感覺，沒錯，無法控制肌肉——

「他傷得多重？」她聽見自己的聲音和紙一樣薄。她看見威廉站到她身旁摟住她的肩膀，班恩也在，還有理查德，心裡忽然感激涕零。她伸出手，威廉握住她的手，理查德將手放在威廉手上，班恩將手放在理查德手上，艾迪也走過來將沒受傷的手放在最上面。

「請報上妳的姓名。」拉德馬赫不客氣地說。那一瞬間，她心裡那個被父親和丈夫餵養的膽小鬼差點脫口而出：我是貝芙莉．馬許，人在街屋旅館，請你派奈爾先生過來，這裡有一個半是男孩的男人屍體，我們都很害怕。

她說：「我……我恐怕不能告訴你，現在還不行。」

「妳知道什麼內情？」

「我什麼都不知道，」她驚詫地說：「你怎麼會認為我知道？拜託！」

「所以妳習慣每天凌晨三點半打電話到圖書館，」拉德馬赫說：「是這樣嗎？我聽妳在放屁，小姐。被害者遭人攻擊，以他的傷勢來看，要是拖到太陽出來必死無疑。所以我再問妳一次：妳是誰？知道多少？」

貝芙莉閉著眼睛，使勁握著威廉的手又問了一次：「他有生命危險嗎？你不是說來嚇唬我的吧？他真的有可能會死？請你告訴我。」

「他傷得非常重，妳是應該害怕才對。好了，我要知道妳叫什麼，還有為什麼——」

她彷彿置身夢中，看見自己的手往前飄，將話筒掛上。她轉頭看著亨利，震驚的感覺有如冰冷的手甩了她一巴掌。亨利一隻眼睛閉著，被戳穿的另一隻眼睛還在流血。

亨利好像在對她眨眼。

4

理查德打電話到醫院，威廉扶貝芙莉到床邊，讓她坐在一臉茫然的艾迪身旁。她以為自己會哭，卻沒有掉眼淚。她當下最強烈的感覺只有一個，就是找人拿個東西蓋住亨利．鮑爾斯，他眨眼的表情真的一點也不酷。

電話接通，理查德立刻搖身一變，成了德利《新聞報》記者。他聽說德利市立圖書館館長麥可．漢倫先生加班時遇襲，醫院對於漢倫先生目前的狀況有什麼評論嗎？

理查德一邊聽著一邊點頭。

「我瞭解，克帕斯奇恩先生——您的恩是恩典的恩嗎？好的。您是——」

他繼續聽著，同時入戲地用手指比劃，裝出抄筆記的聲音。

「嗯哼……嗯哼……是，好的，我瞭解。通常這種情況，我們會稱呼您是消息來源，之後再……嗯哼……沒錯！就是這樣！」理查德衷心笑了幾聲，用手臂擦去額頭的汗水，接著再往下聽：「好的，克帕斯奇恩先生。是的，我會……好的，我記下來了，克、帕、斯、奇、恩，沒錯！捷克猶太人嗎？真的？真是……真是太特別了。好的，我會的。謝謝您，晚安。」

他掛上電話，閉起眼睛。「天哪！」他低沉沙啞地喊了幾聲：「天哪！天哪！天哪！」他揮手似乎想將電話掃下桌，但隨即垂了下來。他摘下眼鏡，用睡衣擦了擦鏡片。

「他還活著，但狀況危急，」他對其他人說：「亨利砍了他好幾刀，像耶誕節火雞一樣。其中一刀砍到他的腿動脈，體內的血幾乎全流光了，但他還活著。麥可勉強幫自己弄了止血帶，否則他們發現他的時候，他早就死了。」

貝芙莉開始落淚，雙手掩面啜泣，哭得像孩子一樣。房裡靜默良久，只聽得見她的哽咽抽泣和艾迪的急促喘息。

「變成耶誕節火雞的人不只麥可，」過了一會兒，艾迪說：「亨利看起來就像剛和洛基大戰了十二回合一樣。」

「妳還是想報、報警嗎，貝、貝貝？」

床頭桌上還有面紙，但已經泡在礦泉水裡濕透結塊了。貝芙莉繞了一大圈避開亨利走進浴室，拿了一條毛巾用冷水弄濕。毛巾貼著她發燙腫脹的臉頰，感覺真舒服。她覺得自己又能清楚思考了——還不夠理性，但很清楚。她忽然確信現在使用理性只會害他們喪命。那個警察，拉德馬赫，他在懷疑她。他當然會懷疑了，因為沒有人會半夜三點打電話到圖書館。他覺得其中必有蹊蹺。要是他知道她打電話的房裡有一個死人躺在地上，胸前插著破瓶子，他會怎麼想？他會相信她和其他四個男人前一天來德利聚會，正好被這傢伙遇到？換成她是警察會相信嗎？會有人相信嗎？他們當然可以補充說明，表示他們回來是為瞭解決躲在德利市下水道裡的怪物。是啦，這麼說他們一定會相信是真的。

她走出浴室看著威廉說：「不了，我不想報警。我想艾迪說得對，我們可能會出事，被幹掉。但這不是真正的理由，」她看著他們四人。「我們發過誓，」她說：「我們發過誓了。小威的弟弟……小史……還有其他人……現在又包括麥可。我準備好了，小威。」

威廉看了看其他人。

理查德點點頭。「好吧，威老大，我們拚了。」

班恩說：「現在少了兩個人，勝算更低了。」

威廉沒有說話。

「好吧，」班恩說：「她說得對，我們發過誓了。」

「艾、艾迪？」

艾迪虛弱地笑了笑。「我還是可以趴在某人背上下去，對吧？假如梯子還在的話。」

「不過這回沒有人丟石頭，」貝芙莉說：「他們三個都死了。」

「現在就開始嗎，小威？」理查德問。

「對，」威廉說：「我想是時、時候了。」

「我可以說句話嗎？」班恩突然說。

威廉看著他，微微一笑說：「當、當然。」

「你們仍然是我最好的朋友，」班恩說：「不管這一次結果如何，我只是……你知道，想讓你們知道一點。」

他看著其他人，其他人也嚴肅望著他。

「我很高興記得你們，」他又說。理查德哼了一聲，貝芙莉呵呵輕笑，接下來所有人都笑了，和當年一樣望著彼此。雖然麥可在醫院生死未卜，雖然艾迪的手臂斷了（又斷了），雖然夜色深沉，他們還是笑個不停。

「害死康，你真是太會說話了，」理查德笑著擦了擦眼淚說：「當作家的應該是他才對，威老大。」

威廉依然只是面帶微笑。「那、那麼——」

5

他們坐進艾迪租來的豪華禮車，理查德開車。霧變濃了，有如香菸在街道上方飄移，但還不至於淹沒街燈。天上繁星亮如冰晶，春天的星星……但坐在前座的威廉仰頭靠著半開的窗戶，卻彷彿聽見夏雷在遠方響起，大雨已經在地平線某處匯集。

理查德打開收音機，金文生正在唱〈你爸爸來啦〉。他按鈕轉台，歌手變成了巴迪．荷利。他又按一次，這回是艾迪柯克蘭的〈夏日藍調〉。

「孩子，我很想幫你，但你太年輕，沒資格投票。」那低沉的嗓音唱道。

「把收音機關掉。」貝芙莉輕聲說。

理查德伸手去關，手卻忽然僵住了。「別轉台，請繼續收聽理查德．托齊爾的全是死人搖滾秀！」小丑尖叫大笑，聲音蓋過了艾迪柯克蘭的撥弦吉他聲。「別碰按鈕，繼續收聽搖滾金曲。這些歌雖然已經不在榜上，卻長存我們心中，而且不斷出現。來吧，各位！我們播放所有暢銷歌！所有勁曲！不相信的話，歡迎收聽今天早上的墳場客座ＤＪ喬治．鄧布洛怎麼說！說吧，喬仔！」

收音機忽然傳來威廉弟弟的哭聲。

「你讓我出門，結果害我被牠殺了！我以為牠在地下室，哥哥，我以為牠躲在地下室，沒想到牠在下水道。牠在下水道把我殺了。是你讓牠殺我的，哥哥，是你讓——」

理查德狠狠關上收音機，把旋鈕都弄掉了，啪一聲掉在踏腳墊上。

「鄉下的搖滾樂真難聽，」他說，但聲音有點顫抖：「貝貝說得對，還是不聽的好，你們說呢？」

沒有人回答，威廉臉色僵硬蒼白，在街燈照耀下顯得若有所思。雷聲又在西方響起，這回他們都聽見了。

6 荒原

還是那座橋。

理查德將車停在橋邊，所有人下車走到扶手前（還是那道扶手）往下望。

還是那片荒原。

二十七年的歲月似乎沒有留下任何痕跡，只有高架橋是新的。但威廉覺得新橋很不真實，跟電影裡的接景或後螢幕投射效果一樣飄忽。矮樹叢和小樹林有如不均勻的色塊，在濃霧中閃著微光。威廉想：*這就叫「記憶的執著」吧，只要在對的時間用對的角度看，影像就會和噴射引擎一樣激起大量情緒。你會清楚看見中間發生的事物都消失了。假如說慾望能終結世界和需求的循環，那循環已經終結了。*

「走、走吧。」威廉說完翻過欄杆，其他人跟著他走下碎石散佈的堤岸。下到地面，威廉不自覺想找銀仔，隨即笑了出來。銀仔這會兒正靠在麥可家車庫的牆邊呢。事情發展至此，它卻似乎完全置身事外，感覺還真奇怪。

「你帶、帶路吧。」威廉對班恩說。

班恩看著他，威廉讀出班恩眼神中的意思——*拜託，都二十七年了，小威*——但班恩點點頭，開始朝樹叢走去。

小徑（他們的小徑）早已雜草蔓生，他們五人只好穿越荊棘、帶刺小樹和香得太膩的繡球花叢前進。蟋蟀在他們四周唧唧鳴叫，令人昏昏欲睡。幾隻來早的螢火蟲在黑暗中穿梭，以為夏日的濃香派對已經開始。威廉覺得還是有小孩到這裡玩耍，只不過他們有自己的秘密小徑與路線。

他們來到地下俱樂部之前所在的空地，但空地已經消失，被樹叢和黯淡的維吉尼亞松重新佔據了。

「你們看。」班恩低聲說，隨即走到空地（空地還存在於他們的記憶中，只是被後來加上的接景蓋過了）中央，抓起某個東西。是他們在垃圾場邊緣找到的桃花心木門，用來當作地下俱樂部屋頂，看來好像扔在這裡十幾年了，沒有人動過，骯髒的門板上牢牢纏附著攀緣植物。

「別碰它，害死康，」理查德低語道：「那玩意兒太舊了。」

「小、小班，帶、帶路吧。」威廉在班恩背後又說了一次。

於是他們跟著班恩往左離開已經不存在的空地，朝坎都斯齊格河走去。流水聲愈來愈響，但他們還是走到差點掉進河裡才發現自己到了，因為岸邊植物長得太茂盛，像一堵牆似的。班恩的靴子踩在岸緣，泥土立刻崩了。威廉及時抓住他的頸子，把他拉了回來。

「謝了。」班恩說。

「沒什麼。換作從、從前，就是你拉、拉住我了。從這、這邊走嗎？」

班恩點點頭，帶他們沿著雜草蔓生的河岸走，一路對抗糾結的樹叢，心想當年身高只有四呎五吋的時候，走起來輕鬆多了，因為樹叢和灌木打結的地方都比你高（印象中和實際上應該都是吧，他想），只要稍微低頭就行了。唉，一切都變了。各位，我們今天學到了一課，就是事情改變愈多就愈多改變。說事情改變愈多就愈不改變的人顯然是智障，因爲——

他左腳忽然勾到東西，整個人砰一聲往前摔了出去，頭差點撞上抽水站的水泥涵管。這一帶黑莓長得又濃又密，幾乎將涵管蓋住了。他站起來，發現臉上、手臂和雙手有二十多處被黑莓樹的尖刺劃傷了。

「乾脆湊成三十吧。」他說，感覺鮮血細細滑下臉頰。

「什麼？」艾迪問。

「沒事。」他彎身看自己被什麼東西絆倒。應該是樹根吧。

結果不是。是鐵做的人孔蓋。有人把它推開了。

當然了，班恩心想，是我們推開的。二十七年前。

但他還沒看見生鏽鐵蓋上有兩道閃亮的新刮痕，就知道自己錯了。抽水站那天故障了，遲早會有人下去修理，人孔蓋就是這樣移開的。

他站起來，五人圍著涵管往下看，但只聽見微弱的滴水聲。理查德將艾迪房裡的火柴都帶來了。他點了一整盒扔進涵洞裡，他們看見涵管潮濕的內壁和沉默碩大的抽水機。就這樣。

「可能故障很久了，」理查德不安地說：「不一定今天才壞——」

「是最近的事，」班恩說：「起碼是在上次大雨之後。」他從理查德手中拿了另一盒火柴點了一根，指著鐵蓋上的新刮痕。

班恩搖熄火柴，威廉說：「底、底下有東、東西。」

「什麼東西？」班恩問。

「看不清、清楚，好像是帶、帶子。你和小、小理幫我把它翻、翻過去。」

他們抓住鐵蓋，將有如超大硬幣的蓋子翻了過去。這回由貝芙莉點火柴，班恩小心翼翼拾起壓在人孔蓋下的皮包，抓著帶子將皮包拎起來。貝芙莉搖熄火柴之前看了威廉一眼，手立刻僵住，直到火燒手指才驚呼一聲將火柴扔到地上。「怎麼了，小威？那是什麼？」

威廉兩眼沉重，目光無法從磨損的皮包和長皮帶移開。他忽然想起他買下這只皮包給她那天，皮件店內室收音機播放的那首歌：〈叟薩利托的夏夜〉。感覺真是怪到極點。他口乾舌燥，舌頭和嘴巴內壁跟貉一樣光滑乾燥。他聽見蟋蟀叫，看見螢火蟲，聞到周圍失控的墨綠深夜的味道。他心想：這又是牠的把戲只是幻覺她在英格蘭這只是惡作劇因爲牠在害怕，沒錯，牠可能已經不像召喚我們回來時那麼確定了，而且說眞的，威廉，拜託——世界上有多少長皮帶皮包？一百萬？一千萬？

可能不只，但這個樣式的只有一個。他是在柏班克一家皮件店買的，當時店裡內室的收音機正在播放〈叟薩利托的夏夜〉。

「小威？」貝芙莉伸手抓住他的肩膀搖他。好遠。海面下二十七里格。〈叟薩利托的夏夜〉是誰唱的？理查德一定知道。

「我知道，」威廉對著瞪大眼睛一臉害怕的理查德說：「是柴油樂團。誰說我想不起來？」

「小威，你怎麼了？」理查德低聲說。

威廉尖叫，從貝芙莉手中搶過火柴點了一根，接著一把搶走班恩手上的皮包。

「天哪，小威，你在——」

威廉打開皮包倒過來，裡面掉出一堆奧黛拉的東西，讓他害怕得沒辦法再放聲尖叫。除了面紙、口香糖和化妝品之外，他看見一盒薄荷糖……還有佛雷迪．費爾史東在她簽約出演《閣樓》當天送她的珠飾隨身鏡。

「我太、太太在下面。」他說完跪在地上，開始將東西收回皮包裡。雖然早已童山濯濯，他還是不自覺地做出撥頭髮的動作，彷彿要將垂到眼前的頭髮撩開。

「你太太？你說奧黛拉？」貝芙莉瞪大雙眼，一臉驚詫。

「這是她的皮、皮包、她的東、東西。」

「天哪，小威，」理查德呢喃道：「不可能的，你知道——」

他翻出她的鱷魚皮夾，打開舉起來。理查德點了一根火柴，看見一張他在六部電影裡見過的臉龐。奧黛拉加州駕照上的相片沒那麼美豔動人，但肯定是她。

「但亨、亨利已經死、死了，維克多和貝、貝奇也是……所以是誰抓了她？」威廉起身看著他們，眼神焦灼專注。「是誰抓了她？」

班恩伸手按著威廉肩膀。「我想我們最好下去查個清楚，嗯？」

威廉轉頭看他，彷彿不確定班恩是誰。接著他回過神來。「對、對，」他說：「小、小艾？」

「很遺憾發生這種事，小威。」

「你能爬、爬上來嗎？」

「我做過一次。」

威廉彎下身，艾迪右手勾住威廉的脖子，班恩和理查德推著他，讓他雙腳纏住威廉的腰。威廉一腳笨拙地跨過涵管邊，班恩看見艾迪緊緊閉上眼睛……忽然覺得自己彷彿聽見世界上最險惡的追殺者正在逼近。他轉身一看，以為會看見亨利三人從濃霧和樹叢裡殺出來，結果只聽見四分之一英里外微風吹拂竹林的沙沙聲。他們的宿敵都死了。

威廉抓著涵管粗糙的水泥邊緣，用腳摸索一步一階往下爬。艾迪死命扣住他的脖子，讓他幾乎無法呼吸。她的皮包，天哪，她皮包怎麼會在這裡？無所謂。神哪，要是祢在，而且肯接受我的請求，就讓她平安無事吧，別因爲我和貝貝今晚所做的事、爲了我那年夏天所做的事而讓她受苦……是小丑嗎？是巴布·葛雷抓走她的嗎？如果是，我想連神也救不了她。

「我很害怕，小威。」艾迪氣若游絲說。

威廉一隻腳碰到冰冷的死水。他放低身子浸入水中，想起那感受和潮味，想起這地方帶給他的幽閉恐懼……還有，他們出了什麼事？他們是怎麼在下水道和甬道裡找路嗎？他們當時到底去了哪裡，又是怎麼出來的？他還是想不起來，他心裡只有奧黛拉。

「我、我也是，」他半蹲著放下艾迪，冰涼的水灌進他的褲子淹過睪丸，讓他打了個哆嗦。

兩人站在淹到小腿的水裡，看其他人順著鐵梯爬下來。

第二十一章　城市之下

1

牠　一九五八年八月

有新事發生了。

長久以來頭一回有新事發生。

宇宙誕生前只有兩個東西，一個是牠，一個是烏龜。烏龜又老又蠢，從來不從殼裡出來。牠想烏龜或許已經死了，死了十億年左右。就算沒有，也還是又老又蠢，就算烏龜把整個宇宙吐出來，也改不了他很蠢的事實。

烏龜縮進殼裡很久後，牠才來到這裡，來到地球。牠發現這裡的想像力的深度幾乎是全新的，幾乎至關重大。這樣的想像力讓牠的食物非常豐富。牠的牙齒讓血肉之軀因爲陌生的驚慌和耽溺的恐懼而僵硬。他們想像夜裡有怪獸出沒，泥巴會自己移動。他們忍不住想像無止盡的深淵。

如此豐富的食物讓牠過著醒來吃、吃飽睡的生活。牠依照自己的形象造了一塊地方，並用死火般的目光愛戀地看顧著。德利是牠的屠宰場，德利市民是牠的羔羊，事情就這樣延續下去。

後來……這群小孩出現了。

新玩意兒。

長久以來頭一回。

當牠衝進內波特街那棟房子打算殺光他們時，牠對自己之前沒能殺死他們感到微微不安（那種不安顯然也是全新的感受）。那件事徹底出乎牠的意料，完全沒想到，感覺很痛苦。痛苦。巨大的痛苦在牠幻化成的體內流竄，而且還出現短暫的恐懼，因爲牠跟那隻老蠢龜和這個渺小宇宙之外的超級宇宙就只有一個共同點，就是所有活物都必須受外在形體的運作法則限制。那是牠頭一回發現改變形體的能力不只能幫牠，也可能害牠。之前從來沒有痛苦，也沒有恐懼。那一刻，牠以爲牠可能會死——喔，牠腦中脹滿銀白色的巨大痛苦，不停嘶吼咆哮啼哭。那群小孩就這麼溜了。

但現在他們來了。他們進到牠位於城市地底的地盤。七個蠢小孩跌跌撞撞穿越黑暗，沒有燈光，也沒有武器。這回牠會殺光他們，一定會的。

牠對自己有一個大發現：牠不想要驚喜或改變，也不想要新事物，絕對不要。牠只想要吃飯、睡覺、作夢、吃飯。

隨著痛苦和瞬間恐懼而來的，是另一個新情緒（牠雖然很會裝模作樣，但所有情緒對牠都很陌生）：憤怒。牠要殺死那群小孩，因爲他們歪打正著傷了牠。但殺人之前，牠要先折磨他們，因爲他們曾經讓牠害怕。

來吧，牠聽見他們接近，心想，**過來吧，孩子們。看我們怎麼在下面飄浮……看我們怎麼飄浮。**

然而，牠心裡始終懸著一個想法，怎麼也甩脫不掉。那就是：假如一切都來自於牠（自從烏龜吐出宇宙並在殼裡昏厥之後就是如此了），那怎麼可能有東西能愚弄牠或傷害牠，即使時間很短、傷得又輕？怎麼可能？

於是牠又遇到一個新的事物。但這回不是情緒，而是冰冷的推論：要是牠之前想錯了，牠其實不是唯一呢？

要是還有「另一位」呢？

要是那群小孩是「另一位」派來的呢？

要是……要是……

牠開始發抖。

憎恨是新的，受傷是新的，目標受阻也是新的，但最糟的新事物是這份恐懼。不是懼怕那群孩子，那已經過去了，而是害怕自己不是唯一。

不會，沒有另一位。絕對沒有。也許因爲他們是孩子，讓牠低估了他們的想像有一種原始的力量。但現在他們來了，牠會讓他們登堂入室。他們會來，而牠會將他們一個一個送入超級宇宙……送入牠的死光之眼中。

沒錯。

等他們來了，牠要讓他們尖叫發瘋，將他們送入死光中。

2

下水道 深夜兩點十五分

貝芙莉和理查德身上還剩十多根火柴，但威廉不讓他們用，因為現在下水道裡還有一點微光。雖然很暗，但還看得到前方四英尺左右。只要還看得見，火柴就該省著不用。

他之前以為微光來自頭頂上的排氣口，甚至人孔蓋上的圓洞。說光線來自城市底下，怎麼想都覺得奇怪。但走到這裡，光線只可能來自地下。

水愈來愈深，有三具動物屍體漂過，老鼠、死貓和一隻可能是土撥鼠的動物，屍體腫脹發亮。那屍體漂過去的時候，他聽見其他人發出作嘔聲。

從剛才走到現在，水還算平靜，但很快就會結束了，因為遠方持續傳來洶湧的水濤聲，而且音量愈來愈大，最後變成單調的怒吼。下水道向右彎，他們轉彎看見三個排水道注水到他們所在的下水道。三個排水道由上到下像紅綠燈一樣垂直排列，下水道的盡頭就在這裡。光線比剛才微微亮了一些。威廉抬頭發現這個石頭壁面的豎井大約有十五英尺高，上方有一個陰溝柵，雨水從柵孔傾瀉而下，宛如原始的淋浴間。

威廉絕望地看著三根涵管，最上端的涵管流出的水很乾淨，只有葉子、樹枝和少許垃圾，例如煙蒂和口香糖包裝紙之類的。中間涵管排出的水是灰的，下端涵管則是大量排出灰棕色的混濁污水。

「艾、艾迪！」

艾迪掙扎著站起身來，頭髮濕了黏在頭上，石膏不停滴水，濕得一塌糊塗。

「走哪、哪一個？」想蓋東西就找班恩，想知道方向就問艾迪。他們從來不談這個，但大夥兒就是知道。如果走到陌生的地方想回到來處，艾迪一定能帶你回去。他會信心滿滿帶你左彎右拐，讓你乾脆乖乖跟著走，希望最後走對地方……幾乎都是對的。威廉曾經跟理查德說，他和艾迪剛開始到荒原玩的時候，他老是害怕迷路，艾迪卻從來不擔心，總是能帶著兩人到他說他會到的地方。「就算我、我在漢斯維、維爾森林迷、迷路，只要小、小艾在，我、我就完、完全不會擔、擔心。」他對理查德說：「他就、就是知道路。我、我爸爸說、有些人的腦、腦袋裡裝了指、指南針，小、小艾就是這、這樣。」

「我聽不見！」艾迪大吼。

「我說走哪、哪一個？」

「什麼哪一個？」艾迪沒受傷的手緊緊抓著噴劑說。威廉覺得他看起來活像是溺死的麝鼠，而不是小孩。

「我們該走哪、哪一個？」

「呃，那得看我們想去哪裡。」艾迪說。雖然他答得一點也沒錯，但威廉真想掐死他。艾迪一臉猶疑地看著三根管子。三根他們都鑽得進去，但最下面那一根感覺走起來最輕鬆。

威廉示意要所有人圍成圓圈。「媽的，牠到、到底在哪、哪裡？」他問。

「城中央，」理查德立刻接話：「城中央的地下，運河附近。」

貝芙莉點頭，班恩和史丹利也是。

「麥、麥可？」

「沒錯，」麥可說：「牠就在那裡，運河附近或運河底下。」

威廉轉頭看著艾迪。「哪、哪一個？」

艾迪勉為其難指著最下面的排水道。「那一個。」威廉雖然心頭一沉，但並不意外。

「喔，天哪，」史丹利不悅地說：「那是糞管。」

「我們不——」麥可話說到一半突然停住，仰起頭豎耳傾聽，眼神充滿警戒。

「什麼——」威廉正要開口，麥可伸指抵著嘴唇做出「噓」的動作。這時威廉也聽見了。是踩水聲，正在朝他們逼近，還有嘀咕抱怨和壓低的交談聲。亨利還沒放棄。

「快點，」班恩說：「我們走。」

史丹利回頭看了看來處，又看了看最下面的涵管。他抿著嘴唇點點頭。「我們走吧，」他說：「反正大便洗得掉。」

「小史搞笑耶！」理查德大喊：「哇噻！哇噻！哇——」

「小理，你可不可以閉嘴？」貝芙莉呵斥他。

威廉帶他們走到涵管前，被臭味薰得皺起眉頭，彎身爬了進去。管裡飄著污水和糞臭味，然而還有另一個味道，對吧？沒那麼濃、更像體臭。假如動物也有口臭（威廉覺得動物只要吃錯東西，是可能有口臭），應該就是這味道。我們走對路了。沒錯，牠來過這裡……而且很常來。

他們才前進了二十英尺，空氣已經臭到有毒。威廉緩緩往前，踩過不是泥巴的東西。他回頭說：「小、小艾，你跟、跟緊一點，我等一下需、需要你。」

光線褪成極淺的灰色，持續了一陣子，接著就

（從藍變成）

徹底黑暗。威廉在臭氣中爬行，感覺臭味像一堵牆似的，必須撞穿它。他感覺隨時會看見粗糙的毛髮和燈籠般的綠眼睛。牠會一口咬下他的腦袋，給他一個又熱又痛的結局。

黑暗裡滿是聲音，全都在涵管內放大迴盪。他聽見夥伴在後面窸窣移動，偶爾竊竊私語，還有潺潺聲和奇怪的叮噹聲。走著走著，一道噁心的溫水忽然掃過他腿間，弄濕他的大腿，嚇了他一大跳。他感覺艾迪死命抓住他的襯衫背部，但小洪流很快就平息了。殿後的理查德半開玩笑地大喊：「剛剛應該是綠果凍巨人在尿尿吧，小威。」

威廉聽見水或污水在縱橫交錯的小水管裡沙沙流動。那些水管肯定在他們頭頂上方。他想起自己和父親聊過德利市的下水道系統，覺得自己知道那些水管的功能：是大雨或洪災紓解溢流用的。那些廢物會離開德利，傾入佩諾布斯克河和托洛特溪。德利市不喜歡將屎尿送進坎都斯齊格河，因為運河會因此發臭，但是所謂的灰水則統統送進坎都斯齊格河。如果超過排水道的負荷，就會進行傾瀉……例如剛才。傾瀉不會只有一次，有一就會有二。威廉不安地往上看，雖然什麼都見不著，但他知道甬道上緣一定有閘口，或許兩側也有，隨時可能——

他不曉得自己已經走到涵管盡頭，等他一腳踩空了才發現。他往前撲倒，狂揮手臂想恢復平衡，結果整個人跌出管口，肚子朝下摔在兩英尺下一個半堅硬的固體物上。有東西吱吱唧叫從他

手上跑過，嚇得他尖叫坐了起來，將刺痛的手抱在胸前。他知道是老鼠，因為手上還留著牠光禿禿的尾巴掃過他手背的噁心感覺。

他想站起來，結果撞到排水道低矮的上緣，腦袋狠狠撞了一下，讓他又跪坐回水裡，眼前像是有大紅花飛舞。

「小、小心！」他聽見自己大吼，涵管裡發出單調的回音。「前面會往下掉！小、小艾，你在哪、哪裡？」

「我在這裡！」艾迪揮舞雙手，從威廉鼻尖掃過。「快拉我出來，小威！我看不到！這裡太——」

涵管裡忽然爆出巨大的噗通聲。貝芙莉、麥可和理查德同時尖叫。若在有光的地方，三人同時尖叫可能很有趣，但在黑漆漆的排水道裡卻恐怖得很。所有人都被突如其來的水流沖出管口。威廉緊緊抱住艾迪，護住他的手臂。

「喔，天哪，我還以為會淹死咧！」理查德呻吟道：「我們沉下去——老天，我們洗了個糞水澡，真棒。下次校外教學應該來這裡，小威，可以請卡森先生帶路——」

「之後再請吉米森小姐開個健康講座。」威廉顫抖著說，所有人都尖聲大笑。笑完之後，史丹利忽然嚎啕大哭。

「別這樣，老兄，」理查德說。他笨拙地伸手摟住史丹利黏黏的肩膀：「你會害我們大家都哭的。」

「我很好！」史丹利大聲說，聲音依然哽咽。「我可以忍受驚嚇，可是我討厭弄得這麼髒，我討厭連自己在哪裡都不知道——」

「你身、身上的火、火柴還、還能用嗎？」威廉問理查德。

「我把火柴都給貝貝了。」

威廉感覺一隻手從暗處伸過來，將一盒火柴塞進他手裡。摸起來是乾的。

「我把火柴夾在腋下，」她說：「應該還能用，反正你可以試試看。」

威廉劃了一根火柴。火柴亮了，威廉將它舉高。突如其來的光亮讓他的夥伴們縮起身子靠在一起。他們渾身沾滿糞便，看來年輕又害怕。他望向他們背後，看見剛才走過的排水道。他們此刻所在的排水道更小了，往左往右都是直的，壁面黏著一層又一層的穢物，而且——

他輕呼一聲，將燒到手指的火柴搖熄。他豎起耳朵，聽見湍流和滴水聲，還有溢流閥不時啟動將污水送往坎都斯齊格河的轟隆沖刷聲。天曉得他們現在離河已經多遠了。他沒聽見亨利和他同黨的聲音——還沒聽見。

他悄聲說：「我右、右邊有一具屍、屍體，離我、我們大約十、十英尺，我猜可能是派、派、派——」

「派崔克？」貝芙莉問，聲音抖得近乎歇斯底里：「派崔克·霍克斯泰特？」

「沒、沒錯，你們要我再、再點一根火、火柴嗎？」

艾迪說：「你非點不可，小威。我看不見涵管，怎麼知道該往哪裡走？」

威廉點了火柴。藉著光，他們都看見了派崔克腫脹發青的屍體。黑暗中，屍體朝他們咧嘴微笑，親密的表情看起來恐怖至極，但只剩半張臉，其他都被老鼠啃光了。派崔克的暑修課本漂浮在他身旁，全都吸水漲成像字典一樣。

「天哪！」麥可瞪大眼睛沙啞地說。

「我又聽見他們的聲音了，」貝芙莉說：「亨利和他的手下。」

涵管一定也將她的聲音傳給亨利了，因為他們立刻聽見亨利對著排水道咆哮，好像就站在那裡一樣。

「我們會逮到你們的——」

「來呀！」理查德大吼，眼神明亮、閃爍而焦灼。「快點來呀，膽小鬼！這裡很像基督教青年會的游泳池耶！快點——」

夾雜極度恐懼與痛苦的慘叫聲忽然從甬道傳來，嚇得威廉鬆開火柴，掉到水裡熄了。艾迪伸手勾住威廉，威廉也抱住他，感覺他的身體像電線一樣顫抖著，而史丹利也從另一邊緊緊貼著艾迪。尖叫聲愈來愈大……接著是重重的、難聽的拍擊聲，慘叫戛然而止。

「他們被什麼東西抓住了，」麥可語氣驚恐，嗆咳著說：「某種東西……某個怪物……小威，我們得離開這裡……拜託……」

威廉聽見倖存者——回音讓他無法判斷是一人或兩人——跌跌撞撞沿排水道朝他們跑來。

「走哪、哪一條，小、小艾？」他焦急地問：「你、你知道嗎？」

「往運河嗎？」艾迪搖著威廉的手臂問。

「對！」

「往右邊，繞過派崔克……或跨過去，」艾迪忽然語氣一硬：「我才不管呢。是他把我手臂弄斷的，還朝我的臉吐口水。」

「走、走吧，」威廉說。他回頭看了看剛才離開的涵管。「所、所有人走成、成一排，碰著前、前面的人，和之前一、一樣！」

他摸索向前，右肩擦過排水道黏答答的陶瓷壁面，咬著牙小心邁步，不想踩到派崔克……或踩穿他。

他們繼續逆著洶湧的污水往前爬。外面的暴風雨來了，雨水大聲喧譁，讓德利提早陷入黑暗

——伴隨著吶喊的強風和斷續的漏電火光，樹木傾倒，發出有如史前生物殞命前的哀號。

3

牠一九八五年五月

他們又來了。儘管一切都和牠預料的差不多……卻還是有一件過去曾發生的事牠沒預料到，那就是令人抓狂難受的恐懼……「另一位」存在的感覺。牠痛恨這份恐懼，眞希望把它煮來吃了……但卻抓不到它，只能看著它在牠面前手舞足蹈，嘲弄牠。唯有殺了他們，才能殺死這份恐懼。

牠當然不必恐懼。他們已經長大了，人數也從七個減到五個。五是力量之數，但不像七擁有神奇的魔力。對，牠派去的傀儡沒有殺死那個圖書館員，但他會死在醫院。破曉前，牠會差一名用藥習慣偏差的男護士到病房，一勞永逸解決那傢伙。

作家的女人目前在牠手上，半死不活——在牠卸下所有面具和僞裝，讓她看見牠的眞面目之後，她就意識全毀了。所有僞裝當然只是鏡子，反映出關著心裡最恐怖或最害怕的事物，宛如太陽照相儀將日光反射到毫無防備的眼裡，讓人瞬間失明。

作家妻子的意識此刻已經與牠同在、在牠之內，超越了超級宇宙的界限，置身烏龜無法企及的黑暗中，在天外之天。

她在牠眼中，在牠心裡。

她在死光裡。

唉，可是僞裝很有趣。就拿漢倫來說吧。他不會記得，起碼意識不到，但他的母親可以跟他說，讓他知道他在基勤納鐵工廠看到的那隻鳥是哪裡來的。麥可六個月大的時候，母親放他在側院的搖籃裡睡覺，自己到後院晾被單和尿布。他忽然放聲尖叫，嚇得她立刻跑回來，發現一隻大烏鴉停在搖籃邊，正像童話故事裡的壞動物一樣猛啄小麥可。他又驚又痛，不停慘叫，趕不走見獵心喜的烏鴉。她揮拳趕走烏鴉，發現牠啄傷了小麥可手臂兩、三處地方，便帶他去找史堤爾瓦根醫師打破傷風疫苗。麥可其實還記得一點點——小嬰兒、大鳥——因此當牠找上門時，已經是他第二次見到巨鳥了。

但那女孩的丈夫擄來作家妻子時，牠卻沒戴面具——牠在家是不著裝的。那個男的只看了牠一眼就嚇死了，臉色死灰、眼睛和頭顱十幾處出血。作家的妻子腦中只浮現一個強烈可怕的念頭——**天哪，牠是女的**——接著就安靜了，沉入死光之中。牠從窩藏處下來處理她的身體，留待之後品嘗。這會兒奧黛拉高高掛在黏滿東西的絲線上，腦袋垂在肩窩，眼睛睜大迷濛，腳尖指地。

但他們依然擁有力量。儘管減弱了，卻沒有消失。他們小時候來過這裡，雖然機會微乎其微，雖然違背**常理**，違反了所有**可能**，但他們確實重傷了牠，差點讓牠喪命，逼牠逃入地底深處蜷縮著，滿心挫折與憎恨，在自己流出的血泊中惶惶顫抖。

所以又是另一個新事物：在牠的永恆生命中，牠頭一回需要計畫，頭一回發現自己不敢對德利予取予求，不敢在自己的地盤爲所欲爲。

這裡的小孩一直夠吃，大人則是很好操弄，而且不曉得自己成了傀儡。牠偶爾也吃大人，因爲大人有大人的恐懼，內分泌也能被開啓和擷取，讓恐懼的化學成分彌漫全身，替肉加味。但大人的恐懼往往太複雜，小孩的恐懼比較簡單，通常也更有力，往往只要一張鬼臉就足以激起他們的驚恐……就算需要誘餌，有哪個小孩能抗拒小丑的魅力？

牠微微意識到，這群小孩是以其人之道還治其人之身——他們憑著運氣（絕對不是有意爲之，也不是受「另一位」指使的），憑著七個特別有想像力的心靈偶然聚集，將牠逼入了極大的險境。這七個孩子單獨一人都只能成爲牠的盤中飧，若非碰巧湊在一塊，以他們的心靈特質絕對會被牠相中，然後個個擊破，就像獅子被斑馬的氣味誘引到水塘邊一樣。但他們七人湊在一起，發現了一個連牠都沒察覺的危險秘密：信念是雙面刃。假如一萬名中世紀農夫相信吸血鬼存在能讓吸血鬼誕生，那或許只要一個人（很可能是小孩）就能想出殺死吸血鬼的辦法。但辦法只是木球，心才是推球入洞的桿子。

不過，牠最後還是逃脫了。牠躲入深處，而那群孩子又累又怕，就在牠最脆弱之際決定放牠一馬。他們決定相信牠沒死也活不了多久，就這麼離開了。

牠知道他們發了誓，也知道他們會回來，就像獅子知道斑馬終究會回到水塘邊一樣。雖然牠昏昏欲睡，卻還是開始計畫。牠只要醒來就會痊癒復甦，他們的童年卻會像七根蠟燭燃燒殆盡，想像的力道也會減弱與降低。他們將不再想像坎都斯齊格河裡有食人魚，不再相信踩到裂縫會讓母親扭斷背部，也不再認爲殺死襯衫上的螢火蟲會讓自己的家當晚失火。他們會開始相信保險，相信晚餐配酒——好喝又不招搖的酒，例如一九八三年的普伊利福賽白酒。記得醒酒，服務生，知道沒有？他們會開始相信羅雷茲胃藥能吸收四十七倍的胃酸，相信公共電視、蓋瑞．哈特、跑步能預防心臟病、不吃紅肉能預防大腸癌。他們會開始相信魯斯醫師的性學指引和傑瑞．法爾威爾傳授的救贖之道。他們的夢會逐年萎縮。等牠醒來，牠會召喚他們回來。沒錯，回來，因爲恐懼孕育憤怒，而憤怒需要報復。

牠會召喚他們，殺個精光。

但現在他們回來了，恐懼也回來了。他們長大了，想像力也削弱了，但沒有牠想的那麼多。他們聚在一起時，牠感覺他們的力量頓時增強，讓牠深感不祥與不安。這時牠才開始擔心自己是不是做了一個錯誤的決定。

但牠何必喪氣呢？如今木已成舟，再說不是所有預兆都是壞的。作家因爲妻子失蹤已經半瘋了，這就是好兆頭。作家是最強的，多年來爲了和牠對決而持續鍛鍊自己的心智。等他開膛破肚，等他們的寶貝「威老大」一命嗚呼，其他人很快就會成爲牠的刀下亡魂了。

牠會飽餐一頓……之後也許再度鑽入地底，小睡片刻。

4

下水道 凌晨四點三十分

「小威！」理查德在回音處處的涵管裡大吼。他已經盡量加快腳步了，但還是不夠快。他想起他們小時候是彎著身子走過這條入口在荒原抽水站的涵管的，現在他得用爬的了，而且還感覺很窄。他的眼鏡一直想要滑出鼻梁，只好不停用手推它。他聽見貝芙莉和班恩在他後面。

「小威！」理查德又大吼一聲：「小艾！」

「我在這裡！」艾迪的聲音飄了過來。

「小威呢？」理查德大喊。

「在前面！」艾迪回喊。他距離非常近了。理查德看不見他，但能感覺到他。「他不肯等！」

理查德的頭撞到艾迪的腳，緊接著貝芙莉的頭撞上了理查德的屁股。

「小威！」理查德用盡力氣大吼。排水道將他的吼聲送出去又傳了回來，刺得他耳朵發疼。

「小威，等等我們！我們要走在一起，你忘了嗎？」

威廉的聲音在甬道裡微微迴盪：「奧黛拉！奧黛拉！妳在哪裡？」

「可惡，威老大！」理查德低聲說了一句，眼鏡掉進水裡。他咒罵一聲，伸手到水裡亂摸，將濕答答的眼鏡戴回鼻梁上，接著吸一口氣然後大喊：「你沒有艾迪會迷路啦，他媽的白痴！等一下！等等我們！聽見沒有，小威？媽的等等我們！」

難熬的安靜，彷彿沒有人說話。理查德只聽見遠處的滴水聲。排水道已經相當乾燥了，只剩幾處水窪。

「小威！」他用顫抖的手撥弄頭髮，努力克制淚水：「拜託……求求你，等等我們！拜託！」

威廉的聲音傳了過來，比剛才更微弱：「我在等啊。」

「謝天謝地，」理查德喃喃道，接著朝艾迪屁股拍了一下說：「走吧。」

「我不曉得光靠一隻手臂還能撐多久。」艾迪歉然道。

「走就是了。」理查德說，於是艾迪又開始往前爬。

威廉一臉憔悴，感覺筋疲力竭，在三個排水道排成紅綠燈的豎井等他們。那裡夠高，可以讓他們站著。

「他們在那裡，」威廉說：「克、克里斯和貝、貝奇。」

他們往前看，貝芙莉忍不住呻吟一聲，班恩伸手摟住她。貝奇．哈金斯的屍骨裹著腐爛的破衣服，感覺比較完整。維克多的腦袋不見了。威廉往前看，發現一個獰笑的骷髏頭。

就在那裡，他的殘骸。應該不管它的，威廉一邊想著，一邊打了個哆嗦。

這一段排水道已經停用了。理查德覺得這裡這麼乾淨應該是這原因。它的功能已經被廢水處理廠所取代。就在他們忙著學習刮鬍子、開車、抽菸、偶爾尋花問柳的這些年，事情發生了變化。環保署成立了，認定排放原始污水——甚至灰水也包括在內——到河川是違法的。因此這一段排水道直接廢棄，維克多和貝奇的屍體也跟著一起腐爛。他們兩人就像彼得潘，再也沒有長大。兩具男孩屍骨上黏著殘破的T恤和牛仔褲，維克多的肋骨有如扭曲的木琴，長滿青苔，皮帶上的老鷹也是。

「他們被怪物逮到了，」班恩柔聲說：「你們記得嗎？我們有聽見。」

「奧、奧黛拉死了，」威廉機械地說：「我知道。」

「你才不知道！」貝芙莉氣憤地大吼。威廉驚詫地看著她，沒想到她會如此憤怒。「你只知道很多其他人死了，大多數是小孩子。」她走到他面前，雙手扠腰，臉和手上都是污垢，頭髮沾滿泥土。理查德覺得她美極了。「你還知道是什麼東西幹的！」

「我不、不應該跟、跟她說我要去哪、哪裡的，」威廉說：「我幹嘛跟她說？我為什麼——」

她猛然伸手抓住他的襯衫，用力搖晃他。理查德看呆了。

「別再想了！你很清楚我們來的目的！我們發過誓，我們決定完成它！你聽懂沒有，小威？她如果死了就是死了……但牠沒有！我們需要你，明白嗎？我們需要你！」她開始哭了。「所以你給我振作一點！振作點，像以前一樣，否則我們一個也逃不出去！」

威廉默默看了她很久。理查德發現自己心裡一直在說：加油，威老大，加油，拜託——

威廉看了他們一眼，點點頭。「小、小艾？」

「我在這裡，小威。」

「你、你還記得是哪、哪一個排、排水道嗎？」

艾迪越過維克多的屍骨說：「那一個。看起來很小，對吧？」

威廉又點點頭。「你可以嗎？你手、手臂斷了。」

「為了你，小威，我可以。」

威廉露出微笑。理查德從來沒看過這麼疲憊、這麼可怕的笑。「帶、帶路吧，小、小艾，讓我們把事、事情解、解決了。」

5

排水道 凌晨四點五十五分

威廉一邊爬著，一邊提醒自己前面有落差，但他還是措手不及。前一秒他還在壁面結塊的排水道裡窸窣爬行，下一秒雙手就撲空了。他直覺往前翻滾，肩膀哐啷一聲狠狠撞到地面，痛得厲害。

「小、小心，」他聽見自己大喊：「這裡有落、落差！小、小艾？」

「這裡！」艾迪揮舞雙手，一手掃過威廉額頭。「你能拉我一把嗎？」

他雙臂環住艾迪，將他拉出排水道，盡量小心不去碰到艾迪的斷臂。班恩接著出來，然後是貝芙莉和理查德。

「你、你有火、火柴嗎，小、小理？」

「我有，」貝芙莉說。威廉覺得一隻手摸來，塞了一盒火柴到他手裡。「但是只有八到十根。不過班恩也有，從房間拿的。」

威廉說：「妳把火柴藏在腋、腋下嗎，貝、貝貝？」

「這回沒有。」她說完伸手摟住他。威廉閉上眼睛緊抱著她，試著接受她急著想要給他的安慰。

他輕輕放開她，點了一根火柴。回憶的力量很強——他們全都往右看。派崔克的屍骨還在，周圍有幾坨過度鼓脹的東西，可能是書。他的屍骨只剩半圈牙齒可以辨認，其中兩、三顆牙有補過的痕跡。

屍骨附近還有一樣東西，在火柴閃爍的光芒下隱約可見，是一個圓圈。

威廉將火柴甩熄，又點燃了一根，將圓圈拾起來。「奧黛拉的婚戒。」他說，聲音空洞，毫無情緒。

火柴燒到他的手指熄了。

他摸黑將戒指戴上。

「小威？」理查德遲疑地說：「你知道……」

6

排水道 深夜兩點二十分

他們離開派崔克的屍骨之後又在德利市的地底甬道走了多久，但威廉非常確定自己絕對找不到回去的路。他一直想起父親說的：你可以走上好幾星期。要是艾迪的方向感錯誤，他們根本不需要牠來奪命，自己就會迷路到死……或走錯甬道，最後像老鼠一樣淹死在雨水涵管裡。

但艾迪似乎一點也不擔心。他不時要威廉點燃所剩無幾的火柴，若有所思四下打量，隨即再度前進。他左彎右繞，感覺很隨意，有時涵管高得就算威廉舉手前進也不會碰到上緣，有時得用爬的，還有一段他們只能趴著前進，那短短的可怕的五分鐘感覺簡直像五小時。艾迪走在最前面，其他人腳跟貼著鼻子緊隨在後。

威廉只確定一件事：他們在德利污水系統的停用區裡。他們不是離還在使用的下水道很遠，就是在非常底下。原本洶湧的水聲已經變成遠方的轟鳴。這裡的排水道更老，內壁不是窯燒陶瓷，而是像黏土一般鬆散的東西，不時滲出氣味難聞的液體。糞便味（他們剛才差點被帶著瓦斯味的惡臭嗆死）已經變淡了，但出現另一個味道，感覺發黃而古老，比糞臭更糟。

班恩覺得是木乃伊的味道，艾迪認為是痲瘋鬼，理查德覺得是世界上最老舊的法蘭絨外套，已經腐爛朽壞了——是伐木工的外套，非常大件，也許連保羅．班楊都穿得下。貝芙莉覺得很像她父親放襪子的抽屜的味道。史丹利聞到味道想起自己襁褓時的可怕回憶——很古怪的猶太回憶，當時他對自己身為猶太人幾乎沒有概念。泥土混著油的味道讓他想起一個沒有眼睛和嘴巴的怪物，叫做泥人戈勒姆。據說中世紀的叛逃猶太人會供養戈勒姆，保護他們不受非猶太人搶劫和驅趕，婦女不被強暴。麥可想起空鳥巢裡羽毛乾枯的味道。

他們終於爬到狹窄甬道的盡頭，像鰻魚一樣左搖右擺溜進下一個甬道。新甬道和剛才的甬道斜角相交，他們發現又能站直身子了。威廉摸了摸火柴頭，還剩四根。他閉上嘴巴，決定不讓夥伴知道他們就要沒有光線了……直到不得不說為止。

「你、你們都好、好吧？」

其他人呢喃回答，他在黑暗中點點頭。史丹利哭過之後沒有人驚慌，也沒有人掉淚。這是好現象。他伸手碰觸他們的手，所有人這樣靜靜站了一會兒，靠著碰觸彼此慰藉。威廉覺得氣勢如虹，確信他們創造出了超乎七人總和的力量，形成一個更強大的整體。

他點了一根火柴，只見一個窄長甬道斜斜向下，入口黏著鬆垮的蜘蛛網，幾處被水弄破了飄垂著，像裝飾一樣。威廉看了只覺得似曾相識，不禁脊背一涼。地面很乾，但積著陳年厚土和可能是葉子、菌類……或其他無法想像的東西。再往前看，他發現一堆骨頭和綠色破布，可能是名為「加光棉」的布料做成的工作服。威廉腦中浮現污水處理處或水利局的人員在地底下迷了路，胡亂走到這裡，結果被發現……

火光搖晃，威廉將火柴頭往下斜，好讓它燒久一點。

「你知、知道我、我們在哪、哪裡嗎？」他問艾迪。

艾迪指著微微彎曲的甬道口說：「從這裡會通運河，不到半英里，除非它中途朝其他方向轉彎。我想我們目前在上哩丘底下，小威，可是——」

火燒到威廉的手指，他把火柴扔了，甬道再度陷入黑暗。有人——威廉覺得是貝芙莉——嘆了口氣。但在火光熄滅之前，他看見艾迪一臉愁容。

「可、可是什麼？怎、怎麼了？」

「我說我們在上哩丘底下，是眞的在它底下。我們已經往下走了很久，沒有人會在這麼深的地方設排水道，這麼深的通道叫礦井。」

「你覺得我們現在有多深，小艾？」理查德問。

「地下四分之一英里吧，」艾迪說：「也許更深。」

「天哪！」貝芙莉說。

「反正這裡也不是排水道，」史丹利在他們後面說：「聞味道就曉得了。雖然很臭，但不是污水的臭味。」

「我寧可聞污水味，」班恩說：「這裡聞起來就像——」

他們聽見尖叫聲，從他們剛離開的甬道口飄來，讓威廉的頸後寒毛直豎。七人靠得更近，緊緊抓著彼此。

「——逮住你們這群狗娘養的，我們會逮到你們——」

「亨利，」艾迪喘息一聲：「天哪，他還在追。」

「我一點也不意外，」理查德說：「有些人就是蠢到不曉得放棄。」

他們聽見微弱的喘息、鞋子踏地和衣服摩擦的聲音。

「——你們——」

「走、走吧。」威廉說。

他們開始沿著甬道往下走，兩兩比肩同行，威廉和艾迪一組、理查德和貝芙莉一組、班恩和史丹利一組，只有殿後的麥可落單。

「你覺、覺得亨利離、離我們有多、多遠？」

「我不曉得，威老大，」艾迪說：「回音太大了。」接著他壓低聲音：「你有看到那堆骨頭嗎？」

「有。」威廉也壓低聲音。

「衣服上繫了工具帶，我猜是水利局的人。」

「我也這、這麼想。」

「你覺得他已經死了多——」

「我不曉、曉得。」

黑暗中，艾迪用沒受傷的手握住威廉的手臂。

他們走了大約十五分鐘，又聽見東西靠近的聲音。

理查德停下腳步，凍僵似的動彈不得。他忽然又變成了三歲小孩。他聽著咯吱咯吱的窸窣聲愈來愈近、愈來愈近，還有類似樹枝搖晃的沙沙聲。威廉還沒有點燃火柴，他就知道會看見什麼了。

「是眼睛！」他大喊：「天哪，是會爬的眼睛！」

其他人原本不確定自己看見什麼（貝芙莉以為父親找到她了，艾迪看見派崔克起死回生，而且繞道超前了他們），但理查德的大吼和言之鑿鑿，讓那東西瞬間定形。他們都看見了。

一隻巨眼塞滿甬道，玻璃般的黑色瞳仁有兩英尺寬，虹膜又黃又濁，是枯葉的顏色。眼白腫脹、浮翳，滿佈不停脈動的血絲，沒有眼瞼，也沒有睫毛，彷彿一團膠狀的噁心物質在密密麻麻的觸手中央蠕動。觸手有如手指在甬道的龜裂壁面上爬行、刺探，在火柴的閃爍火光照耀下，感覺就像長了許多可怕手指的眼睛，被手指拉著前進。

巨眼瞪著他們，眼神閃著茫然熾烈的貪婪。火柴熄了。

威廉覺得樹枝般的觸手摸上他的腳踝、小腿……但他卻動彈不得，身體僵硬得有如石頭。他感覺牠在靠近，感覺到牠散發的熱氣，聽見送血滋潤眼翳的血管跳動的聲音。他想像牠黏稠的觸碰，卻叫不出聲音。就連觸手纏上他的腰間，鑽進牛仔褲的皮帶孔開始拖他往前，他還是口乾舌燥，無法掙扎，彷彿有一股致命的睡意彌漫了全身。

貝芙莉感覺一根觸手勾住她的耳朵，然後突然收緊，讓她痛不欲生。觸手拉她往前，貝芙莉掙扎呻吟，好像學校的老太婆老師發飆拉著她到教室後頭，逼她戴上笨蛋高帽坐在凳子上一樣。史丹利和理查德想往後退，但一群隱密的觸手圍住他們，在四周晃動、低語。班恩伸手抱住貝芙莉，想把她拉回來，貝芙莉死命抓著他的雙手。

「班恩……班恩，牠抓到我了……」

「還沒有……等一下……我拉……」

他全力往後拉，貝芙莉痛得大叫，耳朵像撕裂一般開始流血。一隻又乾又硬的觸手掃過班恩的衣服頓了一下，隨即纏住他的肩膀，勒得他發疼。

威廉伸手一揮，打在又黏又濕的東西上。眼睛！他在心裡吶喊，天哪，我的手戳進那隻眼睛裡了！天哪！天老爺呀！眼睛！我的手戳進那隻眼睛裡了！

他開始反抗，但觸手還是無情地拖著他。他的手消失在潮濕貪婪的灼熱中，接著是前臂，後來連手肘都進去了。眼看身體隨時就要碰到那黏稠的眼睛，他覺得碰到了一定會發瘋。他瘋狂掙扎，用另一隻手猛劈觸手。

艾迪愣愣站著，像在作夢一樣，耳中模糊聽見夥伴被觸手拖行時發出的尖叫與反抗聲。他感覺觸手包圍了他，但還沒碰到他。

逃回家吧！他的心大聲下令，逃回家找媽媽吧，艾迪！你找得到路的！

威廉在黑暗中大叫，聲音尖銳絕望，接著是可怕的擠壓和垂涎聲。

艾迪猛然清醒——牠想抓走威老大！

「不要！」艾迪咆哮——這一聲驚天動地，宛如挪威古戰士的嘶吼，很難想像出自那麼單薄的胸膛，出自艾迪的胸膛和德利氣喘最嚴重的肺。他往前衝刺，朝看不見的觸手撲去，斷臂在鬆弛的石膏裡前後晃動，撞擊他的胸口。他慌慌忙忙伸手到口袋裡，掏出噴劑。

（酸酸的嚐起來酸酸的像電池液）

他撞到威廉的背，將威廉撞開。他聽見水花聲，然後是低沉急切的哭聲。但他不是用耳朵聽見的，而是心裡感覺到的。他舉起噴劑

（酸的我要它是酸的它就是酸的吃下去吧吃下去吧吃吧）

「嚐嚐電池液的厲害吧，混球！」艾迪大吼。他一邊摁下按鈕，一邊踹了巨眼一腳，整隻腳陷進果醬般的眼角膜裡。他感覺灼熱的液體湧上他的腳，便趕緊收腿，隱約察覺鞋子掉了。

「滾開！快滾！給我滾蛋！退開！閃遠一點！」

他感覺觸手碰到他，但不敢輕舉妄動。他又朝巨眼按了噴劑，隨即再次意識到（聽見）啼哭聲……但這回帶著受傷、驚訝的感覺。

「打呀！」艾迪朝夥伴大吼：「不過是隻眼睛而已！打呀！你們聽見了沒有？打牠，小威！踹得牠屁滾尿流！你們這些沒用的娘娘腔！我把牠打得稀巴爛，斷手的人是我耶！」

威廉感覺力量恢復了。他將濕漉漉的手從巨眼裡抽出來……隨即握拳狠狠打了回去。不久，班恩也從他身旁朝巨眼撲去，一邊發出驚詫和厭惡的呻吟，一邊拳如雨下，打得巨眼像果凍不停顫動。「放開她！」他咆哮道：「聽見沒有？放開她！滾出去！滾出去！」

「不過是隻眼睛！他媽的只是隻眼睛！」艾迪發狂大喊，又按了噴劑。他感覺牠在後退，纏住他的觸手也鬆開了。「小理！小理！小理！懂了沒！牠只是眼睛！」

理查德跌跌撞撞往前走，不敢相信自己會這麼做，朝世界上最兇惡、最可怕的怪物走去。但他真的這麼做了。

他虛弱地打了一拳，感覺拳頭陷進巨眼裡——又厚又濕又軟——讓他身體劇烈抽搐，隨即吐了出來，發出「嘔」的一聲。他想到自己真的吐在巨眼上，讓他忍不住又吐了一次。雖然他只打了一拳，但因為這怪物是他創造的，所以也許一拳就夠了。忽然間，觸手統統消失了，他們聽見牠在後退……甬道裡只剩下艾迪喘息和貝芙莉摀著流血的耳朵啜泣的聲音。

火柴還剩三根，威廉點了一根，所有人面面相覷，神情恍惚驚嚇。威廉的左臂流著黏稠濃濁的東西，感覺很像半凝結的蛋白和鼻涕。貝芙莉的頸側緩緩流著鮮血，班恩臉頰上也多了一道割傷。理查德動作緩慢地推了推眼鏡。

「大、大家都沒、沒事吧？」威廉沙啞地問。

「你呢，小威？」理查德問。

「我、我沒事，」他轉身緊緊抱住個子嬌小的艾迪說：「你救了我、我一命，兄弟。」

「牠吃了你的鞋子，」貝芙莉說完縱聲狂笑：「真可憐。」

「我們一出去，我馬上買一雙新的帆布鞋送你，」理查德說。他摸黑拍拍艾迪的背。「你是怎麼辦到的，小艾？」

「就用噴劑噴牠啊，假裝它是強酸，因為我吸進去一會兒之後就是那種感覺，你知道，結果很有效。」

「我把牠打得稀巴爛，斷手的人是我耶！」理查德呵呵狂笑說：「這句話真是不賴，艾仔，老實講有夠爆笑。」

「我討厭你叫我艾仔。」

「我知道，」理查德說完緊緊抱了他一下：「但得有人鍛鍊你一下。等你長大成人，脫離小孩的保護層之後，你呀，你就會發現活著不是永遠那麼簡單了，孩子！」

艾迪聽了尖聲大笑。「我從來沒聽過你學聲音學得這麼爛，小理。」

「好好拿著噴劑，」貝芙莉說：「說不定還用得著。」

「點亮火柴的時候，你有沒有看到牠？」麥可問。

「牠消、消失了，」威廉說，隨即嚴肅補上一句：「但我們很接近了，接近、近牠的巢、巢穴，我想我、我們上次傷、傷了牠。」

「亨利還在追我們，」史丹利說，聲音低沉沙啞。「我聽得見他的聲音。」

「那我們快走吧。」班恩說。

他們立刻動身。甬道繼續往下，那個味道（低低的野獸味）也愈來愈濃。他們不時聽見亨利的聲音從後方傳來，但感覺很遠，也不重要了。所有人都有一個感覺——就像他們在內波特街房子經歷到的歪斜與斷裂感——他們已經離開了世界的邊緣，踏入詭異的空無之中。威廉感覺（但他找不到詞彙來形容）他們正在接近德利最黑暗、最腐壞的核心。

麥可覺得自己幾乎能感覺到那核心不規律的病態跳動。貝芙莉感覺一股邪惡的力量在她周圍增強，似乎要將她包住，顯然想拆散他們，讓她落單。她緊張地握住威廉和班恩的手，但感覺自己手伸太長了，便慌忙大喊：「大家牽著手！我感覺我們在散開！」

史丹利最先察覺他們又看得見了。空氣中飄著詭異微弱的光，他起初只看得見自己的手，看見雙手分別牽著班恩和麥可。接著他發現自己看得見理查德骯髒襯衫上的鈕子和艾迪的指環——那只是早餐穀片送的爛禮物，但艾迪就是喜歡戴在小指上。

「你們看得見嗎？」史丹利停下來問，其他夥伴也停下腳步。威廉左右張望，首先發現自己看得見了——起碼看得見一點點——接著察覺甬道變寬非常多。他們所在的弧形空間絕對和波士頓的桑姆納隧道一樣大。不，應該更大，威廉愈看愈敬畏，心裡這麼想。

他們抬頭仰望天花板，大約有五十英尺高，由肋骨狀的石拱支撐著，拱柱之間長滿了骯髒的蜘蛛網。他們腳下也變成鋪石地面，但積了太多陳年灰塵，踩在上面感覺和剛才沒有差別。兩側的弧牆相隔至少也有五十英尺。

「水利局的人絕對是瘋了。」理查德說完不安地笑了。

「看起來和大教堂一樣。」貝芙莉輕聲說。

「光線是從哪裡來的？」班恩很想知道。

「看、看起來是從牆、牆壁發出、出來的。」

「我可不喜歡。」史丹利說。

「走、走吧，否則亨、亨利又要追、追來了。」

這時一聲沙啞的啼叫劃破幽暗，緊接著是沉沉的拍翅聲。只見一道身影從暗處竄出，一隻眼睛閃閃發亮，另一眼卻像熄滅的燈。

「是鳥！」史丹利大叫：「小心！是鳥！」

巨鳥宛如醜惡的戰機俯衝而下，朝他們撲來，橘色鳥喙開開闔闔，露出粉紅的嘴巴，和棺材裡的綢緞枕頭一樣光滑。

牠朝艾迪撲去。

艾迪的肩膀被鳥喙啄了一下，痛得像注入強酸。鮮血流到他的胸膛，艾迪大聲哀號，巨鳥反揮翅膀，將甬道裡的有毒空氣掃到他臉上。牠掉過頭，閃著兇光的獨眼在眼窩裡骨碌碌轉動，只有眨動眼皮時，眼睛才被薄翳暫時遮住。巨鳥伸爪直撲艾迪，艾迪尖叫閃躲。爪子掃過他的背部，劃破襯衫，在他肩胛骨上留下幾道淺淺的血印。艾迪大呼小叫，想要爬開，但巨鳥又繞了回來。

麥可衝出來，伸手到口袋裡摸出一把巴克刀，趁巨鳥再度撲向艾迪之際，對準牠爪子猛力揮去，劃出一道很深的口子，立刻鮮血四濺。巨鳥斜身飛開，隨即掉頭收起翅膀向下俯衝，有如子彈。麥可在最後一刻側身臥倒，舉起刀子往上猛刺，但沒刺中。鳥爪狠狠撞上他的手腕，力道大得讓他手掌刺痛發麻（後來瘀青一直蔓延到手肘），刀子脫手而出，遁入黑暗之中。

巨鳥又折回來，發出勝利的唧叫聲。麥可翻身壓在艾迪身上，準備迎接最壞的結局。

這時，史丹利朝抱成一團的兩個夥伴走去。他個子雖小，雙手、手臂、褲子和襯衫都沾滿了灰塵，卻還是乾乾淨淨。他忽然舉起雙手，做出很怪的姿勢——手心向上，手指朝下。巨鳥尖叫一聲，有如子彈射向史丹利，但錯失了目標，從他身旁幾吋的地方掠過，讓他頭髮揚起又落下。史丹利隨即轉身，等待巨鳥再度出擊。

「我沒見過猩紅唐納雀，但我相信牠存在，」他用高亢嘹喨的聲音說道。巨鳥尖叫閃躲，好像中彈一樣。「還有兀鷹，還有新幾內亞鵲鸚和巴西的火鶴。」巨鳥嘶鳴盤旋，忽然哀號著衝向甬道頂端。「我相信有金色的禿鷹，」史丹利追著牠大喊：「就連鳳凰也可能真的存在！但我不相信你是真的，所以他媽的給我滾開！滾出去！閃吧，混蛋！」

他閉上嘴巴，甬道裡變得寂靜異常。

威廉、班恩和貝芙莉走向麥可和艾迪，幫艾迪站起來。威廉看了看艾迪身上的傷口。「沒有很、很深，」他說：「但我敢、敢說一定痛、痛得要命。」

「牠把我的襯衫扯破了，威老大，」艾迪雙頰閃著淚光，呼吸又開始嘶嘶響。剛才野蠻怒吼的氣勢一絲不剩，好像根本沒發生過一樣。「我要怎麼跟我媽媽交代？」

威廉笑了笑說：「這、這種事情等我、我們出去再、再擔心吧。先吸一、一口噴劑，小、小艾。」

艾迪摁下噴劑，深吸一口氣，然後喘了一聲。

「太帥了，老兄，」理查德對史丹利說：「你真是他媽的太帥了。」

史丹利渾身顫抖。「世界上根本沒有那種鳥，就這麼簡單。以前沒有，以後也不會有。」

「我們來啦！」亨利在後方大叫，聲音完全發狂了，又笑又咆哮，有如從地獄裂縫裡爬出來的怪物。「我和貝奇！我們來啦，就要逮住你們這群小雜碎了！你們逃不掉的！」

威廉大吼：「快、快離開，亨、亨利！否、否則就來、來不及了！」

亨利咆哮回應，聽不清說了什麼。他們聽見急促的腳步聲，威廉這才突然明白亨利的意圖：他是真實的、是人，不會被噴劑或鳥類圖鑑擊退。亨利太蠢了，魔法對他毫無效用。

「走、走吧，我們得、得跑在他、他前面。」

他們手牽著手繼續上路，艾迪的破襯衫在身後飛舞。光線愈來愈亮，甬道愈來愈寬，不斷向地底深入，天花板愈來愈高，最後幾乎看不見了。感覺不像走在甬道，而是巨大的地下中庭，通向獨眼巨人的城堡。來自牆面的光線變成閃爍跳躍的青黃色火光，空氣中的味道也更重了。他們開始感覺到一股震動，可能是真的，也可能只存在他們心中。震動規律而有節奏。

是心跳。

「前面沒路了！」貝芙莉喊道：「你們看！前面是一堵牆！」

但他們走近之後——他們腳下已經變成骯髒的大塊石板地面，每一塊都比貝西公園大，讓他們看來像螞蟻一樣——卻發現牆並未堵死去路，而是有一扇門。雖然牆面有數百英尺高，門卻非常小，不超過三英尺，用堅固的橡木板做成，釘著兩條交叉成X形的鐵條。他們立刻發現門是專為小孩開的。

班恩在心裡聽見那個女圖書館員講故事給小孩聽：是誰踢踏踩上我的橋？小孩彎身向前，眼裡閃著千古不變的好奇：怪物會被打敗……還是飽餐一頓？

門上有記號，門邊有一堆枯骨，骨頭很小，天曉得有多少小孩死在這裡。

他們來到牠的巢穴了。

門上的記號。那是什麼？

5

威廉覺得是紙船。

史丹利覺得是鳥飛上天——也許是鳳凰。

麥可覺得是戴著頭套的臉——也許是「瘋屠夫」鮑爾斯的臉。

理查德覺得是戴著眼鏡的一雙眼鏡。

貝芙莉覺得是握緊的拳頭。

艾迪覺得是痲瘋病患的臉，眼窩凹陷，咆哮的嘴滿佈皺紋——所有疾病、所有病態都寫在臉上。

班恩覺得是一堆破破爛爛的包裝紙，飄著過期酸醬的味道。

亨利後來也來到這扇門前，耳中還迴盪著貝奇的哭喊。他看著記號，覺得那是月亮，飽滿圓潤……黑得發亮。

「我好怕，小威，」班恩顫抖著說：「我們非進去不可嗎？」

威廉腳尖撥了撥骨頭，沒想到一碰就碎，粉屑飛揚。他也很怕……但他想到了喬治。牠扯斷了喬治的手臂。這堆骨頭裡有他細小脆弱的手骨嗎？當然有。

他們是為了骨頭的主人而來的，為了喬治和其他人——那些被帶來這裡、可能被帶來這裡和被拋在其他地方腐爛的人。

「我們非去不可，」威廉說。

「要是門鎖住了呢？」貝芙莉聲如蚊蚋。

「門、門沒鎖，」威廉說，接著向她道出他內心深處熟知的事實：「這、這種地方從、從來不上、上鎖的。」

他伸出受傷的右手輕輕一推，門就開了，噁心的青黃色光芒從門後傾瀉而出，動物園的味道迎面撲來，濃烈得不可思議。

他們魚貫走進有如童話的小門，踏入牠的地盤。威廉

7

下水道 凌晨四點五十九分

突然站住，其他人就像緊急煞車的貨車車廂一樣撞在一起。「怎麼了？」班恩喊道。

「牠在、在這裡，那隻眼、眼睛，還記、記得嗎？」

「我記得，」理查德說：「艾迪用噴劑制止了牠，假裝那是強酸。他說了一件和跳舞有關的事，非常爆笑，但我不太記得了。」

「無、無所謂，反正我、我們不會看到之、之前看到的東、東西。」威廉說完點了根火柴，看看其他人。火光下，他們的臉龐閃閃發亮，發亮而神秘，而且看起來非常年輕。「你、你們還好、好吧？」

「我們沒事，威老大，」艾迪回答，但疼痛讓他臉龐扭曲。威廉為他做的臨時夾板鬆掉了。「你呢？」

「我、我沒事。」威廉說完立刻搖熄火柴，免得他們從他臉上見到別的答案。

「到底發生了什麼事？」貝芙莉在黑暗中輕碰他的手臂問：「小威，她怎麼會——」

「因、因為我對她提、提到德利，她就跟、跟來了。我在說、說的時候，心裡就有聲、聲音叫我別、別說，但我沒、沒有聽，」他無助地搖搖頭。「但就、就算她來到德、德利，我也搞不、不懂她怎、怎麼會被帶到這、這裡來。如果不、不是亨利，那會是、是誰？」

「是牠，」班恩說：「牠不必使壞，我們很清楚這一點。只要找到她，跟她說你有麻煩就好。把她帶來這裡，藉此……把你搞垮吧我想，消磨我們的勇氣。因為你向來是我們的勇氣，威老大。」

「難道是湯姆？」貝芙莉低聲說，近乎喃喃自語。

「誰？」威廉又點了一根火柴。

她用絕望又坦白的神情看著他說：「湯姆，我先生，他也知道。我想我至少有跟他提到德利，就像你跟奧黛拉提到一樣。我……我不曉得他聽進去了沒有，因為他當時正在對我發飆。」

「天哪，這是哪國的肥皂劇啊？所有人都會出現就對了。」理查德說。

「不是肥皂劇，」威廉語帶嫌惡地說：「是一場秀，就像馬戲表演一樣。貝貝嫁給亨利．鮑爾斯，後來離開他，他怎麼可能不跟來這裡？畢竟真的亨利就跟來了。」

「不對，」貝芙莉說：「我不是嫁給亨利，而是嫁給我爸。」

「反正兩個人都會打妳，有差嗎？」艾迪問。

「圍、圍過來，」威廉說：「大家靠、靠近一點。」

所有人聽話照做。威廉一手握住艾迪沒受傷的手，另一手牽著理查德。五個人很快圍成圓圈，就像當年人數更多時一樣。艾迪感覺有人摟住他的肩膀，感覺溫暖、安心、非常熟悉。威廉又感受到從前曾經感受過的力量，卻絕望地發現時不我予了。力量一點也不強，反而像風中殘燭一樣微弱、搖晃。黑暗似乎更深、更近、更佔上風了。他聞到牠的味道。就在這裡，他心想，離這裡不很遠，有一扇畫有記號的門。門後面是什麼？我現在依然想不起來。我只記得硬撐著手指，不讓手指發抖，記得我把門推開。我甚至記得光從門後傾瀉而出，感覺像活的一樣。不是光，而是發光的蛇。我記得那味道，很像動物園裡猴子屋的腥臭，但更難聞。再來……我就不記得了。

「你、你們有誰還、還記得牠的真、真面目嗎？」

「不記得。」艾迪說。

得了。」

「我想……」理查德開口說。雖然一片漆黑，但威廉幾乎感覺得到理查德搖了搖頭。「不記得了。」

「我也不記得。」貝芙莉說。

「嗯，」班恩說：「就這件事我一直想不起來。牠的模樣……還有我們是如何擊敗牠的。」

「Chüd，」貝芙莉說：「我們是靠Chüd打敗牠的，但我想不起來意思了。」

「罩、罩我，」威廉說：「我就罩你、你們。」

「小威，」班恩說，語氣非常鎮定：「有東西來了。」

威廉豎起耳朵，聽見踉蹌蹣跚的腳步聲從黑暗中接近……他很怕。

「奧、奧黛拉？」他喊了一聲……但還沒說完就知道不是她。

那東西繼續朝他們靠近。

威廉劃了一根火柴。

8

德利市 凌晨五點

頭一件怪事發生在一九八五年暮春某一天日出前兩分鐘。要瞭解這件事有多不對勁，得先知道兩件事。這兩件事，麥可．漢倫（日出時，他正躺在德利家庭醫院昏迷不醒）都曉得，也都和恩典浸信會有關。這間教會從一八九七年就在威奇漢街和傑克森街口矗立至今，頂端的白色尖塔更是新英格蘭所有新教教堂尖塔的典範。教堂的鐘一八九八年於瑞士製造，再船運送來。全美只有另一座同型鐘，就位在四十英里外的哈芬市立廣場上。

史帝芬．鮑伊以一萬七千美元買下時鐘送給教會。他是伐木業大亨，家住西百老匯，負擔得起這筆錢。他信仰虔誠，擔任教會執事四十年（最後幾年還擔任白人正義團團長），並以母親節的熱誠講道而聞名。他一向尊稱母親節為母親主日。

鐘從啟用到一九八五年五月卅一日止，每半小時和一小時都會準確報時，只有一次例外：基勤納鐵工廠爆炸當天，時鐘沒有敲響十二點的鐘聲。居民相信是裘林牧師特意制止鐘響，以悼念死去的孩童。雖然事實並非如此，鐘只是沒響而已，但裘林牧師從未反駁。

一九八五年五月卅一日凌晨五點，時鐘也沒有報時。德利市所有老人登時睜開眼睛，坐了起來，不曉得自己為何驚醒。他們吃藥、裝假牙、點起菸斗和雪茄。

他們看錶。

諾柏特．基恩也是其中之一。他當時九十多歲，踉踉蹌蹌走到窗邊，望著外頭昏黑的天空。昨晚氣象預報今天是晴天，但他的老骨頭告訴他會下雨，而且是傾盆大雨。他打從心底深處感到害怕，莫名覺得危險，彷彿毒藥正鍥而不捨地逼近他的心臟。他胡亂想起布雷德利幫殺進德利市、被七十五支長短槍包圍的那一天。想這種事能讓人心底溫暖、慵懶，好像所有事都……得到確認似的。他只能這麼做，沒別的辦法。想這種事能讓人覺得長命百歲，而基恩已經相去不遠了。六月廿四日他就九十六歲了，現在仍然每天走三英里路。但他這會兒卻無端感到害怕。

「那些小鬼，」他看著窗外喃喃自語，沒發現自己在說話。「那些該死的小鬼在做什麼？這種時候出來胡鬧？」

艾格柏特．梭羅古德九十九歲。克勞德．赫魯揚起斧頭連砍四人那一天，他人也在銀幣酒吧。一九八五年五月卅一日凌晨，他也在五點醒來，坐起身子發出沙啞的嘶吼，沒有人聽見。他夢見克勞德，只不過這回克勞德追殺的人是他。克勞德大斧一揮，他看見自己的斷手在吧台上抽搐扭動。

事情不好了，他迷迷糊糊地想，穿著沾了尿的衛生衣褲的身體怕得發抖，大事不妙了。

戴夫．加德納一九五七年十月發現喬治．鄧布洛的屍體，他兒子則是今春殺戮再起的第一名受害者。他五點睜開眼睛，還沒看桌上的時鐘，心裡就想：恩典教堂五點的鐘沒有響……怎麼回事？他忽然沒來由地恐懼了起來。戴夫那些年發跡了，一九六五年買下鞋船鞋店，隨後又在德利購物中心和班格爾分別開了分店。忽然間，他這輩子努力賺得的一切似乎危在旦夕。爲什麼？他看著熟睡的妻子，在心裡吶喊，爲什麼？只是教堂的鐘沒響，你幹嘛緊張成這副德行？但他找不到答案。

他起身走到窗邊，拉了拉睡褲的腰帶。烏雲從西方疾疾飄來，戴夫心中的不安更深了。事隔多年，他發現自己頭一回想起二十七年前讓他衝向門廊的那一聲尖叫，想起那痛苦掙扎的黃雨衣小孩。他看著烏雲逼近，心想：我們有難了。我們所有人，德利市。

安德魯．拉德馬赫警長自認已經盡力偵查德利新一波的連續殺童案。那天凌晨五點，他站在門廊上，指插皮帶，抬頭仰望雲層，心中浮現同樣的不安。要出事了，至少會下傾盆大雨，但不只如此。他打了個哆嗦……妻子煎培根的香味從紗門飄來，第一滴雨水打在他位於雷諾茲街的舒適房子前的人行道上，留下硬幣大的水漬。雷聲從貝西公園的方向傳來。

拉德馬赫又打了個冷顫。

9

喬治 凌晨五點零一分

威廉舉起火柴……隨即發出絕望的尖叫，聲音長而顫抖。

從甬道蹣跚走來的不是別人，是喬治。他依然穿著沾血的黃色雨衣，一邊袖子鬆垂著，裡頭空空蕩蕩，臉龐和乳酪一樣白，眼睛亮如純銀，直直盯著威廉的眼睛看。

「我的船！」久違的喬治的聲音再度響起，在甬道裡顫動迴盪。「小威，我找不到船。我四處都找遍了，但就是沒看到。我死了，都是你的錯你的錯你的錯——」

「喬、喬仔！」威廉尖叫。他覺得心神不寧，就快瘋了。

喬治跌跌撞撞朝他走來，舉起剩下的一隻手，慘白手掌彎曲如爪，骯髒的指甲有如倒鉤。

「是你的錯，」喬治低聲說完咧嘴獰笑，牙齒鋒利如刃，緩緩上下開闔，很像獵獸陷阱的鋸齒。「你讓我出門，所以都是……你的……錯。」

「不、不是，喬、喬仔！」威廉大喊：「我不曉、曉得——」

「殺了你！」喬治大吼，長滿尖牙的口中發出狗吠似的聲音，從低鳴、輕吼到咆哮，聽起來很像笑聲。威廉聞到他的味道了，聞到喬治正在腐爛。味道很像地下室，像蠕動的蟲，像躲在角落的黃眼怪物，等著將小男孩開膛破肚。

喬治忽然咬牙，發出撞球互碰般的聲音。他的眼睛開始流出黃湯，流到臉頰上……火柴熄了。

威廉覺得夥伴都消失了——他們全都跑光了，當然要跑，留下他一個人。他們孤立他，就像他父母親一樣，因為喬治說得對，都是他的錯。他很快就會感覺喉嚨被手扣住，身體被尖牙撕開。這是對的，這是應該的，因為他讓喬治出去送死，長大之後一直書寫背叛弟弟的恐怖——他為那樣的恐怖換上許多面孔，幾乎和牠戴上的面具一樣多，但所有怪物歸根究柢都是喬治，在洪水退去那天帶著上了石蠟的紙船出去玩的喬治。現在是贖罪的時候了。

「你殺了我，所以該死。」喬治低聲道。他已經近在咫尺，威廉閉上眼睛。

這時一道黃光閃過甬道，他睜開眼睛，只見理查德拿著一根火柴。「打牠呀，小威！」理查德大喊：「拜託！打牠呀！」

你們在這裡做什麼？他一臉困惑看著他們。原來他們沒有跑。怎麼可能？他們明明看見他謀殺了親弟弟，怎麼還在這裡？

「打牠！」貝芙莉尖叫：「喔，小威，打牠呀！只有你做得到！求求你──」

喬治離他不到五英尺了，忽然朝他吐出舌頭，舌上爬滿白色的黴菌。威廉再度尖叫。

「殺了牠，小威！」艾迪大喊：「牠不是你弟弟！趁牠還沒變大之前殺了牠！快點！」

喬治瞄了艾迪一眼。他的銀白眼睛只是朝艾迪瞟了瞟，艾迪就好像被人推似的往後猛退，撞到牆上。威廉愣愣看著弟弟朝自己走來。這麼多年了，他又見到喬治。最後是喬治，最初也是喬治。是啊，隨著喬治步步逼近，他已經聽得見喬治黃色雨衣的窸窣聲和套鞋扣環的叮噹聲，聞到類似濕葉的味道，彷彿喬治雨衣下的身體是葉子做的，橡膠雨鞋裡的腳也是葉子做的。沒錯，他是葉人，喬治是葉子人，臉是腐爛的氣球，身體是枯葉，洪水時會卡住水溝的枯葉。

他隱約聽見貝芙莉尖叫。

（他雙手握拳）

「小威，求求你，小威──」

（打在柱子上依然堅持）

「我們一起去找我的船。」喬治說，淚水似的黃湯爬滿臉頰。他朝威廉走去，頭側向一邊，露出尖牙後方的牙齒。

（自己看到鬼了看到鬼了看到了）

「我們會找到船的，」喬治說。威廉聞到牠的呼吸，味道就像半夜身體爆開死在高速公路上的小動物。喬治張大嘴巴，他看見裡面有東西蠕動。「在下面，所有東西都在下面飄，我們也會飄，小威，我們都會飄——」

喬治伸出魚肚白的手抓向威廉的頸子。

（看到鬼了我們看到鬼了他們我們你們看到鬼了——）

喬治扭曲的臉湊到威廉頸邊。

「——飄——」

「他雙手握拳打在柱子上！」威廉大喊，低沉得不像自己的聲音。理查德的回憶瞬間被探照燈打亮，想起威廉只有用自己的聲音說話才會結巴。只要扮成別人，他從不口吃。

化成喬治的東西口中嘶嘶作聲，往後退卻，伸手想護住臉。

「沒錯，」理查德興奮大吼：「就是這樣，小威！打敗牠！打敗牠！打敗牠！」

「他雙手握拳打在柱子上，依然堅持自己看到鬼！」威廉咆哮道，一邊往前逼向化成喬治的東西。「你不是鬼！喬治知道我沒有要殺他！我爸媽錯了！他們怪罪給我，他們錯了！聽見沒有？」

化成喬治的東西突然轉身就跑，發出老鼠般的尖叫。黃雨衣顫抖有如波浪，似乎開始融化，大塊大塊黃斑往下滴落。牠正在失去形狀、失去面目。

「他雙手握拳打在柱子上，你這個狗娘養的！」威廉．鄧布洛大吼：「依然堅持自己看到鬼！」他縱身朝牠撲去，手指碰到雨衣。但那已經不是雨衣，而像奇怪溫暖的太妃糖。他握拳想抓，那東西卻在他指下融化。他跪在地上，理查德突然哀號，因為手被火柴燙到。他們再度陷入黑暗之中。

威廉覺得胸腔裡有東西生成，又熱又嗆，像被蕁麻刺到一樣痛。他抓著膝蓋抵住下巴，希望疼痛消失，至少減緩。他微微慶幸甬道裡漆黑一片，其他夥伴看不見他痛得厲害。

他聽見自己發出聲音——顫抖的呻吟。接著是第二聲、第三聲。「喬治！」威廉大喊：「喬治，對不起！我沒想、想到會發生那、那種事！」

或許他有別的話可說，但就是講不出口。他用手臂遮住眼睛躺在地上啜泣，回想那艘船，回想大雨不斷打在他臥房窗戶上，回想床頭桌上的藥和面紙，回想他的腦袋和身體因為發燒而微微疼痛，最重要的是回想喬治：回想他穿著黃色雨衣的樣子。

「喬治，對不起！」他哭喊：「對不起，對不起，眞的對不起——」

他們圍了過來，他的朋友。沒有人點火柴，有人握他的手，他不曉得是誰。或許是貝芙莉，也可能是班恩或理查德。他們在他身邊，黑暗忽然變得無比仁慈。

10

德利市 凌晨五點三十分

到了五點半，德利已經大雨滂沱。班格爾電台的氣象預報員以略帶驚訝的口吻，向所有因為昨天的預報而決定出遊或野餐的觀眾道歉。運氣不好，各位，佩諾布斯克河谷的天氣有時就是這麼古怪，變化突然。

WZON電台的氣象學家吉姆．威特稱呼這是「超有節制」的低壓系統，但這麼說太輕描淡寫了。班格爾多雲，漢普頓小雨，哈芬鎮細雨，新港陣雨，距離班格爾市區只有三十英里的德利卻大雨傾盆。七號公路部分路段積水有八英寸深，過了魯林農場有一處低窪路段的排水溝阻塞，更讓高速公路積水無法通行。到了早上六點，德利高速公路警察局已經在低窪路段兩端擺出橘色的「繞道」標誌。

站在主大街公車亭等候第一班公車的上班族隔著欄杆望向運河，混凝土堤岸間的河水節節高漲，感覺令人不安。但不至於氾濫，所有人都同意這一點，因為目前水位離一九七七年的高水位線還有四英尺，而那年的大水並未成災。但大雨還是傾瀉而下，低矮的雲層雷鳴不斷。雨水匯聚成溪，朝上哩丘下坡處流，在水溝和下水道裡轟隆奔騰。

不會氾濫，所有人都同意，但每一張臉上都帶著不安。

五點四十五分，廢棄的崔克兄弟車場附近一根電線杆旁的變壓器突然爆炸，閃出紫色的火光，金屬碎片四散飛到車場的石綿瓦屋頂上。其中一塊碎片切斷了高壓纜線，電纜掉在屋頂上啪啪作響，像蛇一樣不停扭動，射出水柱般的火花。雖然大雨傾盆，屋頂還是起火燃燒，車場很快陷入一片火海。電纜從屋頂滑落到通往停車場的草地上，那裡過去常有小男生聚集打棒球。德利消防隊清晨六點零二分出動，六點零九分抵達崔克兄弟車場。凱文．克拉克是其中一名消防隊員，他跟他的雙胞胎兄弟是班恩、貝芙莉、理查德和威廉的小學同學。他下車才走了三步就踩到電纜，當場觸電身亡，舌頭吐出嘴外，橡膠消防外套也開始冒煙，聞起來就像垃圾場裡焚燒的廢輪胎。

清晨六點零五分，老岬區梅利特街的居民感覺地底發生爆炸，架上的盤子和牆上的畫掉落一地。六點零六分，新建於荒原的污水處理廠蓄污池的管線突然逆流，讓梅利特街所有住戶的馬桶瞬間噴出糞便和污水，有些甚至在浴室天花板炸出了大洞。其中一戶的老舊馬桶噴出一枚齒輪，導致名叫安恩．史都華的女性死亡。當時她正在淋浴間洗頭髮，齒輪有如子彈打穿毛玻璃門，射穿了她的喉嚨，差點讓她斷頭。齒輪來自荒廢的基勤納鐵工廠，將近七十五年前進入下水道中。污水逆流暴衝還造成另一名女性死亡，原因是伴隨污水而來的甲烷導致她家馬桶炸彈開花。這位不幸的女人當時正坐在馬桶上翻閱最新的服飾型錄，結果被炸得粉身碎骨。

六點十九分，一道閃電擊中人稱親吻橋的木橋。這座橋橫跨運河，連接貝西公園和德利高中。碎片沖天飛高，然後如雨一般落入湍急的運河中，隨波逐流。

風勢愈來愈大。六點三十分，法院大廳的記錄器測得的風速是每小時十五英里，到了六點四十五分已經變成二十四英里。

六點四十六分，麥可．漢倫在德利家庭醫院病房裡醒來。他恢復意識的過程非常緩慢——他一直以為自己在作夢。假如是夢，那也是很怪的夢——他的心理醫師老友艾柏森可能稱之為焦慮的夢。雖然沒有理由焦慮，但那感覺就是揮之不去，單調的白色房間看起來就是危機四伏。

他慢慢察覺自己醒了，單調的白色房間是病房。他頭頂上方掛著瓶子，一個裝滿透明液體，另一個裝滿深紅色的液體。是血。他看見牆上釘了電視機，並且發現雨水不停打在窗戶上。

他試著移動雙腿，結果一腳很容易，另一腳（右腿）卻動也不動。他對右腿幾乎沒有感覺，接著發現腳上緊緊纏著繃帶。

記憶一點一滴回來，他想起自己在筆記本上寫東西，不料亨利．鮑爾斯竟出現在圖書館，簡直是來自過去的炸彈、天然氣爆。他們打鬥，然後——

亨利！亨利到哪裡去了？去追其他人了嗎？

麥可伸手去按呼叫鈴。按鈕掛在床頭上方，但他雙手才剛抓住呼叫鈴，病房的門就開了。一名男護士站在門口，白色制服上衣的鈕釦有兩顆沒扣，深色頭髮噴了定型液，有一種班恩．卡西的蓬亂感，脖子上掛著聖克里斯多福聖像。麥可雖然昏昏沉沉，半夢半醒，還是一眼就認出來者是誰。一九五八年，一位名叫雪柔．拉莫尼卡的十六歲女孩在德利遇害，被牠所殺。女孩有一個十四歲的弟弟，名叫馬克。這名護士就是他。

「馬克？」麥可虛弱地說：「我得跟你談談。」

「噓，」馬克一手插在口袋說：「不要說話。」

他走進病房站在床腳，麥可發現他眼神空洞，頓時脊背一涼陷入絕望。馬克微微仰頭，彷彿在聽遠方的音樂。他從口袋裡伸出手，手上握著一支注射器。

「這能讓你睡著。」馬克說，開始朝床邊走去。

11

城市地底 清晨六點四十九分

雖然甬道裡只有他們輕微的腳步聲，但威廉忽然大喊一聲：「噓——！」

理查德點了一根火柴。甬道內壁又更遠了，偌大的空間讓置身城市底下的五個人顯得非常小。他們靠在一起，貝芙莉看著巨大的石板地面和低垂的蜘蛛網，忽然有種作夢般的似曾相識感。他們很接近了。非常接近。

「你聽見了什麼？」她問威廉，一邊就著理查德手上的火光四下張望，覺得隨時可能有東西從暗處爬出或飛出來。翼手龍？雪歌妮．薇佛遇到的異形？還是有著橘眼睛和銀牙齒的大老鼠？但她什麼都沒看見——只有暗處的塵土味和遠處流水的轟鳴聲，感覺下水道已經滿了。

「有事、事情不對、對勁，」威廉說：「麥可——」

「麥可？」艾迪問：「麥可怎麼了？」

「我也感覺到了，」班恩說。他目光迷濛疏遠，不帶情緒——只有語調和身體的防衛姿態洩漏了心裡的警覺。「他……他……他……」他吞了吞口水，喉嚨發出咯噠聲。他忽然瞪大眼睛：「喔，喔，不要！——」

「小威？」貝芙莉高喊，語氣緊張：「小威，怎麼了？出了——」

「抓、抓住我的、的手，」威廉大叫：「快、快點！」

理查德扔掉火柴，握住威廉的手，貝芙莉抓住他另一隻手，同時伸手出去。艾迪勉強舉起斷臂牽著貝芙莉。班恩握住他另一隻手，接著牽起理查德的手，五個人形成一個完整的圓。

「把我們的力量傳給他！」威廉再次用那奇怪、低沉的聲音說：「把我們的力量傳給他，不管你是誰，把我們的力量傳給他！就是現在！快！」

貝芙莉感覺有東西從他們體內奔向麥可，讓她有如狂喜般搖頭晃腦。她聽見艾迪的哮喘和下水道的轟隆水聲融成了一個聲音。

12

「來吧。」馬克．拉莫尼卡低聲說，說完嘆息一聲——男人快要高潮時會發出的那種嘆息。

麥可拿著呼叫鈴不停猛按。他聽見走廊上護士值班區鈴聲大作，但就是沒半個人過來。他頓時明白護士其實都在，正喝著咖啡看早報，聽見鈴聲卻像沒有聽到，也沒有反應，要等事情結束了才會聽見，因為德利就是這樣。在德利，有些事情最好不要看見、也不要聽到……直到一切結束之後。

麥可鬆開手中的呼叫鈴。

馬克彎身湊到他面前，注射器的針尖閃閃發光。他掀開棉被，聖克里斯多福徽章前後搖晃，像要催眠人一樣。

「這裡，」他呢喃道：「胸骨這裡。」說完又嘆息一聲。

麥可忽然感覺力如泉湧——一股原始的力量有如高壓電流灌入他體內，讓他全身僵硬，手指抽搐似的往外張，眼睛瞪大，嘴裡發出低吼，之前那股可怕的癱瘓感彷彿被人一拳揮開似的消失無蹤。

他右手猛然伸向床頭桌。桌上有塑膠水壺和一只自助餐廳用的厚玻璃杯。他握住杯子。拉莫尼卡察覺到了他的改變。他眼中那股夢幻、愉悅的神情消失了，變得戒慎與困惑。他稍微後退，麥可舉起杯子朝他臉上砸了過去。

馬克尖叫一聲，跌跌撞撞往後退，注射器從手中掉落。他雙手摀住噴血的臉龐，鮮血從他手腕流出，潑到白色制服上。

力量來得快也去得快。麥可呆呆望著床上的碎玻璃、身上的住院服和流血的手。他聽見綿膠鞋底踏地聲從走廊傳來，腳步急促輕微，朝病房走來。

*她們來了，他心想，沒錯，終於來了。她們離開之後，誰又會出現？接下來又會輪到誰？*之前猛按呼叫鈴都不來的護士們衝進病房，麥可閉起眼睛，祈禱事情已經結束，他的朋友正在城市地底某處，而且相安無事。他祈禱他們能了結這一切。

他不曉得該向誰禱告……但還是不斷祈禱著。

13

城市地底 清晨六點四十五分

「他沒、沒事了。」威廉不久後說。

班恩不知道他們手牽手在黑暗中佇立了多久，他感覺有東西——來自他們，來自他們形成的圓——從他體內出去又回來，但不曉得那東西——如果真有其事——去了哪裡，又做了什麼。

「你確定嗎，威老大？」理查德問。

「我、我確定，」威廉鬆開理查德和貝芙莉的手：「可是我們必、必須盡快把、把事情結、結束掉。走、走吧。」

他們繼續前進，理查德和威廉輪流點火柴。我們火力太單薄了，班恩想，但事情就是這樣，對吧？Chüd。這個詞是什麼意思？又究竟是什麼？牠的眞面目到底是什麼？我們當年就算沒有殺死牠，也傷了牠，但我們是怎麼做到的？

他們置身的密室──現在已經不能說是下水道了──愈來愈大，腳步聲在偌大的空間中迴盪。班恩記起這個味道，濃濃的動物園味。他發現不再需要火柴了──地道裡有光，算是吧：某種令人毛骨悚然的輝光，而且愈來愈亮。在迷濛光線的照耀下，他的夥伴個個像是會走的殭屍。

「前面有牆，小威。」艾迪說。

「我知、知道。」

班恩覺得心跳加速，嘴裡出現酸味，腦袋也開始發疼。他覺得心驚膽顫，行動緩慢，覺得自己很胖。

「門到了。」貝芙莉低聲說。

是的，門到了。二十七年前，他們只要低頭就能走過，現在卻得學鴨子走路，甚至趴在地上用爬的。他們長大了。如果長大需要證明，這就是了。

班恩頸子和手腕的脈搏充血發燙，心臟跳得更快更亂，有如心律不整。像鴿子一樣，他舔舔嘴唇，心不在焉地想。

青黃色光芒從門底下流瀉而出。同樣的光穿透裝飾用的鎖孔，感覺像柱子一樣可以切割。門上的記號還在，四人又看到不同的影像。貝芙莉看見湯姆的臉龐；威廉看見奧黛拉的斷頭，用控訴的表情和茫然的眼神望著他；艾迪看見毒藥標誌：獰笑的骷髏頭，下面兩根交叉的骨頭；理查德看見保羅．班楊滿臉鬍碴，殺手似的瞇著雙眼。班恩看見亨利．鮑爾斯。

「小威，我們夠強嗎？」他問：「我們做得到嗎？」

「我不知、知道。」威廉說。

「要是門鎖著呢？」貝芙莉聲如蚊蚋。湯姆的臉朝她訕笑。

「門、門沒鎖，」威廉說：「這、這種地、地方從來不、不會上鎖。」他伸出受傷的右手——他得彎腰才碰得到門——輕輕一推，門就開了，噁心的青黃色光芒從門後湧出。動物園味撲鼻而來，過去的味道變成了現在，鮮活得可怕，充滿了獸性。

滾吧，輪子，威廉心不在焉地想，轉頭看了他們一眼，接著趴在地上。貝芙莉跟著照做，然後是理查德和艾迪，班恩殿後，手和膝蓋的肌肉再度碰觸地上的陳年砂粒。他鑽過入口，直起身子，火光有如詭異的蛇影在滲水的石壁上蜿蜒爬行，最後的回憶忽然湧現，有如破城槌狠狠衝破他的心門。

他大叫一聲，顛簸倒退，一手抓頭，心裡第一個浮現的慌亂念頭是：*難怪小史要自殺！天哪，早知道我也自殺了！*他看見其他人臉上也是同樣的震驚與最後謎團終於解開的頓悟。

牠從輕飄飄的網上直撲而下。夢魘般的蜘蛛。超越時間與空間，就算住在第十八層地獄的惡徒也無法想像的蜘蛛。貝芙莉高聲尖叫，緊緊抓住威廉。

不對，威廉冷靜地想，*牠也不是蜘蛛，不算是。但蜘蛛並非來自我們的想像，而是我們所能想像最接近*

（死光）

牠的眞面目的東西。

牠大約十五英尺高，身體和無月之夜一樣黑，腳和健美先生大腿一樣粗，眼睛有如發亮的紅寶石，充滿惡意，突出在滴著鉻色黏液的眼窩外，鋸齒狀的下顎開開闔闔，流出一條條泡沫。班恩嚇得動彈不得，感覺就要發瘋了，腦袋卻像颱風眼一樣寧靜。他發現泡沫是活的，一落在發臭的石板地板上就開始扭動，有如原生動物鑽進石縫裡。

但這不是牠的眞貌，牠另有形象，而我幾乎可以看見，就像橫過正在放電影的螢幕的人一樣，牠是別的東西，可是我不想看見牠。神哪，求求祢，別讓我看見牠……

不過也沒差，對吧？反正他們看到什麼就是什麼。班恩忽然明白牠其實被困在這個形體之中，困在蜘蛛的輪廓裡，因為他們不約而同看到的就是蜘蛛。他們是死是活，就看能不能打敗眼前的牠。

那東西咆哮嚎叫，班恩非常確定自己聽見同一個聲音兩次。先在他腦中，然後在他耳朵，相隔不到一秒。心電感應，他想，我讀到牠的心思。牠的影子有如圓蛋在牠巢穴的古老石壁上快速移動，身體覆著粗毛。班恩看見一根刺，長得足以戳穿人體，刺的前端滴著透明的液體。他發現毒液也是活的，和唾液一樣滴到地面就鑽入縫隙之中。牠有刺，沒錯……但刺的下方是隆起的腹部，大得出奇，幾乎拖在地上。牠微微改變方向，準確無誤地朝向他們的老大——威廉走去。

那是牠的卵囊，班恩想，心中隨之尖叫了一聲。牠的真貌我們不得而知，可是眼前這個形體的含意卻很準確：牠是母的，而且懷了孕……牠那時也懷了孕，我們都不曉得，除了小史，喔，天哪，沒錯，是小史，是他，不是麥可，是他發現這點，是他告訴我們的……所以我們才非回來不可，無論如何都得回來，因爲牠是母的，而且懷著我們難以想像的後代……牠就快死了。

出乎意料地，威廉．鄧布洛竟然向前一步。

「小威，不要！」貝芙莉大喊。

「別、別過來！」威廉大吼，沒有回頭。理查德喊著威廉的名字跑過去，班恩發現自己的雙腿也動了起來。他感覺不存在的小腹在身前晃動，他覺得很好。就是得變回小孩，他心慌意亂地想，只有這樣才不會被牠弄瘋。我得變回小孩……得接受事實，無論如何。

他跑著，嘴裡大喊威廉的名字，隱約察覺艾迪跑在旁邊，斷臂上下晃動，威廉用來固定他手臂的浴袍拖在地上。艾迪已經拿出氣喘噴劑，感覺就像拿著古怪手槍、營養不良的抓狂槍手。

班恩聽見威廉咆哮：「你殺、殺了我弟弟，他、他媽的混、混帳！」

牠仰起身子揮舞前腳，將威廉吞沒在牠巨大的身影中。班恩聽見牠的叫聲充滿飢渴，看著牠永恆邪惡的紅眼……忽然看見了牠形體下的形體，看見光，看見完全由光組成、毛茸茸的怪物。橘色的光，幻化成嘲弄生物的死光。

儀式再度開始。

第二十二章　除魔儀式

1

牠的巢穴　一九五八年

當巨大的黑蜘蛛沿著網子俯衝而下，颳起噁心的微風掃過他們頭髮時，是威廉將他們拉在一起的。史丹利尖叫得像個嬰兒，棕眼浮凸，手指猛摳臉頰。班恩緩緩後退，直到大屁股撞到門左邊的石牆。他覺得冰冷的火焰燒穿他的褲子，於是又從牆邊退開，只不過動作像作夢一樣。這一切都不可能發生。這是世上最可怕的夢魘。他發現手舉不起來，好像綁著千斤重錘一般。

理查德發現自己不由自主看著蜘蛛網。幾具吃剩的腐爛屍體掛在網子上，有些纏著細絲，活著似的擺動著。靠近天花板的那具屍體雖然沒有腳，也少了一隻手臂，但他覺得是艾迪．寇克蘭。

貝芙莉和麥可像《糖果屋》裡的兄妹一樣緊抱彼此，呆呆看著蜘蛛爬到地上，朝他們靠近，扭曲的影子在牆上亦步亦趨。

威廉轉身看著他們。他高高瘦瘦，原本的白襯衫沾滿泥巴和污水，牛仔褲褲腳翻了邊，帆布鞋滿是泥土，頭髮垂到額頭，眼睛閃閃發亮。他打量他們，似乎叫他們退開，接著又回頭面對蜘蛛，而且竟然朝牠走去。沒有用跑的，但腳步很快。他抬起手肘，前臂緊繃，雙手握拳。

「你殺、殺了我弟、弟弟！」

「不要，小威！」貝芙莉尖叫一聲，掙脫麥可朝威廉奔去，頭髮在身後飛揚。「別過來！」

她朝蜘蛛大吼：「我不准你碰他！」

該死！貝芙莉！班恩心裡咒罵一句，也跟著往前跑，跑得小腹前後晃動，雙腿像幫浦上下起伏。他隱約察覺艾迪．卡斯普布拉克跑在他左邊，沒受傷的手裡握著噴劑，像拿手槍一樣。就在牠仰起身子揮舞前腳，將手無寸鐵的威廉吞沒在牠巨大的身影下時，班恩的手抓到貝芙莉肩膀，但才碰到就滑掉了。貝芙莉回頭看他，眼神瘋狂，朝他齜牙咧嘴。

「幫幫他！」她大吼。

「怎麼幫？」他吼了回去，說完轉身面對蜘蛛，聽見牠飢渴嚎叫，看見牠永恆邪惡的雙眼。忽然間，他瞥見牠形體下的形體，比蜘蛛可怕百倍。那形體什麼都不是，只有瘋狂的光。他頓時勇氣全失……但求他幫忙的人是貝貝。貝貝。他愛她。

「該死的傢伙，放開小威！」他尖叫。

這時，有人朝他的背重重打了一下，讓他差一點跌倒。是理查德。他雖然臉上都是淚水，卻發瘋似的笑個不停，嘴巴幾乎咧到耳朵了。口水從他齒縫間流了出來。「咱們去抓她吧，害死康！」他大吼：「Chüd! Chüd!」

她？班恩愣愣地想，他剛才說「她」？

他說：「好啊，但Chüd是什麼？那是什麼意思？」

「我知道才有鬼咧！」理查德大喊，接著朝威廉跑去，衝進牠的影子裡。

牠用後腿蹲著，前腳在威廉的頭上揮舞。史丹利．尤里斯從身體到心裡都抗拒前進，卻被迫往前，不得不前進。當他看見威廉抬頭瞪著牠，藍色眼眸盯著牠那非人的、射出可怕死光的橘色眼球時，史丹利停下來，知道Chüd——不管那是什麼儀式——已經開始了。

2

威廉在虛空中 當年

——你是誰，爲什麼來找我？

我是威廉．鄧布洛，你知道我是誰，也清楚我爲何而來。你殺了我弟弟，我要殺了你爲他報仇。你殺錯人了，賤貨。

——我是永恆的，是「吃世界的人」。

哦？眞的嗎？妳不會再有下一餐了。

——你沒有力量。我才有力量。見識一下吧，小鬼頭。見識之後再說你想殺了永恆。你以爲看見我了嗎？你只是看到自己心裡的投射罷了。你想見到我嗎？來呀！有種就來吧，小鬼頭！來呀！

被拋——

（他）

不，不是被拋，而是發射，像子彈一樣射了出去，就像每年五月光臨德利市的聖殿馬戲團的人肉砲彈秀。他被拎起來扔到蜘蛛巢穴的另一頭。這只是我心裡的幻象，他朝自己喊，我的身體還站在原地，和牠四目相對。勇敢點，這只是心智遊戲。勇敢點，眞實點，站直了，站直——

（雙手握拳）

轟然向前，撞入滴水的黑暗甬道中，壁磚腐壞剝落，可能有五十、一百、一千或一千兆年歷史，誰曉得。在死寂中飛過一個個交口，有些被扭曲的青黃火焰照亮，有些飄著散發鬼魅白光的氣球，還有些漆黑一片。他以一千英里的時速飛過一堆堆枯骨，有些是人骨，有些不是，有如風洞中的火箭推進飛鏢朝上方直竄，但不是飛向光明，而是飛向黑暗，巨大無邊的黑暗

（打在）

有如砲彈射向徹底的黑暗，吞噬一切的黑暗，宇宙和全世界的黑暗。而黑暗的地面好硬，好硬，有如打蠟的橡膠地板。他胸膛、腹部和大腿貼地滑行，好比推圓盤遊戲的圓盤。永恆像一座舞廳，舞廳一片漆黑，而他在地板上滑行。

（柱子上）

——別唸了，唸這個幹什麼？沒用的，蠢小子

依然堅持自己看到鬼

——閉嘴！

他雙手握拳打在柱子上依然堅持自己看到鬼

——閉嘴！閉嘴！我命令你，要求你立刻閉嘴！

你不喜歡，對吧？

心想：只要能大聲說出來，而且不結巴，我就能粉碎幻覺——

——這不是幻覺，傻孩子——這是永恆，我的永恆，而你已經陷入其中，永遠陷落了，再也找不到歸途。你也是永恆了，注定在黑暗中遊蕩……因爲你和我面對面接觸過，那是

但那裡還有別的東西，威廉意識得到，感覺得到，甚至聞得到：在前方暗處有一個龐然大物。某個形體。他不害怕，而是感到無邊的敬畏。眼前的力量讓牠的力量相形失色，顯得微不足道。威廉心慌意亂地想：拜託了，求求你，無論你是誰，請記得我很渺小——

他滑向它，發現它是隻巨大的烏龜，殼上五顏六色，璀璨耀眼。古老的爬蟲類腦袋從殼裡緩緩伸出，威廉察覺將他趕出這裡的那東西既震驚又輕蔑。烏龜的眼睛很和善，威廉覺得它絕對是人類所能想像最古老的存在，比自稱永恆的牠還要老上千百倍。

你是誰？

——我是烏龜，孩子。我創造了宇宙，但請別怪罪我。我拉肚子。

救救我！請你救救我！

——我不選邊站。

我弟弟——

在超級宇宙有他自己的位置。能量是永恆的，你年紀這麼小也一定曉得

他正從烏龜身旁滑過，儘管速度驚人，烏龜的斑斕背殼似乎沒完沒了。他好像坐在一列火車上，看著對向火車經過，那火車長得讓人感覺它是靜止的，甚至向後倒退。他依然聽得見牠在號哭咒罵，聲音高亢憤怒，充滿了非人的狂怒。但只要烏龜開口，牠的聲音就會徹底消失。烏龜在威廉的腦中說話，威廉隱約明白還有「另一位」，這位「最終的他者」住在這個虛空外的虛空中。只會看的烏龜和只會吃的牠可能都來自於它。它是超越宇宙、超越所有力量的力量，是所有一切的創造者。

他忽然覺得自己懂了：牠想用他砸穿宇宙盡頭的牆，進入另一個空間

（老烏龜稱之爲超級宇宙）

那裡才是牠的家。在那裡牠是個巨大閃亮的核，但在「最終的他者」心中只是小到不能再小的塵埃。他會看到裸裎的牠，那沒有形體的毀滅之光，而他要嘛會被好心地瓦解，要嘛永生不死，活在無形無狀、無窮飢渴、嗜殺成性的牠的體內，瘋狂但清醒著。

求求你救我！我那些夥伴——

——你得自己救自己，孩子

但我該怎麼做？求你告訴我！怎麼做？我該怎麼做？

他已經滑到烏龜覆蓋著厚實鱗片的後腿旁，見識到它巨大而古老的肌肉，讚嘆它粗厚的腳趾甲——趾甲是詭異的藍黃色。他看見每一片趾甲裡都有許多銀河在泅泳。

求求你，你是好人，我感覺得到你是好人，相信你是好人。我求求你……可以請你救救我嗎？

——你已經知道了，只有Chüd能用，而你的夥伴

拜託，求求你

——孩子，你必須握緊雙拳打在柱子上依然堅持自己看到鬼……我只能告訴你這個。遇上這種宇宙狗屁，是沒有說明書可以參考的

他發現烏龜的聲音愈來愈弱。他已經離開它了，有如子彈射向比深邃還要深的黑暗中。烏龜的聲音被蓋過了，被那個將他扔進這個黑暗虛空中的那個東西的愉悅聲音壓過去了——蜘蛛的聲音，牠的聲音。

——那裡怎麼樣啊，小朋友？喜歡嗎？愛嗎？會不會打九十八分，因爲那裡的節奏讓你跳得很起勁？你能用扁桃腺抓住它，左右扔來扔去嗎？和我朋友烏龜見面還開心嗎？我以爲那個老蠢蛋早就死了，不管它能爲你做什麼，甚至可能眞的爲你做了什麼，你覺得它能救你嗎？

不不不不他握緊雙拳不他握握握握握不

——別再喃喃自語了！時間很短，我們要把握機會談一談。跟我說說你自己，小朋友……告訴我，你喜歡這裡的黑暗寒冷嗎？你喜歡剛才到「外面」的空無之旅嗎？等你穿過了再說，小朋友！等你進到我在的地方再說！等著吧！等著見識死光吧！你看到了就會發瘋……但你會活著……活著……活著……在他們體內……在我體內……

牠發出惡毒的大笑，威廉發現牠的聲音同時變弱又變強，彷彿自己正在離開牠……又在衝向牠。這不就是正在發生的事嗎？沒錯，他覺得是。因為兩個聲音雖然完全同步，但他此刻靠近的

聲音卻是完全陌生，沒有人類的舌頭或喉嚨能發出那樣的音節。那是死光的聲音，他想。

——時間很短，我們要把握機會談一談

牠的人聲愈來愈弱，就像離開班格爾往南開，車上廣播愈來愈弱一樣。他心中充滿刺眼的恐懼。他很快就不能和牠理智地溝通了……他心底明白牠的笑聲和莫名的歡快都是為了這一點。這就是牠想要的。不只是將他送到牠真正所在的地方，更要打斷他們的心靈溝通。心靈溝通一旦停止，他就徹底瓦解了。無法溝通就無法得救。他父母在喬治死後對待他的方式，讓他明白了這一點。這是他從他們冷如冰箱的漠然中唯一領悟的事。

離開牠……接近牠。但離開比接近更重要。假如牠想在這裡吃小孩，還是吞了他們之類的，為什麼不把他們全都弄來這裡？為什麼只找他？

因為牠得幫自己的蜘蛛形體甩掉他，就這麼簡單。蜘蛛形體的牠和自稱死光的牠是相連的，只要牠還活在這裡，黑暗中的另一個牠就刀槍不入……但牠也在地球上，在德利地底，擁有形體……而有形體就可能被殺。

威廉滑過黑暗，速度還在增加。爲什麼我覺得牠講的話都是在虛張聲勢，故作姿態？怎麼會這樣？怎麼可能？

他可能知道為什麼……只是可能。

只有Chüd能用，烏龜說。萬一現在就是了呢？他們互相咬住舌頭，不是真的舌頭，而是心理上、精神上的舌頭。要是牠將威廉扔進虛空，扔向牠永恆無形體的自己，儀式就結束了嗎？牠會甩開他，殺了他，同時贏得一切。

——你做得很好，孩子，但很快就會來不及了

牠在害怕！怕我！怕我們！

——滑行，他在滑行，而前面有一堵牆。他感覺得到，感覺牆矗立在黑暗中，在連續體的邊緣，那之後是另一個形體，是死光——

——別跟我說話，孩子，也別自言自語——那會讓你掙脫。敢的話就咬緊吧。只要你夠勇敢，只要還受得了……就咬緊吧，孩子。

威廉咬著——不是用真牙，而是心裡的牙齒。

威廉深吸一口氣，壓低嗓門用不是自己的聲音（其實是他父親的聲音，但威廉到死都不會發現。有些秘密永遠不會揭開，而且最好如此）大吼：他握緊雙拳打在柱子上依然堅持自己看到鬼放開我！

他心裡聽見牠尖叫，充滿挫折與憤怒……但也帶著恐懼和痛苦。牠不習慣無法稱心如意，這種事從來沒有發生過，直到最近，牠從來不曾認為這種事有可能發生。

威廉感覺牠在扭動，但不是拉他，而是推他——想將他推開。

「我說雙手握拳打在柱子上！」

「閉嘴！」

「放我回去！你非做不可！這是我的命令！我要求你！」

牠再次尖叫，痛得更厲害了——或許因為長久以來都是牠在製造痛苦，以痛苦為食，從來不曾經歷過痛苦。

但牠還是試著推開他、甩掉他，冥頑不靈地堅持要贏，就和從前一樣。牠使勁猛推……但威廉感覺自己向外滑行的速度減緩了。他心裡忽然浮現一個怪誕的景象：牠的舌頭覆滿活的唾液，有如粗橡皮筋一樣拉長、龜裂、出血。他看見自己咬著牠的舌尖，一次多咬一點，臉上都是牠黏稠的血，整個人泡在牠屍味十足的腐臭中，但始終沒有鬆牙。任憑牠氣急敗壞，痛得想收回舌頭，他就是不肯鬆口——

（Chüd，這就是了：承受、勇敢、信實、捍衛弟弟和朋友；相信，相信所有你曾相信的事物，相信只要告訴警察你迷路了，他就會安全護送你回家，相信牙仙子住在琺瑯大城堡裡，耶誕老人住在北極和一群小矮人做玩具，相信午夜隊長可能眞有其人。沒錯，就算凱文和希西的哥哥卡爾頓說小孩子才會相信，但你依然相信，相信你的父母親會再愛你，相信勇氣是存在的，每次說話都能很順；不再是窩囊廢，不用再躲在地洞裡，還說那是地下俱樂部，不用再窩在喬治的房間哭泣，因爲你沒能救他，也不知道如何救；相信自己，相信渴望的熱力）

他突然在黑暗中放聲大笑，不是歇斯底里的狂笑，而是驚喜的笑。

「去你的，這些事情我都相信！」他大吼，而他沒說謊：雖然才十一歲，但他已經發現事情通常會好轉，而且頻率高得離譜。光芒在威廉四周閃耀。他雙手高舉過頭，仰面向上，忽然覺得全身充滿力量。

他聽見牠再次尖叫……接著忽然開始被往回拖，腦中依然飄著他深深咬進牠的舌肉裡，牙齒鎖得死緊的畫面。他飛越黑暗，雙腿在後，沾滿泥巴的鞋帶尖端有如墜子飛舞，風在他耳邊呼呼吹著。

他又經過烏龜身邊，發現它的頭已經縮回殼內，聲音空洞扭曲，彷彿龜殼也和永恆一樣深。

——不錯，孩子，但如果我是你的話，我會現在就了結一切。別讓牠逃了。能量一直在散逸，你知道，十一歲能做的事以後往往做不到了。

烏龜的聲音愈來愈弱、愈來愈弱。四周只剩下匆匆掃過的黑暗……然後是獨眼巨人的甬道口……老舊腐敗的味道……蜘蛛網拂過他的臉龐，感覺像鬼屋裡的腐爛絲束……腐壞的磁磚倏忽閃過……甬道交岔口（現在都是漆黑一片，月亮氣球都沒了）……牠在尖叫、尖叫：

讓我走讓我走我走了不會再回來讓我走好痛好痛好痛——

「雙手握拳！」威廉大喊，興奮得幾乎精神錯亂。他看見前面有光，但不斷在變暗、閃爍，有如終於快燒完的蠟燭……那一瞬間，他看見自己和其他人牽手站成一排，艾迪和理查德在他兩邊。他看見自己身體鬆垮，仰頭凝望著蜘蛛。蜘蛛像回教舞者不停轉圈扭動，粗糙瘦弱的腳擊打地面，針刺滴著毒液。

牠發出死前的哀號。

威廉真的這麼想。

接著他就像竄入手套的速球一樣鑽回他的身體，力量大得震開了他握著艾迪和理查德的手，讓他跪坐在地上，滑到巨網邊。他下意識伸手去抓網子，手立刻麻了，彷彿被人注射了一針麻醉劑。他抓的蜘蛛絲和電線杆的鋼纜一樣粗。

「別碰，小威！」班恩叫道，威廉用力將手抽回來，掌心靠近手指的地方登時皮開肉綻，血流不止。他搖搖晃晃站起來，望著蜘蛛。

牠掙扎著遠離他們，走進地室盡頭愈來愈黑的暗處，在地上留下一攤攤黑血。剛才的對決讓牠渾身傷了十幾個地方，甚至上百處。

「小威，蜘蛛網！」麥可大叫：「小心！」

威廉退後抬頭，只見數條蜘蛛絲從天而降，有如肥厚的白蛇打在他兩旁的石板地面上，隨即消失形狀，流進石縫中。蜘蛛網在瓦解，黏結點紛紛鬆脫，蜘蛛網上一具纏得像蒼蠅的屍體摔到地上，發出爛瓜落地的噁心聲響。

「蜘蛛呢？」威廉大喊：「牠在哪裡？」

他腦中還聽得見牠的聲音，聽見牠痛得哀號啼哭，隱約察覺牠已經遁入牠剛才將威廉扔進去的甬道中……但牠是逃回牠原本想送威廉去的地方……或只是想躲著等他們離開？牠要死了？還是逃跑？

「老天，光快沒了！」理查德大喊：「發生了什麼事，小威？你跑去哪裡了？我們還以為你死了。」

威廉雖然還不清醒，但知道那不是真話。他們要是真的認為他死了，早就落荒而逃了，然後被牠輕輕鬆鬆一個一個解決掉。比較精確的說法或許是他們以爲他死了，但相信他還活著。

我們必須確定才行！牠若是快死了或躲回來處，和其餘的牠會合，那就還好。但若牠只是受傷呢？萬一牠會復原呢？要是——

史丹利的尖叫有如碎玻璃劃破了他的思緒。藉著漸弱的光，他看見一條蜘蛛絲落在史丹利肩上。他還來不及趕過去，麥可已經飛身撲倒史丹利，將他撞開。蜘蛛絲啪的彈開，撕去一片史丹利的馬球衫。

「回來！」班恩朝他們大喊：「快躲開，蜘蛛網就要全垮了！」他抓住貝芙莉的手，拉她回到小孩尺寸的門邊。史丹利吃力地站起來，茫然地左右張望，接著抓住艾迪。兩人互相幫忙，開始走向班恩和貝芙莉，映著漸暗的光線有如兩個幻影。

蜘蛛網在他們的頭頂上方不斷鬆脫、崩落，失去了對稱。網上的屍體像可怕的鉛錘懶洋洋地在空中扭動，交錯的蜘蛛絲有如腐壞的梯子橫階七零八落。幾條蜘蛛絲落到石板地上，發出貓叫般的嘶嘶聲，隨即消失形體，流逝無蹤。

麥可．漢倫左彎右拐穿過他們。後來在高中，他也一樣低著頭左躲右閃，穿過防守他的美式足球隊員。理查德也過來了。雖然頭髮像豪豬一樣豎立著，但他臉上竟然掛著笑容。光線更暗了，牆上的燐光逐漸熄滅。

「小威！」麥可大喊：「快過來！離開那裡！」

「要是牠沒有死呢？」威廉吼了回來：「我們得去追牠，小麥！我們必須確定才行！」

一片蜘蛛網有如降落傘往外鬆垂，隨即啪啦一聲崩裂下墜，像皮膚剝落一樣。麥可一把抓住威廉的手臂，跌跌撞撞將他拉開，躲過了落下的蜘蛛網。

「牠死了！」艾迪大吼，走到他們身邊。他的眼睛有如熊熊燃燒的油燈，呼吸像是冬天的寒風在喉間嘶嘶出聲。落下的蜘蛛絲在他手臂的石膏上留下複雜的刮痕。「我聽得見牠，牠快死了。會復原的人不會發出那種聲音。牠快死了，我很確定！」

理查德的手從暗處伸出來抓住威廉，粗魯地抱住他，開始狂打他的背。「我也聽見了——牠快死了，威老大！牠快死了……但你沒有結巴！完全沒有！你是怎麼辦到的？你到底是——？」

威廉頭暈目眩，疲憊像笨拙的大手不停扯動他的腦袋。他想不起自己曾經這麼累過……但他心裡聽見烏龜用那慢吞吞的疲倦語氣說：如果我是你的話，我會現在就了結一切，別讓牠逃了……十一歲能做的事以後往往做不到了。

「但我們必須確定——」

陰影不斷匯聚，眼看黑暗即將佔據一切。但在光線全滅之前，威廉覺得他看見貝芙莉臉上閃過和他一樣的疑懼……史丹利的眼神也是。然而，隨著最後一道光線消失，他們只聽見牠的蜘蛛網重重落在地上，發出顫抖的陰森低語聲。

3

威廉在虛空中 現在

——你又來了，小夥子！但你的頭髮是怎麼回事？腦袋和撞球一樣光溜溜的！真慘！人生苦短

眞可悲，每個人的一生都像白痴寫的簡短小冊子！嘖嘖嘖

我還是威廉．鄧布洛。你殺了我弟弟，殺了小史，還想幹掉麥可。我要告訴你一件事：這回我沒有把你解決，我絕不罷手。

——烏龜眞笨，蠢到不會撒謊，竟然把天機洩漏給你，小兄弟……但好事只會發生一次。你傷了我……讓我猝不及防。不會再發生了。是我找你們回來的，是我。

是你找我們回來的沒錯，但發出召喚的還有別人

——你朋友烏龜……它幾年前就死了。那個老蠢蛋吐在自己殼裡，被嘔出來的一、兩個銀河噎死了。眞可憐，你不覺得嗎？但也很奇怪，値得在《雷普利之信不信由你》記上一筆，我覺得。和你遇到寫作障礙差不多時間。你一定察覺它走了，小兄弟

這我也不信

——你會信的……等著瞧吧。小兄弟，這回我打算讓你一次看個夠，讓你瞧瞧死光

威廉感覺牠變大聲了，吵吵嚷嚷，最後更察覺牠的震怒，覺得很害怕。他迎向牠的心靈之舌，全神貫注試圖尋回童年時的信念強度，卻又明白牠說的有一點千眞萬確：牠上回沒有準備，這次……就算召喚他們回來的不只是牠，牠肯定有恃無恐。

不過——

他和牠四目相對，察覺自己的憤怒純粹而高亢。他察覺牠的舊傷，明白牠上回眞的受傷了，而且還沒痊癒。

牠朝他撲來，威廉覺得自己的心衝出身體，他全神貫注張手去抓牠的舌頭……結果沒中。

4

理查德

其他四人動彈不得，只能呆呆注視著。一切都和上回一樣——只有起初。蛛蛛正打算抓住威廉吞了他，卻忽然僵住不動。威廉瞪著牠的血紅雙眼，感覺雙方正面接觸……超越他們理解的接觸。但他們感覺得到那衝突和意志的對抗。

這時，理查德抬頭瞄了新的蜘蛛網一眼，發現第一個不同。

網子上黏著屍體，有些被吃了一半，有些腐爛了一半，這和上回一樣……但在更高處的角落有一具屍體，理查德確定它還很新鮮，甚至還活著。貝芙莉沒有抬頭——她目光鎖在威廉和蜘蛛身上——但他即使心驚膽戰，還是看出貝芙莉和網上的女人非常神似。紅色長髮，眼睛睜開但目光茫然呆滯，唾液從她左邊嘴角流到下巴。她被蜘蛛網的主絲纏住腰和雙臂，身體像鞠躬一樣向前彎垂，四肢無力擺盪，雙腳沒穿鞋子。

理查德看見她腳邊還吊著另一具屍體，是他沒見過的男人……但他下意識立刻察覺那男人和死去（而且死不足惜）的亨利．鮑爾斯長得很像。鮮血從他雙眼流出，在他嘴邊和下巴乾涸成泡沫狀。他——

忽然間，貝芙莉尖叫大喊：「錯了！有事情不對了！快想辦法！天哪！誰快點想想辦法！」

理查德回頭去看威廉和蜘蛛……突然感覺（聽見）怪物般的狂笑聲。威廉的臉扭曲成奇怪的角度，臉色黃得像羊皮紙，亮得像百歲老人，兩眼翻白。

喔，小威，你在哪裡？

只見威廉鼻子忽然噴出泡沫狀的鮮血。他勉強張嘴想要尖叫……蜘蛛再度朝他逼近，轉身露出牠的刺。

牠要殺了他……起碼殺了他的身體……他的心在別的地方。牠要永遠解決他。牠快贏了……小威，你在哪裡？老天哪，你在哪裡？

他聽見威廉大吼，聲音很輕，分辨不出距離……雖然沒有意義，卻清清楚楚，充滿了難受的絕望。

（烏龜死了喔天哪烏龜眞的死了）

貝芙莉再次尖叫，雙手摀住耳朵，彷彿想將那漸弱的聲音擋在耳外。蜘蛛高舉尖刺，理查德朝牠撲過去，笑得嘴角咧到了耳朵，盡力模仿愛爾蘭警察的聲音大吼：

「來呀，來呀，小姑娘！妳到底以爲妳在幹啥？別再給我胡扯淡，否則我就把妳的迷你裙扯下來，打得妳像蜂窩！」

蜘蛛止住了笑，理查德感覺牠腦中發出憤怒和痛苦的嚎叫。傷害牠，怎麼樣，傷害牠，你猜怎麼著？我咬到牠的舌頭了！我猜威廉沒咬到，但趁牠分心時，我就——

牠朝他咆哮，叫聲有如一群憤怒的蜜蜂轟炸他的腦袋。理查德被踢出自己之外進入黑暗中，隱約察覺牠想甩掉他，而且做得很好。恐懼掃過他全身，隨即被天大的荒謬感所取代。他想起貝芙莉玩他的溜溜球，教他怎麼讓溜溜球睡覺、遛狗、環遊世界。但現在輪他成了人肉溜溜球，而牠的舌頭是線。這肯定不叫遛狗，也許能叫遛蜘蛛吧。要是這還不好笑，世界上就沒有笑話了。

理查德笑了。嘴巴裡有東西還笑當然不禮貌，但他覺得這裡應該沒人讀過禮儀指南。

想到這裡他又笑了，同時咬得更用力。

蜘蛛高聲尖叫，猛烈甩他，因為再次措手不及而憤怒咆哮——他原本以為只有那個作家能挑戰牠，但眼前的男人笑得跟瘋狂的小男孩一樣，而且咬住了牠，讓牠完全沒有準備。

理查德覺得自己在滑脫。

——等等，先生，我們要死一起死，否則我就不賣樂透給你，到時其他人都是大贏家，我用我老媽的名字發誓。

他覺得自己牙齒又咬到了，而且更牢，但又感覺微微疼痛，因為牠的尖牙咬住他舌頭。但這還是很好笑。即使在黑暗中，和威廉一樣只靠眼前這無法形容的怪物的舌頭聯繫著現實世界，即使心靈被牠的尖牙注入的毒素侵蝕，有如紅霧蔽日，他還是覺得好笑極了。看著吧，各位，你們會相信電台主持人會飛的。

他真的在飛。

理查德置身黑暗中，比他所知的黑還黑，他沒想過有這樣的黑存在著。他覺得自己彷彿以光速前進，像獵犬口中的老鼠被猛力搖甩。他感覺有東西在前面，某個巨大的屍體。是威廉哀悼的烏龜嗎？一定是。只剩下龜甲，死去的軀殼。他從龜殼旁飛過，繼續衝入黑暗。

眞夠嗆的，他心想，忽然又想哈哈大笑。

威廉！威廉，聽得見嗎？

——他走了，消失在死光裡，放開我！放開我！

（小理？）

遠得不可思議，在黑暗的深處。

威廉！威廉！我來了！穩住！拜託穩住！

——他死了，你們都死了，你們太老了，懂嗎？放開我！

嘿，賤胚，活到老，搖滾到老

——放開我！

帶我去找他，我也許會考慮

小理

更近了。他更近了，謝天謝地——

我來了，威老大！小理救難隊！我來拯救你了！內波特街那次我還沒報答你，記得嗎？

——放開我！

牠已經傷得很重了。理查德看出自己殺得牠措手不及。牠原以為只要解決威廉就好。好，很好，非常好。理查德不在乎能不能殺死牠。他不再確定牠是殺得死的，但威廉可能被殺，而理查德察覺威廉所剩時間已經很短、很短了。威廉就要遭遇天大的恐怖意外，最好別想是什麼。

小理，不要！回去！那裡是萬物的邊界！是死光！

聽來像是你半夜騎馬回家會點的東西，先生……親愛的，你在哪裡？笑一個，這樣我才能看見你！

忽然間，威廉出現了。他也在滑行

（左邊還是右邊？這裡沒有方向）

這一邊或那邊。理查德看見（感覺到）前方有東西迅速靠近，終於讓他收住了笑聲。那是一道障礙，沒有形狀的詭異障礙。他的心靈無法掌握，只能盡可能理解它，就像將牠理解成蜘蛛一樣。理查德將眼前的障礙想成一堵由石化木樁搭成的灰色巨牆，無止盡地向上和向下延伸，有如牢籠的柵欄。柵欄的縫隙間透出巨大刺眼的光芒，不停閃耀、移動、微笑和咆哮。那光是活的。

（死光）

不只活著，還充滿力量——磁力或重力之類的。理查德覺得自己被抬上抬下、旋轉拉扯，彷彿灌入內胎的激流。他感覺光急切地在他臉上遊走……而且它在思考。

是牠，是牠，另一部分的牠。

——放開我，你答應要放開我的

我知道，但親愛的，有時候我會說謊——我老媽會打我，但我老爸，他差不多放棄了

他感覺威廉連滾帶爬滑向牆上的缺口，感覺死光的邪惡手指朝他伸來，於是他使出困獸之鬥的狠勁，朝威廉衝去。

威廉！你的手！把手給我！你的手，媽的！你的手！

威廉伸手過來，手指開開闔闔，活火在奧黛拉的戒指上爬行扭動，有如北歐的摩爾文——輪子、彎月、星星、卍字和串成鍊子的圓圈。威廉臉上也有同樣的光線，看起來很像刺青。理查德拚命伸長手臂，聽見牠尖叫痛哭。

（我沒抓到。喔，天哪，我沒抓到，他要衝過去了）

這時，威廉的手指扣住理查德的手，理查德趕緊握拳。威廉的雙腳滑進木椿的缺口，理查德忽然發現看得見威廉腳裡的骨頭、動脈和毛細管，好像威廉正在照射全世界最強的X光一樣。理查德覺得自己的手臂像太妃糖不斷拉長，肩骨球狀關節遭受重壓，發出剝裂和呻吟聲。

他用盡全力大吼：「拉我們回去！把我們拉回去，否則我殺了你！我……我用聲音殺死你！」

蜘蛛再度唧叫，理查德突然覺得身體被狠狠鞭笞了一下，手臂痛得火辣，握著威廉的手開始鬆脫。

「撐住，威老大！」

「我抓住了！小理，我抓住了！」

最好是，理查德冷冷地想，否則你走一百億英里也他媽的找不到付費廁所。

他們呼嘯後退，瘋狂的死光愈來愈弱，變成明亮的光點，最後消失。他們兩人像魚雷穿過黑暗，理查德咬著牠的舌頭，一手抓住威廉手腕。烏龜出現，轉眼又消失了。

他感覺他們愈來愈接近真實世界（但他自認再也不會覺得這世界「真實」了，而是一張精巧的帆布，底下由交錯的鋼纜支撐……就像蜘蛛網）。不過，我們會沒事的，他想，我們會回去，然後——

衝擊又來了——甩動、猛搖、左右晃，牠做出最後嘗試，想甩脫他們，將他們留在「外面」。理查德覺得快咬不住了，耳中聽見牠發出勝利的歡呼，便集中精神使勁去咬……卻還是一直滑脫。他瘋狂猛咬，但牠的舌頭似乎失去了真實的形體，變成了蜘蛛網。

「救命啊！」理查德大叫：「我快咬不住了！救命啊！誰來救救我們！」

5

艾迪

艾迪隱約意識到出了什麼事。他感覺到也看到了，但彷彿隔著一層薄紗。艾迪看見威廉和理查德在某處掙扎著要回來，他們的軀體在這裡，但其他部分——眞正的他們——卻在很遠的地方。

他先前看到蜘蛛用刺戳穿威廉，理查德往前撲去，用離譜的愛爾蘭警察的聲音朝牠大吼……只是理查德這些年來的功力顯然突飛猛進，因為聽起來真的很像奈爾先生。

蜘蛛轉身面對理查德，艾迪看見牠那難以形容的赤眼瞪得像兩顆銅鈴。理查德再次大吼，但這回變成卡通墨西哥鼠的聲音，艾迪感覺牠痛得尖叫。班恩沙啞叫了一聲，看見牠外皮的舊傷疤裂開了，流出黑得像原油的膿水，噴灑一地。理查德又說了什麼……但聲音開始變弱，很像流行歌的曲尾。他仰頭盯著牠的眼睛，蜘蛛再度沉默。

時間流逝——只是艾迪不曉得過了多久。理查德和蜘蛛四目相對，艾迪感覺到雙方的連結，感覺對話和情緒在遠處沸騰。他聽不清楚談話內容，但感覺聲音起伏有如顏色與色調。

威廉全身癱軟躺在地上，鼻子和耳朵都在流血，手指微微抽搐，瘦長的臉毫無血色，眼睛緊閉。

蜘蛛也有四、五處在流血。牠又受了重傷，但還是活力無窮，充滿危險。艾迪心想：我們爲何站著不動？我們可以趁牠對付小理的時候偷襲牠！拜託，怎麼沒有人動？

他感到一股瘋狂的勝利——感覺愈來愈清楚、明白、靠近。他們回來了，他想高呼，嘴巴卻太乾燥，喉嚨太緊。他們回來了！

這時，理查德開始緩緩左右擺頭，身體似乎在衣服下起伏如浪。眼鏡在鼻梁上撐了一會兒……隨即摔到石板地上碎了。

蜘蛛抖動身軀，多刺的足肢掃過地面發出沙沙聲。艾迪聽見牠發出可怕的勝利怒吼。接著，理查德的聲音忽然在他腦中清楚出現：

（救命啊！我快咬不住了！誰來救救我！）

艾迪往前跑，用沒受傷的手從口袋掏出噴劑。他齜牙咧嘴，感覺喉嚨只剩針孔大小，呼吸痛苦地嘶嘶出聲。不料前方竟然跳出母親的臉，朝他大吼：別靠近那東西，小艾！別靠近牠！那種東西會致癌！

「閉嘴，媽！」艾迪用近乎尖叫的聲音大吼——他只剩這種聲音。蜘蛛的腦袋轉向聲音的來處，目光暫時離開理查德。

「這裡！」艾迪用愈來愈弱的聲音咆哮：「這裡，嚐嚐這個吧！」

他朝牠飛撲過去，同時摁下噴劑，小時候對藥物的信念突然都回來了。他相信藥物可以治療一切，當他被高年級學生欺負、放學擠出教室被人撞倒或呆坐在崔克兄弟車場的停車場看比賽，因為母親不准他打棒球時，藥物可以讓他好過一點。這是好藥，很強的藥。他朝蜘蛛的臉撲去，聞到牠的酸黃臭氣，被牠的勃然大怒和打算殺光他們的決心所震懾。他對準牠的一隻紅眼睛按下噴劑。

他感覺（聽見）牠尖叫——這回沒有憤怒，只有疼痛，痛得淒聲哀號。他看見噴霧灑在血紅大眼上，接觸到眼睛立刻變成白色，隨即有如碳酸往下沉。艾迪看見牠的巨眼開始塌陷，很像帶血的蛋黃，並且流出鮮血、膿汁和蛆蟲一般的黏液。

「回家了，小威！」他用僅存的一點聲音喊道，接著打了牠一拳。他感覺牠的惡臭體熱鑽進他體內，同時還有一股噁心的濕熱，這才發現他的手伸進了牠的嘴裡。

他又摁下噴劑，直接將噴霧射入牠喉嚨，灌進牠腐爛邪惡發臭的食道裡，接著忽然感覺一陣刺痛，和大刀砍到一樣強烈，只見牠雙顎一閉，將他的手臂齊肩咬斷。

艾迪摔到地上，手臂斷面血流如注。他隱約察覺威廉搖搖晃晃站起來，理查德有如徹夜狂飲的醉漢顛顛倒倒朝他走來。

「——艾仔——」

聲音很遠，不重要。他感覺一切都隨著鮮血流出體外……所有憤怒、所有痛苦和恐懼、困惑與傷害都飄然遠去。他想自己就要死了，卻覺得……喔，天哪，他感覺無比清明、無比透徹，就像剛洗過的窗戶透進破曉的耀眼陽光。那光，天哪，隨時潔淨地平線的理性之光。

「——艾仔喔天哪小威小班快來人哪他手臂斷了，他的——」

他抬頭看見貝芙莉，發現她在哭。她一手摟著他，淚水流下骯髒的雙頰。艾迪發現她已經脫下上衣，想阻擋失血，同時尖叫求救。接著他看了理查德一眼，舔舔嘴唇。遠了，愈來愈遠。清明，愈來愈清明，一切都在淡出，所有不純粹從他體內流出，讓他愈來愈透明，足以透光。要是有時間，他很想說點道理，傳授一番：不壞，他會這樣起頭，一點也不壞。但他有別的事情要先說。

「小理。」他低聲道。

「什麼？」理查德趴在地上，急切地望著他。

「別叫我艾仔，」他笑著說，緩緩舉起左手輕觸理查德的臉頰。理查德哭了。「你知道我……我……我……」艾迪閉上眼睛，思忖該如何結尾，但還來不及想到就死了。

6

德利市 早晨七點到九點

早晨七點，德利市的風速已經飆到每小時三十七英里，瞬間陣風更高達四十五英里。班格爾國際機場的國家氣象中心預報員哈利．布魯克斯向奧古斯塔市的國家氣象中心總部做了警示通報。他說風來自西方，而且是詭異的半圓旋風，他從來沒見過……但感覺愈來愈像「口袋颶風」的一種。這種颶風幾乎只出現在德利市。七點十分，班格爾各大廣播電台開始發佈氣候惡劣警告，崔克兄弟調車場的變壓器走火事件，讓荒原靠堪薩斯街這一帶完全停電。七點十七分，荒原靠老岬區這一帶，一株斑駁的老楓樹從中裂開、傾倒，壓垮了梅利特街和老岬大道口的夜貓商店，一名年長的老主顧雷蒙．佛加帝被倒下的啤酒冷藏櫃壓死。雷蒙是德利第一衛理公會的牧師。一九五七年喬治．鄧布洛的葬禮便是由他主持。楓樹還拉倒了許多電線，讓老岬區和後方更新潮的雪坡森林新社區電力中斷。恩典浸信會的尖塔鐘六點和七點都沒有報時。七點二十分，教堂的鐘敲了十三響，距離老岬區那棵楓樹傾倒只有三分鐘，距離家家戶戶的馬桶和排水管瞬間逆流大約一小時又十五分鐘。一分鐘後，一道青白色閃電擊中教堂尖塔。牧師娘希瑟．利比當時正好在牧師宅廚房窗邊往外看，她說尖塔「爆炸的樣子，像是有人裝了火藥似的」。刷白木板、斷椽斷樑和瑞士鐘的碎片有如雨點灑落街上。尖塔的殘骸燃燒片刻，隨即被已經宛如熱帶豪雨的雨水沖走。下坡通往市中心購物區的街道覆滿浮沫和湍流。主大街地底下的運河成了搖晃地面的暗雷，讓居民不安地面面相覷。七點二十五分，恩典浸信會尖塔的倒塌巨響依然在德利市區迴盪，一名每天早上（週日除外）到瓦利溫泉酒吧打掃的清潔工看見某樣東西，讓他尖叫逃到街上。這傢伙十一年前在緬因大學就讀，第一學期就染上酒癮。清潔工作收入微薄，真正的報酬來自他能盡情享用吧台底下前一晚喝剩的啤酒。理查德．托齊爾可能記得他，也可能不記得。他就是文森．卡魯索．塔里言多，他小學五年級的同學都叫他「鼻涕蟲」塔里安多。那個末世般的清晨，他在酒吧清掃，緩緩靠近吧台，忽然看見七個啤酒龍頭——三個百威、兩個納藍岡賽和一個施麗茲（瓦利溫泉酒吧的醉漢老主顧都稱之為死力啤酒）——往前彎低，彷彿被七隻隱形的手拉動著。金黃色啤酒帶著白沫從龍頭汩汩流出。文森繼續往前，心裡想的不是鬼魂或幽靈，而是他早上的工白幹了。接著他忽然止步，瞪大眼睛發出哀號似的恐怖尖叫，在充滿啤酒味的空蕩酒吧裡迴盪。從龍頭流出的不再是啤酒，而是泉湧的鮮血。血在鍍鉻排水溝裡奔騰溢流，涓涓流向吧台一側。頭髮和肉塊開始從龍頭流出。鼻涕蟲塔里安多看傻了，甚至連再次尖叫的力氣都沒有。接著是鈍鈍「砰」的一聲，吧台底下一只酒桶爆炸了，所有櫥櫃的門都被甩開，冒出一陣青煙，像魔術師變完把戲後一樣。鼻涕蟲看不下去了，尖叫著逃到已經成為淺水河的街上。他跌坐在地上又站起來，驚惶地回頭望了一眼。酒吧一扇窗被震飛了，發出槍擊般的巨響，玻璃碎片從他四周呼嘯而過。不久，其他窗戶也爆炸了，而他再次奇蹟似的毫髮無傷……但立刻決定去探訪家住東港的姊姊，而且馬上動身。出城的那段路也是波折不斷……不過最後還是順利離開了。其他人就沒這麼幸運了。艾洛休斯．奈爾不久前剛滿七十七歲，和妻子正坐在史特拉漢街家的門廊上，看暴風雨侵襲德利。七點三十二分，他心臟病發猝逝。奈爾的妻子一週後告訴她弟弟，奈爾的咖啡杯掉在地毯上，身體突然坐直，瞪大眼睛注視前方，大聲叫道：「這裡，這裡，小姑娘！妳到底以爲妳在幹啥？別再給我胡扯淡，否則我就把妳迷你裙——」說完他摔出椅子，身體正好壓在咖啡杯上，將杯子壓得粉碎。茉琳．奈爾知道她先生的心臟這三年狀況有多糟，立刻明白他沒救了。她先鬆開他的衣領，隨即跑到電話旁聯絡麥克道威神父。但電話壞了，只發出類似警笛聲的可笑噪音。因此，雖然她知道對聖彼得來說，她這麼做是褻瀆，但她還是決定親自為丈夫進行超渡式。茉琳告訴弟弟，她敢說就算聖彼得無法諒解，神也會明白的。奈爾是好先生，也是好人，雖然酒喝得很兇，但也只是體內的愛爾蘭血液作祟。七點四十九分，德利購物中心發生一連串爆炸，該處之前是基勤納鐵工廠的遺址。沒有人罹難，購物中心十點才開門，五名清潔工八點才會到（而且那種天氣其實幾乎沒有人會去打掃）。調查小組事後排除了人為破壞的可能。他們推斷（但不是很確定）爆炸可能是購物中心的電力系統滲水所導致。不管真相如何，市民很久都沒辦法再到購物中心買東西了。其中一次爆炸炸平了柴兒珠寶店，鑽石戒指、姓名手環、珍珠項鍊、婚戒和精工牌電子錶四散飛濺，銀光閃閃。一只音樂盒更飛過整個東廊，落在潘尼百貨前的噴泉裡。滅頂之前，它還咕嚕咕嚕哼唱了《愛的故事》主題曲。爆炸還炸穿了隔壁的冰淇淋店，將卅一種口味的冰淇淋攪成冰淇淋湯，像霧濛濛的小溪一樣流得滿地。炸毀席爾斯百貨的爆炸掀掉了一塊屋頂，風箏似的迎風高飛，落在一千碼外，乾淨俐落切穿了農夫布蘭特．基爾加倫的筒倉。布蘭特十六歲的兒子拿著母親的柯達相機衝到屋外拍了張相片，被《國家詢問報》以六十美元買下。小夥子就用這筆錢幫自己的山葉機車換了兩個新輪胎。第三起爆炸毀了撈寶服飾店，著火的裙子、牛仔褲和內衣飛到淹水的停車場上。最後一起爆炸像一盒爛鞭炮起火似的，炸毀了德利農民信託銀行。銀行的屋頂也掀了一塊，警報器瘋狂嘶鳴，直到安全系統獨立連接線四小時後短路了才安靜下來。借貸合約、銀行文件、存款單據、收銀錢箱和理財表格都一飛沖天，被強風吹走。還有錢：主要是十元和二十元鈔票，外加不少五元鈔和少許五十元和百元鈔。據該銀行職員表示，至少七萬五千美元被吹走……後來高層人事大地震，美國聯邦儲蓄貸款保險公司介入紓困，部分職員坦承（當然是私下透露）損失金額其實將近二十萬美元。哈芬鎮一名女士芮貝卡．包森在後門腳踏墊上發現一張五元鈔票，鳥窩裡看見兩張二十元鈔票，還有一張百元鈔票黏在她家後院一株橡樹上。她和丈夫用這筆錢付了兩期的雪橇車分期貸款。早晨八點，定居西百老匯將近五十年的退休醫生海爾一命嗚呼。海爾醫師喜歡吹噓自己過去廿五年每天都從西百老匯走到德利公園和德利國小，全長兩英里，風雨無阻，就算是大雪、冰雹、強烈東北季風或零下低溫也照走不誤。五月三十一日清晨，雖然房東擔心不已，海爾還是照常出發。他走出前門，將帽子緊緊壓到耳際，回頭留下他在這世上的最後一句話：「別笨了，希爾妲，外頭只不過下點雨而已。妳應該瞧瞧一九五七年那一次！那才叫暴風雨！」海爾醫師繞回西百老匯時，穆勒家外頭的人孔蓋突然像火箭一樣射向天空，瞬間將他身首異處，讓他繼續走了三步才倒地而死。

風依然繼續增強。

7

城市地底 下午四點十五分

從來不曾迷路的艾迪帶著他們在變暗的甬道裡走了一個或一個半小時，最後才用困惑多於恐懼的語氣跟夥伴說他迷路了。

他們還能聽見下水道的微弱水聲，但甬道裡回音太雜，根本無法分辨水聲來自上下左右或前後。火柴用完了，他們在黑暗中迷了路。

威廉很害怕……非常害怕。他不停想起自己和父親在父親店裡的談話。有九磅藍圖就這麼平空消失了……我要說的是，沒有人知道那些該死的水溝和下水道通往何處，也不曉得爲什麼。只要管用，就沒人在乎。萬一故障，德利水利局就會派三、四個可憐的傢伙試著找出哪個抽水站壞了，哪裡堵塞……底下又暗又臭，還有老鼠，因此最好別進去。但最重要的理由是你會迷路。之前就曾經發生過。

發生過，發生過，之前發生過——

當然發生過，例如他們剛才到牠巢穴的路上，就看到一堆骨頭和加光棉。

威廉覺得驚慌就要來了，便將它推回去。驚慌離開了，但沒那麼容易。他感覺它還在那裡，活生生的扭動掙扎，想要出來。此外，還有一個無法回答的問題糾纏著他，就是他們到底殺死牠了沒有？理查德說有，麥可和艾迪也是，但當光線消失，他們爬出小門離開沙沙崩塌的蜘蛛網時，他不喜歡貝芙莉和史丹利臉上帶著恐懼的懷疑。

「我們現在該怎麼辦？」史丹利問。威廉聽出他語調帶著小男孩的恐懼顫抖，知道史丹利在問他。

「是啊，」班恩說：「怎麼辦？媽的，真希望我們有手電筒……甚至一盒……蠟燭。」威廉覺得他在第二個停頓聽見壓低的啜泣。這比什麼都要令他害怕。班恩可能想不到，但威廉覺得這個胖小子很堅強、足智多謀，比理查德可靠，又不像史丹利會突然放棄。如果連班恩都快撐不住了，他們就麻煩大了。威廉腦中不斷浮現的不是水利局那傢伙的骨骸，而是《湯姆歷險記》在洞穴迷路的湯姆和貝琪。他想甩掉這念頭，但那幅景象不斷回來。

還有一件事困擾著他，但範圍太大、太模糊，威廉疲憊的幼小心靈還無法清楚掌握。也許是那想法太過簡單，反而難以捉摸：他們正在離開彼此。他們這年夏天所建立的聯繫正逐漸流失。他們一起面對牠，擊敗了牠。牠可能像艾迪和理查德想的翹辮子了，也可能只是身受重傷，必須沉睡一百、一千或一萬年。他們一起面對牠，看見牠摘下最後的面具。可怕——真的很可怕！——但一旦看過，牠的原形就不再那麼恐怖了，而牠最有力的武器也被奪走了。畢竟他們都看過蜘蛛，知道那是陌生可怕的爬行動物。他想他們每一個人以後只要看到蜘蛛

（假如我們逃出去的話）

不可能不會覺得噁心，全身發抖。但蜘蛛就是蜘蛛。或許當所有可怕面紗揭去之後，人的心靈沒有不能接受的恐怖。這個想法真是令人振奮。除了

（死光）

那裡的那東西，但或許連那躲在超級宇宙門邊的活光也死了或奄奄一息。死光和他們剛才所在處的黑暗已經開始模糊，愈來愈難想起了。不過那不是重點，重點（感覺得到但無法領悟的重點）是夥伴關係就要結束了……夥伴關係就要結束，而他們還在黑暗中。那個「另一位」或許藉由他們的友誼讓他們超越了普通小孩，但他們正在變回原形，威廉和他夥伴都察覺到了。

「接下來呢，小威？」理查德終於直說了。

「我不、不知道，」威廉說。口吃又回來了，而且威力不減。他聽到了，他們也聽見了。他站在黑暗中，感覺他們的恐懼愈來愈強，散發潮濕的氣味，心想還要多久他們之中會有人——史丹利，他最可能——打開天窗說亮話：「喂，你怎麼能說不知道？是你把我們攪進來的！」

「還有亨利，」麥可不安地問：「他還活著嗎，還是怎樣？」

「喔，天哪，」艾迪說……幾乎用哭的：「我都忘記他了。他當然還在，當然還在。他可能

和我們一樣迷路了，我們隨時會撞見他……天哪，小威，你難道沒有任何點子？你爸爸在這裡工作耶！你難道一點主意都沒有？」

威廉聆聽遠處的轟隆水聲，希望生出艾迪（和其他夥伴）有權要求他想出來的點子。因為他們說得沒錯，是他把他們拖下水的，他有責任帶他們出去。但他腦中空空如也，沒有半點主意。

「我有一個辦法。」貝芙莉悄聲說。

威廉聽見一個聲音，但聽不出是什麼。聲音近似低語，但不可怕。接著是另一個聲音，這回比較容易辨別……是拉鍊。這是怎麼──？他心想，隨即明白這是怎麼回事。她在脫衣服。不曉得為什麼，貝芙莉在脫衣服。

「妳在做什麼？」理查德問，語氣充滿驚嚇，最後一個字更破音了。

「我知道一件事，」貝芙莉在黑暗中說，威廉覺得她聲音變老了。「是我父親告訴我的。我知道怎麼讓我們一起回去。我們必須一起，否則永遠出不去。」

「什麼？」班恩問，語氣困惑又驚慌：「妳在說什麼？」

「有一件事能讓我們永遠在一起，能夠證明──」

「不、不要，貝、貝芙莉！」威廉恍然大悟，完全懂了。

「證明我愛你們每一個，」貝芙莉說：「證明你們是我的朋友。」

「她在說什──」麥可開口道。

貝芙莉冷靜打斷麥可的話。「誰先來？」她問。「我想

8

牠的巢穴 一九八五年

他快死了，」貝芙莉啜泣道：「他的手臂，牠吃了他的手臂——」她走到威廉身邊貼著他，威廉將她甩開。

「牠又要逃了！」他朝她大吼，嘴唇和下巴都沾了乾血。「走、走吧！小理！班、班恩！這、這回我們一、一定要解、解決牠！」

理查德將威廉抓到面前，用絕望、瘋狂的眼神看著他。「小威，我們必須照顧艾迪，必須幫他弄一個止血帶，帶他離開這裡。」

但貝芙莉已經讓艾迪枕在她的腿間，抱著他說：「和小威去吧。要是你們讓他白白犧牲……讓牠二十五年、五十年，甚至兩千年後再回來，我發誓……你們變成鬼我也不會饒了你們。快去！」

理查德猶豫地看了她一會兒，接著發現她的臉開始模糊，不再是一張臉，而是慘白的圓。陰影愈來愈深，光線逐漸減弱，讓他下定了決心。「好吧，」他對威廉說：「這回我們追上去。」

班恩站在又開始崩壞的蜘蛛網後方，也看見了頂端搖晃的身影，暗自祈禱威廉不要抬頭。但蜘蛛網開始一片片、一束束墜落時，威廉抬頭了。

他看見奧黛拉，看見她吊掛著，彷彿困在吱嘎作響的老電梯裡。她下墜十英尺然後停住，在空中左右搖擺，接著又突然下墜十五英尺。她的表情始終沒變，瞪著青瓷色的眼眸，兩隻腳像鐘擺一樣搖晃著，頭髮披落肩膀，嘴巴微張。

「奧黛拉！」威廉大吼。

「小威，快走！」班恩大吼。

蜘蛛網落在他們四周，啪啪打在地上開始流竄。理查德突然摟住威廉的腰推他往前，衝向地板和鬆垮蜘蛛網間十英尺高的缺口。「走啊，小威！走！走！」

「那是奧黛拉！」威廉絕望吶喊：「那、那是奧黛拉！」

「就算是教宗我也不管，」理查德厲聲說：「艾迪死了。如果牠還活著，我們就要殺了牠。我們這回一定要解決牠，威老大。她是死是活，我們無能為力，快走吧！」

威廉又待了一會兒，心中閃過孩子的臉，所有死去的孩子，有如喬治相簿裡的相片。同學。

「好、好吧，我、我們走，願神原諒、諒我。」

他和理查德才剛衝過去，蜘蛛網就塌了下來。奧黛拉被絲線纏繞，像蟬蛹一樣黏在崩落的網子上，在五十英尺的空中搖搖晃晃。威廉和理查德跟班恩會合，三人開始追牠。

9

班恩

牠的黑血有如油膿，滴在石板地上沿著縫隙奔流。他們循著血跡前進，但走到通往地穴盡頭的漆黑半圓出口的上坡路時，班恩有了新發現。他看見一排卵，外殼烏黑堅硬，和鴕鳥蛋差不多大，透著蠟黃的光。班恩看出卵是半透明的，裡面有黑影蠕動。

牠的孩子，班恩心想，覺得一陣噁心，*流產的孩子，天哪！*

理查德和威廉也停下腳步，帶著驚詫傻傻望著那些卵。

「走吧！走吧！」班恩大喊：「我來處理這些卵，你們去追牠！」

「拿去！」理查德叫道，扔了一盒德利街屋旅館的火柴給他。

班恩接住火柴，威廉和理查德繼續往前追緝。他看著兩人在迅速變暗的微光中前進，遁入牠逃逸的黑暗甬道消失了蹤影。接著他低頭望向薄殼的蟲卵，注視裡面有如小魚的黑影，覺得自己的決心開始動搖。這……嘖，這實在很過分，太可怕了。就算他不出手，這些卵也會死。牠們不是生的，而是被拋棄的。

但牠就快死了……要是這些卵活下來……就算只有一個……

班恩鼓起所有勇氣，心中想著艾迪蒼白垂死的臉龐，抬起靴子踩在第一枚蜘蛛卵上。卵噗一聲爆開，發臭的胎盤濺上了靴子。只見一隻老鼠大的蜘蛛孱弱地從卵裡爬開想逃。班恩腦中聽見牠的聲音，聽見牠高聲啼哭，有如快速移動的手鋸一般尖銳刺耳。

班恩感覺自己像踩著高蹺，他追上蜘蛛又踩了一腳，感覺蜘蛛的身體被他鞋跟壓爆了。他喉嚨一緊，這回再也忍不住了，當場吐了出來。他扭動腳跟將蜘蛛踩進石縫裡，傾聽腦中的叫聲逐漸變弱，最後安靜。

有多少？卵有多少？我不是在哪裡讀過蜘蛛可以下幾千個卵……甚至幾百萬？我不可能一直踩，我會瘋掉——

你必須做，非做不可。快點，班恩……振作一點！

他走到下一顆卵前，重複剛才的動作。一切都和之前一樣：爆裂聲、體液四濺和最後一踏。下一顆、又一顆、再一顆。他緩緩朝夥伴消失的方向前進。四周已經完全黑暗，貝芙莉和崩塌的蜘蛛網消失在後方。他還聽得見網子墜落聲。黑暗中，蟲卵有如蒼白的石頭。他每走到一顆卵前就劃一根火柴，將卵踩破，接著總能找到落荒而逃的小蜘蛛，在火柴熄滅前將牠踩扁。他不曉得火柴用完之後要怎麼繼續下去，直到踩完最後一顆卵，殺死最後一隻無法形容的怪物。

10

牠一九八五年

還在追。

牠感覺他們還在追，還在逼近，讓牠的恐懼愈來愈強烈。或許牠眞的不是永生不死的——這原本無法想像，現在卻非想不可。更糟的是，牠感覺自己的小孩死了。第三個該死的小男孩正穩穩踩死牠的後代，雖然想吐得要命，還是繼續按部就班踩爛每一顆卵中的生命。

不要！牠大聲哀號，步履蹣跚，感覺生命力不斷從身上一百個傷口流失。雖然都不致命，但每個都痛，每個都拖慢牠的腳步。牠有條腿只剩一絲皮肉連著，還瞎了一隻眼睛。牠感覺五臟六腑就要撕裂了，天曉得那個可惡的小鬼頭剛才朝他喉嚨噴了什麼毒藥。

他們還在追，不斷縮短距離。但這怎麼可能？牠呻吟哀號，察覺他們幾乎就在身後，於是牠只剩一個選擇：牠回頭應戰。

11

貝芙莉

最後一道光線消失，黑暗徹底降臨之前，貝芙莉看見威廉的妻子又急墜了二十英尺才停住，同時開始旋轉，紅色長髮在空中飛揚。他的妻子，她心想，但我才是他的初戀。就算他以爲別的女人才是他的初戀，也是因爲他忘了……忘了德利。

光線消失，貝芙莉坐在黑暗中，只有蜘蛛網墜落的聲音和艾迪動也不動的身軀為伴。她不想放開他，讓他的臉碰到酸臭的地板，便繼續讓他的頭枕在她近乎全麻的臂彎中，撥開覆在他汗濕額頭的頭髮。她想起那些鳥……她想那是小史留給她的。可憐的小史，沒辦法和他們並肩作戰。

他們全部……我是他們每個人的初戀。

她試著回想——在無法辨別聲音的黑暗中，回想是一件好事，讓她感覺不那麼孤單。回憶起初不肯出現，鳥的影像不斷干擾——烏鴉、鷯哥、椋鳥等等不知從哪裡飛了回來，停在德利依然還有融雪與骯髒殘雪的街上。

她覺得每回聽見和看見春鳥回來總是陰天，讓她好奇牠們來自何方。牠們總是突然回到德利市，用喧鬧的鳴叫塞滿泛白的天空，成排站在西百老匯的電線和維多利亞式宅邸的屋頂上，爭奪瓦利溫泉酒吧屋頂電視天線鋁架的位子，擠在下主大街榆樹潮濕的深色枝椏上。牠們停歇閒聊，和每週參加賓果遊戲的鄉下老婦人一樣尖聲嚷嚷，接著又像接獲神秘指令似的一起振翅高飛，遮蔽了天空……降落在他方。

沒錯，鳥。我想到鳥，因爲我覺得羞恥。我想是我父親讓我覺得羞恥，說不定那也是牠的指使。說不定。

回憶來了——鳥背後的回憶——但來得模糊而片段。或許永遠會是如此。她有——

她的思緒被打斷了，因為她發現艾迪

12

愛與慾　一九五八年八月十日

是第一個，因爲他最害怕。他此刻不是她的夏日好友，也不是露水姻緣，而是像他三、四年前回到母親身邊一樣，爲的是尋求安慰。他碰觸她光滑的裸體，但沒有退縮，讓她一開始懷疑他到底有沒有感覺。他在顫抖，雖然她抱著他，但四周一片漆黑，即使這麼近也看不見他。若不是摸到粗糙的石膏，她很可能把他當成幻影。

「妳想做什麼？」他問她。

「你得把你的東西放進我身體。」她說。

他想掙脫，但她抱著他不放，於是他屈服了。她聽見有人——應該是班恩——倒抽一口氣。

「貝貝，我做不到，我不曉得怎麼——」

「我想很簡單，可是你得先脫衣服，」她想到襯衫和石膏弄起來很麻煩，得先分開再合起來，然後調整。「起碼褲子要脫掉。」

「不行！我沒辦法！」但她覺得一部分的他可以，也很想做，因爲他身體不再發抖，而且有一個小小硬硬的東西抵著她右腹部。

「你行的。」她說，一邊將他往下拉。她裸裎的背和雙腿貼著石板，感覺堅硬而乾燥，宛如黏土。遠方的水聲令人安心，昏昏欲睡。她靠向艾迪，眼前浮現她父親的臉，神情嚴厲陰森

（**我要看妳是不是完好如初**）

她雙手摟著艾迪的脖子，柔嫩的臉貼著艾迪柔嫩的臉。他怯生生觸碰她的小小乳房，她嘆息一聲，這才察覺「他是艾迪」。她想起七月某一天——眞的只是上個月的事？——只有艾迪來荒原，他帶了一大疊《小露露》漫畫，兩人一起讀了一下午，看小露露尋找波波莓，一路遇到千奇百怪的狀況，還有哈澤巫師和其他傢伙。眞好玩。

她想起鳥，尤其是春天回來的鷦哥、椋鳥和烏鴉。她雙手伸向他的皮帶，將它鬆開，艾迪又說他做不到。她說他可以，她**知道**他行，她既不羞恥也不恐懼，反而有一種勝利感。

「在哪裡？」他說，那個小而堅硬的東西急切抵著她大腿內側。

「這裡。」她說。

「貝貝，我這樣會**壓到**妳！」他說。她聽見他的呼吸開始嘶嘶作響。

「我想就應該這樣。」她說完溫柔地抱住他、引導他，但艾迪推進得太快，讓她感到一陣劇痛。

嘶！——她深吸一口氣，牙齒咬住下唇，心裡再次想起鳥，春天的鳥成排站在屋頂尖上，在低

沉的三月烏雲下一起振翅起飛。

「貝芙莉，」他遲疑地問：「妳還好嗎？」

「慢一點，」她說：「這樣你比較容易呼吸。」他照做了。過了不久，他呼吸加快，但她知道不是因爲他身體不舒服。

疼痛變輕了。艾迪忽然加快速度，接著猛然停住，全身僵硬喊出聲音——某種聲音。她感覺這對他來說很特別，非比尋常，很像……很像飛翔。她覺得充滿力量，覺得體內升起強烈的勝利感。這就是她父親害怕的東西嗎？很有可能。剛才的動作充滿力量，給人掙脱枷鎖的感覺，深入骨髓。她沒有肉體的歡愉，但有心靈的狂喜。她感覺親近。他臉貼著她的脖子，她抱著他。他在哭。她抱著他，感覺兩人之間的聯繫開始變淡。不算離開，只是變淡、變少。

他挪開身子，她坐起來，伸手撫摸他的臉。

「你有嗎？」

「有什麼？」

「就那個啊，我也不知道。」

他搖搖頭——她貼著他臉頰的手感覺他在搖頭。

「我沒有……妳知道，沒有那些大男孩説的感覺，可是……眞的很不一樣。」他壓低聲音，不讓其他人聽見：「我愛妳，貝貝。」

她的記憶缺了一小塊。她很確定他們還説了些話，竊竊私語和大聲交談都有，但不記得究竟講了什麼。無所謂。她得一個一個説動他們嗎？可能吧。但無所謂。他們得被説動，因爲人要連結世界和無限，這是最根本的做法，也是血性唯一能觸碰永恆的地方。無所謂。重要的是愛與慾。在這個暗處或其他地方都沒有差別，起碼比別的一些地方好。

接下來是麥可，然後是理查德。他們重複同樣的動作。她開始在幼稚不成熟的性行爲裡感到愉悅和淺淺的熱。輪到史丹利時，她閉起眼睛想到鳥，想到春天和鳥。她一次又一次看到牠們，看見眾鳥一起降落在冬天的禿樹枝上，駕馭著最惡劣季節的浪頭，看見牠們一次又一次振翅飛翔，有如曬衣繩上的衣服啪啪作響。她心想：**再過一個月，德利公園裡的每個小孩手上都會有風箏，會不停跑動免得風箏線纏在一起**。她又想：**這就是飛翔的感覺**。

和史丹利做就跟之前一樣，有一種悵然的淡去和別離感。至於他們這麼做眞正想得到的感覺，某種終結感，卻可望還不可及。

「你有嗎？」她又問。雖然她也不曉得「有」什麼，卻知道他沒有。

她等了很久，班恩才走了過來。

他全身顫抖，但不是她在史丹利身上感覺到的恐懼的顫抖。

「貝芙莉，我做不到。」他用很理智的聲音說，但一點也不理智。

「你也可以的，我感覺得到。」

她當然感覺得到。他的堅硬不一樣，更有分量。即使抵著他的小腹，她依然能感覺到。那尺寸挑起了好奇心，讓她伸手輕輕觸摸他的鼓脹。他貼著她的脖子呻吟一聲，呼出的氣息讓她的裸體起了雞皮疙瘩。她感覺有一股熱流竄起——她體內的感覺忽然非常巨大。她發現它太大

（**他那麼大，真的能放進她身體嗎？**）

太老了，那東西，感覺像套著靴子，又像亨利的大龍炮，不是給小孩子玩的，很可能爆炸，讓你身體開花。但現在不是擔心的時候，也不是地方。這裡只有愛、慾望和黑暗。如果不試前兩樣，就只能留在黑暗中了。

「貝芙莉，不要——」

「我要。」

「我……」

「讓我飛吧，」她說，語氣帶著不自覺的冷靜。她感覺臉頰和脖子濕濕熱熱，因爲班恩哭了。

「來吧，班恩。」

「不要……」

「如果俳句是你寫的，那就讓我飛吧。你可以摸我頭髮，小班，沒關係。」

「貝芙莉……我……我……」

他不只發抖，而是渾身打顫。但她再次察覺那並非出於恐懼——而是做那件事的前奏。她想起

（**那些鳥**）

他的臉，那甜美眞誠的臉龐，**知道**那不是恐懼。他的感覺是渴求，深切熱情的渴求，幾乎克制不住。她再次感覺到力量，感覺自己振翅飛翔，從高空俯瞰地面，看見鳥在屋頂尖和瓦利溫泉酒吧的電視天線上，街道像展開的地圖，喔，還有慾望，那很特別，就是愛與慾教會你如何飛翔。

「對，班恩！」她忽然高喊一聲，處女膜破了。

她再度感覺疼痛，生怕自己被壓扁，但他張開雙掌用手撐起身體，恐懼的感覺也跟著消失了。他很大，眞的很大——疼痛又回來了，而且比艾迪進入她時還深。她再度咬著下唇，在心裡想著鳥，直到灼熱感消失。之後她伸出一根手指輕觸他的嘴唇，他呻吟一聲。

熱度回來了。她感覺力量忽然從身上流走。她很高興將力量移給他，也將自己交出去。她先感覺被搖晃，感到天旋地轉的美味甜蜜，讓她無助地左右擺頭，緊閉雙唇冒出單調的哼嗚。**這**就是飛翔，這個。喔，愛，喔，慾望，喔，這是無法否認的感受，牽繫、給予、建立強韌的圓圈：牽繫、給予……**飛翔**。

「喔，班恩，親愛的，眞好。」她低聲說道，感覺臉上微微出汗，感覺兩人的連結，感覺屹立不搖、永恆，有如橫躺的8。「我好愛你，親愛的。」

她感覺就要來了——小女生在房間裡唧唧喳喳討論性事卻說不清楚（起碼她不曉得）的東西。她們只覺得性一定很美。她現在明白對許多女孩而言，性就像無形無狀的怪物，她們將性行爲稱爲「它」。妳會做它嗎？妳姊姊和她男友會做它嗎？妳爸爸和媽媽還會做它嗎？她們自己永遠不會做它。是啊，你一定會覺得這群小學五年級的女生都會變成老處女，貝芙莉覺得她們顯然沒有人懷疑這個……這個結論。要不是知道別人會聽見，會以爲她受重傷，她一定會放聲大叫。她將手側放進嘴裡狠狠咬住。她現在已經很瞭解葛瑞塔·鮑伊、莎莉·穆勒和其他女孩的尖笑了。今年夏天是他們七個遇過最漫長、最可怕的夏天，而他們不是幾乎整個夏天都笑得像一群瘋子？笑，因爲可怕和未知的事物也很可笑，就像小孩看到小丑蹦蹦跳跳走近，又笑又哭一樣。知道應該很好笑……但又不得而知，充滿了未知所具有的永恆力量。

咬手壓不住叫聲，而她在黑暗中只能用叫喊向他們——以及班恩——表達她的肯定。

「好棒！好棒！好棒！」她腦中全是飛翔的燦爛畫面，夾雜鶺哥和椋鳥的淒厲叫聲，融合成世界上最美妙的音樂。

她飛，不斷飛高，力量已不在她體內，也不在他體內，而在兩人之間。他喊了出來，她感覺到他手臂顫抖，她拱起身子貼著他，感受他的抽搐、觸摸，感受他對她稍縱即逝的親密。他們一起衝入了生命之光。

接著就結束了。他們回到彼此的臂彎裡，班恩試著說點什麼——也許是愚蠢的道歉，有如手銬傷害她的回憶。她用吻封住他的嘴，請他離開。

威廉來到她身旁。

他想說點什麼，但口吃得太厲害，什麼也說不出來。

「別說話，」她說。新的覺知讓她心安，但她發現自己累了。又累又酸。她的大腿內側和後面感覺很黏，她想可能因爲班恩出來了，也可能因爲她在流血。「一切都會沒事的。」

「妳、妳確、確定嗎？」

「我確定，」她說完雙手摟住他的脖子，感覺汗水沾濕了他的頭髮。「相信我準沒錯。」

「會……會……」

「噓……」

這一回和班恩那次不同。也有熱情，但不一樣。和威廉做是最棒的結尾。他很溫柔親切，只是不夠鎮定。她感覺到他的急切，但被他的焦慮所緩和、抑制，或許因爲只有她和威廉知道這麼做非同小可，必須絕口不提，不跟任何人說，甚至連對方也不能講。

結束前，她驚詫於那突然的高漲，甚至分心想：**喔！又要來了，我不知道自己受不受得了——**但她的思緒很快被無上的甜蜜所淹沒，幾乎沒聽見他反覆低聲說：「我愛妳，貝貝，我愛妳，我會永遠愛妳。」而且完全沒有口吃。

她抱緊他，兩人就這樣臉貼著臉摟了一會兒。

他一言不發從她身上退開，貝芙莉獨自將衣服拉好緩緩穿上，感覺到一股低沉抽搐的痛楚，他們男人永遠不會知道的痛，同時感到疲憊的歡愉與完事之後的放鬆。她感覺下半身空空的，雖然很高興那裡又變回是自己的，但空虛卻帶來難以表達的憂鬱……感覺就像一棵枯樹在冬季三月的白色天空下等候黑鳥歸來擔任牧師，主持雪的喪禮。

她發現自己和威廉互相尋索對方的手。

好一陣子沒有人說話，最後是艾迪打破了沉默，她一點也不意外。「我想我們兩個彎之前向右轉是錯的，應該向左轉。天哪，我明明知道，但卻汗流浹背，緊張到不行——」

「你這輩子都在緊張，艾仔。」理查德說，聲音很開心，剛才的驚慌沙啞全不見了。

「我們還有幾個地方走錯了，」艾迪不理會理查德。「不過兩個彎之前的那個最嚴重。只要能回到那裡，應該就沒事了。」

他們歪歪斜斜走成一排，艾迪最前面，貝芙莉第二，一手搭在艾迪肩上。麥可搭著她的肩，所有人開始前進，而且加快了速度。艾迪不再像之前那麼緊張。

我們要回家了，貝芙莉開心地想，忍不住輕鬆地打了個哆嗦。**回家了，沒錯，回家真好。我們完成了任務，達成來這裡的目的，現在可以回去再當小孩了。這也很好。**

他們在黑暗中前進，她忽然發現水聲愈來愈近了。

第二十三章　逃出

1

德利市 早上九點至十點

上午九點十分時，德利市的風速平均為每小時五十五英里，瞬間陣風時速七十英里，法院風速計甚至測到八十一英里的強風，指針隨即掉回零點，因為強風將形狀如旋轉杯的風速計從屋頂上吹掉，飛向大雨滂沱的陰暗天空，和喬治．鄧布洛的紙船一樣從此消失。九點半，德利市水利局宣稱不可能的事不但變為可能，而且迫在眉睫：德利市中心可能自一九五八年八月以來再次發生洪災。當年風雨驚人，讓許多下水道淤塞塌陷，導致大水氾濫。九點四十五分，神情憂慮的男人開著轎車和皮卡車停在運河兩旁，強風如火車般兇猛，吹得他們的防風大衣擺盪起伏。運河的水泥堤岸開始堆起沙包，上一回已經是一九五七年十月的事了。運河在德利市中心的三岔路口鑽入地下，這裡的水位更是高到了逼近拱頂。主大街、運河街和上哩丘山腳一帶，車輛完全無法通過，只能倚賴步行。而那些涉水堆疊沙包的人感覺腳下的街道不斷震動，被地底洶湧的激流所搖晃，就像大卡車會車時的高速公路高架橋一樣。但震動很穩定，這些男人很慶幸自己住在城市北區，只是感覺到震動，還沒聽見水聲。哈洛德．加德納朝在西區經營房地產的艾佛烈．齊特納大吼，問他街道會不會崩塌。齊特納說除非地獄結凍，否則街道不可能坍塌。哈洛德腦中瞬間閃過希特勒和加略人猶大交出溜冰鞋，開始扛沙包的畫面。大水離運河堤岸頂端只剩不到三吋了。荒原一帶的坎都斯齊格河已經氾濫，茂盛的矮樹叢和灌木到了中午都淹沒在發臭的水鄉澤國中，只冒出個頭。男人繼續幹活，只有沙包用完了等著補貨時才稍稍喘息……到了十點十分，遠方忽然傳來巨大的崩裂聲，嚇得所有人停止動作。哈洛德事後告訴妻子，他以為世界末日到了。結果塌陷的不是市中心——那時還沒——而是儲水塔。只有諾柏特．基恩的孫子安德魯親眼目睹儲水塔倒塌。但他那天早上抽了太多大麻，因此一開始以為是幻覺。他從早上八點就在德利街上閒晃，和海爾醫師被召到天上行醫的時間差不多。他全身濕透（除了夾在腋下的那包兩盎司大麻）但渾然不覺。眼前的景象讓他瞪大眼睛，不敢置信。他在儲水塔山側的紀念公園，除非看走眼，否則儲水塔斜得很厲害，就像外帶通心粉盒上的比薩斜塔一樣。「喔，哇！」安德魯叫了一聲，眼睛瞪得更大，感覺就像拴在又小又粗的彈簧上。崩裂聲開始出現，儲水塔愈來愈斜，安德魯呆若木雞，濕透的牛仔褲貼著瘦弱的身體，花呢頭帶不停滴水到他眼裡。圓形大水塔面向市中心側的白色石棉瓦片開始崩落……不，不是崩落，而是迸射。儲水塔石製基座上方二十英尺左右出現一道明顯的裂痕，水突然從裂隙中噴灑而出。石棉瓦片不再朝市中心迸射，而是射向風中，塔體也開始出現崩裂聲。安德魯看見水塔在動，大鐘的時針從正午跳向一點再跳向兩點。大麻從他腋下掉出，落在襯衫裡的腰帶上方，但他毫無感覺。他完全看傻了。塔裡傳來錚錚巨響，彷彿世上最大的吉他的弦一根根斷了。是水塔內平衡水壓的鋼纜。水塔傾斜速度愈來愈快，樑柱和擋板紛紛斷裂，碎片射向空中，在天上旋轉飛舞。「他媽的太扯了吧！」安德魯．基恩尖叫，但被水塔倒塌和七十五萬加侖的水從水塔斷裂面傾瀉而出的巨響給蓋過了。流出的水形成灰色大浪，要是安德魯站在下坡，肯定當場離開人世。但神向來眷顧醉漢、小孩和嗑藥嗑到腦袋糊塗的人，安德魯所在的位置正好能目睹一切，完全不受波及。「眞他媽厲害的特效畫面啊！」安德魯大吼，看著流水有如固體掃過紀念公園，掃過日晷。有個叫做史丹利．尤里斯的小鬼經常站在日晷旁，拿著他父親的望遠鏡看鳥。「比史帝芬．史匹柏還屌！」供鳥喝水的石盆也倒了。安德魯看了它一會兒，看它在大水裡翻滾，頭上腳下、頭上腳下，接著就不見了。隔開紀念公園和堪薩斯街的那排楓樹和樺樹像保齡球瓶一樣東倒西歪，將糾結雜亂的電線一起捲走。大水掃過街道開始漫流，終於像是液體，而非古怪奇特的固體，奪走日晷、石盆和樹木的巨牆。但它依然威力驚人，沖倒街道尾端的十多間民宅灌入荒原。房子輕而易舉就被連根拔起，幾乎毫髮無缺。安德魯發現其中一間是卡爾．馬森西克的房子。馬森西克先生是他小學六年級的老師，大爛人一個。房子衝過欄杆滑下斜坡，安德魯從窗戶看見屋裡還有一根蠟燭在燒，心想自己是不是看走眼了。荒原發生爆炸，某人的瓦斯燈誤燃了油槽破裂外洩的油，頓時黃色烈焰沖天。安德魯望著堪薩斯街的盡頭，那裡四十秒前還有一整排整齊的中產階級房舍，轉眼就化為空城，你最好相信是真的。房舍原本所在的位置只剩十個地下室，看起來像游泳池。安德魯很想大喊太扯了，卻發不出聲音，他的吼叫功能好像故障了，橫隔膜感覺虛弱而無用。他接連聽見壓碎聲，很像巨人鞋裡塞滿麗滋餅乾下樓梯似的。是儲水塔滾下山坡的聲音。巨大的白色圓柱還在噴灑僅存的儲水，粗鋼纜拉住塔體不致瓦解，讓它像支短柄牛鞭在山坡上跳躍滾動。水塔落在鬆軟的土上鑿出溝渠，立刻被雨水填滿。安德魯收著下巴注視一切，看見長約一百二十英尺的橫倒水塔飛向空中，彷彿停滯片刻，就像瘋人院才會看到的超現實景象。雨水打在儲水塔碎裂的側面，窗戶破裂，窗框懸垂，架在頂端警告飛機的燈光還在閃。水塔落回地面，發出最後的巨響。大量的水灌入堪薩斯街，開始順著上哩丘往市中心奔去。那裡之前有房子的，安德魯．基恩想，忽然雙腳一軟，一屁股坐在地上——嘩啦！他看著水塔的石頭基座，心想會有多少人相信他的遭遇。

連他自己也不太相信。

2

追殺 一九八五年五月三十一日上午十點零二分

威廉和理查德看見牠回過身來，嘴巴開開闔闔，僅剩的一隻眼盯著他們。威廉發現牠自己會發光，宛如可怕的螢火蟲。但光在閃爍，飄忽不定，牠顯然受了重傷，牠的思緒

（放我走！放我走，你們要什麼都可以——錢、名聲、機運、權力——我統統可以給你們）

在威廉腦中大聲擾攘。

威廉兩手空空往前走，眼睛盯著牠僅存的紅眼。他感覺力量在體內滋生，灌入他的身軀，讓他雙臂緊繃，握緊的拳頭充滿力量。理查德走在他身旁，咧開嘴露出牙齒。

（我可以把你妻子還給你——我做得到，只有我——她什麼都不會記得，就和你們七個一樣）

他們很接近了，非常接近。威廉聞得到牠的惡臭，忽然驚恐地發現那是荒原的味道。他們一直以為是污水、污染的河川和垃圾燃燒的味道……然而他們真的相信過嗎？那是牠的味道，或許在荒原最濃，但也像雲一樣漂浮在德利，只是民眾聞不到，就像動物園管理員一段時間之後就嗅不出動物的氣味，甚至好奇遊客靠近為什麼會皺鼻子一樣。

「一起上。」他喃喃對理查德說，理查德點點頭，目光始終盯著蜘蛛。蜘蛛從兩人面前退開，長滿刺毛的可怕足肢窸窣摩擦，最後靜止不動。

（我無法給你永生，但能觸碰你讓你長命百歲——活個兩百年、三百年，甚至五百年——我可以讓你成爲地球之王——只要你放我走放我走放我——）

「小威？」理查德沙啞地問。

威廉內心高聲吶喊，愈吼愈兇，朝牠撲去。理查德緊跟在後。兩個人一起揮出右拳，但威廉

知道他們使出的不是拳頭，而是兩人合力出擊，並有「另一位」加持。他們揮出的是回憶和慾望的力量，更是愛與並未被遺忘的童年的力量，有如巨輪。

蜘蛛的尖叫充塞他的腦袋，似乎將他腦漿炸碎了。他感覺拳頭打進扭動的潮濕之中，手臂直直戳了進去，直到肩頭。威廉抽出拳頭，手上滴著蜘蛛的黑血，膿汁從他打穿的傷口泉湧而出。

他看見理查德幾乎就站在牠鼓脹的身軀正下方，身上都是牠黑亮的血。他站成拳擊手的姿勢，不斷揮著滴血的拳頭猛擊。

蛛蛛伸腳朝他們掃來，威廉感覺牠一隻腳擦過他身側，劃破襯衫和皮膚。牠的尖刺徒勞地戳著地面，尖叫聲有如號角在他腦中轟鳴。蜘蛛笨拙地向前撲來，想要咬他。威廉沒有後退，反倒往前，不用拳頭改用身體撞牠，像魚雷一樣。他像衝刺的美式足球跑鋒壓低肩膀，朝牠腹部直直衝了過去。

他起初感覺牠發臭的皮肉往內縮，彷彿想將他彈出去。他口齒不清地尖叫，衝得更用力，雙腳不停往前、往上推，並用手摳牠，最後終於穿進去了。牠滾燙的體液將他淹沒，流過他的臉，鑽進他耳朵，被他吸進鼻子裡，有如兩道扭動的小溪。

他又陷入黑暗中，肩膀以下沒入牠不停抽搐的身體裡。他耳朵灌滿體液，聽見持續的砰砰聲，很像馬戲團進城宣傳走在最前頭的貝斯鼓，伴隨著怪胎和大搖大擺、蹦蹦跳跳的小丑。

那是牠的心跳。

他聽見理查德忽然痛得慘叫，隨即急促喘息呻吟，接下來戛然而止。威廉往前猛力揮拳，被牠的體液和有如布袋的臟器壓得窒息。

砰砰、砰砰——

他將手往牠體內戳，撕扯、扳開、扯裂，尋找聲音的來源。他沾滿體液的雙手又開又握，扯斷臟器，閉氣的胸膛因為憋著呼吸而腫脹。

砰砰、砰砰——

忽然間，他抓到牠的心臟了。龐然大物在他手中脹縮，不斷推擠他的手。

（不要不要不要不要不要不要不要）

要！威廉大吼，差點嗆死和溺斃。要！嘗嘗這滋味吧，賤貨！嘗嘗看呀！喜不喜歡？你喜歡嗎？怎麼樣？

他圈起手指握住牠心臟的開口，兩掌張開成倒V形，然後使盡全力兩掌一壓。

砰砰、砰——

尖叫聲弱了、輕了。威廉感覺蜘蛛的身體忽然包住他、壓擠他，像裹住拳頭的滑溜手套，但很快就鬆開了。他發覺牠的身體在傾斜，緩緩歪向一邊。同時，他也開始抽身，逐漸失去意識。

蜘蛛倒向一邊，有如一大坨冒氣的詭異肉塊，足肢還在抽搐顫抖，偶爾刮擦過甬道兩壁和地板。

威廉跌跌撞撞走開，氣喘如牛，不停吐痰，想要除去嘴裡牠的惡臭，結果自己絆了一跤跪在地上。

他清楚聽見「另一位」的聲音。烏龜可能死了，但為它加持的那位沒有。

「孩子，你做得非常好。」

說完它就消失了，力量也隨之離開。威廉感覺虛弱、反胃、半瘋狂。他回頭張望，看見垂死的蜘蛛還在顫抖抽搐。

「小理！」他用沙啞不成聲的嗓子大喊：「小理，你在哪裡，兄弟？」

沒有回答。

光線沒了，和蜘蛛一起消失了。他伸手去摸濕黏的襯衫，想找口袋裡最後一盒火柴。火柴還在，但沒辦法點燃，火柴頭被血浸濕了。

「小理！」他又叫了一次，開始啜泣。他往前爬，一手、一手摸索前進，最後總算碰到一個鬆軟的東西。他雙手摸到那上頭停了下來……是理查德的臉。

「小理！小理！」

還是沒有回答。威廉在黑暗中吃力移動，一手伸到理查德的背底下，一手伸到他膝蓋下方，搖搖晃晃站起來，抱著理查德開始顛簸地往回走。

3

德利市 上午十點至十點十五分

十點整，德利市中心街道的震動變成了劇烈搖晃。《新聞報》後來報導運河的地底支撐被突然爆發的洪水無情削弱，整個崩塌了。不過，有民眾不同意這個說法。「我知道，因為我人在現場，」哈洛德．加德納事後告訴妻子：「不是運河支柱倒塌而已，還有地震，那才是關鍵。是他媽的地震。」

無論如何，結果都一樣。街道搖晃愈來愈劇烈，窗戶開始破裂，熟石膏天花板開始崩落，扭曲的樑柱與地基發出非人的尖叫，變成駭人的合唱。馬臣家佈滿彈孔的磚房外牆裂痕往上直竄，有如探索的雙手。支撐阿拉丁戲院門口遮簷的鋼索斷了，遮簷砸在地上。一九五二年興建的布萊恩道德商業大樓忽然倒塌，讓中央街藥局後方的理查德巷頓時堆滿了黃磚，黃疸色的塵土直竄天空，隨即像面紗一樣被風收走。

同時間，市政中心的保羅．班楊雕像爆炸了，看來多年前揚言炸毀雕像的美術老師是當真的。班楊滿臉鬍鬚的微笑腦袋被炸到空中，一腿前踢，一腿往後，彷彿他急著劈腿，結果手腳分家了一樣。雕像上身有如榴霰彈爆炸破片四射，塑膠斧頭彈向大雨滂沱的天空消失無蹤，不久往下墜落，整根握把都扭曲了。斧頭鑿穿親吻橋的屋頂，然後貫穿橋面。

十點零二分，德利市中心完全塌陷。

儲水塔斷裂外洩的水幾乎都沿著堪薩斯街流入荒原，但有不少沿著上哩丘灌入商業區。或許這就是壓垮駱駝的最後一根稻草……或如哈洛德．加德納對妻子說的，是地震闖的禍。主大街的路面出現裂縫，起初很細……接著開始像餓鬼張大嘴巴。運河聲飄了上來，不再被擋住，大聲得嚇人。所有東西開始搖晃，矮子老爺紀念品店前的「平底鞋賤賣」霓虹燈砸到路上，沉進三英尺深的水裡短路了。不久後，位於「平裝書先生」書店隔壁的這整棟樓開始下沉。巴弟．安斯托姆最先看到這一幕。他用手肘頂了頂艾佛烈．齊特納，齊特納看了倒抽一口氣，也用手肘去頂哈洛德．加德納。轉眼間，堆放沙包的工作就停住了。運河兩旁的男人愣愣望著大雨滂沱的市中心，臉上清一色是驚恐好奇的神情。只見矮子老爺紀念品店好像蓋在超大電梯上，開始緩緩往下，笨重莊嚴地沉入看似堅硬的水泥地面，過了一會兒才停下來。只要趴在淹水的人行道上，就能直接鑽進三樓窗戶。大水湧向那一棟樓。不久，店老闆出現在屋頂上瘋狂揮手求救，隨即被隔壁辦公樓（一樓是平裝書先生書店）遮住。這棟樓也開始沉入地面，但糟糕的是它並非垂直往下，而是先大幅傾斜（某一瞬間真的很像外帶通心粉盒子上畫的比薩斜塔），磚塊開始從屋頂和外牆崩落，紀念品店的老闆被砸了好幾次。哈洛德．加德納看見他雙手抱頭倒退幾步……接著第二棟的最上方三層樓就像最頂端的鬆餅一樣滑了出去，店老闆便消失了。運河旁有人驚呼一聲，隨即被樓房崩塌的轟響蓋過了。運河旁所有人都被震得雙腳離地或從運河邊退開。哈洛德主大街兩旁的樓房彼此靠近，有如一邊玩牌一邊閒聊的長舌婦，頭幾乎貼在一起。街道也在下沉、龜裂、斷折，水花四濺。接著馬路兩旁的樓房搖晃得失去了重心，朝街道上塌——東北銀行、鞋船鞋店、艾維茲小館、貝利午餐店、班德勒唱片行和音樂農莊全都垮了，只不過街道已經所剩無幾，這些房子想壓也壓不到。主大街沉到運河裡，起初像太妃糖一樣拉長，然後裂成一塊塊柏油路面。哈洛德看見三岔路口的交通號誌安全島忽然消失，隨著水位上漲，他霎時明白接下來會發生什麼。

「快離開這裡！」他朝齊特納大吼：「運河的水就要逆流了！就要逆流了！」

齊特納完全沒聽見的樣子，神情有如夢遊或被深深催眠了。他穿著濕透的紅藍方格運動外套和左胸前有一隻小鱷魚的開領衫，腳上套著兩邊車著交叉高爾夫球桿的藍襪子和比恩牌膠底帆船鞋，眼睜睜看著自己投資的一百萬美元和朋友——和他一起玩牌、一起打高爾夫、一起在蘭治利滑雪殺時間的朋友——投入的三、四百萬美元沉入水底。他的家鄉，緬因州德利市，忽然像極了那些撐著細長小船載人跑來跑去的狗屁亞洲城市，感覺真是詭異。水在依然屹立不搖的樓房四周翻騰擾動，運河街變成了洶湧湖泊旁的一塊黑色衝浪板。難怪齊特納聽不見哈洛德喊他。不過，其他人也看出了哈洛德發現的麻煩——那麼多東西一口氣砸進奔騰的水裡，不可能相安無事。有些人扔下手中的沙包拔腿就跑，哈洛德．加德納是其中之一，所以他活下來了。其他人就沒那麼幸運了。運河的咽喉被柏油、水泥、磚塊、石膏、玻璃和價值四百萬的商品卡住，大水沖破兩旁的水泥堤岸，那些人便活生生連同沙包被一視同仁的洪水捲走了。哈洛德以為自己一定會被水吞噬，因為他跑得再快，水還是一直緊跟著。他最後爬上長滿矮樹叢的陡坡保住了老命。哈洛德回頭看見運河迷你購物中心的停車場上有一個人想要發車，他覺得是哈洛德儲蓄互助社的放款儲備長羅傑．雷納德。雖然水聲轟隆、強風呼嘯，他還是聽見那人不斷發動引擎，無視於光亮的黑水湧上車身兩旁。不久，坎都斯齊格河發出有如雷鳴的低吼，隨即衝過了河岸，將迷你購物中心和雷納德的亮紅色小車捲走吞沒。哈洛德繼續往上爬，緊抓著樹枝、樹根或任何能支撐他身體重量的東西。往上爬才能夠活命。安德魯可能會說，哈洛德·加德納那天非常有往上爬的概念。哈洛德聽見德利市中心在他身後繼續崩塌，感覺就像火砲齊發。

4

威廉

「貝芙莉！」他高聲大吼，背和手臂都僵硬抽痛。理查德現在感覺至少有五百磅重。放下他吧，他心裡有聲音低低說，他已經死了，你很清楚他沒戲唱了，幹嘛還不放他下來？

但他不會那麼做，也不能那麼做。

「貝芙莉！」他又叫了一聲：「班恩！來人哪！」

他心想：這是牠把我——還有小理——丟來的地方，只是牠扔得更遠——遠了很多。那是什麼感覺？我快忘了，想不起來……

「小威？」是班恩的聲音，顫抖又疲憊，感覺距離很近。「你在哪裡？」

「我在這裡，兄弟。小理和我在一起，他……他受傷了。」

「繼續說話，」班恩的聲音更近了。「繼續講，小威。」

「我們殺了牠，」威廉一邊說，一邊朝班恩的聲音走去。「我們殺了那賤貨，要是小艾死了——」

「死了？」班恩驚呼道，語氣擔憂。他現在非常近了……接著他的手從黑暗中伸出來，輕輕碰到威廉的鼻子。「你是什麼意思？死了？」

「我……他……」他們一起扶著理查德了。「我看不見他，」威廉說：「問題就在這裡，我看、看不見他！」

「小理！」班恩大叫，猛力搖晃理查德。「小理，拜託！快點，媽的！」班恩的聲音開始模糊，開始顫抖。「小理你他媽的給我醒過來！」

理查德的聲音從黑暗中傳來，感覺睡眼惺忪、惱怒、大夢初醒。「好啦好啦，害死康，我們不需要口臭鬼……」

「小理！」威廉大吼：「小理，你還好嗎？」

「那賤貨把我扔出去，」理查德的語氣還是很累，像剛醒來似的：「害我狠狠撞了一下，我只記……記得這些。貝貝呢？」

「快回來了，」班恩說，接著概略講了蟲卵的事：「我踩死了一百多個，我想應該沒有遺漏吧。」

「最好是，」理查德說，聲音聽起來好多了。「放我下來，威老大，我可以走……水聲是不是變大了？」

「沒錯，」威廉說。他們三人在黑暗中手牽著手。「你頭怎麼樣？」

「痛得要命。我昏過去之後發生了什麼事？」

威廉把能說的都盡量說了。

「牠死了，」理查德說，一臉不可思議：「你確定嗎，小威？」

「對，」威廉說：「這回我真的很確、確定。」

「謝天謝地，」理查德說：「扶著我，小威，我要吐了。」

威廉扶住理查德，等他吐完，他們便動身走了。威廉不時踢到易碎物，聽見它滾入黑暗。他想應該是班恩踩碎的蜘蛛卵，忍不住打了個冷顫。他很高興他們走對了方向，但還是慶幸自己看不見卵的殘骸。

「貝芙莉！」班恩大喊：「貝芙莉！」

「我在這裡——」

她的叫聲很弱，幾乎被隆隆不絕的水聲淹沒。他們在黑暗中前進，不停喊她的名字，慢慢接近。

他們找到她之後，威廉問她身上還有沒有火柴。她遞了半盒到他手中。他點了一根，看見他們的臉像鬼一樣——班恩一手摟著理查德，理查德軟趴趴站著，右太陽穴不停流血，艾迪的頭枕在貝芙莉腿間。接著他轉頭望去，只見奧黛拉躺在石板地上，四肢攤開，頭轉向一邊，身上的蜘蛛絲幾乎融光了。

火柴燒到手指，威廉把火柴扔了。黑暗讓他誤判距離，走著走著絆到她，差點摔了個狗吃屎。

「奧黛拉！奧黛拉，妳聽、聽得見我、我嗎？」

他一手伸到她背後將她扶起來，另一手伸到她頭髮底下，手指壓住她的頸側。她還有脈搏，很慢但很穩定。

他又點了一根火柴。火光閃閃，他看見她瞳孔收縮，但那只是反射動作，她的目光依然呆滯。就算他將火柴拿近，把她臉都照紅了，她仍然直視前方。她還活著，但沒有反應。可惡，情況比看起來還糟，他很清楚。她得了緊張性精神分裂症。

火又燒到手指，他搖熄火柴。

「小威，我不喜歡那水聲，」班恩說：「我想我們最好趕快離開。」

「沒有小艾，我們該怎麼辦？」理查德喃喃道。

「我們可以的，」貝芙莉說：「小威，小班說得對，我們得快點離開。」

「我要帶她走。」

「當然，但我們得馬上動身了。」

「往哪裡走？」

「你會知道的，」貝芙莉柔聲說：「你殺了牠，你會知道的，小威。」

他和剛才抱起理查德一樣抱起奧黛拉，回到其他人身邊。她在他臂彎裡的感覺令人不安、毛骨悚然。她感覺就像會呼吸的蠟像。

「往哪裡走？」班恩問。

「我、我不、不——」

（你會知道的。你殺了牠，你會知道的）

「好了，走、走吧，」威廉說：「看我們找不找得到路。貝芙莉，妳、妳拿著這個。」他將火柴遞給她。

「小艾怎麼辦？」貝芙莉問：「我們得帶他出去。」

「怎、怎麼帶？」威廉問：「那個……貝、貝芙莉，這、這裡快塌、塌了。」

「我們一定要把他弄出去，」理查德說：「來吧，小班。」

他們合力扶起艾迪，貝芙莉點燃火柴帶他們回到小門前。威廉抱著奧黛拉通過小門，盡量不讓她碰到地面，理查德和班恩架著艾迪也走了過去。

「放下他吧，」貝芙莉說：「他可以留在這裡。」

「這裡太黑了，」理查德啜泣道：「妳知道……這裡太黑了。艾仔……艾仔他……」

「不，沒關係的，」班恩說：「也許這就是他該待著的地方，我想是。」

他們放下艾迪，理查德吻了艾迪的臉頰，然後茫然望著班恩。「你確定？」

「對，走吧，小理。」

理查德起身轉頭看著小門，突然大聲咆哮：「操你媽的賤貨！」隨即揚腳猛力踹門。門「喀啦」一聲鎖上了。

「你幹嘛踢門？」貝芙莉問。

「我不知道。」理查德說，其實心裡明白得很。貝芙莉手上的火柴熄滅之前，他又回頭看了一眼。

「小威——門上的記號？」

「門上的記號怎麼了？」威廉喘息著說。

理查德說：「門上的記號不見了。」

5

德利市 上午十點三十分

連接主圖書館和兒童圖書館的玻璃長廊突然竄出刺眼的火光，隨即爆炸。碎片四散飛濺，有如一張大傘，呼嘯掃過圖書館四周飄搖的樹木。如此致命的爆炸很可能造成死傷，但卻無人遇害，館內館外都沒有人受傷，因為圖書館那一天根本沒有開放。班恩．漢斯康小時候為之著迷的這條通道日後並未重建，因為德利市受災慘重，讓兩棟樓維持分離似乎既省錢又省事。德利市議會的人很快就忘了那條長廊，忘了它是做什麼用的。也許只有班恩能告訴他們，他曾經在冰天雪地的一月夜晚佇立在長廊外，不顧鼻水直流、手套裡的手指發麻，注視民眾在長廊內來來去去，不用外套就能在光亮的寒冬中通行。他是可以這麼說……但這不太可能成為市議會公聽會的主題——描述他如何在冰冷寒夜裡愛上了光。無論如何，事實就是長廊無端爆炸，無人傷亡（謝天謝地，因為據事後統計，其他生物不論，那天早上的暴風雨就造成六十七人死亡，三百二十多人受傷），此後再也沒有重建。一九八五年五月三十一日之後，想從兒童圖書館走到主圖書館，非得從外面走過去。要是天氣太冷、下雨或飄雪，你只能加上外套。

6

逃出一九八五年五月三十一日上午十點五十四分

「等等，」威廉喘息道：「讓我喘口氣……休息一下。」

「我幫你揹她，」理查德又說了一次。他們將艾迪留在蜘蛛的巢穴，誰都不想重提這件事。但艾迪已經死了，而奧黛拉還活著——起碼理論上是。

「我可以。」威廉上氣不接下氣說。

「放屁，你這樣他媽的遲早會心臟病。讓我幫你，威老大。」

「你的頭怎、怎麼樣？」

「還在痛，」理查德說：「別想轉換話題。」

威廉只好讓理查德揹她。奧黛拉很高，體重大約一百四十磅上下。但她在電影《閣樓》裡飾演一名年輕女子，被一名幻想自己是政治恐怖份子的準心理變態綁架，由於佛雷迪·費爾史東決定先拍閣樓戲，因此她這陣子三餐只吃雞肉、鮪魚和鄉村乳酪，瘦了二十磅。但在黑暗中揹著她搖搖晃晃走了四分之一英里（或半英里，或四分之三英里，誰曉得？）之後，一百二十磅的體重感覺卻像兩百磅。

「謝、謝了，老、老兄。」他說。

「別客氣。接下來換你了，害死康。」

好。

「嗶嗶，小理。」班恩說，威廉聽了忍不住笑了。笑得很累，也不久，但起碼比一臉愁容好。

「往哪裡走，小威？」貝芙莉問：「水聲大到不行，我可不想淹死在這裡。」

「直直走，然後左轉，」威廉說：「我們最好試著走快一點。」

他們又走了半小時，由威廉指揮往左往右。水聲愈來愈大，最後感覺就在他們四周，和杜比立體聲一樣嚇人。威廉一手摸著滲水的磚頭，轉過一個彎，水就忽然湧上他的鞋子，水流又淺又急。

「把奧黛拉給我，」威廉對氣喘如牛的班恩說：「現在往上游走。」班恩小心翼翼將奧黛拉還給威廉，威廉像消防隊員一樣將她揹了起來。真希望她會抗議……挪動身子……什麼動作都好。

「火柴還剩多少，貝貝？」

「不多了，六根左右吧。小威……你真的知道方向嗎？」

「應、應該吧，」他說：「走吧。」

他們跟著他繞過轉角，水淹到威廉的腳踝，然後是小腿、大腿，轟隆水聲變成貝斯般的低沉怒吼，他們所在的甬道不停震動。威廉原本擔心水流會強到無法前進，但他們經過一個水量豐沛的出水口，不停灌水到甬道裡，力道大得讓他嘆為觀止，干擾了水流，因此水雖然還在變深，卻不那麼湍急了。水──

我看見水從出水口湧出來，我看見了！

「嘿！」他大喊：「你、你們看、看得見嗎？」

「這裡十五分鐘前就開始變亮了，」貝芙莉大喊回話：「我們在哪裡，小威？你知道嗎？」

應該知道，他差點脫口而出。「不知道，走吧！」

他一直以為他們快走到運河了，也就是坎都斯齊格河的地下河段……流經市區從貝西公園回到地面。但甬道裡有光，貨真價實的光。運河的地下河道不可能有光，但甬道確實愈來愈亮。

奧黛拉愈來愈難揹了。不是水流搞鬼，水已經變緩了，而是水深。她很快就要在水上漂了，威廉想。他看見班恩在他左邊，貝芙莉在他右邊。他微微轉頭，看見理查德跟在班恩後面。腳下的地面愈來愈怪，凹凹凸凸，到處是一堆堆的碎石，感覺很像磚塊。前方有一個狀似下沉船頭的東西突出水面。

班恩跌跌撞撞朝那東西走去，被水凍得發抖。一只濕透的菸盒迎面飄來，班恩撥開盒子，伸手抓住突出水面的東西，眼睛忽然瞪大。那東西是一面大看板。他看出一個「阿」字，底下是一個「未」字，頓時恍然大悟。

「小威！小理！貝貝！」他驚喜得笑著大喊。

「怎麼了，小班？」貝芙莉高呼。

班恩雙手抓住看板將它拖了回來。看板一側刮過甬道內壁，發出摩擦聲。他們這下都看見了：阿拉丁戲院。下面是：回到未來。

「這是阿拉丁戲院的遮簷，」理查德說：「怎麼會——」

「馬路塌了。」威廉低聲說。他睜大眼睛抬頭望著甬道，前方更亮了。

「你說什麼，小威？」

「他媽的怎麼回事？」

「小威？小威，怎麼——」

「這些下水道！」威廉瘋狂地說：「這些老下水道！洪水又來了，我想這一回——」

他又揹起奧黛拉，繼續搖晃著往前走。班恩、貝芙莉和理查德落在後頭。五分鐘後，威廉抬頭一望，發現藍天就在上方。他頭上的甬道裂了一道大縫，從他所在位置向外延伸超過七十英尺。前方水流被大大小小的島嶼切得四分五裂，包括磚塊、一輛旅行車的後半截（行李廂打開著，不斷冒水出來）和一根停車計時器。計時器像醉漢一樣斜靠著甬道，紅色的「違規停車」旗子豎立著。

他們現在幾乎寸步難行，腳下小山高低起伏，毫無章法，一不小心就會把腳踝扭斷。水流和緩，淹到他們的腋下。

現在水很緩，威廉心想，但要是我們早到兩小時，甚至一小時，我想我們可能都滅頂了。

「這到底是怎麼回事，威老大？」理查德問。他站在威廉左邊，抬頭看著甬道頂端的裂口，臉上微微帶著驚奇。只不過那不是甬道的天花板，威廉想，而是主大街，至少之前是。

「我猜德利市中心幾乎都沉到運河裡，被坎都斯齊格河帶走了，很快就會流入佩諾布斯克河，再沖到大西洋消失不見。你可以幫我揹奧黛拉嗎，小理？我想我已經沒有——」

「當然，」理查德說：「當然，小威，沒問題。」

他從威廉懷中接過奧黛拉。就著光線，威廉看得更清楚了，但他可能不想看到那麼多。她的額頭和臉頰抹著泥巴與半乾穢物，稍微蓋過蒼白的臉色，卻還是藏不住。她仍然瞪大眼睛……但毫無知覺。頭髮濕淋淋鬆垂著，感覺很像紐約或漢堡瑞波邦街情趣用品店賣的充氣娃娃，唯一的差別是她胸口隨著呼吸微微起伏……但也可能只是機械動作。

「我們要怎麼從這裡上去？」他問理查德。

「叫小班借你兩隻手，」理查德說：「你可以先拉貝貝上去，然後你們一起拉你太太。小班可以推我上去，我們再拉小班。上去後，我就教你怎麼找一千個女學生辦排球巡迴賽。」

「嗶嗶，小理。」

「嗶你的頭，威老大。」

倦意一波波襲來。威廉發現貝芙莉在看他，便回望了片刻。貝芙莉微微點頭，他朝她淺淺一笑。

「借我兩隻手吧，小、小班。」

班恩同樣累得說不出話來，只點點頭。他一邊臉頰有一道很深的傷口。「我想我辦得到。」他微微躬身，雙手交握。威廉一腳踩在班恩手上往上跳，但跳得不夠高。班恩將手舉高，威廉又試了一次，這回抓到了甬道頂端的破洞。他探頭出去，首先看見橘白相間的防撞護欄，然後是圍在護欄後方的人，男女都有。接著他看見佛里斯百貨公司——只不過好像膨脹又縮短了。過了好一會兒，他才明白百貨公司幾乎有一半沉入街道和運河裡了。大樓上半部垂在馬路上空，感覺像沒有堆好的書隨時會翻倒一樣。

「你們看！你們看！馬路上有人！」

一名女子指著支離破碎的路面，指著威廉探出頭來的凹陷處。

「讚美主！還有其他人！」

她往前走，威廉看出她年紀頗大，像農夫一樣用手帕包頭。一名警察從她背後抓住老婦人。

「那裡不安全，奈爾森太太，您應該知道。剩下的馬路隨時可能塌陷。」

奈爾森太太，威廉想，我還記得妳。妳姊姊當過我和喬治的保母。他舉手讓她知道他沒事，奈爾森太太舉手回應，他忽然感覺很好，覺得充滿希望。

他轉身躺在塌陷的馬路上，盡可能平均分散體重，就像貼在薄冰上一樣，接著伸手到縫隙裡去拉貝芙莉。她抓住他兩手手腕，威廉用他僅存的力量將她拉了上去。之前消失的太陽從魚鱗般灰黑的雲後方再度露臉，在他們身後拉出兩道影子。貝芙莉抬頭嚇了一跳，目光飄向威廉，對他微笑。

「我愛你，小威，」她說：「我希望她會安然無恙。」

「謝、謝謝，貝貝。」他對她親切一笑，讓她微微哭了。他抱住她，防撞護欄後方的人群開始鼓掌，一名《新聞報》記者拍了照，後來刊登在隔日報紙上。報紙是在班格爾印的，因為報社的印刷機都被大水淹壞了。標題很簡單，而且對威廉來說很切實，讓他特地將相片剪下來，塞在皮夾裡放了好幾年。那標題寫道：生還者。就這樣，但已經夠了。

那時是十一點六分。

7

德利市 當天稍晚

連接兒童圖書館和主館的玻璃長廊十點半爆炸，十點三十三分大雨停了，不是逐漸減緩，而是突然停止，彷彿上頭有人把水龍頭關上似的。風也開始減弱，而且變弱的速度驚人，讓市民面面相覷，臉上充滿不安與迷信，感覺就像波音七四七班機安全停入登機門瞬間熄火一樣。十點四十七分，陽光第一次露臉，到了午後已經萬里無雲，天氣變得晴朗炎熱。下午三點三十分，玫瑰二手商店門外的溫度計顯示為華氏八十三度，打破了初夏紀錄。路人像殭屍一樣在街上遊走，沒什麼交談，臉上表情驚人地相似，全是發愣的驚詫。要不是看起來太過可憐，肯定會讓人發噱。

到了傍晚，美國廣播公司、哥倫比亞廣播公司、國家廣播公司和美國有線新聞網的記者都已經抵達德利，將各種說法傳到美國其他地方。他們會將說法搬弄成真相……即使有些人認為真相是極不可信的概念，甚至不比蜘蛛網般交錯的電線上的一塊帆布還實在，但他們仍會那麼做。隔天早上，《今日秀》的布萊恩．甘寶和韋拉德．史考特會到德利市來，甘寶將在節目中訪問安德魯．

基恩。「整座儲水塔就這麼倒了，滾到山坡下，」安德魯表示：「感覺真的很扯，你懂我意思嗎？好像把史帝芬．史匹柏拍的片子都比下去了，你懂嗎？嘿，我之前常在電視上看到你，還以為你個頭大多了。」看見自己和鄰居上電視，能將生米煮成熟飯，讓他們抓到一個角度去理解這個無法理解的可怕事件。這是「恐怖風暴」，所造成的「傷亡人數」在之後幾天不斷攀升，是「緬因州有史以來最嚴重的春季風暴」。這些頭條雖然讀來駭人聽聞，卻很有用，敉平了事件本身的詭異之處。說「詭異」可能不夠，應該是「瘋狂」。看見自己上電視能讓整件事變得明確，不那麼瘋狂。可是在新聞記者抵達前的那幾個小時，德利市只有居民在滿是殘骸和泥巴的街上遊蕩，臉上寫著震驚與不可置信。只有德利市民默默審視周遭一切，偶爾拾起東西再扔掉，想搞清楚之前七、八個小時到底出了什麼事。男人在堪薩斯街上抽菸，看著房子倒插在荒原裡。其他人（有男有女）則站在橘白相間的防撞護欄後方，看著那天早上十點以前還是市中心的那個大黑洞。週日報紙頭條寫道：德利市長誓言重建。可能吧。但之後數週，市議會對重建計畫爭執不休，市區黑洞愈來愈大，雖然貌不驚人，但規模持續擴張。風雨後第四天，班格爾水力發電公司的辦公大樓塌入地洞裡，三天後，東緬因州酸菜熱狗和辣熱狗最美味的飛翔熱狗屋也坍了進去。下水道的積水不時倒灌入民宅、公寓和辦公室，情況糟到連老岬區的居民都開始搬離。六月十日是貝西公園賽馬首日，傍晚八點開跑。不料第一場比賽賽馬跑到最後一段直線跑道時，看台突然塌陷，造成六人受傷，包括擔任阿拉丁戲院經理直到一九七三年的佛克西．佛克斯沃斯。他一腿骨折，睪丸有穿刺傷，在醫院住了兩週，出院後立刻決定搬去新罕普夏州的桑默沃斯和姊姊同住。

他不是個案，德利市開始瓦解。

他們看著醫護人員將救護車的後門關上，走到前座，車子開始上坡朝德利家庭醫院駛去。理查德剛才冒著生命和殘廢的危險將車攔下，生氣的駕駛堅稱車上沒有空位，但理查德還是說服了他，將奧黛拉放上擔架，擺在車子地板上。

「接下來呢？」班恩問。他眼睛底下有兩個棕色大圈，脖子也沾了一圈髒兮兮的泥巴。

「我、我要回去街屋旅館，」威廉說：「睡、睡他個十、十六小時。」

「我也是，」理查德說，隨即滿懷希望看著貝芙莉：「妳有菸嗎，美女？」

「沒有，」貝芙莉說：「我想我又要戒菸了。」

「好主意。」

他們開始緩緩上坡，四個人並肩前行。

「結、結束了。」威廉說。

班恩點點頭。「我們做到了，你做到了，威老大。」

「是我們做到了，」貝芙莉說：「我真希望能把艾迪帶上來，這是我最希望的事了。」

他們走到上主大街和波因特街口，一個穿著紅雨衣、綠雨鞋的男孩把紙船放在水溝裡玩。他抬頭發現他們在看他，便怯生生地揮了揮手。威廉覺得他是那天在街上溜滑板的小孩——他朋友在運河看到大白鯊的那個小孩。他笑著朝男孩走去。

「已、已經沒事了。」他說。

男孩認真打量他，隨即露出微笑，笑容燦爛，充滿希望。「是啊，」他說：「我想應該是。」

「用屁、屁股想也知道。」

男孩笑了。

「你以、以後溜滑、滑板會小、小心點？」

「應該不會。」男孩說，這回是威廉笑了。他忍著沒有伸手去摸男孩頭髮——他可能討厭別人這樣——回到夥伴身邊。

「那小孩是誰？」理查德問。

「我朋友，」威廉雙手插進口袋說：「你們還記得上回我們出來的時候嗎？」

貝芙莉點點頭說：「小艾帶我們回到荒原，不過卻跑到了河的另一頭，老岬區那一邊。」

「你和害死康推開抽水站的蓋子，」理查德對威廉說：「因為你體重最重。」

「沒錯，」班恩說：「是我們。那時太陽又出來了，但已經快下山了。」

「沒錯，」威廉說：「而且我們七個人都在。」

「沒有事情是永遠不變的，」理查德說。他回頭看了看剛才爬過的山坡，嘆了口氣說：「比方說這個。」

他伸出雙手，掌心的細疤已經沒了。貝芙莉伸出手，班恩和威廉也是。所有人的手都很髒，但都沒有痕跡。

「沒有事情是永遠不變的。」理查德又說了一次。他抬頭望向威廉，威廉看見兩行淚水緩緩劃過他臉上的泥巴。

「或許只有愛吧。」班恩說。

「還有慾望。」貝芙莉說。

「朋友呢？」威廉問，問完露出微笑。「你怎麼說，賤嘴？」

「呃，」理查德笑著抹了抹眼睛，口齒不清地說：「偶得想一相，孩子。我說偶啊，我得想一相。」

威廉伸出雙手，其他人將手疊上去，四人默默站了一會兒。雖然人少了，不再是七個，但還是能圍成一個圓。他們彼此相望。班恩也哭了，淚水從眼睛泉湧而出，但臉上掛著笑容。

「我好愛你們。」他說著緊緊摁著貝芙莉和理查德的手，摁了很久，接著將手鬆開。「不過，我們現在可以去吃早餐了嗎？還要打電話給麥可，跟他說我們安然無恙。」

「說得好，先生，」理查德用西班牙腔說：「我時常想你應該會沒事吧。你覺得呢，威老大？」

「我覺得你去死啦，小理。」威廉也用西班牙腔說。

他們大笑著走進街屋旅館。威廉推開大門，貝芙莉忽然瞥見一幕景象。她事後不曾向人提起，卻永難忘懷。她看見玻璃上出現他們的倒影，但不是四個人，而是六個，因為艾迪走在理查德後面，史丹利在威廉後面，臉上掛著他的經典表情，那似笑非笑的痞樣。

9

逃出 一九五八年八月十日黃昏

太陽落到地平線上，有如一顆微微扁平的紅球，放射出單調昏熱的光線，灑在荒原上。其中一處抽水站的鐵蓋輕輕掀開、放下又掀開，接著開始往一邊滑。

「用、用力推，小、小班，我的肩、肩膀快斷、斷了——」

鐵蓋更往外滑，最後翻落到水泥涵管四周的矮樹叢裡。七個孩子逐一從涵管內爬出來，四下張望，貓頭鷹似的默默眨著眼睛，臉上寫滿讚嘆，有如不曾見過陽光的小孩。

「眞安靜。」貝芙莉輕聲說。

周遭只有轟隆的水聲與令人愛睏的蟲鳴。暴風雨已經過去，但坎都斯齊格河的水位依然很高。靠近市區那頭，離河水被混凝土夾住之處（亦即所謂的運河）不遠，大水漫過了堤岸，但不嚴重，頂多幾間地下室淹水，就這樣。

史丹利離開夥伴，沉思的臉上沒有表情。威廉轉頭看他，起先以爲史丹利看見岸邊有小火——他一開始覺得是火，紅光亮得無法逼視。但當史丹利伸出右手拾起火苗，光線角度隨之改變，他才發現那只是可樂瓶。瓶子很新、很乾淨，被人扔在河邊。他看見史丹利抓住瓶頸，將瓶子倒過來，朝河邊凸出的岩棚上敲去。瓶子碎了，威廉發現其他人也在看。史丹利低頭挑揀碎片，神情嚴肅、愼重而專注，最後挑了一小片。西斜的太陽照紅了那玻璃，又讓威廉覺得很像火焰。

史丹利抬頭看他，威廉忽然懂了：徹底明白，完全同意。他往前一步，朝小史伸出雙手，掌心向上。史丹利倒著走到河裡，小黑蟲成群貼著水面飛舞，威廉看見一隻閃著珍珠光澤的蜻蜓嗡嗡飛開，有如一道移動的彩虹遁入遠處岸邊。一隻青蛙開始低鳴，史丹利抓起威廉的左手，用碎玻璃的尖端劃過他的掌心，切開皮膚滲出一道血絲，威廉興奮地想：**這裡生物眞多！**

「小威？」

「當然，兩手都要。」

史丹利割了他另一隻手。會痛，但不嚴重。一隻夜鷹在某處鳴叫，聲音清冷而平和。威廉心想：**那夜鷹正在呼喚月亮**。

他低頭注視雙手，看見兩隻手掌都在流血。他環顧左右，其他人也來了。艾迪一手緊握噴劑，班恩的蒼白小腹從破破爛爛的運動衫裡鼓出來，理查德的眼鏡沒了，裸著一張臉感覺很怪，麥可安靜嚴肅，厚厚的嘴唇抿成一條線，貝芙莉仰著頭，瞪著清澈的大眼睛，頭髮雖然沾了泥巴，還是很好看。

我們幾個，我們幾個都在。

他看著他們，認眞看著，看他們最後一眼。因爲他知道他們七人再也不會全員重聚了——不會像現在這樣。沒有人開口。貝芙莉伸出雙手，不久後，理查德和班恩也伸出手，麥可和艾迪也是。史丹利用碎片逐一劃割他們的手掌，太陽緩緩落入地平線，玻璃光芒也從火紅變成玫瑰般的粉紅。夜鷹再次啼叫，威廉看見河面開始泛起薄霧，感覺自己好像和萬物融合爲一。他日後從未向任何人提起這段短暫的狂喜，就像貝芙莉絕口不提自己看見門玻璃出現兩個死去朋友的身影一樣。

微風拂過樹林和灌木，讓它們輕聲嘆息。威廉想：這裡眞棒，我永遠不會忘記這裡。這裡很棒，**他們**也很棒，每一個人都棒。夜鷹又叫了一聲，甜蜜流暢，威廉頓時覺得和牠融爲一體，彷彿他也將高歌遁入暮靄之中，可以振翅在空中飛翔，遠走他鄉。

他看著貝芙莉，她朝他微笑。她閉上眼睛，將手伸向兩邊。威廉握住她左手，班恩牽起她右手。威廉感覺她溫熱的血和自己的血混在一起。其他夥伴也依樣照做，所有人圍成一個圓，手牽著手以一種特別的方式親密連結在一起。

史丹利眼神急迫地看著威廉，目光帶著恐懼。

「所、所有人發、發誓，」威廉說：「假如牠沒、沒有死，你、你們發、發誓都要回、回來。」

「我發誓。」班恩說。

「我發誓。」理查德說。

「我也發誓。」貝芙莉說。

「我發誓。」麥可．漢倫呢喃道。

「嗯，我發誓。」艾迪聲音又低又細，幾不可聞。

「我也發誓。」史丹利輕聲說，但語氣遲疑，而且低著頭。

「我、我發誓。」

就這樣，所有人都許下承諾。但他們又站了一會兒，沒有馬上離開，感覺力量存在於他們之間，在這個封閉的圓中。光線在他們臉上留下褪色的痕跡，太陽已經下山，夕照也逐漸黯淡。他們圍成一圈，夜色緩緩滲入荒原，淹沒了他們那年夏天反覆經過的小徑、玩槍和遊戲的空地、討論小孩子沒完沒了的問題的河堤，還有一邊抽貝芙莉的菸一邊注視水中雲的倒影的岸邊。白晝慢慢閉上了眼睛。

班恩先鬆開手。他似乎想說什麼，但只是搖搖頭走了。接著是理查德，然後是貝芙莉和麥可，兩人一起離開。沒有人開口。他們爬上堤岸回到了堪薩斯街，隨即分道揚鑣。二十七年後，威廉回想當時才發覺他們眞的再也沒有全員到齊過了。常常是四個人，偶爾五個，有一、兩次六個人，但從來不曾七個人同時出現。

威廉最後離開。他雙手放在搖搖晃晃的白欄杆上久久俯瞰荒原，夏日晚空出現第一批星星，天色由藍轉黑，他看著荒原被黑暗吞沒。

我再也不去那裡玩了，他忽然想，隨即發現自己竟然不覺得恐懼或難過，而是大大鬆了一口氣。

他又待了一會兒，接著轉身揮別荒原，朝家走去。他手插口袋走在漆黑的人行道上，不時瞄一眼兩旁的房子，注視映著黑夜的溫暖燈光。

走過一、兩條街後，他加快腳步，想著熱騰騰的晚餐……又過了一、兩條街，他開始吹起口哨。

德利市：
最後的插曲

「這年頭海上熱鬧得很，幾乎不可能不遇到船，
甚至撞上。大家來來去去，」
米克白先生把玩著眼鏡說：
「大家來來去去，距離只是假象。」
——狄更斯，《大衛·考柏菲爾》

一九八五年六月四日

威廉大約二十分鐘前來過，把筆記本拿給我——卡蘿在圖書館的某一張桌子上看到這本冊子，威廉去找的時候交給了他。我以為拉德馬赫警察會拿走，但他顯然碰都不想碰。

威廉的結巴又好了，但他短短四天內彷彿老了四歲。他跟我說奧黛拉預定明天出院，離開德利家庭醫院（但我還得待著）搭私人救護車到北邊的班格爾精神療養院。她身體沒有大礙——只有輕微割傷和瘀青，都在痊癒。但心理上……

「你把她的手舉起來，她就會一直舉著，」威廉說。他坐在窗邊，雙手把玩著健怡汽水罐。「直到有人把她的手壓回去。她的反射神經正常，但動作緩慢。醫生做了腦電波檢查，發現她的阿爾發波嚴重抑制。麥可，她得了緊、緊張性精神分裂症。」

我說：「我有個建議，或許不是太好，如果你不喜歡，儘管跟我說。」

「什麼建議？」

「我還得在醫院待上一週，」我說：「與其送奧黛拉去班格爾，不如帶她去住我家，你覺得呢，小威？陪她一週，跟她說話。就算她不答腔也跟她講。她的……她的大小便正常嗎？」

「沒辦法。」威廉難過地說。

「你可以——我是說，你願意——」

「幫她把屎把尿嗎？」他笑了，但那笑容是那麼痛苦，讓我不得不轉頭避開，就像我父親當年告訴我鮑爾斯和雞的事情一樣。「嗯，我想我辦得到。」

「我不會叫你別自責，因為你顯然做不到，」我說：「但別忘了你自己也覺得這一切大部分或全部都是注定好的。奧黛拉的遭遇或許也是其中一部分。」

「我不、不應該大、大嘴巴，說出自己要、要去哪裡。」

沉默有時才是上策——於是我沒有開口。

「好吧，」最後他說：「假如你堅持——」

「當然，我家鑰匙擺在樓下病患服務台，冰箱裡有兩塊戴莫尼可牛排，說不定那也是注定好的。」

「她現在幾乎只吃軟的東西，還有流、流體食物。」

「呃，」我保持微笑：「誰曉得會不會有好事發生？食物儲藏室最上面那一架有一瓶好酒，蒙岱維。美國酒，但很棒。」

他走過來握住我的手說：「謝謝你，麥可。」

「別客氣，威老大。」

他放開我的手。「小理今天早上飛回加州了。」

我點點頭。「你覺得你們會保持聯絡嗎？」

「可、可能吧，」他回答：「起碼一陣子。不過……」他靜靜望著我：「我想事情又會重演吧。」

「你說我們會忘記？」

「對。老實講，我覺得已經開始了。目前只是一些小事情，但我想範圍會愈來愈大。」

「也許這樣最好。」

「也許吧，」他望著窗外，手裡依然玩著那罐汽水，顯然想到他的妻子。睜大眼睛、沉默、美麗，像個假人。緊張性精神分裂。關門、上鎖。他嘆了口氣。「也許。」

「班恩和貝芙莉呢？」

他轉頭看我，微微一笑說：「班恩邀她一起回內布拉斯加州，她答應了，起碼先待一陣子。

你知道她在芝加哥的朋友吧？」

我點點頭。貝芙莉告訴班恩，班恩昨天跟我說了。講得含蓄點（非常含蓄），貝芙莉這回對她的完美好老公湯姆的描述比上回真實多了。完美先生湯姆過去四年在情感、精神和肢體上禁錮她，為了得知她的去處，還拷打她唯一的閨中密友。

「她跟我說她下下週會回芝加哥一趟，提報失蹤人口。我是說湯姆。」

「漂亮，」我說：「那裡不可能有人找得到他。」還有艾迪，我心裡想，但沒說出口。

「嗯，我想也是，」威廉說：「我猜她回芝加哥的時候，班恩會陪她一起去。但你知道很扯的是什麼嗎？」

「什麼？」

「我想她不太記得湯姆最後怎麼了。」

我看著他沒說話。

「她要嘛忘了，要嘛正在忘，」威廉說：「我自己也已經忘了那條走道是什麼樣子了。通往牠巢穴的走、走道。我試著回想，但怪事發生了——我腦中竟然浮、浮現山羊過、過橋的畫面，和童話《三小羊與壞巨人》的情節一模一樣，很扯吧？」

「他們最後還是會查出湯姆．羅根到德利了，」我說：「他肯定留下一堆紙本紀錄，租車、機票。」

「這我倒不敢說，」威廉點了一根菸，說：「我猜他可能用現金買機票，而且用假名，車子可能買便宜的，甚至用偷的。」

「為什麼？」

「拜託，」威廉說：「你真的以為他大老遠跑來只是想打她一頓？」

我們四目相對了很久，接著他起身說：「聽著，麥可……」

「夠了，該走了，」我說：「我瞭解。」

他笑了，哈哈大笑。笑完之後，他說：「謝謝你讓我借用房子，小麥。」

「我不敢保證一定有用，起碼我不曉得那房子有什麼療效。」

「呃……那就回頭見，」他說完做了一件怪事，雖然怪，但很可愛。他彎下身親了我的臉頰。「願神保佑你，小麥，我不會跑遠。」

「事情也許會好轉，小威，」我說：「別放棄希望，事情可能會好轉。」

他微笑點頭，但我想我們心中都浮現同一個詞：緊張性精神分裂症。

一九八五年六月五日

班恩和貝芙莉今天來向我道別。他們不打算搭飛機。班恩向赫茲車行租了一輛很棒的凱迪拉克，兩人決定開車上路，不用趕。他們注視彼此的眼神中有一種特別的情愫。我敢用退休金打賭，他們就算還沒在一起，抵達內布拉斯加之前也會成為戀人。

貝芙莉抱了抱我，祝我早日康復，接著就哭了。

班恩也抱了我，隨即又問我會不會寫下來。他已經問了第三或第四次了。我說我會寫，真的會……至少寫一陣子，因為這回我也和他們一樣。

我也開始遺忘。

就像威廉說的，現在只是些小事情、小細節，但感覺遺忘的範圍會擴大。或許再過一個月或一年，我只剩這本筆記能提醒自己德利市到底出了什麼事。我想甚至連文字都可能褪色，最後變成一片空白，和我當初在佛里斯百貨的文具區買下它時一樣。這個想法很可怕，尤其在白天，感覺很偏執……但在那些無眠之夜，你會相信那絕對可能發生。

遺忘……我想到就慌，卻也讓我感到放心。遺忘比任何事情都要讓我確定他們真的殺死牠了，不再需要有人時時看守，等待週期再度發生。

驚慌中帶著放心。我想我需要這種感覺，不管好不好受。

威廉打電話來說他和奧黛拉已經住進去了，她還是沒有好轉。

「我會永遠記得你。」這是貝芙莉和班恩離開前，她對我說的最後一句話。

我想我在她眼中看到不一樣的答案。

一九八五年六月六日

今天《新聞報》的頭版有則報導很有意思，標題是：暴風雨迫使亨利放棄會堂擴建計畫。這裡的亨利指的是提姆．亨利。他是房產大亨，一九六〇年代晚期有如一股旋風來到德利。當初就是他和齊特納組成財團，興建了德利購物中心（根據頭版另一則報導，購物中心可能就此消失了）。提姆．亨利一心想發展德利，背後當然有謀利的動機，但不只如此。他是真心希望德利市繁榮發達。他忽然放棄擴建計畫告訴了我幾件事，他對德利失去興趣只是其中之一。我想購物中心毀了可能也讓他財務吃緊。

不過，那篇報導也暗示受創的不只亨利一人。其他已經投資或想要投資德利市未來的人也可能正在三思。當然，艾爾．齊特納不用擔心這些事，因為神已經在市區坍塌時將他帶走了。至於其他和亨利想法一致的人，他們現在面臨一個大難題——一個市中心半數以上沉入水底的城市要怎麼重建？

我想，經過了這麼漫長而慘痛的歲月，德利可能終於要毀了……就像花期已過的龍葵一樣。

下午打電話給威廉·鄧布洛，奧黛拉還是沒有好轉。

一小時前，我打了另一通電話，想找加州的理查德·托齊爾。電話轉到了語音信箱，背景音樂是清水合唱團的歌。留言機老是壞了我的時機。我留下姓名和電話，遲疑片刻，接著說我希望他又能戴隱形眼鏡了。我正打算掛上電話時，理查德接起電話說：「小麥！你好嗎？」聲音開懷溫暖……但顯然有點困惑，感覺就像接到陌生電話一樣。

「嗨，小理，」我說：「我很好。」

「很好，還痛嗎？」

「還有一點，但一直在消退。癢比較麻煩。我很期待他們拆掉我肋骨的繃帶。對了，我喜歡清水合唱團。」

理查德笑了。「屁啦，才不是清水合唱團，是約翰·佛格迪新專輯裡的〈搖滾女孩〉。那張專輯叫《中外野》。你一首也沒聽過？」

「嗯。」

「你一定要買來聽，很棒，感覺就像……」他頓了半晌，然後說：「就像重回老時光。」

「我會去買的。」我說。我可能真的會買。我一向喜歡佛格迪。我想《綠河》是我最喜歡的清水合唱團專輯。回家吧，他說。在音量漸低前他說。

「小威還好嗎？」

「我住院期間，他和奧黛拉替我看家。」

「很好，非常好，」他沉默片刻。「你想知道一件超級怪事嗎，小麥？」

「當然。」我說。我有把握他要說什麼。

「呃……我剛才坐在書房裡聽新的《錢櫃》熱門預測、看文案、讀備忘錄……要看的東西堆了兩座小山，接下來一個月可能要每天工作廿五小時才夠，所以我把電話切到留言，但開著喇叭，這樣想接的電話還是能接，讓其他蠢蛋對著錄音機說話。我會讓你拖到留言，是因為——」

「你一開始根本認不出來我是誰。」

「天哪，沒錯！你怎麼知道？」

「因為我們又開始遺忘了，這回所有人都是。」

「小麥，你確定嗎？」

「小史姓什麼？」我問他。

電話彼端陷入沉默——安靜了很久。我聽見微弱的女人說話聲，可能在奧馬哈……也可能在亞歷桑納的路斯文或密西根的佛林特。我聽見她的聲音，微弱得有如正要離開太陽系的火箭頭裡的太空人。我聽見她謝謝對方送的餅乾。

接著理查德不確定地說：「我覺得是盎德伍，但那不是猶太姓氏，對吧？」

「是尤里斯。」

「尤里斯！」理查德大喊，感覺鬆了一口氣，卻又很慌張。「天哪，我最討厭話到舌尖卻說不出來的感覺，就像參加問答遊戲，結果我說『對不起，但我想我又開始拉肚子了，可以回家嗎？』一樣。但你還記得不是嗎，小麥，和上回一樣。」

「不，我是查通訊錄的。」

又是冗長的沉默，之後：「你不記得了？」

「不記得。」

「沒唬爛？」

「沒唬爛。」

「那就表示真的結束了。」他說，這回確實鬆了一口氣。

「嗯，我也覺得。」

長途沉默再度出現，落在緬因和加州之間。我覺得我們心裡都想著同一件事：沒錯，結束了，再過六週或六個月，我們就會完全忘了彼此。結束了，而我們付出的代價就是友誼，還有史丹利和艾迪的生命。各位知道嗎？我差點就忘了他們。聽起來或許很恐怖，但我真的差點忘了史丹利和艾迪。艾迪得的是氣喘還是偏頭痛？我要是記得清楚就有鬼了。但我想應該是偏頭痛。我會問威廉，他一定知道。

「嘿，幫我問候小威和他的漂亮老婆。」理查德用聽起來假假的愉悅口吻說。

「好的，小理。」我說著閉上眼睛，按摩額頭。他記得威廉的妻子留在德利市……但不記得她的名字，也忘了她發生什麼事。

「要是你到洛杉磯來，你有我的號碼。我們可以聚一聚，一起吃個飯。」

「沒問題，」我覺得淚水湧上眼眶。「要是你回來這裡也一樣。」

「小麥？」

「什麼事？」

「我愛你，老兄。」

「我也是。」

「嘿，克制點。」

「嗶嗶，小理。」

他笑了。「是是是，聽聽就好，小麥。我說聽聽就好，孩子。」

說完他掛上電話，我也一樣。我躺回枕頭上，閉起眼睛久久沒有睜開。

一九八五年六月七日

一九六〇年代末期接替波頓擔任警長的安德魯．拉德馬赫死了。事情很詭異，讓我忍不住聯想到之前發生在德利——並且才剛終結——的所有事情。

市中心坍入運河，警局和法院大樓就位在塌陷區邊緣，雖然沒有陷入，但震動或洪水肯定損害了建築物結構，只是沒人察覺。

據報載，拉德馬赫昨晚在辦公室工作到深夜。風雨和洪水過後，他每天都熬夜加班。警長室多年前就從三樓搬到五樓，正上方是存放各種檔案和無用公物的閣樓。其中一件公物是我之前提過的遊民椅，椅身是鐵做的，起碼四百磅重。五月三十一日的大雨讓建築物積了不少水，顯然削弱了閣樓的屋頂（至少報紙是這麼說的）。總之，遊民椅直接從閣樓落到正在桌前閱讀舊檔案的拉德馬赫警長頭上，讓他當場死亡。布魯斯．安丁警官衝進辦公室，發現警長躺在桌子殘骸之間，手上依然握著筆。

又和威廉講了電話。他說奧黛拉開始吃固體食物，但其餘還是沒進展。我問他艾迪的毛病是氣喘，還是偏頭痛。

「氣喘，」他立刻回答：「你難道忘了他的噴劑嗎？」

「當然。」我說。我當然記得，但那是因為威廉提了。

「小麥？」

「怎麼？」

「他姓什麼？」

我看了看床頭桌上的通訊錄，但沒有拿起來。「我不太記得了。」

「好像是柯克里恩，」威廉說，語氣很沮喪：「但又不太像。不過，你把所有事情都記下來了，對吧？」

「對。」我說。

「謝天謝地。」

「關於奧黛拉，你有什麼打算嗎？」

「有一個，」他說：「但太瘋狂了，我不想說。」

「你確定？」

「嗯。」

「好吧。」

「小麥，真的很可怕，對吧？這種遺忘的速度。」

「是啊。」我說。真的是。

一九八五年六月八日

雷神公司原本計畫在德利設廠，預定七月破土動工，卻在最後一刻決定將新廠移到瓦特維爾。德利《新聞報》頭版社論表達了失望之意……假如我沒有解讀錯誤，報社的話語間還帶著一絲恐懼。

我猜我知道威廉的打算。他必須盡快行動，在魔力從這個地方徹底消失（如果還沒消失）之前做出反應。

我想我先前的想法終究不算偏執。這本小冊子裡的人名和地名都在褪色。墨水顏色和品質不良，讓那些字比其他部分看起來要早寫了五十到七十五年。這事發生了已經有四、五天。我敢說，這些人名和地名到了九月都會消失不見。

我想我應該有辦法留住。我可以不斷重寫。但我敢說重寫的名字還是會褪色，很快整件事就會變得徒勞無功——就像罰寫「我不在課堂上扔小紙團」一樣。我會不斷書寫對我毫無意義的人名、地名，完全想不出重寫的理由何在。

放手吧，放手吧。

威廉，動作快……而且要小心。

一九八五年六月九日

作了一場可怕的惡夢，讓我在半夜醒來，驚慌失措無法呼吸，卻想不起夢到了什麼。我伸手去抓呼叫鈕，卻按不下去。看見馬克．拉莫尼卡拿著注射器來到病房……亨利．鮑爾斯拿著折刀闖了進來。

我抓起通訊錄，打到內布拉斯加州找班恩．漢斯康……地址和電話號碼褪色得更厲害了，但還看得出來。沒人。電話公司的語音系統告訴我該號碼已經停止使用了。

班恩是不是很胖？還是有內翻足？

我醒著到天亮。

一九八五年六月十日

他們說我明天可以出院回家。

我打電話給威廉，告訴他這件事——我猜我是想警告他時間更短了。威廉是我唯一清楚記得的人，我相信我也是他唯一清楚記得的人，我想是因為我們兩個都還在德利。

「好的，」威廉說：「明天我們就離開。」

「你還是有那個打算？」

「嗯，看來該試試看了。」

「小心點。」

他笑了，說了一句我似懂非懂的話：「溜滑、滑板是不、不可能小、小心的，兄弟。」

「那我怎麼知道結果如何，小威？」

「你會知道的。」說完他就掛斷了。

無論結果如何，我的心都與你同在，小威。我的心與他們同在。我想就算我們忘了彼此，在夢中也會記得。

這份日誌即將落幕了——我想它終將只會是一本日誌，德利的惡事與怪誕永遠不會離開這些紙頁。我無所謂。我想明天出院之後，我終於可以開始思考新的生活了……雖然我還不知道那會是什麼。

我愛你們，你們知道的。

我好愛你們。

EPILOGUE

尾聲

威廉·鄧布洛打擊魔鬼（二）

新娘還在騎小馬，我就認識她了
新娘還在大街逛，我就認識她了
新娘還在跑派對，我就認識她了
新娘還在玩搖滾，我就認識她了
——尼可·洛威

溜滑板是不可能小心的，兄弟。
——某小孩

1

夏日正午。

威廉裸身站在麥可．漢倫家的臥室，看著門上鏡中自己的乾瘦身影。窗外的光照得他的禿頭閃閃發亮，地板和牆上都有他的影子。他胸口無毛，大小腿細瘦而結實，肌肉明顯。不過，他心想，這絕對是大人的身體沒錯。小腹是多吃了幾塊上等牛排、多喝了幾瓶麒麟啤酒、在泳池邊多吃了幾個魯本或法式三明治而非輕食午餐的結果。你屁股也下垂了，威廉老弟。只要沒宿醉，狀態夠好，你還是能爽到，但已經不像十七歲那樣馬力十足了。你腰部有了游泳圈，睪丸也像中年人開始鬆垮了，臉上出現十七歲沒有的皺紋……媽的，你第一張作者玉照沒有這些皺紋，那時的你努力裝出老成的模樣……只要不幼稚就好。威廉老弟，你是人老心不老，這樣會害死自己的。

他穿上內褲。

要是我們相信我剛才想的，就不可能……完成我們所做的事。

因為他其實不太記得他們到底做了什麼，也忘了奧黛拉為什麼得了緊張性精神分裂症。他只曉得自己現在該做什麼，而且知道如果不現在做，就連該做什麼也會忘記。奧黛拉在樓下，坐著麥可的安樂椅，頭髮披垂肩頭，心蕩神馳望著電視播放《來電賺獎金》。她不會說話，除非有人帶她，否則也不會動。

這回不一樣。你太老了，老兄，相信吧。

才不要。

那就死在德利吧，誰稀罕？

他套上運動襪、帶來的牛仔褲和昨天在班格爾「T恤王」買的無袖汗衫。汗衫是亮橘色的，胸口寫著：德利市？什麼鳥地方？他坐在麥可床上——他和行屍走肉般的妻子同睡了一週的床——穿上鞋……凱茲帆布鞋，也是昨天在班格爾買的。

他起身重新打量鏡中的自己，只見一個中年男子穿得跟小孩一樣。

你看起來眞可笑。

哪個小孩？

你不是小孩了，放棄吧！

「去你的，我偏要瘋狂一下。」威廉輕聲說道，隨即離開房間。

2

其後數年，他在夢中總是隻身離開德利。城市一片荒蕪，所有人都走了。西百老匯的神學院和維多利亞式樓房映著火紅晚霞，有如一幢幢黑影。你曾見過的所有夕陽融合爲一。

他踩在水泥路上，聽見腳步聲迴盪。四下靜寂，只有水流過排水道的轟鳴。

3

他將銀仔牽到車道立好，再次檢查輪胎。前輪還好，但後輪感覺有一點沒氣。他拿出麥可買的打氣筒把氣打足，將打氣筒收回去，接著檢查紙牌和曬衣夾。輪子轉動依然會發出令人興奮的機關槍聲，和他童年時的回憶一樣。很好。

你瘋了。

也許吧，等著瞧。

他走回車庫，拿出三合一潤滑油替鍊子和齒輪上油，接著起身注視銀仔，抓住喇叭試探地輕輕一按。聲音很好。他點點頭，走進屋裡。

4

他再次環顧那些地方，眼前的景物依舊如故：德利小學的笨重磚牆、親吻橋上繁複的名字縮寫，還有滿懷激情準備一展鴻圖，最後卻成了保險經紀人、汽車業務員、侍者和美容師的高中生。夕陽天空紅得有如滴血，他看見保羅．班楊的雕像及隔開堪薩斯街和荒原的白色欄杆。威廉看著它們，這些事物將永遠是他記憶中的模樣……他的心充滿愛與恐懼，讓他心碎。

離開吧，離開德利，他想，我們就要離開了。假如這是故事，也來到最後五、六頁了。準備將書放上架子，永遠忘了它吧。夕陽西下，四周只有我的腳步聲和排水道裡的水聲，該去

5

《來電賺獎金》播完了，現在是《幸運輪盤》。奧黛拉愣愣地坐在電視前，眼睛不曾離開螢幕。威廉關上電視，她的神情姿態完全沒有改變。

「奧黛拉，」他說著走到她面前，牽起她的手。「走吧。」

她沒有動。她的手在他手裡，感覺溫暖如蠟。威廉牽起她放在麥可安樂椅上的另一隻手，將她拉了起來。他已經幫她打扮好了，穿得和他差不多，牛仔褲加藍色無袖上衣，看起來可愛極了，只可惜一雙大眼空洞無神。

「走、走吧。」他又說了一次，隨即帶她過門走進廚房，走出屋外。她很配合……但若不是威廉摟著她的腰，攙扶她走下台階，她一定會摔出後門廊，跌個狗吃屎。

他帶她走到銀仔立著的地方，夏日正午的陽光明豔燦爛。奧黛拉站在單車旁，靜靜注視麥可的車庫。

「上車吧，奧黛拉。」

她沒有動。威廉耐心地抬起她一條長腿跨過銀仔後輪上的置物架。奧黛拉跨立在置物架上，胯下懸空，威廉伸手輕輕按壓她的頭，奧黛拉坐了下來。

他坐上銀仔的椅墊，用腳跟踢起駐車架。他正想伸手到背後抓住奧黛拉的手，讓她摟住他的腰，她的手竟然主動伸了過來，有如兩隻茫然的小老鼠。

他低頭看著奧黛拉的雙手，心跳加速，感覺心臟就要從胸口跳到喉嚨了。這是奧黛拉一週來首次自發行動，起碼就他所知……自從那件事發生之後，這是她頭一回自發行動……不管那件事到底是什麼。

「奧黛拉？」

沒有回應。他想扭頭看她，可是做不到。他只看見她雙手抱著他的腰，指甲上殘留著紅色指甲油，是之前英國小鎮一個活潑開朗又有天分的年輕女孩子幫她塗上的。

「我們去兜兜風，」威廉說完開始推著銀仔朝帕莫巷前進，傾聽輪胎壓過碎石的聲音。「抓緊了，奧黛拉，我想……我想我會騎得滿、滿快的。」

只要我沒退縮的話。

他想起剛回德利市時遇見的男孩。那時那件事還在發生。那孩子說，溜滑板是不可能小心的。

你說得對極了，孩子。

「奧黛拉，妳準備好了嗎？」

沒有回答。但她抱著他的腰的手是不是收緊了一點點？是他想太多了嗎？

他推著銀仔走到車道盡頭，轉頭往右看。帕莫巷直通上主大街，左轉就是通往市區的山路。下坡，加速。想到那畫面就讓他害怕，心生不安（老骨頭很容易斷的，威廉小弟），但恐懼的念頭還來不及浮現就消失了。然而……不是只有不安而已，對吧？沒錯，還有渴望……當他看見那男孩挾著滑板走過時，心裡有的那種感覺。渴望加速，感受風從你面前掃過，分不清自己是在衝向什麼，還是逃離什麼，只是直往前衝，振翅飛翔。

不安與渴望。這就是世界與渴求的差別，就是在乎後果的大人和想要就去要的小孩之間的距離。天壤之別。但其實沒差那麼多。兩者緊密相連。就好像雲霄飛車爬到軌道最頂端，就要滑下第一個陡坡，旅程才正要開始。

威廉閉上眼睛，感受妻子毫無生氣的輕柔身軀，感受前方的斜坡和自己體內的心跳。

勇敢、眞誠、挺身而出。

他開始推動銀仔。「想來點刺激的嗎，奧黛拉？」

沒有回應。但沒關係，他已經準備好了。

「那就抓好囉。」

他踩動踏板，起初很累。銀仔左右搖擺，感覺很危險。奧黛拉的體重更加添了平衡的困難……但她顯然試著平衡，甚至直覺這麼做，否則他們早就摔車了。威廉站在踏板上，雙手瘋狂抓緊握把，仰頭向天瞇起眼睛，脖子青筋暴露。

我看就要摔到街上，害她和我頭破血流了——

（不會的衝吧威廉衝吧管他去的衝吧）

他站在踏板上猛力踩踏，感覺過去二十年抽的菸在飆高的血壓和瘋狂的心跳中沸騰。去你媽的！他心想，一股狂烈的興奮襲上全身，讓他咧嘴大笑。

紙牌起初只是單發射擊，現在開始喀噠加速。這些紙牌是全新的，發出的聲音又好聽又響亮。威廉感覺微風拂過他的禿頭，於是笑得更開了。我弄出風了，他心想，我踩動該死的踏板弄出風了。

巷口的「停止」標誌愈來愈近，威廉原本準備踩煞車……隨即（他愈笑愈開心，牙齒愈露愈多）又開始踩踏。

威廉．鄧布洛不顧「停止」標誌，左轉彎入貝西公園上方的上主大街。奧黛拉的體重再度壞事，差點讓他們失去平衡狠狠摔跤。單車搖晃顫動，隨即回正。風更強了，吹涼他的額頭將汗水蒸發，掃過他耳朵發出醉人的聲響，有一點像貼著海螺聽見的海水聲，但其實世界上任何聲音都比不上。威廉覺得溜滑板的男孩一定很熟悉這個聲音。但你很快就會失去它的，孩子，他想，事情終究會改變，很賤，所以做好準備吧。

威廉愈踩愈快，速度讓他騎得更穩。保羅．班楊的雕像殘骸在他左手邊，有如傾倒的巨神像。威廉大喊：「唷喝，銀仔，衝啊！」

奧黛拉收緊抱住他腰間的手，他感覺她的身體在他背後扭動，但他不急著轉頭看她……不用急，也沒需要。他加速踩踏，張口大笑，路人紛紛轉頭望著這個高高瘦瘦的禿頭男子，看他彎身減低風阻，騎著單車呼嘯經過貝西公園。

上主大街開始下坡，以陡峭的角度朝坍塌的市區奔去。一個聲音在他心底低聲警告，再不減速就來不及了，銀仔就會像一隻衝出地獄的蝙蝠墜入下沉的三岔路口，害死他和奧黛拉。

但他沒有煞車，反而繼續踩，讓單車飆得更快。他現在已經奔馳如飛了，沿著主大街丘一路往下。他看見橘白相間的防撞護欄，還有擺在坍塌處邊緣、飄著濃煙和鬼火般的火焰的燻火盆。

他看見樓房頂層突出馬路之上，有如瘋人想像世界中的景物。

「唷喝，銀仔，衝啊！」威廉興奮大喊，不顧一切往下俯衝，最後一次意識到德利是他的故鄉，意識到自己在眞實的天空下活著，意識到一切除了渴望還是渴望。

他騎著銀仔往下俯衝，衝去打擊魔鬼。

6

離開了。

於是你離開，心裡有回頭的衝動，在夕陽下山前回頭一次，最後一次欣賞新英格蘭簡潔的天際線——尖頂、儲水塔和扛著斧頭的保羅。但回頭可能不是什麼好主意——所有故事都這麼說。瞧瞧羅得的妻子。最好別回頭，最好相信從此將會永遠美滿幸福——很有可能，誰說沒有這種結局的？不是所有駛入黑暗的船隻都再也見不到陽光或回不到另一個孩子手上。假如生命能告訴我們什麼，那就是世上有太多的幸福結局，如果這樣還不信神，那就應該好好檢查自己的腦袋。

你離開，在太陽開始下山時匆匆離開，他在夢裡想道。你就是那樣做的。要是再多想想，也許會想到鬼魂……日落時站在水中的孩子的鬼魂。他們手牽著手圍成一圈，神情年輕、確定而強悍……非常強悍，總之足以讓他們成爲未來的他們，說不定還足以讓他們明白：未來的他們必須身懷著過去的自己，才有辦法開始嘗試去瞭解死亡。圓圈閉合，命運之輪轉動，如此而已。

你無需回頭就能見到那些孩子。你心中有一個角落將永遠見得到他們，和他們同在，愛著他們。他們不一定是你最好的那一面，但他們曾經一度是你未來的全部。

孩子，我愛你們，我深愛著你們。

所以，趕緊走吧，趁最後一道光線消失前離開。遠離德利，遠離回憶……但別離開渴望。留下它，留下那燦爛的珍寶。它是我們童年所是、所相信的一切，在我們徬徨失落，夜風呼號時，它依然兀自閃亮。

快離開吧，同時保持微笑。打開收音機放點搖滾樂，鼓起所有勇氣和信念迎向生命。真實、勇敢，挺身而出。

其餘淨是黑暗。

7

「嘿！」

「嘿，先生，你——」

「——小心！」

「那個蠢蛋會——」

話語從他耳際掃過，有如微風中的旗子或鬆脫的氣球一樣毫無意義。防撞護欄到了，他聞到燻火盆發出的煤油味，看見之前街道所在的地方漆黑一片，聽到惱怒的水流匆匆穿越糾結的黑暗。那聲音讓他發笑。

他讓銀仔猛然左轉，只差一點就要撞上護欄，牛仔褲一邊褲管真的擦過了護欄邊緣。銀仔的輪胎離柏油消失處不到三英寸，幾乎沒有迴旋的空間。前方道路被水侵蝕無蹤，凱西珠寶店外的人行道也被削去一半。人行道被硬生生切斷，而護欄就立在邊緣。

「威廉？」是奧黛拉的聲音，聽起來很暈，有一點粗嘎，彷彿剛從沉沉的夢中醒來。「威廉，我們在哪裡？在做什麼？」

凱西珠寶店的櫥窗裡空空蕩蕩。「唷喝，銀仔！」威廉大喊一聲，將龍頭對準和櫥窗成直角的防撞護欄。「唷喝，銀仔，衝啊！」

銀仔以超過四十英里的時速撞飛了護欄，護欄中央的擋板被拋往一個方向，A形架則拋往另外兩頭。奧黛拉嚇得尖叫，緊緊抱住威廉，讓他無法呼吸。主大街、運河街和堪薩斯街上的路人站在門口或人行道上，全都看著他們。

銀仔衝上切斷的人行道，威廉感覺左邊臀部和膝蓋擦到珠寶店的牆面。他覺得銀仔的後輪突然下墜，知道他們後方的人行道塌陷了——

但銀仔的前輪讓他們回到堅實的路面。威廉轉彎避開翻倒的垃圾桶，再度衝回街上。他猛按煞車，發出尖銳的聲音。他看見一輛大卡車的散熱器不斷逼近，卻還是止不住笑。他在卡車撞上來的一秒鐘前閃過對方。媽的，還有時間嘛！

威廉歡呼尖叫，淚水湧出眼眶。他按嗚喇叭，傾聽每一次的粗嘎聲響埋入明亮的日光中。

「威廉，你會害死我們兩個！」奧黛拉大喊，雖然語帶驚恐，但她也在笑。

威廉傾斜車身，但這回感覺奧黛拉也一起傾斜，讓單車更好掌控，讓他們倆和銀仔合而為一，成為三個活生生的人，起碼在那一瞬間。

「妳真的那樣覺得嗎？」他吼了回去。

「不是覺得，是知道！」她大喊，接著抓住他的胯下，感覺到他巨大而歡樂的堅挺。「但不要停！」

不過，事情不是他能控制的。上哩丘讓銀仔不斷減速，紙牌聲也從怒吼變回了單發射擊。威廉停下單車回頭看她。奧黛拉臉色蒼白，瞪大眼睛，顯然既害怕又迷惘……但神智清醒，腦袋清楚，而且在笑。

「奧黛拉。」他說完也跟著笑了。他扶她跨下銀仔，將車隨便靠在牆邊，將她擁入懷中，親吻她的額頭、眼睛、臉頰、雙唇、脖子和胸部。

她緊抱著他。

「威廉，發生了什麼事？我只記得在班格爾起飛，之後就完全沒印象了。你還好嗎？」

「我很好。」

「我呢？」

「妳現在好了。」

她推開威廉，好仔細打量他。「威廉，你還會口吃嗎？」

「不會，」他說完又吻了她。「我不結巴了。」

「完全好了？」

「沒錯，」他說：「我想我這回完全好了。」

「你是不是提到兜風？」

「我不曉得，有嗎？」

「我愛你。」她說。

威廉點頭微笑。他笑起來很年輕，有沒有禿頭都一樣。「我也愛妳，」他說：「還有什麼比這更重要？」

8

他從夢中醒來，不記得自己夢了什麼，只記得夢見自己變回孩子。他輕撫妻子光滑的背部。她正睡得香甜，沉浸在她的夢中。他覺得當小孩很好，但當大人也不錯，能思索童年的奧秘……思索童年的信念與渴望。**我有一天要把這一切寫下來**，他心想，但知道這只是心血來潮，剛醒來的遐想。不過，在如此乾淨安寧的早晨想這些事，感覺很好。童年自有其甜蜜之謎，突顯了死亡的眞實，進而界定了勇氣與愛。往前看必然也得往後望，每個生命都在仿效永恆，有如轉輪。

每當威廉·鄧布洛清晨從夢裡醒來，幾乎就要想起童年，想起和他共度童年的朋友時，他就會想起這些。

——全書完——

本書始於一九八一年九月九日，一九八五年十二月二十八日完成於緬因州班格爾市

國家圖書館出版品預行編目資料

牠(下) / 史蒂芬・金 著；穆卓芸 譯 -- 初版. -- 臺北市：皇冠, 2013.1
面；公分. -- (皇冠叢書；第4281種 史蒂芬金選；23)
譯自：IT
ISBN 978-957-33-2964-0（平裝）

874.57　　101026090

皇冠叢書第4281種
史蒂芬金選 23
牠[下]
IT

作　　者—史蒂芬・金
譯　　者—穆卓芸
發 行 人—平雲
出版發行—皇冠文化出版有限公司
台北市敦化北路120巷50號
電話◎02-27168888
郵撥帳號◎15261516號
皇冠出版社(香港)有限公司
香港銅鑼灣道180號百樂商業中心
19字樓1903室
電話◎2529-1778　傳真◎2527-0904
美術設計—王瓊瑤
著作完成日期—1987年
初版一刷日期—2013年1月
初版十刷日期—2023年2月
法律顧問—王惠光律師

讀者服務傳真專線◎02-27150507
電腦編號◎508023
ISBN◎978-957-33-2964-0
Printed in Taiwan
本書特價◎新台幣799元/港幣266元